FORTITUDE

LARRY COLLINS

FORTITUDE

Traduit de l'anglais par
Jacques Charpier

ÉDITIONS ROBERT LAFFONT
PARIS

A Nadia

B689 32
Copie N° <u>10</u>

CCS   459/3

3 décembre 1946

Chefs d'Etat-major combinés :

Refs : a)   CCS 2 81/5
       b)   CCS 2 81/4

Toute information concernant l'ensemble des opérations de couverture et d'intoxication est par les présentes classée "TOP SECRET" de façon permanente. L'existence, l'organisation, les responsabilités, les fonctions et les techniques de toutes les agences de couverture et d'intoxication et les personnels des Etats-Unis et de leurs alliés employés ou directement responsables, dans le passé, le présent ou l'avenir, des plans et de l'exécution d'opérations de couverture et d'intoxication relèveront de cette note.

En particulier, tout ce qui doit être accompli par des "moyens spéciaux", des agents ennemis en relation avec l'ennemi, qui ont sa confiance mais qui agissent sous notre contrôle..., l'usage délibéré de fuites par le canal diplomatique ou par le truchement d'agents amis en contact avec l'ennemi dans l'exécution d'une opération de couverture et d'intoxication d'ordre stratégique sont par les présentes classées pour des raisons de sécurité "TOP SECRET".

PROLOGUE

Gelsen Kirchen, Allemagne. 17 juin 1973.

Deux petits détails de l'Opel noire auraient pu attirer l'attention de quelqu'un de bien informé. D'abord, les lettres BG pour Bad Godesberg, sur la plaque minéralogique, une banlieue de Bonn, où les agences de renseignements de l'Ouest avaient leur Quartier général clandestin. Ensuite, la taille exceptionnelle de l'antenne-radio fixée sur l'aile gauche. Cette antenne, en fait, était reliée à un poste émetteur-récepteur équipé d'un téléphone. Il était impossible de distinguer les autres caractéristiques de la voiture, comme ses fenêtres à l'épreuve des balles et ses portes blindées, à moins d'y regarder de près. Le chef de la station de Bonn avait mis gracieusement cette voiture à la disposition de T. F. O'Neill, directeur des opérations de la CIA pour l'Europe de l'Est, bien que celui-ci fût en Allemagne pour une affaire personnelle, plutôt que pour des raisons de service.

Le chauffeur montra d'un signe de la tête une allée de gravier bordée par des barrières métalliques entourant chacune un petit jardin privé de la taille d'un court de tennis.

— C'est la quatrième à gauche, n° 63, dit-il.

— O.K. Faites encore une centaine de mètres et stoppez. Il habite là depuis longtemps ?

— Depuis que nos cousins anglais l'ont mis au vert après en avoir fini avec lui. Il a épousé une de ses anciennes amies et ils se sont installés là sous son nom à elle. Comme s'il avait changé d'habits, en quelque sorte. Sachez qu'il est désormais un homme d'affaires de Düsseldorf à la retraite. Un ancien fabricant de tuiles, je crois.

Le jeune chauffeur gara la voiture et coupa le moteur. Il aperçut O'Neill en train de feuilleter le dossier que lui avait communiqué la station de Bonn. Un de ces vieux dossiers tapés sur papier bulle, d'avant l'ère des fiches sur ordinateur.

— Un grand ponte de la Gestapo pour toute la France, dit le jeune homme pensivement. Ce type-là a dû en faire de belles !

— Effectivement.

— Et il s'en est sorti sans un accroc. Dommage qu'on ne lui ait pas passé la corde au cou en 1945.

O'Neill ne répondit pas. Il continuait à fouiller le dossier ouvert sur ses genoux, en réfléchissant. Le chauffeur l'étudiait : O'Neill était un personnage légendaire pour les agents de sa génération. Un personnage controversé, mais légendaire tout de même. Un type de la vieille école, l'un des pères fondateurs de l'agence, ces gars qui, après la guerre, avaient bazardé l'OSS pour créer la CIA avec Alan Dulles et Walter Bedell Smith.

— Il y a une chose que vous devez savoir, dit le chauffeur.

Les hommes et les femmes de son âge ne respectaient pas nécessairement le silence de leurs supérieurs.

— Ce type est toujours considéré comme un criminel par notre Centre de documentation nazie de Berlin. Le ministère de l'Intérieur de Basse-Saxe a même délivré un mandat d'amener contre lui. Vous pouvez toujours essayer de vous en servir.

— Effectivement dit T. F., ça n'irait pas loin.

Il avait senti une certaine désapprobation dans la voix de l'agent : un de ces petits moralistes que l'agence recrutait aujourd'hui.

— Mais il ne faut pas être trop dur avec nos amis de l'Intelligence Service. Ils ont passé le marché classique : dites-nous tout ce que vous savez et nous oublierons tous vos péchés ! C'est un jeu auquel nous nous sommes tous livrés après la guerre : nous, les Britanniques, les Russes, même les Français quand ils en avaient l'occasion. Chacun voulait avoir un expert de la Gestapo avec soi pour l'aider à lire par-dessus l'épaule de l'autre.

« Et Dieu sait si nous en avons eu ! se disait T. F. : Otto John, Reinhardt Gehlen, Klaus Barbie. » C'était l'époque où les enlèvements, les meurtres en coulisses, toutes les sales combines étaient les outils ordinaires de l'espionnage, pas encore les satellites et les IBM 360. Une époque où les idées généreuses et les illusions fondaient plus vite que neige au soleil — comme Ridley le lui avait dit.

T. F. pensa à ce vieux Ridley, mort d'un cancer du poumon, à 77 ans, deux mois auparavant. « Vous ne regrettez pas toutes ces *Players* que vous avez fumées à la chaîne pendant toute la guerre ? » lui avait-il demandé. « Pas une seule ! » avait grommelé Ridley. Mais les regrets n'étaient pas le fort de ce vieux salaud. « Ah ! Ridley ! se disait T. F. Vous les Anglais, vous avez toujours raison. Nous autres, Américains, nous avons été un tas de naïfs à nous lancer dans l'aventure en 1943 et 1944. Des nonnes sorties du couvent et projetées dans cette putain de vie. Mais nous n'avons guère tardé à perdre notre innocence. » Il regarda son chauffeur, si passionné, si empressé de plaire, toujours prêt à faire ce qui était bien. « Si tu restes dans ce métier un peu plus longtemps, mon vieux, se dit-il, tu verras. »

Il jeta un dernier coup d'œil au dossier de Bonn. Il devrait prendre des gants avec ce gentleman qui était, après tout, la propriété de l'Intelligence Service de Sa Majesté. On ne pouvait pas se comporter avec lui comme un Torquemada.

— Je ne serai pas long, dit T. F., en sortant de la voiture.

Le jeune agent le questionna du regard.

— Ne vous inquiétez pas. Il n'y a pas de problème, le rassura T. F. Juste une rencontre entre de vieux amis.

Le chauffeur suivit O'Neill des yeux. Il avait soixante ans et marchait comme un jeune homme qui va faire une partie de squash. Ils se ressemblaient tous, ces vieux types de l'agence. Ils parlaient tous avec ce ton nasillard qu'ont les pêcheurs de homards du Maine et les agents de change de Boston. Ils étaient habillés de la même manière. O'Neill portait un complet en flanelle grise de chez Brooks, qui lui allait comme un sac de pommes de terre et qui devait avoir dix ans d'âge, et un nœud papillon jaune à pois noir. Une cravate jaune, Seigneur ! Combien y en avait-il en Allemagne en 1973 ?

Tous ces types étaient polis, mondains, du style : « Comment allez-vous, très chère ? », mais, en dessous, froids comme du marbre. Ils donnaient l'ordre de liquider un pauvre diable, puis allaient prendre deux martinis avant de dîner. Le chauffeur se demandait combien de sang O'Neill avait sur les mains. Avoir été à la tête du Service des Opérations de l'Europe de l'Est pendant dix ans, ça voulait dire qu'il en avait eu son compte.

L'homme, qui était ainsi l'objet de la curiosité du jeune homme, marchait nonchalamment sur l'allée recouverte de gravier qu'ils avaient repérée tout à l'heure.

« *Kleingärten* », on lui avait dit à Bonn que c'était ainsi qu'on appelait ce genre de lotissement : « Petits Jardins », une institution typiquement germanique. Les gens vivant en appartement, dans la région surpeuplée de la Ruhr, louaient ou achetaient ces pavillons pour avoir un morceau de verdure dont ils puissent dire qu'il leur appartenait. T. F. remarqua comme ces jardins étaient bien entretenus. La plupart avaient une véranda et, au milieu de leur pelouse, flottait le drapeau jaune, rouge et noir de la République fédérale.

Il s'arrêta devant le 63. Lui aussi avait sa véranda et une antenne de télévision. La pelouse vert épinard était tondue au centimètre près. Des rangées de soucis, des touffes d'azalées, des violettes aux teintes sombres dessinaient les contours de la propriété avec la précision d'une épure de dessin industriel. Le propriétaire des lieux était en train de tailler ses rosiers. T. F. remarqua qu'il portait un tablier jaune sur lequel figurait un poing avec le pouce vert. Des statuettes de Blanche-Neige et des sept nains étaient dispersées sur le gazon dans le même savant désordre qui semblait présider à l'organisation de tout ce qu'il avait déjà constaté dans les *Kleinegärten*. « Comme c'est joli, ricana-t-il, foutrement joli ! »

Il ouvrit la porte et s'approcha de l'homme qui le considéra avec une certaine surprise.

— Herr Hans Dieter Stroemulburg ? dit-il.

La surprise de l'Allemand laissa place à une profonde stupéfaction. C'était la première fois, depuis treize ans, qu'on l'appelait par son vrai nom. Ses mains qui taillaient les rosiers se mirent à trembler. Il pâlit. Pendant un court instant, T. F. crut qu'il allait avoir une attaque, là, devant lui. Il se présenta aussitôt, montrant ses papiers officiels.

— C'est une visite strictement personnelle, dit-il. Sans conséquence.

— *Ach so, ach so !* répéta Stroemulburg, trop bouleversé pour dire autre chose. Il finit par montrer à T. F. le chemin de la véranda.

— Venez ! dit-il.

Il s'arrêta un instant sur le seuil, puis entra. Il n'y avait aucune raison pour que les voisins entendent leur conversation.

Il balaya de la main, avec un air gêné, les miettes du sandwich qu'il avait mangé pour son déjeuner, puis invita T. F. à s'asseoir sur le divan qui se trouvait derrière lui. Il alla chercher une bouteille de riesling dans son réfrigérateur et la posa sur la table avec deux petits verres. T. F. l'examinait pendant ce temps-là. L'âge l'avait un peu courbé et lui avait donné du ventre. Ses cheveux blonds étaient devenus blancs, mais ils étaient toujours aussi soigneusement coiffés en arrière. T. F. se souvenait des photos de lui qu'il avait eues entre le mains pendant la guerre. Il remarqua qu'il n'avait pas perdu un seul cheveu en l'espace de trente ans. Stroemulburg avait le visage congestionné, mais ce n'était peut-être que l'effet de l'émotion. Il avait les joues un peu flasques, mais toujours le même regard bleu et tranquille. Rien, dans son visage, ne trahissait la moindre souffrance endurée. « La vie, se dit T. F., a été clémente pour lui ; beaucoup plus que pour ceux qui ont croisé son chemin. »

Stroemulburg emplit deux verres de vin, en offrit un à T. F. et leva l'autre en signe de « Bonne santé ».

— *Prosit !* dit-il. Mais son regard lourd démentait son geste.

T. F. hocha la tête.

— Si je suis venu vous voir, Herr Stroemulburg, c'est, en un certain sens, parce que vous et moi avons été des adversaires, il y a de nombreuses années.

L'ancien officier de la Gestapo se pencha en avant, comme s'il eût été pressé de savoir ce qu'en fait il eût préféré ignorer.

— Juste avant le débarquement, l'organisation pour laquelle je travaillais à Londres a envoyé une jeune femme en France. Je me sentais très proche d'elle, même si je ne la connaissais guère. Elle a disparu après les hostilités. Depuis, j'ai toujours voulu savoir ce qui lui était arrivé. Il y a un moment dans la vie où il semble qu'on veuille retrouver tout ce qu'on a perdu. Peut-être avez-vous le même sentiment ?

Stroemulburg, qui aurait préféré tout oublier du passé, ne savait pas quoi répondre. Il choisit de se taire et laissa l'Américain continuer.

T. F. sortit une photographie du portefeuille qui contenait ses papiers de la CIA. C'était une vieille photo d'identité du temps de la guerre, sans expression, comme il y en a tant sur les documents officiels. Il la passa par-dessus la table, à l'Allemand.

— Peut-être reconnaîtrez-vous cette femme ?

Stroemulburg prit la photo et l'examina attentivement, comme s'il fouillait dans sa mémoire. Bien sûr, il l'avait reconnue ! Quel homme aurait-il pu oublier une aussi jolie femme ? Il la revoyait encore assise devant lui, avec ses cheveux blonds retombant sur ses épaules avec ses yeux verts, couleur de prairie au printemps, qui, jadis, le fixaient avec défi. Pleins de fierté. Car elle avait toujours été fière avec lui. Il posa la photo sur la table.

— Non, dit-il, avec une sorte de tristesse. Je crains de ne l'avoir jamais vue. Comment s'appelait-elle ?

— Pradier. Catherine Pradier.

— Quel était son pseudo? Car je pense qu'elle était une sorte d'agent.

— Denise.

Stroemulburg reprit la photo, l'examina de nouveau, comme si son nom devait lui rappeler quelque chose, puis il dit :

— Pourquoi devrais-je la reconnaître?

— J'ai de bonnes raisons de croire qu'elle a été prise par vos services de l'avenue Foch, en juin 1944.

Stroemulburg secoua la tête, d'un air consterné.

— Il s'est passé tant de choses à ce moment-là. Votre débarquement. La Résistance. On vivait dans un monde de fous. Savez-vous où elle a été arrêtée?

— Quelque part dans le Nord, je crois.

— Ah!

Il y avait dans la voix de Stroemulburg comme une sorte de soulagement : on aurait dit un médecin qui vient de trouver le bon diagnostic.

— Elle ne pouvait pas être sous ma juridiction. Le Nord dépendait de la Gestapo de Bruxelles. Elle a dû être menée là-bas. Vous savez comment sont les Allemands. Ils respectent le règlement à la lettre. Je puis vous assurer que je ne l'ai jamais vue à Paris.

Il se carra dans son fauteuil. Il était persuadé que ce qu'il venait de dire à l'Américain sur le caractère allemand lui suffirait.

Le regard bleu de T. F. le convainquit du contaire.

— Nous croyons aussi qu'elle a été déportée à Ravensbrück. Je sais que vous aviez été affecté à ce camp, vers la fin de la guerre.

— *Ja*, dit Stroemulburg, essayant de montrer à l'Américain une forme de sympathie. Mais vous savez, Ravensbrück était pire qu'un asile d'aliénés! Il y avait là douze mille femmes. Il en mourait des douzaines tous les jours. On n'en a jamais fait le compte. On n'en avait pas le temps.

Il eut un geste d'impuissance et grimaça comme s'il voulait chasser un souvenir particulièrement atroce de son esprit.

En fait, il était la proie d'un souvenir précis : celui de cet après-midi d'avril 1945, quand il avait convoqué Catherine Pradier dans son bureau de la Lagerstrasse, dans le bâtiment administratif du camp. On entendait déjà le grondement des canons de l'Armée rouge dans le lointain. Elle avait survécu à l'horreur de Ravensbrück, comme à celle qu'elle avait connue à Paris. Et que lui avait-il offert, cet après-midi-là, sinon une autre manière de survivre?

16

Il posa de nouveau la photo de Catherine Pradier sur la table. On sentait que, cette fois-ci, il ne voudrait plus la revoir.

— A la fin, il y avait une telle confusion, un tel chaos. Nous pensions à nous enfuir, pas à nos prisonnières.

T. F. le contemplait froidement. Il se retrouvait un quart de siècle en arrière, quand il avait accompagné Catherine Pradier au terrain d'aviation pour son dernier voyage, l'avait vue sauter dans ce petit avion... Dieu seul le savait : était-elle morte à Ravensbrück, victime d'un dernier acte de sauvagerie de la part des SS ? Etait-elle arrivée à bon port, puis, dans la confusion de la Libération, avait-elle décidé de disparaître, de rassembler les morceaux épars de sa propre existence et de recommencer sa vie dans un monde où personne ne la reconnaîtrait ? Après tout, elle avait beaucoup de choses à oublier, à pardonner. « Alors que vous, se disait T. F. en regardant l'Allemand, vous vous êtes débrouillé pour vous arranger avec l'*Intelligence Service* et maintenant, vous avez pris une paisible retraite, vous taillez vos foutus rosiers sous la protection de l'IS, au-delà de ma portée ou de celle de quiconque. »

Stroemulburg eut à l'adresse de l'homme de la CIA l'ombre d'un sourire.

— Le visage de cette femme ne me dit rien. Je suis désolé. Car elle me paraît être de cette sorte de femme qu'un homme ne peut pas oublier.

O'Neill but une gorgée de vin.

— C'est pourquoi je suis ici.

— Qu'a-t-elle de si important pour vous ? Qu'a-t-elle fait ?

— Je dois prendre ma retraite, Herr Stroemulburg. Mais avant que je le fasse, mes employeurs m'ont demandé d'écrire l'histoire officielle de l'opération à laquelle vous et moi, bien qu'ennemis, avons collaboré au printemps de 1944. Elle s'appelait FORTITUDE.

— FORTITUDE ?

T. F. eut un sourire.

— Le mot n'a aucune importance. Il s'agissait d'une opération extrêmement secrète destinée à « couvrir » le débarquement en Normandie. Sans elle, je suis persuadé que ce débarquement aurait échoué.

Stroemulburg lutta pour réprimer l'excitation qui venait de s'emparer de lui. Après toutes ces années passées, c'était là la pièce qui manquait, la preuve qu'il avait toujours cherchée.

— Et cette femme...

Stroemulburg essayait de feindre l'incrédulité.

— Cette femme faisait partie de l'opération?

— Elle en a été le rouage principal. Sans elle, FORTITUDE aurait échoué.

L'Allemand s'enfonça dans son fauteuil. C'était bien ce qu'il avait pensé, quand il était trop tard, quand tout était fini et que ce qui restait de la meilleure armée allemande avait battu en retraite. « Les Anglais avaient fait preuve d'une intelligence diabolique, se disait-il en lui-même. Ils nous avaient totalement intoxiqués. Ces derniers avaient été tellement stupides, tellement naïfs que n'avions pu imaginer une telle chose. Comme dit le proverbe : " L'Allemand a la main dure et le cœur tendre ; l'Anglais a la main tendre et le cœur dur. " » Il est vrai que si Stroemulburg et les siens avaient cru à cet adage, ils auraient pu gagner la guerre.

— Et si FORTITUDE avait échoué, le débarquement n'aurait pas pu avoir lieu.

— Et s'il n'avait pas eu lieu, monsieur...?

— O'Neill — Il y avait encore de l'amertume dans le ton de l'Allemand — vous auriez très bien pu ne pas gagner la guerre.

— Les Russes auraient quelque chose à dire à cet égard.

— Les Russes?

— Ils auraient eu quarante des meilleures divisions de la Wehrmacht sur le dos, si, en juillet, vous aviez repoussé le débarquement.

Stroemulburg prit un air nostalgique, pensant aux chances manquées et aux gloires perdues

— Eh oui ! soupira-t-il, si vous aviez échoué, monsieur O'Neill, le monde serait aujourd'hui bien différent de ce qu'il est.

— C'est pourquoi je tiens absolument à savoir ce qui est arrivé à cette femme après qu'elle nous a quittés et ce qu'elle a fait.

Stroemulburg fixa du regard son visiteur. Son visage était aussi inexpressif qu'une feuille blanche. « Ça, mon vieux, se dit-il c'est une victoire que tu ne remporteras pas ! J'imagine ce que vos amis français penseraient si cette histoire se savait. Il y a des choses qu'il vaut mieux laisser dans l'ombre. »

— Je voudrais vraiment vous aider, dit-il à O'Neill, en soupirant, et avec un léger haussement d'épaules. Mais je ne me souviens de rien Il y a si longtemps de cela. Si longtemps !

Première partie

« QU'IL ÉTAIT BON LE VENT QUI SOUFFLAIT VERS LA FRANCE »

« Fair stood the wind for France »

Michael DRAYTON
Azincourt

Londres - Berchtesgaden - Paris - Asmara
Hartford (Connecticut)
novembre 1943 - mars 1944

Londres, 2 novembre 1943

Catherine Pradier était fascinée par le portier du *Savoy*, qui se dirigeait vers son taxi. Ce personnage dickensien, ouvrant la portière d'un geste majestueux, charmait et rassurait à la fois la jeune femme. Avec sa tunique verte à rayures argentées et son chapeau haut-de-forme, il était comme le vestige d'un monde disparu à tout jamais dans les horreurs du Blitz, le sang, la sueur, les larmes et cette guerre qui n'en finissait pas. C'était là ce qui concernait la moitié anglaise de Catherine.

— Un' dmi' couron', siouplait! dit le chauffeur.

Elle fouilla dans son sac à la recherche de deux shillings et six pence, en se demandant combien elle allait lui donner de pourboire. La complexité du système monétaire anglais l'exaspérait. Et c'était là la partie française de son être. Finalement, elle glissa un shilling supplémentaire dans la main tendue du chauffeur et descendit du taxi.

Elle se sentait merveilleuse. Pour la première fois depuis septembre 1939, elle portait une robe du soir. Un fourreau de soie noire de chez Chanel. Cette chose ornée de tulle était tout ce qu'elle avait emporté d'élégant avec elle, quand elle avait quitté Paris en toute hâte en juin 1940. Pendant plus de trois ans, cette robe était restée suspendue dans son armoire, fantôme d'un passé révolu. Ce soir-là, en sentant sur sa peau cette caresse soyeuse et le tissu qui frôlait ses jambes, elle avait l'impression d'être redevenue la petite fille qu'on habillait pour un bal costumé et qui faisait l'admiration des adultes.

Deux pilotes américains, portant des casquettes de la 8ᵉ US Air Force, se dirigeaient vers la porte-tambour de l'hôtel. En la voyant, ils s'écartèrent. L'un d'eux poussa un petit sifflement quand elle passa devant lui. L'autre enleva sa casquette, s'inclina légèrement et murmura : « M'accordez-vous la prochaine danse, *angel* ? »

Catherine tapota sa longue chevelure blonde et sourit aux deux aviateurs en entrant dans le hall de l'hôtel. Consciente des regards qui convergeaient vers elle, elle passa dans le salon, où des hommes en uniforme étaient assis dans de confortables fauteuils, en compagnie de membres de l'aristocratie britannique vêtus de tweed, venus de leur manoir de province pour passer quelques jours à Londres et contempler le spectacle de l'Angleterre en guerre. Au bout du salon, elle tourna à gauche et se dirigea vers le bar. Elle se tint un instant immobile sur le seuil. Assis sur son tabouret, le contre-amiral, sir Lwellyn Crane, l'aperçut et se précipita vers elle. Il avait la cinquantaine passée, les tempes argentées, le visage hâlé par le soleil de la Méditerranée.

— Catherine ! s'exclama-t-il. Tu es tout simplement ravissante. Ce soir, je serai l'homme le plus envié de tout l'hôtel.

Il la prit par le bras et la conduisit vers une table située dans un coin, en faisant un signe au serveur.

— Que désires-tu ?

— Je crois que je vais prendre un dry martini, répondit-elle.

— Un *vrai* dry martini, dit Crane au serveur, et soyez assez aimable pour m'apporter mon *Pimms*, que j'ai laissé sur le bar. Mon Dieu ! ajouta-t-il, en se tournant vers Catherine, comme ça fait longtemps ! Nous avons un tas de choses à nous dire. Heureusement que j'ai appris que tu te trouves à Londres ! As-tu des nouvelles de ton père ?

— Pas depuis la chute de Singapour, dit Catherine. La Croix-Rouge suisse m'a dit, au mois de mars 1942, qu'il était dans un camp de prisonniers japonais près de Penang. Depuis, je n'ai plus eu de nouvelles de lui. Je lui ai envoyé des colis par la Croix-Rouge chaque mois. — Elle eut un haussement d'épaules résigné. — Dieu sait ce qui a pu lui arriver !

— Ne t'inquiète pas ! dit l'amiral, en posant sa main d'un geste rassurant sur son genou. Il s'en sortira. Ton père est un homme solide. Je le connais.

Crane et le père de Catherine avaient en effet servi ensemble comme jeunes officiers sur le *HMS Coventry* en 1917, l'année de la naissance de Catherine. Ils étaient amis depuis leur séjour au Dartmouth Naval College. Ils étaient *midships* quand l'escadre du Pacifique de la Royal Navy avait été envoyée à Shanghai en 1913. C'est là que le père de Catherine avait rencontré celle qui allait devenir sa mère, et qui était la fille du directeur pour la Chine de la Banque de d'Indochine. Tout naturellement, le père de Catherine avait demandé à son ami Crane d'être le parrain de sa fille quand la nouvelle de sa naissance était parvenue sur le *Coventry*. Catherine méditait, en contemplant cet homme encore beau qui se trouvait devant elle : « Tuffy » Crane, comme elle l'appelait depuis qu'elle était enfant. Il avait été un parrain attentionné et fidèle.

Le mariage de ses parents n'avait guère duré. Il avait commencé romantiquement et s'était achevé dans la banalité quotidienne. Sa mère ne supportait pas les longues séparations d'avec son mari, ces changements incessants de résidence, qui constituaient la vie de l'épouse d'un officier de la *Royal Navy*. Elle ne voulait pas de l'existence imposée à ces Juifs errants de l'Empire britannique ! Et puis le climat pluvieux de la campagne anglaise n'avait guère de charme pour elle, une Française de pure souche. Quand son père mourut, et qu'elle en hérita, elle quitta le père de Catherine et s'installa au soleil de Biarritz. C'est là qu'elle avait élevé sa fille comme elle entendait que fût élevée une jeune Française. Elle disait sans cesse à Catherine, comme pour expliquer ou se faire pardonner son divorce · « Les Français voyagent bien, mais ne s'exportent pas. »

— Oh Tuffy, j'espère que vous avez raison ! dit-elle en soupirant. Je suis inquiète pour mon père. On raconte des choses tellement abominables sur ces camps.

— C'est vrai, mais il tiendra le coup, tu verras. Et comment va ta mère ? Elle est avec toi ? Elle est restée en France ?

Catherine se taisait.

— Catherine, tu m'écoutes ?

— Vous n'êtes pas au courant ?

— Au courant de quoi ?

— Elle est morte.

— Mon Dieu ! bredouilla Crane. Je ne peux pas le croire. Qu'est-ce qui lui est arrivé ?

La jeune femme respira longuement et but une gorgée de son martini, comme pour se donner le courage de continuer. Elle pensait sans cesse à sa mère, dont la mémoire était attisée par les pires souvenirs.

— C'est arrivé pendant l'exode, dit-elle à Crane. Maman était venue de Biarritz pour rester avec moi en mai 1940, juste avant l'offensive allemande. J'avais un appartement rue Pergolèse et je travaillais chez Coco Chanel.

— Tu étais encore mannequin ?

— Non.

Catherine avait répondu comme si cette idée lui était déplaisante.

— J'avais abandonné l'année d'avant. C'était un travail ennuyeux, sans aucun intérêt. J'aidais « Mademoiselle » à diriger la maison, je m'occupais des clients étrangers — on n'en avait pas tellement depuis que la guerre avait commencé. Bref, quand l'offensive allemande a eu lieu, nous n'avons pas voulu quitter Paris. Je n'aurais jamais cru que les Allemands pouvaient nous battre.

— Qui l'aurait cru ?

— Comme ils approchaient, je suis devenue enragée ; je voulais me battre sur les barricades. Mais il n'y a pas eu de barricades.

— Catherine, tu ne parles pas sérieusement !

— Bien sûr que si, Tuffy. N'oubliez pas que Papa m'emmenait en Ecosse, en août, pour chasser la grouse. On m'avait offert un fusil pour mes dix-huit ans. Je tirais presque aussi bien que mon père et mieux que beaucoup des gens qui chassaient avec lui. J'étais prête à prendre mon fusil et à monter sur une barricade — s'il y en avait eu !

L'amiral sourit et lui tapota de nouveau affectueusement le genou.

— J'avais oublié que tu étais un véritable garçon manqué — bien qu'en te voyant aujourd'hui on ne le croirait guère.

— Finalement, Maman et moi avons décidé de rejoindre Biarritz. Elle était venue dans sa Citroën et, par mesure de précaution, nous avions fait le plein d'essence. Nous sommes parties le 10 juin.

Catherine ferma les yeux : elle se revoyait encore sur les routes de l'exode.

— Vous ne pouvez imaginer à quel point ce fut terrible. Il y avait des voitures, des bicyclettes, des carrioles à chevaux, des gens qui allaient à pied, avec des baluchons sur le dos. Tout le monde criait, se disputait, était prêt à tuer pour dépasser une voiture tombée en panne. On dit que, dans les périodes critiques de l'Histoire, les gens manifestent le meilleur d'eux-mêmes. Pas les Français. Ils sont pires qu'avant, croyez-moi. Vous n'avez jamais vu tant d'égoïsme, une telle absence de compassion pour les autres. C'était un véritable sauve-qui-peut ! Chacun pour soi et que les autres se débrouillent ! Nous avons mis un jour et une nuit pour dépasser Orléans.

Catherine se tut. Elle se retrouvait sur cette route nationale au sud d'Orléans, roulant au pas, dans le petit matin de juin.

— Alors les avions sont arrivés. Il y a eu d'abord les *Stukas* avec leur sifflement terrifiant. Ils nous ont bombardés. On entendait l'éclatement des bombes et on voyait un nuage de fumée noire qui tourbillonnait dans le ciel. Puis ce fut le tour des chasseurs.

Catherine frissonna. Elle voyait encore ces avions qui fonçaient sur eux. Ils étaient si proches qu'on apercevait le visage des pilotes C'est alors qu'elle avait entendu le crépitement des mitrailleuses. Les balles avaient traversé le toit de la voiture et à moitié arraché la tête de sa mère.

— C'était horrible. Je l'ai tenue dans mes bras, tandis qu'elle mourait. Quand les avions sont partis, j'ai demandé que quelqu'un m'aide à l'enterrer sur le bord de la route. Personne n'est venu. Je criais pour qu'on m'aide à enterrer ma propre mère et les gens, eux, criaient pour que je remette la voiture en marche, parce qu'elle bloquait la route.

Catherine but une autre gorgée de martini. Elle luttait pour retenir ses larmes.

— Finalement, deux soldats — des déserteurs, je suppose — sont arrivés. Ils m'ont dit qu'ils m'aideraient à enterrer ma mère si je les prenais dans la voiture. Nous avons creusé un trou dans le fossé, on l'y a mise et on est reparti.

— Pauvre enfant ! dit Crane. C'est épouvantable ! Et où es-tu allée ?

— A Bordeaux. Tout ce que je désirais, c'était retrouver Papa. Je suis montée à bord d'un mouilleur de mines de la Royal Navy, en montrant mon passeport britannique et en disant que j'étais la fille d'un officier de marine. Il était, bien entendu, impossible de trouver une place à bord d'un avion partant pour l'Extrême-Orient. Alors j'ai travaillé comme dactylo dans un dépôt de munitions. Un travail devenu parfaitement inutile.

Ils finirent leurs verres, puis Crane l'accompagna à une table du restaurant. A la vue des chandeliers, de la nappe et des serviettes luxueuses, des verres en cristal et des couverts en argent, en entendant l'orchestre de danse dans le lointain, Catherine se sentit un peu soulagée de sa peine. Elle se délectait à l'avance des langoustines et de la sole que Crane avait commandées pour le dîner.

— Et vous, qu'êtes-vous devenu, Tuffy ? demanda-t-elle, quand le serveur fut parti avec la commande. Je vous ai cherché dès que je suis arrivée en Angleterre, mais en vain. Vous étiez en mer ?

— Non, dit l'amiral, en faisant une grimace. Je suis au regret de t'avouer que je n'ai pas mis le pied sur un navire depuis décembre 1940. On a jugé plus convenable de m'affecter au commandement du

Moyen-Orient, au Caire. J'ai passé là trois ans dans une charmante villa, sur la route qui mène aux pyramides. Je n'ai couru aucun danger, sinon celui d'attraper la courante pharaonique. Une maladie locale.

— Vous devriez en être reconnaissant. Que faisiez-vous ?

— Un peu de tout. Pas de ces choses dont on puisse parler Quand les Américains sont arrivés, on m'a envoyé à Alger.

— Dans une autre charmante villa ? dit Catherine avec un sourire.

— Non. Dans un hôtel encore plus luxueux : le Saint-Georges, qui domine la baie d'Alger. Je suis encore affecté à ce poste. Je suis à Londres en permission pour quelques jours.

Le garçon servit le vin et Crane le goûta d'un air absent. Il ne voulait pas reparler à sa filleule de la mort de sa mère, des circonstances critiques dans lesquelles se trouvait son père. Finalement, il choisit un autre sujet de conversation.

— Ma guerre est sans intérêt. Dis-moi ce que, vous, vous avez fait. Je ne crois pas que nous nous sommes revus depuis votre mariage Ou, pour être plus précis, depuis ton « non-mariage ».

Catherine eut un petit rire.

— M'avez-vous pardonné d'avoir fait ça ?

— Je n'ai rien à te pardonner, répliqua Crane. En fait, je me suis bien amusé.

— J'imagine les réactions des autres.

— Evidemment ! Personne n'a vraiment compris l'attitude de ma chère filleule.

— J'en suis sûre. Mais ce n'était pas ce que vous pouvez penser. Catherine goûta son vin :

— Délicieux ! Qu'est-ce que c'est ?

— Un chablis 1934. Il vient de mon fournisseur favori à Beaune, Joseph Drouhin. Mais dis-moi, ma chérie, qu'est-ce qui t'a poussée à faire une telle chose ?

— Ah ! mon Tuffy adoré !

Elle soupira et reposa son verre sur la table.

— Ce qu'on voulait, ce n'était pas un mariage, mais une alliance. La famille de Jean-Jacques a une grosse fortune.

— On me l'a dit.

— Quand maman a vu l'intérêt qu'il me portait, elle a tout fait pour l'encourager. Ses parents à lui aussi. J'aimais bien Jean-Jacques. Je l'adorais même — mais comme ami. Comme mari ? Pour être honnête, je crois bien que je l'aurais fait cocu dans les cinq minutes. Il aurait eu des cornes si hautes qu'il aurait dû se pencher pour entrer dans notre chambre à coucher.

Un sourire — qui n'avait rien de celui d'un parrain — se peignit sur le visage de l'amiral.

— Alors, pourquoi êtes-vous allés aussi loin ?

— Je ne voulais pas. Jean-Jacques non plus, vraiment. Mais il y avait ces réunions de famille qui nous dépassaient. La guerre allait venir. Il fallait penser à la sécurité. Peut-être que le fait d'avoir une femme et un enfant ferait que Jean-Jacques ne serait pas mobilisé. Je suppose qu'après avoir bu trop de champagne, j'ai dit : « Bon ! C'est peut-être une bonne idée. » Quand, deux jours plus tard, je me suis réveillée, c'était écrit noir sur blanc dans le *Figaro* : on annonçait notre mariage.

— C'est alors que tu aurais dû rompre.

— Bien sûr, Tuffy ! Mais vous n'avez pas idée de ce que c'est d'être embarquée dans une affaire pareille. Vous êtes emporté dans un tourbillon. Je n'avais que vingt-deux ans, souvenez-vous. Tout d'un coup, il y a eu une foule de réceptions, de voyages à Paris pour le trousseau, les cadeaux de mariage qui arrivaient du monde entier. J'étais prise au piège.

— Et puis cela allait sûrement être le mariage de l'année !

Catherine éclata de rire. Tout ce qui s'était passé ce jour de juin était présent à son esprit.

— Pouvez-vous imaginer deux cents personnes venant de Paris dans un train spécial, uniquement pour ce mariage ? Je suis encore effarée quand j'y pense.

— Et moi, je continue à ne pas comprendre pourquoi tu as fait une chose pareille. A tout le moins, tu as été dépassée par les événements.

— Je vais vous dire. Ce matin-là, je suis restée assise dans ma chambre toute la matinée à regarder ma robe de mariée. Je n'ai pas pleuré. Je n'ai pas versé une seule larme pendant toute cette affaire. J'avais le sentiment de couler à pic, de commettre une gigantesque, irréparable erreur. C'est alors que ma mère est entrée. Elle m'a dit : « Ma chérie, si tu ne mets pas cette robe dans une minute, tu ne seras jamais à temps à la mairie. » A l'instant où elle disait ça, j'ai tout compris. Tout ça était mauvais. Mauvais pour moi. Mauvais pour Jean-Jacques. Mauvais pour les enfants que nous aurions pu avoir. J'allais blesser Jean-Jacques, mais cette blessure serait moins grave que celle que lui aurait procurée un mauvais mariage.

Catherine regarda son parrain. Il y avait encore dans ses yeux le même défi qu'elle avait montré cinq ans auparavant.

— J'ai répondu : « Je n'irai pas à la mairie, Maman. Je retourne à Paris. »

— Bon Dieu !

L'amiral eut un hoquet en imaginant la scène.

— Ta pauvre mère a dû manquer mourir.

— Elle a eu une véritable crise d'hystérie. « Et ces quatre cents personnes que nous avons invitées au British Club pour la réception ? Et ces deux cents qui commencent à arriver à la mairie ? Et Jean-Jacques ? »

— Je lui ai dit : « Maman, ça ne regarde que moi. Les autres vont passer un bon moment, mais sans moi. » Et puis, je suis montée dans ma voiture. Comme ça !

Catherine se mit à rire, en se souvenant de l'événement.

— Je dois ajouter que j'ai éprouvé alors un énorme soulagement. J'avais eu le courage de prendre la décision qui s'imposait.

— Parfait ! dit Crane avec une certaine admiration. Tu as sûrement causé un véritable scandale. Ce n'est pas tous les jours qu'une *young lady* invite deux cents personnes de la bonne société française à un mariage qui n'aura pas lieu.

— Ça a dû être atroce !

— Jean-Jacques est arrivé véritablement hors d'haleine. Comme s'il venait de remporter le premier prix de poésie de son collège — ce que, entre nous, je pense qu'il croyait. Pauvre diable ! Vous imaginez l'air qu'il avait quelques minutes plus tard ? Quand vous avez attendu votre future épouse pendant trois quarts d'heure devant Monsieur le maire, vous commencez à avoir des doutes. Je n'avais jamais porté beaucoup d'attention à ce jeune homme. On l'a retenu dans le hall de la mairie, tandis que le maire informait l'assistance qu'il y avait eu un changement au programme.

— J'imagine que vous avez cru, alors, que j'étais devenue folle.

— Pas vraiment, dit Crane, en étouffant un petit rire. Un des types invités à la cérémonie s'est arrêté au Sonny's Bar pour parler de choses et d'autres tout en regardant les « cocottes », tandis que toi, pendant ce temps-là, tu étais déjà en route pour regagner Paris et ta liberté.

Le garçon interrompit leurs éclats de rire, en posant devant eux un plat de langoustines. Tandis qu'il s'éloignait, l'orchestre commença de jouer « Lady is a tramp ». Crane repoussa sa chaise.

— Laissons tomber tout ça et allons danser !

Revenant à leur table, trois minutes plus tard, Catherine se disait que la manière dont l'amiral l'avait enlacée sur la piste de danse, dont il l'avait regardée, n'était pas celle d'un parrain ordinaire.

— Tuffy, dit-elle, en entamant ses langoustines, j'ai quelque chose à vous demander.

— Je t'écoute.

— Je vais peut-être devenir orpheline, à cause de cette satanée guerre. Et qu'est-ce que j'aurai fait pendant tout ce temps-là ? Rien, absolument rien, sinon de taper des paperasses pour un dépôt de munitions. Si j'étais un homme, je me serais engagée, je me serais battue. Mais qu'est-ce que je peux faire ? Ne pouvez-vous pas trouver quelque chose pour moi ? Ne pouvez-vous pas m'emmener à Alger avec vous ? Il n'y a pas quelque chose que je puisse faire dans cette guerre ?

— C'est une question difficile, répondit Crane.

— Je sais. Mais comment puis-je vivre après avoir connu tout ça si je ne fais rien ? J'ai essayé et ça a toujours été la même réponse dactylo ou infirmière.

— C'est normal — et utile, répliqua Crane.

— Je veux faire quelque chose de mieux.

Crane la soupesa du regard, puis retourna à ses langoustines. Il les dégustait avec application, comme s'il savourait chacun de ces petits crustacés.

— C'est bon, dit-il. Au fait, ma chérie, est-ce que tu parles en dormant ?

Catherine était stupéfaite par la question de son parrain.

— Ça m'arrive.

— En français ou en anglais ?

Elle changea de visage.

— Toujours en français. En tout cas, c'est ce qu'on m'a dit.

Son parrain retourna à ses langoustines et resta silencieux pendant un moment.

— Ce que je viens de te demander t'étonne ? dit-il finalement Mais il est difficile de trouver un Anglais ou une Anglaise qui parle le français couramment. L'ûrdu, le telugu, le swahili, ça, oui ! Mais le français !

Catherine pensa qu'il voulait l'engager comme interprète. Est-ce que ça serait pire que le dépôt de munitions ?

— Sa Majesté continue à te considérer comme une de ses citoyennes, même si tu es française de cœur, n'est-ce pas ?

— Bien sûr, répondit Catherine. J'ai gardé ma nationalité britannique.

Son parrain reposa sa fourchette et son couteau et réfléchit un long moment.

— Il y a une chose, finit-il par dire, pour laquelle tu peux nous rendre un grand service.

— Je ne demande pas mieux.

— Bon ! dit Crane. Laisse-moi passer un ou deux coups de fil

*

Londres, 19 mars 1944

L'homme se tenait silencieux près de la fenêtre ouverte et contemplait en méditant l'obscurité dans laquelle était plongée la ville. D'Orchard Street, trois étages plus bas, montait un bruit de pas précipités : c'étaient les Londoniens qui allaient se mettre à l'abri des bombardements dans les stations de métro de Bond Street et de Marble Arch. Le major Frederick Cavendish leva les yeux vers le ciel. Cela faisait deux semaines que, presque chaque nuit, les bombardiers allemands remontaient la Tamise jusqu'à Londres. Les Londoniens appelaient ça le « petit Blitz » et, une fois de plus, ils allaient dîner en ville ou assister à des cocktails, leur casque sous le bras. C'était comme si Hitler avait voulu avertir la Grande-Bretagne, qui était si paisible et se préparait à une grande invasion, que sa Luftwaffe était une force avec laquelle il faudrait compter dans les jours critiques qui s'annonçaient.

Cavendish respira profondément l'air humide de la nuit porteuse de parfums qui semblaient promettre un changement proche. Il avait remarqué, ce matin même, que les crocus de Portman Square étaient prêts à fleurir aux premières chaleurs. Les narcisses, aussi, seraient bientôt là. Le printemps allait venir, le dernier printemps, peut-être, de cette satanée guerre.

Cavendish alluma une Gauloise qu'il avait sortie d'une poche de sa chemise kaki d'uniforme et souffla deux longues bouffées de fumée par ses larges narines. Cela faisait quatre ans qu'il consacrait presque chaque heure de ses journées à préparer le débarquement qui allait avoir lieu au cours de ce printemps, aussi sûrement que fleuriraient les crocus de Portman Square. Tout cela s'était passé dans cet appartement luxueux de Orchard Court dissimulé derrière sa façade de style néo-géorgien, servant d'annexe au Quartier général d'un des organismes les plus secrets en Grande-Bretagne. Sous ses ordres, plus de deux cents agents avaient franchi la porte de cet immeuble portant discrètement le numéro 6, pour être par la suite infiltrés en France occupée par parachutage, par avion ou par mer. Il y avait là des pairs et des pédérastes, des perceurs de coffres-forts et des professeurs, des étudiants, des hommes d'affaires, des prêtres, des hommes de loi, des fils à papa livrés à l'oisiveté ou des voyous sortis des bas-fonds d'East End. Ils avaient pour tâche d'aider à organiser les maquis, saboter les usines françaises travaillant pour les Allemands et, par-dessus tout, désorganiser les arrières de l'ennemi, pendant ces jours critiques dont dépendraient le succès ou la réussite du débarquement qui se préparait.

Ils étaient deux cents hommes et femmes. Cavendish savait que la moitié d'entre eux seulement étaient encore en vie et en activité. Les autres étaient morts ou, ce qui était peut-être pire, dans les prisons de la Gestapo en France et en Allemagne. Le tintement discret de la sonnette d'entrée l'interrompit dans ses pensées. Il jeta un coup d'œil à sa montre. Il était sept heures. Elle était exacte au rendez-vous. C'était bon signe. La ponctualité n'est pas le fort des jolies femmes. Pour ses agents, cela pouvait être une question de vie ou de mort. Elle avait bien appris sa leçon.

Il entendit le bruit des pas de Park, son maître d'hôtel, qui s'approchait de la porte d'entrée, puis celui de talons hauts qui résonnaient sur les dalles de marbre du couloir menant à la pièce qui lui avait été assignée. Elle allait vivre de mauvais moments. A partir de cet instant, elle sentirait monter en elle les craintes et les doutes, la peur de l'inconnu, de ce que les prochaines heures devaient lui apporter. Cavendish reprit sa fiche personnelle dans le classeur marqué « Top Secret » qui se trouvait sur son bureau. Catherine Pradier lui avait plu dès leur première rencontre. Son *background* était parfait. Elle possédait le passeport bleu et or de Sa Majesté, mais tout en elle était français. Elle avait fait ses études en France, Cavendish l'avait constaté avec soulagement. En effet, la Gestapo avait récemment mis au point une nouvelle ruse pour démasquer les agents anglais qui parlaient parfaitement le français, mais n'avaient pas été élevés en France. On leur faisait lire une fable de La Fontaine à haute voix. Les agents en question se trahissaient, car ils n'avaient pas cette sorte d'accent chantant et cadencé que les petits Français acquièrent à l'école

31

primaire. Une carte d'identité, si habilement imitée fût-elle, ne pouvait convaincre la Gestapo que l'agent soumis à un tel test avait fait ses études à Auxerre ou à Nice.

Cavendish fit craquer nerveusement les phalanges de sa main gauche. C'était aussi pour lui un mauvais moment à passer. Maintenant, les doutes effacés, les craintes refoulées revenaient à la surface Déceler, chez un homme ou une femme, les qualités si difficiles à définir qui leur permettront d'être un bon agent secret, ne relève pas d'une science exacte. Comment prévoir que tel individu pourra se débrouiller tout seul, sans aucune aide, dans un monde hostile? Qui, malgré la tension nerveuse et la fatigue, sera capable d'éviter la plus petite erreur, le moindre geste qui pourraient le conduire à être arrêté ou à trahir? Comment prévoir si un tel ou une telle restera silencieux sous les tortures de la Gestapo, ou bien craquera et donnera le nom de ses camarades et les endroits où ils se planquent?

Un jour, les supérieurs de Cavendish lui avaient demandé d'utiliser des psychiatres pour examiner ses candidats et décider de ceux qui étaient les plus capables. Mais comme il ne pouvait dire aux psychiatres que peu de chose sur les endroits où ses gens devaient aller et ce qu'ils auraient à faire, leur opinion avait été singulièrement désespérante. « Cet homme souffre d'un complexe maternel », déclarèrent-ils de l'un d'eux.

« Et alors? s'était dit Cavendish. Je lui trouverai une mère en France. Ce que je veux savoir, moi, c'est s'il a assez de couilles pour pénétrer tout seul dans la base de sous-marins allemands à Saint-Nazaire et poser une charge de plastique dans un générateur électrique. »

On dut finalement se fier à l'instinct, cherchant ceux qui possèdent une sorte de calme intérieur. Ce qu'on voulait, à la fin, c'étaient des hommes et des femmes qui avaient en eux des réserves cachées de patience et de détermination, mais dont l'apparence était si commune que l'on puisse les croiser sur un trottoir sans les remarquer.

Décider si un candidat possédait de telles qualités était particulièrement difficile quand il s'agissait d'une femme. Le fait d'employer des femmes pour des missions aussi sales que dangereuses était l'un des secrets les plus soigneusement gardés de cet organisme lui-même très secret. Il est facile d'imaginer le bruit que cela aurait fait dans la presse et dans l'opinion, si l'on avait su que l'on envoyait des femmes derrière les lignes ennemies, sachant que pour les Allemands elles seraient considérées comme des terroristes, à coup sûr torturées et fusillées si elles étaient prises. Il n'y avait eu aucun précédent dans les annales des guerres passées. Afin de justifier la chose, on avait trouvé une jolie formule : « Les femmes sont appelées à se joindre à la défense de nos idéaux communs, comme les hommes. Cette guerre est une guerre totale, elle n'est pas réservée aux seuls hommes. »

En fait, la décision d'employer des femmes reposait sur des raisons plus solides. Elles pouvaient circuler dans la France occupée plus facilement que les hommes. Elles étaient moins suspectées lors des contrôles de police. Une femme ne pouvait pas être prise dans une rafle et envoyée travailler en Allemagne. Il y avait une autre raison, plus cynique. La Gestapo, comme l'Abwehr (les services de renseignements militaires allemands), avaient à l'égard des femmes une attitude curieusement démodée, pour ne pas dire chevaleresque, encore que cela n'empêchât pas la Gestapo de les torturer quand elles tombaient entre ses mains. Aucune organisation n'aimait employer des femmes dans des rôles actifs. Et les chefs des services ennemis ne pouvaient croire que des gentlemen buvant du thé et jouant au cricket dans leurs costumes de flanelle blancs se serviraient de femmes pour des choses aussi sordides.

Cavendish eut une sorte de frisson. Prendre une décision dans ce genre d'affaires était plus que délicat et les risques n'étaient que trop clairs. Comment oublier les terribles conséquences qu'une erreur de jugement pouvait avoir et de quel prix la paieraient l'agent ou ceux qui travaillaient pour lui. Soit : le *background* de Catherine Pradier était parfait. Elle avait du courage et ses notes d'entraînement étaient bonnes. En outre, il avait un besoin plus qu'urgent d'opérateurs-radios sur le terrain. Il y avait cependant une difficulté avec cette fille qui l'inquiétait profondément, car elle allait à l'encontre de ses principes : aucun homme, à moins qu'il ne fût aveugle, ne pourrait croiser Catherine dans la rue sans la remarquer.

*

A deux portes du bureau de Cavendish, l'objet de ses préoccupations se contemplait dans une glace avec une moue de dédain non dissimulé. Catherine Pradier portait pour la dernière fois son uniforme kaki et le béret des FANYS (*Female Auxiliary Nurses and Yeomanry Service*), déguisement qu'elle avait toujours trouvé particulièrement déplaisant. Cela avait beau être l'uniforme des Forces de Sa Majesté, pour elle qui avait une conception de la coquetterie bien française, ce n'était qu'une sorte de sac mal ajusté et mal coupé, qui ne pouvait convenir qu'à ces ladies asexuées et d'un certain âge se promenant dans la campagne.

On l'avait ainsi habillée, car, pendant sa période d'entraînement, elle devait avoir une *couverture* militaire. C'est presque joyeusement qu'elle commença à se dévêtir. Elle enleva tout : ses sous-vêtements, ses épingles à cheveux et même la chevalière dont lui avait fait cadeau un de ses admirateurs de la RAF, un samedi matin, au vieux marché aux bijoux de Portobello Road. Toute nue au milieu de la chambre, Catherine frissonna.

Ce n'était pas de froid. Le simple fait de se déshabiller lui avait donné soudain pleinement conscience de ce qu'elle avait à faire. Son entraînement avait été aussi dur que méticuleux, mais rien ne l'avait préparée au moment présent. C'était comme si, en ôtant cet uniforme, elle avait abandonné sa personnalité réelle, la laissant, en quelque sorte, dans une garde-robe de Londres avec son soutien-gorge, sa culotte de *Marks and Spencers* et ses chaussures anglaises voyantes en cuir marron.

Elle disposa soigneusement sur le lit les vêtements qui allaient faire d'elle une femme nouvelle, la transformer en Alexandra Boyneau, une jeune Française de vingt-six ans, née à Oran (ville où elle n'avait jamais mis les pieds), dans une famille de colons, habitant désormais Calais et divorcée. Son père avait été officier de marine français — ce qui, remarqua-t-elle, était vrai, sauf qu'il était anglais.

Chaque pièce de sa nouvelle garde-robe avait été choisie avec un soin minutieux par Maurice Weingarten, un tailleur juif originaire de Vienne. Travaillant pour Cavendish, il avait monté un atelier de couture clandestin Margaret Street, près d'Oxford Circus. Personne ne suivait plus attentivement que lui la mode féminine en France occupée. Son atelier était encombré de journaux et de magazines parisiens qu'on lui avait apportés de Madrid, de Lisbonne ou de Stockholm. Chaque vendredi soir, Weingarten faisait toutes les synagogues de Londres à la recherche de réfugiés arrivés de fraîche date du Continent, dont il pouvait acheter les vêtements ou, en tout cas, y repérer le style d'un couturier ou d'une maison de confection français.

Pour Catherine, il avait fait un ensemble gris foncé à fines rayures blanches. Le moindre ourlet, le moindre morceau de tissu, le moindre bouton avait été cousu par les employés de Weingarten à la manière française, de façon à ne pas attirer l'attention d'un Allemand à l'œil exercé. Le tout avait été ensuite lavé et repassé une bonne douzaine de fois afin de faire un peu usagé.

Catherine, de son côté, avait lavé à maintes reprises ses longs cheveux blonds avec un shampooing tel qu'on en trouvait sous l'Occupation et, maintenant, elle les avait coiffés dans le style bouffant qui était à la mode, ce printemps-là, en France. Elle prit sur une table un flacon de liquide brunâtre portant la marque « Création Bien-Aimée, Paris » et en recouvrit patiemment ses jambes longues et nerveuses. Rapporté à Londres par un des agents de Cavendish, ce liquide était de ceux dont les Françaises s'enduisaient les jambes pour simuler des bas de soie qui étaient devenus rares en ce temps-là. En sentant la lotion sécher sur ses mollets, Catherine sourit : voilà une paire de bas qui ne « tournerait » pas !

Elle s'habilla rapidement et suspendit son sac à son épaule. Les services de Cavendish avaient consciencieusement rempli ce sac de tickets de métro usagés, d'allumettes de marque française, d'un vieux portefeuille, d'un flacon à moitié vide d'un parfum au nom approprié aux circonstances, « Je reviens », de deux cartes de visite froissées, et d'une coupure du numéro du 3 mars de l'hebdomadaire collaboration-niste *Je suis partout* décrivant la collection d'été du couturier Paquin.

Une fois sa petite cérémonie d'habillage terminée, Catherine retourna vers la glace, où, quelques minutes plus tôt, elle s'était contemplée dans son uniforme de FANY. La transformation était telle qu'elle se regarda fixement, ne pouvant en croire ses yeux. Une seule pensée lui vint à l'esprit, celle d'Alice aux pays des merveilles : « Je suis Alice devant son miroir regardant une personne qui la regarde et qui n'est pas elle ! »

*

« Mettez l'Europe en feu ! » C'est avec cette phrase claironnante que, le 16 juillet 1940, Winston Churchill avait ajouté une arme nouvelle à l'arsenal épuisé de la Grande-Bretagne. On l'appela le SOE (le *Special Operations Executive* — Service des opérations spéciales). Il avait pour mission de « semer la terreur, de développer la résistance, de créer l'insécurité, de saper le moral et d'accumuler les destructions sur les arrières de l'ennemi ». Pour la première fois dans l'histoire, une nation démocratique avait créé officiellement un organisme dont la tâche était de porter des opérations de guérilla sur le sol d'une nation étrangère.

Malgré cela tous les feux de l'enfer réunis n'auraient pu suffire, en juillet 1940, à enflammer les pays d'Europe occidentale. L'été où Winston Churchill avait lancé un tel défi, il n'avait entre les mains qu'un pétard mouillé. Provoquer la terreur était le monopole de la Gestapo, la destruction des campagnes et des villes celui de la Luftwaffe. Quant à l'idée de résister à l'envahisseur nazi, elle était aussi totalement étrangère à l'énorme majorité des peuples d'Europe occupée que la métaphysique bouddhiste. Abasourdie par la défaite de leurs armées en mai et en juin, les populations de France, de Hollande et de Belgique étaient tombées dans une sorte de léthargie pleine de découragement, ne s'attendant qu'à la défaite inévitable et imminente de la Grande-Bretagne et, avec elle, à l'installation définitive de l'*Ordre nouveau* promis par Hitler.

Ce n'était pas le cas de Churchill. Il n'entendait pas laisser les Allemands en repos sur les territoires qu'ils venaient de conquérir, et, s'il ne possédait pas les armes conventionnelles pour les déranger dans leur sommeil, il avait l'intention de troubler leurs nuits par la terreur. Cela, il l'avait appris en combattant les ennemis de l'Angleterre aux frontières de l'Empire. Il s'était affronté aux Boers dans le *veldt* sud-africain, avait pourchassé les insaisissables Pathan tout au long de la frontière nord-ouest, étudié les tactiques employées par les terroristes de l'IRA afin de mobiliser les taudis de Dublin. La guerre que tous ces gens menaient était une guerre dépourvue de principes, de règles, de morale, aussi différente des vertus anglo-saxonnes de *fair play* que les chambres de torture de la Gestapo, Prinz Albrechtstrasse, l'étaient du tribunal d'Old Bailey à Londres. Tuer et s'enfuir ; tuer froidement d'un coup de poignard dans le dos ; tuer, puis aller se cacher parmi les innocents : telles étaient les règles de ce jeu sauvage. Mais, comme il l'avait lui-même constaté, c'était un jeu efficace et mortel qui pouvait décourager de nombreux soldats ennemis.

C'est pourquoi il avait créé le SOE. Ses principaux modèles lui étaient donnés par l'IRA, les guérilleros de Mao Tsé-toung, voire par la Cinquième Colonne organisée par les nazis. Ses principales tactiques seraient le sabotage, les grèves, la propagande clandestine, les boy-cotts, les émeutes, les actes de terrorisme. Ce service avait été surnommé le « Ministère de la sale guerre ». Les hommes et les femmes du SOE qui partiraient ainsi se battre dans l'ombre, en dehors des lois de la guerre, devaient savoir que leur vie était sacrifiée à partir du moment où ils monteraient à bord de leurs canots pneumatiques ou sauteraient en parachute d'un bombardier Halifax. Ils devaient savoir aussi que leurs actions pourraient être désavouées par le pays qu'ils servaient. Aucun document officiel ne révélerait jamais leur existence aux représentants élus du peuple anglais à la Chambre des Communes. L'Histoire, elle-même, ne saurait peut-être jamais ce qu'ils avaient fait ni pourquoi ils l'avaient fait.

Ainsi conçu dans le silence et le secret, le chemin du SOE avait été inévitablement jonché de controverses. Les responsables des services de renseignements officiels anglais considéraient le SOE comme une intrusion impardonnable dans un domaine où ils avaient l'habitude de n'être soumis à aucune concurrence ni supervision. Le major général Stewart Menzies, chef de l'*Intelligence Service,* mena un combat désespéré sur le plan administratif afin que le SOE fût placé sous l'autorité du *Foreign Office,* où il pourrait le contrôler. Churchill refusa. Il désirait que le SOE fût un organisme totalement indépendant. Profondément contrariés, Menzies et ses collaborateurs essayèrent de pénétrer le SOE avec le même zèle qu'ils mettaient à pénétrer les services de leurs ennemis de l'Abwehr. En dépit des obstacles qu'il rencontra sur son chemin, le SOE prit rapidement une étonnante extension. Son Quartier général à Norgeby House — un immeuble de sept étages, 83 Baker Street — portait une plaque noire où était inscrit en lettres d'or : « *Inter Services, Research Bureau.* » C'était de là que des hommes comme Frederick Cavendish contrôlaient toute une armée d'agents solidement implantée en Hollande, en Belgique, en Norvège, au Danemark, en France, dans les Balkans, en Pologne, et en Grèce.

Ils organisaient des sabotages contre des usines que la RAF ou l'US Air Force ne pouvaient bombarder sans causer de lourdes pertes parmi les civils. Sur des terrains écartés, ils effectuaient des parachutages d'armes et d'explosifs, aidaient à l'entraînement des gens qui commençaient à croire à la possibilité de leur libération. Ils mettaient sur pied la liquidation des collaborateurs et tendaient des embuscades aux patrouilles allemandes isolées. Surtout, par leur nombre sans cesse croissant, ils immobilisaient des milliers de soldats de la Wehrmacht qui, autrement, auraient été utilisés directement contre les armées alliées.

Le soir de mars 1944 où le tour de Catherine Pradier était venu de rejoindre son poste en France occupée, le SOE avait largement réalisé le rêve impossible de Churchill. Le retour des troupes alliées sur le continent, qui était impensable quand il avait créé le SOE, était imminent. Et lorsque ce jour arriva, les arrières des troupes allemandes furent réellement mis à feu et à sang par le SOE.

Les dirigeants de l'organisation, cependant, étaient restés les parias des services d'espionnage officiels. Aucun d'entre eux ne siégeait aux comités secrets où étaient préparées les opérations les plus tortueuses. Aucun n'avait accès au programme ULTRA qui permettait aux Alliés de déchiffrer les codes allemands.

Leur organisme avait acquis la réputation d'être terriblement peu sûr. Au White's Club, dans les endroits situés autour de Saint James Park où les vrais chefs de l'espionnage britannique vivaient et travaillaient, le mot d'ordre avait été passé : « Ne jamais confier un secret vital au SOE. » Cela aurait dû bouleverser l'organisation. Il n'en fut rien, car, dans cette terrible guerre de l'ombre qui agitait toute l'Europe, la défaillance d'une organisation secrète pouvait en renforcer une autre.

*

Cavendish se leva quand Catherine Pradier entra dans son bureau. Avec un large sourire, il contourna son bureau pour l'accueillir.

— C'est merveilleux ! s'exclama-t-il. On dirait que vous arrivez tout droit des Champs-Elysées.

En dépit de sa nervosité, elle lui rendit son sourire et se permit une courtoise moquerie. « De telles galanteries, se dit-elle, tombent rarement des lèvres de ce pauvre major. » Elle l'avait toujours considéré comme un prêtre anglican, non pas comme un homme de guerre. Une pomme d'Adam proéminente montait et descendait le long de son cou maigre qui semblait mieux fait pour le collet d'un homme d'Eglise que pour les revers d'un *battle dress*. Il avait un visage allongé et anguleux, un menton en galoche, un nez pointu, un front haut et bombé sur lequel se battaient quelques mèches solitaires. Il mesurait plus d'un mètre quatre-vingt-dix et, comme beaucoup d'hommes de haute taille, se penchait en avant comme pour saisir les propos que lui tenaient ces pauvres mortels que Dieu avait placés si bas sur terre.

Cavendish, lui, observait attentivement Catherine. C'était une femme qui savait ce qu'elle voulait. Malgré ce qui avait été convenu, elle avait refusé de couper ses cheveux blonds qui lui tombaient majestueusement sur les épaules. Les vêtements de Weingarten moulaient toute sa personne, qu'elle ne voulait ou ne pouvait rendre discrète. « Je parie, pensa-t-il, que, contrairement aux ordres, elle a filé vers la boutique de Weingarten pour lui faire retoucher sa robe aux endroits où il fallait. J'ai l'impression que nous allons devoir compter avec sa propre apparence, comme elle devra le faire elle-même pour survivre. »

Cavendish se carra dans son fauteuil.

— Et finalement, ma chère, si nous revoyions vos instructions ?

Catherine avait reçu la copie de ses instructions finales sur un bout de papier, quelques heures auparavant. Elle les avait apprises par cœur, puis les avait rendues à son officier « traitant ».

— Mon *pseudo* sera Denise. Je dois quitter ce pays par avion pendant la lune de mars, cette nuit même si le temps s'y prête. Je serai déposée quelque part au sud-ouest de Paris dans la vallée de la Loire, où je serai prise en charge par l'officier des opérations aériennes de l'organisation. Il m'aidera à rejoindre Paris, dès demain, si tout va bien.

En s'entendant répéter sa leçon, elle avait envie d'éclater de rire. Tout ça lui semblait trop dingue pour être vrai. « Est-ce que, vraiment, je peux me trouver là, ce soir, en toute sécurité, dans cet appartement confortable, et, demain, faire route vers Paris, entourée de soldats allemands, et même bombardée par les avions de ceux qui m'auront envoyée là ? »

— Je romprai le contact avec l'officier chargé des opérations aériennes à Paris et je continuerai, seule, en train, vers Calais, via Lille. En arrivant à Calais, j'occuperai l'appartement, au deuxième étage à gauche, 17, rue des Soupirants, dont j'aurai la clé jusqu'à ce que j'aie pris contact avec mon réseau. Tous les matins, à 11 heures, je me rendrai au café des Trois Suisses, où je guetterai un homme se tenant au coin de la rue en face du café, vêtu d'une salopette bleue et portant une boîte à outils en métal de couleur verte. Je lui demanderai s'il est le plombier que j'ai appelé pour réparer mon évier bouché. Il me demandera si je suis bien Mme Dumesnil habitant rue Descartes. Si ces mots de passe sont correctement échangés, je prendrai le contact qui a été établi. Il me conduira à Aristide, le chef du réseau auquel je serai affectée. Je ferai fonction, aux côtés d'Aristide, d'opérateur-radio et d'agent de liaison. J'effectuerai ma première liaison-radio à 21 heures GMT, le lendemain de ma rencontre avec lui. Ensuite, j'émettrai selon mon *Sked*.

— Ma chère Catherine, je pense que c'est tout. Laissez-moi, maintenant, vous faire mes cadeaux d'adieu.

Cavendish se dirigea vers la table attenante à son bureau. Il ouvrit une valise de cuir bosselée. Il en sortit des blouses, des bas et des sous-vêtements sales qui dissimulaient une autre mallette de la taille d'un nécessaire de nuit, dont il fit sauter le fermoir.

A l'intérieur, tenant le moins de place possible, il y avait un émetteur-radio. Du doigt, Cavendish montra à Catherine les fils verts de l'antenne et la clé avec laquelle elle devait taper ses messages. Il ouvrit ensuite un petit compartiment de l'appareil : « Vos quartz de rechange sont là. »

Ces quartz étaient de petits carrés de plastique de la taille d'une boîte d'allumettes. Il suffisait d'introduire un nouveau quartz dans l'appareil pour changer automatiquement de fréquence. Cela rendait le travail de repérage gonio beaucoup plus difficile.

— Laissez-moi vous renouveler vos instructions en la matière. N'émettez jamais plus de douze minutes sans changer de quartz. Et, jamais, en quelque circonstance que ce soit, n'émettez plus de quarante minutes d'affilée. La radiogoniométrie des Allemands est dangereusement efficace. Avec leurs voitures de détection, ils sont partout dans le Pas-de-Calais.

Cavendish referma la petite mallette.

— Souvenez-vous que, si cet émetteur est précieux, vous l'êtes encore plus. Si vous craignez de tomber sur une opération de contrôle, essayez de le jeter et de ficher le camp. Si vous prenez le train, déposez-le dans un filet à bagages et allez vous asseoir deux ou trois voitures plus loin. Si les Allemands le découvrent par hasard, le pauvre diable qui sera assis en dessous devra répondre à des questions gênantes, mais vous, au moins, vous aurez la vie sauve.

Cavendish remplit la mallette qui contenait l'émetteur de linge sale.

— Si, par malheur, on vous prend avec ça, vous êtes fichue. Il vous sera difficile de convaincre qui que ce soit qu'il s'agit d'autre chose. Vous pouvez toujours essayer. Dites, par exemple, que c'est un régulateur de voltage portatif. Ou un appareil de rayons X. Si tant est que vous tombiez sur un *Feldwebel* particulièrement stupide...

Cavendish secoua sa cigarette, comme s'il voulait dire que c'était là une hypothèse parfaitement improbable.

Il sortit ensuite un tube de pâte dentifrice de la valise.

— Votre *silk* se trouve dans ce tube, enroulé dans du cellophane. Vous n'avez pas à le sortir tant que vous n'aurez pas atteint Calais.

Ce que Cavendish appelait *silk* était un carré de soie qui, une fois déplié, était un peu plus petit qu'un mouchoir de femme. C'était là qu'étaient inscrits les chiffres composant le code dont Catherine devait se servir pour envoyer ses messages. Une FANY, à Sevenoaks, dans le Kent, recevrait ses émissions et possédait le même code. Ce système, si on l'utilisait convenablement, était une méthode parfaitement sûre.

Cavendish prit ensuite dans sa main une boîte d'allumettes française.

— Cela est encore plus important.

Il sortit de son bureau une allumette et la frotta contre la boîte. Rien ne se produisit.

— Ne croyez pas que vos amis français ont oublié comment on fait des allumettes ! Regardez ça, dit-il en souriant.

Catherine examina l'allumette en question attentivement. Elle était comme toutes les autres. Cavendish la reprit et lui montra le bout couvert de phosphore. Une entaille de la forme d'un U inversé se voyait sur le côté.

— C'est à ce signe que vous reconnaîtrez qu'il ne s'agit pas du tout d'une allumette. C'est un petit tube de bois creux qui renferme un microfilm portant de nouvelles instructions pour Aristide. Nous ne voudrions pas que ces instructions partent en fumée. Veillez, s'il vous plaît, à ce qu'il prenne cette allumette aussitôt que vous aurez établi le contact avec lui.

Cavendish s'empara d'une autre allumette, cette fois-ci dans la boîte, et la frotta. Elle prit feu. Il l'éteignit, et, avec l'air d'un enfant qui se délecte d'un nouveau jouet, il la remit dans la boîte.

— Ces types des laboratoires sont vraiment géniaux. Mais ces allumettes se ressemblent toutes, et nous préférerions que vous ne les utilisiez pas pour allumer la Gauloise du premier venu.

Cavendish retourna derrière son bureau. Il avait toujours essayé de maintenir le même ton au cours de ces discours d'adieux, à mi-chemin de la cordialité feinte et de la jovialité. En fait, il imaginait qu'il parlait comme un père ou un frère aîné à un enfant que, pour la première fois, on envoie à l'école. « Vas-y, maintenant ! Va faire le onzième au cricket ! Et ne laisse pas tomber ton équipe ! » Il ne fallait jamais montrer une émotion excessive susceptible de troubler un agent qui était déjà sur des charbons ardents

Que Cavendish s'inquiétât du ton qu'il devait avoir au cours de ces rencontres était bien compréhensible. Rien, dans son passé, ne l'avait préparé à ce rôle prodigieusement compliqué et difficile qu'il avait été amené à tenir dans cette guerre souterraine.

Sa qualification en matière de services secrets venait du fait qu'il était l'incarnation même de l'adage de Wellington qui avait si souvent décidé du choix et de l'engagement des Anglais en temps de guerre : c'était un ancien du collège d'Eton. Sans qu'il le sût, il avait été désigné pour ce poste par ses aînés, des *Etonians* particulièrement sagaces. Qu'il fût un amateur dans leur univers cynique avait admirablement servi leurs desseins. C'était un travailleur infatigable. Il était entièrement dévoué aux hommes et aux femmes qu'il envoyait accomplir des missions souvent tragiques et fatales. Les autres appelaient son organisation « la Société ». Il préférait dire « la Famille » et, sous de nombreux aspects, c'était bien de sa famille qu'il s'agissait. Il faisait don à ses membres de toute sa personne et de ses compétences. En fait, il leur communiquait toutes les vertus qu'il possédait, à l'exception de cet élément vital chez un maître-espion : un esprit tortueux. C'est tout simplement qu'il ne l'avait pas.

Il prit la carte d'alimentation et la carte d'identité de Catherine. Comme ses vêtements, ces documents avaient été fabriqués dans une autre boutique secrète de Cavendish, gérée par un prisonnier libéré sur parole des prisons de Sa Gracieuse Majesté pour être affecté aux Forces armées. Méticuleusement, il les examina, y cherchant quelque erreur, si petite fût-elle, qui aurait pu la trahir aux yeux de la Gestapo.

— Nous faisons tout notre possible pour maintenir à jour ce genre de documents avec toutes les modifications qui peuvent intervenir, dit-il à Catherine, en les lui montrant. J'ai l'impression qu'ils sont impeccables. Heureusement, comme vous le savez, une fidélité irréprochable aux termes de la loi n'est pas le fort de nos amis français. Si un gendarme quelconque y trouvait quelque chose qui cloche, ne vous inquiétez pas trop. Vous seriez sans doute la cinquième personne qu'il aurait contrôlée après son déjeuner avec le même genre de problème.

Il lui montra sa carte d'alimentation.

— La ration de pain pour le mois de mars est de 300 grammes par semaine. Pour la viande de 120 grammes — dans la mesure où les gens peuvent en trouver. Vous remarquerez que nous avons arraché quelques tickets afin de prouver que vous avez utilisé cette carte régulièrement. Ça, dit-il, en désignant une carte portant le cachet de la *Standartkommandantur* de Calais représentant un aigle, c'est votre laissez-passer pour la zone interdite qui se trouve le long de la côte française, et voilà votre carte d'identité.

Catherine prit le document de couleur jaune. L'étui qui le contenait avait été soigneusement usé comme s'il avait été déjà manipulé par des douzaines de gendarmes et de policiers en France même. Une photographie sans expression aux teintes effacées, comme il y en avait sur tant de cartes d'identité imprimées en France, apparut au regard de Catherine. Elle frémit. Chaque détail de son nouveau personnage s'y trouvait inscrit : le nom de ses parents, de son ex-mari, son lieu de naissance, son âge ; toute la vie de l'étrangère qu'elle devait désormais endosser, comme les nouveaux vêtements de Weingarten.

— Voulez-vous signer ici, dit Cavendish en indiquant l'endroit où était inscrite la mention « signature du titulaire ».

Quand elle l'eut fait, il imprima ses empreintes, après avoir enduit ses doigts d'encre violette, dans le cadre qui leur était réservé, souffla dessus pour faire sécher l'encre et rangea soigneusement la carte.

— Voilà ! Catherine Pradier, pour le moment, n'existe plus, dit-t-il en lui rendant la carte. Souvenez-vous : ce n'est pas là une petite comédie que nous vous avons demandé de jouer. Il faut que vous croyiez vraiment en ces parents que nous vous avons donnés, que vous les aimiez. Endossez votre nouvelle identité d'une façon telle que le moindre détail de votre vie passée soit oublié.

La sonnerie du téléphone l'interrompit. Il décrocha puis regarda Catherine.

— Il semble que le beau temps se soit maintenu. Vous partez cette nuit.

L'heure de la conclusion avait sonné et, avec elle, arrivait pour Cavendish l'instant le plus douloureux de ce rite du départ.

— Catherine ! — La voix de Cavendish s'était faite douce, presque tendre. — Vous savez, depuis que vous avez rejoint notre organisation, que chacun d'entre nous est volontaire. On n'insiste pas. On ne demande à personne de faire ce dont il semble incapable. Je dois être, maintenant, cruellement sincère avec vous. En tant qu'opérateur-radio, vous avez le job le plus dangereux que vous puissiez avoir. Je dois vous dire en toute honnêteté que vous avez moins d'une chance sur deux d'en revenir. Si vous êtes prise, nous ne pourrons virtuelle-ment rien faire pour vous. Si vous êtes blessée, vous savez que vos camarades ont l'ordre de vous abandonner et de se sauver eux-mêmes

Cavendish tira une longue bouffée de sa Gauloise. Il était perché sur le coin de son bureau, ses longues jambes croisées, sa cigarette pendant de ses lèvres.

— C'est à vous de décider si vous voulez encore partir ou non. A vous seule. Je veux vous avertir pleinement des conséquences que cela peut avoir pour vous, et qu'on ne pourrait absolument rien vous reprocher si vous répondiez « non ».

Il tourna le dos à la jeune femme et, très délibérément, très lentement, il secoua les cendres de sa cigarette dans un cendrier, lui laissant quelques secondes pour mesurer la portée de ses paroles, sans la regarder. Lorsqu'il se retourna, ses yeux bleus semblaient briller d'une sympathie toute particulière. Comme un prêtre officiant pour un mariage, il posa la question rituelle qu'il adressait à chacun de ses agents partant sur le champ de bataille, et qui consacrait le lien très spécial qui les unissait à lui.

— Catherine, désirez-vous continuer ?

Pendant quelques secondes, un silence total régna dans la pièce. Catherine semblait ne pas pouvoir prononcer le mot que tout son être lui ordonnait de répondre. A la fin, c'est en français qu'elle parla, comme si c'était là une réponse inconsciente à l'impulsion qui l'avait conduite où elle en était.

— OUI.

Silencieusement, Cavendish se dirigea vers le petit bar qui se trouvait dans son bureau. Il y prit deux verres et une bouteille de *Crockford Port* 1927.

— A votre succès, Catherine, dit-il en élevant son verre.

Une fois de plus il se comportait en *pater familias*.

— Je suis sûr que tout ira bien. Tout, dans votre passé, votre entraînement, les rapports concernant votre instruction, votre attitude le confirme.

Après qu'ils eurent bu leur porto, Cavendish extirpa de sa veste un objet enveloppé de tissu qu'il tendit à Catherine. C'était un poudrier en or de chez Cartier datant de 1939, l'une des pièces à tirage limité que le bijoutier avait conçues pour commémorer la Foire internationale de New York.

— Voilà un cadeau qui vient de nous tous, déclara-t-il à la jeune femme étonnée. Si vous vous retrouvez toute seule et angoissée, *là-bas*, pensez à nous en poudrant votre joli nez. Nous sommes avec vous autant que nous le pouvons. Nous croyons en vous. Nous vous faisons confiance. Par-dessus tout, nous désirons que vous reveniez.

Il lui donna une petite tape sur le menton.

— Et si vous devez tout abandonner et partir sans un sou, vous pourrez toujours vendre ça à un prêteur sur gages.

On frappa à la porte. L'officier « traitant » de Catherine entra.

— Le corbillard est là, Sir.

Le « corbillard » était le mot sous lequel l'organisation désignait la camionnette Ford utilisée pour conduire les agents à l'aérodrome de Tangmere, au sud de Londres.

— *Well*, dit Cavendish, je suppose que nous ferions mieux d'y aller.

Tous deux prirent le couloir qui menait à la porte d'entrée où Park, le valet de chambre, attendait. Il jeta un rapide coup d'œil à Catherine.

— Je vous dis merde, mademoiselle, déclara-t-il en les accompagnant.

En silence, Cavendish et Catherine descendirent, puis passèrent sous le lustre de cristal, après avoir croisé un gros bouquet de fleurs artificielles, et atteignirent l'endroit où la Ford attendait. L'agent qui accompagnait Catherine était déjà assis à l'avant en compagnie d'une WAAF en uniforme bleu qui servait de chauffeur. Comme le règlement le stipulait, Catherine et lui n'échangèrent qu'un bref regard.

Cavendish sortit et l'embrassa tendrement, à la mode française, sur les deux joues. L'attirant vers lui, il murmura lui aussi avec un chaleureux sourire : « Merde, ma chère ! » Elle s'installa dans la voiture et la conductrice mena la camionnette vers l'arceau ménagé au milieu de la façade d'Orchard Court en direction de Portman Square et, au-delà, à travers les rues obscures de Londres. Catherine se retourna et jeta un coup d'œil à travers la vitre ouverte. Cavendish se tenait toujours là, légèrement courbé, sa silhouette figée dans un dernier salut à la voiture qui s'éloignait. Lentement, Catherine remonta la vitre. Au même moment, se fit entendre affaiblie mais rassurante la sonnerie lointaine de Big Ben.

*

A quelque trois cents mètres de là, au cœur de la capitale, le même bruit de cloches s'étendait sur Saint James Park, l'Amirauté, Horse Guard's Parade, jusqu'au rez-de-chaussée de l'imposant bâtiment situé à l'intersection de Great George Street et de Storey's Gate. Ce local et les quartiers d'habitation austères qui lui étaient attenants étaient connus par les officiers supérieurs et les employés du gouvernement de Sa Majesté comme l'*annexe* de la résidence officielle du Premier ministre, 10, Downing Street, à cinq minutes de là.

On avait considéré l'architecture vieille de deux cents ans de Downing Street comme trop dangereuse en temps de guerre pour abriter le Premier ministre et c'est là que Winston Churchill et son épouse avaient vécu, la plupart du temps, au cours des quatre dernières années. Dans les sous-sols étaient rassemblés des bureaux connus sous le nom d'*Underground war-room*. A l'abri des bombardements, étaient logées les organisations dont Churchill convoquait le plus souvent possible les responsables et une poignée des gens des services secrets. Cette construction souterraine avait été, assez prophétiquement, décidée à l'automne de 1938, quand Neville Chamberlain était retourné de Munich en promettant la paix !

Ses lunettes en demi-cercle posées sur son nez, Churchill s'assit à un petit bureau dans une pièce attenante à sa chambre à coucher, annotant fébrilement le contenu d'un coffret noir ouvert à ses côtés. Au centre de la pièce, installés autour d'une table en acajou, les gens réunis là attendaient respectueusement.

Il y avait là très peu de monde : le général Sir Alan Brooke, chef de l'état-major impérial ; le maréchal de l'armée de l'air, Sir Arthur Tedder, délégué du SHAEF ; le major Desmond Morton, adjoint personnel de Churchill et son officier de liaison préféré avec les services secrets ; le capitaine Henry Pim de la Royal Navy, qui s'occupait des cartes, et le brigadier de la section des plans, un peu intimidé, qui devait faire le compte rendu de la séance.

Chacun avait devant lui un dossier cartonné, qui portait imprimé le mot « BIGOT » et l'écusson orné d'une épée flamboyante du Quartier général suprême du corps expéditionnaire allié. Ces dossiers contenaient les plans détaillés de l'opération OVERLORD, nom de code désignant le prochain assaut contre la « Forteresse Europe » d'Hitler. A côté, se trouvait un dossier plus petit marqué « Top Secret » et portant la mention « Rapport hebdomadaire sur la situation en Europe, 18 mars 1944. *Joint Intelligence Committee* ».

La dernière personne à arriver fut le général Sir Hastings Ismay, le chef de l'état-major personnel de Churchill. En l'apercevant, ce dernier indiqua le bar aménagé dans un coin de la salle. « Préparez-vous un *brandy and soda*, Pug ! » lui dit-il. Il griffonna quelques notes sur une feuille de papier, puis fit claquer le couvercle de son coffret qui se referma automatiquement.

De sa démarche lourde, le Premier ministre traversa la pièce pour aller prendre place au bout de la table. Consciemment ou non, il se dégageait de lui une véritable aura et sa seule présence suffisait à dominer une assemblée avant même qu'il eût ouvert la bouche. A l'exception du brigadier, les hommes qui se trouvaient là étaient des intimes de Churchill. Aucun d'eux, pourtant, n'était indifférent à cette autorité qui émanait de lui. Soigneusement, il ralluma son *Roméo et Juliette*, en tira deux bouffées, puis, écartant la fumée d'un revers de la main, il se pencha vers le brigadier qui ne pouvait dissimuler sa nervosité.

— Je vous prie de commencer, dit-il.

— Sir, répondit l'homme en se mettant debout, on nous a demandé les estimations d'usage sur les chances de succès du débarquement fondées sur les appréciations les plus récentes de nos services de renseignements. Il est indiqué là, dit-il en prenant le plus petit des dossiers, que se trouvent actuellement en France et aux Pays-Bas cinquante-deux divisions allemandes.

Il y eut des froissements de papier quand les autres hommes réunis autour de la table, imitant son exemple, s'emparèrent de leurs dossiers.

— Nous estimons que, le jour J, il y en aura soixante : dix de panzers, deux de parachutistes, dix-sept d'infanterie mobile de première classe et trente et une divisions ordinaires, dont certaines affectées à la défense côtière. Elles sont disposées comme on peut le voir sur cette carte.

Tandis que le brigadier parlait, le capitaine Pim avait tiré le rideau qui recouvrait un chevalet installé au fond de la salle.

— Le gros de leurs forces est concentré ici, au sein de la quinzième armée qui couvre tout le terrain de la Somme aux basses terres de la Hollande. Une autre armée, la septième, couvre la Bretagne et la Normandie, nos zones de débarquement. Ses effectifs représentent à peu près la moitié de ceux de la quinzième. Les autres unités sont réparties entre la première armée près de Bordeaux et la neuvième sur la côte méditerranéenne. Nous avons en permanence, ici, sur le territoire du Royaume-Uni, trente-deux divisions américaines, britanniques et canadiennes. Le jour J, nous en aurons trente-sept, dont quinze blindées et quatre de parachutistes.

— Autrement dit, à peine plus de la moitié des forces dont Hitler dispose, déclara le général Brooke.

Ses doutes personnels concernant les opérations à venir étaient connus de tous, sauf, peut-être, du brigadier.

— *Yes, Sir!*

— Et nos forces seront concentrées sur une île et éloignées du champ de bataille par une centaine de miles au-dessus de la mer.

— *Yes, Sir!*

Le brigadier retourna à son chevalet, une baguette à la main.

— Seulement, voilà : Hitler est obligé de disperser ses forces tout le long de cette côte.

Sa baguette couvrit toute la distance séparant le golfe de Gascogne de la Hollande.

— En revanche, nous sommes en mesure de concentrer les nôtres sur les plages de débarquement. En outre, nous pouvons espérer avoir un contrôle aérien total sur ces zones. Sans compter nos unités de bombardement de la marine. Finalement, monsieur le Premier ministre, le succès ou l'échec du débarquement dépend du principe qui préside à toutes les opérations venant de la mer. Pouvons-nous établir nos têtes de pont avant que les Allemands ne viennent renforcer leurs défenses terrestres ? Si nous le pouvons, nous gagnerons ; sinon ce sera l'échec.

— Cela suppose, bien entendu, que nous réussissions notre débarquement initial.

— Winston — c'était de nouveau Brooke, le seul homme présent qui appelait Churchill par son prénom —, les troupes atteindront le rivage.

— Malgré tous les obstacles que ce diable de Rommel est en train d'édifier tout le long des côtes françaises ?

— Ils peuvent gêner le débarquement ; ils ne peuvent pas l'empêcher.

— Et la détermination de Rommel de nous arrêter sur les plages ?

— Rommel, monsieur le Premier ministre, est un excellent général de division, mais ce n'est pas un stratège. Il ne l'a jamais été. Nos troupes atteindront le rivage. Rommel ne peut rien contre ça.

Il y avait comme une sorte d'exaspération retenue dans la réponse de Brooke. Churchill avait confiance dans son propre génie militaire, un don qu'il croyait avoir reçu en héritage de son ancêtre le duc de Malborough. Et Brooke l'avait eu sur le dos pendant quatre ans de guerre, car Churchill, comme Hitler, aimait à se mêler des affaires de ses généraux.

— Le problème, monsieur le Premier ministre, n'est pas de savoir si nous parviendrons jusqu'au rivage, mais si nous serons capables de nous y maintenir.

Brooke poussa un soupir et montra le dossier qui contenait les plus récentes estimations du *Joint Intelligence Committee* pour souligner son propos.

— Il suffit de comparer les forces dont les Allemands disposent et ıe nombre de divisions que nous pourrons débarquer au cours des quinze premiers jours pour comprendre l'ampleur de notre tâche.

Churchill fixa d'un œil féroce le vieux soldat britannique. Les deux hommes se querellaient sans cesse, bien que Churchill eût le plus grand respect pour les qualités professionnelles de Brooke, mais ce qui l'ulcérait, c'était que Brooke ne semblait guère l'aimer et que lui, Churchill, avait un besoin viscéral d'affection de la part de son entourage.

— Malheureusement, Winston, que le débarquement réussisse ou non ne dépend pas de nous. C'est une des raisons qui le rendent aussi problématique. Cela dépend du fait de savoir si Hitler et ses généraux prendront les décisions qu'il faut et au bon moment. Le moment critique pour nous se situera entre le troisième et le septième jour. Pour Hitler, il se situera un peu plus tôt.

Brooke suspendit un instant sa respiration, ferma les yeux et porta deux doigts à ses lèvres, comme s'il voulait conjurer l'image de ces plages de débarquement encombrées d'hommes et de matériel, à moitié paralysées par le chaos et la confusion qui accompagnent inévitablement ce genre d'entreprise.

— Selon moi, continua-t-il, le moment critique pour Hitler viendra le soir du deuxième jour. Ni plus tôt ni plus tard : quand il devra prendre la décision de mettre le paquet et de tout tenter pour nous chasser de Normandie. Avant, il ne pourra savoir si la Normandie est notre principal objectif ou non. S'il attend, ce sera trop tard pour lui.

Brooke tapa de son index sur le dossier contenant les plans de l'opération OVERLORD.

— Tout se jouera cette nuit-là. Quand il décidera de s'engager à fond ou pas. Il faut qu'il ait le courage de tout laisser tomber et de jeter toutes ses forces contre nous. S'il le fait, la plus grande partie de ses panzers sera rassemblée en Normandie le quatrième jour. A partir du cinquième, nous devons nous attendre à une contre-attaque sanglante de huit ou dix de ces divisions, de cinq divisions d'infanterie mécanique et de onze divisions qui se trouvent déjà sur le terrain.

— Est-ce que la Résistance française peut empêcher le mouvement de ces unités ? demanda Churchill.

— Winston, des mouvements de Résistance capables d'arrêter dix panzers-divisions n'existent pas.

— Et notre aviation, en détruisant les ponts qu'elles doivent emprunter pour arriver sur le lieu des combats ?

Brooke lança un coup d'œil à Tedder, l'officier supérieur de l'armée de l'air qui se trouvait là, comme pour lui demander secours.

— L'aviation les retardera. Elle ne les stoppera pas. Le principal obstacle, c'est la Somme et ils la traverseront de nuit avec les ponts mobiles qu'ils ont conçus spécialement pour ça. Ces panzers sont les meilleures divisions de la Wehrmacht, Winston. Leurs hommes sont fanatisés, bien entraînés, en parfaite forme. Si Hitler leur ordonne d'aller en Normandie, ils iront.

Churchill prit un air renfrogné, en méditant le sombre tableau que lui inspirait son chef d'état-major.

— Et combien de divisions aurons-nous débarquées à ce moment-là ?

— Si tout se passe comme prévu : treize.

— Treize ? A peine la moitié de ce qu'ils auront ?

Brooke inclina la tête.

Il y eut un silence pénible tandis que les militaires attendaient que Churchill eût digéré la chose. Finalement, il murmura :

— C'est une perspective terrible.

— C'est une telle perspective, monsieur le Premier ministre, qui fait de cette opération la plus hasardeuse de toute la guerre.

Churchill s'enfonça dans son fauteuil, rageant en silence contre les risques excessifs de l'affaire. Puis il releva brusquement la tête et s'adressa au brigadier.

— N'y a-t-il pas un moyen d'accélérer le mouvement de nos troupes vers la tête de pont ?

— Sir, cela dépend d'un seul facteur : le nombre de LST[1] disponibles. Nous en avons trois mille et il n'y a aucune chance d'en réunir d'autres.

Churchill frappa la table de son poing boudiné.

— Bon Dieu ! Je déteste ce mot de LST. On dirait que le destin œ tout notre empire et de deux grandes nations ne dépend que d'une poignée de bateaux.

Il se leva et, les mains derrière le dos, traversa la salle en direction du chevalet. Il le contempla quelques secondes, comme si, par la seule force de son regard, il pouvait défoncer les portes de la Forteresse Europe. Puis il donna un coup sur le chevalet, le faisant presque s'écrouler.

---

1. *Landing ship troops :* bateaux utilisés pour le transport de troupes (*N.d.T.*).

— Si nous ne pouvons obtenir d'autres LST des Américains, ne pouvons-nous pas trouver d'autres endroits pour débarquer ? A un endroit où l'aller-retour entre l'Angleterre et la France serait le plus court ? Est-ce que nous sommes obligés de débarquer à cent miles de nos ports d'embarquement ? Pourquoi avez-vous choisi les côtes normandes ?

C'était là une question à laquelle le brigadier était préparé à répondre. Depuis deux ans et demi, à partir du moment où on avait commencé à prévoir le débarquement, il avait été assigné à cette tâche. Il lui semblait parfois qu'il connaissait les moindres recoins de la côte, de la Bretagne jusqu'à Dunkerque, aussi bien que les sentiers du petit village où il était né dans le Surrey.

— Sir, commença-t-il, nous avons deux façons d'amener nos hommes et notre matériel sur le Continent : ou bien dans un port fermé aux eaux profondes, ou bien sur les plages.

Churchill, toujours debout, les mains croisées dans son dos, tirant sur son cigare comme s'il voulait consumer son propre dépit, hocha la tête.

— Dieppe a été pour nous une cruelle leçon, une leçon, si je peux dire, Sir, aussi précieuse que la vie de chaque Canadien perdue dans l'opération.

— Pauvres diables !

Les lourdes pertes survenues au cours de ce raid et l'humiliation des Canadiens qui y avaient été faits prisonniers étaient encore douloureusement ressenties par Churchill.

— Grâce à Dieppe, monsieur le Premier ministre, nous avons appris qu'on ne peut s'emparer d'un port français bien défendu et le remettre immédiatement en état pour recevoir la masse de nos renforts et matériels. Cela, Sir, nous condamne à une seule solution : utiliser les plages. Et il n'y en a aucune, dans le Pas-de-Calais, qui puisse permettre une telle opération.

Le Premier ministre haussa les sourcils en signe de doute, mais le brigadier, d'un geste sûr, balaya la carte du bout de sa baguette.

— Il n'y a, entre Dieppe et Dunkerque, que quatre plages assez vastes pour permettre l'assaut de deux divisions. Elles sont séparées les unes des autres, très bien défendues et battues par les vents. Un débarquement serait condamné dès le départ.

Sa baguette décrivait maintenant un large cercle allant de Cherbourg à la pointe extrême de la Normandie jusqu'aux basses terres de Hollande.

— A l'intérieur de cette zone qui indique les endroits où notre aviation peut nous couvrir, les seules plages convenables sont celles que nous avons choisies en Normandie. Elles sont concentrées sur quelque soixante-quinze kilomètres de rivage. Et elles bénéficient d'un avantage non négligeable : elles sont à l'abri des vents dominants.

— Winston !

Le Premier ministre s'apprêtait à prendre la parole, mais Brooke l'arrêta. Churchill continuait de suivre sa pensée, paraissant ignorer de telles informations, et Brooke se sentait dans l'obligation de le ramener à l'essentiel.

— On a étudié ce problème mille fois. Le fait est que, si nous devons effectuer un débarquement, nous ne pouvons le faire qu'en Normandie. On n'a pas le choix. Nous le savons bien. Hitler, grâce à Dieu, l'ignore.

Pendant un moment, Churchill resta muet, réfléchissant à ce que venait de dire Brooke. Puis il commença à parcourir la salle. Il demanda sur un ton lugubre :

— Et quelles sont vos estimations définitives sur la réussite du débarquement ?

Le brigadier regarda autour de lui, espérant que l'un de ses supérieurs répondrait à cette question. Il n'en fut rien.

— Sir, le général Beddell Smith, chef d'état-major du général Eisenhower, considère qu'il y a une chance sur deux de réussir.

Churchill sembla abasourdi. Les militaires présents eurent l'impression qu'il allait chanceler, comme si ce qu'il venait d'entendre l'avait paralysé.

— Alors tous nos succès, tous nos espoirs, tous nos objectifs se jouent sur un coup de dés.

Pendant des minutes qui semblèrent interminables, il arpenta la salle, les épaules voûtées, les mains serrées derrière son dos, son cigare apparaissant comme une sorte de beaupré dans la tempête qui l'agitait. Beaucoup d'alliés américains accusaient Churchill de n'être pas chaud pour le débarquement ; ils avaient tort. Il avait commencé à rêver d'un retour sur le Continent, le jour même où le dernier soldat britannique avait quitté Dunkerque. Le 23 juin 1940, vingt-quatre heures après que la France eut signé l'Armistice, il avait ordonné que cent vingt hommes de commando montés sur cinq yachts privés, pitoyables précurseurs de la grande armada qui bientôt allait traverser la Manche, se livrent à un raid-éclair sur Boulogne, comme un avertissement donné à Hitler et aux Français qu'un jour les Anglais reviendraient. Un mois plus tard, alors que l'Angleterre elle-même se préparait à repousser une invasion, il avait créé le *Combined Operations Command* pour étudier la tactique et les techniques d'un débarquement sur le Continent.

Plus que quiconque à Washington, Churchill rêvait d'un tel retour. Mais pas à n'importe quel prix. Sa stratégie personnelle reposait sur un unique principe : vaincre l'ennemi en attaquant ses flancs, non pas là où il était le plus fort, le battre par la ruse, non pas en gaspillant des hommes et du matériel. Mais Churchill n'avait plus une voix prépondérante dans la conduite de la guerre.

Il s'arrêta soudain et se retourna vers les hommes assis autour de la table.

— Certes, les aléas de la bataille qui s'annonce sont nombreux.

Il parlait comme s'il s'adressait à lui-même, se débattant au sein de la terrible incertitude qui s'était emparée de lui.

— Un cauchemar ne cesse de hanter mes nuits. Je vois trois cent mille morts, la fleur de la jeunesse britannique et américaine, joncher les plages de Normandie. Je vois la mer rougie de leur sang. Je vois une plage grise et silencieuse ensevelie sous un désastre pire que Dunkerque. Lorsque ces spectres envahissent mon sommeil — il remua la tête comme s'il voulait chasser de son esprit de telles images — je doute de tout. Bon Dieu, je doute de tout !

Il recommença à parcourir la salle de long en large.

— Une autre génération d'Anglais livrée à la boucherie par la folie des généraux, comme la nôtre l'a été sur la Somme. Je jure sur les autels du dieu de la Guerre que je ne veux pas présider à un tel massacre. Les Américains insistent pour jeter nos forces contre les portes d'acier de l'Europe. Pourquoi pas les Balkans ? Pourquoi pas les côtes de la Méditerranée ?

Churchill retourna à son fauteuil et s'y enfonça pendant un moment, son lourd menton entre les mains.

— Ce sont des gens qui n'ont jamais souffert de la guerre. Comment peuvent-ils comprendre notre angoisse ? Ils ont leur « Somme » cent ans derrière eux, à Bull Run et Gettysburg [1].

Il se tut de nouveau, se résolvant peu à peu et avec beaucoup de réticence à l'inévitable.

— Oui, grommela-t-il, nous devons y aller. Il n'y a aucun doute Et nous ne les prendrons pas par surprise. Les Allemands sont guidés

---

1. Allusion à la guerre de Sécession (N.d.T.).

par le précepte de Frédéric le Grand : « Il est permis d'être battu, jamais d'être surpris. »

Il regarda longuement son cigare.

— Finalement, tout cela se résume à une seule chose, n'est-ce pas ? Nous approchons de la bataille la plus incertaine de notre histoire et la victoire ne dépend pas de nos propres forces, mais d'un *nouveau Cheval de Troie*. Tout repose sur le fait de savoir si cette petite bande de Machiavels amateurs que nous avons mise sur pied pourra faire qu'Hitler achète chat en poche. Ce sont eux qui doivent lui lier les mains et tenir ses blindés à l'écart de notre tête de pont, non ?

Une ombre de mélancolie passa un court instant sur son visage.

— Mais si Hitler ne se laisse pas prendre à leurs ruses et à leurs manœuvres ? S'il devine nos vraies intentions et décide de jeter ses panzers contre nous, qu'est-ce qui arrivera ?

Un silence pesant suivit ses paroles. C'était une question à laquelle personne dans la salle n'était pressé de répondre. A la fin, Tedder, l'homme qui connaissait le mieux les projets de débarquement, éleva la voix.

— Monsieur le Premier ministre, aucun débarquement si bien conçu, si bien exécuté soit-il ne pourrait résister à une contre-attaque massive des forces dont Hitler dispose. Il a des blindés et des troupes susceptibles de nous rejeter à la mer. Il n'y a aucun doute là-dessus.

Tedder, à son tour, se plongea dans la douloureuse méditation d'une telle perspective.

— Si ses panzers se pointent au cours des cinq premiers jours, monsieur le Premier ministre, nous sommes foutus.

*

Berchtesgaden

A ce moment-là, à mi-chemin des vastes espaces qui séparaient Londres de la Forteresse Europe d'Hitler, une Horche décapotable roulait dans une forêt de sapins dont les branches rappelaient les voûtes d'une cathédrale gothique. Le brouillard glacé qui montait du fond de la vallée recouvrait la route d'un suaire gris évoquant un décor ténébreux et sinistre pour le *Crépuscule des dieux* de Wagner. Il est vrai que les quelque cinq kilomètres menant de Berchtesgaden au Berghof d'Hitler pouvaient inspirer de la mélancolie, cette nuit-là, à l'homme le plus gai du monde, et on n'avait jamais remarqué sur le visage de celui qui se trouvait dans la voiture, droit comme un i et portant monocle, la moindre trace d'un sourire. Le maréchal Gerd von Rundstedt était l'archétype de l'officier prussien : austère, distant et intransigeant.

De même que la passion religieuse peut se manifester dans une famille française, de même la passion guerrière semblait animer le clan des Rundstedt. Pendant des générations, ils avaient fourni des seigneurs de la guerre à la Prusse. Avec son air hautain, les cicatrices provenant de ses duels et son monocle, le dernier de la lignée semblait être l'incarnation même du soldat allemand.

Surnommé par son entourage admiratif le « dernier chevalier teutonique », c'était un homme plein de contradictions. On le considérait comme un génie des blindés, mais il n'était jamais monté dans un tank de sa vie. Il ne pouvait en supporter la saleté, le côté huileux ni le bruit. Il avait la passion de la bonne chère et des vins fins, passion que son titre de commandant en chef des armées allemandes de l'Ouest lui permettait d'assouvir presque quotidiennement au Coq hardi, une citadelle de la cuisine française. Il recevait son premier rapport journalier à une heure qui n'avait rien de militaire : 10 h du matin. Il ne se faisait pas d'un officier l'image d'un homme qui conduit ses troupes à l'assaut. Il méprisait profondément l'idée d'aller inspecter ses forces, passer en revue leur armement, visiter les mess, ranimer le moral des hommes. Depuis deux ans et demi qu'il était commandant en chef des armées de l'Ouest, il avait beaucoup plus souvent rendu visite à Hitler qu'au mur de l'Atlantique, ce qu'il n'avait fait qu'à deux reprises et, chaque fois, de mauvaise grâce.

Von Rundstedt préférait contrôler la puissance allemande depuis son Quartier général, un élégant pavillon de Saint-Germain-en-Laye, où Louis XIV était né. De là, il commandait, comme, pensait-il, un grand capitaine doit le faire, entouré de ses cartes et de son état-major, par-delà le fracas du champ de bataille, afin d'avoir l'esprit libre pour méditer ses grandes opérations stratégiques.

Mais de toutes les contradictions qui l'habitaient, aucune n'était aussi frappante que le mépris qu'il avait pour le Führer et son régime, encore qu'il les eût servis tous les deux sans aucune hésitation ni réserve.

Et Dieu sait s'il les avait bien servis ! Il avait inscrit à son blason les noms des victoires les plus éclatantes remportées par le IIIᵉ Reich. Il avait conduit son Groupe d'armée du sud à travers les plaines de Pologne jusqu'à Varsovie en trente jours, ajoutant ainsi, comme il l'avait dit lui-même, un nouveau mot au vocabulaire militaire : le « Blitzkrieg ». Son Groupe d'armée A avait humilié l'invincible armée française en mai 1940. Et c'étaient ces mêmes troupes qui avaient décimé les meilleures divisions de Staline pendant l'été 1941. Il pouvait, à juste titre, traiter Hitler de « caporal bohémien » et ses partisans de « bande de voyous ». Mais Hitler lui avait donné tout le matériel et les crédits dont il avait besoin pour réaliser ses rêves de militaire prussien ; lui, en retour, avait fait cadeau au IIIe Reich de la moitié du monde « civilisé ».

A présent, la responsabilité de défendre l'essentiel de ses conquêtes incombait à ce maréchal de soixante-huit ans désabusé et cynique. Hitler avait convoqué von Rundstedt et les autres maréchaux du Reich à Berchtesgaden pour étudier la stratégie allemande lors de la bataille dans l'Ouest. Au cours des prochaines semaines ou des prochains mois, les Alliés allaient essayer de débarquer sur le Continent européen. Ce serait la bataille finale de la Seconde Guerre mondiale, une bataille dont dépendait le sort de l'Allemagne et de toute l'Europe occupée. Et ce serait le dernier des « chevaliers teutoniques » qui la conduirait pour ce Führer et ce Reich qu'il méprisait tant.

Il avait souvent pensé à la forme que ces combats prendraient, en arpentant le balcon de son palais, les yeux fixés sur les toits de la ville-lumière.

Comme la plupart des batailles de l'histoire, le sort de celle-ci dépendrait de circonstances impondérables, mais avant de révéler son jeu, Gerd von Rundstedt savait au moins une chose : il avait les hommes et les armes nécessaires pour repousser les Alliés. Pour gagner, il fallait faire preuve de jugement dès les premiers jours de ce combat qui seraient décisifs. Veiller à ce que tout se passe bien et éviter qu'Eisenhower ne disperse ses forces à lui, von Rundstedt, par quelque feinte ou manœuvre que ce fût, et rien ne pourrait l'empêcher d'infliger aux Alliés une défaite aussi totale que celle qu'il avait infligée aux Polonais, aux Français et aux Russes.

*

Londres

Un étrange silence régnait dans la voiture où se trouvait Catherine Pradier. Sur le siège avant, l'homme qui l'accompagnait était penché sur un livre ouvert sur ses genoux, lisant à la lueur d'une lampe qu'il tenait à la main. Elle crut qu'il s'agissait des instructions de dernière minute données par Cavendish. En fait, elle fut touchée de découvrir qu'il lisait une édition de poche des poèmes de Shelley, dont il se récitait les vers à voix basse. Malgré les ordres qu'elle avait reçus, elle n'avait pu résister à la tentation d'examiner son compagnon. Il avait des cheveux blonds frisés et des joues à la peau douce et rebondies comme celles d'un adolescent. Il lui rappelait le fameux « Bébé Cadum » des affiches de publicité de la France d'avant-guerre. Or avait envoyé « Bébé Cadum » se battre en lisant du Shelley !

Elle avait, elle, des préoccupations plus prosaïques. Elle devait étudier des cartes postales de Calais représentant la statue des Six Bourgeois de la ville, le Bassin du Paradis, la Grand-Place et l'hôtel de ville, où, dans le beffroi, deux personnages baptisés Martin et Martine sonnaient les heures. Cavendish voulait qu'ainsi chacun de ses agents pût se repérer dans une ville inconnue et y trouver son chemin sans avoir à le demander. Le faire les eût fait passer pour des étrangers à la ville — et il n'y avait pas d'étrangers dans la zone interdite longeant le Pas-de-Calais où Catherine se rendait.

Fatiguée, elle cessa d'étudier ces cartes postales et regarda défiler par la vitre de la voiture le paysage monotone de la banlieue londonienne. C'étaient à n'en plus finir les mêmes maisons en brique de style victorien, avec leurs mêmes fenêtres en avancée, leurs mêmes petites pelouses et leurs mêmes portillons. En d'autres temps, elle eût trouvé le spectacle d'une tristesse indicible. Cette nuit, c'était un véritable enchantement. Mais elle ne pouvait se défendre d'une profonde inquiétude : « Est-ce que je reverrai tout ça, un jour ? » Elle secoua la tête et détourna son regard. Il valait mieux en revenir à Calais et à ses cartes postales.

Peu à peu, la banlieue de Londres laissa place aux petites routes du Surrey bordées de haies, puis aux collines du Sussex. Soudain, ils tombèrent sur un barrage et un sergent de la RAF se pencha par la portière pour leur demander leurs papiers. Quelques secondes plus tard, la voiture franchit le porche qui menait à la base de la RAF de Tangmere. Cachée derrière une haie de buis, se trouvait une grande villa peinte en blanc, recouverte de lierre et aux volets mal ajustés : le type même de résidence secondaire qu'aurait choisie un agent de change londonien pour y passer ses week-ends avant la guerre. Un solide gaillard, pilote de la RAF, se frottait les mains sur le perron, à la porte de la cuisine, attestant de la nature des hôtes actuels de ces lieux.

57

A moitié gardien, à moitié cuisinier, il conduisit Catherine et les siens à travers un couloir enfumé vers une porte ouverte d'où venaient des voix d'hommes.

— Bienvenue à Tangmere ! dit quelqu'un.

C'était un jeune homme maigre vêtu d'une combinaison kaki, avec un col de marin, qui s'était détaché d'un groupe étendu autour d'un feu qui brûlait dans la cheminée. Il ouvrit les bras avec un sourire amical.

— Je partirai avec vous, cette nuit. Venez prendre un whisky avec ines copains mécaniciens qui sont là.

En l'entendant, Catherine eut l'impression qu'il les invitait à prendre un verre comme s'il s'agissait d'un apéritif précédant un déjeuner dans un club londonien. Etaient-ils toujours comme ça, ou bien n'était-ce qu'une mascarade pour leur faire oublier ce qu'ils faisaient là ? Tandis que leur pilote préparait les boissons, les autres officiers de la 161e escadrille d'opérations spéciales les accueillirent avec jovialité. L'un d'eux joua le rôle de cicerone, montrant à Catherine les chiffres romains gravés dans la pierre des murs, indiquant que le mess avait été une chapelle catholique clandestine à l'époque des Tudor ; un autre demanda au garçon qui accompagnait la jeune femme si l'équipe d'Angleterre de rugby avait des chances de battre l'Ecosse le samedi suivant.

Après quelques minutes de conversation animée, le pilote déclara :

— Avez-vous une idée de la route que nous allons prendre cette nuit ?

Il les mena à la salle d'opérations de l'escadrille. Une immense carte de France était épinglée au mur.

— Nous survolerons Bognor Regis, dit-il en montrant un point sur la carte. Une vingtaine de minutes plus tard, nous passerons la mer et nous atteindrons la côte française, ici, un petit peu à l'ouest de Bayeux.

S'apercevant que Catherine observait les marques rouges qui couvraient la carte de Caen jusqu'au Havre, il précisa :

— C'est la DCA allemande. Nous devons l'éviter le plus possible. Ensuite, nous volerons tout droit de Bayeux jusqu'à Angers, où nous nous dirigerons vers la Loire. Ça, c'est une ruse. Après, tout devient simple. Suivre la Loire jusqu'à Tours, puis se diriger vers le Cher et foncer sur notre terrain d'atterrissage, à l'est de la ville, sur la rive nord du fleuve. C'est un bon terrain que nous avons déjà utilisé. Tout ce que nous vous demandons, c'est de vous asseoir aussi confortablement que possible et de jouir de la promenade. Gardez pourtant un œil sur le maudit chasseur de nuit allemand qui peut nous prendre dans son colimateur.

Catherine le regarda de nouveau.

— Vous en parlez comme d'un baptême de l'air à Brighton.

Le voyage que venait de décrire le jeune pilote à Catherine avec une telle désinvolture représentait, en fait, l'une des opérations les plus extraordinaires de la guerre. Seuls, sans rien pour se défendre, avec seulement une boussole et un jeu de cartes Michelin pour se guider, les pilotes de la 161e escadrille de missions spéciales affrontaient régulièrement la DCA allemande et les chasseurs de nuit de la Luftwaffe qui étaient à leurs trousses pour repérer dans l'immensité obscure de l'Europe occupée le champ d'une ferme isolée, avec pour seul point de repère trois lampes allumées à quelque deux cents mètres de distance les unes des autres. Les appareils utilisés pour ce genre de mission étaient des Westland Lysander, si lents et si lourds que c'était une plaisanterie pour les Allemands de les descendre à coup de fronde. En fait, des pilotes de la RAF avaient catégoriquement refusé de s'en servir dans les missions de reconnaissance pour lesquelles on les avait conçus. Leur seule qualité était, pour parler comme les gars de la RAF, d'être « de solides bougres capables d'atterrir et décoller sur une piste de 500 mètres de long bourrée de bouses de vaches ».

Attribués au SOE et à la 161e escadrille, ces appareils avaient été allégés de leurs canons pour accroître leur rayon d'action, ce qui voulait dire que seul un nuage ou la Providence pouvait leur permettre d'échapper aux chasseurs allemands. Et pourtant, toutes les nuits de pleine lune, ces appareils partaient à la recherche de leurs terrains isolés, se frayant un chemin à travers les radars ennemis, piquant dans les nuages pour repérer un cours d'eau, une ligne de chemin de fer, un carrefour qui leur permettent de trouver leur route dans l'obscurité de l'Europe occupée. C'était comme si l'on avait envoyé une mouche repérer un timbre-poste caché sur un terrain de football — et cela en pleine nuit.

Avant que Catherine ait pu faire le moindre commentaire sur le voyage qu'ils allaient accomplir, le jeune pilote avait mis son bras sur son épaule.

— Allons-y, maintenant, dit-il. Le sergent Booker a déjà dû préparer le dîner et l'on va voir si l'on peut boire un bon coup avant de se mettre en route.

*

Berchtesgaden

A quelque douze cents kilomètres de Tangmere, dans sa demeure splendide du Berghof, le maître du IIIe Reich était absorbé dans une tâche qui n'avait rien à voir avec la conférence qu'il devait tenir sur les combats qui s'annonçaient en Europe occidentale. Il était en train d'écrire à la main un billet accompagnant le champagne et les fleurs dont il entendait faire cadeau à sa secrétaire préférée à l'occasion de son anniversaire. Elle était au lit avec une bronchite et l'homme, sous le règne duquel des millions d'êtres étaient dirigés vers les chambres à gaz en vue de la « Solution finale », ne s'inquiétait que d'interdire à sa secrétaire de fumer, car cela était mauvais pour sa santé !

Il écrivit : « Affectueusement vôtre. Adolf Hitler », cacheta l'enveloppe et y inscrivit lui-même l'adresse. C'est alors que, sentant son estomac dilaté, il se leva et s'avança vers la fenêtre. Le spectacle de la neige qui couvrait les Alpes avait toujours soulagé Hitler. Aucun autre lieu au monde ne lui permettait de se sentir et de travailler aussi bien que ce nid d'aigle qu'il avait acheté en 1928 avec les droits d'auteur que lui avaient rapportés les ventes de *Mein Kampf*. Contemplant ces majestueuses montagnes, dont les sommets scintillaient sous le clair de lune, il se souvint enfin de cette conférence et de la raison pour laquelle il l'avait organisée. Il ne redoutait pas le débarquement. Bien au contraire, il l'attendait impatiemment. C'était un joueur invétéré et il savait que pour l'Allemagne comme pour les Alliés, l'invasion qui se préparait serait le plus grand enjeu de la guerre, un coup de dés dont tout le reste dépendait.

Un coup frappé à sa porte l'interrompit dans ses réflexions.

— Les maréchaux sont là, annonça le général Rudolf Schmundt, son adjoint de la Wehrmacht.

Ces mots ne provoquèrent aucun signe de satisfaction chez le Führer.

— Je les verrai dans une minute, répondit-il.

Cette minute devait en durer dix. Les faire attendre leur rappellerait qui était l'autorité suprême du IIIe Reich. Il décida qu'il avait perdu assez de temps, endossa sa tunique grise croisée, décorée de la Croix de fer de deuxième classe qu'il avait gagnée à Ypres lors de la Première Guerre mondiale et alla recevoir ses maréchaux.

Ils firent le salut hitlérien quand il poussa la double porte de la salle de conférences du Berghof. Il les balaya tous du regard : von Rundstedt, Rommel, von Kleist, von Bush, von Mannstein. Il leur serra machinalement la main, puis les précéda vers la salle à manger. A l'entrée, il s'écarta et, avec courtoisie, les fit passer devant lui.

— Bon appétit, *Herr Feldmarschall !* dit-il, alors que von Rundstedt passait devant lui.

Il était totalement indifférent à la nourriture et il savait que son mess était à juste titre renommé pour la médiocrité de sa cuisine. Il savait aussi que von Rundstedt avait la réputation d'être un gourmet. Ce soir-là, il ne voulait pas décevoir son hôte. Il y avait au menu des côtelettes de porc et du chou rouge.

Hitler, comme de coutume, avait son propre menu de végétarien. En le regardant laper son potage aux petits pois avec le bruit d'un évier qui se débouche, von Rundstedt réprima une moue de dégoût. Il ne disait rien. Hitler monologuait à propos de tout ce qui lui passait par la tête. Même des hommes comme von Rundstedt se montraient timides en sa présence et s'aventuraient rarement à émettre la moindre idée, ou le moindre commentaire.

Rommel était une exception. C'était le seul de ses maréchaux pour lequel Hitler avait une réelle affection. Cette position privilégiée l'incitait à formuler, la plupart du temps sous forme de compliments, des observations sur les théories d'Hitler. A l'occasion de l'un de ces commentaires obséquieux, von Rundstedt lança un regard à von Mannstein par-dessus la table. Les deux hommes méprisaient leur collègue. Von Rundstedt l'avait traité un jour de « boy-scout ». Rommel était le seul de leur petite bande qui n'appartenait pas à la caste militaire prussienne ou à quelque famille importante ayant une longue tradition soldatesque. Il était fils d'instituteur, et appartenait tout juste à la classe moyenne. Pis encore, c'était le seul maréchal à être membre du parti. Cette appartenance, sa promptitude à obéir aux principes du national-socialisme lui avaient permis de passer du grade de colonel à celui de maréchal en l'espace de trois ans et cela puait le favoritisme.

Il était aussi devenu une croix que von Rundstedt devait porter. Rommel, en effet, avait été placé récemment sous ses ordres comme commandant des deux armées allemandes établies tout le long des côtes françaises. Von Rundstedt lui lança un regard en dessous, puis se pencha vers von Mannstein afin que, seul, il puisse entendre ses paroles.

— C'est le clown qui fait son cirque

Il se recula pour permettre à un serveur de placer ostensiblement devant lui le dessert que les cuisiniers d'Hitler avaient préparé pour son appétit de gourmet : une pomme à la peau luisante. Un autre domestique s'avança pour servir ce qui était considéré comme le point culminant d'un dîner au Berghof : une tasse de café personnel du Führer. Ce café était une spécialité venant du Yémen qu'on livrait une fois l'an au consulat d'Allemagne à Istanbul. Là, en grand secret et en pleine nuit, ce café était chargé dans un sous-marin qui, effectuant la dangereuse traversée de la Méditerranée, l'apportait jusqu'à Kiel. L'ensemble des opérations était calculé pour que le café arrive à Berchtesgaden juste avant Noël.

Hitler, bien entendu, n'y touchait jamais. Il ne buvait que du thé. En de rares occasions de festivités, il mettait dans son thé quelques gouttes de cognac. Voyant un serveur approcher de la tasse du Führer un flacon enrobé d'un linge fin, les maréchaux comprirent que ce n'était pas le cas. Ce flacon contenait, en effet, de l'*Elixir Magen bitter*, une concoction au goût désagréable dont les paysans se servaient pour calmer les effets de la gueule de bois ou les douleurs d'estomac.

Alors que ses hôtes dégustaient leur café, sachant très bien que même en tant que maréchaux ils n'en auraient qu'une tasse, Hitler ramena la conversation à son objet réel. Il s'adressa à eux comme un prêcheur du haut de sa chaire.

— Messieurs, le débarquement qui se prépare sera non seulement l'événement majeur de cette année, mais de toute la guerre.

Il se retourna vers une carte qu'un serveur avait placée sur un chevalet derrière lui.

— En fait, il décidera de l'issue de la guerre.

Il se tut pour permettre à ses auditeurs de bien enregistrer ses paroles.

— Si le débarquement réussit, nous avons perdu la guerre. Il n'y a aucune illusion à se faire à cet égard. A l'Est, les immenses étendues de terre nous permettent de perdre du terrain, même sur une grande échelle, sans que cela ait pour l'Allemagne des conséquences fatales. Il n'en est pas de même à l'Ouest. Si l'ennemi réussit, nous en ressentirons très vite les effets désastreux. Mais les Alliés ne réussiront pas. Nous avons de quoi les vaincre. Une fois repoussés, ils ne pourront plus tenter une nouvelle invasion.

L'enthousiasme du Führer le faisait sortir de ses gonds et lui donnait ce regard halluciné qui l'avait rendu célèbre.

— Une fois que nous les aurons repoussés, nous jetterons toutes nos forces dans la guerre à l'Est. Nous pouvons y transférer quarante-cinq divisions. Ces divisions changeront la face des combats. Mais, Messieurs, repousser cette invasion offrira aussi à l'Allemagne le plus précieux des cadeaux : le temps. Cela donnera à notre industrie une année de plus et grâce à cela nous gagnerons la guerre.

Ses propos étaient destinés à remplir les maréchaux de zèle à l'égard du conflit à venir, mais ils étaient aussi parfaitement exacts. Au printemps de 1944, après cinq ans de guerre ou presque, Hitler avait dix millions d'hommes sous les armes, plus que les Américains, les Britanniques et les Canadiens réunis. Malgré les raids aériens des Alliés, le manque de main-d'œuvre et de matériel, les usines du Reich avaient produit, en 1943, 11 897 chars, presque dix fois plus qu'en 1940 ; 22 050 avions : trois fois plus qu'en 1940, cinq fois plus de pièces d'artillerie et trois fois plus de munitions.

Surtout, Hitler avait ses armes secrètes. Les plus importantes étaient les V1 et les V2 qui commençaient à sortir des chaînes de fabrication en grande quantité ; les nouveaux sous-marins de type 19 et 21 qui seraient en mesure d'échapper aux sonars alliés sur les routes de l'Atlantique ; les chasseurs à réaction ME 163, bien plus perfectionnés que les chasseurs alliés. Laisser à Hitler une année de plus pour produire cette sorte d'appareils, c'était rendre, une nouvelle fois, la Luftwaffe maîtresse du ciel.

Hitler se retourna en soupirant vers la carte de la France, vers ces côtes lointaines, où allaient bientôt se décider tant de choses.

— Quand les opérations commenceront, ce sera un grand soulagement pour nous. Mais où vont-ils débarquer ? Ils peuvent le faire sur presque chaque endroit du littoral.

Ces mots-là, Hitler ne les avait pas prononcés du haut de sa chaire : c'était une question adressée directement au commandant en chef des armées de l'Ouest. Von Rundstedt était prêt à y répondre Après tout, il s'était consacré à ce problème pendant des mois.

— Mein Führer, dit-il, ils débarqueront entre Dunkerque et la Somme.

Il se leva et se dirigea vers la carte, où il traça avec son doigt un petit arc de cercle partant de Calais, contournant le cap Gris-Nez et s'arrêtant au Touquet.

— Plus probablement, ils débarqueront ici même, entre Calais et Boulogne.

Von Rundstedt savait que tous les événements du passé semblaient lui donner raison. Depuis que la France était une nation, les polders des Flandres en face des falaises de Douvres et les petites collines de l'Artois et de la Picardie avaient été des portes ouvertes sur le Continent. Là, par endroits, à peine trente kilomètres séparaient l'Angleterre des côtes de France. Philippe le Beau, Henry V d'Angleterre, les comtes de Flandres et les ducs de Bourgogne s'étaient battus sur ces terres rendues célèbres par des noms de petits villages comme Crécy et Azincourt, où ils avaient livré bataille. Von Rundstedt lui-même avait choisi cette région comme un tremplin pour l'opération Lion de mer projetée pour envahir l'Angleterre en 1940.

Hitler, lui aussi, pensait depuis longtemps que ce serait là que les Alliés débarqueraient. C'était là que le Mur de l'Atlantique était le plus fortifié. On y avait consacré près de cinq fois plus de béton qu'en Normandie et en Bretagne. Ses noirs sourcils froncés, Hitler suivait le raisonnement de son Feldmarschall.

— Tous les impératifs stratégiques plaident pour un débarquement ici. Nous savons que les Alliés manquent de bateaux. Ici, dans la zone la plus étroite de la Manche, ils pourront tirer le maximum d'avantages de ceux qu'ils possèdent. Le temps de l'aller-retour entre les côtes d'Angleterre et les côtes françaises est si court qu'ils pourront transporter des hommes et du matériel pour renforcer leur tête de pont cinq fois plus vite qu'ils le feraient en Normandie. La différence est énorme. Nous savons aussi que le meilleur soutien des Alliés sera leur puissance aérienne. Où pourraient-ils employer leur aviation plus efficacement ? Exactement ici. Elle couvrira les plages. Leurs chasseurs basés dans le sud-est de l'Angleterre ne seront qu'à quelques minutes de là. Ils pourront maintenir leur couverture aérienne six fois plus longtemps qu'en Normandie. En Bretagne, ils auraient à peine le temps de venir jeter un coup d'œil avant d'être obligés de retourner en Angleterre pour se ravitailler en carburant. Nous devons aussi étudier soigneusement la leçon de Dieppe et cette leçon est claire. Le premier objectif des Alliés est de s'emparer d'un port important. Ils en ont besoin pour y décharger leur équipement lourd. Autrement, ils courraient à l'échec. Ici ils ont trois ports : Dunkerque, Calais et Boulogne et chacun d'eux pourrait contenir leur assaut.

Bismark, Clausewitz, von Moltke... von Rundstedt faisait entrer en jeu l'enseignement qu'il avait reçu de ses maîtres.

— L'ennemi sait que, s'il voulait débarquer ici, il se heurterait à nos défenses puissantes. Débarquer en Normandie ou en Bretagne serait plus facile pour eux. Mais ils seraient isolés du champ de bataille principal.

Von Rundstedt promenait son doigt sur la carte.

— Un débarquement réussi dans le Pas-de-Calais serait pour eux de la plus grande importance stratégique. Regardez le terrain à l'intérieur des côtes !

Les doigts du vieux maréchal tapotaient sur cette région où tant d'hommes avaient trouvé la mort au cours de la Première Guerre mondiale.

— C'est un terrain plat, ouvert, idéal pour les chars de Patton Une fois établis ici, ils seraient à quatre jours de marche du Rhin. Ils s'enfonceraient dans le bassin de la Ruhr et y détruiraient notre puissance industrielle. S'ils débarquent en Normandie ou en Bretagne, ils risquent d'y être enlisés inutilement pendant des mois. Mais s'ils réussissent dans le Pas-de-Calais, *mein Führer,* la guerre sera terminée pour Noël.

Hitler pâlit de colère. Seul von Rundstedt pouvait se permettre une phrase aussi défaitiste en sa présence. Il le remercia pour la forme et se tourna vers Rommel.

— Je suis d'accord avec les conclusions du maréchal, déclara ce dernier.

C'était, en fait, l'un des rares points sur lesquels les deux hommes étaient d'accord.

— Encore que je croie qu'ils viendront un peu plus bas au Sud, vers l'embouchure de la Somme afin d'utiliser ses rives pour protéger leur flanc.

Pendant quelques secondes, Hitler resta inhabituellement silencieux, comme s'il digérait les propos de ses maréchaux, puis il reprit :

— Eh bien, messieurs ! Vous avez tort tous les deux. Ils ne débarqueront pas dans le Pas-de-Calais. Ils débarqueront en Normandie. Les Alliés n'aiment pas les attaques directes. C'est pourquoi, lors de chacun de leurs débarquements, en Afrique du Nord, en Sicile, en Italie, ils ont toujours préféré une attaque indirecte. Pour ce débarquement qui est crucial, ils ne nous attaqueront certainement pas là où nous sommes les plus forts.

Il parcourut du doigt sur la carte les plages de Normandie, d'Arromanches, en passant par Sainte-Mère-Eglise, jusqu'à la péninsule du Cotentin.

— C'est ici qu'ils débarqueront. Ils traverseront la Normandie et isoleront Cherbourg. Ensuite, ils rassembleront leurs forces et se jetteront sur la France.

Le dictateur allemand n'aurait pas mieux expliqué le plan

d'invasion des Alliés s'il avait eu entre les mains une copie de leurs projets les plus secrets.

— *Jawohl*, dit-il.

Il ne s'adressait plus à ses maréchaux, mais remontait en chaire, comme au début de la séance. Il répéta sa prophétie — une phrase que Churchill et les chefs alliés redoutaient par-dessus tout :

.— Ce sera en Normandie. C'est là qu'ils iront tout droit : en Normandie.

•

Catherine avait dîné paisiblement, comme si elle s'était trouvée avec des amis à la Tour blanche ou à la Coquille, à Londres. Elle avait presque oublié qui elle était et pour quoi elle était là, lorsque soudain son officier « traitant » se pencha vers sa chaise et lui dit avec gravité :

— Nous avons reçu le message de la BBC, nous ferions mieux de partir.

Pour la première fois, peut-être, depuis qu'elle était arrivée dans cette maison, Catherine sentit une angoisse la saisir. Elle se leva, embrassa chacun des jeunes officiers qui l'entouraient, puis sortit du mess avec son accompagnateur.

Il la conduisit dans une chambre située à l'étage. Là, sur une table de chevet, ordonnées comme les instruments de la messe sur l'autel, se trouvaient les dernières choses qu'elle devait emporter avec elle. Il y avait une ceinture contenant les deux millions de francs qu'elle devait remettre à Aristide, plus d'argent qu'elle n'en avait jamais vu dans sa vie. C'étaient de vrais billets. Un Français prévoyant s'était emparé d'une planche à billets lors de la débâcle de 1940, et, depuis lors, les services secrets anglais l'avaient utilisée pour financer leurs opérations clandestines en France occupée.

— Voilà votre couteau.

Il lui montra comment l'ouvrir.

— Votre pistolet : le chargeur est plein et le cran de sûreté se trouve là, vous voyez ? Nous vous avons appris à vous en servir, n'est-ce pas ?

— Je ne veux pas de pistolet.

— Quoi ? s'étonna l'officier. Vous ne voulez pas d'arme ?

— Non. Cela n'a aucun intérêt pour moi. Si les Allemands m'arrêtent, ce serait la preuve que je suis une espionne. Ce que je préférerais à la place, c'est un flacon de cognac.

— Très bien, répondit l'officier en lui tendant une petite bouteille. Mais, en fait, c'est du rhum.

Il prit ensuite un petit sachet de cellophane qui contenait une douzaine de pilules rondes.

— C'est de la benzédrine, si vous devez rester éveillée. Mais n'en prenez pas plus d'une toutes les douze heures, car vous ne dormiriez plus jamais.

Pour finir, il s'empara d'un morceau de papier de soie, le dernier objet qui se trouvait sur la table. Il le déplia et en sortit une petite pilule carrée qu'il lui montra dans le creux de sa main.

— On vous a parlé de ça, je sais. C'est votre pilule « L ». On lui a donné cette forme carrée afin que vous ne puissiez la confondre avec quoi que ce soit d'autre dans l'obscurité. Elle se dissout rapidement. En trente secondes, tout est fini. On m'a dit que l'on ne sentait rien.

Catherine contempla avec une profonde répulsion cette petite chose carrée dans sa main. C'était du cyanure. Une pilule plus petite qu'un cachet d'aspirine d'où dépendait sa vie ou sa mort. L'officier prit un air embarrassé.

— Je ne sais pas quelles sont vos convictions religieuses, ni même si vous en avez. Je suis autorisé, cependant, à vous dire que l'archevêque de Westminster a délivré une dispense pour les agents catholiques qui se sentiraient obligés de prendre ça afin d'éviter de parler sous la torture. Ce ne serait pas considéré comme un suicide par l'Eglise ni... comme un péché mortel.

Catherine frissonna et fit involontairement le signe de la croix.

— Donnez-moi votre chaussure droite, dit l'officier : je vais vous montrer l'endroit qu'y a ménagé notre ami Weingarten pour dissimuler cette pilule.

Tandis que Catherine contemplait la scène avec une expression d'horreur, il lui désigna la barrette qui fermait la chaussure.

— Contrairement à la normale ça s'ouvre en tournant de gauche à droite.

Il révéla une petite cavité dans laquelle il plaça la pilule.

— Il y a peu de risques que quelqu'un aille la chercher là.

En remettant son pied dans sa chaussure, elle entendit le crissement des pneus d'une automobile sur le gravier de la cour.

— Ils sont là, dit l'officier.

Dehors, la clarté de la pleine lune donnait au paysage une couleur argentée. Catherine se glissa sur le siège arrière de la camionnette à côté de l'agent qu'elle avait baptisé Bébé Cadum. Un détail distinguait cette voiture de celle qui les avait amenés à Tangmere. Toutes les vitres, à l'exception du pare-brise, étaient peintes en noir. Ainsi ni Catherine ni Bébé Cadum ne pourraient fournir aux Allemands la description de la base de Tangmere, si jamais ils étaient pris.

Le pilote se tenait à l'avant à côté du conducteur. Un simple soldat sortit de la villa et se pencha à l'intérieur de la voiture.

— Aucun signe d'activité des chasseurs allemands n'est repéré par les radars sur la route que vous devez suivre, Sir. Le dernier rapport météo signale des nuages dispersés sur votre aire d'atterrissage. Autrement, vous devriez avoir un temps dégagé. Vous rencontrerez un vent de 15 nœuds à 6 000 pieds environ.

Le pilote hocha la tête d'un air satisfait. Il claqua la porte et se retourna vers ses passagers.

— Parfait ! dit-il. Une bonne lune et un bon vent pour la France Que voulez-vous de plus ?

*

Londres

« Un fou peut dire la vérité ; seul un homme intelligent peut dire un mensonge. »

Ces mots avaient été écrits à la main à l'encre de Chine sur un bout de parchemin blanc glissé dans un étui de forme triangulaire. C'était un cadeau qu'avait offert son prédécesseur au colonel Sir Henry Evelyn Ridley, quand Ridley avait, pour la première fois, pris son poste dans la salle des opérations souterraines de Churchill à Storey's Gate au cœur de Londres. Comme son prédécesseur ne le savait que trop bien, c'était là une maxime qui convenait parfaitement à l'organisme qu'on avait confié à Ridley dans le labyrinthe souterrain de Churchill. Il était le chef de cette « petite bande de Machiavels amateurs » dont avait parlé le Premier ministre lors de sa conférence au début de la soirée. Leur tâche était l'une des plus critiques de toute la guerre, car, si secrète que fût leur organisation, trois cents personnes en connaissaient l'existence. Dans les semaines et les mois à venir, Ridley devrait donner un second souffle à la formule de Bossuet : « Perfide Albion ! ». A lui et à la douzaine d'hommes qui l'entouraient, incomberait la tâche de semer la confusion, le mensonge et les fausses nouvelles pour prendre Hitler au piège, et faire gober au dictateur et à ses généraux le plus gros mensonge qui ait jamais été inventé. C'était de ce mensonge que dépendait l'issue de la Seconde Guerre mondiale.

Personne ne semblait apparemment moins apte à le concevoir et à le répandre que Ridley lui-même. Il était l'incarnation des vertus de rectitude et de *fair play* que le monde entier appréciait chez les dirigeants de la Grande-Bretagne. Il descendait de cette petite coterie qui avait gouverné l'Empire pendant quatre cents ans.

Par goût et par tradition, il était homme de loi. Sa famille était si étroitement liée au droit britannique, que l'un de ses ancêtres avait fait partie de ces barons qui avaient imposé la *Magna Charta* du roi Jean. Un tableau représentant ce matin de juin historique à Runnymede était passé de génération en génération entre les mains des Ridley à Lincoln's Inn, comme le témoignage du lien qui les unissait à la corporation des gens à perruque.

En cette soirée de mars, Ridley était l'associé principal, en congé de guerre, de la firme fondée par son arrière-grand-père. Il exerçait les fonctions de conseiller juridique de la Couronne, de membre du Conseil privé, comme son père et son grand-père l'avaient été, et de directeur de la banque Coutts. Tout, depuis sa naissance, l'avait préparé à l'exercice du pouvoir que, maintenant, il possédait. Il était allé à Eton, le « collège sacré », lorsque celui-ci était à l'apogée de son rayonnement, dans les décennies ayant précédé la Première Guerre mondiale. Le petit Henry avait aimé les années qu'il avait passées au collège d'Eton ; et il en avait été marqué pour le reste de sa vie. Il y avait appris que le caractère est plus important que l'intelligence ; la loyauté à l'égard de ses amis et des gens de sa caste l'unique ingrédient indispensable à un gentleman ; le dévouement au roi et au pays la seule fidélité véritable. Comme tout bon *Etonian,* il avait pris à contre-pied la formule de Pope et avait étudié un peu de toutes les matières. La spécialisation n'était pas son fort ; les gouvernants, après tout, peuvent toujours engager des spécialistes à leur service.

Ce petit monde étonnant avait été, bien entendu, détruit dans les tranchées. En 1917, Ridley avait été nommé capitaine, décoré de la *Military Cross* et trois fois blessé. A l'occasion de sa dernière blessure, il avait été affecté à l'état-major du maréchal Lord Haig, commandant en chef des forces britanniques en France, comme officier de renseignements.

C'était une ironie du sort, car Ridley exécrait Haig et les généraux sanguinaires qui l'entouraient, avec une férocité et une passion irrémédiables. Il ne leur pardonnait pas d'avoir envoyé à la mort des gens de son rang, dans cette guerre d'usure, et engagé leurs vies pour quelques bourbiers des Flandres. Pourtant, il montra une telle habileté dans les tâches de renseignements que Haig lui confia, qu'il acquit, dans le monde militaire, la réputation d'un véritable sorcier. Parmi ceux qui avaient été avertis de ses succès, se trouvait un jeune ministre du nom de Churchill. Lorsqu'au printemps de 1942, ce dernier voulut qu'un nouvel esprit d'initiative animât la plus ésotérique de ses organisations clandestines, il fit venir à Londres Ridley qui, depuis le début de la guerre, occupait un poste dans le contre-espionnage en Irlande du Nord.

Ridley reçut le titre de *Controlling Officer for Deception.* La directive COSC(42) 180(0), en date du 21 juin 1942, qui précisait ses fonctions, était un modèle de laconisme. « Vous devez mettre au point, sur le plan mondial, des projets d'intoxication, avec le but de détruire les ressources militaires de l'ennemi. [...] Votre mission ne se limite pas seulement à une intoxication stratégique. Elle inclut tous les moyens destinés à égarer ou tromper l'ennemi là où un avantage militaire peut en être retiré. »

En fait, comme Churchill le précisa à Ridley, de vive voix et succinctement, il devait utiliser « toutes les combines, toutes les sortes de sales meurtres imaginables pour enfiler ces salauds de Boches ».

On appela son organisation d'un nom très « bureaucratique », la *London Controlling Section,* afin de la mettre à l'abri de la curiosité publique. En fait, il était en relation directe avec Churchill par l'entremise du général Ismay. De son labyrinthe souterrain de Storey's Gate, il était en relation avec tous les services secrets britanniques chargés de l'exécution de ses projets tortueux : le *Double Cross Committee,* les déchiffreurs des codes allemands à Bletchley Park, le MI 5, le « C » Sir Stewart Menzies, son ami intime et ancien condisciple d'Eton qui dirigeait l'*Intelligence Service.* Ridley était un homme taciturne et discret. Son nom était presque inconnu en dehors du milieu où il travaillait. Mais à l'intérieur de cet univers, au White's et au Brooks, dans les bureaux anonymes du renseignement de Saint James et dans les immeubles de style *Queen Ann* situés le long du parc, les hommes qui le connaissaient savaient que Sir Henry Evelyn Ridley « était en fait un vieux de la vieille ».

Pour l'aider dans sa tâche, il avait réuni une bande hétéroclite de collaborateurs choisis beaucoup plus en raison de ce qu'il appelait « leur esprit retors » que pour leur talent militaire. On trouvait là un auteur de romans policiers et d'espionnage nommé Dennis Wheatley.

Comme la plupart des romanciers populaires, Wheatley avait de la difficulté à articuler des mots de plus de deux syllabes ou à bâtir une phrase correcte. Mais il inventait des coups tellement baroques et compliqués que lui seul pouvait s'y retrouver. Il y avait aussi un banquier typique de la City qui, avant la guerre, était spécialisé dans les finances de la Couronne. Il connaissait tous les escrocs de bas étage et les cambistes de Hambourg jusqu'à Lisbonne, ainsi que les intrications de leurs plus tortueuses combines. Son second était un certain Charles, que sa secrétaire décrivait comme « une espèce de lourdaud venu tout droit de Manchester, un fabricant de meubles ou de quelque chose de cet ordre et qui avait épousé la fille d'un évêque ». En réalité, c'était un homosexuel enragé qui se livrait aux débordements de pratiques sadomasochistes qu'il avait rapportées de Tanger, de Venise et de Munich. Ses penchants l'avaient à deux reprises exposé à des menaces de chantage. Il y avait répondu par les mêmes tactiques et avait engagé un tueur à gages pour le débarrasser de ses maîtres chanteurs.

Le plus jovial de toute la bande était Arthur Shaunegessy, un propriétaire foncier d'Irlande du Nord, dont les seuls intérêts dans la vie étaient le pedigree des chevaux de course et le vin de bordeaux. Dans une incarnation antérieure, il avait servi comme agent du MI 5 chargé d'infiltrer, au péril de sa vie, l'IRA, ce qu'il avait accompli avec une habileté pleine de malveillance.

Le second de Ridley était Sir Ronald Wingate, le fils de Wingate, Pacha du Soudan. Comme son père, il avait passé sa vie aux frontières les plus reculées de l'Empire. Il parlait sept langues, s'était battu avec les Tartares contre les Turcs, avec les Hindous contre les musulmans, avec les Arabes contre les juifs, tout cela pour servir la cause de l'Empire britannique dans les bazars et les palais de l'Hindou Kouch à Istanbul. Il était, selon ses associés, « plein d'idées géniales et malicieuses, du moins quand il n'était pas persécuté par sa femme dont les goûts particulièrement dispendieux le faisaient téléphoner cinq fois par jour à son agent de change ».

Au centre de cette bande, régnait en seigneur et maître Sir Henry Ridley. Lui et lui seul savait tout ce que faisait son organisation. A cinquante-trois ans, c'était un travailleur infatigable, fumant des *Players* à la chaîne, et un homme au maintien et à l'élégance impeccables. Avec ses yeux bleus au regard perçant, son visage anguleux, ses cheveux blonds peignés en arrière qui dégageaient son front haut, il était, comme un de ses amis l'avait remarqué, « de cette sorte d'hommes qui peuvent obtenir la meilleure table dans n'importe quel restaurant du monde en jetant un simple coup d'œil au maître d'hôtel ».

Sous ses allures aristocratiques et conventionnelles, Ridley, cependant, était un homme extrêmement subtil, aux facettes multiples et changeantes comme celles d'un diamant éclairé d'une vive lumière. C'était un excellent père de famille qui aimait à la folie sa femme et sa fille et qui avait gardé comme maîtresse une femme mariée pendant une dizaine d'années. Dans l'accomplissement de ses activités légales, il était l'incarnation même de la discrétion, et d'une inébranlable intégrité. Mais derrière ces apparences se cachait un homme froid et impitoyable.

Ridley pouvait se révéler singulièrement vicieux quand l'occasion s'en présentait. Elégant et gracieux comme il était, il pouvait vous embobiner en aussi peu de temps que pour commander un repas à son club. En dehors de sa famille et de ses pairs, une étrange amoralité caractérisait son comportement dans le monde où il vivait. Fondamentalement ce monde ne le concernait pas. C'est pourquoi les règles qui commandaient à ses activités ne s'appliquaient pas aux gens de sa famille.

Cela, aussi, était un reflet de son éducation à Eton. Le monde attendait des Britanniques qu'ils jouent au cricket dans les règles, puisque, après tout, c'étaient eux qui les avaient inventées. Mais le monde se trompait. Les règles du jeu, pour des gens comme Ridley, étaient établies par des gentlemen pour être suivies par les joueurs. Que ces joueurs les appliquent avec une foi aveugle ! Les gentlemen, eux, savaient où et quand on pouvait les trahir. Par-dessus tout, l'idée de jouer pour le plaisir et d'être bon perdant était aussi extravagante pour Ridley que d'avoir les ongles sales. Lui, jouait pour gagner et, quand il jouait pour le Roi et le Pays, c'était pour gagner à n'importe quel prix.

Il avait de la chance d'être ainsi, car cela lui était nécessaire dans la tâche incertaine qui lui avait été assignée.

L'art de la feinte militaire qu'il avait été appelé à pratiquer remontait au IVe siècle avant Jésus-Christ, au temps du seigneur de la guerre chinois Sun Tzu. « Miner l'adversaire, écrivait-il, le subvertir, saper son moral, le corrompre, semer la discorde dans le rang de ses chefs, le détruire sans le combattre. » Les Grecs pendant la guerre de Troie, Hannibal, Bélisaire, le commandant des armées de l'empereur Justinien, étaient quelques-uns des ancêtres historiques de Ridley.

L'intoxication de l'adversaire, au cours de la Seconde Guerre mondiale, avait été la servante des Britanniques. Elle était née, en désespoir de cause, dans le désert d'Afrique où l'armée britannique écrasée par le nombre des ennemis et manquant d'armes avait dû avoir recours à la ruse et au mensonge non point pour vaincre mais pour survivre. En effet, l'organisation à laquelle présidait Ridley avait vu le jour au Caire, dans un bordel situé derrière le restaurant Groppi, excellente couverture pour ses activités qui, le cas échéant, permettait à ses officiers de se soulager de leur tension nerveuse. Cette organisation avait employé des prestidigitateurs, des faussaires, des tueurs, des perceurs de coffres-forts, des tireuses de cartes et, en 1943, un cadavre flottait au large des côtes espagnoles, pour servir ses objectifs.

Maintenant, il appartenait à Sir Henry de remplir le plus hasardeux, le plus critique, le plus important des objectifs de cette organisation. Le général Brooke lui avait confié cette charge en lui disant : « Ça peut ne pas marcher. Mais ce serait bigrement bien que ça marche. »

On avait appelé cette opération du nom de code FORTITUDE et, comme toute grande idée, elle était d'une simplicité trompeuse. Les Alliés allaient faire croire aux Allemands qu'ils ne lanceraient pas *une* attaque contre la Forteresse Europe d'Hitler, mais *deux*. La première (et la moins importante) aurait lieu en Normandie, son but étant d'amener dans la péninsule du Cotentin les panzers de la 15ᵉ armée. Une fois qu'Hitler y aurait envoyé ces divisions d'élite pour liquider la tête de pont alliée, la deuxième attaque (la *vraie*, celle-là) aurait lieu dans le détroit du Pas-de-Calais. Ridley et sa *London Controlling Section* devaient amener Hitler et ses généraux à croire aux mensonges de FORTITUDE qui immobiliseraient ainsi les meilleures troupes allemandes dans le Pas-de-Calais, avec leurs canons muets, leurs troupes intactes, attendant une invasion qui n'aurait jamais lieu !

Pour accréditer ce mensonge, Ridley devait commencer par créer une armée fantôme. Ce soir de mars 1944, alors qu'il travaillait encore dans son bureau souterrain, les Alliés n'avaient sur le territoire du Royaume-Uni que trente divisions formées principalement de troupes américaines, anglaises et canadiennes. Cela suffisait à peine à mettre sur pied *un* débarquement — *deux,* il n'en était pas question ! Hitler et ses généraux ne tomberaient jamais dans le panneau si FORTITUDE n'arrivait pas à les convaincre que les troupes stationnées en Angleterre rassemblaient les effectifs suffisants pour effectuer *deux* débarquements importants. Il fallait surtout que Ridley les convainque que le deuxième aurait lieu au bon moment pour lui, c'est-à-dire quand Hitler serait prêt à envoyer ses divisions en Normandie.

C'était jouer là le jeu le plus dangereux. FORTITUDE pourrait aussi bien faire gagner la bataille d'Europe que la faire perdre aux Alliés. L'intoxication est au simple mensonge ce que les échecs sont au jeu de dames. C'est un art infiniment plus subtil et complexe. Pour vaincre, il faut être cru, autrement, c'est la faillite. La tentative de Ridley pouvait tourner au désastre, car si son mensonge était percé à jour, il indiquerait nécessairement aux Allemands où était la vérité. Ils n'auraient, en quelque sorte, qu'à tendre un miroir à son propre mensonge pour y lire à l'envers les intentions réelles des Alliés. Les Allemands enverraient alors le meilleur de leurs troupes en Normandie et ce serait un massacre.

Mettre sur pied une telle opération représentait pour Ridley un travail long et difficile. Il ne pouvait pas faire cadeau à l'ennemi de ses fausses informations enveloppées dans un ruban de soie. Des renseignements trop facilement obtenus sont vite écartés. Les Allemands devaient mettre longtemps à les recevoir, les arracher bribe par bribe à l'adversaire, laborieusement, et se persuader eux-mêmes de leur *authenticité* à l'issue d'un effort gigantesque.

Ridley devait donc prendre les Allemands dans une véritable toile d'araignée dont chaque fil serait un mensonge. Il devait employer pour cela des moyens fort divers et subtils. Cela allait des fausses confidences d'oreiller d'un diplomate compromis à l'utilisation d'agents doubles, dans lesquels l'Abwehr avait entièrement confiance, mais qui, en fait, étaient manipulés par les services alliés. Il fallait découvrir toutes les sources de renseignements que les Allemands possédaient et les empoisonner lentement et sûrement, verser goutte à goutte le poison dans tous les rouages des services ennemis jusqu'à ce qu'il remonte à l'objectif principal de Ridley : Hitler lui-même.

C'était un travail épouvantablement difficile et il n'était pas étonnant qu'il ait retenu souvent Ridley à son bureau aussi tardivement que c'était le cas ce soir-là. La sonnerie soudaine et inattendue de son téléphone secret l'interrompit dans l'étude du document qu'il avait sous les yeux.

— Ah ! Squiff. On m'avait bien dit que je pourrais vous trouver au travail à une heure pareille.

Squiff était le surnom qu'on avait donné à Ridley, comme c'était la règle, du temps où il était à Eton.

— Je viens de recevoir des nouvelles dont je crois devoir vous avertir.

Il avait aussitôt reconnu la voix grinçante de son condisciple d'Eton, Sir Stewart Menzies, le chef de l'*Intelligence Service*.

— De bonnes nouvelles, j'espère. J'en ai plutôt besoin ces jours-ci.

— Non, je le crains. Peut-être pourriez-vous me rejoindre pour prendre un *brandy and soda* au club, disons dans une demi-heure ?

Exact à la seconde près, Sir Henry fit son entrée au White's Club. En le voyant, le portier sortit de la petite cage d'où il gardait un œil discret mais vigilant sur tous ceux qui essayaient d'entrer dans ces locaux aussi farouchement défendus que ceux de Buckingham Palace.

— Sir Henry, Sir Stewart vous attend dans le salon, souffla-t-il, en prenant le manteau de Ridley, sur un ton confidentiel qui marquait bien que, si les portiers du White's Club n'étaient pas dans le secret des dieux, ils n'en étaient pas moins au courant de leurs déplacements.

Ridley hocha la tête, jeta un coup d'œil au télex de l'agence Reuter, puis il se dirigea vers le salon, passant en revue une galerie de portraits représentant les anciens membres du White's dans leurs uniformes galonnés, avec leurs rouflaquettes, leurs perruques et leurs robes. Parmi eux se trouvait un de ses ancêtres, un juriste qui avait essayé avec un insuccès remarquable de sauver Charles Ier de l'échafaud. Il était, comme il le remarqua avec plaisir, le témoin de la fidélité des Ridley à la Couronne sinon de leur talent d'avocats.

Il trouva Sir Stewart assis dans un coin obscur du salon. Un vieux serveur, un plateau en argent à la main, apparut dès qu'il se fut assis.

— *Brandy and soda,* fit-il, en s'enfonçant dans un fauteuil et en savourant l'odeur rassurante de vieux cuir, de vieux porto et de la fumée bicentenaire de havane qui régnait dans la pièce.

Les deux hommes bavardèrent à propos d'oiseaux et de chiens jusqu'à ce que Ridley eût été servi et que le serveur eût disparu dans l'ombre. Sir Stewart commença :

— Il y a eu un ISOS plutôt inquiétant, en début de soirée, dit-il.

Ridley se fit imperceptiblement plus attentif. « ISOS » voulait dire *Intelligence Service Oliver Strachey,* le nom de code désignant les interceptions les plus secrètes des émissions radio allemandes qu'opéraient les déchiffreurs du service ULTRA. C'étaient les interceptions de l'Abwehr et des services d'Himmler.

— Ce vieux Canaris, semble-t-il, a été dégommé. En fait, mis aux arrêts.

Comme il le faisait souvent, Ridley ferma à demi les yeux, ses paupières formant des demi-lunes sur ses pupilles. La plupart des gens prenaient cela pour une espèce de somnolence qui convenait bien à son personnage. Mais c'était alors qu'il était le plus concentré, comme il l'était en ce moment, en face de son vieil ami.

— Ce sacré éleveur de poulets d'Himmler a pris en charge toutes ses opérations extérieures et les a confiées à Schellenberg.

Ridley, surpris, ouvrit les yeux.

— Je vois ! Ce sont de mauvaises nouvelles. Les pires, devrais-je dire, que vous puissiez me donner.

— Mmm ! murmura son ami en sirotant son *brandy and soda,* j'en ai bien peur.

Ridley se laissa aller dans son fauteuil de cuir et ferma les yeux un instant, en réfléchissant. Ses trois canaux les plus vitaux pour faire passer des fragments du plan FORTITUDE aux Allemands étaient des agents doubles de l'Abwehr travaillant en Angleterre sous le contrôle des Britanniques. Il s'agissait d'un Polonais, d'un Espagnol et d'un Yougoslave.

— Je suppose que la première chose que va faire Schellenberg sera de vérifier toutes les opérations que l'Abwehr a en cours, en s'attendant à ce qu'elles soient des plaisanteries.

— Je le crois, répondit Sir Stewart. C'est un salaud intelligent et plein d'ambition. Il ne fait aucun doute qu'il a cette idée en tête. Je suis sûr qu'il aimerait bien mettre la main sur quelques pommes pourries et les apporter à Himmler sur un plateau en argent pour justifier ce qu'ils ont fait.

— Vous comprenez, évidemment, que s'il découvre les nôtres, l'opération FORTITUDE est en l'air, avec tout ce que ça implique.

— Bien sûr, je le comprends. Certaines choses, pourtant, travaillent pour nous. Schellenberg va devoir trouver des sources sur lesquelles il puisse compter pour se former une opinion. C'est trop tard, n'est-ce pas, pour mettre de nouveaux agents sur le terrain. Aussi est-il vraisemblable qu'il décide de continuer avec les agents de Canaris. Espérons qu'il prendra les nôtres.

Sir Stewart fit tournoyer son *brandy and soda* pensivement.

— Au moins, vous pouvez être certain que les contrôleurs de l'Abwehr à Hambourg feront tout ce qui est en leur pouvoir pour persuader Schellenberg que vos types sont *sains.* S'ils ne le font pas, ils prendront le premier train pour le front de l'Est.

Ridley soupira.

— Bon Dieu ! Tout ça est très inquiétant.

Il se tut un moment, oppressé par ses craintes.

— Vous avez raison. Nos types doivent survivre. Le problème est de savoir si je peux compter là-dessus, non ?

L'absence de réponse confirma les doutes de Ridley.

— Vous avez dit que c'est un peu tard pour qu'ils envoient de nouveaux agents sur le terrain.

— Je ne vois vraiment pas comment ils pourraient le faire avec le peu de temps qui leur reste.

— Supposons que nous essayions de le faire à leur place. Ouvrir un nouveau canal, pour ainsi dire, que les gens d'Himmler se vanteraient d'avoir ouvert eux-mêmes.

Menzies rumina cette idée en silence.

— Cela pourrait être une bonne chose. Pourvu que vous ayez l'agent qu'il faut.

— Vous n'auriez pas, par hasard, un trésor enterré quelque part auquel nous pourrions avoir recours ? L'enjeu en vaut la peine.

Le chef de l'*Intelligence Service* resta silencieux un bon moment, faisant tourner distraitement le fond de son *brandy and soda* dans son verre, tandis qu'il faisait mentalement l'inventaire de ce qu'il avait sous la main. A la fin, il s'étira dans son fauteuil comme un vieux membre du White's Club sortant de sa sieste d'après le déjeuner.

— Oui, dit-il, je pense que j'ai ce qu'il faut. Laissez-moi en parler à mes gens et je viendrai vous voir.

*

« Bricoleur — Trois — Quatre — *Over !* Qu'est-ce qu'on fait maintenant ? »

Enfoncée dans son siège pliant derrière le cockpit du pilote, sa précieuse et dangereuse mallette entre les genoux, Catherine suivait ce que disait le pilote par l'intercom. « Naviguez trois bâbord. » La réponse venait de la dernière station radar britannique qui accompagnait leur vol en donnant au pilote le dernier cap à suivre, avant qu'ils soient hors de portée au-dessus du territoire de la France occupée.

A travers le hublot, Catherine pouvait apercevoir les eaux grises de la Manche qui, peu à peu, laissaient place à la ligne sombre des côtes françaises. « Je rentre chez moi, se disait-elle. Je rentre enfin chez moi ! »

Bébé Cadum lui frappa sur l'épaule et lui montra l'horizon vers le nord. Une cascade de petites boules d'or s'égaillaient dans le ciel comme un soir de 14 Juillet. « C'est la *Flak* [1], dit le pilote. Nos bombardiers doivent aller rendre visite à leurs amis de la Ruhr. »

Catherine contempla de nouveau le sol. Ce n'était plus qu'une masse d'un gris bleuté. Aucune lueur ne trahissait l'existence des milliers d'hommes et de femmes qui vivaient là. De temps à autre, elle distinguait une forme plus sombre, celle d'un bouquet d'arbres perdu en pleine campagne. Elle aperçut aussi les arbres qui bordaient une route nationale traversant le paysage, le scintillement d'un fleuve dans le clair de lune. Elle pouvait même deviner les carrefours des villes endormies. A un moment donné, elle remarqua un train et son panache pâle de fumée qui ondulait comme un serpent derrière lui. Avec étonnement, elle entrevit le foyer rougeoyant de sa chaudière dont la porte était ouverte.

Elle se mit à sommeiller, puis, soudain, elle sentit que l'appareil commençait à descendre. Elle reconnut à la clarté de la lune les dix-sept tours rondes du château de saint Louis à Angers.

— Nous sommes dans les temps, annonça le pilote. Dans une minute ou deux, nous atteindrons la Loire par bâbord.

Elle se pencha en arrière, les yeux fermés, essayant de ne pas penser. A côté d'elle, Bébé Cadum était plongé dans un profond sommeil. « Pour lui, se dit-elle, ce doit être comme une promenade en autocar. » Elle avait appris que c'était son troisième voyage en France occupée

*

A 160 miles au nord-est du Lysander de Catherine, un autre appareil fonçait dans la nuit vers un autre rendez-vous, celui-ci du côté de Rouen. C'était un bombardier Halifax. Assis dans la carlingue glacée et bruyante, Alex Wild sentit la main amicale de son accompagnateur sur son épaule.

— Que diriez-vous d'une tasse de thé chaud ? lui demanda l'homme avec la sollicitude d'une nounou lui faisant manger sa bouillie.

---

1. La Défense antiaérienne allemande (*N.d.T.*).

Wild remercia le sergent, lui prit un gobelet cabossé des mains et commença à boire le liquide brûlant. Comme Catherine, il était un opérateur-radio du SOE. Comme elle, il avait reçu ses dernières instructions de Cavendish à Orchard Court quelques heures auparavant. Mais leurs chemins ne s'étaient pas croisés. Park, le maître d'hôtel consciencieux de Cavendish, y avait veillé. Wild devait être « inséré » — comme on disait au SOE — en France occupée par le moyen le plus conventionnel : en sautant en parachute, tandis que l'attendait au sol un comité de réception formé de résistants. Rangés à l'arrière de l'appareil, se trouvaient cinq parachutes qui devaient être largués après lui, chacun d'entre eux étant fixé à un long cylindre de métal empli de mitraillettes Sten, de munitions et de plastic, destinés aux résistants de Normandie.

Le sergent Cranston ouvrit la trappe qui se trouvait au fond de la carlingue. Wild s'y faufila, laissant pendre ses pieds par l'orifice. La lumière verte qui surmontait la porte du poste de pilotage devint rouge.

— C'est pour bientôt, dit Cranston.

Il prit le cordon qui commandait la sangle d'ouverture automatique du parachute de Wild, l'accrocha à un filin au-dessus de sa tête, puis tira d'un coup sec sur le cordon afin que Wild puisse constater qu'il était parfaitement en sécurité.

Wild sourit. Le sergent Cranston et son petit geste étaient devenus célèbres dans le SOE. On disait que le service de sécurité de l'organisation avait repéré un agent allemand qui s'était infiltré dans ses écoles d'entraînement. C'était un Français qui, sur ordre de la Gestapo, avait traversé les Pyrénées et était arrivé en Angleterre pour pénétrer le SOE. Plutôt que de donner l'éveil en l'arrêtant, le service de sécurité l'avait laissé achever son entraînement et retourner en France.

A un petit détail près. La nuit où il devait sauter, le sergent Cranston avait « négligé » de fixer la sangle de son parachute au filin et le Français s'était écrasé à 160 kilomètres/heure sur le sol du pays qu'il avait voulu trahir. Depuis cette fameuse nuit, Cranston avait pris l'habitude de rassurer les agents qui allaient sauter, en leur montrant qu'ils étaient solidement amarrés.

Wild regardait la terre qui défilait sous lui. Soudain, la lumière rouge qui surmontait la porte du pilote redevint verte. Cranston baissa le bras :

— *Go !* hurla-t-il pour couvrir le bruit des moteurs.

Wild se concentra sur tout ce qu'on lui avait appris à faire. Il serra fermement ses pieds l'un contre l'autre. Il se poussa en avant pour passer droit à travers la trappe et se raidit afin d'éviter de se retrouver cul par-dessus la tête quand il entrerait en contact avec le déplacement d'air occasionné par les hélices.

Tout fut terminé en un clin d'œil. Le SOE larguait ses agents à une altitude de 500 pieds. A une telle hauteur, il fallait à peine 20 secondes pour atteindre le sol. Wild se mit en boule pour amortir le choc en touchant terre et commença à se défaire de son parachute. Il pouvait entendre les sifflements des membres du comité de réception qui accouraient vers lui, puis des mains amies l'aidèrent à replier son parachute. Un autre résistant, à quelques pas de là, commençait déjà à creuser un trou dans le pré pour y enterrer la combinaison et le parachute de Wild. Au loin, celui-ci apercevait des silhouettes courant dans la nuit pour récupérer les cinq containers.

Ils n'échangèrent pas un mot jusqu'à ce que l'équipement de Wild fût soigneusement enterré. Puis, en haletant, l'homme qui l'avait « réceptionné » sortit un flacon de sa poche.

— Un peu de cognac? lui demanda-t-il. C'est meilleur que la pisse qu'on vous donne à boire à Tempsford.

Wild eut un sourire en entendant le nom de la base de la RAF d'où s'envolaient les Halifax et avala une lampée d'alcool.

Le deuxième résistant traversait le champ.

— Nous allons faire un voyage en première classe, cette nuit, dit le chef à Wild. Nous avons une voiture.

— Bon Dieu! Comment vous avez pu vous en procurer une?

— C'est grâce à ce vieux Bernard, dit son guide en montrant l'autre résistant d'un mouvement de menton. En guise de couverture, il joue les trafiquants de marché noir. Il a demandé aux Allemands qu'on lui donne un *Ausweiss* pour circuler après le couvre-feu. Vous savez comment sont les Boches. Si vous avez des papiers en règle, vous n'avez rien à craindre.

La voiture se trouvait dans une clairière, recouverte en partie par des branches que les deux résistants avaient coupées pour la camoufler.

— Vous avez fait bon voyage? demanda le chef, tandis qu'ils enlevaient les branches.

— Meilleur que la dernière fois. J'avais été largué à l'aveuglette à près de trente kilomètres de mon objectif.

— Vous étiez déjà venu avant?

— Ouais. A Troyes.

— A Troyes? Vous étiez avec Hector?

— J'étais son opérateur-radio.

— Vous avez de la veine d'être encore vivant, dit le chef en ouvrant la portière de la voiture.

— Et comment! Je suis parti deux jours avant qu'ils le piquent.

Les deux hommes s'assirent sur le siège arrière, tandis que Bernard prenait le volant. Le chef tapota le genou de Wild d'un air paternel.

— Dormez un peu. Vous en aurez besoin plus tard. Je vous réveillerai quand nous serons arrivés.

Wild approuva, s'appuya à la portière et s'endormit aussitôt.

*

— Voilà Tours! annonça le pilote. Nous atterrirons bientôt.

A ces mots, Catherine se redressa. Une fois passé Tours, le pilote descendit à 1 000 pieds, suivant le Cher vers le sud-est, en restant à l'écart des rives du fleuve, afin de tromper quelque patrouille allemande qui aurait pu repérer le bruit de ses moteurs. Juste à l'est d'Azay-sur-Cher, il aperçut le point de repère qu'il attendait : un pont avec six piles. Au nord-est s'étendait une grande masse sombre, la forêt d'Amboise, ce qui confirmait qu'ils étaient sur le bon chemin. Quelques minutes plus tard, à peine, ils survolèrent un autre pont, à cinq kilomètres en amont de Saint-Martin-le-Beau. Le pilote traversa le fleuve, puis le remonta. Devant elle, Catherine pouvait voir trois lumières formant la lettre L. C'était le signal des atterrissages clandestins des Lysanders, qui avait été dessiné, pour la première fois, sur la nappe d'un restaurant italien de Soho en 1942. Depuis lors, ce signal en forme de L avait guidé des douzaines de pilotes de Lysanders. Une quatrième lumière émit en morse la lettre M : c'était l'indication que la voie était libre.

Le pilote ramena sa vitesse à 70 miles à l'heure et l'appareil commença à descendre. Il frôla presque une rangée de peupliers, heurta le sol, fit un bond en avant et se mit à rouler. Les lumières s'éteignirent. Catherine sentit le gémissement des freins, tandis que l'appareil effectuait un demi-cercle et stoppait.

— Vite, dehors! ordonna le pilote en ouvrant son cockpit. Quatre silhouettes se ruaient déjà vers l'avion. Le premier homme sauta et tendit une bouteille au pilote.

— Château-lafite 29, dit-il. C'est pour les gars du mess.

C'est alors que Bébé Cadum sortit.

— Au revoir et bonne chance, dit le pilote, en aidant Catherine à s'extraire de l'appareil. Réservez-moi une danse, la prochaine fois que vous irez au club des 400. Avec Paul, vous êtes entre de bonnes mains. Il volait déjà avant que vous ne sachiez marcher, dit-il en indiquant l'homme qui venait de lui glisser une bouteille de vin.

— Attendez ici, ordonna Paul, en lui montrant un bouquet d'arbres, tandis qu'il revenait vers l'appareil.

C'est avec ces mots de bienvenue que Catherine remit les pieds sur le sol français. Un accueil brutal et purement pratique.

Les deux passagers en partance étaient maintenant à bord, le pilote referma son cockpit, Paul s'écarta du fuselage et fit signe au pilote de repartir. L'appareil n'était resté au sol que trois minutes à peine. Dans un grand bruit de tôles et en poussant un hurlement — que les Allemands, pensa Catherine pouvaient entendre de Paris —, il traversa le pré, luttant pour décoller de ce terrain détrempé. Bébé Cadum et le deuxième homme avaient disparu dans les ténèbres « Comme c'est curieux, se dit Catherine. Nous avons vécu toute cette aventure ensemble, nous n'avons échangé que quelques mots en l'espace de six heures et, maintenant, il s'est évanoui. »

Paul, lui, faisait en courant le tour du terrain, éteignant les lumières et ramassant les pieux qui avaient marqué l'emplacement des feux de signalisation. Catherine resta debout, écoutant le bruit du Lysander qui rentrait en Angleterre sain et sauf, jusqu'à ce qu'elle n'entende plus que les cris des oiseaux de nuit, le souffle de la brise et l'aboiement lointain d'un chien. Jamais, dans toute sa vie, elle ne s'était sentie aussi profondément seule.

Sur sa gauche, elle voyait le bouillard monter du Cher en tourbillons d'argent. Le terrain se trouvait dans une plaine que les crues d'hiver rendaient impraticable. Il n'y avait pas une seule maison le long du fleuve, d'Azay-sur-Cher à Saint-Martin. Cela faisait du lieu un parfait terrain d'atterrissage clandestin. Devant elle se trouvait un bouquet de peupliers dont les branches dénudées se silhouettaient dans le clair de lune. On apercevait des boules de gui à la fourche des branches, cette plante sacrée des druides, qu'ils coupaient une fois l'an, en priant que leur peuple vive en paix. « C'est un présage », se dit-elle.

Paul, ses pieux dans les mains, revenait, en haletant sous l'effort. C'était un homme de haute taille, ayant environ la trentaine, vêtu d'une vieille veste et d'un pantalon de tweed. Il était chaussé de bottes en caoutchouc.

— Restez là, lui ordonna-t-il. Je reviens tout de suite

Il prit la valise de Catherine et disparut dans l'ombre. « Pas bavard », se dit-elle en le regardant s'en aller.

Un bruit de bottes annonça son retour. Toujours sans dire un mot, il se dirigea vers Catherine, la prit dans ses bras et la transporta comme une impotente à travers le champ.

— Mon Dieu! qu'est-ce que vous faites? s'écria-t-elle en se débattant.

— Fermez-la! Les voix s'entendent de loin dans la nuit.

Ce fut sa seule réponse. En proie à une rage silencieuse, elle se laissa porter à travers le pré spongieux, jusqu'à un petit pont de planches qui enjambait un fossé de drainage et menait à une route bourbeuse, où il la remit sur ses pieds. Deux bicyclettes les attendaient. Sa valise était déjà ficelée sur le porte-bagages de l'une d'elles.

— Vous savez monter à bicyclette?

Catherine acquiesça.

— Il y a des gens qui ne savent pas. Maintenant écoutez-moi bien : nous avons cinq kilomètres à faire jusqu'à Saint-Martin, puis nous prendrons la départementale 83 pour rejoindre notre planque en bordure de la forêt. Restez derrière moi et faites exactement tout ce que je ferai. Si nous entendons une voiture, nous nous cacherons. Ce sera ou bien un Allemand, ou bien un trafiquant du marché noir. Personne d'autre ne peut sortir après le couvre-feu.

Il enleva ses bottes de caoutchouc, ouvrit un panier fixé au guidon de son vélo et y prit un lapin, dont le sang et les entrailles sortaient de la carcasse. Sous les yeux révulsés de Catherine, il l'attacha sur le couvercle de sa valise.

— C'est notre dîner. Nous l'avons pris au piège, dit-il, en enfourchant sa bicyclette.

La première chose qui étonna Catherine était le fait que les vélos de Paul fussent parfaitement huilés. C'était à peine si on entendait le crissement de leurs pneus sur la route boueuse. Le seul bruit qui parvenait à ses oreilles, dans le noir, était le tintement rassurant d'une cloche de vache. Sur sa tête, des nuages légers traversaient le ciel de cette nuit de pleine lune, en projetant de temps à autre leur ombre autour d'elle. Elle respira profondément l'air humide encore imprégné des odeurs de pourriture que les crues d'hiver avaient laissées après s'être retirées. Un court instant, elle eut envie de s'arrêter, de descendre de bicyclette et de baiser le sol du pays de son enfance. Elle pensait à ces documentaires qu'elle avait vus sur les républicains espagnols, à la fin de la guerre civile, partant en exil en France avec un peu de la terre d'Espagne dans leurs poings fermés. Ce geste lui avait alors paru ridicule ; aujourd'hui il lui paraissait naturel.

Soudain, l'absurdité de tout ce qui lui était arrivé l'étreignit. Elle ne savait plus où elle était. Elle ne savait pas où elle allait. Elle ne savait même pas quel était cet homme. Tout ce qu'elle savait, c'était que sa vie maintenant était entre les mains de ce type hargneux qui pédalait devant elle sur une route obscure dans un coin de France qui lui était aussi étranger que la surface de la lune.

Ils approchaient d'un passage à niveau. Au-delà s'étendait l'asphalte d'une grande route. Paul descendit de son vélo et se mit à réfléchir, en écoutant les bruits de la nuit. Il rappelait à Catherine un animal dans la forêt, toutes ses facultés en éveil, à l'affût d'un danger. D'un geste il lui montra un bouquet d'arbres à l'écart de la route. Accroupie à leur ombre, elle essayait de percevoir le bruit qui l'avait alerté. Elle n'entendait rien, jusqu'à ce qu'une Citroën noire arrivât vers eux, tous phares éteints, son moteur ronronnant, glissant sur la route comme un chat qui épie une proie invisible.

— Salauds ! souffla Paul, tandis que la voiture s'éloignait. Ils ont dû entendre l'avion. Nous allons rester ici et attendre qu'ils soient partis.

*

Paris

A Paris, l'avenue Foch était plongée dans le silence de la nuit. Aucune voiture ne passait sur cette splendide avenue qui joint l'Arc de Triomphe au bois de Boulogne. Aucun piéton, si furtif fût-il, n'arpentait les fameuses contre-allées semées de gazon qui la bordent. Toutes les imposantes résidences qui s'y trouvent, véritables forteresses de la grande bourgeoisie, étaient muettes et plongées dans l'obscurité.

A l'extrémité de l'avenue, près de l'endroit où elle aboutit à la porte Dauphine, les deux immeubles auxquels elle devait sa renommée d'alors étaient eux-mêmes silencieux et obscurs. Il n'en était pas toujours ainsi. Ces immeubles, aux numéros 82 et 84, abritaient le Quartier général principal de la Gestapo à Paris. Ils avaient valu à cette avenue le surnom d'avenue « Boche » et les grands bourgeois du voisinage dormaient rarement en paix. La Gestapo préférait « travailler » la nuit, comme si l'obscurité devait ajouter à l'horreur qu'elle voulait infliger à ses victimes. Une autre considération, celle-là bien teutonne, engageait la Gestapo à travailler de nuit. Les cris des victimes ennuyaient les secrétaires quand on torturait pendant le jour. Il valait mieux, pensaient les responsables, déranger les voisins dans leur sommeil que les employées dans leur travail.

Quoi qu'il en soit, les huit chambres de torture situées au cinquième étage du n° 84 étaient vides, cette nuit-là. Le seul bruit qu'on entendait dans l'immeuble était celui des talons d'une paire de chaussures en crocodile foulant la moquette pourpre d'un bureau situé au quatrième étage. Le SS *Obersturmbannführer* Hans Dieter Stroemulburg, chef de la Section IV de contre-espionnage du *Sicherheitsdienst*, le service allemand de sécurité pour la France, était un grand nerveux. Il connaissait toujours des nuits semblables. Bien qu'il ne l'eût jamais admis, Stroemulburg était un sadique. Non pas un sadique à l'état pur comme ses subordonnés, Klaus Barbie à Lyon, par exemple, qui prenait un véritable plaisir physique à participer à l'interrogatoire de ses prisonniers. Ni un sadique vicieux comme Otto Langenbach de son bureau de Paris qui se réjouissait de conduire les prisonniers au seuil de la mort, en les plongeant dans la fameuse baignoire. Ni un pervers sexuel comme l'ancien proxénète français à qui Stroemulburg faisait arracher les ongles des femmes ou brûler le bout de leurs seins et leur sexe avec une cigarette incandescente.

Non. Stroemulburg était un sadique intellectuel. Il aimait dominer ses prisonniers, pour jouir de la peur qui s'emparait d'eux quand il leur laissait entendre quelles souffrances épouvantables les attendaient. Il appréciait particulièrement l'instant où un agent ennemi se rendait compte qu'il était tombé entre les mains de la Gestapo.

Ce n'était pas que Stroemulburg éprouvât quelque scrupule à utiliser la torture. C'était un homme avant tout pratique et efficace qui n'hésitait pas à se servir de tous les moyens possibles pour arriver à ses fins. Tout simplement, comme son patron, Heinrich Himmler, il ne pouvait supporter la vue du sang. Il préférait livrer ses prisonniers aux bourreaux qu'il gardait à sa disposition et, quand ceux-ci avaient terminé leur travail, il jouait le rôle d'un conseiller attristé, désolé de ce qui s'était passé, pressé d'intervenir en faveur de ses prisonniers au moindre signe qu'ils manifestaient de vouloir coopérer. C'était un rôle qu'il tenait avec une efficacité redoutable.

Ce comédien consommé répétait mentalement son texte, tout en arpentant son bureau meublé avec goût, illuminé par un énorme lustre qui pendait du plafond. Il y avait là, bien entendu, les inévitables photos du Führer accrochées au mur, celle qu'Himmler lui avait

dédicacée et celle de son supérieur immédiat à Berlin, Ernst Kaltenbrunner. Rien, pourtant, n'y trahissait la personnalité réelle de cet
officier faisant les cent pas sur sa moquette pourpre.

Le secret du personnage, il fallait le chercher dans les divers objets
qu'il avait apportés là : deux porcelaines de Sèvres du xviiie siècle,
trois pages du manuscrit original de la *Toccata en ut majeur* de Bach pour
orgue ; un Juan Grís de la première époque et un paysage de Chagall à
l'huile. Le fait que Stroemulburg osât aussi ostensiblement afficher
l'œuvre d'un peintre juif dans son bureau prouvait son indépendance
d'esprit et son importance au sein de la hiérarchie des SS

Dans une telle organisation où fleurissaient des petits voyous, des
brutes de bas étage, des parvenus issus de milieux populaires,
Stroemulburg faisait exception. Il appartenait à une famille d'intellec-
tuels de Magdebourg, dans la banlieue de Berlin, où son père était
proviseur de lycée. Sa mère était une organiste connue qui avait, dans
le temps, espéré que son fils suivrait ses traces.

Le jeune Stroemulburg avait obtenu un doctorat en langues
romanes en 1923, à l'université de Fribourg, qui aurait pu l'amener à
faire une brillante carrière universitaire. Mais dans les années 20, en
Allemagne, cela le voua au chômage et au ressentiment. Il avait
retourné ce ressentiment contre les communistes qui semaient la
violence en Allemagne du Sud et pour lesquels Stroemulburg était le
symbole de cette classe et de ces valeurs qu'ils entendaient détruire. Il
s'était tourné alors vers un nouveau prophète apparu à Munich qui
attribuait tous les maux dont souffrait son pays aux juifs et aux
communistes, et ne voyait de salut que dans le travail et l'ordre.
Stroemulburg adhéra au parti nazi, avec la carte n° 207341, en 1925, et
par ce biais fut recruté par la police de l'Etat de Bavière en tant
qu'inspecteur, afin de surveiller les adversaires du parti et, le cas
échéant, pourchasser les criminels.

C'était une vocation étrange pour un jeune homme qui semblait
promis à devenir professeur dans une université distinguée. Et
pourtant Stroemulburg s'y était jeté à corps perdu. La chasse aux
criminels devint pour lui comme une sorte de jeu d'échecs, un sport
intellectuel qui lui permettait presque toujours, grâce à son habileté, de
prendre les truands au piège. Il avait connu un avancement rapide
dans sa profession, qui allait de pair avec son ascension dans la
hiérarchie du parti national-socialiste. Il était entré dans les SS en
1932. Son dossier personnel le décrivait comme un véritable Aryen
avec quelques traits de la race slave. On le disait « très intelligent,

énergique et travailleur ; un national-socialiste montrant un acharne-ment particulier dans sa lutte contre les communistes ; faisant preuve d'une volonté sans relâche dans ses activités ; un bon camarade et un bon chef destiné à occuper un rang élevé dans la hiérarchie des SS » Bref, c'était une recrue de choix.

Ces qualités rares attirèrent sur lui l'attention de Reinhard Heydrich, le représentant ambitieux et volage d'Himmler. La mère de Heydrich, comme celle de Stroemulburg, avait été une musicienne, en l'occurrence une chanteuse d'opéra. Parmi des hommes dont les goûts musicaux ne dépassaient guère les chansons à boire de Bavière, ou les monotones exécutions du *Horst Wessel Lied,* leur formation familiale créait entre eux un lien particulier. Heydrich engagea Stroemulburg dans le *Sicherheitsdienst* (SD), le service de sécurité de la SS. Il l'affecta d'abord au *Amt VI,* le département espionnage, et l'envoya à Paris comme attaché d'ambassade spécialisé dans les problèmes de police. Officiellement, il devait coordonner les activités des polices allemande et française ; en fait, il avait pour mission d'organiser un réseau d'agents secrets qui entreraient en action lorsque la guerre éclaterait

Il accomplit brillamment sa tâche. Trop brillamment même. En avril 1938, les Français découvrirent ses activités réelles et il fut expulse sans autre forme de procès par le secrétaire général du ministère de l'Intérieur. Deux ans plus tard, il prit sa revanche. Quand Himmler le chargea d'organiser les services secrets allemands en France occupée, il se rendit aussitôt rue des Saussaies, où se trouvait l'homme qui l'avait expulsé, et le fit arrêter. A Paris, il avait sous ses ordres jusqu'à 2 400 officiers de la Gestapo, une armée d'informateurs et une police parallèle formée à moitié, ou presque, d'anciens flics et de criminels qu'il avait fait sortir des prisons françaises. Il avait même une équipe de tueurs corses, qu'il avait logés dans un appartement non loin de l'avenue Foch, réservés à des besognes qui, pour une raison ou pour une autre, auraient pu gêner la Gestapo.

Ce soir de mars, Stroemulburg occupait le troisième rang dans la hiérarchie de la Gestapo en France, après le général Karl Oberg, un bureaucrate borné que Berlin considérait comme un imbécile de gratte-papier, et Helmut Knochen, une espèce de dandy qui avait été envoyé à Paris pour essayer de donner à la Gestapo un certain cachet — comme si cela était possible. En fait, comme tout le monde le savait, Stroemulburg était le *Gauleiter* pour la France d'Himmler, c'est-à-dire que seuls des officiers supérieurs comme Rommel et von Rundstedt avaient barre sur lui.

Le rôle vital qu'il tenait dans la hiérarchie des SS avait été confirmé, il y avait quarante-huit heures à peine, quand il avait été convoqué Prinzalbrechtstrasse par Himmler. Celui-ci avait déclaré : « Découvrir la date et le lieu précis où aura lieu le débarquement allié est devenu l'objectif numéro un de nos services de l'Ouest. »

Himmler avait dit cela d'un ton catégorique. Depuis des années, il avait œuvré pour arracher à l'amiral Canaris le contrôle de l'Abwehr (le service de renseignement de l'armée allemande), ce qui ferait de lui le chef indiscuté de l'espionnage du IIIe Reich. C'était là le fait de sa propre ambition, mais il avait aussi la certitude que l'Abwehr était pénétrée par les Alliés et par la résistance intérieure au régime nazi.

Pour servir sa cause, Himmler avait personnellement et régulièrement transmis à Hitler des documents juteux venant du SD de la SS, certains d'ordre stratégique, mais la plupart d'une autre nature : des photos représentant des scènes d'orgies, par exemple, auxquelles se livraient des aristocrates ennemis du régime, ou des rapports relatant des secrets d'alcôve sans grand intérêt concernant des diplomates neutres. Au cours des six derniers mois, l'incompétence de l'Abwehr en Italie avait sonné l'heure d'Himmler. Le *Reichsführer* était sceptique sur les qualités du réseau d'espions qu'il avait hérité de Canaris. Il mettait ses seuls espoirs, pour percer le plus grand secret de la guerre, dans la Section IV du contre-espionnage de sa propre organisation, et plus particulièrement dans le pays où les Alliés, à coup sûr, allaient débarquer : la France.

Sa confiance n'était pas mal placée. Dans les archives de l'homme qui, en ce moment, était en train d'arpenter son bureau de l'avenue Foch, se trouvait, soigneusement protégé, un dossier si secret que seuls quatre hommes — Stroemulburg, Kaltenbrunner, son adjoint, Horst Kopkow et Himmler — étaient au courant de ce qu'il contenait. C'étaient des informations que Stroemulburg avait recueillies sur l'agent secret le plus précieux qu'il avait à sa disposition. Son nom de code était « Gilbert ». Stroemulburg était en contact avec lui depuis l'été de 1938, quand il avait été envoyé en France pour y établir son réseau. Les hasards de la guerre et ses propres intrigues avaient amené Gilbert à occuper une position de première importance à l'intérieur de l'une des agences de renseignements les plus secrètes que possédaient les Alliés. Il était une sorte de plaque tournante par laquelle passaient les informations les plus vitales. Pendant plus de six mois, Stroemulburg avait mis Gilbert en veilleuse, pour être certain qu'il ne trahisse pas prématurément ses activités réelles aux yeux des Alliés, jusqu'au moment où les instructions qu'il recevait de Londres révéleraient le lieu et la date du débarquement

Gilbert avait aussi fourni à Stroemulburg, de façon régulière, une foule de renseignements grâce auxquels, sans que Gilbert le sache vraiment, l'Allemand avait organisé un piège dans lequel les Alliés étaient vite tombés. C'était une combinaison tellement diabolique que ses résultats pouvaient, à la fin, se révéler plus importants que ceux qu'on attendait des révélations de Gilbert concernant le débarque·ment.

On frappa à la porte. Son ordonnance, le caporal Muller, entra, portant une cafetière. Tandis que le café passait, emplissant la pièce de son arôme rassurant, Stroemulburg attendait que son « hôte » arrivât. Il jeta un coup d'œil à sa montre et se carra dans son fauteuil avec un air profondément satisfait. Il s'était préparé à cette rencontre, comme il le faisait toujours, en se livrant à un petit rituel bien établi pour se mettre en forme.

D'abord, il était allé rendre une visite à Saint-Sulpice pour entendre Marcel Dupré célébrer les vêpres sur son orgue magnifique datant du XVIIIe siècle. Le rêve qu'avait nourri sa mère de faire de lui un grand musicien ne s'était pas réalisé, mais Stroemulburg était néanmoins un organiste accompli. Il était bouleversé par le génie de Dupré ; il aimait s'asseoir là, dans la nef de Saint-Sulpice, et se laisser transporter par le tonnerre des grandes orgues dans un monde plus serein que celui où il vivait.

Il s'était ensuite rendu dans un appartement de l'avenue Marceau, pour y connaître une exaltation d'une autre nature. Parmi les gens à la solde de Stroemulburg se trouvait un maquereau de Montmartre du nom de Pierre Villon. Son rôle consistait à recruter les plus belles de ses filles et à leur donner des leçons d'élégance, de savoir-faire et de virtuosité dans les fonctions auxquelles elles étaient appelées. Une fois leur éducation terminée, les services de Stroemulburg les jetaient dans les bras d'officiers allemands connus pour être trop bavards sur l'oreiller. Le résultat de leurs efforts avait été d'enrichir le front de l'Est de nombreuses recrues. A l'occasion, Stroemulburg, lui-même, agissant *ex officio*, utilisait les filles de Villon. A quarante-sept ans, il était encore célibataire, ce qui pouvait être mal interprété dans une organisation où l'homosexualité était une pratique courante encore que soigneusement cachée. En fait, Stroemulburg était tout simplement un homme qui méprisait les femmes. Le trait dominant de son caractère était la vanité. Il considérait les femmes comme des êtres inférieurs, bien que désirables, dont la fonction principale était de servir d'exutoire à ses besoins.

L'exutoire de ce soir avait été une fille aux yeux bleus qu'on appelait Dodo. Elle avait une chevelure rousse aux mèches rebelles, un long corps maigre et un air sauvage qui excitait Stroemulburg. Après avoir bu une coupe de champagne et échangé quelques mots, elle était allée dans sa chambre où, pour répondre aux fantaisies de l'Allemand, elle s'était vêtue de lingerie de soie noire : soutien-gorge, culotte, porte-jarretelles et bas. Stroemulburg s'était littéralement jeté sur elle, lui arrachant ses sous-vêtements et la prenant par derrière avec une véritable frénésie. Une fois soulagé, il était allé dîner à son restaurant de marché noir favori avant de commencer sa veille avenue Foch.

Il se leva. Il venait d'entendre la voiture entrer dans la cour de l'immeuble. Quelques minutes plus tard, ce fut le claquement du portail que l'on refermait, puis un bruit de pas dans l'escalier obscur. On gratta à sa porte.

— Entrez ! dit-il.

Alex Wild tituba, n'en croyant pas ses yeux, en entrant dans le bureau de Stroemulburg. Il se balança une seconde comme s'il allait s'évanouir. Stroemulburg se leva et le fit s'asseoir avec un geste prévenant dans le fauteuil qui faisait face à son bureau. Wild regardait sans comprendre les deux résistants qui l'avaient « réceptionné ». C'étaient deux Alsaciens, membres de l'un des commandos de Stroemulburg, qui, maintenant, braquaient un pistolet Walther sur la poitrine de Wild.

Wild s'effondra dans le fauteuil, la tête dans les mains, abasourdi par la surprise et l'accablement. Stroemulburg retourna derrière son bureau.

— C'est vrai, murmura-t-il. Vous êtes entre les mains de la Gestapo, avenue Foch. Je suis désolé.

Il avait presque l'air sincère. Il ouvrit un coffret en argent et offrit une cigarette à son prisonnier.

— Vous avez joué, et vous avez perdu.

Stroemulburg fit à l'un des Alsaciens signe de s'approcher et claqua des doigts en direction de Muller.

— Offrez une tasse de café à ce gentleman, dit-il, puis il prit l'Alsacien à l'écart.

— C'est un opérateur-radio, souffla ce dernier. Il travaillait pour Hector, à Troyes, jusqu'à ces deux derniers mois.

Stroemulburg tapota sur l'épaule de l'Alsacien. Il ne pouvait croire à sa bonne fortune.

— C'est un coup de maître, murmura-t-il. C'est exactement le type qu'il me faut. Allez chercher le docteur le plus vite possible.

*

Ils étaient restés cachés dans l'ombre pendant près d'une heure, quand finalement Paul fit signe à Catherine de remonter sur son vélo et de le suivre sur la route. Devant eux, le village de Saint-Martin-le-Beau était endormi. On ne voyait même pas briller la lueur d'une chandelle dans ces ténèbres de début du monde. Catherine eut envie de rire. Si on avait eu quelque doute d'être en France, Saint-Martin-le-Beau eût été pleinement rassurant. C'était un de ces villages typiquement français comme il y en a tant, indifférents aux changements de l'Histoire — comme aux occupants allemands.

La rue principale menait tout droit à la grand-place où se découpait la silhouette d'une église gothique. Les maisons semblaient posées à même le trottoir, s'inclinant sur la rue où elles faisaient comme un tunnel. La plupart avaient été construites en pierre et recouvertes de crépi. Le temps et les intempéries avaient fait sauter par endroits ce crépi et, maintenant, à la lumière pâle de la lune, leurs façades émergeaient de l'obscurité comme les os d'un squelette à moitié décharné.

Paul, parvenu au centre du village, tourna à droite. A moitié perdue dans ses pensées, Catherine le suivit.

C'est alors qu'elle se dit qu'ils étaient pris.

Un camion de la Wehrmacht bloquait le chemin. Une demi-douzaine de soldats en armes se tenaient dans l'ombre. L'un d'eux braqua une lampe sur le visage de Paul et une mitraillette sur sa poitrine. Catherine eut l'impression que tout son sang se retirait d'elle. Un instant, elle craignit de tomber de sa bicyclette. Un autre Allemand la fit se mettre à côté de Paul.

Celui-ci paraissait étrangement indifférent à ce qui leur arrivait. Il parlait avec abondance, presque en criant, à l'homme qui lui faisait face. Il tourna la tête vers Catherine. La lampe de l'Allemand accompagna son geste. Catherine cligna des yeux. Elle devina le visage de l'Allemand qui la regardait avec curiosité, encadré par les rebords impressionnants de son casque. Une pensée incongrue la traversa ·

c'était le premier soldat allemand qu'elle voyait, le premier ennemi qu'elle regardait dans les yeux. Il émit un son à moitié rire, à moitié grognement et dirigea de nouveau sa lampe sur les papiers de Paul qu'il tenait dans sa main. Il les lui rendit, puis se tourna vers elle.

— *Papiere !*

Catherine fouilla dans son sac à la recherche de la carte d'identité que Cavendish lui avait donnée quelques heures seulement auparavant. Elle avait la bouche sèche, en sortant sa carte et en la tendant au soldat. « Sainte Vierge, pria-t-elle, protégez-moi et bénissez cette carte ! »

Elle aurait pu s'épargner cet effort. Aucune intervention divine n'était nécessaire pour la sauver. L'Allemand regardait attentivement le document de Cavendish. Il examina la photo de Catherine puis son visage. Avec un regard en dessous, il lui rendit la carte.

— *Sehr gut,* dit-il, en s'écartant. *In Ordnung, weitergehen !*

C'est alors qu'elle entendit le bruit d'une portière qui claquait. Juste derrière elle se trouvait la Citroën noire de tout à l'heure. Deux civils vêtus de manteaux de cuir qui leur tombaient au-dessous des genoux se dirigeaient vers eux.

— *Ein Moment !* dit l'un d'eux.

Ils s'avançaient d'une allure si lente, si déterminée que Catherine se mit à trembler. Le premier prit la torche des mains du soldat et la braqua sur les pieds de Paul.

— Vos souliers ! ordonna-t-il.

Catherine regarda Paul. La désinvolture avec laquelle il avait traité le soldat l'avait quitté. Tout dans leur attitude confirmait l'identité des nouveaux venus, aussi sûrement que s'ils avaient porté une pancarte avec le mot « Gestapo » suspendue à leur cou. Obéissant, Paul enleva ses chaussures et les donna à l'Allemand. Lentement, calmement, celui-ci les examina, les tournant et les retournant dans tous les sens comme un contremaître vérifiant le travail d'un de ses ouvriers. Sans un mot, il les rendit à Paul. Puis il dirigea sa lampe vers les pieds de Catherine

— Madame.

Elle se pencha, enleva ses chaussures et les lui tendit. L'Allemand les inspecta avec le même soin que celles de Paul.

— Vos papiers, s'il vous plaît, dit-il en les lui rendant.

Une nouvelle fois, elle fouilla dans son sac pour y chercher la fausse carte d'identité que Cavendish lui avait remise. L'Allemand l'étudia avec l'attention d'un bijoutier expertisant une pierre précieuse.

Il l'approcha de sa lampe, la retourna dans tous les sens. Il examina sa photo, détailla son visage comme s'il voulait en graver les traits dans sa mémoire.

— Et maintenant, madame, lui dit-il d'une voix douce pleine d'une menace sous-entendue, maintenant, seriez-vous assez bonne pour m'expliquer ce que vous faites là, en train de vous promener dans la campagne de Saint-Martin-le-Beau à deux heures du matin alors que d'après votre carte d'identité vous habitez à Calais ?

Catherine sentit la terreur l'envahir. Un frisson lui parcourut le dos. Instinctivement, en réaction sans doute à l'affolement qui s'emparait d'elle, elle se mit à rire. D'un rire profond et voilé qui, dans les circonstances actuelles, était étrangement sensuel. Essayant de s'arrêter, elle remarqua les yeux de l'Allemand qui la contemplait par-dessous le rebord de son chapeau. Il avait un regard lourd et pénétrant et elle eut l'impression qu'il était un peu dérouté par son attitude. C'était la seule chance qui lui restait.

— Monsieur, dit-elle, un gloussement succédant à son rire, monsieur, vous comprendrez sûrement quelle est la seule chose au monde qui puisse amener une femme comme moi dans ce trou perdu.

Elle jeta un coup d'œil à Paul, et lui fit un sourire qu'elle espérait le plus chaud, le plus amoureux qu'une femme puisse adresser à un homme.

— C'est de ma faute. Mais c'est aussi de la sienne s'il m'a entraînée dans cet horrible village, comme un criminel, après le couvre-feu, pour que les commères qui habitent là ne puissent rien dire à sa femme.

Elle secoua légèrement la tête, ce qui donna de l'éclat à sa chevelure blonde. Elle adressa à l'Allemand un sourire entendu.

— Ne pourriez-vous pas m'aider à l'envoyer à Calais, pour y travailler à votre Mur de l'Atlantique ? Je vous jure qu'il arrivera au travail à l'heure. Et qu'il restera chez lui la nuit.

— J'en suis sûr, madame.

Au grand étonnement de Catherine, l'Allemand sourit. Il regarda de nouveau sa carte.

— Je vois que vous êtes d'Oran.

— Oui.

— J'ai connu l'Afrique du Nord avant la guerre. J'habitais Alger, où je vendais des postes de radio pour Siemens. Oran est une très belle ville. J'avais l'habitude d'aller dans ce café qui s'appelait le Foch, place de la République, je crois, où les gens venaient prendre l'apéritif en fin de journée. Vous le connaissez ? Il existe encore ?

— Vous savez, j'ai quitté Oran quand j'avais cinq ans. Mon père était officier de marine. Il avait été envoyé en Indochine.

— Officier de marine ? Où est-il maintenant ?

— Il est mort. Il a été tué à Mers-el-Kébir.

Au nom de Mers-el-Kébir, l'Allemand changea d'attitude.

— Sales porcs d'Anglais, dit-il. Quelle chose terrible ils ont faite là !

Il rendit sa carte à Catherine et se tourna pour les pousser, elle et Paul, en avant. La lumière de sa torche éclaira alors la valise où se trouvait caché l'émetteur, et qui était attachée sur le porte-bagages de sa bicyclette. Il fit un pas, puis resta cloué sur place, un air de dégoût sur son visage, à la vue de la carcasse du lapin. D'un mouvement de sa lampe il leur fit signe de s'en aller.

En priant Dieu d'avoir la force de pédaler, Catherine monta sur son vélo. En dépassant le camion de la Wehrmacht et en traversant le cercle formé par les soldats, elle eut une pensée si bizarre qu'elle faillit provoquer le même rire nerveux qu'elle avait eu tout à l'heure : « Mon Dieu, je suis vivante parce que j'ai eu la chance de tomber sur un Allemand qui n'aime pas le lapin à la moutarde. »

Derrière eux, l'agent de la Gestapo les observait en rigolant.

— C'est épatant, non ? marmotta-t-il à l'adresse de son adjoint. Je n'ai jamais mis les pieds à Oran de ma vie. Et vous ?

*

— Regardez bien cette arme.

Hans Dieter Stroemulburg exultait. Il brandissait une des mitraillettes Sten qui avaient été parachutées avec Alex Wild.

— C'est la meilleure mitraillette qu'on ait jamais vue. Elle est d'une extrême simplicité, rudimentaire, soudée par endroits. Les ouvriers allemands seraient incapables de faire un truc aussi grossier. Et pourtant...

Le chef de la Gestapo se mit à agiter la Sten en direction de Wild, comme s'il fauchait une foule qui s'avançait.

— Cette sale petite chose continuera de tirer longtemps après que nos armes raffinées et bien polies se seront enrayées.

Il posa la Sten sur la table.

— Deux régiments, dit-il, j'ai équipé deux régiments entiers de la Wehrmacht avec ça, grâce à votre cher major Cavendish.

Il s'empara d'un bâton de plastic et l'agita en l'air.

— Et ça ? Quel merveilleux machin ! Nos soldats le mélangent à du goudron et s'en servent contre les tanks.

Il se mit à rire.

— Si vos amis russes découvrent, un jour, combien de leurs chars T 34 ils ont perdus à cause du plastic du major Cavendish, ils fonceront sur Londres plutôt que sur Berlin.

Son humour pesant accablait Wild. L'agent anglais était effondré dans son fauteuil, luttant contre le découragement qui s'était emparé de lui quand il avait entendu le mot de « Gestapo » et aperçu le portrait d'Hitler accroché au mur. Manifestement, il avait été trahi. Mais comment ? Et par qui ?

L'Allemand avait conscience de son désespoir. « Celui-là, se dit Stroemulburg en lui-même, ne sera pas difficile à avoir. » Il s'était appuyé contre le bord de son bureau, dominant de toute la hauteur de son mètre quatre-vingt-dix l'opérateur radio.

— Vous n'allez pas me croire, mais cela me rend furieux de voir comment ils vous ont lâché dans un piège pareil.

Il offrit une autre cigarette à Wild et l'alluma avec son élégant briquet en or de Dunhill, un produit de la main-d'œuvre anglaise qu'il admirait autant que la Sten.

— Vous êtes un officier anglais, je le sais. Tous les agents de Cavendish le sont. Je suis, moi, un officier allemand : il y a un lien entre nous. Mais je dois vous parler avec la plus grande franchise. Cavendish vous a envoyé ici en violation de toutes les lois de la guerre. Vêtu en civil. Comme un espion. Pour vous livrer au terrorisme derrière nos lignes. Je n'ai pas besoin de vous dire la peine que vous encourez, n'est-ce pas ?

Wild fit un petit signe de la tête comme pour montrer à l'Allemand qu'il était totalement résigné à son sort. En fait, il écoutait à peine Stroemulburg. Il n'avait pas besoin de le faire. Ce qu'il lui disait était presque mot à mot ce qu'on lui avait dit, à l'école de Sécurité du SOE, qu'il entendrait, en une telle occasion.

— Vous savez qu'en tant que soldats nous admirons un homme qui risque sa vie sur le champ de bataille, pour sa patrie, pour une cause. Mais risquer la vôtre pour...

L'Allemand cherchait ses mots comme pour exprimer l'absurdité de la chose...

— ... pour quelque cinglé de bureaucrate qui, de Londres, vous a envoyé dans ce piège !

Il fit le tour de son bureau et ouvrit le tiroir du milieu.

— Ils croient, à Orchard Court, que nous sommes des crétins, des brutes imbéciles. Regardez ça.

Il fit glisser sur son bureau un document en direction de Wild. C'était l'organigramme du Quartier général du SOE à Londres. Cette fois, le sentiment d'horreur et d'incrédulité qui se peignait sur le visage de l'Anglais fut à son comble. Ce document, établi avec le plus grand soin, portait même le nom de Park, le maître d'hôtel.

— Cela vous donne à penser, non ?

Wild regarda Stroemulburg.

— Ça me donne surtout envie de vomir. Il y a manifestement un traître parmi nous.

Un sourire satisfait éclaira le visage jusque-là fermé de Stroemulburg.

— « Manifestement », comme vous le dites, mon cher ami, continua-t-il, sur un ton caressant. Ici, avenue Foch, je ne peux pas vous promettre le paradis. Vous savez ce qui s'y passe. Je suis sûr que notre réputation est parvenue jusqu'à Troyes. Je ne peux vous promettre qu'une seule chose, c'est que vous aurez la vie sauve. Nos camps de concentration en Allemagne ne sont pas des maisons de santé, mais ce n'est pas non plus le peloton d'exécution. Vous survivrez. Alors, quand cette guerre sera finie, vous saurez à qui vous le devez et pourquoi.

On frappa à la porte.

— C'est le docteur, dit Muller.

Stroemulburg eut un moment d'hésitation. Peut-être vaudrait-il mieux laisser mariner ce type dans son propre désespoir un certain temps, tandis qu'il consulterait le docteur.

— Pensez à ce que je viens de vous dire. Des choses effrayantes se passent dans cet immeuble. On ne désire pas que vous en soyez victime, ni vous ni moi.

Il s'adressa à Muller :

— Offrez à M. Wild un peu de café et voyez s'il n'y a pas quelque chose à manger pour lui, tandis que je parlerai au docteur.

Stroemulburg se tourna vers un SS de garde dans le couloir.

— Mettez le chauffage, dit-il.

Le « chauffage » était l'enregistrement d'une séance de torture particulièrement bruyante qui s'était déroulée au cinquième étage.

Stroemulburg s'était rendu compte que, entendu de loin, dans les circonstances où Wild se trouvait, cela avait un effet salutaire sur l'esprit des prisonniers. Et il pensait que cela épargnerait à Muller de se rendre à la cuisine, car, en l'entendant, Wild aurait l'appétit coupé.

Le « docteur » l'attendait près de son bureau. Il avait dix ans de moins que Stroemulburg et, comme lui, il avait obtenu un doctorat ès lettres avant la guerre. Cela lui avait valu à la fois son surnom et les fonctions qu'il occupait avenue Foch.

— Nous avons un dossier le concernant, dit-il avec une certaine fierté. Tout ce dont nous avons besoin se trouve boulevard Suchet. Ils ont même décrypté son code.

— Bravo ! murmura Stroemulburg.

Il prit une fiche verte des mains du docteur et jeta un coup d'œil sur les informations qu'elle portait. Elles ne représentaient qu'une petite part de la moisson de renseignements que Stroemulburg avait pu recueillir grâce au stratagème établi à partir de Gilbert. En fait, ce stratagème n'était rien d'autre qu'une sorte de jeu, un jeu portant le nom de *Funkspiel,* fondé sur les messages radio. Il s'agissait de contrôler le canal de communication le plus important du SOE, à Londres, lui permettant d'envoyer sur le terrain ses agents : un émetteur clandestin. Tandis que l'opérateur gisait sous terre ou languissait dans une cellule de la prison de Fresnes, Stroemulburg et le docteur remplissaient ses fonctions depuis un bureau de l'avenue Foch. Ils avaient intercepté ses messages, consigné ses rapports, repéré les objectifs des actions de sabotage, voire, le cas échéant, les avaient prises en charge, choisissant des terrains isolés où de faux agents anglais pouvaient « réceptionner » les parachutages d'armes et de munitions.

Quand Londres tombait dans le piège, persuadé que le radio en question était bien un agent du SOE envoyé sur place, la moisson que faisait la Gestapo était prodigieusement fructueuse. Chaque émission interceptée était comme un miroir placé au cœur même du SOE qui révélait à Stroemulburg la stratégie, la tactique et les objectifs de l'organisation de Cavendish. Les messages qu'émettait Londres en toute confiance permettaient à la Gestapo de connaître, sans que les agents du SOE le sachent, les réseaux dont elle ignorait l'existence, les planques et les « boîtes aux lettres » dont Londres était sûr.

Surtout, ce petit jeu-là avait permis à la Gestapo de s'emparer d'une foule d'armes, de munitions et d'argent. Ce qu'avait dit Stroemulburg à Wild dans son bureau n'était pas un mensonge. Depuis le mois de janvier, une véritable avalanche de matériels divers avait été directement parachutée, dans le ciel nocturne de la France occupée, dans les bras des commandos alsaciens de la Gestapo occupant les terrains désignés à Londres par l'avenue Foch. Des centaines de containers d'armes destinés à la Résistance étaient ainsi tombées entre les mains de la Gestapo. Stroemulburg avait envoyé à Berlin et sur le front de l'Est des trains emplis de matériel en provenance du SOE. Au cours des trois derniers mois, sa propre trésorerie avait récupéré 23 millions de francs : plus qu'il n'en fallait pour couvrir le budget de l'avenue Foch, payer le salaire des mouchards et des collaborateurs que Stroemulburg employait à combattre la Résistance. Le SOE avait même fait connaître récemment à Stroemulburg le numéro des plaques minéralogiques des voitures de détection radio dont il se servait, lui-même, à Paris. Avec un grand merci, Stroemulburg les avait fait changer aussitôt.

Tout cela venait d'une simple carte Michelin du département de la Sarthe que Gilbert avait, un jour, fait parvenir à Stroemulburg. En l'examinant de près, celui-ci y avait découvert un pointillé dont les coordonnées correspondaient à celles d'un message que Gilbert lui avait également communiqué. Stroemulburg avait fait placer sous surveillance la zone indiquée par le pointillé. Cinq semaines plus tard, sa patience avait été récompensée, lorsque deux agents du SOE avaient été parachutés sur le terrain en question. Suivis jusqu'à Paris, ces agents avaient été arrêtés au moment même où l'un d'eux venait d'émettre à destination de Londres, l'original en clair de son texte codé se trouvant encore à côté de son émetteur.

C'était là commencer sous d'heureux auspices, mais Stroemulburg et le docteur avaient cultivé cette aubaine avec la patience et le soin qu'auraient mis des jardiniers à faire pousser un rosier dans un terrain rocailleux. Leur succès avait été confirmé par un simple chiffre. Cette nuit de mars, le SOE avait sur le sol français cinquante opérateurs-radio. Six d'entre eux, représentant quinze réseaux de résistance fictifs ou décapités, étaient entre les mains de la Gestapo.

En quelques secondes, Stroemulburg digéra l'information que contenait la fiche verte du docteur. Il adressa un sourire à son jeune assistant.

— Je crois qu'il vaut mieux que nous allions tout de suite boulevard Suchet. Je veux savoir tout ce que nous possédons sur lui.

Les deux Allemands descendirent l'escalier et montèrent dans la voiture de Stroemulburg, une Skoda de sport d'avant-guerre, ayant appartenu à des juifs tchèques, et parfaitement entretenue par son chauffeur, un ancien pilote de course de l'écurie Mercedes Benz. Tandis qu'il roulait dans la nuit, à travers les rues désertes, Stroemulburg se carra sur le siège avant, fumant avec nervosité et réfléchissant à tout ce qu'il pourrait tirer de cet opérateur-radio qui était resté dans son bureau.

— Ce qui s'est passé cette nuit, mon cher docteur, dit-il en soufflant deux bouffées de fumée par ses narines, est la chose la plus importante qui nous soit arrivée depuis que nous avons commencé ce petit jeu. Savez-vous pourquoi ?

Le docteur secoua la tête. Il savait bien que son patron se fichait éperdument de son opinion.

— Parce que, cette nuit, pour la première fois, nous sommes sûrs, à cent pour cent, que nous les avons eus. J'en suis persuadé. Ni Cavendish ni les Britanniques ne jetteraient un agent, en toute connaissance de cause, surtout un agent anglais, dans un piège tendu par les Allemands. Cela serait à l'encontre de tout ce que nous connaissons du caractère britannique. Des armes ? peut-être. De l'argent ? sûrement. Un agent anglais ? jamais. C'est pourquoi nous pouvons être certains que le radio dont nous nous sommes servis, cette nuit, pour organiser son parachutage, est à cent pour cent sûr.

Stroemulburg, pensivement, tira une longue bouffée de sa cigarette.

— Avez-vous étudié Kipling à Tübingen, docteur ?

— Oui, répondit le docteur, mais je préfère Forster. J'ai toujours pensé que...

Stroemulburg l'arrêta d'un geste de la main.

— Je me fiche éperdument de la littérature anglo-indienne. Ce qui m'intéresse, c'est de gagner la guerre. Vous souvenez-vous de la manière dont les Britanniques chassent le tigre en Inde ? Ils attachent une chèvre à un piquet près de l'endroit où le tigre vient boire. Ensuite, ils se cachent et attendent. Eh bien, ces radios sont devenus pour nous de véritables chèvres, mon cher docteur. Nous allons les utiliser pour faire sortir les Britanniques des forêts de la nuit.

Stroemulburg, heureux de constater que son interlocuteur le comprenait, fit un grand geste de la main.

— Pourquoi pensez-vous que Cavendish et le SOE nous ont envoyé des armes au cours de ces trois derniers mois ? Ce n'était pas pour tendre une embuscade à une demi-douzaine de camions allemands en Dordogne. Chaque fois, ils ont demandé qu'on cache les armes et qu'on attende, non ? Cela veut dire qu'ils préparent une invasion. Ces réseaux que nous manipulons sont tous relativement proches de la côte, n'est-ce pas ? Il y en a un à Brest et cinq dans le Nord. Le reste se trouve du côté de Rouen, du Mans et de Chartres. C'est assez près. Ils vont utiliser ces réseaux pour couper nos communications, essayer d'empêcher nos renforts d'arriver sur les plages où le débarquement aura lieu. Mais ils doivent d'abord assigner à chacun d'eux son objectif. Alors, ils devront trouver le moyen de leur faire savoir où et quand ils doivent intervenir. Et cela suppose une technique très précise, très rapide, absolument infaillible, qu'ils emploieront au tout dernier moment, quand la flotte de débarquement sera déjà en route. Maintenant, comment Londres a-t-il organisé ce parachutage cette nuit ? Nous avons repéré un terrain et le leur avons signalé, n'est-ce pas ? La RAF l'a contrôlé et l'a considéré comme fiable. Nous avons demandé un parachutage, nous leur avons fourni la lettre que notre équipe donnerait par signaux lumineux pour indiquer que tout était en ordre. Ils nous ont alors adressé ce message par la BBC : « Les lumières sont allumées à Picadilly ». « Ecoutez chaque soir, ont-ils dit, et quand vous entendrez de nouveau ce message, cela voudra dire que l'appareil est parti. » A vingt et une heures, cette nuit même, ce message est passé à l'antenne. Trois heures plus tard, leur Halifax était au-dessus de notre terrain nous larguant des armes.

Stroemulburg était excité comme il l'avait été quelques heures auparavant en entendant les échos des grandes orgues de Saint-Sulpice résonner sous les voûtes de l'église.

— Mon cher docteur, c'est exactement ce qu'ils feront pour le débarquement. Le tigre sortira de sa cachette et glissera son secret à l'oreille de la chèvre. Ce sont les Britanniques *eux-mêmes* qui vont nous dire quand ils arriveront — et ils le feront par le canal de la BBC.

Quand ils furent parvenus boulevard Suchet, Stroemulburg était tellement excité qu'il sauta de la Skoda avant qu'elle ne se fût arrêtée et traversa la cour intérieure en courant. Cette cour était emplie de tout un assortiment de véhicules : des camions-citernes pour transporter le lait, le vin, des camions de déménagement, de livraison peints aux couleurs des grands magasins, le *Bazar de l'Hôtel de Ville* et *Le Printemps*. La plupart étaient même munis de moteurs à gazogène. Tous, cependant, portaient une antenne circulaire fixée sur leur toit, ce qui prouvait à un œil exercé que leur fonction n'était pas de livrer du lait dans les épiceries ni des appareils ménagers à des bonnes femmes habitant la banlieue.

Il s'agissait en fait de ce que les opérateurs-radio en France craignaient le plus : des voitures radiogoniométriques terriblement efficaces de la Gestapo. Après avoir franchi une salle de garde de soldats de la Wehrmacht impressionnés par son arrivée, Stroemulburg fit irruption dans une pièce brillamment éclairée à partir de laquelle les véhicules-gonio étaient contrôlés. Deux douzaines de membres du corps des transmissions étaient là, alignés, des écouteurs rivés aux oreilles, parcourant toutes les fréquences, à la recherche d'émissions clandestines. Stroemulburg entra dans le bureau du capitaine qui, cette nuit-là, était de service.

— Capitaine ! Je veux que vous m'apportiez, séance tenante, tout ce qui concerne AKD.

L'officier se retourna vers une grande armoire d'acajou qui se trouvait derrière son bureau. Ces trois lettres fatidiques, AKD, étaient le signal d'appel, la *carte d'identité* du poste de Wild établi à Troyes. Chacun des radios envoyés par Londres sur le terrain avait un matricule. Londres s'en servait pour lui demander d'émettre ou l'informer que tel message lui était destiné. Pour le radio, c'était la formule par laquelle il commençait toutes ses émissions et, pour le centre de réception du SOE, c'était le moyen de reconnaître, au milieu de tout le trafic-radio militaire, son message personnel. Afin d'éviter tout risque d'erreur, ce signal d'appel était toujours émis en clair et représentait la signature permanente de l'opérateur.

C'était un système parfait et efficace, qui rendait service au SOE, mais aussi à l'ennemi. Ces lettres permettaient au boulevard Suchet d'identifier les messages qui lui parvenaient par les ondes.

Le capitaine sortit un dossier de son armoire, défit le ruban qui l'entourait et, avec un soin bien teuton, en disposa le contenu sur son bureau.

— Il opérait dans la région de Troyes, dit-il.

— Bon Dieu ! je le sais déjà, cria Stroemulburg. Allons au fait !

— Notre première interception identifiée date du 27 août 1943 à 23 h 13. La dernière du 23 janvier de cette année à 19 h 07. On en a repéré la source dans le triangle Maison-Neuve-Brienne-le-Château-Dhuys. Il semble qu'il ait utilisé plusieurs endroits à l'intérieur de cette zone, probablement des fermes isolées. Nous avons essayé de mieux les localiser par des moyens appropriés, mais nous n'y sommes pas parvenus. C'est, sans aucun doute, parce qu'il utilisait une batterie d'accus au lieu du secteur qui, de toute façon, est très irrégulier dans ces régions rurales. Il transmettait sur 6 693, 7 587, 8 237 et 8 510 kilocycles. Il opérait tous les trois jours, quatre heures après celle de sa dernière émission. Nous avons intercepté au total quarante-trois émissions venant de lui.

Le capitaine lança un coup d'œil à Stroemulburg, une expression avantageuse sur son visage bouffi, tandis qu'il reprenait souffle, puis il ajouta :

— Cela, en raison de son horaire, démontre que nous n'aurions raté que trois émissions effectuées plus tôt que prévu. Ses quinze premières émissions et les suivantes ont été adressées au service du chiffre de la section de renseignements-radio à Berlin, le 3 octobre dernier. Le 16 novembre, ils ont déchiffré son code.

Le capitaine prit une feuille parmi toutes celles qu'il avait disposées sur son bureau.

— Tous les décryptages sont là. Nous avons mis une « doublure » sur le coup. C'est à peu près tout. Ah, si ! Sa phrase-code était apparemment : « Capitaine, oh mon capitaine ! notre dangereux voyage est terminé. » Il doit s'agir, je pense, d'un poète américain. Est-ce que les Anglais n'ont pas assez des leurs ?

Le capitaine rangea ses papiers et s'enfonça dans son fauteuil, comme s'il attendait des félicitations pour un travail dont la perfection eût été susceptible d'impressionner un officier supérieur SS. A la place, il n'eut droit qu'à un grognement et à une autre question :

— Où est la « doublure » ?

Le capitaine consulta un tableau de service.

— Il est dans la salle.

— Allez le chercher.

Le capitaine ramena un caporal d'un certain âge portant des lunettes, tout pâle d'être convoqué en présence d'un officier supérieur de la Gestapo. Stroemulburg lui demanda :

— Comment pouvez-vous aussi bien imiter AKD ?

Sa question concernait le rôle le plus secret de l'officine du boulevard Suchet, que le SOE de Londres n'avait même pas suspecté. En effet, chaque opérateur-radio avait une façon à lui de personnaliser ses messages. On appelait cela son « coup de pouce », une sorte de signature qui prouvait au SOE que c'était bien lui qui avait émis.

Dès l'instant où il avait envisagé de jouer à ce petit jeu, Stroemulburg avait décidé de ne pas forcer les agents capturés à travailler pour lui. Le risque que l'un d'eux glisse quelque avertissement au cours d'une émission était trop grand. Aussi, chaque émission clandestine interceptée par le boulevard Suchet était-elle enregistrée. Chaque radio était identifié par son signal d'appel qui était donné à sa

102

« doublure » allemande. Les services de Stroemulburg avaient passé un temps fou à détecter et imiter le « coup de pouce » de cet opérateur inconnu, afin que, si celui-ci était arrêté, il puisse être aussitôt remplacé par sa « doublure », sans que Londres s'en rende compte.

La « doublure » d'Alex Wild, beaucoup plus intimidé que ce dernier par Stroemulburg, l'assura qu'il était devenu maître dans l'art d'imiter le « coup de pouce » de l'Anglais.

— Recommencez, lui ordonna Stroemulburg. Vous pouvez entrer en activité d'un moment à l'autre. Prenez ce truc, dit-il au docteur, en lui montrant le dossier de Wild. Le moment est venu d'avoir une petite conversation avec notre bonhomme.

Stroemulburg se rua dans l'escalier de l'avenue Foch en direction de son bureau. Il fut arrêté par un de ses assistants qui sortit comme un fou par une porte du troisième étage. A l'intérieur d'une pièce, rangé sur des tables, se trouvait le contenu de la valise de Wild, méticuleusement étalé. Il y avait là un tube de dentifrice vide, dont l'extrémité avait été sectionnée avec un rasoir. Le collaborateur de Stroemulburg s'empara d'un carré de soie semblable à celui que Cavendish avait donné à Catherine à Orchard Court.

— On a trouvé ça, là-dedans.

Stroemulburg le prit. C'était une liste comportant six colonnes de lettres assemblées cinq par cinq. Elles étaient si petites qu'il pouvait à peine les lire. Il y avait au moins cinq cents groupes de lettres sur le tissu. Il tendit ce dernier au docteur.

— Qu'est-ce que vous pouvez faire avec ça ?

Le docteur scruta à son tour le bout de soie.

— Ils utilisent toujours cinq groupes de lettres dans leurs messages. Ce doit être un nouveau code.

Jusqu'ici, comme tous deux le savaient, le SOE s'était toujours servi d'un système de codage fondé sur le vers d'un poème ou d'une chanson que l'opérateur-radio apprenait par cœur avant de quitter l'Angleterre. Il reposait sur une clef numérique dont la base pouvait être, par exemple, le jour où l'opérateur transmettait. C'était simple et infaillible. Si Wild, par exemple, devait émettre le 8 novembre, il prendrait la huitième lettre du vers, à savoir le *n* du mot « capitaine », puis il écrirait les vingt-six lettres de l'alphabet à partir du *n* qui deviendrait ainsi un *a*, et ainsi de suite.

Cela lui fournissait le code pour le jour en question. Comme ce code variait pour chaque émission, le système contenait un grand nombre de combinaisons possibles. Malheureusement, le SOE s'en était rendu compte, un bon déchiffreur pouvait « casser » le code, une fois qu'il avait accumulé une quantité suffisante de messages.

— Vous devez avoir raison, dit Stroemulburg. Mais comment diable s'en servent-ils ?

— Manifestement, ils commencent avec ces groupes de lettres, répondit le docteur. Mais regardez en bas.

Il montra sur le bout de tissu la suite des lettres de l'alphabet imprimées horizontalement. Sous chaque lettre se trouvaient deux colonnes de vingt-six lettres apparemment dans le désordre.

— D'une façon ou d'une autre, ils doivent utiliser cet alphabet comme clé.

— Bien, répondit Stroemulburg en mettant le carré de soie plié dans sa poche. Je sais qui va nous expliquer ce puzzle.

Il savait mener un interrogatoire. C'était un art qu'il avait appris quand il était policier. Et il employait plusieurs méthodes. Pour l'instant, celle qu'il avait choisie pour Wild consistait à se montrer peu empressé à accomplir sa tâche, plein de sollicitude à l'égard de son prisonnier, presque embarrassé de la facilité avec laquelle il s'était emparé de lui. Wild ne se laissa pas prendre à cette comédie. Il avait remarqué avec une certaine angoisse que deux gorilles en civil étaient entrés dans la pièce à la suite de Stroemulburg. « Est-ce que ce sont les types qui, à l'étage au-dessus, viennent de torturer un prisonnier jusqu'à le rendre fou ? » se demanda-t-il.

Stroemulburg arrangea soigneusement quelques papiers sur son bureau, tout en jetant des coups d'œil à Wild et en fredonnant un *lied* de Schubert.

— Bien ! déclara-t-il finalement, sur le ton d'un professeur d'Oxford faisant passer un examen. Encore quelques questions et nous pourrons aller dormir. Vous étiez à Troyes, n'est-ce pas ?

Wild fit un signe d'approbation.

— Avec ce pauvre diable d'Hector ?

De nouveau l'Anglais acquiesça.

— Maintenant, quelle était la phrase-code que vous employiez pour vos émissions quand vous étiez là-bas ?

— « Le verdict d'un homme sage a plus de poids que celui de tous les fous » répondit Wild, en vieil admirateur de Robert Browning qu'il était.

Plus tard, dans sa cellule, il avait essayé, sans succès, de se souvenir du geste ou du signe que Stroemulburg avait alors fait Silencieusement, sans qu'il s'en rende compte les deux gorilles s'étaient glissés derrière son fauteuil. Le premier coup l'atteignit à la base de l'oreille gauche, lui faisant heurter le dossier de sa nuque et provoquant une douleur fulgurante dans son crâne. Le second lui écrasa le nez, d'où jaillit un flot de sang, qui, pendant un instant, sembla suspendu devant ses yeux comme un nuage rouge. Le troisième coup fut le pire : il l'atteignit en pleine bouche, lui fendant la lèvre supérieure et lui arrachant une dent du devant. Wild sentit une douleur lancinante dans tout son être, venant du nerf de la dent déracinée par le choc. Stroemulburg se penchait sur lui, son visage crispé de rage.

— Crétin ! cria-t-il. Sale petit connard d'Anglais ! Comment peux-tu me mentir ? Comment oses-tu ? Nous connaissons ta phrase-code. Je vais te la dire. C'est « Capitaine, oh mon capitaine ! notre dangereux voyage est terminé. »

L'Allemand ramassa une feuille de papier sur son bureau.

— Regarde ça ! cria-t-il en agitant la feuille sous le visage ensanglanté de Wild. Nous avons tous les messages que tu as envoyés. Tous ! Tu ne me crois pas ?

Les doigts de Stroemulburg fouillaient furieusement dans ses papiers.

— 13 décembre. Tu veux savoir ce que tu as dit à Londres le 13 décembre ? Moi, je vais te le dire.

En proie à la douleur qui l'emplissait tout entier, Wild entendit l'Allemand lire mot pour mot le texte d'une transmission qu'il reconnut aussitôt comme l'une des siennes. Il essayait désespérément de s'empêcher de sombrer dans l'abîme de découragement que son impuissance devant cet Allemand et tout ce qu'il savait ouvraient en lui.

— Vas-tu employer la même phrase à Lille ?

Wild eut un sursaut. Il était, bien entendu, totalement ignorant du fait que Londres avait involontairement communiqué à Stroemulburg sa destination, à la faveur des messages radio relatifs à son parachutage.

— Oui, dit-il dans un souffle.

Les coups recommencèrent à pleuvoir, cette fois-ci sur son corps, s'achevant par le bruit mat d'un coup de matraque dans le bas ventre.

— Sacré imbécile ! On ne t'a jamais rien appris ?

A travers ses larmes et sa douleur, Wild aperçut l'Allemand qui fouillait dans sa poche et en retirait un bout d'étoffe. Ils l'avaient trouvé !

— Voilà ton code ! Vous utilisez un nouveau système à Lille.

Les deux gorilles lui avaient plié un bras en arrière et il était cloué dans son fauteuil. Le visage de l'Allemand était si près du sien, qu'il sentit une pluie de postillons sur ses blessures.

— Pourquoi essayes-tu de me mener en bateau, lui cracha Stroemulburg à la figure. J'en sais plus sur le SOE que toi. Je sais que Cavendish vous autorise à donner votre code. Tu vas me le donner, maintenant ? Ou quand tu seras transformé en chair à saucisse ?

Wild poussa une sorte de plainte. Beaucoup plus que la douleur, c'était tout ce que savait l'Allemand qui le déchirait. L'autre avait raison. Ils étaient autorisés à donner leur code sous la torture. Mais avait-il assez souffert pour le faire ?

— D'accord, d'accord, murmura-t-il.

Stroemulburg fit un signe aux gorilles pour qu'ils le laissent tranquille. Wild s'empara du morceau de soie avec difficulté.

— C'est simple, souffla-t-il. Vous écrivez votre message en clair, comme toujours avec des groupes de cinq lettres. Vous en placez la première partie sous le premier groupe inscrit sur la soie en partant du premier en haut à gauche. Si cette première partie de votre message est FLEUR vous prenez la lettre qui se trouve juste au-dessus du F. Disons que c'est un X. Vous suivez alors l'alphabet mentionné au bas de la soie...

Stroemulburg reprit le morceau de soie et l'examina.

— Vous voyez le X ?

L'Allemand approuva.

— Au-dessous, vous avez deux lignes parallèles de lettres. Partez de la première, jusqu'à ce que vous trouviez F.

— C'est fait.

— Maintenant comparez les lettres : il y en a une autre.

— C'est un S.

— C'est la lettre que vous transmettez. C'est aussi simple que ça.

— Mais comment Londres déchiffre-t-il ?

— Ils ont un double de la soie imprimée. Tout ce qu'ils ont à faire est de remonter en arrière. Vous effacez chaque ligne du groupe de lettres inscrit sur la soie après vous en être servi. Ou vous la barrez. On ne peut l'utiliser qu'une fois.

Stroemulburg contemplait le petit bout de tissu qu'il avait à la main. Il n'était pas expert en matière de chiffre, mais il était clair, même pour lui, que les Anglais avaient mis au point un système que

tous les déchiffreurs de Berlin réunis n'auraient pu « casser »
Essayant de cacher sa surprise, il tourna son regard vers Wild.

— Quand devez-vous faire votre première transmission ?

— Aujourd'hui, à une heure.

L'Allemand exultait. Il était sur le point d'introduire un nouveau
radio dans son jeu. Il avait une doublure pour Wild ; il possédait son
code ; le moment d'agir était venu. Il n'avait besoin que d'une autre
chose, la dernière : la clé de Wild et il pourrait le « retourner ». Il
regarda l'homme effondré dans son fauteuil. La première révélation
d'un prisonnier était toujours la plus dure à obtenir. Celui-ci était déjà
sur le bon chemin.

— Regardez, dit-il, aussi calmement qu'il le pouvait. Je veux
savoir une dernière chose, et vous pourrez partir. Je vous le promets.
Quel est votre signe de sécurité ?

Il s'agissait là de la preuve définitive qu'une transmission était
authentique, une entente entre Londres et un opérateur sur le terrain
qui garantissait que ce dernier n'était pas contrôlé par les Allemands.

Wild gémit et s'enfonça dans son fauteuil, visiblement accablé par
le dernier dilemme qui se posait à un agent capturé : faire un choix
terrible entre les aveux et la torture. Les gorilles, déjà, s'avançaient,
mais Stroemulburg savait qu'il y avait mieux à faire. Il les écarta et
posa amicalement sa main sur la tête de Wild.

— Allons ! dit-il, on ne va pas recommencer.

— *Trente-six,* souffla Wild. Un nombre que l'on glisse entre le
troisième et le quatrième groupe de lettres.

Stroemulburg jeta au docteur, qui se tenait dans un coin de la
pièce, un regard de triomphe.

— D'accord, dit-il aux deux gorilles. Montez-le là-haut.

*

Catherine Pradier regardait avec ravissement par la portière du
wagon le paysage qui se déroulait sous ses yeux. Tout était si vert, si
riche, si miraculeusement préservé, qu'elle avait l'impression de se
retrouver cinq années plus tôt, avant la guerre. Elle avait presque envie
de chanter « C'est la France ! C'est la France ! » en revoyant les scènes
d'un passé à moitié oublié : un groupe d'écoliers avec leurs blouses
grises, leurs cartables suspendus à l'épaule, attendant à un passage à

niveau ; les chefs de gare pleins d'importance coiffés de leurs casquettes un peu ridicules, leur sifflet à la bouche. « Etes-vous encore cocu, monsieur le chef de gare ? se disait-elle en souriant » Elle regardait ces chers vieux Français se rendant sagement au travail dans leurs *bleus* délavés, ces couples de paysans côte à côte dans leurs champs, travaillant la terre que le bon Dieu leur avait donnée. Après l'Angleterre qui, à chaque pas, lui rappelait que l'on était en guerre, la France, elle, semblait mystérieusement en paix. Une curieuse pensée lui vint à l'esprit : « Et les vaches ? Où sont-elles ? » Cela faisait une demi-heure qu'elle traversait la campagne et elle n'avait pas vu une seule vache. A coup sûr, elles avaient été abattues sur ordre des Allemands pour répondre à l'insatiable appétit de la Wehrmacht.

Catherine tourna son regard vers le compartiment bondé. Si la campagne était en paix, la guerre, elle, était bien là, peinte sur les visages tristes des voyageurs. Comme ils étaient pâles et miteux, avec leurs pull-overs et leurs vestes élimés ! Ils n'avaient vraiment rien du « chic » français. Mais ce qui la frappait surtout, c'était le manque total d'expression sur leurs visages. L'esprit gaulois, rigolard, bavard, plein de verve s'était, lui aussi, envolé. « Quand je pense, se dit-elle, que je suis dans ce compartiment depuis plus de deux heures et que personne ne m'a adressé la parole ! Est-ce que je suis vraiment en France ? »

Elle poussa un soupir, puis respira profondément. Tout le compartiment sentait la transpiration, l'oignon, le vin et, par-dessus tout, l'ail. « Non, se rassura-t-elle, ce n'est pas une hallucination. Je suis bien en France. » Elle regarda dans le couloir. Il était plein de voyageurs fatigués, accrochés à la rampe de cuivre qui longeait les fenêtres. Des bagages posés à même le sol encombraient le passage

Elle jeta alors un coup d'œil rassuré à sa valise sur le filet au-dessus d'elle. Cela allait à l'encontre des ordres qu'elle avait reçus de Cavendish, car c'était là qu'était caché son émetteur, mais elle en avait décidé ainsi. « Ma seule raison d'être est dans cette valise, s'était-elle dit. Sans cela, je ne suis rien. »

La silhouette familière de Paul se faufila entre les voyageurs entassés dans le couloir ; il avait un journal plié sous le bras. Elle attendit trois ou quatre minutes, puis s'adressa à une jeune femme qui tenait un bébé pleurnichant dans ses bras.

— Voulez-vous prendre ma place pendant un moment ?

— Oh oui ! répondit la jeune femme avec gratitude en s'effondrant sur le siège, tandis que Catherine partait à la recherche de Paul

Il était dans le wagon-restaurant, en train de lire son journal. La place en face de lui était inoccupée.

— Mademoiselle, puis-je vous inviter à ma table ?

— Pourquoi ça ? Puis elle se ravisa : Merci, dit-elle.

Avec un air de sainte nitouche, elle se glissa dans le fauteuil. Elle regarda autour d'elle et eut un petit frisson. Leurs voisins étaient des Allemands en uniforme. Elle se pencha vers Paul.

— Comment avez-vous fait ?

Paul frotta son pouce contre son index.

— C'est toujours la même chose.

Catherine l'examina. « Vous pouvez être un compagnon de travail insupportable, mon cher Paul, songeait-elle, mais vous êtes aussi un garçon irrésistible. » Pour un Français, il était assez grand et assez fort. « Un type racé, se dit-elle. Encore que ses mains plaident le contraire. » Il est vrai qu'elles étaient courtes et épaisses, des mains faites pour être plongées dans la boue ou la graisse, non pas pour être montrées dans un salon. Il avait des cheveux roux touffus et, on ne savait pourquoi, un petit sourire moqueur qui ne le quittait jamais. Il émanait de lui une impression de calme et de mâle assurance — sauf de ses yeux. Ils étaient couleur de feuille morte, curieusement enfoncés dans leurs orbites, et empreints d'une sorte de tristesse résignée, de la mélancolie d'un homme qui a connu plus de misères et de souffrances qu'il n'aurait pu le dire.

Il était particulièrement bien vêtu. Sa veste de sport en tweed devait venir d'un tailleur du faubourg Saint-Honoré d'avant-guerre. Il portait un foulard de style anglais, une chemise blanche et un pantalon de flanelle gris. « C'est le fils d'un hobereau de province, se dit Catherine, dont les ancêtres se sont débrouillés pour échapper à la guillotine. »

— Vous êtes très élégant, lui dit-elle.

— Pour une bonne raison, répondit-il. Mieux vous êtes vêtu, plus vous semblez prospère, mieux cela vaut.

Il eut un imperceptible mouvement de la tête.

— On vous prend pour quelqu'un d'entre eux : un collabo ou un trafiquant du marché noir.

Il tapota sur le journal qu'il était en train de lire. C'était l'hebdomadaire *Je suis partout*.

— Je l'ai toujours sur moi. Ça rassure ces salauds de la Milice quand ils font un contrôle d'idendité.

Le garçon déposa une assiette de lentilles en face de chacun d'eux
Il se pencha vers Paul qui, manifestement, le connaissait.

— Je peux vous avoir un petit pâté de lapin, lui souffla-t-il à
l'oreille.

Paul approuva de la tête. Quand le garçon fut parti, il s'approcha
de Catherine.

— Laissez-moi vous dire à quel point vous avez été épatante la
nuit dernière. Non seulement vous avez sauvé votre peau, mais vous
avez sauvé la mienne.

Elle sourit.

— Ça a marché, c'est tout. Encore que je ne vous voie pas en train
de pousser une brouette pleine de ciment à Calais !

— On est mieux là qu'à Dachau.

Alors que le garçon revenait avec leur pâté, le train s'arrêta en
pleine campagne. Paul le regarda.

— Qu'est-ce qui se passe ? C'est la troisième fois en l'espace d'une
heure.

Le garçon se pencha pour que les Allemands assis à l'autre table
ne puissent pas l'entendre.

— La RAF a foutu la merde dans la gare de triage d'Amiens, la
nuit dernière. Plus rien ne marche au nord de Paris et toutes les voies
sont encombrées.

— Et pour Lille ou Calais ?

— C'est pareil.

Le garçon pouvait difficilement cacher sa jubilation.

— Ceux qui veulent y aller dans les deux ou trois jours devront le
faire à pied.

— Il y a un problème, dit Paul à Catherine. Ils vous ont indiqué
une planque à Paris ?

Elle fit signe que non.

— Bien sûr ! Ils n'ont pas pensé à ça.

Il mangea son pâté en silence pendant quelques secondes.

— Vous comprenez que nous ne devons avoir aucun rapport
entre nous. Vous ne devez rien savoir à mon sujet et je ne dois rien
savoir de vous. Je ne saurais même pas où vous allez s'il n'y avait pas
eu ce barrage la nuit dernière.

Catherine approuva.

— Nous sortons de la même école, vous l'avez oublié ?

— Avez-vous un endroit où aller à Paris ?

— Aucun.

— Connaissez-vous la ville?

— Oui.

— C'est toujours ça.

Paul soupira avec un déplaisir évident.

— O.K.! Exactement deux heures après que nous aurons franchi le portillon à la gare Montparnasse, rejoignez-moi à la terrasse de la Brasserie Lorraine, place des Ternes. Si je lis un exemplaire de *Je suis partout*, c'est que tout ira bien. Si ce n'est pas le cas, ou si je ne suis pas là, débrouillez-vous par vos propres moyens. Évitez les hôtels. Avez-vous assez d'argent sur vous?

Catherine en avait. Paul se pencha vers elle.

— Le moment critique aura lieu quand nous arriverons. La Gestapo accueille les voyageurs de ces trains comme le faisaient avant-guerre les maîtres d'hôtel. Vous vous tiendrez derrière moi. Vous essayerez de voir si nous sommes suivis. Faites attention aux types correctement vêtus et sans bagages. Il faut se méfier des gens qui, de nos jours, prennent le train sans valise ni paquet. Si vous en voyez un qui me suit, ne vous approchez pas de la brasserie.

Le train se remit en marche et le garçon leur apporta l'addition. Paul poussa son journal vers Catherine.

— Prenez-le. En le lisant, vous oublierez vos soucis.

Quand Catherine revint dans son compartiment, elle s'aperçut qu'il y avait eu des changements parmi les voyageurs. A la place du vieux couple qui lui faisait face, se trouvaient maintenant deux Allemands en uniforme. L'un d'eux, un jeune homme brun, lui sourit quand elle s'assit. Se souvenant des propos de Paul, elle lui rendit rapidement son sourire, puis se plongea dans la lecture de son journal.

Paul avait raison. A la une, il y avait un article sur la justice française du temps. Ses compatriotes, comme elle se plut à le remarquer, se tuaient moins souvent pour des histoires passionnelles. « Évidemment, se dit-elle, ils ont de meilleures raisons de s'entre tuer. »

Catherine se réveilla au moment où le train arrivait à la gare Montparnasse. Tandis qu'elle se levait pour prendre sa valise, elle sentit une présence derrière elle.

— Mademoiselle! — C'était le jeune Allemand brun. — Vous permettez?

Il prit la valise et la descendit du filet avec un certain effort.

— *Mein Gott*, que c'est lourd! Vous devez avoir une mitrailleuse là-dedans.

— Oh non, répliqua Catherine en riant. J'en ai trois.

Le jeune Allemand eut un air un peu ahuri. Il n'avait jamais bien compris les nuances de l'humour français, mais il n'en était pas moins galant.

— Puis-je porter votre valise ?

Elle hésita un instant.

— Ce serait vraiment gentil de votre part.

Après avoir sauté sur le quai encombré de voyageurs, elle se plaça entre les deux Allemands. Un peu plus loin devant elle, elle aperçut Paul qui se frayait un chemin parmi la foule. Personne ne semblait le suivre.

Du coin de l'œil, elle observa l'uniforme des deux hommes qui l'accompagnaient. Celui qui portait sa valise était un officier. Tous deux étaient habillés en vert-de-gris, comme les gens de la Wehrmacht, mais leurs uniformes avaient des parements dorés et non pas argentés comme la plupart de leurs compatriotes. Sur leurs épaulettes, était brodé un obus nanti d'une paire d'ailes. Ce n'était pas, elle en était sûre, un des insignes qu'elle avait étudiés pendant ses cours en Angleterre.

Arrivée au portillon, elle commença à fouiller dans son sac pour y prendre son billet. « Elle est avec nous », dit celui qui portait sa valise au contrôleur. Ce dernier jeta à Catherine un regard de mépris, puis ils passèrent.

— Où allez-vous ? lui demanda l'Allemand.

— Prendre le métro, répondit-elle — et elle pensa : « J'espère qu'ils n'en feront pas autant. »

L'Allemand l'accompagna avec sa valise jusqu'à l'entrée du métro

— Peut-être pourrions-nous prendre un verre ensemble, ce soir, lui dit-il.

— Merci beaucoup, je ne fais que passer pour rejoindre Calais, et, ce soir, je vais chez des parents à moi.

— Calais ?

L'Allemand, à ce nom, s'était illuminé.

— Nous sommes cantonnés juste en dehors de Sangatte. Nous pourrions nous voir là-bas. Où habitez-vous ?

Elle eut envie de crier de rage. Le nom de Sangatte ne lui disait rien, mais, de toute évidence, ce ne devait pas être loin de Calais. « Pourquoi, grands dieux n'ai-je pas dit Reims ou Lille ? » Inquiète, elle se mit à bégayer, essayant de se rappeler les informations qu'on lui avait données. Soudain un nom émergea de sa mémoire.

— Chez moi, c'est difficile... Il y a mes parents. Mais je vais souvent le soir au café des Trois Suisses prendre l'apéritif. Peut-être on s'y rencontrera.

L'Allemand claqua discrètement des talons, s'inclina et porta la main à sa casquette.

— Les Trois Suisses. J'espère qu'on s'y reverra, mademoiselle.

Catherine reprit sa valise et descendit en toute hâte les marches du métro. A chaque pas qu'elle faisait, elle maudissait sa stupidité et refoulait les larmes de colère qui lui montaient aux yeux. Devant elle, le portillon commençait à se refermer. Elle se faufila pour prendre la rame qui allait partir. Avec un sentiment d'amertume, elle vit la station disparaître. Elle pensait : « C'était mon premier test — et je l'ai raté ! »

*

Jackie Moore s'assit devant son récepteur à la station-radio secrète du SOE située à quelques distance de Sevenoaks dans le Kent et elle se coiffa de ses écouteurs. Il était exactement minuit et demi. Comme la plupart des autres filles affectées aux stations de réception-radio, Jackie était une FANY, c'est-à-dire une jeune femme volontaire d'une parfaite éducation, en l'occurrence la fille aînée d'un gentil-homme du Sussex. Elle était, dans le jargon du SOE, la « marraine » d'Alex Wild, c'est-à-dire la seule fille désignée pour recevoir ses émissions depuis qu'il avait été, pour la première fois, parachuté en France occupée. Pas le moindre rhume, la moindre fièvre, le moindre rendez-vous galant n'avait empêché Jackie d'être présente à son poste au cours des deux dernières années pendant lesquelles Wild avait été en activité. Elle ne l'avait jamais vu de sa vie : le faire eût été contrevenir aux règles de sécurité du SOE. Elle éprouvait pourtant à son égard une aussi tendre affection que celle qu'elle avait pour le jeune lieutenant de la *Guards Armored Brigade* avec lequel, la nuit passée, elle avait dansé jusqu'à l'aube, à Londres, au club des 400.

Elle mit son poste sur la longueur d'ondes 8 350, celle sur laquelle Wild devait émettre, faisant osciller son aiguille sur le cadran d'un côté et de l'autre, dans le cas où son appel serait légèrement décalé. A une heure du matin, aussi fidèlement que les cloches de *Big Ben*, les lettres AKD se firent entendre sur les ondes, l'avertissant qu'il était là-bas, quelque part en France, sur le point d'émettre. Tandis que ses doigts commençaient leur danse rituelle sur les pages de son bloc-notes, enregistrant le message en morse, une sorte de soulagement s'empara d'elle. Son correspondant — elle le savait — venait juste d'être parachuté de nouveau en France et, manifestement, il était arrivé sain et sauf à destination.

Une fois le message terminé, Jackie commença à traduire du morse le texte codé. Ce code, cela va sans dire, elle ne le connaissait pas. Mais elle était en parfaite harmonie avec le rythme de ce correspondant sans visage, dont la « voix » en morse lui était aussi familière que celle de son père.

Soudain, Jackie se pétrifia. Wild, elle le savait, avait été envoyé en mission muni d'un nouveau signe de sécurité. Ayant su que la Gestapo avait découvert le fonctionnement de ce système, le SOE en avait élaboré un autre. Les agents qui, désormais, étaient envoyés sur le terrain, n'avaient pas un, mais *deux* signes de sécurité. Sous la torture, ils pouvaient révéler celui que les Allemands leur demandaient, mais s'il n'était pas accompagné du second, cela voulait dire que l'opérateur était tombé sous le contrôle des nazis. Le premier signe de Wild, à savoir le nombre 36 introduit entre le troisième et le quatrième groupe de lettres, était bien là, mais le second, c'est-à-dire le nombre 18, entre le quatrième et le cinquième groupe de lettres, manquait.

Pendant un court instant, Jackie eut envie d'éclater en larmes. Wild avait-il été capturé ? Absolument rien dans sa transmission, pas la moindre note discordante n'indiquait qu'il s'agissait de quelqu'un d'autre que lui. Elle se rassura en se disant que c'était une erreur de sa part. Wild, en proie à l'excitation soulevée en lui par la réussite de son parachutage, avait tout simplement oublié le second signe. Après tout, c'était la première fois qu'il utilisait ce nouveau système qui ne lui était pas encore familier.

Mais ce n'était pas à elle d'en juger. Elle nota sur sa fiche de réception l'absence du second signe de sécurité et le fait que tout le reste du message était normal. Elle envoya ensuite cette fiche à l'officier chargé du décodage. Celui-ci, à son tour, envoya le texte décodé à Londres par une estafette. Sur l'enveloppe, écrits en grosses lettres rouges, figuraient trois mots d'avertissement. Ils n'étaient pas destinés à Cavendish, mais au service de sécurité du SOE, une équipe d'officiers de renseignements de rang élevé, dont la tâche était de contrôler toutes les activités du SOE, de Varsovie jusqu'à Athènes. Ces trois mots étaient : « Signe sécurité manquant. »

*

Paris

Paul était là, apparemment plongé dans la lecture de *Je suis partout*. Quand Catherine arriva, il se leva et, à sa grande surprise, la prit dans ses bras. Il la serra contre lui pendant un long moment, puis l'embrassa.

— Ma chérie! s'exclama-t-il assez fort pour que tout le monde l'entende. Ça fait si longtemps!

— Beaucoup trop longtemps, répondit-elle. — Sa voix ne fut plus qu'un murmure destiné à Paul seul. — Deux heures en tout, n'est-ce pas?

Elle se tut, puis ajouta :

— Personne ne vous a suivi, à ce que j'ai pu constater.

Paul lui avança une chaise et s'approcha tout près d'elle, frottant le bout de son nez sur sa joue. Il passa son bras autour de son cou et attira sa tête dans le creux de son épaule.

— Qu'avez-vous fait? murmura-t-il.

— J'ai pris le métro.

— Avec ça! répliqua Paul, en jetant un coup d'œil à la valise qui était à ses pieds. J'espère qu'elle ne contient rien qui puisse vous compromettre. On ne vous a pas dit à Londres de ne jamais prendre le métro si vous êtes dans une situation délicate? Les Allemands font des contrôles dans les couloirs. Si vous aviez rebroussé chemin en les voyant, vous vous seriez trahie. Ne prenez jamais, jamais le métro si vous avez quelque chose à cacher.

Il se tourna vers le garçon.

— Deux Banyuls, commanda-t-il. Mon Dieu! j'avais oublié à quel point vous êtes belle, dit-il à haute voix en se retournant vers elle.

Il se pencha en avant et lui donna un autre baiser. Quand il s'écarta d'elle, son sourire moqueur réapparut sur son visage. Elle se dit : « Vous êtes en train de jouer la comédie, Paul, mais elle semble vous plaire. » Il s'inclina de nouveau vers elle, la tapotant du bout des doigts derrière l'oreille.

— J'ai trouvé deux appartements où vous seriez en sécurité, mais, malheureusement, ils sont déjà pleins, souffla-t-il.

— Aucune importance. Je peux dormir sur une chaise ou sur le plancher.

— Le problème n'est pas là. C'est une question de sécurité. Il y a là des gens que vous ne devez pas rencontrer et qui ne doivent pas vous rencontrer. Les hôtels sont hors de question. Il v a une équipe de la Gestapo à la Préfecture de police qui, tous les soirs, examine les fiches d'entrée. Londres croit qu'on est tranquille avec des lieux de naissance situés en Afrique du Nord. Ce qu'ils ne veulent pas comprendre, c'est que la Gestapo a repéré le truc, il y a déjà dix-huit mois. Si les Allemands voient un lieu de naissance en Afrique du Nord et une résidence à Calais, cela va les rendre curieux. Tout ce qui touche Calais les inquiète. Si vous étiez un homme, nous pourrions obtenir du Gouvernement de Sa Majesté qu'il vous paie le séjour dans un quelconque bordel. C'est un des lieux les plus sûrs en ce moment.

Il haussa les épaules. En disant cela, il l'avait regardée dans les yeux, un léger sourire aux lèvres, et n'importe qui aurait été touché de voir un homme aussi passionnément amoureux d'une aussi charmante blonde.

— La meilleure cachette est un hôtel de passe. J'en connais un à Saint-Germain. La patronne ne demande jamais leur carte d'identité aux clients. Elle a des liens avec le Milieu. De temps à autre, elle donne quelques informations aux flics et ils lui foutent la paix.

Paul disait cela avec une telle émotion que les gens de la table à côté pouvaient croire qu'il récitait du Baudelaire à Catherine ou lui demandait de l'épouser.

— La seule chose qui puisse se passer dans un tel endroit, c'est une descente de la police des mœurs, des flics ordinaires avec leur feutre rabattu sur les yeux. Il n'y a rien à craindre de ces types.

Paul s'adossa à sa chaise et but son verre, manifestement réjoui à cette idée. Catherine se détacha de lui et contempla cet étranger avec qui, de toute évidence, elle allait passer une nuit ou deux. « Après tout, pensa-t-elle, ça pourrait être pire, drôlement pire. »

— Comme c'est charmant, dit-elle en souriant.

Paul sourit à son tour et prit sa valise. Catherine avait remarqué qu'il avait mis sur la table l'argent des consommations à l'instant même où le garçon les leur avait apportées. Ce genre de précaution, on le lui avait appris lors de son entraînement en Angleterre. Toujours payer dès que vous êtes servi, de façon à pouvoir partir immédiatement, si vous avez à le faire, sans attirer l'attention.

Paul se dirigea vers un vélo-taxi qui attendait sur la place. En s'asseyant à côté de lui, Catherine éprouva une espèce de honte. Le conducteur était sans doute un pauvre diable qui faisait ce métier pour nourrir sa famille, comme un coolie chinois. Il les emmena par l'avenue de Wagram vers l'Etoile. « Il y a une chose de plus dont nous devons remercier les Allemands, se dit-elle. C'est de nous avoir à ce point dégradés, qu'ils nous obligent, les uns et les autres, à accepter ce système humiliant qui a fait de Paris un nouveau Shangaï. »

Ils firent le tour de l'Étoile et descendirent les Champs-Elysées. Catherine eut un mouvement de surprise. A l'exception de deux voitures allemandes, la chaussée était vide. Comme elle semblait large et majestueuse ! Un chaud soleil de printemps éclairait le paysage. Les feuilles des châtaigniers étaient déjà sorties. En les regardant, Catherine remarqua à quel point elles étaient vertes et charmantes, si différentes de celles qu'elle avait vues avant la guerre et qui étaient toutes grises, se fanant aussi vite qu'elles avaient poussé, à cause des fumées qui montaient de l'avenue.

— C'est incroyable ! Paul, lui dit-elle. Paris n'a jamais été aussi beau.

— Si on oublie tous ces uniformes que l'on voit sur les trottoirs, c'est vrai.

Elle considérait la foule de soldats allemands qui se promenaient sur son avenue bien-aimée. Il lui semblait merveilleux d'être de retour à Paris, dans ce printemps si doux et tranquille. Personne, même pas ces soldats, ne pouvait lui enlever cela.

— D'accord, dit-elle. Faisons comme s'ils n'étaient pas là.

*

Berlin

A Berchtesgaden, les maréchaux, une fois leur conférence terminée, étaient retournés à leur commandement. C'était maintenant un petit Japonais rondouillard qui attirait l'attention au grand Quartier général : le lieutenant général baron Oshima, ambassadeur du Japon en Allemagne.

Le caractère incongru du personnage était une source d'amusement sans fin pour l'entourage d'Hitler. C'était un nazi ardent qui, plein d'admiration pour ses hôtes prussiens, portait monocle, affectait un air renfrogné et, du moins l'espérait-il, une allure martiale. Rien de tout cela n'était facile pour ce pauvre diable. Il n'arrivait à ressembler qu'à un ours en peluche avec des oreilles de chien abandonné dans un coin par son jeune maître. On avait l'impression qu'il avait dormi avec son uniforme pendant une semaine et il avait l'allure martiale d'un cornet à glace. Oshima, en fait, n'avait rien de l'image classique que l'on se fait de l'Oriental impénétrable et impassible. C'était un charmeur, ce qui le mettait à part de la grande majorité de ses congénères. Il était jovial, bruyant, aimait passer des nuits entières à boire comme un trou de l'eau-de-vie d'Alsace, en braillant des chansons d'étudiants allemandes dont il connaissait toutes les paroles. Le spectacle qu'offrait ce noble japonais tout fripé en train de chanter « *Am Brunnen vor dem Tor* » avec l'accent de son pays natal faisait les délices des collaborateurs du Führer.

Cela dit, c'était un observateur militaire fort compétent qui avait toute la confiance d'Hitler. Il était le seul Japonais à lui dire autre chose que des banalités et Hitler, en retour, se montrait particulièrement franc avec lui lors des conversations qu'ils avaient ensemble. Oshima avait visité tout le front occidental, du Skaggerrak à la frontière espagnole, étudié le Mur de l'Atlantique dans ses moindres détails et transmis à Tokyo tout ce qu'il avait appris, dans de volumineux rapports.

Sentant ce qu'avaient d'important certaines conférences, il était arrivé à Berchtesgaden dans le sillage des maréchaux du Reich. Sa visite fut brève et précise : il passa une nuit à boire avec les Allemands, eut une conférence avec le Führer et retourna à Berlin en avion. Dès son retour de Berchtesgaden, il s'assit à son bureau pour faire un rapport détaillé sur ce qui avait été dit au cours du dîner des maréchaux. Oshima était aussi verbeux quand il écrivait que lorsqu'il parlait et son rapport contenait deux mille mots.

Une fois qu'il l'eut terminé, il l'emporta dans un abri antiaérien qui se trouvait sous les ruines de son ambassade. C'était là qu'il conservait ses trésors les plus précieux. Le premier était le portrait de l'Empereur, un tableau à l'huile qui, en raison du caractère quasi divin du Mikado, avait la valeur d'une icône sacrée. Le second était une chose noire qui ressemblait vaguement à une machine à écrire. C'était l'appareil de codage type 97 du ministère japonais des Affaires étrangères, le plus moderne et le plus secret des engins de cette sorte existant au monde.

Oshima régla l'appareillage complexe de sa machine et commença à coder son message. La langue japonaise, avec ses cinq mille caractères, s'adapte mal à la cryptographie moderne. Les messages étaient donc transmis en caractères romains qui représentaient phonétiquement le japonais. Quand Oshima eut fini, il donna son texte à un messager qui le porta au bureau de la *Telefunken*. Comme tous les diplomates japonais à travers le monde, Oshima employait les compagnies régulières de télégraphe du pays où il se trouvait, pour envoyer des dépêches codées à Tokyo. A partir de Berlin, le message d'Oshima serait expédié à Koenigswusterhausen, où les puissants émetteurs de la *Telefunken* étaient installés. A l'instant où l'ambassadeur s'apprêterait à s'asseoir au bar du Adlon pour y prendre son premier verre de la journée, les premiers mots de son rapport seraient déjà en route sur les ondes pour Tokyo, **via** Istanbul et Bandoung.

Paris

L'hôtel se trouvait rue de l'Echaudé, une petite rue étroite à deux pas du boulevard Saint-Germain. Une plaque noire apposée sur la porte indiquait « Hôtel-Pension ». La patronne se tenait dans une pièce ressemblant à une cage, d'où elle pouvait surveiller le passage menant de la porte d'entrée à la montée d'escalier.

Tandis qu'ils entraient, Catherine la vit raccrocher rapidement le téléphone mural, où elle écoutait avec une profonde attention. Elle pensa qu'elle espionnait la communication d'un de ses clients. « J'espère qu'elle ne fait pas ça parce qu'elle s'ennuie », se dit-elle.

— Monsieur, madame !

La patronne les fixait de ses yeux marron, froidement, calculant sans doute combien elle demanderait pour la chambre, étant donné l'élégance de leurs vêtements et la hâte qu'ils avaient de monter l'escalier.

— Nous voudrions une chambre, dit Paul.

— Bien sûr, mes chéris. Votre nom ?

— Dupont.

Catherine baissa les yeux, émerveillée par le sérieux que mettait la femme à écrire ce nom dans le registre posé sur son bureau. C'était une créature tout ébouriffée, de haute taille, à la poitrine pendante sous sa blouse de satin, dont les cheveux blancs étaient jaunâtres par endroits. Ses pommettes étaient fardées et sa bouche balafrée par deux traits de rouge à lèvres.

— C'est pour combien de temps ? dit-elle.

Elle regardait les clés suspendues au tableau placé contre le mur comme s'il y avait un rapport entre elles et l'ardeur de ses deux clients.

Paul se pencha en avant, une liasse de billets à la main.

— Nous aimerions rester quelque temps. Ma femme vient de partir pour deux jours à la campagne. C'est la première occasion de rester un peu ensemble...

— Bien entendu, mes enfants !

L'enthousiasme qu'elle manifestait montrait en quelle haute estime elle tenait l'adultère — et cela pour de bonnes raisons.

— Des jeunes comme vous, par les temps qui courent ! On doit vivre autant qu'on peut, n'est-ce pas ?

Tout en disant cela, elle enfouit en un éclair l'argent dans le large sillon de sa poitrine.

— Voyons si on peut vous trouver une chambre agréable.

Elle contemplait la rangée de clés avec tout le sérieux qu'exigeaient les circonstances. Finalement, elle en prit une et, un caniche jappant sur ses talons, elle se dirigea vers l'escalier.

— Napoléon, ferme-la ! gogna-t-elle, en gravissant les marches avec la détermination d'un guide de montagne.

L'escalier sentait la vieille cire. Des générations d'amants furtifs en avaient usé les marches, et la rampe de fer tremblait au moindre contact.

Au premier étage, la patronne ouvrit une porte avec le geste prétentieux d'un valet de chambre du Ritz montrant à un couple de jeunes mariés une suite nuptiale. La chambre en question contenait un lit à deux places, dont les ressorts étaient défoncés par l'usage, et une chaise. Dans un coin, un bout de rideau suspendu à une tringle de cuivre était supposé cacher un lavabo et un bidet portatif sur son cadre de bois.

« Eh bien, se dit Catherine, tout cela est parfaitement fonctionnel. »

— Chéri, s'exclama-t-elle, en serrant la main de Paul, comme c'est charmant !

La patronne se précipita et montra la fenêtre.

— Vous serez tranquilles, dit-elle, en leur adressant un sourire plein de sous-entendus. Elle s'approcha de la porte. Catherine entendit alors la voix aiguë d'une femme venant de la chambre voisine :

— Tu es dingue, criait-elle, tu crois que je vais me foutre à poil pour 50 balles ?

La patronne, impassible, s'arrêta.

— J'ai quelque chose pour vous en bas Du champagne. Veuve Cliquot 1934. Il vient de la cave de mon dernier mari.

120

Elle fit un rapide signe de croix à la mémoire du défunt.

— Parfait, dit Paul. Je crois que nous en prendrons une bouteille.

La patronne ferma la porte et partit chercher le champagne. Catherine s'assit sur le lit et se mit à rire.

— Au moins, nous sommes en famille, ici.

Paul la regarda d'un air narquois.

— Ici, dans le registre, tout le monde s'appelle Dupont.

*

Asmara

A quatre mille cinq cents kilomètres de Berlin bombardé par les Alliés, sur une montagne pelée balayée par les vents, à quelque trois mille mètres d'altitude au-dessus de la mer Rouge, dans l'ancienne colonie italienne d'Erythrée, une sonnerie fit entendre son grésillement perçant. Cette sonnerie était adaptée à un récepteur-radio SCR44, dont les antennes étaient branchées sur la fréquence utilisée par l'émetteur de la *Telefunken* à Berlin. Chaque fois que les Allemands émettaient, la sonnerie donnait l'alarme.

En l'entendant, un sergent de la compagnie *Charlie*, du second bataillon du corps des transmissions de l'armée des Etats-Unis, appuya sur un commutateur. Un rouleau de papier, comme la sonnerie, était relié au récepteur branché sur la fréquence de Berlin. Une aiguille se mit à osciller, transcrivant les points et les traits du message en morse, comme l'aurait fait celle d'un électrocardiogramme.

Le sergent fixa des écouteurs à ses oreilles afin de surveiller le débit de la machine et noter la destination des câbles partant de Berlin pour l'Extrême-Orient, Pour le sergent et ses compagnons, quatre-vingt-dix pour cent du trafic-radio qu'ils recopiaient étaient bons à jeter à la poubelle. C'étaient des ordres de virements bancaires, des rapports sur une campagne de pêche ou le *carnet* du jour : une naissance à Hanovre, un décès survenu à Berlin lors d'un bombardement.

Soudain le visage du sergent se tendit. La suite de points et de traits qui s'inscrivait sur son ruban enregistreur commençait à prendre la configuration de ce que les câbles d'Oshima transmettaient en clair, à savoir l'adresse : *Gaimu Dai Jim.*

— C'est lui ! cria le sergent. Il est en ligne.

Ces mots galvanisèrent les membres de la petite station-radio.

Leur unique tâche consistait à intercepter les communications d'Oshima avec Tokyo. C'était pour cela que le sergent et ses 250 compagnons restaient cantonnés, sur les hauteurs d'Asmara battues par les vents, depuis l'été 1943. La falaise sur laquelle Asmara était perchée s'élevait à pic au-dessus du port de Massaouah. C'était une antenne naturelle idéalement située pour intercepter les émissions de Berlin passant par le relais d'Istanbul.

La ville elle-même était un trou perdu, où les femmes se promenaient en agitant des chasse-mouches faits d'une queue de cheval pour éloigner d'elles des essaims d'insectes qui emplissaient l'air comme des grains de sable au cours d'une tempête. La nuit, les hyènes venaient rôder, en poussant leurs cris semblables à des rires, autour des baraques de la compagnie. Le jour, des nomades érythréens, les pieds nus, allaient ramasser dans les collines poussiéreuses quelques fagots de bois mort. C'était là, pourtant, dans une installation si secrète que son adresse se bornait à ces mots : « quelque part en Afrique », qu'une poignée de techniciens américains accomplissait l'une des tâches de renseignements les plus vitales de la guerre.

Leur moisson avait été prodigieuse et leur contribution à l'effort de guerre des Alliés n'avait jamais été aussi précieuse qu'en ce printemps de 1944.

Aux cris du sergent, on mit en marche trois machines enregistreuses pour recueillir le texte codé d'Oshima, deux autres le prenant à partir du relais d'Istanbul, et deux autres encore le repiquant lorsqu'il partait d'Istanbul pour Bandoung.

Les opérations étaient supervisées par le colonel Charlie Cotter, qui était avant la guerre un patron de la *Bell Telephone Company* dans le Michigan. Remarquant la longueur inhabituelle du message de l'ambassadeur, il dit à l'officier qui le secondait :

— Nous sommes servis, cette fois-ci !

Le texte du message d'Oshima serait en route pour Washington avant que son auteur ait terminé son verre au bar du Adlon !...

*

Paris

Paul ne pouvait détacher ses yeux d'elle. Comme tout le monde dans la salle. A quelques tables de là, un colonel de la Luftwaffe se dressa presque sur sa chaise pour mieux la contempler. Elle avait des

122

mouvements pleins de grâce, mais aussi de force cachée, ce qui était, sans aucun doute, le résultat de ses courses matinales à travers les landes d'Ecosse, quand elle faisait l'exercice sous l'aboiement des moniteurs du camp d'entraînement de Cavendish. Elle était allée coiffer sa chevelure blonde dans les toilettes et, maintenant, elle lui retombait en flots dorés sur les épaules. Elle avait dormi sur un tas de luzerne avec son tailleur, traversé presque la moitié de la France dans un train bondé, et, pourtant, elle était aussi éclatante et avait une allure aussi distinguée qu'un mannequin de Maggy Rouff présentant une collection, un samedi après-midi à Longchamp. Mais — Paul se rappelait son propre entraînement dans les écoles du SOE — elle pouvait aussi tuer à mains nues n'importe lequel des hommes se trouvant dans la salle, si elle avait bien retenu les leçons qu'on lui avait données.

Tandis qu'elle s'asseyait avec la même grâce qu'elle avait mise à traverser la salle, Paul murmura :

— Vous savez que vous êtes belle à couper le souffle ? Qu'est-ce qui est arrivé à ce vieux Cavendish ? Il avait la réputation de fuir les jolies femmes comme les nonnes fuient le péché.

— Ce qui lui est arrivé, dit Catherine après un moment d'hésitation, c'est qu'il avait un impérieux besoin de pianistes.

« Ah, se dit Paul en lui-même, relevant l'expression au passage, c'est pour ça que sa valise est aussi lourde. Ils ont envoyé un deuxième radio à Aristide. Pourquoi ? Ça doit avoir, sans doute, un rapport avec le débarquement. »

— Comment vont les choses à *Orchard Court* ? Tout le monde attend le débarquement avec impatience, non ?

— Ça les torture. Ils se demandent avec angoisse quand il va avoir lieu.

Le petit sourire diabolique de Paul apparut sur son visage. Il montra du regard une table ronde dans un coin à droite.

— Pas autant que nos convives de ce soir, je parie.

Un homme au visage luisant de transpiration présidait une tablée d'hommes plus jeunes vêtus d'un uniforme inaccoutumé.

— C'est Philippe-Henri Paquet. On dit que c'est un grand ami d'Hitler. Il dirige Radio-Paris depuis trois ans.

— Que sont ces uniformes ?

— Ceux de la LVF. La légion des volontaires français. Des types qui sont partis pour Smolensk afin de nous sauver du bolchevisme, vous vous souvenez ? On a l'impression qu'aujourd'hui ils ont de petits ennuis de digestion. Peut-être se disent-ils qu'ils ont choisi le mauvais camp, lorsque nos amis allemands descendaient les Champs-Elysées nous disant en chantant comment ils allaient envahir l'Angleterre.

Paul tourna son attention vers un spectacle plus engageant : celui du menu que le garçon venait de poser dans son assiette. Catherine, de son côté, le considéra avec une admiration mal dissimulée. Certaines de ces bêtes, qui brillaient par leur absence dans la campagne française, avaient été manifestement détournées de leur voyage vers Berlin et le front de l'Est pour aboutir dans le réfrigérateur de ce petit restaurant du marché noir. Elle se pencha vers Paul. Il y avait dans son ton quelque chose d'une maîtresse d'école désapprobatrice.

— Vous vous rendez compte que nous ne pourrions faire un tel dîner dans aucun endroit de Londres, ce soir ?

— Ce soir ?

Il était évident que la moindre association entre la capitale anglaise et la bonne cuisine ne serait pas venue à l'esprit de Paul.

— Mais jamais vous n'auriez pu le faire !

— Paul, dites-moi...

Le fait qu'ils aient traversé sans difficulté la grande salle du Chapon rouge pour venir s'installer dans cette minuscule arrière-salle cachée aux regards posait une énigme à Catherine.

— ... comment avez-vous fait pour trouver un endroit comme celui-là ?

— Trouver un restaurant du marché noir ne pose pas de problème. La question est d'avoir assez d'argent pour y aller.

— Et puis nous avons Cavendish et le SOE.

— Ma philosophie est simple en ce qui concerne ce genre de choses. Si je dois, un jour, me retrouver devant un peloton d'exécution au mont Valérien, je préfère ne pas avoir l'estomac vide.

Le patron, les manches retroussées et portant un tablier, se dirigea vers leur table. Il leur recommanda un agneau de lait rôti aux herbes de Provence, avec un soufflé au fromage pour commencer. Paul, en connaisseur, approuva.

— Et ce vosne-romanée 1934, vous en avez encore une bouteille dans votre cave ?

Tandis que le patron s'en allait, il se tourna vers Catherine.

— C'est un peu comme si on voyageait dans un train en première classe. Les Allemands aiment beaucoup des endroits comme ici. Regardez autour de vous ! La moitié des clients sont allemands. La

124

Gestapo ne s'y intéresse pas. Elle n'a d'yeux que pour les restaurants populaires de la place de la République.

Catherine observa les gens qui occupaient la douzaine de tables que comptait l'arrière-salle. Si les Allemands en voulaient à la classe ouvrière, le Chapon rouge, effectivement, n'avait guère d'intérêt pour eux. A l'exception des garçons au teint jaune et à l'air rancunier qui, manifestement, ne mangeaient pas la même cuisine, et des femmes, qui n'étaient là que pour le repos du guerrier, il n'y avait pas un seul Français susceptible de transpirer autrement que d'indigestion.

Le patron revint avec leur vosne-romanée. Paul fit lentement tourner le vin dans son verre avec un soin religieux, avant d'en humer le bouquet, puis il fit un signe d'approbation vers la bouteille que le patron lui présentait.

Il éleva son verre.

— A quoi buvons-nous, madame Dupont ? A notre santé ? A nos amis absents ? A votre succès ?

Catherine toucha légèrement son verre avec le sien.

— Au résultat du bombardement d'Amiens par la RAF, la nuit dernière.

Le plaisir que ces mots firent à Paul fut soudain gâché. Un des volontaires de la LVF, complètement ivre, venait de tomber à terre. Ses efforts pour se remettre debout avaient quelque chose de pathétique, de chaplinesque, dû, en partie, à l'alcool, mais aussi à une chose que ni Catherine ni Paul n'avaient remarquée quand il était tombé. La manche droite de sa veste d'uniforme était vide. Il avait un simple ruban rose au revers de sa tunique, une décoration allemande, sans doute, en récompense du bras qu'il avait perdu dans la steppe russe.

— Pauvre type, souffla Catherine. C'est presque un bébé. Je parie qu'il n'a pas même vingt ans.

Paul regarda le garçon avec un dédain mêlé de pitié.

— Un crétin de berger de la Corrèze, peut-être. Il devait en avoir marre de traire les vaches deux fois par jour et il a préféré partir pour la guerre.

Il but une gorgée de son vin.

— Un pauvre con, un simple d'esprit comme la guerre en demande. Il marche au son du canon. En l'occurrence, il a choisi le mauvais canon.

Catherine fut choquée par son ton dur et méprisant. Pourtant, quand Paul détourna son regard du soldat, elle lut une étrange mélancolie dans ses yeux.

— Vous savez ? Je l'envie d'être ce qu'il est.

— Pourquoi ? Pour passer le restant de votre vie à signer vos chèques de la main gauche ? Ne soyez pas ridicule, Paul. Ce genre de comédie ne vous va pas.

Il ne l'écoutait pas.

— Dans la clandestinité où nous nous trouvons, rien n'est jamais clair, n'est-ce pas ? Nous n'avons pas de capitaine pour nous faire marcher au pas. Il est difficile pour nous de faire le partage entre le blanc et le noir. Nous vivons dans la grisaille. Et, comme vous le découvrirez un de ces jours, ma chère, la nuit toutes les vaches sont grises.

Le garçon leur servit leur soufflé au fromage. A la vue de ce petit dôme doré à la surface ondulante, la tristesse de Paul s'effaça. Catherine constata avec soulagement qu'il reprenait son sourire en coin et, pendant tout le reste du repas, il ne cessa de la contempler avec un regard heureux et attentif.

Ce fut un dîner somptueux, bien différent de la plupart de ceux qu'elle avait faits à Londres. Seul l'ersatz de café qu'on leur servit rappela les restrictions auxquelles étaient soumis les millions de Parisiens qui se trouvaient ailleurs qu'au Chapon rouge. Paul finit sa tasse et regarda sa montre.

— Il nous faut partir. Nous ne devons pas nous faire arrêter après le couvre-feu. Nos amis allemands ont la charmante habitude de se servir du couvre-feu pour prendre des otages en prévision des représailles si l'un d'eux est tué pendant la nuit.

Le garçon leur apporta l'addition. A l'étonnement de Catherine, elle ressemblait à un numéro de téléphone : Maillot 12 07. 1 207 était la somme à payer, Maillot une sorte de mot de passe pour les usagers du marché noir. Tandis que Paul fouillait dans ses poches pour trouver de la monnaie, elle se leva.

— Je vais aux toilettes pour une minute. On y trouve une chose dont manque notre Mère-Patrie : du savon.

Une fois de plus, Paul la suivit des yeux, contemplant chaque mouvement de son corps, le dessin de ses cuisses sous les plis de sa jupe, de ses seins provocants que moulait sa veste. Soudain, il se figea Le colonel de la Luftwaffe qui, deux heures auparavant, l'avait dévorée des yeux, s'était levé de sa chaise. Il s'approcha d'elle en titubant, passa une main autour de sa taille, la descendit sur ses fesses Brutalement, il l'attira vers lui.

126

— *Heil, Fräulein!* roucoula-t-il, venez avec moi et mes amis pour prendre un dernier verre. Ensuite, nous irons au Lido.

L'intolérable arrogance du conquérant accompagna l'œillade qu'il lui jeta. Sa main glissa le long de ses jambes, ses doigts se mirent à froisser le tissu de sa jupe. Paul jeta sa serviette sur la table et se leva, furieux. L'Allemand se retourna vers lui en ricanant.

— Ferme-la et rentre chez toi, sale porc ! Cette jeune personne est avec nous, maintenant.

L'Allemand donna une tape sur les fesses de Catherine.

— Pas vrai, *Schatz ?*

Elle essaya de se dégager, mais l'Allemand la retenait. Pendant une seconde, elle songea à employer une prise que le sergent Barker lui avait enseignée à Beaulieu, mais elle hésita. Ce genre de réaction pouvait la trahir.

C'est alors qu'un Allemand en civil vint se mettre à son côté. Il déversa en allemand sur le colonel une bordée de phrases incompréhensibles. Le colonel enleva aussitôt sa main qui caressait les fesses de Catherine et la laissa retomber comme s'il avait reçu un coup de marteau sur les doigts. Le civil se tourna vers la jeune femme.

— Je vous en prie, excusez-le, madame ! dit-il dans un français impeccable. Malheureusement nous avons beaucoup d'ennuis en ce moment, et certains d'entre nous semblent ne pas pouvoir se contrôler comme l'exige notre nation, ajouta-t-il en fixant le colonel d'un regard froid.

Catherine, soulagée de sa peur, murmura quelques mots de remerciements à l'adresse de son sauveur. Paul l'avait déjà prise dans ses bras. Lui aussi remercia l'Allemand et il la poussa vers la sortie.

Tandis qu'ils franchissaient le seuil du Chapon rouge, pour se diriger vers la porte Maillot, leur « sauveur » les regarda d'un air moqueur et, en souriant, retourna à sa table.

*

L'endroit où arriva le rapport du baron Oshima sur sa visite à Berchtesgaden était une ancienne école de filles, *Arlington Hall,* située au bout d'une allée de chênes imposants au cœur de Washington. Ces arbres et quelques sentinelles protégeaient ce qui, de même que les travaux sur la bombe nucléaire, était la plus secrète activité des Etats-Unis pendant la guerre. C'était là qu'une petite équipe de spécialistes du chiffre « cassaient » les messages impénétrables de la machine a coder type 97 du ministère des Affaires étrangères japonais.

Tout ce qu'ils avaient pu, jusqu'à ce jour, recueillir avait eu un énorme impact sur le cours de la guerre dans le Pacifique. Ils avaient permis à l'*US Navy* de gagner la bataille de Midway. Aujourd'hui, leur agence était devenue la source de renseignements la plus précieuse que possédaient les Alliés sur l'Allemagne nazie. Les Britanniques avaient bien « cassé » les codes allemands grâce à leur programme ULTRA en 1941 et cela avait été d'une valeur inappréciable. Cependant, pour le débarquement qui se préparait, et dont dépendrait le sort de la guerre, le programme ULTRA s'était révélé d'une efficacité moindre. La raison en était simple. Le haut commandement allemand se servait presque exclusivement de liaisons terrestres et non de la radio pour communiquer avec les états-majors d'Europe occidentale. Ces liaisons étaient hors de portée des Alliés. Le détail des dépêches envoyées par l'ambassadeur du Japon à Berlin était pratiquement devenu le seul moyen que les Alliés avaient de connaître les intentions d'Hitler et de son entourage. C'est pourquoi ils étaient considérés à *Arlington Hall* avec une vénération digne de celle qu'un moine porte à l'Ancien Testament.

Le texte de la dépêche concernant la conférence de Berchtesgaden avait été d'abord consigné en morse par un membre du corps des transmissions de la *Navy*, qui l'avait transmis à un officier des services secrets travaillant au premier étage de l'une des ailes dont, pendant la guerre, avait été flanquée la vieille école. Employant une machine qui était la réplique presque exacte de celle dont Oshima se servait pour coder ses messages dans son abri antiaérien de Berlin, l'officier en question avait restitué la quasi-totalité du texte en japonais. Ensuite, il l'avait apporté à un ancien professeur de langues orientales de Harvard qui l'avait traduit en anglais. Quelques minutes après avoir fini son travail, ce dernier l'avait communiqué, dans une mallette de cuir soigneusement bouclée, à la section « C » de la *Special Distribution Branch* de l'état-major des services de renseignements de l'*US Army*, dans le nouveau bâtiment, tout récemment achevé, du Pentagone. De ce bureau, deux fois par jour, les messages japonais interceptés, baptisés du nom de code « Magic », étaient envoyés, sous plis scellés, par un officier de liaison, à deux douzaines de personnes, à commencer par le président, qui étaient seules autorisées à en prendre connaissance.

Au moment où le rapport d'Oshima arrivait au Pentagone, la

deuxième livraison quotidienne avait déjà été faite au bureau de la section « C ». Lorsqu'il le lut, l'énormité de ce qu'il avait entre les mains sauta aux yeux de l'officier de service, un major des services de renseignements. Il commanda une voiture et, peu après 7 h 30 du soir, il arrivait devant un bâtiment de style colonial, Avenue of the Stars, à Fort Myers, en Virginie.

Un soldat noir introduisit le major dans un bureau, où, quelques minutes plus tard, il fut rejoint par le général George C. Marshall, chef d'état-major de l'armée des Etats-Unis. Sans dire un mot, ce dernier ouvrit le pli, signa un reçu et commença à lire le rapport. Le calme et le sang-froid de Marshall étaient légendaires à Washington. Pourtant, lorsqu'il eut terminé sa lecture, il lança un coup d'œil au major qui se tenait à côté de son bureau. Sur le visage de Marshall se peignait une expression proche de la panique, comme jamais on ne lui en avait vu.

— Bon Dieu, murmura-t-il, c'est une véritable catastrophe !

*

Paris

— Napoléon, ferme-la !

La patronne de l'hôtel donna un léger coup de pied à son caniche qui aboyait et prit la clef de Paul et de Catherine au tableau accroché au mur.

— Vous avez presque été pris par le couvre-feu, vous savez ? dit-elle, en reniflant et en tirant son peignoir sur ses fesses.

C'était pour elle un insondable mystère que les gens préfèrent se balader dans les rues de Paris au lieu de se livrer à un autre sport.

— Nous sommes allés rendre visite à des amis, dit Paul.

Il conduisit Catherine dans la cage d'escalier obscure. Obscure pour la seule raison que la patronne avait coupé le courant dès la tombée du jour. Apparemment, il s'agissait là d'un acte de civisme : ainsi aucun de ses clients ne pourrait violer les règles du *black-out*. En fait, elle faisait cela, persuadée que la lumière n'était ni nécessaire ni désirable dans son établissement.

Catherine traversa la chambre obscure et jeta un regard par la fenêtre. Il n'y avait aucun piéton, aucune bicyclette boulevard Saint-Germain. Le quartier qui, avant-guerre, avait été le cœur et l'âme de la rive Gauche était entièrement mort.

129

Elle resta là un moment, sa silhouette se découpant à la lumière de la lune qui filtrait par la fenêtre. Elle ne pensait pas à ce désert qu'était devenu Paris, mais à l'homme qui se tenait derrière elle, qui, la nuit d'avant l'avait prise dans ses bras pour qu'elle ne salisse pas ses chaussures de boue, à cet acteur consommé qui avait parfaitement joué son rôle d'amoureux à la terrasse de la Brasserie Lorraine, à ce qui s'était passé dans ce restaurant du marché noir. On n'avait qu'à regarder ce garçon dans les yeux, observer son sourire moqueur pour se rendre compte que c'était un coquin. Pourquoi ne tombait-elle jamais que sur des coquins et non pas sur un docteur ou un homme de loi qui va à la messe tous les dimanches et qui aime bien sa maman ? Dans l'obscurité, Paul la regardait, contemplant ses cheveux blonds, ses pommettes éclairées de cette douce lueur qui à la fois dissimulait et suggérait chaque détail de son corps.

— Denise...

Avant qu'il n'eût terminé sa phrase, elle passa derrière lui et posa un doigt sur ses lèvres. Elle tapota imperceptiblement ses cheveux et les rejeta en arrière, en leur faisant frôler ses épaules. Elle mit les mains autour de son cou. Avec une lenteur délibérée et provocatrice, elle se serra contre lui, frottant son corps contre le sien, ses cuisses minces et musclées appuyées sur ses jambes. Pendant une seconde, ils se balancèrent ainsi, l'un contre l'autre, laissant sourdre en eux les premiers appels du désir.

Catherine approcha sa bouche de celle de Paul, ses lèvres prenant les siennes dans un doux étau. Le temps qu'ils restèrent ainsi leur parut des siècles. C'était comme s'ils partaient à la recherche l'un de l'autre, se découvrant peu à peu à chaque mouvement de leurs lèvres, à chaque ondulation de leurs corps entrelacés.

Catherine se courba en arrière tandis que Paul passait la main dans ses cheveux. Il inclina son visage, posa ses lèvres sur son cou, lui entourant la taille de ses bras, lui faisant sentir tout le désir qu'il avait d'elle. Avec tendresse, puis avec une espèce de sauvagerie, il parcourut de ses lèvres et de sa langue son cou et ses épaules.

Il se recula, tenant son visage un peu éloigné du sien, ses yeux rivés à ceux de Catherine. Leurs hanches et leurs jambes serrées les unes contre les autres, comme dans un effort inconscient pour ne pas briser le lien qui les unissait, ils se jetèrent sur le lit. Paul déchira sa blouse et prit à pleines mains ces seins qu'il convoitait depuis si longtemps, les caressa sans fin.

Catherine ouvrit la chemise de Paul. Ses mains parcoururent sa large poitrine jusqu'à la ceinture. Elle déboutonna avec habileté son pantalon, puis l'en dévêtit avec un geste proche de la colère. Pendant un moment, elle lui caressa le haut des cuisses, et s'empara de lui avec une frénésie qui provoqua en Paul un plaisir douloureux. Elle le caressa ainsi jusqu'à ce qu'ils soient débarrassés de leurs derniers vêtements, qu'ils lancèrent à travers la chambre.

Elle se laissa tomber sur le lit, ses cheveux lui faisant comme une auréole sur l'oreiller. Paul, agenouillé sur elle, contemplait ses seins, son ventre, l'arc de ses longues jambes. Il tendit ses lèvres vers le plus intime de son être, mais elle le repoussa de la main.

— Tout de suite, Paul ! lui ordonna-t-elle. Tout de suite !

Il l'enjamba et s'insinua entre ses cuisses. Elle vint à sa rencontre. D'un geste habile, elle le guida. Avec une certaine appréhension, Paul se glissa en elle, puis, chacun allant à la rencontre de l'autre, il se retira, restant immobile pendant un moment qui parut à Catherine un interminable supplice, comme s'il devait à jamais lui refuser ce qu'elle exigeait de tout son être, avant de la pénétrer plus brutalement et plus profondément.

Elle se contorsionna et se débattit sous lui jusqu'à ce qu'elle pousse un cri aigu. Elle lui prit les hanches entre ses bras, l'enfonça au plus profond d'elle-même, serrant son ventre contre le sien aussi fort qu'elle le pouvait. Elle se tendait comme un arc, l'entraînant avec elle dans le plus intense des plaisirs... Puis ils connurent ensemble la seconde d'extase la plus profonde et la plus brève que Dieu ait permis à ses créatures de vivre. Finalement ils s'effondrèrent sur le lit. Ils restèrent ainsi pendant plusieurs minutes, en proie aux derniers spasmes du plaisir. Paul demeura en elle aussi longtemps qu'il le put comme pour prolonger l'instant qui les avait unis.

Paul alluma une cigarette. Catherine resta étendue, contemplant la fumée qui s'effaçait dans l'obscurité, songeant à cet homme avec qui elle venait de faire l'amour aussi spontanément, aussi passionnément. Tout ce qu'elle savait de lui, c'était ce que lui avait dit le pilote du Lysander : que Paul volait déjà avant qu'elle ne sache marcher.

— Vous étiez pilote avant-guerre ? lui demanda-t-elle.

Elle sentit qu'il approuvait de la tête à son côté, mais il ne dit rien.

— C'était votre métier ?

— Vous voulez vraiment savoir toute l'histoire ?

— Tout ! Je déteste faire l'amour avec des gens que je ne connais pas !

Paul se mit à rire.

— Je suis né près de Compiègne. J'étais un enfant cinglé! Je voulais toujours faire ce que les autres n'osaient pas faire. Prendre des virages à la corde avec mon vélo, descendre une côte à tombeau ouvert, grimper à la cime des arbres, sauter par-dessus les barrières. Je ne sais pas pourquoi. J'aimais me dire que je faisais ce dont les autres étaient incapables.

Il tira une longue bouffée de sa cigarette : « Une américaine », remarqua Catherine.

— On dirait une *Lucky Strike* ou une *Camel,* dit-elle. Comment vous les procurez-vous ?

— C'est facile. Au marché noir... Bref! c'était un dimanche de juin, en 1924. Il y a des jours dans votre vie que vous ne pouvez jamais oublier. Un vieux biplan Farman a atterri dans un pré à côté de notre propriété. Tout le village, le curé, le facteur, tout le monde est arrivé pour le voir. Le pilote donnait des baptêmes de l'air pour 30 francs. Personne n'en voulait. Les gens avaient peur. J'ai demandé 30 francs à mon père et je suis monté.

Etendu sur ce lit en désordre, il se souvenait encore en détail de ce vol de cinq minutes : de l'odeur de sueur et de cuir qui emplissait le cockpit, du pilote qui l'attachait sur son siège, du hurlement du moteur quand ils avaient décollé, du sifflement de l'air à travers les structures des ailes. Il se rappelait la sensation qu'il avait éprouvée quand, sous l'effet de la vitesse, la peau de son visage était tirée en arrière au cours d'un piqué ; l'horizon tournant sur lui-même quand le pilote faisait un tonneau ; la terre qui lui apparaissait si lointaine. Surtout il n'avait pas oublié les yeux des villageois rassemblés dans le pré quand il avait atterri. Là-haut, dans le ciel, Henri Le Maire — « Paul », pour le SOE — avait compris qu'un jour il réaliserait ce désir de voler qui venait d'emplir son cœur d'enfant.

— Un autre Saint-Exupéry venait de naître, dit Catherine, quand il eut fini son histoire.

— Pas tout à fait ! Décider d'être pilote est une chose ; le devenir en est une autre.

— Comment avez-vous appris à voler ?

— Il y avait un aéroclub à Compiègne. En fait, il consistait en une vieille grange qui servait de hangar et un pré à vaches qui servait de terrain. Le propriétaire était un vétéran de la guerre de 14 qui ne se nourrissait que de vin, de souvenirs et du peu que lui rapportaient quelques baptêmes de l'air, le dimanche après-midi. C'est lui qui m'a appris. Je faisais le ménage, entretenais les avions, le menais au lit quand il était saoul et, en retour, il me donnait des leçons de pilotage. J'ai volé tout seul à dix-huit ans.

Catherine sentait un certain orgueil dans la voix de Paul. Manifestement voler était une part importante de sa vie. Elle se dit que cela devait être dur pour lui de diriger les autres pilotes plutôt que de voler lui-même.

— Vous avez travaillé à *Air France* ?

— *Air France* ?

Paul éclata de rire. Ils n'auraient même pas laissé un gosse de dix-huit ans balayer leurs hangars.

— J'avais un ami qui s'appelait Clément. Il possédait un vieux Blériot. Nous avons gagné notre vie en organisant des meetings aériens autour de Paris.

Paul ferma les yeux. Il se revoyait à l'époque. Son existence était précaire, incertaine. Le lundi, avec Clément, ils allaient convaincre un fermier de la région de leur prêter un pré pour le samedi ou le dimanche suivant. En retour, ils lui faisaient faire un petit tour dans l'avion de Clément. Puis ils allaient coller des affiches rédigées à la main dans les villages avoisinants. Elles annonçaient la naissance de l'ère de l'aéroplane sous la forme de leur cirque aérien ! Puis il ne leur restait plus qu'à espérer que le week-end serait bon. Le mieux, bien sûr, était d'avoir un ciel sans nuages et beaucoup de spectateurs. A l'entrée du pré, Henri collectait quelques sous auprès des visiteurs, tandis que Clément excitait leur enthousiasme en faisant chauffer bruyamment son moteur. C'était le plus expérimenté des deux : il partait le premier, faisait quelques loopings, quelques tonneaux, volait sur le dos et plongeait sur la foule, tandis qu'Henri, avec un haut-parleur, commentait pour les spectateurs béats les exploits périlleux dont ils étaient témoins. Ensuite, toujours tête brûlée, Henri leur offrait le plat de résistance : une promenade sur l'aile et un saut en parachute. Après ça, les deux amis passaient aux choses sérieuses : essayer de convaincre le plus de spectateurs possible de prendre le baptême de l'air pour la modique somme de 30 francs. Henri Le Maire gagnait mal sa vie, mais, au moins, il volait. Il était devenu un de ces hommes en blouson de cuir et à foulard blanc qu'il avait toujours rêvé d'être Pendant deux saisons, les amis travaillèrent ainsi dans la campagne, à une centaine de kilomètres de Paris.

Catherine avait suivi le récit de Paul avec attention.

— Mon cher Paul, dit-elle quand il eut fini, je dois admettre une chose. Vous n'êtes guère conforme à l'image que les mères de famille se

133

font d'un compagnon idéal pour leur fille. Vous n'êtes pas de ces hommes sérieux qui vont régulièrement au bureau à neuf heures et en repartent à six.

Elle lui caressa la poitrine avec le bout de son doigt.

— C'est peut-être pourquoi je vous trouve aussi séduisant.

— Les Françaises ne font guère attention à ce que pensent leurs parents, vous savez.

— Mais si! Du moins quand elles cherchent le mari idéal. Croyez-moi!

— Etes-vous mariée?

Il y avait comme une ombre d'inquiétude dans la voix de Paul, qui toucha Catherine.

— J'y ai échappé de justesse. Tout ça parce que j'écoutais trop mes parents.

Elle colla son corps chaud contre le sien.

— Mais, quand il s'agit de mes amants, je me montre beaucoup plus indépendante, murmura-t-elle.

— Si cela peut être une consolation, j'ai fait plusieurs boulots dans ma vie, sans pour autant me rendre à mon bureau à neuf heures et en partir à six.

— Vous pilotiez?

— A *Air Bleu,* soupira Paul. Une ancienne compagnie. J'ai été un des premiers pilotes engagés, quand ils ont débuté en 36.

Catherine remarqua de nouveau un certain orgueil dans son ton.

— J'avais bien raison : vous êtes un autre Saint-Exupéry!

Paul grommela.

— C'était un sale boulot de voler à l'époque. On n'avait pas d'instruments de bord. On naviguait au jugé. En cherchant, dans un trou de nuages, un repère qui vous montre la route : un canal, un fleuve, une voie de chemin de fer. C'est difficile de le faire longtemps, quand il n'y a pas d'éclaircie. Dans ce cas, vous méritez votre salaire.

Il redevint la proie de ses souvenirs :

— Alors, on quittait Le Bourget chaque après-midi, pour aller à Lille, au Havre, à Rouen, à Strasbourg. On y passait la nuit et on repartait le lendemain matin.

Il aimait ça. Il y avait toujours de petits aéroclubs sur les terrains qu'ils utilisaient, des jeunes gens qui apprenaient à voler, de jolies filles à papa qui étaient ravies d'avoir un aviateur professionnel dans leurs relations. A Paris, son uniforme d'*Air Bleu* lui permettait de fréquenter la cantine du Bourget. Il pouvait y trinquer avec des hommes qui, pour

134

lui, étaient comme des dieux ! Les pilotes internationaux d'*Air France* des *Imperial Airways*, de la *Lufthansa*. Il soupira :

— C'était un bon moyen de connaître du pays.

— Vous travailliez encore pour cette compagnie quand la guerre a éclaté ?

— Grand Dieu ! non. J'ai été lourdé au printemps de 1937, quand *Air Bleu* a fait faillite.

— Mon pauvre Saint-Ex. : juste au moment où les choses allaient bien pour vous !

— En fait, c'était ce qui pouvait m'arriver de mieux. J'ai trouvé un travail à Coulommiers. J'ai appris à faire des acrobaties aériennes aux pilotes de chasse de la République espagnole.

Il rit.

— Imaginez ça ! Je n'avais jamais piloté un chasseur de ma vie et j'apprenais à le faire à ces pauvres diables ! Un jour, un type en civil qui dirigeait le camp m'a ramené à Paris et m'a invité à prendre un verre dans son appartement du boulevard Pasteur. Il m'a dit qu'il était un colonel de l'aviation espagnole en mission secrète. Pas moins ! Les Républicains achetaient alors tous les appareils qu'ils trouvaient et ils avaient besoin de pilotes pour les conduire à Barcelone. Tout ça sans instruments, sans radio, avec seulement une boussole et une carte. On ne recevait même pas les prévisions météo, car il ne fallait pas alerter les stations au sol et ne pas poser trop de questions.

Catherine eut un sursaut. L'évocation de la Guerre d'Espagne lui rappelait, à elle aussi, pas mal de souvenirs. Elle défilait dans les rues de Biarritz avec ses amis basques pour dénoncer la rébellion de Franco. Défiant sa mère, elle récoltait de l'argent pour les Républicains. Elle cachait des types qui allaient se battre en Espagne dans le garage familial. C'est à cette époque qu'elle était devenue elle-même une révoltée. Elle se serra encore plus près contre Paul.

— Dès le début, vous avez eu le cœur à gauche !

— Pensez-vous ! s'exclama Paul. Je me fichais des Républicains espagnols. Tout ce qui comptait pour moi, c'était l'argent. Le colonel nous remettait une enveloppe contenant 5 000 francs dans son appartement, avant chaque voyage. En deux mois, j'en avais gagné plus qu'à *Air Bleu* en un an. Et puis, j'aimais ce que je faisais. Nous pilotions n'importe quel appareil : des Vultees, des Northrups, des Dragon-Flies, des Blériots. La moitié du temps, le cockpit était ouvert.

Il montrait de nouveau de la fierté, ce sacré Paul !

135

— On ne pouvait pas survoler les Pyrénées. Il fallait les contourner. J'aimais ça.

— Ah! Barcelone! soupira Catherine. C'était notre Jérusalem! Et dire que vous ne l'avez connue qu'en tant qu'aventurier! Après tout, j'aurais dû écouter ma mère.

— Oui, c'était un merveilleux endroit, je l'avoue. On logeait à l'Orient Palace Hotel sur les Ramblas. J'aimais m'y promener, en écoutant les gens discuter autour des kiosques à journaux.

— Et les cabarets de flamenco?

— J'y allais parfois.

— Hum! murmura Catherine. Je crois plutôt que vous passiez la moitié de votre temps à jouer de la guitare sous le balcon d'une *señorita*.

— Non. Je n'ai jamais joué de la guitare sous la fenêtre d'une dame. Je préfère sauter dans son lit, et lui donner là ma sérénade

— C'est vrai, dit Catherine. Je l'ai constaté.

Pendant un moment elle tomba dans un profond silence.

— Et maintenant, vous préféreriez continuer à voler?

— C'est ce qu'ils m'avaient demandé de faire.

— Comment en êtes-vous arrivé là?

— Cest une question que des gens comme nous ne doivent jamais poser, souvenez-vous-en.

— Vous avez raison.

Elle eut un petit rire.

— Nous sommes vraiment des étrangers dans la nuit. Nous sommes ensemble parce qu'il y a eu un raid allié quelque part dans le Nord. C'est tout! Nous ne connaissons même pas notre vrai nom.

Paul, à moitié endormi, se tourna dans le lit et l'enlaça tendrement.

— Je sais tout ce que je veux savoir. Vous êtes la plus jolie fille que j'aie jamais rencontrée.

Catherine se blottit contre lui.

— Paul, mon chéri, vous n'êtes qu'un menteur. Mais vous dites de beaux mensonges. Dormez!

*

Ils étaient enlacés sur le lit, sous une couverture mitée qui leur donnait un peu de chaleur. La tête de Catherine reposait, confiante, au creux de l'épaule de Paul. Elle dormait profondément. Paul, lui, était éveillé. Il fumait en silence, contemplant des rayons de lune qui se projetaient sur le parquet.

Il allait écraser le bout de sa cigarette dans la boîte à sardines qui servait de cendrier, quand il entendit un crissement de pneus et le ronronnement d'une voiture sous la fenêtre de leur chambre. Il se tendit de tout son être. Il y eut un grincement de freins, un claquement de portières, un bruit de pas précipités, puis une voix cria : *Deutsche Polizei aufmachen !* et des coups furent frappés à une porte.

Catherine se réveilla en sursaut. Elle allait pousser un cri mais le retint dans sa gorge. Elle s'accrocha à Paul.

— Qu'est-ce que c'est ?

— La Gestapo.

Il sauta sur ses pieds et se rua vers la fenêtre.

Il regarda dans la rue. Catherine jeta un rapide coup d'œil dans la chambre, se mit à quatre pattes pour récupérer ses vêtements, en se demandant comment ils pourraient s'enfuir de cet hôtel. Elle regarda Paul. A la clarté de la lune, toute sa tension sembla soudain s'échapper de son corps comme l'air d'un ballon d'enfant. Elle se rua vers lui et regarda au-dehors.

Les gens de la Gestapo entraient dans un immeuble situé sur le trottoir d'en face.

Catherine tenait encore dans ses mains tremblantes la jupe qu'elle avait ramassée sur le sol. Elle se jeta avec un immense soulagement dans les bras de Paul. Il y avait là deux Citroën noires, le moteur en marche, les portières ouvertes. Une demi-douzaine d'hommes vêtus de manteaux de cuir tournaient autour. Un rai de lumière filtrait par la porte ouverte d'une maison. A l'intérieur, on pouvait entendre distinctement un bruit de meubles remués, des hommes qui criaient, des pas descendant un escalier en bois.

Catherine regarda la façade de l'immeuble qui se trouvait juste devant le leur. On pouvait distinguer à certaines fenêtres des ombres regardant en silence et avec inquiétude la scène qui se déroulait dans la rue. Des visages à la Goya déformés par la terreur et la clarté de la lune. Les autres fenêtres étaient restées fermées, mais Catherine sentait derrière elle les mêmes visages fantomatiques reliés à elle, à Paul, à leurs voisins inconnus par la même angoisse, la même épouvante, le même désespoir.

Soudain, un homme, vêtu seulement d'une veste de pyjama, les mains liées derrière le dos, apparut, à moitié poussé, à moitié traîné, que l'on sortait de l'immeuble éclairé. Un des types à manteau de cuir s'avança et lui envoya un coup de pied dans le bas-ventre. Le cri que l'homme poussa fut si perçant qu'il sembla à Catherine qu'il faisait vibrer les volets de sa fenêtre.

— *Wir haben ihn...* cria une voix d'un ton triomphal.

Catherine et Paul essayèrent sans succès d'entendre le nom du prisonnier tandis qu'on le jetait la tête la première sur le siège arrière d'une des deux voitures.

— Pauvre type! dit Paul à voix basse. S'il savait ce qu'ils lui réservent.

Il tremblait légèrement. Catherine passa son bras autour de sa taille. Il lui jeta un regard reconnaissant.

— Il faut absolument que je vous fasse sortir d'ici dès demain. Ils peuvent revenir pour interroger les voisins, pour savoir si ce gars-là n'avait pas un copain dans le coin.

Ils entendirent les portes des voitures se refermer. Avec une sorte de rugissement, elles s'enfoncèrent dans la nuit. Encore un peu troublés, Catherine et Paul se recouchèrent. Ils se serraient l'un contre l'autre, comme des enfants qui ont peur de l'orage, s'enlaçant pour se réchauffer et se rassurer à la fois. Ils restèrent ainsi pendant près d'une heure, les yeux ouverts, sans dire un mot. Quand les premières lueurs de l'aube trouèrent l'obscurité, ils firent de nouveau l'amour, cette fois-ci dans une communion profonde comme aucun d'eux n'en avait encore connu.

*

Hartford, Connecticut

De l'autre côté de l'océan, le major Thomas Francis O'Neill III, « T. F. » pour ses amis, se préparait à partir pour la guerre. Il était le plus jeune major du plus récent département de l'armée des Etats-Unis, l'*Office of Strategic Services* (OSS). Rien dans sa manière d'être, ne fût-ce que de loin, ne laissait supposer qu'il appartenait à l'armée ni à ce nouveau service de renseignements. Comme il l'avait fait tous les matins depuis bien longtemps, il prenait son petit déjeuner dans la grande salle à manger de la maison de son grand-père, dans Prospect Avenue. Et ils devaient se tenir, comme toujours ils l'avaient fait, aux deux bouts de la longue table, où scintillaient un service en cristal de Waterford et de l'argenterie King George. Un bouquet de roses jaunes fraîchement cueillies dans la serre familiale ornait le centre de la table et un journal, ouvert à la page contenant les derniers cours de la Bourse de New York, était posé sur une sorte de pupitre devant le couvert de son grand-père.

Tout était comme cela devait être, à ceci près que son grand-père était en retard. Il n'était pas question que T. F. commence son déjeuner sans lui. Il devait partir pour la guerre tout de suite après, mais il était impensable qu'il entame ses œufs brouillés tant que le patriarche, qui l'avait élevé depuis sa naissance, ne prendrait pas sa place à l'autre bout de la table.

— C'est aujourd'hui que vous partez pour l'Angleterre? lui demanda d'un air pensif Clancy, le valet de son grand-père, qui se tenait comme une sentinelle à ses côtés, surveillant les œufs brouillés, les saucisses, la grande carafe de jus d'orange qui venait juste d'être pressé et la cafetière frémissante. Vous ferez bien de vous méfier de ces gens-là.

Comme la plupart des domestiques de son grand-père, Clancy appartenait à une des innombrables familles du misérable village de Carrick on Shannon, d'où avait émigré le vieux O'Neill pour les Etats-Unis en 1885, y faisant venir une foule de cuisiniers, de servantes, de jardiniers et de chauffeurs originaires de ce village. Clancy, dont la jeunesse avait été peuplée par les héros légendaires d'Irlande, n'avait jamais considéré les Anglais sans quelque dédain.

T. F. se mit à rire. Il se souvenait très bien de son enfance qu'il avait passée aux pieds de Clancy, à l'écouter chanter « Kevin Barry », « Who Dares to Speak of Easter Week », « The West's Awake » et autres chants irlandais, tandis que le valet de chambre astiquait l'argenterie.

— Aujourd'hui, Clancy, les Anglais ne sont pas aussi mauvais que vous le dites. J'ai travaillé avec quelques-uns d'entre eux à Washington, il y a peu de temps.

— J'en suis sûr, répliqua Clancy avec un grognement, ils ne sont pas aussi mauvais, ils sont pires.

— Quelle surprise !

C'était son grand-père, faisant irruption dans la pièce avec tout l'aplomb d'un politicien irlandais arrivant dans une fête locale. Il se dirigea droit vers la table, prit son petit-fils par les épaules et se redressa comme pour mieux le regarder en face.

— Je suis sûr qu'il nous fera honneur, n'est-ce pas, Clancy ?

Il donna à T. F. une petite claque affectueuse et, sans attendre une réponse à sa question, qui, comme la plupart des choses qu'il disait, n'était que pure rhétorique, il se dit :

« Attention aux œufs, ce matin ! J'ai mal digéré, cette nuit. »

Avec la même assurance qu'il avait montrée en entrant dans la pièce, il s'assit à la place qui lui était consacrée, essuya ses lunettes et se plongea dans la lecture de son journal. Le garçon qu'il aimait avant tout au monde devait partir pour la guerre dans quelques heures, mais cela n'empêchait pas Tom O'Neill de se livrer à l'examen rituel des actions en bourse sur lesquelles il avait bâti une immense fortune qui ne cessait de s'accroître.

— L'industrie aéronautique a gagné un point, dit-il, d'un air satisfait.

Avec la prescience qui le caractérisait, le vieil homme avait vu arriver la guerre dès 1937 et avait acheté des milliers d'actions de *Pratt and Whitney*, aussitôt qu'elles avaient baissé. Il avait montré là une perspicacité qui était devenue légendaire à Hartford, Connecticut. Le vieux Tom était considéré comme le patriarche des Irlandais de Hartford, un trou dans lequel le destin l'avait condamné à rester, quand les quelques économies qu'il avait apportées avec lui dans le Nouveau Monde avaient fondu comme neige au soleil.

Le secret de sa réussite résidait dans l'éducation, ou plutôt dans le manque absolu d'éducation, qu'il avait reçue à l'école paroissiale de Carrick on Shannon. Son instituteur avait fait preuve de la meilleure volonté du monde, mais c'était un curé sans culture qui avait appris à Tom la seule chose qu'il savait · écrire. Peut-être parmi ses ancêtres avait-il eu un de ces anciens moines qui enluminaient les manuscrits, et sa plume courait sur la page avec la grâce d'une ballerine.

Cela ne comptait guère pour un garçon de quatorze ans à Hartford qui commençait à peine à devenir la métropole des compagnies d'assurances du monde entier, mais, en ces années-là, au tournant du siècle, tous les contrats d'assurances étaient écrits à la main. Son talent de calligraphe lui avait valu d'obtenir son premier job à la *Aetna Life Insurance Company*.

Son écriture était tellement appliquée et élégante qu'il devint le secrétaire personnel de Morgan B. Bulkeley, un vieux yankee barbu, alors président de la compagnie. Revêtu du costume et de la cravate qu'il avait dû acheter pour être digne d'occuper ses hautes fonctions à six dollars par semaine, on lui avait assigné un coin dans le bureau de Bulkeley, où il attendait des ordres impératifs lui demandant de coucher sur le papier les termes des contrats de cette grande compagnie d'assurances, mais où il entendait aussi les employés parler de spéculations en Bourse.

Et Tom allait placer le moindre sou qu'il avait gagné, emprunté ou économisé, en fonction de ce qu'il entendait dire. Quand il eut trente-cinq ans, il était devenu le porteur de parts majoritaire de l'*Aetna Life Company*, avec un portefeuille mieux rempli que celui des Bulkeley. Il consacra pratiquement le reste de sa vie à consolider sa fortune.

T. F. fut surpris d'entendre son grand-père tousser d'une voix rauque. On avait rarement entendu cela dans la vieille salle à manger de Tom : c'était le signe annonçant que, contrairement à son habitude, son grand-père allait dire le bénédicité.

— O Doux Jésus ! commença-t-il, nous Te demandons aujourd'hui une bénédiction particulière pour Ton serviteur dévoué, Thomas Françis O'Neill III.

Le vieil homme avait prononcé ce nom comme si chacune de ses syllabes soulignait la distance qui le séparait de sa ferme au sol de terre battue de Carrick on Shannon.

— Garde-le du mauvais chemin, tout au long des jours périlleux qui l'attendent. Aide-le à servir son pays avec courage et honneur. Aide-le à faire toujours le bien dont Tu lui as montré la voie. Et qu'il revienne, par l'intervention de Ta grâce divine, dans le giron de sa famille, une fois que Tes messages de paix auront été entendus sur Terre. Amen.

Le vieil homme fit un signe de croix, introduisit un bout de sa serviette entre deux boutons de sa veste et considéra ses œufs brouillés avec l'air un peu dubitatif d'un homme qui se demande si l'éloquence de son discours suffira, ne fût-ce qu'un moment, à faire que le Tout-Puissant oublie ses autres péchés.

— *Well*, Tommy, ne pouvez-vous me dire ce que vous allez faire ?

— Grand-père, dit T. F., en dévorant son petit déjeuner comme quelqu'un qui allait être privé de tels festins pendant des mois, je sais très peu de chose sur ce que je vais faire et le peu que je sais, je n'ai pas le droit de vous le dire. Tout ce que je peux vous révéler, c'est que je vais servir comme officier de liaison dans un organisme rattaché au cabinet de Churchill.

— Cela doit avoir un rapport avec le débarquement qui se prépare, je parie ?

— Très vraisemblablement.

— Pour l'amour de Dieu, ne vous mêlez pas de ça !

Le vieil homme soupira.

— Allez-vous encore travailler avec cette espèce de cachotier d'avocat de Buffalo ?

Ce « cachotier » n'était autre que Wild Bill O'Donovan, le créateur de l'OSS. En fait, le vieux Tom connaissait et aimait bien Donovan, même si ce dernier incarnait à ses yeux une chose incroyable : un Irlandais républicain.

— Je n'aurai affaire à lui qu'indirectement, répondit T. F. Mes supérieurs hiérarchiques vont être maintenant des gens de l'état-major allié à Washington.

Les propos de T. F. allumèrent une lueur d'orgueil sur le visage du vieux Tom. Il n'avait qu'une vague notion de ce que pouvaient être ces gens-là, mais leur titre était ronflant. Quoi qu'il en soit, son petit-fils allait passer — ce qui en quelque sorte faisait de lui un personnage important de cette maudite guerre — au plus haut échelon du commandement, et le vieil homme en était fier. Il regarda le visage du garçon qui se retrouvait à l'autre bout de la table depuis une trentaine d'années. Son propre fils Tom Junior s'était noyé au large des côtes du Connecticut au cours de l'été 1913, quelques mois après la naissance de T. F. Sa mort avait accablé Tom. Comme tous les Irlandais, il était la proie de deux malédictions : l'alcool et le sentiment de culpabilité. En l'occurrence, c'était ce sentiment de culpabilité qui l'étreignait pour avoir négligé son fils, tandis que lui ne pensait qu'à faire fortune.

Il avait fait venir son petit-fils et sa mère dans sa maison de Prospect Avenue, déterminé à accorder au petit T. F. toute l'attention dont il avait manqué à l'égard de son père. Depuis ce jour, il en avait surveillé l'éducation avec le même zèle qu'il portait à ses opérations en Bourse.

Lorsque l'heure était venue de choisir un collège pour T. F., le cardinal s'était rendu en personne, de Boston à Hartford, dans sa Packard flambant neuve, pour exalter les vertus de *Holy Cross* et du *Boston College,* envisageant, peut-être, qu'il y aurait une bibliothèque ou un gymnase portant le nom de leur donateur, Tom O'Neill, qui constituerait l'un des ornements de ces établissements, s'il arrivait à convaincre le Vieux.

Ce ne fut pas le cas. Tom envoya son petit-fils à Yale, où il deviendrait, même s'il n'avait rien à voir avec eux, une parfaite réplique de ces Yankees qu'il avait publiquement haïs et secrètement admirés.

La réussite du vieux Tom pouvait se mesurer à la perfection d'allure de son petit-fils, une fois les mèches rebelles de sa chevelure blond cendré soigneusement agencées comme il était de rigueur sur la côte Est de Bar Harbour jusqu'à Bryn Mawr. Il n'y avait pas de quoi s'en étonner. Depuis dix ans, aucun coiffeur, en dehors du *Yale Club* à New York, n'avait approché une paire de ciseaux de ses cheveux. Il avait les yeux bleu clair des O'Neill, couleur des eaux de Donegal Bay un matin d'été. Une seule chose accusait sa différence d'avec la tribu : son nez déformé par le coup de crosse d'un joueur de hockey sur glace de Dartmouth, ce qui donnait du caractère à son visage qu'autrement on aurait pu considérer comme un peu mou.

Le vieil homme poussa de côté son *breakfast* qu'il avait à peine entamé.

— Bon ! N'y pensons plus ! Vous ne voulez pas me dire ce que vous allez faire. Moi, je vais quand même vous dire quelques mots aimables avant votre départ, ce qui n'a pas souvent dû être le cas, n'est-ce pas ?

— Jamais, répondit en souriant T. F., en se souvenant des interminables sermons qu'il avait dû endurer à cette même table, à chaque tournant de son existence. La première fois, quand on l'avait envoyé à Yale. La deuxième, quand il était parti pour l'école de droit de Harvard. La troisième, quand il était allé travailler à Washington pour la *Reconstruction Finance Corporation,* un emploi que des relations de son grand-père lui avaient déniché.

— Souvenez-vous d'une chose, mon jeune ami. Peu importe où vous allez et les gens avec qui vous serez ; mais n'oubliez jamais qui vous êtes — ni d'où vous venez.

Le téléphone sonna dans le hall.

— Je vous ai sans doute un peu trop protégé des duretés de l'existence dans l'éducation que je vous ai donnée. Vous allez devoir les découvrir par vous-même. Sachez-le : le vrai et le faux, le bien et le mal, ce n'est pas toujours ce qui est écrit dans le catéchisme ou dans les livres de droit que vous avez lus à Harvard. La vérité et le mensonge, c'est ce qui est écrit dans votre cœur. Sachez y obéir et vous serez dans le droit chemin.

Bridget, la servante, interrrompit son sermon.

— Excusez-moi, Sir, c'est pour M. Tommy.

Quand T. F. revint, il avait l'air songeur.

— C'était Washington. Ils ont annulé mon départ de Bradley.

Bradley Field, à quelques miles de Hartford dans les Windsor Locks, était un des terrains d'où se faisait le trafic aérien des forces armées à destination de l'Europe.

143

— Je dois regagner le Pentagone. Ils me feront partir d'Andrews, cette nuit.

T. F. regarda sa montre.

— Si Clancy me conduit à la gare, je pourrai prendre le train de 7 h 12.

Son grand-père se leva, le prit dans ses bras et l'embrassa sur la joue. Quand le vieil homme se recula, T F aperçut dans ses yeux bleus quelque chose qu'il n'y avait jamais vu auparavant, ni à la mort de sa grand-mère en 1936 ni à celle de sa propre mère, il y avait déjà longtemps : des larmes.

— Reviens vite, mon petit, lui souffla son grand-père. Reviens vivre avec moi.

Le vieux Tom se redressa et serra le bras de T. F.

— Il faut partir, maintenant.

*

Paris

— C'est lui, là-bas. Celui qui parle à la vieille femme du kiosque à journaux.

Paul indiquait du regard un homme trapu en bleu de travail qui était descendu d'un camion arrêté à l'angle de l'avenue Jean-Jaurès.

— Il va et vient sans arrêt et ne semble pas inquiet.

Catherine lut les mots « Pêcheries Delpienne, Boulogne » écrits sur le camion.

— Les Allemands ont laissé une petite flotte de pêche en activité, à la fois pour les Français et pour leur propre ravitaillement. Il va vous mener à la gare où vous pourrez prendre le train pour Calais. Il suffit que vous montiez dans la cabine du camion comme si vous apparteniez à la maison.

Une petite pluie fine comme un brouillard tombait du ciel grisâtre de mars. Les décharges industrielles qui s'étendaient au-delà de la porte de Pantin constituaient un spectacle lugubre, aussi triste que la mélancolie qui se peignait sur le visage de Paul.

— Si vous devez vous enfuir, vous savez comment me joindre ?

Catherine approuva.

— Je vous procurerai un avion pour retourner en Angleterre.

Catherine prit sa main dans la sienne et la retint un long moment. Finalement elle le lâcha et prit sa valise.

144

— Il vaut mieux que je parte, maintenant.

Ils se levèrent. Paul, comme d'habitude, avait déjà payé leurs ersatz de café. Il la regarda, un désir immense, presque palpable, dans ses yeux pleins de tristesse.

— Je vous aime, Denise. Vraiment.

Catherine posa les mains à plat sur les revers de son imperméable.

— Je sais, souffla-t-elle.

— Est-ce qu'on se reverra ?

Elle secoua sa chevelure avec ce petit geste qui plaisait tant à Paul.

— Je l'espère tellement, mon chéri. Peut-être quand tout sera fini, vous ne croyez pas ?

— J'en suis sûr, dit Paul. Si...

Il se tut et l'attira contre lui dans une dernière étreinte.

Finalement, un éclair mouillé dans les yeux, elle se détacha de lui.

— Au revoir ! dit-elle.

Elle se retourna et traversa le boulevard désert en direction du camion qui attendait. Paul la regarda s'en aller, serrée dans son imperméable bleu qui moulait ce corps qu'il avait aimé aussi passionnément quelques heures auparavant. Elle ouvrit la porte du camion et se glissa avec légèreté sur le siège à côté du chauffeur, sans tourner la tête.

*

Trois quarts d'heure après avoir quitté Catherine, Paul se retrouvait assis à une table dans un autre café, cette fois-ci rue de Buci, à Saint-Germain, plongé, comme toujours, dans la lecture de *Je suis partout*. Il n'attacha aucune attention à une femme d'un certain âge qui passa, coiffée d'un turban bleu et portant un filet à provisions, ni quand elle revint une quinzaine de minutes plus tard.

Il se leva, prit la rue de Buci, passa devant les marchands de quatre-saisons qui exposaient leurs pathétiques étalages de lentilles et de rutabagas, puis il tourna rue Saint-André-des-Arts en direction de la rue des Grands-Augustins. Là, il pénétra dans la salle obscure d'un bar qui faisait le coin.

Il n'y avait pas de clients. Seulement un barman à l'air renfrogné et une putain à l'air aussi renfrogné que lui, qui se rongeait les ongles, perchée sur un tabouret. Paul s'assit sur le tabouret voisin et s'adressa au barman.

— Un Cinzano

Puis, il se tourna vers la putain.

— Comment vont les affaires ? lui dit-il.

— Mal.

— Pourquoi ? Nos amis allemands ont perdu leur enthousiasme pour l'amour à la française ?

Elle haussa les épaules, en gardant un silence indifférent.

— Ne vous en faites pas. Un de ces jours vous serez chouchoutée par les Américains.

— Qu'est-ce que j'en ai à foutre, grogna-t-elle. Ce sera du pareil au même pour moi. Tenez, monsieur, si vous avez envie de parler, parlez-lui !

Elle pointa un doigt à l'ongle rongé vers le barman.

— Si vous voulez baiser, c'est 50 francs, et 100 si je me fous à poil.

— Une autre fois, dit Paul.

Il jeta un coup d'œil sur un numéro de *l'Œuvre* qui se trouvait sur le comptoir.

— Je peux prendre votre journal ?

— Allez-y !

Paul but son verre à petites gorgées, négligemment, parcourant les titres. Puis, il se leva, adressa un petit salut au barman et à la putain et sortit.

Tandis qu'il marchait rue Saint-André-des-Arts, il tenait son journal plié à la main. Ses doigts cherchèrent entre les pages l'enveloppe qui devait s'y trouver. Il la récupéra, tourna rue Mazarine et allongea le pas vers la station de métro.

*

Sans un mot, le docteur traversa la moquette violette du bureau de Hans Dieter Stroemulburg et tendit le message qu'il avait à la main à l'*Obersturmbahnführer*. Stroemulburg le lut une première fois, puis le relut. Il regarda son subordonné, le visage déformé par une rage intérieure.

— Vous vous imaginez ? dit-il sur un ton incrédule qui n'impliquait aucune réponse à sa question. Ce salaud a essayé de nous avoir.

Il appuya sur un bouton du téléphone qui se trouvait à côté de son bureau.

Deux hommes en civil obéirent à son appel.

— Emmenez l'Anglais dans la baignoire de la cellule 5, ordonna-t-il. Commencez à le travailler jusqu'à ce que je monte.

Le plus âgé des deux hommes s'inclina respectueusement devant Stroemulburg.

— Qu'est-ce que nous devons lui demander, *mein Herr*?

— Rien. Cassez-lui la gueule. Je vous avertirai quand je monterai.

Pendant une vingtaine de minutes, Stroemulburg lut les derniers câbles en provenance de Berlin avec une satisfaction silencieuse, comme celle que lui procuraient les cris de douleur que poussait Alex Wild, le radio, à l'étage au-dessus. Ayant terminé la lecture du dernier câble, il se tourna vers le docteur et ils s'engagèrent dans l'escalier.

Ils avaient entièrement déshabillé Wild, lui avaient passé des menottes et l'avaient suspendu à un crochet fixé au plafond, ses pieds frôlant le sol. Tandis qu'il était accroché là, comme un quartier de bœuf, les deux hommes de la Gestapo le frappaient avec leurs matraques de cuir noir. Son dos, sa poitrine, ses hanches, ses cuisses étaient sillonnés de marques sanguinolentes. Alors que Wild se balançait sous leurs coups, son épaule gauche s'était déboîtée, provoquant en lui une douleur épouvantable.

D'un geste, Stroemulburg ordonna aux autres de s'arrêter. Pendant un moment, il se tint sur le seuil de la cellule contemplant l'Anglais qui se balançait à son crochet, sanglotant de douleur. Il s'avança lentement vers lui.

— Petit salaud! lui dit-il d'une voix aussi froide que son regard. Tu croyais m'avoir, hein?

Wild n'entendait rien, épuisé par le sang qu'il avait perdu.

— Tu m'as raconté des histoires, hein?

Hébété, Wild ne put que pousser un grognement inhumain, un gémissement d'animal blessé.

— Sale menteur!

Le calme méprisant de Stroemulburg s'était transformé en un rugissement furieux.

— Lis ça.

Il tendit à Wild le message que le docteur lui avait remis une vingtaine de minutes auparavant, le tenant à quelques centimètres de ses yeux.

— Lis ça! ordonna-t-il.

Le message disait : « Avertissement 9175. Vous avez oublié votre double signe de sécurité. Plus attentif la prochaine fois. »

Wild comprit l'insondable stupidité de ses supérieurs, puis s'évanouit.

— Décrochez-le !

Stroemulburg avait repris toute son assurance et son ton de commandement.

— Je crois que nous allons le trouver plus coopératif à présent. Il se tourna vers les bourreaux de Wild.

— Remettez-lui son épaule en place avant de l'emmener !

Stroemulburg quitta la cellule, le docteur lui emboîtant le pas fidèlement. Il lança un coup d'œil à sa montre.

— Je dois aller à un rendez-vous, dit-il au docteur. Envoyez un télex à Berlin, voulez-vous ! Je crois que nous pouvons affirmer à Kaltenbrunner que nous venons d'ajouter un nouveau pianiste à notre petit orchestre.

*

Comme il le faisait toujours en de telles circonstances, Paul s'insinua soigneusement dans un groupe de voyageurs débarquant du métro à la station Etoile. A l'abri dans cette foule anonyme, il grimpa l'escalier et émergea sur la majestueuse place située au cœur de la capitale. Le numéro de *l'Œuvre* qu'il avait pris rue Saint-André-des-Arts s'en allait vers Neuilly, abandonné sur une banquette du métro. L'enveloppe qu'il contenait se trouvait maintenant dans la poche intérieure de son imperméable.

Il fit le tour de la place, ralentissant, comme il faisait toujours, devant le drapeau qui flottait sous l'Arc de Triomphe, témoignant des victoires que la France avait remportées sur tant de nations, un drapeau qui, maintenant, était orné d'une croix gammée. Puis, tournant dans l'avenue Mac-Mahon, il se livra à la fastidieuse routine qui lui permettait de savoir s'il était filé ou non.

C'était une technique qu'il avait mise au point lui-même, un raffinement des pratiques qu'on lui avait enseignées en Angleterre, à l'école de sécurité du SOE. La tactique anglaise résidait dans l'application stricte d'un double système. S'arrêter et regarder avec curiosité la vitrine d'un magasin, puis se retourner et revenir sur ses pas ; s'arrêter de nouveau à un kiosque pour acheter un journal, puis refaire de même. Appliqué systématiquement par un agent bien entraîné, c'était un système apparemment infaillible.

148

Mais Paul s'était rendu compte, lors de son retour en France occupée, que cela avait un grave inconvénient. Si cette technique permettait de détecter la présence du type qui vous filait, elle pouvait aussi lui faire comprendre que vous l'aviez vu. Dans l'univers clandestin de Paul, un homme soupçonneux était un homme coupable. Utiliser la technique du SOE, s'était-il dit, c'est avertir le type qui vous suit qu'il a raison de le faire.

Marchant d'un pas tranquille, comme s'il était insouciant de savoir s'il était filé ou non, Paul rendait la tâche de son suiveur enfantine. Il descendit ainsi l'avenue Mac-Mahon. Arrivé rue Brey, il s'arrêta et entra dans une librairie qui faisait l'angle. Se plaçant d'une telle manière qu'il puisse voir à travers la vitrine, il fit semblant de regarder les livres qui étaient exposés. Finalement, avec un air insatisfait, il s'adressa au libraire et lui demanda un titre de Montherlant dont il savait très bien qu'il était épuisé. Quelques secondes plus tard, il sortit de la librairie, comme s'il cherchait son chemin, regardant vers le haut et le bas de l'avenue à la recherche du plus proche libraire que lui avait gentiment indiqué celui qu'il venait de quitter.

Après avoir répété cette tactique dans trois librairies, Paul pouvait être raisonnablement certain de ne pas être suivi. S'il sentait un homme sur ses pas, il achetait n'importe quel livre et n'allait pas à son rendez-vous.

C'était une simagrée compliquée et fastidieuse, mais à laquelle il se livrait religieusement. Cet après-midi-là, satisfait de ne pas être accompagné, il tourna dans l'avenue des Ternes vers sa destination réelle. Traversant la place des Ternes presque vide, il fut frappé par l'abondance des marchands de fleurs dont les étalages constituaient une palette bigarrée de rouges, de jaunes, de bleus et d'orangés. C'était comme si ces taches colorées évoquaient le dernier souvenir du Paris en temps de paix, ces fleurs périssables étant une des rares choses que les Allemands ne pouvaient réquisitionner pour les envoyer chez eux, dans les usines ou les villes du Reich. Ça rappelait aussi à Paul quelque chose d'autre : la tristesse à la fois amère et délicieuse qui l'avait envahi lorsque Catherine était montée dans le camion à la porte de Pantin. Presque inconsciemment, il porta sa main à son nez, dans l'espoir d'y retrouver un peu du parfum de la jeune femme, le dernier lien évanescent qui le rattachait à cette chair qu'il avait caressée.

Aucune trace de parfum ! Tristement, il remonta le col de son imperméable pour se protéger de la curiosité d'un concierge qui le regardait, et s'engouffra sous le portail d'un immeuble sur la place. Ignorant l'ascenseur, il monta l'escalier jusqu'au troisième étage, frappa à l'une des deux portes qui se trouvaient sur le palier et entra.

L'appartement était peu éclairé et à moitié meublé. Au bout du salon, se trouvait un *Leica* monté sur un trépied, sous une ampoule dont le cône de lumière éclairait le sol au-dessous de l'appareil. Paul traversa la pièce et tendit l'enveloppe vers une silhouette qui se tenait à côté du trépied. Au même instant, une autre silhouette se découpa dans l'embrasure d'une fenêtre et se tourna vers lui.

— Dites-moi, Gilbert, fit la voix de Hans Dieter Stroemulburg, qui était cette charmante personne avec laquelle vous dîniez au Chapon rouge la nuit dernière?

Henri Le Maire lui répondit :

— Elle est vraiment charmante, n'est-ce pas? C'est une vieille amie du temps où j'étais pilote. Merci pour m'avoir sorti de ce mauvais pas.

*

Paris. Octobre 1943

Henri Le Maire eut un frisson. Ce n'était pas à cause de cette froide pluie d'automne qui crépitait sur le trottoir mais de la tristesse du paysage. Il n'était même pas onze heures du soir et la porte Maillot était déjà déserte. Les chaises des terrasses de cafés étaient empilées contre les vitres. Des balayures étaient emportées par le vent. « C'est aussi gai, se dit Henri, qu'un stade de football après que les bravos se sont tus et que tout le monde est parti. » Deux bruits frappèrent ses oreilles. Le timbre d'une bicyclette quelque part dans l'avenue et le claquement des semelles de bois d'une Parisienne qui traversait la rue en courant pour ne pas manquer le dernier métro. De voir Paris ainsi évoquait en lui une image terrible : celle de sa mère, cette jeune et jolie mère qu'il avait tant aimée, sa bouche édentée refermée sur sa douleur, devenue presque chauve, sa peau naguère si éclatante pareille à un parchemin jauni, qui était en train de mourir d'un cancer dans la salle commune d'un hôpital.

Henri regarda sa montre. Ils seraient exacts au rendez-vous. Il accéléra le pas jusqu'à la rue Weber, puis, l'ayant atteinte, la descendit lentement. Il entendit un glissement de pneus sur le pavé mouillé.

— Henri?

150

C'était un inconnu qui l'appelait par la fenêtre d'une voiture.

Tandis que celle-ci s'éloignait, Henri regarda par la vitre arrière. La rue était vide. Personne n'avait pu le voir monter. Ce mélancolique désert que Paris était devenu avait tout de même quelques avantages.

Le chauffeur descendit la rue Pergolèse, la contre-allée de l'avenue Foch et pénétra dans l'obscurité du bois de Boulogne.

A Neuilly, la voiture tourna à gauche et prit une allée menant à une villa située à l'abri des regards indiscrets.

— Henri !

Hans Dieter Stroemulburg se tenait sur le seuil de la porte d'entrée, les bras écartés en signe de bienvenue. La chaleur de son accueil n'était pas feinte. Quand Henri fut près de lui, il posa ses mains sur les épaules du Français.

— Quel plaisir de vous revoir ! Ça fait si longtemps !... Muller ' appela-t-il, prenez le manteau de monsieur Le Maire !

Il passa amicalement un bras autour du cou d'Henri et le conduisit dans le salon.

— Buvons un coup en souvenir du bon vieux temps !

Henri jeta un coup d'œil de connaisseur sur l'élégance de la pièce où ils se trouvaient. Des lambris sculptés datant de plus d'un siècle ornaient les murs. Un tel luxe lui rappelait son enfance. Il y avait aussi une cheminée de marbre où crépitait un feu de bois et, au bout de la pièce, une tapisserie du XVIIIe siècle représentant une scène de chasse, sans doute un Aubusson. Cela aussi était comme un écho de son enfance. L'ancien propriétaire des lieux, sans doute un juif, pensa Henri, avait fait preuve du même goût que Stroemulburg quand ce dernier avait réquisitionné cette maison pour en faire sa demeure.

— Que puis-je vous offrir, demanda l'Allemand, en montrant le bar. Cognac ? Vodka ? Whisky ?

C'était comme s'il offrait à son hôte les produits de sa récolte personnelle en Europe occupée.

— Peut-être un sherry ?

— Bien sûr ! Un sherry est tout à fait indiqué, dit Stroemulburg en riant.

Il remplit à moitié un verre, y fit tourner le liquide ambré, le renifla d'un air approbateur et le tendit à Henri.

— Vous connaissez Jerez de la Frontera ?

— Non, je ne suis pas allé plus au sud que Valence.

— C'est vrai, dit Stroemulburg, comme en se faisant un reproche à lui-même. J'avais oublié. Jerez était du côté franquiste. Quand je.

151

(Il se tut et sourit.)... quand votre ministre de l'Intérieur m'a invité à quitter la France, Heydrich m'a envoyé en Espagne. J'ai passé le plus merveilleux des week-ends avec une bouteille de sherry. Quel magnifique endroit ! Entièrement épargné par la guerre.

Il poussa vers la cheminée deux gros fauteuils, qui jetaient une note incongrue dans ce salon Louis XIV, aussi incongrue qu'un coup de cymbales dans la *Marche funèbre* de Chopin. « Ça, c'est l'apport personnel de Stroemulburg, pensa Henri, en considérant les fauteuils. »

— Parlez-moi de vous, dit l'Allemand. Je veux savoir tout ce qui vous est arrivé depuis la dernière fois que nous nous sommes vus.

Le Français dégusta pensivement son sherry.

— Rien de très excitant à vous dire, je le crains. Peu de temps après que vous êtes parti, je suis revenu à l'aviation civile. L'Aéropostale. Paris-Bordeaux aller et retour toutes les nuits, à tel point que je pouvais faire le vol les yeux fermés. Puis la guerre est venue et j'ai été mobilisé. J'ai été affecté à une escadrille à Etampes. Quand l'Armistice a été signé, je suis descendu à Marseille pour conduire des appareils à Alger.

Il contemplait Stroemulburg comme pour mesurer les réactions que provoquaient ces mots chez son ami.

— J'ai décidé de rester à Marseille au lieu de revenir à Paris. Il m'a semblé qu'il valait mieux avoir la moitié du gâteau plutôt que de ne pas en avoir du tout, jusqu'au moment où j'en aurai un à moi tout seul.

Stroemulburg sourit.

— Je ne vous le reproche pas. Je crois que j'aurais fait la même chose.

— Il était difficile de trouver du travail. J'en ai eu comme pilote d'essai.

Stroemulburg approuva d'un air compréhensif et plein de sympathie. « C'est pourquoi il a voulu me voir, pensa-t-il. Il désire se faire payer une vieille dette, que nous lui confiions un travail en accord avec ses compétences. Pourquoi pas, après tout ? »

— Vous êtes entré en contact avec Rolf, l'autre jour. Peut-être que lui ou moi pourrons vous trouver quelque chose à Paris.

Henri esquissa ce sourire espiègle, presque adolescent, qui lui était coutumier.

— En l'occurrence, j'ai un boulot. Et c'est pourquoi je suis venu vous voir.

Un signal d'alarme traversa l'esprit de Stroemulburg. « Il a dû se fourrer dans quelque sale affaire, une combine du marché noir sans doute, et, maintenant, il attend que je l'en sorte. C'est lui tout craché. » Il savait vite repérer les coquins et les aventuriers, Stroemulburg.

— J'ai trouvé ce boulot, il y a un mois.

Le Français remua son verre, cherchant manifestement ses mots

— Je dois ça, d'une certaine façon, à la Guerre d'Espagne. C'est drôle de constater qu'on en revient toujours là, non ?

Stroemulburg, qui n'avait aucune idée de ce que l'autre voulait dire, approuva.

— Vous vous souvenez du vieux Le Castelloix, le marchand d'avions du Bourget ?

— Je ne l'aimais pas beaucoup, mais je m'en souviens.

— Fin 1937, un jeune Anglais, un lord qui s'était pris d'enthousiasme pour la République, était arrivé là avec un *Lockheed 14*. Le Castelloix m'avait demandé de le piloter jusqu'à Barcelone.

— Je vois, approuva Stroemulburg, se demandant à quoi tout cela rimait.

— Il s'appelait Forbes. Il m'a fait faire un long vol d'essai avant que je parte.

Henri se tut. Puis il avala une gorgée de son sherry aussi religieusement que l'aurait fait un évêque avec du vin de messe.

— Je l'ai retrouvé dans un bar de Marseille, il y a un mois.

Henri considérait Stroemulburg d'un air froid et ironique, mesurant la surprise de l'officier de la Gestapo.

— J'imagine, déclara Stroemulburg, intéressé pour la première fois par leur conversation, que votre ami se trouvait là grâce à l'efficacité de la Luftwaffe. Il allait retourner chez lui après avoir été descendu par nous, je présume.

— Ecoutez ! Hans, répliqua Henri. C'est ce que j'ai cru quand je l'ai vu. Mais ce n'était pas le cas. Forbes n'est plus jamais monté dans un avion depuis 1940.

— Je vois, murmura Stroemulburg. Je ne pense pas, pourtant, qu'il se trouvait à Marseille pour y déguster une soupe de poissons.

— Il cherchait un poisson, en effet, mais pas pour en faire une soupe. Il recrutait pour un service secret britannique.

— Plutôt naïf, votre ami, ricana Stroemulburg, de vous mettre ainsi dans ses petits secrets !

— C'est qu'il m'a demandé si je voulais travailler pour lui.

153

Stroemulburg fit tout son possible pour rester plus que jamais impassible.

— Quelle sorte de boulot?

— Un truc où mon expérience de pilote pourrait servir.

— A Marseille même?

Henri secoua la tête.

— Non. Par ici. Il m'a demandé de mettre sur pied une organisation pour des atterrissages clandestins, pendant la nuit, sur des terrains isolés dans la vallée de la Loire. Il m'a dit : « Les Britanniques veulent y déposer leurs agents et les en faire partir. »

Stroemulburg s'assit à la fois étonné et intérieurement exultant. Ses propres services avaient été avertis de vols mystérieux s'effectuant en France pendant la nuit. Mais il était sceptique. La Luftwaffe l'avait assuré que ce genre d'opérations était quasi impossible.

— Que lui avez-vous répondu? dit-il avec une amicale insistance.

— Que je demandais 24 heures de réflexion.

— Et alors?

— J'ai accepté.

Henri avait prononcé ces mots comme un pénitent qui avoue un péché mortel à son confesseur.

— Vous dites que cette conversation a eu lieu il y a un mois?

Henri approuva.

— Deux jours plus tard, je commençais mon travail. La première chose que j'ai eue à faire était de repérer une demi-douzaine de terrains d'atterrissage dont ils puissent se servir. Des prés qui ne soient pas trop accidentés, à proximité d'un point de repère que leurs pilotes puissent distinguer à 3 000 pieds d'altitude, comme, par exemple, un pont ou les berges d'un fleuve.

Pendant une seconde Henri resta silencieux. Puis, brusquement, il se leva, posa son verre et se tourna vers Stroemulburg.

— Ecoutez, Hans. Avant d'aller plus loin, je voudrais que vous compreniez quelque chose. Que vous sachiez *exactement* pourquoi je suis ici.

Stroemulburg eut un mouvement de la tête, mais ne dit rien. Le mieux était de laisser son interlocuteur en proie au conflit qui l'habitait.

— Cela doit vous sembler absurde que je me trouve dans cette pièce avec vous, mais je suis un patriote. Quand j'ai été mobilisé en 1939, j'ai demandé à être affecté aux chasseurs de l'armée de l'air. Croyez-moi, j'aurais été heureux de descendre un Allemand, si j'avais

154

pu. Savez-vous pourquoi je ne suis pas retourné à Paris après l'Armistice ? Parce que je n'aurais pas pu supporter de vivre dans la capitale, mon pays occupé par une armée étrangère.

Stroemulburg esquissa un geste de compréhension.

— Henri, croyez-moi, personne n'apprécie et n'admire plus l'amour de la Patrie qu'un Allemand.

D'un geste il incita son compagnon à continuer.

Henri, les mains dans le dos, commença à arpenter le salon devant la cheminée.

— Souvenez-vous, Hans. Avant la guerre vous me disiez que tout ce que j'aimais c'étaient les avions, les filles et le fric.

— Ce n'est pas vrai, Henri. Je vous ai toujours considéré comme un jeune homme courageux, comme un pilote hors pair, qui avait peut-être la grosse tête et qui n'était pas mûr politiquement parlant. C'est tout.

Henri eut une grimace.

— Je me souviens de tout ce que vous m'avez dit sur la sympathie un peu naïve je montrais à l'égard des Républicains espagnols.

L'Allemand sourit comme un père compréhensif devant les frasques de son fils.

— N'oubliez pas que j'avais besoin d'argent, en ce temps-là. J'étais au chômage.

Une fois de plus Stroemulburg sentit tinter en lui une sonnerie d'alarme. Il comprenait maintenant pourquoi Henri avait voulu le rencontrer. « Il est prêt à tout, se dit-il, pourvu que ça lui rapporte. »

— Je n'ai jamais pensé que vous ayez nagé dans le fric à cette époque. Je ne pense pas qu'aujourd'hui ce soit le cas, dit-il, laissant la porte ouverte à ce que Henri allait dire.

Le Français se mit à rire. Il plongea la main dans sa poche et en sortit une liasse de billets de banque.

— Nager dans le fric ? Mais je m'y noie ! Les Anglais sont des types généreux.

Stroemulburg cacha son étonnement sous un sourire. Il était soulagé. L'un des principes qui guidaient son action en France était le suivant : J'aime la trahison ; j'ai horreur des traîtres. Il aurait volontiers ouvert son coffre pour acheter ce qu'Henri avait à lui vendre, mais avec un sentiment de regret. Il aimait ce coquin qu'il avait devant lui. Il aurait été attristé que ce dernier livre ses camarades pour quelques pièces de monnaie. Henri s'était arrêté de marcher à travers la pièce. Il s'appuya à la cheminée, contemplant le feu qui y brûlait. Il

155

reprit son verre de sherry, le vida d'un coup, puis se tourna vers Stroemulburg.

— Je dois vous dire, Hans, que je désire de tout mon cœur voir les Allemands hors de France. Mais pas à n'importe quel prix. Pas si les bolcheviques prennent le pouvoir, quand vous serez partis. Les choses étant ce qu'elles sont, si l'Allemagne perd la guerre, les communistes seront vainqueurs en France.

Stroemulburg sourit, se demandant si le jeune homme qui se trouvait devant lui n'était qu'un opportuniste uniquement soucieux d'être du bon côté quand la guerre finirait, ou si Henri avait vraiment conscience du danger communiste. C'était ce danger, après tout, qui avait amené Stroemulburg à devenir nazi, quand il était étudiant et qui avait conditionné toute sa vie d'adulte.

— Vous m'avez toujours dit, dans le passé, mon cher Hans, que j'étais naïf politiquement parlant. Mais je ne suis pas aussi naïf que vous le pensez. J'en sais plus sur les ouvriers que vous l'imaginez. Et j'ai les yeux ouverts. Comme je les avais à Barcelone, et comme je les ai gardés, pendant ces trois dernières années passées à Marseille.

Stroemulburg allait dire quelque chose, mais se tut. Quand il était dans la police, il avait appris que le meilleur moyen d'apprendre est de laisser les autres parler.

— Des armes commencent à être déversées en masse sur ce pays, Hans. Je dis bien déversées. Les Anglais croient qu'elles vont aux patriotes français qui combattent les Allemands. C'est faux. Quatre-vingt-dix pour cent de ces armes tombent entre les mains des communistes. Ce sont eux qui dirigent la Résistance.

— Nous le savons, Henri, dit Stroemulburg, plein d'assurance. Ce n'est pas comme si on découvrait Dieu sur le chemin de Damas!

— Vous, peut-être, le savez. Mais pas la majorité des gens. Les communistes ont fait ici ce qu'ils ont fait en Espagne, avec les Républicains. Au départ, il y a un petit groupe qui s'étend peu à peu et qui, un beau jour, dirige tout — et vous ne pouvez plus rien faire contre. Ils ne vont pas utiliser ces armes contre les Allemands, Hans. Ils vont les utiliser pour tuer des Français, des Français comme moi qui s'opposeront à la révolution qu'ils voudront faire, une fois la guerre finie.

Stroemulburg regarda le jeune Français avec ses yeux sans expression.

— Vous avez mis un mois à arriver à cette conclusion? Un mois pendant lequel vous avez travaillé je présume, pour nos amis Anglais?

— Oui !

Il y avait presque du défi dans la réplique d'Henri.

— Vous autres Allemands n'êtes pas les seuls sauveurs du monde. Je vous ai dit que je désirais vous voir hors de France.

Il haussa les épaules.

— C'est pourquoi je suis prêt à aider les Anglais.

— Vous connaissez l'Angleterre ?

— Je n'y ai jamais mis les pieds de ma vie. Je ne reconnaîtrais pas un *pub* d'une pissotière.

— Mais vous avez décidé de nous aider plutôt que les Anglais.

— Les Anglais travaillent pour eux-mêmes. Je m'en suis rendu compte. Ils nous ont abandonnés sur les plages de Dunkerque. Ils ont massacré notre flotte à Mers-el-Kébir. Ils nous livreront à Staline, comme on boit une tasse de thé, pour sauver leur île. Mais laissez-moi vous dire une chose : j'aime les Anglais.

Henri eut un sourire.

— Vous, les Allemands, avez une position différente. Vous n'êtes pas le peuple le plus aimable du monde, à beaucoup près, mais vous n'avez jamais vendu personne à Staline. Vous ne pourriez pas. Il n'est pas acheteur ! Vous devez le battre, parce que si vous ne le faites pas, il vous réduira en esclavage. C'est pourquoi, quoi que l'on dise et ou que l'on fasse, il n'y a que les Allemands entre la France et le communisme.

Stroemulburg ne répondit pas. Il réfléchit un long moment à ce qu'Henri venait de lui dire.

— Vous ne me croyez pas, n'est-ce pas ?

Stroemulburg regarda Henri d'un air surpris. Il ne pensait pas à ça.

— Je vais vous donner tous les détails de ma première opération. Envoyez quelqu'un sur place, si vous voulez. Vous verrez bien que je vous dis la vérité.

— Quand arrive le prochain avion ?

— Demain soir.

— Demain soir !

Henri s'assit dans son fauteuil avec un soupir.

— C'est pourquoi j'ai dit à Rolf, quand je l'ai rencontré, la nuit dernière, qu'il organise un rendez-vous entre nous dès ce soir. Je ne peux faire autrement. Si je veux voir les Allemands hors de France, je dois faire aussi quelque chose pour empêcher les communistes de prendre le pouvoir dans ce pays.

157

Stroemulburg se leva, versa un autre sherry à Henri et un autre whisky pour lui-même.

— Dites-moi comment cette opération doit s'effectuer, demanda-t-il, en regagnant son siège.

— Une fois que j'ai repéré les terrains, nous les signalons à Londres par radio et la RAF vient les photographier.

— Comment envoyez-vous vos messages ?

— Par une « boîte à lettres ». Un café. La RAF à répondu que quatre des six terrains que j'avais repérés étaient acceptés.

— Quand les vols doivent-ils avoir lieu ?

— Chaque nuit de pleine lune. Deux, trois, quatre tout au plus par mois. Chaque vol amène deux ou trois personnes et en emporte le même nombre.

L'énormité de ce qu'Henri lui racontait estomaquait le chef de la Gestapo.

— Ah ! ajouta le Français. J'oubliais. Je dois aussi prendre des paquets de courrier dans les boîtes aux lettres et les envoyer par chaque vol.

« Douze agents arrivant tous les mois, se disait Stroemulburg, cela veut dire certainement que Londres réserve ce service pour ses agents les plus importants. Il y a aussi ces enveloppes pleines de renseignements. » Si Henri lui disait la vérité, il se trouvait au centre de toute une organisation britannique travaillant en France.

— Ils vous ont dit qui s'occupait de tout ça ?

— Un organisme appelé le SOE. Ils m'ont donné un nom de code : « Paul », un adjoint et un opérateur-radio.

Stroemulburg eut un sifflement d'admiration. Un opérateur-radio ! C'était la preuve de l'importance que les Britanniques attachaient à la chose. L'Allemand fit s'entrechoquer les morceaux de glace se trouvant dans son verre, en contemplant leurs reflets dans le cristal. Il était renversé par ce qu'Henri venait de lui dire. Il étudiait toute cette histoire, essayait d'envisager toutes les possibilités qui s'offraient à lui.

— Dites-moi, Henri, vous vivez dans le même appartement qu'avant guerre ?

Etonné qu'après tout ce qu'il venait de lui dire, Stroemulburg se préoccupât de ses problèmes domestiques. Henri répondit que oui.

— Est-ce que quelqu'un d'autre, à part Rolf, sait que vous êtes venu ici, ce soir ?

Henri le regarda, surpris.

— Hans, je sais que vous me prenez pour une sorte d'aventurier, mais je n'ai aucune vocation pour le suicide.

Stroemulburg esquissa un bref sourire et redevint sérieux.

— Où et quand ce premier atterrissage doit avoir lieu ?

Comme à contrecœur, Henri le lui dit.

Maintenant, c'était Stroemulburg qui arpentait le salon, les mains derrière le dos. Tout en chantonnant, il réfléchissait aux implications de ce qu'Henri lui avait révélé, aux motifs qu'il avait de se comporter ainsi, essayant de faire coïncider tout ça avec l'image qu'il avait gardée du jeune homme des années auparavant. Il se décida pour la solution la plus sage.

Il s'arrêta et se tourna vers le Français.

— Voici ce que je veux que vous fassiez, Henri. Ne dites jamais à quiconque que vous êtes venu ici. Passez l'éponge sur ce que nous avons dit. Partez et exécutez cette opération, demain soir, exactement comme si nous ne nous étions jamais rencontrés. Ne me demandez pas pourquoi je vous dis cela. Pas maintenant. Plus tard, je vous le dirai.

— Si c'est ce que vous voulez, Hans !

— C'est ce que je veux.

A la porte, en attendant que la voiture revienne chercher Henri, Stroemulburg passa affectueusement son bras autour des épaules du jeune homme.

— Vous avez eu raison de venir me voir, mon vieux. Vous verrez !

En entendant la voiture faire crisser le gravier de l'allée, il lui tendit la main.

— Il vaudrait mieux que nous vous donnions un nom de code, que vous utiliserez quand vous voudrez me joindre, comme moi pour entrer en contact avec vous.

L'Allemand regarda le ciel de la nuit.

— Vous connaissez cette phrase de Gilbert et Sullivan [1] : « Les choses sont rarement ce qu'elles semblent être » ?

Henri secoua la tête.

— Peu importe. Vous vous appellerez « Gilbert ». Cela me semble approprié aux circonstances. Ensemble, nous ferons de grandes choses.

Aussitôt que la voiture fut partie, Stroemulburg sauta sur son téléphone.

---

1. Auteurs de comédies musicales de l'époque victorienne (*N.d.T.*).

— Passez-moi le général commandant la 3ᵉ flotte aérienne au Bourget, ordonna-t-il. Immédiatement.

*

Les deux hommes tremblaient de froid, pénétrés jusqu'aux os par l'humidité. Le poste que Stroemulburg avait choisi était idéal : un canal de drainage recouvert de ronces et de chardons. De là, ils pouvaient observer le terrain où Henri Le Maire devait effectuer son premier atterrissage. Le seul problème était cette eau qui s'engouffrait dans le fossé, où ils avaient barboté pendant deux heures. Keiffer, l'adjoint de Stroemulburg, était tellement frigorifié qu'il ne pouvait s'empêcher de claquer des dents.

Stroemulburg le considérait avec une sorte de dédain. Keiffer était un SS athlétique qui fréquentait assidûment les gymnases français, où, puant la sueur et l'embrocation, il se livrait à des évolutions sur un cheval d'arçon. Et (Stroemulburg l'aurait parié) en donnant en douce des coups de coude aux jeunes Français qui étaient là.

— Bon Dieu ! vous ne pouvez pas vous arrêter de trembler comme ça ?

— Non. Je meurs de froid.

— Parfait ! ajouta Stroemulburg. Au moins vous serez entraîné quand on vous enverra sur le front de l'Est.

— Si jamais ça arrive, grogna Keiffer entre ses dents, je me tirerai un coup de fusil dans le pied.

— Faites-le plutôt dans votre sale caboche, dit Stroemulburg. Ce n'est pas parce qu'il a une jambe de bois qu'on n'envoie pas un officier des SS se battre à Brest-Litovsk.

Stroemulburg, ravi à l'idée d'avoir pu déplaire à son adjoint, se remit à observer le terrain qui s'étendait au-delà de leur fossé. « Ça fait six ou sept cents mètres de long, estima-t-il, plat comme une table de billard, un pré rasé de frais par les vaches. » Il n'y avait presque aucune dénivellation et le terrain en question était orienté à l'ouest face aux vents dominants. Au bout, on apercevait des arbres et un hangar, où, comme le lui avait dit Henri, les gars de la Résistance attendaient que l'avion atterrisse.

— Aucun appareil ne se posera là, grommela Keiffer. Votre Français vous a raconté des histoires. Il vous a dit ça pour payer une vieille dette.

— Il n'a jamais été question d'argent entre nous, dit Stroemulburg. Mais, si, par malheur, il nous a fait venir ici pour rien, il ferait mieux de changer de domicile avant que nous ne retournions à Paris

Keiffer essayait de rétablir la circulation dans ses pieds engourdis par le froid.

— On va avoir les pieds gelés. Je ne comprends toujours pas pourquoi vous m'avez empêché d'envoyer une section ici pour encercler le terrain, si vous êtes si sûr qu'un avion va arriver

— Fermez-la ! cria Stroemulburg. Vous avez le même défaut que presque tous les policiers, Keiffer. Vous manquez d'imagination.

Les deux hommes se turent de nouveau, l'oreille tendue pour repérer le bruit de l'appareil qui devait arriver. La dernière fois que Keiffer avait regardé l'heure, il était minuit passé. Il tapota sur le cadran lumineux de sa montre en s'adressant à son supérieur.

— Ils ne sont toujours pas là, souffla-t-il. Je peux fumer ?

— Mais faites donc ! grinça Stroemulburg, cachant mal sa colère. Pendant que vous y êtes, allez demander du feu à un des Français qui se trouvent là-bas !

A peine avait-il dit cela qu'une ombre se glissa hors du hangar

— Regardez ! dit-il d'une voix enrouée.

Il y avait là une demi-douzaine d'hommes. Certains entrèrent sur le terrain tandis que deux autres en faisaient le tour, y plantant ce qui devait être des piquets. Quand ils eurent terminé, tout redevint tranquille. Vingt minutes plus tard, les Allemands entendirent le bruit de l'avion. Du sol quelqu'un envoya un signal lumineux en morse et une réponse parvint de l'appareil, qui, maintenant, tournait sur leurs têtes. Une silhouette sombre vint allumer trois lanternes fixées chacune à l'un des piquets. L'avion surgit au-dessus des arbres. Une seconde plus tard, il roulait dans l'herbe, se dirigeant vers le fossé où se trouvaient les Allemands, puis effectua un demi-tour. Tandis qu'il s'arrêtait, ils purent entendre des bruits de voix, le claquement d'une porte, et aperçurent des ombres qui couraient dans le clair de lune. Peu de temps après, le pilote remit pleins gaz, l'appareil décolla et franchit de nouveau la haie de peupliers.

Stroemulburg regarda l'heure. Toute l'opération avait duré à peine trois minutes.

— C'est du bon travail, dit-il avec un petit sifflement d'admiration. Tout s'est passé exactement comme Henri l'a dit. C'est une réussite.

— Les gars de la Luftwaffe les descendront avant qu'ils aient atteint la côte, grommela Keiffer.

Son supérieur était perdu dans ses pensées, tandis qu'il épiait les résistants en train de disparaître sur la route.

— Oh non ! Keiffer, ils atteindront la côte. J'y ai veillé.

*

Berlin

Quarante-huit heures plus tard, Stroemulburg parcourait à grands pas les couloirs de la *Prinzalbrechtstrasse*, le quartier général d'Heinrich Himmler, le *Reichsicherheitshauptamt*, d'où lui et ses collaborateurs présidaient aux destinées de l'empire du Diable. Au deuxième sous-sol, dans les caves de l'immeuble, avait été installé un véritable laboratoire de la perversité humaine. Ces chambres de torture où les mignons d'Himmler avaient mis au point leurs fameuses techniques « d'interrogatoire énergique et infatigable » faisaient l'orgueil d'Himmler — et terrorisaient ses victimes. La Gestapo se flattait du fait que personne au monde ne pouvait tenir le coup sous les tortures qu'elle infligeait.

Malgré sa notoriété, la *Prinzalbrechtstrasse* était, contrairement aux habitudes des dirigeants du Reich, relativement peu gardée, pour le simple fait, sans doute, que pas grand monde avait envie d'en franchir les portes. Hans Dieter Stroemulburg n'était muni que de sa plaque d'identité en métal de la Gestapo et se borna à la montrer à la sentinelle qui faisait les cent pas à l'intérieur du bâtiment.

Tandis qu'il empruntait d'un pas nonchalant le long couloir du premier étage pour se rendre à son rendez-vous, il étouffa un petit rire en voyant trois SS en blouse blanche qui marchaient à ses côtés, en brandissant des tue-mouches et des pulvérisateurs à insecticide. L'un des traits dominants du caractère d'Himmler était une peur morbide des mouches. Persuadé qu'elles étaient porteuses de microbes, il employait trois hommes, vingt-quatre heures sur vingt-quatre, à les chasser de la *Prinzalbrechtstrasse*, et ils mettaient à cette tâche un zèle comparable à celui des autres SS qui dévastaient les ghettos de l'Europe de l'Est.

Stroemulburg entra dans l'antichambre du représentant personnel d'Himmler, le *SS Gruppenführer* Ernst Kaltenbrunner, et fut aussitôt introduit auprès de lui. Kaltenbrunner était un homme si gros qu'on l'appelait « le Réfrigérateur ». Contrairement à son prédécesseur volage — et patron de Stroemulburg — Reinhard Heydrich, Kaltenbrunner était un bureaucrate acharné au travail, au caractère méthodique, qui se dévouait à sa tâche avec une irrémédiable pesanteur d'esprit. Stroemulburg n'aurait eu aucun mal à le manipuler. Celui qui l'intéressait était l'autre personnage qui se trouvait dans la pièce, son supérieur.

Kopkow était d'une autre trempe. Stroemulburg en avait besoin, mais il se méfiait de lui. En un certain sens, il résumait le type et la mentalité du SS. Il était originaire d'une famille de petits-bourgeois d'Oranienburg en Prusse orientale, où il avait été préparateur en pharmacie, avant d'entrer dans la SS en 1934. Il était d'une perversité consommée et plein d'ambition. Si Himmler lui avait demandé de diriger un de ses camps de la mort, il l'aurait fait de grand cœur, remplissant sa charge aux chambres à gaz avec la même efficacité que, jadis, il mettait à fabriquer un sirop pour la toux. C'était lui qui avait donné l'ordre aux officiers de la Gestapo à travers toute l'Europe d'employer la torture, sans remords ni restrictions, dans l'interrogatoire des prisonniers. Le contre-espionnage sur le territoire du Reich était sa spécialité. Stroemulburg voulait avoir son appui pour monter l'opération dont il apportait le projet à Berlin. Il savait aussi que s'il échouait Kopkow lui en attribuerait la responsabilité et que s'il réussissait il en ferait son propre succès. Stroemulburg déposa sa serviette sur le parquet à côté de lui et commença à retirer ses gants avec une lenteur étudiée.

— Je présume, observa sèchement Kopkow, que ce qui vous amène ici est d'une importance considérable et que c'est pour ça que vous avez demandé ce rendez-vous.

Stroemulburg continua de retirer ses gants avec un soin minutieux, puis il les posa sur son genou.

— Effectivement, dit-il, en regardant Kaltenbrunner. Je crois que nous tenons la clef d'une opération de renseignements qui sera encore plus fructueuse que l'Orchestre rouge ou Pôle nord.

Ces deux opérations, l'une dirigée contre les Soviets, l'autre montée en Hollande, avaient été toutes deux supervisées par Kopkow.

— Un débarquement en France va certainement avoir lieu. Et il est tout aussi certain que les Alliés utiliseront la Résistance, le jour venu. Si nous voulons percer le secret du débarquement, nous devons d'abord pénétrer la Résistance au niveau le plus élevé. Ce n'est pas votre avis ?

163

Kaltenbrunner garda le silence. Kopkow poussa un grognement hostile. L'allusion qu'avait faite Stroemulburg à l'Orchestre rouge et à Pôle nord ne lui avait pas échappé.

Stroemulburg continua :

— La Résistance en France est composée de trois partis. D'abord — c'est de loin le plus important —, les réseaux gaullistes dirigés de Londres par le colonel Passy. Les Anglais ne leur font guère confiance. Ils savent que nous avons pénétré leurs rangs. Ils ne leur confieront jamais le secret du débarquement.

Stroemulburg, satisfait de la concision de son texte — qu'il avait longuement répété —, se tut et étudia le visage de ses supérieurs.

— Ensuite, vous avez les réseaux relevant de l'*Intelligence Service*. Leur rôle se limite à recueillir des renseignements. Nous pourrions percer le secret de l'invasion, en analysant les questions auxquelles on leur demande de répondre, mais on ne leur confiera pas le secret du débarquement, parce qu'ils n'en ont pas besoin pour leur travail.

— Enfin, il y a la section française du SOE. Cette organisation est la moins nombreuse et uniquement dirigée par les Anglais. Son principal objectif consiste en des missions de sabotage contre nos installations les plus vitales. Nous savons par l'interrogatoire de certains de ses agents qu'ils joueront un rôle capital quand l'heure du débarquement sera venue.

— Ça, c'est une nouvelle aussi fraîche qu'une bière de trois jours, ricana Kopkow. Ce n'est pas pour nous dire ça que vous êtes venu ?

Stroemulburg s'enfonça dans son fauteuil, comme un acteur qui veut ménager ses effets.

— J'ai désormais le moyen de contrôler l'organisation entière du SOE en France.

Il décrivit à ses chefs le service aérien qu'avait mis sur pied son dernier agent, comment il fonctionnait, comment il avait pu vérifier son efficacité.

— Maintenant, je me propose de garantir aux Anglais le succès de leurs opérations. J'ai demandé à la Luftwaffe de les laisser faire. J'ai veillé à ce que ni la Wehrmacht ni notre police ne les dérangent.

— Vous n'êtes pas sérieux ! s'exclama Kaltenbrunner. Nous mettre au service des Anglais ! Laisser leurs agents aller et venir en paix ?

— Plus les Anglais auront confiance en Gilbert (c'est le nom que j'ai donné à mon agent), plus il me sera précieux.

— Théoriquement, Stroemulburg a raison, dit Kopkow. Le lieu et l'heure du débarquement, c'est la clef de toute la guerre. Comparé à ça, que peut valoir le sort de quelques agents ennemis?

— Nous pouvons en piquer un ou deux de temps en temps, dit Stroemulburg à son supérieur. Mais les arrêter en masse, c'est hors de question. Nous filerons leurs agents quand ils arriveront. Nous verrons où ils vont, où ils se rencontrent, où ils ont leurs planques. Le moment venu, quand le débarquement aura commencé, nous leur mettrons la main dessus.

— Avant que vous n'alliez plus loin, dit Kopkow, je voudrais savoir qui est ce Gilbert.

— Son vrai nom est Le Maire, Henri Le Maire. Je le connais depuis 1937.

— Il avait travaillé pour vous auparavant?

— Oui. Longtemps et loyalement. Nous avons appris début 1937 qu'il pilotait des avions de Paris à Barcelone pour le compte des Républicains. Rolf Untermeyer de la 6ᵉ section, que Heydrich avait mis en poste à Barcelone, l'a recruté, un soir, dans un cabaret. Il l'avait connu au bar du Bourget en 1936, à l'époque où Untermeyer faisait Berlin-Paris pour la Lufthansa.

— Il aurait pu dénoncer Rolf aux Républicains, remarqua Kopkow.

— Il aurait pu, mais il ne l'a pas fait. Quoi qu'il en soit, Le Maire est un type qui aime les femmes et Untermeyer s'est arrangé pour qu'une fille le soulage de son portefeuille pendant la nuit. Par le plus pur des hasards, il a rencontré Le Maire, le matin suivant, à son hôtel. Il s'apprêtait à rentrer à Paris et Untermeyer lui a demandé de porter une enveloppe en France contre une somme assez considérable d'argent. Notre ami Henri a accepté, bon gré mal gré. L'enveloppe en question m'était destinée. Quand il me l'a remise, je lui ai donné 5 000 francs de plus. Et nous sommes devenus de bons amis. Je lui ai demandé s'il voulait bien apporter d'autres enveloppes à Rolf aux mêmes conditions. Il a accepté.

— C'est tout? demanda Kopkow.

— Non. Il est devenu pour moi un courrier régulier et en qui j'avais toute confiance.

— Ça a duré longtemps?

— Il a fait pour moi deux ou trois courses par mois, pendant presque un an.

— Sans problèmes?

165

— Aucun. Je vous l'ai dit : c'est le meilleur courrier que nous ayons eu.

— Savait-il pourquoi il faisait ça ?

— Evidemment, nous n'adressions pas les enveloppes au *Sicherheibdienst,* si c'est ce que vous voulez dire, mon cher collègue. On ne lui disait rien. Mais il savait que Rolf volait pour la *Lufthansa* et que lui et moi étions allemands. C'est un type intelligent. Je ne pense pas qu'il ait cru que ces enveloppes contenaient des poèmes de Goethe. Plus tard, j'ai voulu vérifier sa loyauté. Je lui ai dit qui nous étions. Il n'a pas bronché. Et, pensez-y, si les Espagnols l'avaient pris avec ses enveloppes sur lui, ils l'auraient fusillé sur-le-champ.

— Parfait ! dit Kopkow. Parlez-moi un peu de lui.

Stroemulburg parcourut du regard le bureau monastique de Kaltenbrunner. Il remarqua que les goûts artistiques de son chef se limitaient à des portraits du Führer dans des attitudes diverses.

— Gilbert est un pilote de première classe, dit-il finalement. Pour être un pilote de première classe, un homme doit, de nos jours, avoir une très grande confiance en soi. Il doit aussi avoir l'intelligence des dangers qu'il court, sinon il est bon pour le cimetière.

Il se tut un instant.

— Ce que je viens de dire, c'est aussi la définition d'un agent secret idéal.

— S'il vous plaît, *Herr Obersturmbannführer*, répliqua sèchement Kopkow, épargnez-nous ce genre de considérations. Ce que je veux savoir, c'est son *curriculum vitae.* Vous avez sûrement enquêté sur lui, quand vous l'avez pris comme courrier ?

Stroemulburg écarta d'un sourire la remarque désobligeante de Kopkow.

— Bien sûr ! Notre ami Henri Le Maire est né une cuillère en argent dans la bouche. Malheureusement, cette cuillère appartenait à quelqu'un d'autre et, apparemment, ça a été le drame de son existence. Il est né dans un château du XVIIe siècle, en bordure de la forêt de Compiègne. Sa mère était la cuisinière du château. Son père, le concierge. Un gros mangeur affligé d'une déficience thyroïdienne. Il était tellement obèse que tout le village doutait qu'il puisse remplir ses devoirs conjugaux. On disait que le vrai père d'Henri était le châtelain. Quoi qu'il en soit, notre ami Le Maire a grandi tout près de lui. Plus tard, il l'imitait dans sa manière de parler, de s'habiller. Cela a eu pour résultat de faire de lui un individu inclassable. Il était élégant, il s'exprimait bien. Il aurait pu appartenir à la bonne classe de la société.

Il se disait une sorte de gentleman-farmer, possédant ce château, dans les dépendances duquel il était né.

— Ses opinions politiques ?

— Nous n'avons pu lui en découvrir aucune. Il a eu très tôt une vocation d'aviateur, qui a dominé complètement sa vie. Rolf n'a jamais deviné quelles opinions il pouvait bien avoir, au cours de leurs rencontres au bar du Bourget. Mais il y a un fait certain : il admirait les pilotes allemands.

— Une sorte de mercenaire, quoi ?

— Il aime l'argent, parce qu'il aime le dépenser. Pour s'habiller pour les femmes, pour les bons repas. C'est pourquoi il a accepté de piloter des avions pour les Républicains espagnols. C'est pourquoi, aussi, il a travaillé pour moi.

— Il vous a demandé de l'argent pour cette opération ?

C'était la première fois que Kaltenbrunner prenait vraiment part à la conversation. Stroemulburg lui répondit que non.

— Donnez-lui en, quand même ! Il n'y a pas de meilleure façon de compromettre quelqu'un.

Kopkow se montra plus subtil.

— Pourquoi est-il venu vous voir, si ce n'était pas pour de l'argent ?

Stroemulburg rapporta en détail sa conversation avec Henri Le Maire.

— Je n'ai jamais eu entièrement confiance dans un agent qui ne partage pas un peu nos idées et je suis convaincu de son anticommunisme. Ça va de pair avec le personnage que je viens de vous décrire.

— Parfait !

Stroemulburg fut surpris de la compréhension que lui montrait Kopkow.

— Les agents sont motivés par deux choses, continua l'ancien préparateur en pharmacie. L'argent — « Donnez-moi assez d'argent et je trahirai l'impératrice de Chine » — et l'idéologie — « Je fais ça parce que j'y crois. » J'ai toujours préféré la deuxième solution.

— En outre, continua Stroemulburg, tout fonctionne exactement comme il me l'a dit. Ça doit être une des opérations les plus secrètes et les plus importantes que les Britanniques ont mises sur pied.

— Je suis d'accord avec vous, continua Kopkow. Je comprends très bien comment vous comptez utiliser cet homme pour, peu à peu, avoir tous ces gens sous votre contrôle. Prenez assez longtemps en filature les agents qui arrivent en France, et vous saurez tout ce qu'il faut savoir d'eux. Mais ce que je comprends moins bien, c'est la certitude que vous avez qu'ils vous livreront le secret du débarquement.

— Je voudrais insister sur le fait que, outre des agents qui arrivent en France ou qui en partent, mon ami est responsable de l'expédition de documents ultra-secrets. Ils les recueille à Paris et les remet personnellement aux pilotes.

Kopkow approuva.

— La première fonction du SOE est le sabotage. Nous en avons des exemples : l'usine Peugeot, le centre ferroviaire de Lyon-Perrache. Quand l'heure du débarquement aura sonné, nous connaîtrons d'une manière certaine les objectifs que les Alliés doivent saboter. Des installations de radar, des voies de communications, des voies ferrées, des installations de défense. Ils emploieront le SOE à part, ou, ce qui est plus vraisemblable, en relation avec des actions de parachutistes.

Kopkow et Kaltenbrunner regardèrent Stroemulburg d'un air intrigué.

— Pour effectuer des opérations de grande envergure, il faut avoir des outils adéquats à sa disposition : des cartes, des plans de bâtiments, des dessins sur lesquels vous pouvez marquer la manière dont il faut attaquer l'objectif, l'endroit précis où une charge d'explosif doit être placée pour occasionner le plus de dégâts.

— Ça va de soi, dit Kopkow.

— Vous ne pouvez envoyer à Londres un photostat en code, n'est-ce pas ?

Même Kaltenbrunner sourit à l'évocation de ce que Stroemulburg suggérait.

— Il n'y a qu'un seul moyen pour faire passer ce matériel d'Angleterre en France et réciproquement, c'est ce courrier que Gilbert expédie à l'occasion de ces vols. C'est dans ce courrier, mes chers amis, que nous découvrirons le secret du débarquement.

*

Dans l'appartement de l'avenue des Ternes, le photographe de Stroemulburg avait fini son travail. Il remit les documents dans leur enveloppe, veillant à ce qu'ils soient en ordre, puis recacheta l'enveloppe. Stroemulburg surveillait l'opération. Comme toujours, c'était parfait. Il fit un signe de la tête et le photographe rendit l'enveloppe à Henri Le Maire.

— Alors, Gilbert ? Quand a lieu votre prochain atterrissage ?

— Cette nuit. C'est ma dernière opération du mois, répondit Paul.

— Prenez deux jours de repos ! Vous semblez un peu fatigué. Les dames doivent vous épuiser...

Deuxième partie

« TOUT HOMME, DANS SA VIE, JOUE DES RÔLES DIVERS »

« One man in his tim-
plays many parts. »

As you like it, Acte II.

Washington - Paris - Calais - Lille - Londres
mars - avril 1944

— Vous faites partie de l'OSS, major ?

Le général avait dit cela comme si le fait d'appartenir à l'organisation de Bill O'Donovan faisait de vous un pestiféré.

— *Yes, Sir !* grogna T. F. O'Neill, en remarquant que la plaque qui se trouvait sur le bureau du général indiquait qu'il était l'adjoint pour les affaires de renseignement du général George C. Marshall, le chef d'état-major de l'armée des Etats-Unis.

— Eh bien, c'est fini. A partir de maintenant, vous appartenez à ce service. Vous obéirez à nos méthodes et non plus à celles de Donovan. Lisez ceci !

D'un geste presque rageur, le général tendit une simple feuille de papier à T. F. Celui-ci constata que le vieux portait la bague rouillée de sa promotion de West Point. Sans doute un type de la vieille école, un de ces idéalistes qui croient qu'un gentleman n'ouvre jamais le courrier d'un autre. Le document qu'il lui avait remis avait été rédigé par un ponte de cette caste séculaire, le général George Strong, vice-chef d'état-major des services de renseignement militaires et l'adversaire le plus farouche de l'OSS à Washington.

T. F. jeta un coup d'œil au mémorandum. Strong y accusait l'OSS d'employer des procédés qui « ne tenaient aucun compte de considérations morales et relevaient du principe inavoué que les Etats-Unis, dans une guerre totale, devaient prendre exemple sur leurs ennemis dans tous les détails ». En outre, Strong avait écrit que l'OSS écartait « la possibilité, pour les Etats-Unis, à partir d'une conception de ses intérêts à long terme et pour conserver l'un de ses principaux avantages — à savoir sa position morale parmi tous les peuples du monde —, de considérer comme sage de ne pas profiter des haines

raciales, religieuses et sociales, voire de la faiblesse et de la vulnérabilité des populations ennemies ou de celles des peuples occupés par
l'ennemi ». Pour finir, Strong déclarait que l'ambition de O'Donovan
était de créer et diriger « une agence centrale de renseignements
gouvernementale », un tel organisme n'étant « ni nécessaire ni compa-
tible avec les institutions démocratiques des Etats-Unis ».

Après avoir digéré les propos de Strong, T. F. fit mine de rendre le
document au général. Ce dernier eut un geste de refus.

— Gardez-le ! ordonna-t-il. Souvenez-vous-en ! Mettez-le dans le
tiroir de votre bureau, là-bas, à Londres et relisez-le deux fois par jour.
Rien ne résume mieux que ce document les principes que nous
entendons que vous respectiez, une fois que vous serez en Angleterre.

« Décidément, se dit T. F., c'est le jour des sermons : d'abord mon
grand-père ; maintenant, ce type. »

— Au fait, major, d'où sortez-vous ?...

Il y avait, dans la voix du général, comme l'écho des ordres qu'il
avait dû naguère donner à ses hommes, quand il les passait en revue, le
samedi, sous l'ardent soleil du Kansas ou du Texas.

— ... de Yale, de Harvard ou de Princeton ?

— De Yale, Sir.

— Je m'y attendais. Comme presque tous les autres.

Le général brandit le bout de son cigare hollandais vers T. F.

— Les idées contenues dans ce papier peuvent sembler un peu
démodées pour un jeune homme comme vous...

« Bientôt, il va me traiter de paltoquet », se dit T. F.

— ... mais ce sont ces principes qui ont inspiré la politique de ce
pays depuis cent cinquante ans, ne l'oubliez pas !

Pour la première fois, depuis qu'on l'avait amené dans l'antichambre du bureau de Marshall, au Pentagone, T. F. eut l'impression que le
vieil homme se faisait moins agressif : il s'était renversé dans son
fauteuil, les mains derrière la nuque.

— Je vais tout vous dire, major, parce que nous vous avons confié
un sale boulot. L'organisme auquel vous avez été affecté est exclusivement britannique. Il est destiné à tromper l'ennemi. *Ils* pensent qu'ils
gagneront la guerre à notre place grâce à leurs opérations très
spéciales, avec ces petites combines qu'ils ont toujours concoctées.
Pardonnez-moi, mais c'est de la merde.

Le général se pencha en avant, esquissant pour la première fois un
sourire depuis que T. F. était là.

— Quand je suis entré dans ce service, il y a vingt ans, nous avions coutume de dire que quatre institutions dirigeaient le monde : la Maison-Blanche, Buckingham Palace, le Vatican et les Services secrets britanniques... C'est encore vrai, major. Ces services sont les meilleurs qui soient, je vous le garantis. Mais ils sont aussi tordus, cyniques et menteurs. Ils bouffent des jeunes gars de Yale comme vous à tous leurs petits déjeuners et les recrachent quand ils n'en veulent plus.

Un sourire passa sur son visage.

— Vous ne me croyez pas, hein ?

— Je n'ai pas remarqué ça chez mes collègues britanniques, ici à Washington.

— La bonne blague ! Ils vous ont embobiné comme ils l'ont fait avec votre ami le général O'Donovan. En vous racontant qu'ils vous aiment bien.

— Je me fichais de leur affection, Sir. Il ne s'agissait pour moi que d'avoir avec eux des relations de travail.

Le général exhala une bouffée de son cigare nauséabond.

— Oh, merde ! Vous pouvez venir du Connecticut, major, mais, quand vous serez à Londres, il vaudrait mieux que vous arriviez du Missouri. C'est bien le pays des sceptiques, non ? Ils n'aiment pas les étrangers. Ils se servent d'eux. Encore que, ajouta le général, avec un éclair moqueur dans ses yeux gris d'acier, je ne devrais pas dire ça à quelqu'un qui s'appelle O'Neill, n'est-ce pas ?

T. F. réprima un sourire et ne dit rien.

— Ils n'ont qu'un seul principe : la fin justifie les moyens. Mais, pour nous, ça ne marche pas. Ça vous paraît étrange, ce que je vous dis ?

« Cela me paraît un sale moyen de gagner une sale guerre, pensait T. F. » Mais il répondit :

— *No, Sir !*

Après tout, les majors ont rarement raison contre un général.

— Ce que nous ne voulons pas, c'est que notre pays trahisse ses buts et ses idéaux, en adoptant les mêmes tactiques que celles qu'emploient les fascistes — sous le prétexte que c'est le seul moyen de les battre.

Le général poussa un grognement comme s'il se résignait à voir les flots de la guerre moderne détruire les promontoires sur lesquels lui et ceux de sa sorte se tenaient encore debout, et se périmer beaucoup de choses qu'on lui avait enseignées naguère à West Point. Il ouvrit un tiroir de son bureau, y prit un rouleau de papier adhésif et une enveloppe cachetée de cire rouge.

— On ne vous a pas fait venir à Washington pour vous donner simplement une leçon, major. Là, dit-il en secouant l'enveloppe, se trouvent des renseignements d'une telle importance que je préfère ne pas les transmettre par radio. Allez dans les toilettes avec le MP qui est là et fixez cette enveloppe sur votre poitrine. Vous aurez à la remettre en main propre au général Ismay à la salle d'opérations souterraine où vous devez aller, quand vous serez à Londres. Si vous avez des ennuis en cours de route, détruisez-la à tout prix !

Il fut interrompu par le bruit d'une porte qui s'ouvrait. T.F. se retourna et se trouva en face du général Marshall en personne. Le regard glacé de ses yeux bleus le transperça.

— C'est l'officier qui doit partir pour Londres ? demanda Marshall à son adjoint.

— *Yes, Sir.*

Marshall se retourna vers T. F. et le contempla d'un air approbateur.

— Vous devez tout faire pour accomplir votre mission, major. Quand vous arriverez dans le Royaume-Uni, vous ne devrez ni dormir, ni manger, ni boire ni communiquer avec qui que ce soit, avant d'avoir remis cette enveloppe entre les mains du général Ismay. Est-ce que j'ai été assez clair ?

« Oh, oui, vous l'avez été, pensa T. F. », en laissant échapper son : « *Yes, Sir !* »

Marshall fit demi-tour et, sans même souhaiter à T. F. bonne chance ou bon voyage, sortit de la pièce.

*

Paris

Aucun prisonnier — comme Hans Dieter Stroemulburg l'avait appris au cours des années passées dans la police et la Gestapo — n'est susceptible de mieux « collaborer » qu'un prisonnier persuadé qu'il a été trahi. Que cette trahison soit due à un collègue ou à l'insondable imbécilité de ses supérieurs, comme c'était le cas pour l'opérateur-radio Alex Wild, le résultat était le même : une sorte de désespoir qui brisait la volonté d'un type livré à des interrogatoires incessants.

C'était ce qui s'était passé avec Wild. Stroemulburg l'avait soumis à une sorte de « douche écossaise », se montrant féroce à son égard, puis plus « humain », en lui donnant à manger et à boire un peu de vin de la cantine de l'avenue Foch, le tout accompagné de cigarettes et de feinte sympathie. Après cela, le pauvre Anglais pouvait se demander où étaient ses véritables amis.

Stroemulburg avait le sentiment de n'avoir rien laissé échapper lors de son interrogatoire. Ce que l'autre lui avait dit des opérations effectuées par le SOE de Londres, il le savait déjà ; mais ce n'était là qu'une connaissance livresque, qui ne pouvait guère l'aider à « casser » les opérations du SOE en France. Wild n'était pas tellement informé de ce qui se passait dans son propre service. Comme la plupart des agents du SOE. Bien sûr, il connaissait le nom du réseau « Butler » en activité dans la région de Lille ; il connaissait le nom et la description physique de son responsable, un certain capitaine Michel ; l'adresse du café de la rue de Béthune, où il devait prendre contact avec Michel et le mot de passe à utiliser pour se faire reconnaître. C'était tout ce qu'il pouvait espérer.

Le docteur se mit au garde-à-vous quand Stroemulburg entra dans son bureau. Cette pièce donnait sur l'avenue Foch. Une récompense aux services qu'il avait rendus dans sa « guerre radiophonique » avec Londres. Mais, pour Stroemulburg, le docteur demeurait une énigme.

Ce type-là n'avait jamais été un nazi. Il avait été détaché à Paris comme simple interprète. Son patronyme — dont personne ne se servait jamais — était : Willi Cranz. C'était un garçon souffreteux, fragile, timide, avec une mèche de cheveux noirs qui, comme celle du Führer, lui retombait sur le front. Stroemulburg avait été impressionné par son intelligence et lui avait proposé une mission dans la SS et un poste permanent avenue Foch. A son grand étonnement, le jeune homme avait refusé. Il ne voulait pas entrer dans la SS. Stroemulburg s'était alors dit qu'il fallait lui offrir un autre emploi dans une unité sur le front de l'Est. Et le docteur avait eu la sagesse d'accepter la première offre de Stroemulburg.

Dès qu'il eut commencé à travailler dans son service radio, Cranz s'était montré plein d'enthousiasme et de brio — comme un maître d'école jouant les stratèges et prenant plaisir à le faire. Il ne quittait pas son bureau, se nourrissant de café, de cigarettes et de sandwiches, envoyant ses messages à Londres comme si le sort du monde en dépendait, ce dont Stroemulburg était persuadé. Il ne sortait jamais, ne buvait pas, ne fréquentait pas le mess des officiers. Son seul loisir était d'aller parfois voir un film au *Soldatenkino* des Champs-Elysées.

177

Pour son supérieur, il était peut-être le seul officier de la Gestapo en France occupée à ne jamais avoir couché avec une putain. On aurait dit un type mourant de faim qui se promène dans une épicerie, les mains dans les poches.

Stroemulburg s'assit dans un fauteuil et posa ses pieds sur le bureau du docteur. Cette apparente désinvolture, pensait-il, faciliterait ses rapports avec son subordonné.

— Et maintenant, mon cher docteur, comment pouvons-nous introduire ce nouvel atout dans notre jeu ?

Il se retourna vers la carte de France épinglée au mur derrière le bureau du Cranz. C'est là qu'étaient inscrits les quinze réseaux du SOE dont les opérateurs-radio avaient été, qu'ils fussent morts ou en prison, substitués par le docteur. Ces réseaux étaient disséminés sur une courbe allant du réseau « Saturne » à Saint-Malo, *via* « Tanz » à Chartres « Grossfurst » à Dijon, au réseau « Valse » à Saint-Quentin.

— Nous avons de la veine qu'il soit en route pour Lille. Nous n'avons guère de renseignements sur la région du Nord. Est-ce qu'il y a, actuellement, des radios clandestines opérant à partir de Lille ?

— Aucune. Notre service gonio en a piqué un, il y a de cela six semaines, mais le type s'est débrouillé pour avaler sa pilule de cyanure avant qu'on puisse l'interroger.

Stroemulburg contempla ses ongles manucurés. Manifestement, Wild était l'homme de remplacement. Le fait qu'il n'y avait pas d'autre liaison radio lui donnait une marge de sécurité. L'arrestation de Wild ne pourrait parvenir immédiatement jusqu'à Londres.

— Si nous essayons d'obtenir de lui de nouveaux parachutages d'armes dans cette région, nous pouvons avoir des problèmes, dit le docteur. La RAF n'aime guère se livrer à ce genre d'opérations dans le Nord. Ils craignent l'intervention de notre aviation de chasse dans le Pas-de-Calais.

Stroemulburg l'approuva du regard. Le docteur était expert en matière de parachutages d'armes effectués par les Alliés. Les murs du bureau l'attestaient : ils étaient couverts d'une trentaine de cartes où étaient signalées les zones de parachutages. Il y avait aussi deux dossiers pour chaque réseau du SOE dont le docteur manipulait le radio : rouges pour les messages émis de France, verts pour les messages arrivant de Londres.

Cela faisait longtemps qu'il avait appris à imiter parfaitement les messages du SOE. Il en avait fait décoder des centaines. Transmettre de France occupée était très dangereux ; les radios du SOE le faisaient aussi rapidement que possible dans un langage simple et avec beaucoup de phrases standard. Leurs textes étaient donc faciles à imiter.

— La question qu'on doit se poser, Herr Stroemulburg, est la suivante : est-ce que Cavendish ne va pas repérer la main de la Gestapo si nous demandons un parachutage dans une région où ses agents l'ont déconseillé ?

Stroemulburg adressa à son subordonné un large sourire.

— Mon cher docteur, il m'arrive de me demander si Cavendish serait capable de repérer un officier de la Gestapo, si celui-ci entrait dans son bureau revêtu d'un uniforme noir, en chantant le *Horst Wessel Lied*. Mais vous n'avez pas tort. Comment faire ?

— J'ai réfléchi à ce que vous m'avez dit, la nuit dernière.

Stroemulburg eut un nouveau sourire entendu.

— J'ai eu une idée. Quelque chose que nous n'avons jamais fait auparavant. Est-ce que nous ne pourrions pas arrêter le capitaine Michel et quelques-uns de ses gens, cela le plus vite possible, avant que notre propre opérateur-radio prenne le contact ?

— C'est possible.

— Si cela est possible, dans mon premier message à Londres j'annoncerai que Michel est arrêté. Je dirai que Lille est devenue une zone si dangereuse que je m'abstiendrai de tout contact avant que la tempête soit apaisée. Ça rendra plausible le silence radio qui s'ensuivra.

— Je ne vois pas, franchement, comment cela pourrait vous avancer dans votre travail.

— Je ferai savoir à Londres que le café de la rue de Béthune est encore disponible. Je leur donnerai un nouveau code et leur dirai que si quelqu'un a un message urgent à communiquer, il le fasse par l'intermédiaire du café, en utilisant ce nouveau code.

Quelque chose comme de l'admiration se peignit sur le visage de Stroemulburg.

— C'est une merveilleuse combine, dit-il. Voilà notre chèvre attachée au poteau ! Vous êtes un excellent disciple de Kipling. Nous faisons intervenir la doublure de M. Wild et nous n'avons plus qu'à attendre le tigre que Cavendish fera sortir des forêts de la nuit.

Stroemulburg se leva et donna une tape amicale sur l'épaule de son subordonné.

— Vous êtes une fine mouche, cher docteur, bien que vous soyez aussi un peu emmerdeur.

Le docteur le regarda d'un air perplexe.

— Je pense à quelque chose de mieux pour ce soir qu'une visite à Lille

*

Calais

Derrière Catherine Pradier se tenait un violoniste à cheveux blancs, vêtu d'un smoking élimé par les ans, interprétant avec émotion sinon avec talent « Parlez-moi d'amour » ! Cette rengaine semblait incongrue pour la jeune femme attablée à la terrasse du café des Trois Suisses. Autour d'elle, il n'y avait que des Allemands. Comme jamais elle n'en avait vu de sa vie. La ville entière de Calais semblait en être remplie. Des Allemands en uniforme vert-de-gris de la Wehrmacht, gris-bleu de la Luftwaffe, bleu marine de la Kriegsmarine. Ils envahissaient les trottoirs, gardaient les carrefours, occupaient presque toutes les tables des cafés. Aux yeux de Catherine, ils semblaient être plus nombreux que les citoyens de Calais.

Ce n'étaient pas des Allemands en permission, visitant Paris, sortant d'une église pour entrer dans un musée, leur guide à la main, en attendant que les boîtes et les bordels de Montmartre ouvrent leurs portes. C'étaient des soldats comme ceux qui avaient mitraillé sa mère, des guerriers bronzés par le soleil qui avaient vaincu son pays, quatre ans plus tôt, au cours d'un même printemps.

Ils lui inspiraient de la haine et lui rappelaient pourquoi elle était là. Elle éprouvait aussi à leur égard une certaine terreur. Comment entretenir au milieu de tant d'ennemis le moindre espoir de résistance ? Combien de temps allait-elle survivre dans cette mer hostile ?

Aussi discrètement que possible, elle leva les yeux de son journal et jeta un regard vers le coin de la rue, essayant d'y repérer son « contact » avec sa boîte à outils à la main. « Pourquoi, grands dieux ! n'arrive-t-il pas », se disait-elle, en espérant que son regard ne trahirait pas son angoisse. C'était le troisième après-midi qu'elle passait à la terrasse des Trois Suisses à attendre.

Qu'est-ce qui avait pu arriver ? Avait-elle raté son premier rendez-vous ? L'avait-on oubliée ? Avait-on pensé qu'elle s'était perdue ? Aristide et son réseau avaient-ils été capturés par la Gestapo ?

Pour échapper aux doutes qui s'emparaient d'elle, elle s'efforça de se concentrer sur le journal qu'elle lisait. C'était un canard local collaborationniste, quatre pages baptisées du nom de *Phare de Calais*. Pour la cinquième fois, elle relut les annonces. Une paire de chaussures de femme en cuir de pointure 38 ; *La Voix du Reich* appelait les Calaisiens à « écouter les plus belles valses de Johann Strauss, cette part si importante du patrimoine culturel allemand ».

Elle lut de nouveau l'annonce officielle qui l'avait tellement amusée. Le Haut Commandement allemand avait décrété le recensement, dans le Pas-de-Calais, non pas de la population, mais des chiens. Chaque habitant du département devait faire enregistrer son chien à la mairie, avec le sexe, la race, le pedigree — ainsi que sa hauteur au garrot, le nom du propriétaire et son adresse. Les mairies devraient alors communiquer les résultats de ce recensement en double exemplaire à la *Kriegskommandantur*, au plus tard le 15 mai.

« Pourquoi de telles mesures ? » se demandait Catherine. Quelle extravagante obsession de l'ordre avait pu conduire les Allemands à contrôler ainsi les chiens français à la veille d'une bataille dont dépendait le sort de l'Allemagne tout entière ? Songeant à l'absurdité de cette information, elle faillit ne pas remarquer un « Avis » bordé de noir à la une du journal, qui énumérait la liste des résistants « condamnés et fusillés à Lille, la veille, pour des actions menées contre la puissance occupante ». Comment concilier ces trois soucis dans l'esprit d'une même nation : les valses de Strauss ; la gent canine du Pas-de-Calais et les pelotons d'exécution ?

Catherine jeta un nouveau coup d'œil dans la rue : personne n'était encore là. Pourquoi ? Elle se replongea dans son journal. Elle était enveloppée dans sa solitude comme un chat au soleil. On lui avait dit, à Londres, que la solitude, la profonde, la déchirante solitude serait la principale difficulté qu'elle rencontrerait dans sa vie clandestine. Depuis qu'elle était descendue du camion des pêcheries qui l'avait amenée à Calais, elle n'avait adressé la parole à personne, sinon pour commander trois ersatz de café au garçon du bistrot où elle attendait son rendez-vous.

Cette attente n'avait pas été de tout repos. Elle avait l'impression que tous les Allemands qui passaient par là la regardaient. Mourant de peur, elle les avait ignorés. Comme tous les agents novices des services secrets, elle croyait qu'elle portait sur le front l'inscription « Agent ennemi. *Made in England.* » Et elle se souvenait de ce que lui avait dit Cavendish : « Trop de charme et de beauté peut conduire tout droit à Dachau. »

Elle aurait dû l'écouter et faire couper ses cheveux. Elle les avait dissimulés sous un fichu, sans les peigner pour que cela aille de pair avec son visage sans maquillage, mais elle attirait encore l'attention des hommes.

Celui qui devait venir avec sa boîte à outils n'était toujours pas là Il avait dix minutes de retard et Catherine connaissait le règlement : ne jamais attendre si un rendez-vous n'est pas à l'heure. Elle se leva et se mit à marcher dans les rues. Elle n'avait rien mangé depuis qu'elle était arrivée, sinon quelques harengs que le chauffeur du camion lui avait donnés et la faim la torturait.

Elle essaya de l'oublier, en se remémorant son dîner au marché noir en compagnie de Paul. Dans une petite ville comme Calais, ce genre de festin eût été impossible. Une femme seule, étrangère attire la curiosité comme la lumière attire les papillons. Mais elle hésitait à entrer dans une épicerie, de crainte que son incompétence à se servir de sa carte de rationnement ne la trahisse.

Désespérée, elle se dirigea vers le seul endroit où elle serait en sécurité : l'esplanade qui se trouve derrière l'église Notre-Dame. Il y avait là une soupe populaire pour les pauvres de la ville. Elle prit sa place dans une file d'attente en compagnie de vieilles femmes édentées aux vêtements déchirés, chaussées de pantoufles de feutre, et d'hommes solitaires qui semblaient avoir ingurgité assez d'alcool pour conserver un dinosaure. Elle se dit : « Je suis aussi bien à ma place ici qu'un responsable communiste dans une réunion de banquiers. »

Le sourire perplexe du prêtre qui lui servit une gamelle de soupe où nageaient quelques morceaux de légumes, la confirma dans ce sentiment. Alors qu'elle en buvait avec reconnaissance une première gorgée, elle entendit un bruit de moteur. C'était une voiture allemande qui stoppa près de l'église. Un élégant officier en descendit.

— Venez ici, j'ai un mot à vous dire, ma petite, lui souffla le prêtre en souriant.

Elle se glissa auprès de lui et se rendit alors compte qu'on pouvait la prendre pour une paroissienne qui aidait le prêtre dans ses bonnes œuvres. Du coin de l'œil, elle observait l'officier allemand, à qui un soldat tendit un fusil. Il contempla le clocher de l'église avec l'air d'un type un peu ivre et fit feu par deux fois. Un couple de pigeons tomba sur le trottoir.

— Bravo ! murmura le prêtre. Ils viennent de tuer deux agents anglais de plus !

L'étonnement se peignit sur le visage de Catherine.

— Vous ne le saviez pas, dit le prêtre ? Les pigeons sont interdits dans le pays. J'ai l'impression que ceux qui se trouvaient dans mon clocher étaient les derniers de tout le Pas-de-Calais.

Le fusil claqua une nouvelle fois et un autre pigeon tomba du ciel.

— Tiens ! il y en avait encore un.

Le prêtre essuya ses mains à son tablier et regarda l'Allemand remonter dans sa voiture.

— Revenez tous les soirs m'aider à servir les repas. Je vous donnerai une gamelle de soupe en supplément, quand nous aurons fini.

Réconfortée, pleine de reconnaissance, Catherine regagna sa chambre. Pendant une demi-heure, elle resta assise sur son lit, contemplant son poste émetteur, en se demandant si elle devait envoyer un message à Londres.

Finalement, à moitié déshabillée, elle se glissa dans les draps. Un vent printanier soufflait de la Manche. Ses bourrasques ébranlaient les volets de sa chambre et emplissaient la rue déserte de leurs gémissements lugubres. Jamais elle ne s'était sentie aussi profondément, aussi désespérément seule dans sa vie. « Pourquoi, grands dieux ! ai-je accepté ça, se demandait-elle ? Qu'est-ce que je fais dans toute cette affaire — qui ne peut se terminer que par un désastre ? »

Affaiblie par le manque de nourriture, elle sombra dans un sommeil agité. Elle se réveilla bientôt en sursaut, en poussant un cri, des gouttes de sueur perlant à son front. Epuisée, elle se laissa retomber sur sa couche. Aucun officier de la Gestapo ne se tenait au pied de son lit. Dehors il faisait noir. Le vent qui venait de la Manche continuait à faire trembler les fenêtres et déchirait la nuit de ses tristes appels. Elle se mit à pleurer. Etait-ce l'ultime rançon que devait payer un agent secret, que de voir son sommeil envahi par les images de sa propre arrestation ?

*

Lille

La rue était déserte. C'était l'heure où René Laurent fermait son café et regagnait en courant son domicile avant le couvre-feu. Cette nuit-là, il ne rencontra même pas un de ces chats errants et mourant de faim qui emplissaient la ville. Rien n'attira son attention jusqu'à ce qu'il introduisît sa clef dans sa serrure. C'est alors qu'il sentit le canon d'un pistolet s'enfoncer dans ses côtes. Deux hommes le poussèrent dans son living-room. Il aperçut avec horreur sa femme ligotée sur une chaise, un bâillon sur la bouche. Ses deux jeunes fils étaient aussi ligotés sur des chaises voisines. Un homme plutôt élégamment vêtu se leva du fauteuil où il était assis.

— Police allemande! déclara Stroemulburg. Gestapo! Il avait prononcé ces mots en martelant les syllabes comme pour souligner la terreur qu'il voulait inspirer.

Le cafetier se laissa tomber dans le fauteuil que Stroemulburg lui désignait. Il lut de la terreur dans le regard de sa femme et de ses fils.

Stroemulburg aspira une bouffée de la cigarette américaine qu'il avait à la bouche.

— Vous êtes un citoyen paisible, respectueux des lois, qui gérez un café aussi bien que vous le pouvez en ces temps difficiles et vous n'avez jamais accompli aucun acte contre les autorités. C'est bien ça?

— Oui, répondit Laurent d'une voix que la peur rendait rauque.

— Vous n'avez jamais eu affaire avec les terroristes?

— Jamais.

Laurent avait la bouche sèche et pouvait à peine articuler.

Stroemulburg secoua négligemment la cendre de sa cigarette.

— De temps à autre, un peu de marché noir? Après tout, qui ne s'est jamais livré, ne serait-ce qu'une fois, à cette sorte de péché?

Laurent se sentit un peu soulagé. Peut-être ne s'agissait-il que de ça. Un truc ayant un rapport avec le marché noir. Il leva les bras de son fauteuil en signe de résignation, comme s'il reconnaissait les faits.

— Vous êtes un menteur! En fait, vous servez de boîte aux lettres au réseau du capitaine Michel à Lille.

— Je ne comprends pas ce que vous voulez dire, répondit Laurent d'une voix étranglée.

— En outre, vous attendez une certaine personne, demain, à votre café. Un nouvel opérateur-radio. Il doit vous demander où il peut se procurer des asticots pour aller à la pêche. C'est le mot de reconnaissance. Vous mettrez alors cette personne en rapport avec le capitaine Michel.

En entendant ces mots, Laurent comprit qu'il était perdu. Son heure avait sonné. Comme la plupart des hommes et des femmes de la Résistance, il s'était souvent réveillé, la nuit, en pensant à ça. Il était un peu plus de onze heures. La bagarre allait commencer dans quelques minutes. D'une façon ou d'une autre, il fallait qu'il trouve le courage et la volonté pour tenir le coup pendant treize heures. Alors

Michel comprendrait qu'il avait été arrêté et irait se planquer quelque part. En tremblant, il se prépara à ce qui allait suivre.

Stroemulburg reprit la parole. On aurait dit qu'il s'agissait d'une conversation entre voisins parlant de la pluie et du beau temps.

— Dans cette affaire, une seule chose m'intéresse. Où se trouve le capitaine Michel ?

— Je n'ai jamais entendu parler de lui.

Stroemulburg, qui s'était perché avec désinvolture sur la table de la salle à manger des Laurent, se leva de nouveau. Pendant quelques secondes, il arpenta la pièce sans dire un mot. Puis il jeta un coup d'œil à sa montre.

— Mon cher, vous avez trois minutes pour répondre à ma question.

Ces minutes semblèrent une éternité. Les seuls bruits qu'entendait René Laurent était le sifflement de sa respiration et celui que faisait son plus jeune fils, dont le visage ruisselait de larmes, en frottant ses liens contre les barraux de la chaise où il était ligoté. Stroemulburg vint se placer en face du cafetier.

— Allez-vous être raisonnable, oui ou non ?

L'homme le regarda en silence.

Stroemulburg soupira comme un gosse que l'on contrarie.

— Si vous insistez, dit-il...

Il s'était toujours débrouillé pour faire croire que torturer un prisonnier lui était aussi désagréable qu'à sa victime. Il fit un signe à l'un des deux hommes qui se tenaient derrière Laurent. Tandis que son compagnon maintenait les mains de Laurent dans son dos, l'homme ôta sa veste, la suspendit soigneusement au dossier d'une chaise, défit sa cravate et, avec une lenteur délibérée, retroussa ses manches.

C'était un Français, qui, pendant trente ans s'était livré à des enlèvements et à des meurtres, et que Stroemulburg, qui le connaissait depuis le séjour qu'il avait fait, avant-guerre, en France, avait recruté dans ses services. Il plaisait à Stroemulburg d'employer des Français pour exercer sa propre sauvagerie à l'égard d'autres Français.

L'homme se tint un moment en face de Laurent, étirant ses doigts comme un chirurgien qui s'apprête à enfiler ses gants de caoutchouc. Tandis que Laurent le regardait avec une horreur croissante, Stroemulburg, lui, regardait Laurent. Il voyait son visage se durcir comme un masque, son regard devenir fixe, dans l'attente de ce qui allait se passer. Il connaissait ce genre de type. Le cafetier avait décidé de tenir le coup. C'était un homme d'une trentaine d'années, apparemment paisible et nullement préparé au genre d'interrogatoire qu'il allait subir. Mais on ne sait jamais jusqu'où peut aller la résistance d'un homme. Certains prisonniers, doux comme des agneaux, s'étaient révélés de véritables durs à cuire.

Ils arriveraient à le faire craquer, mais quand ? Si Stroemulburg voulait que l'opération imaginée par le docteur réussisse, il n'avait guère de temps devant lui. Peut-être pourrait-il être plus expéditif. Alors que l'homme s'approchait de Laurent, il l'arrêta d'un claquement de doigts.

Pendant une seconde, le Français demeura immobile en face de Laurent. Stroemulburg, d'un mouvement de la tête, lui désigna la femme bâillonnée et ligotée sur sa chaise.

Celle-ci ouvrit des yeux pleins de terreur à son approche. Il lui donna une gifle et elle les referma. L'homme la prit par le col de sa blouse de coton et l'arracha d'un coup sec. Un instant, il contempla son visage où se peignait le désespoir, ses seins lourds que la terreur faisait trembler dans son soutien-gorge de dentelle. Ce type-là était un vrai sadique. Stroemulburg le détestait cordialement. Déjà apparaissait dans ses yeux le plaisir morbide qu'il allait prendre. Il glissa un doigt dans l'échancrure du soutien-gorge et le fit sauter.

Les seins, qui avaient nourri les deux enfants horrifiés qui se trouvaient à ses côtés, s'affaissèrent sur le ventre de la femme. Le bourreau de Stroemulburg se pencha en avant, en saisit un par le mamelon et le pinça violemment. Elle se tordit de souffrance et essaya de crier, mais son bâillon changea son cri en une sorte de bêlement pathétique.

Le regard de Stroemulburg se concentrait sur Laurent. Ce dernier était pâle comme un mort. L'Allemand avait bien choisi sa cible.

Le bourreau sortit une cigarette de la poche de sa chemise, l'alluma, souffla sur le bout qui devint incandescent, puis il lui fit décrire un petit cercle autour du mamelon de la femme.

— Arrêtez ! Par pitié, arrêtez ! hurla Laurent.

— Où est Michel ?

— A l'hôtel Saint-Nicolas avec Arlette, son courrier, chambre vingt-deux.

En s'entendant prononcer ces paroles, Laurent éclata en sanglots, écrasé par l'énormité de cette trahison qu'il s'était juré de ne pas commettre.

*

La chambre 22 se trouvait au troisième étage de l'hôtel Saint-Nicolas, au bout d'un escalier en colimaçon semblable à un puits de mine. Stroemulburg, son Walther à la main, gravit l'escalier derrière un membre de la Gestapo qu'il avait recruté à Lille. Une douzaine d'autres le suivaient. Stroemulburg braqua sa lampe électrique sur la porte à droite en haut de l'escalier, se colla contre le mur pour se mettre à l'abri d'un éventuel coup de feu. Le courage physique n'avait jamais été son fort.

Il fit un signe de tête à l'officier qui l'accompagnait. Lentement ce dernier tourna la poignée de la porte. Elle était fermée à clef. Il se recula et d'un puissant coup d'épaule fit sauter la porte. Son Walther à la main, il se tint sur le seuil et cria « Gestapo ! »

Ce fut une erreur fatale. Sa silhouette se découpait dans le demi-jour qui éclairait la cage d'escalier derrière lui.

Deux coups de feu partirent de l'intérieur de la chambre obscure presque simultanément. Stroemulburg vit l'officier se courber en avant comme s'il avait été touché au ventre, puis chanceler en arrière. Un instant, il parut se balancer sur ses talons et dégringola en tournant sur lui-même dans la cage d'escalier. Comme un skieur qui déboule sur une pente encombrée de monde, il faucha au passage deux autres officiers de Stroemulburg.

Tandis que les trois hommes s'entassaient dans la cage d'escalier, Stroemulburg entendit un bruit de pieds nus sur le plancher de bois, puis celui d'une fenêtre qui s'ouvrait, et dans la rue, celui d'un autre coup de feu.

Une voix d'homme cria dans la chambre.

— Ils sont aussi en bas ! Nous sommes pris !

— Oh non ! mon Dieu !

Cette voix était celle d'une femme. Stroemulburg se pencha sur la rampe et cria à ses officiers qui s'inclinaient sur le corps de leur camarade mort :

— Oubliez-le, nom de Dieu ! Montez tous ici !

De nouveau il se colla contre le mur pour se mettre à l'abri et cria en français :

— Police allemande ! Vous êtes encerclés. Sortez les mains en l'air et vous serez épargnés !

De nouveau une voix d'homme se fit entendre.

— Ils nous ont eus !

187

— Qu'est-ce que tu fais ? dit la femme sur un ton devenu soudain plus aigu.

— Ce que nous nous sommes juré de faire, répondit l'homme.

Les deux Allemands avaient atteint le sommet de l'escalier.

— Attention ! il est armé, dit Stroemulburg. Je les veux tous les deux vivants.

— Je ne peux pas !

Il y avait dans la voix de la femme comme un éclat de folie.

— Par pitié, mon chéri, ne le fais pas !

— Nous devons le faire.

Stroemulburg remarqua que l'homme ne criait plus, avait parlé sur un ton calme, sans trace d'émotion.

— Dépêchez-vous, bon Dieu, ordonna-t-il à ses hommes, qui ne semblaient guère pressés d'affronter ce type qui était armé.

Maintenant, la voix de la femme était devenue une supplication presque hystérique.

— Non ! Non ! Pas ça ! Pas ça !

— Si tu ne peux pas, je le ferai.

— Non, non, par pitié, je t'en supplie !

Le cri d'angoisse de la femme fut interrompu par le bruit d'un coup de feu.

— Je t'aimais, Arlette ! cria l'homme. Pardonne-moi, par pitié pardonne-moi !

— Entrez ! hurla Stroemulburg aux deux officiers.

Son cri se confondit avec le bruit d'une seconde détonation... Puis il entendit le bruit d'un pistolet qui tombait sur le plancher.

Le chef de la Gestapo suivit ses deux hommes dans la chambre et il eut un haut-le-cœur à la vue du spectacle que sa lampe dévoilait. Les corps nus d'un homme et d'une femme étaient étendus sur le lit, l'homme couché sur elle et ce qui restait de son visage posé entre ses seins en une étreinte finale. La femme avait la bouche ouverte, figée dans une ultime supplication pour survivre. Le pistolet, encore fumant, se trouvait sur le sol à côté du lit. La Gestapo ne ferait pas subir d'interrogatoire au capitaine Michel ni à Arlette, son « courrier », qu'il avait tant aimée.

— Bon Dieu ! siffla Stroemulburg.

Puis, comme malgré lui, il éleva le Walther vers son front pour saluer le courage de ses adversaires morts.

*

Londres

— Je savais que je vous trouverais ici.

Sir Stewart Menzies, le chef de l'*Intelligence Service,* parcourut du regard le mess exigu des officiers dans les « salles souterraines de la guerre » avec un dégoût mal dissimulé. Les murs qui, jadis, avaient été crème étaient maintenant couleur de vieux journaux. Des tuyaux provenant des toilettes gouvernementales situées à l'étage du dessus laissaient entendre des gargouillements. Un linoléum usagé recouvrait le plancher.

— C'est le mess le plus dégueulasse du royaume, dit Sir Stewart Menzies.

— Je pense que c'est une bonne manière qu'a trouvée Winston pour que nous ne pensions qu'à travailler, dit Ridley. Qu'est-ce que je peux vous offrir ?

Menzies regarda sa montre.

— C'est un peu tôt pour un *gin and tonic,* je le crains. Dieu sait pourtant que j'en aurais besoin.

Il se borna à demander un café à un caporal des *Royal Marines.*

— Je dois me rendre à la plus épouvantable séance de chambre à coucher de ma vie. Je présume que vous êtes au courant ?

Ridley approuva. Le Premier ministre avait coutume de convoquer ses conseillers personnels dans sa chambre où, ayant jeté sur ses épaules un peignoir de soie verte, et son premier cigare de la journée rivé dans sa bouche, il s'affrontait au dernier problème soulevé par la conduite de la guerre.

— Ils m'ont fait rentrer de la campagne quand on a appris la nouvelle.

— Si les autres nous attendent vraiment là où nous allons débarquer, nous aurons affaire à un nouveau Passchendale [1]. Qu'est-ce qui a bien pu attirer l'attention d'Hitler sur la Normandie, vous le savez ?

Sans attendre une réponse, Menzies avala son café, puis fit claquer sa langue.

— Ce breuvage est à l'image du mess, remarqua-t-il.

---

1. Bataille particulièrement coûteuse pendant la guerre de 14-18 pour le Corps expéditionnaire britannique (*N.d.T.*).

Il aperçut alors un spectacle assez rare en ces lieux : celui d'un officier américain qui traversait la cantine. Ce dernier esquissa un signe de tête en direction de Ridley et continua son chemin

— Qui est ce nouveau ? demanda Menzies.

— L'officier de liaison qui a été délégué auprès de moi. Il vient juste d'arriver. Il s'appelle O'Neill. C'est lui qui a apporté à Ismay l'information selon laquelle les Américains auraient intercepté la conversation entre Hitler et l'ambassadeur du Japon à Berlin.

— Un officier de liaison américain ? Je ne savais pas qu'ils devaient vous en envoyer un.

— C'est une idée de l'état-major des forces combinées. Pas la mienne. Je suppose qu'on devait en passer par là...

Menzies réfléchit un moment.

— Vous savez ce qu'on dit au sujet de la liaison avec les Américains ?

— Je crains que non.

— C'est comme si on avait une aventure avec un éléphant. Il est difficile de l'atteindre. Vous risquez d'être piétiné. Et il faut attendre huit ans pour l'avoir.

— Etant donné les circonstances, dit Ridley, huit ans ne me paraissent pas de trop.

— Inutile de vous dire que je compte sur vous pour ne pas lui souffler un seul mot sur ce que nous faisons pour vous.

— Bien sûr !

— Voilà qui m'amène à vous dire la raison de ma visite. Vous vous souvenez de la conversation que nous avons eue l'autre nuit ?

— Je m'en souviens très bien. Surtout depuis que j'ai lu ce rapport concernant Hitler et la Normandie.

— Cela pose un épouvantable problème, à vous et à votre plan d'intoxication, n'est-ce pas ? Nous avons un agent en place qui pourrait éventuellement nous être utile. Malheureusement, je peux difficilement imaginer comment à lui tout seul, il pourrait favoriser nos plans. Il faudrait l'employer en relation avec quelqu'un ou quelque chose d'autre. Peut-être pourriez-vous trouver, avec toute l'imagination qui vous caractérise, la pièce qui manque ?

— Allez-y ! dit Ridley. Je suis prêt à tout.

Menzies sourit.

— Je dois vous avertir que les moyens que j'ai employés pour mettre mon agent en place ne correspondent pas aux souhaits du gouvernement de Sa Gracieuse Majesté.

— Dans ce cas, répondit Ridley, nous ferions mieux d'en discuter officieusement après déjeuner au Club.

*

Paris

Hans Dieter Stroemulburg parcourut le texte que le docteur lui avait remis, le relut à trois reprises, en le détaillant avec application comme un horloger démonterait le mécanisme d'une montre. N'y trouvant rien à redire, il le rendit à son subordonné.

— Ça doit aller, dit-il.

— Je me demande une chose, ajouta le docteur. Si Londres tombe dans le piège, est-ce que l'agent qu'ils enverront dans ce bar à Lille ne s'attendra pas à y trouver l'ancien patron ?

Stroemulburg avait remplacé René Laurent, le propriétaire du café, par un homme de la Gestapo. Quant à Laurent, à sa femme et à ses deux enfants, ils étaient en route pour un camp de concentration en Allemagne.

— Pourquoi ? répliqua Stroemulburg. Celui qu'ils enverront là avec un message pour notre radio ne l'aura sans doute jamais vu avant. Il ne pourra pas faire de différence entre l'ancien patron et la Vierge Marie. Et si quelqu'un des gens de Michel que nous n'aurions pas capturés s'y rend, ils se diront simplement que nous avons arrêté le patron et sa famille. Pourquoi notre homme ne serait-il pas un cousin de Laurent qui le remplacerait jusqu'à ce que l'autre soit sorti de prison ?

— Ne vous inquiétez pas ! Votre chèvre est attachée à son pieu, en train de bêler. Espérons qu'ils l'entendront de Londres !

*

Berlin

Des coulées de sueur brillaient sur le flanc d'ébène de l'étalon. Son cavalier le tenait court, la tête fièrement redressée, tandis que ses talons battaient au rythme du galop favori de la haute école de Vienne. Relâchant les rênes, il mit sa monture au petit trot, avec une légère pression des genoux, la conduisant à légers coups de cravache.

Finalement, il donna au cheval une caresse de son gant en pécari, et le ramena au lad qui attendait — en l'occurrence, un caporal de la Wehrmacht.

Le cavalier sauta avec élégance de sa selle et épousseta de sa badine ses culottes grises portant la bande rouge des officiers d'état-major. Il jeta un coup d'œil vers le ciel du matin. Au loin, il pouvait apercevoir les sillages des B 17 survolant Berlin, et entendre les explosions de la défense antiaérienne. A une trentaine de kilomètres à peine de la capitale du IIIe Reich, Zossen était comme un îlot du xixe siècle encore intact, isolé dans un pays en ruine. C'était le refuge en temps de guerre des soldats les plus sinistres et efficaces du monde : les officiers du grand état-major général allemand. Là, avec leurs chevaux, leurs voitures à poney, leurs épouses, ils vivaient selon les rituels de leur caste de Junker, pleins d'une indifférence dédaigneuse à l'égard du monde qu'ils avaient conquis et dévasté.

Le cavalier se dirigea, dans cette matinée humide de printemps, vers un groupe de bâtiments disposés en cercle appelés Maybach I, construits de telle façon qu'une bombe y tombant glisserait sur le toit et exploserait à l'extérieur. Il gratifia la sentinelle, qui lui faisait le salut nazi, d'un mouvement de sa cravache et se dirigea vers la porte de son bureau. C'était un homme de haute stature, à la chevelure brune coupée en brosse, aux yeux cerclés de lunettes à monture d'or. Une sorte d'ascétisme distant semblait émaner de lui, comme il eût mieux convenu à un prêtre luthérien du xviiie siècle dans un port de la Baltique qu'à un homme vêtu de l'uniforme de la Wehrmacht.

L'attendant sur son bureau, se trouvaient une tasse de café fumant et deux de ces biscuits triangulaires de pain complet dont les Berlinois faisaient leurs délices avant-guerre. La boulangerie de l'état-major à Zossen était une des rares dans la zone de Berlin à en confectionner encore. Il y avait aussi là les derniers rapports de renseignements de la nuit destinés au colonel baron Alexis von Roenne, le commandant de la section la plus « sensible » de l'armée allemande en Europe occidentale, la *Fremdes Heer West*. C'était von Roenne et ses officiers d'élite qui étaient responsables des estimations des forces alliées et de leurs intentions, renseignements sur lesquels le haut commandement d'Hitler se fondait pour prendre ses décisions stratégiques. Et c'était sur le bureau de von Roenne que les plans d'intoxication de Ridley et de la *London Controlling Section* devaient aboutir. Le colonel et ses hommes constituaient ainsi un public de choix pour lequel le scénario de FORTITUDE avait été soigneusement élaboré.

Von Roenne mangea un biscuit et commença à étudier pensive-ment les papiers se trouvant sur son bureau. C'était mercredi, le point culminant de la semaine, le jour où il préparait son résumé hebdoma-daire concernant les forces alliées et leurs intentions à destination d'Hitler et de son état-major. A Zossen et — ce qui était plus important — dans l'entourage du Führer, von Roenne bénéficiait de la réputation d'un officier ayant « l'esprit clair et réaliste », qui prenait ses décisions avec une rapidité froidement calculée. Il avait conquis l'estime d'Hitler alors qu'il était capitaine, en 1939, car, défiant les généraux et les colonels qui se trouvaient au-dessus de lui, il avait dit au Führer ce que celui-ci ne demandait qu'à entendre : que l'arrogante armée française ne lèverait pas le petit doigt, tandis que les légions de la Wehrmacht tailleraient la Pologne en pièces. De nouveau, en 1940, sa prédiction étonnamment exacte de l'effondrement de la même armée française avait joué un rôle déterminant dans les projets de conquête de la France. Depuis lors, malgré le dédain dans lequel il tenait en général les rapports de renseignements et ceux de la Wehrmacht en particulier, Hitler avait toujours été attentif aux documents portant la signature de von Roenne.

Le colonel s'interrompit dans sa lecture, en voyant entrer dans son bureau une silhouette aux charmes athlétiques. En dehors du fait qu'ils se consacraient tous deux à l'étude des forces ennemies en Angleterre, von Roenne et le lieutenant-colonel Roger Michel, son délégué pour les affaires britanniques, n'avaient pas grand-chose en commun. Michel n'avait en lui aucune tradition militaire. Son père avait même commis le péché d'épouser une *Ausländerin*, une Anglaise, ce qui, d'ailleurs, avait compté dans la connaissance que Michel avait de l'Angleterre et dans le rôle qu'il jouait auprès de von Roenne. La seule chose qui donnait un peu de sérieux à Michel était sa précoce calvitie. Ce matin-là, comme c'était souvent le cas, il avait le visage congestionné d'un homme encore imprégné de l'alcool qu'il avait bu la veille.

— A qui avez-vous accordé vos faveurs, cette nuit ? lui demanda von Roenne avec un air de désapprobation glacial. Aux dames de Berlin ou à quelque femme de ménage de Zossen ?

Michel eut pour von Roenne ce regard pitoyable que les Don Juan réservent aux cocus ou aux maris dont l'horizon sexuel se borne à leur épouse.

— A aucune, hélas ! Trop de *Schnaps*. La RAF m'a tenu éveillé pendant presque toute la nuit

— Apprenez à vous discipliner et vous n'aurez plus d'insomnies ! grogna son supérieur. Avez-vous étudié ces rapports ?

Von Roenne lui montra les cinq feuillets tapés à la machine qui s'étalaient sur son bureau. Une estafette à motocyclette venait de les apporter de la Tirpitzstrasse à Berlin, où se trouvait le Quartier général de l'Abwehr. En bon analyste du Renseignement qu'il était, von Roenne, en temps normal, considérait les rapports des espions opérant en territoire ennemi avec une bonne dose de scepticisme. Il préférait se fonder sur des faits plus solides que le contenu souvent nébuleux, sinon farfelu, de ces rapports. Il se référait avant tout à deux autres sources de renseignements : l'interception des messages-radio des Alliés et les reconnaissances aériennes.

Malheureusement pour lui, Goering répugnait à faire prendre des risques à la Luftwaffe, déjà affaiblie, pour de telles missions et cette source de renseignements était pratiquement tarie pour von Roenne. Cela l'avait obligé à donner une importance disproportionnée aux rapports des agents de l'Abwehr, pour étudier les préparatifs alliés en vue d'une invasion.

Il avait déjà été confronté au même problème pendant l'hiver. Il ne savait rien de ces agents : ni leur identité, ni l'endroit où ils travaillaient, ni la fonction qu'ils occupaient chez l'ennemi. Il devait s'en remettre à la fiabilité que l'Abwehr reconnaissait à ces agents. Comprenant l'importance qu'il était obligé de leur accorder, il avait rencontré, début février, l'amiral Wilhelm Canaris. A sa grande surprise, Canaris lui avait décrit complaisamment les opérations d'espionnage effectuées en Angleterre. Ses services avaient des agents dans ce pays et le petit amiral considérait cela comme « l'un des faits les plus remarquables de toute l'histoire de l'espionnage ». Quelques-uns de ces agents étaient sur place depuis trois ans. Ils avaient acquis toute la confiance de l'Abwehr, mois après mois, en fournissant à Berlin une foule d'informations d'ordre militaire, la plupart d'une grande importance, qui étaient d'une exactitude avérée ou avaient été confirmées par la suite.

Trois d'entre eux communiquaient avec l'Abwehr par des opérateurs-radio cachés à Londres même. Les autres utilisaient des moyens plus détournés, comme des microfilms ou des courriers. Canaris se félicitait par-dessus tout de recevoir en moyenne entre 30 et 40 messages par semaine de ses agents. Deux d'entre eux jouissaient d'une confiance toute particulière. L'un était un officier d'aviation polonais « retourné » par les spécialistes du contre-espionnage à Paris.

Le Polonais partit pour l'Angleterre, laissant derrière lui soixante-trois otages dont le sort dépendait de son comportement. De temps en temps, son officier traitant à Paris lui donnait des nouvelles de ses camarades. C'est ainsi qu'il s'était révélé un agent ambitieux et plein de ressources. Début janvier, ses supérieurs alliés à Londres lui avaient confié un nouveau poste qui, aux yeux de l'Abwehr pouvait être très important. On l'avait nommé officier de liaison de l'aviation polonaise auprès d'un groupe d'armée américain.

L'autre agent, dont le nom de code était Arabal, était un cas plus classique. C'était un Espagnol, fasciste confirmé, qui avait travaillé pour l'Abwehr, en Angleterre, depuis 1940. Au départ, il avait joué les hommes d'affaires puis était entré récemment dans les services gouvernementaux britanniques. Il avait très habilement constitué son propre réseau, en tout vingt-quatre hommes. Ainsi pouvait-il fournir à son officier traitant, à Madrid, des informations que Canaris considérait comme les plus importantes de toutes celles qu'il recevait du monde entier.

Maintenant le petit amiral n'était plus là. Il avait été victime de l'âpre rivalité qui opposait l'Abwehr au RSHA d'Himmler. Ses fonctions étaient désormais assurées avec l'efficacité impitoyable mais sans imagination propre aux SS. Et pourtant, comme le remarquait von Roenne, tandis que son assistant prenait connaissance du matériel se trouvant sur son bureau, il recevait un flot régulier de rapports. Un code qu'il avait mis au point avec Canaris indiquait de qui ces rapports émanaient. Sur les cinq reçus ce matin-là, deux venaient du Polonais et deux de l'Espagnol.

— Il semble, dit Michel, qu'ils ont commencé à gagner les ports à partir desquels ils organiseront leur débarquement.

Von Roenne approuva.

— Nous avons détecté aussi un accroissement de leur trafic radio. Je pense que quelque chose est en cours.

Von Roenne sortit une carte toute usée de son tiroir et la plaça sur son bureau à côté des rapports. Sur cette carte étaient indiqués en détail le stationnement et la description des unités britanniques, américaines et canadiennes qu'on avait pu identifier en Angleterre. Aucun des documents qu'il avait en sa possession n'était plus précieux ni mieux tenu à jour que celui-ci. Comme un astrologue tire ses prédictions de l'emplacement des planètes, von Roenne tirait les siennes, pour le débarquement à venir, de la localisation et de la distribution des forces alliées en Angleterre.

Le premier message en provenance du Polonais situait « le VIIe corps d'armée américain dans la région nord-ouest de Colchester, les membres de son Quartier général étant identifiés par un blason bleu marqué en blanc du chiffre 7, qu'ils portaient sur l'épaule ». Von Roenne et Michel étudièrent la carte. Colchester se trouvait dans un coin de l'Essex, derrière Clacton on Sea — un endroit tout désigné pour un Quartier général qui devait embarquer ses divisions dans ce petit port.

Le message de l'Espagnol, lui, identifiait la sixième division américaine qui, sur la carte de von Roenne, était localisée dans le nord-ouest du Yorkshire, dans la région d'Ipswich, à quelque trente kilomètres au nord-est de Colchester, encore que cela ne fût pas confirmé.

— Ça pourrait être l'une des divisions du VIIe corps, supposa Michel.

Von Roenne approuva silencieusement d'un signe de tête. Il s'intéressait déjà au deuxième rapport du Polonais. Il confirmait que la 28e division d'infanterie américaine avait fait route à partir du pays de Galles vers Folkestone et le Pas-de-Calais et la 6e division blindée américaine vers Ipswich — deux informations identiques venant d'agents dont chacun ignorait l'existence de l'autre. C'était en effet la confirmation de ce que l'Espagnol avait déjà indiqué. Avec un crayon, von Roenne effaça de la carte les anciens Quartiers généraux de la 28e division et de la 6e blindée et inscrivit leur nouvelle position dans le sud-est de l'Angleterre.

Il étudia soigneusement sa carte ainsi révisée. Elle indiquait un équilibre presque symétrique entre les unités alliées dans le sud-ouest de l'Angleterre d'où elles menaçaient la Bretagne ou la Normandie et le sud-est d'où elles menaçaient le Pas-de-Calais. « A moins, pensa-t-il, que la stratégie des Alliés consiste à nous attaquer non pas en un seul, mais en deux endroits. »

Von Roenne sonna sa secrétaire qui entra dans son bureau avec un bloc à la main. Rapidement elle sténographia l'adresse à laquelle était destiné le message que son supérieur allait lui dicter : *Generalstab des Heeres, Fremde Heere West;* la référence : 1837/44; la date : 17 avril 1944; et le fait que treize copies seulement seraient faites de ce document *Top Secret.*

Von Roenne commença :

« Les préparatifs du débarquement sont visiblement entrés dans une nouvelle phase, en raison d'une série de mesures décisives prises soudainement dans le domaine militaire. Nous estimons qu'il y a maintenant soixante groupes d'armée anglo-américains importants, des divisions ou des brigades renforcées, en Angleterre. »

Von Roenne jeta un coup d'œil à Michel qui acquiesça. Il était trop tôt pour faire une estimation précise de l'endroit où les Alliés débarqueraient. Mais von Roenne pensait que cela se produirait entre Cherbourg et Dunkerque. « Tous les rapports, conclut-il avec confiance pour complaire au Führer, montrent une accélération brutale des préparatifs d'invasion avec une concentration croissante des forces alliées dans le sud-est de l'Angleterre, en face du Pas-de-Calais. »

*

Londres

— Ma parole ! Nous avons de la chance. La plupart des Américains que l'on rencontre par ici sont de petits gros avec des poils qui leur sortent des oreilles. Pourquoi ça, selon vous ? Vous ne croyez pas qu'ils essayent d'y cultiver je ne sais quoi ?

Ces propos, comme le remarqua T. F. O'Neill, avec amusement, venaient d'une charmante WREN. Elle les avait prononcés sur le ton d'un courtier en Bourse, essayant de se faire entendre lors d'une séance particulièrement animée. Elle devait avoir vingt-cinq ans environ, avait des cheveux noirs d'ébène coupés à la Jeanne d'Arc, comme l'exigeait le règlement, qui descendaient à peine sur le col de son uniforme ; une bouche charnue, sensuelle, et une silhouette dont ses vêtements à la coupe strictement militaire n'arrivaient pas à dissimuler les formes. Mais ce qu'il y avait de mieux en elle, c'étaient ses yeux. Ils avaient un éclat sombre et le fixaient avec un mélange de provocation et de souriante irrévérence.

— Et quelle voix ils ont !

Elle s'arrêta pour reprendre souffle, puis poursuivit :

— Est-ce que vous dansez le jitterburg ? Tous les Américains le dansent.

T. F. lui adressa une grimace d'un air un peu ivre.

— Oui. Quand on m'y oblige. Mais j'ai un secret.

— Dites-le-moi. J'adore entendre des secrets. Bien que, comme vous devez le comprendre, on n'aime guère ça, ici

— Je préfère Guy Lombardo.

— Mais c'est minable ! Et pourtant vous semblez être un type très bien.

T. F. l'avait jusque-là considérée comme une fille facile. Il changea d'opinion. La candeur des propos que tiennent les Anglaises, comme on l'en avait averti, ne doit pas être prise pour une invitation à la familiarité. Il prit un paquet de Camel dans sa poche et lui en offrit une.

— Peut-être, lui dit-il en lui donnant du feu, pouvez-vous me mettre au courant de *qui est qui*, dans cette maison, et de ce qui s'y passe.

— Bien sûr, répondit-elle. La première chose qu'ils vont vous demander de faire est de signer la liste noire et vous avertir que, si vous soufflez jamais un seul mot à quiconque sur ce que nous faisons, vous serez pratiquement mis au rancart pour le restant de votre vie.

— Tout ça a déjà été fait hier, répondit T. F. Je pense que c'est le rituel d'usage pour intimider les gens, non ?

— C'est affreux ! Maintenant ils vont vous confier les plus terribles secrets dans le creux de l'oreille.

Elle montra un officier d'âge mûr en uniforme de la RAF.

— Ça, c'est Dennis. Le maître de maison. Il a une carte de tous les clubs de Londres. Il n'ignore rien en matière de cuisine et de vins. Demandez-lui de vous emmener à son restaurant favori, le Hungarian. Vous aimerez ça, si vous aimez Guy Lombardo. On y joue du violon et de toutes sortes d'instruments de ce genre.

D'un geste de la tête, elle désigna le bureau d'à côté, où se trouvait un homme avec des épaulettes de colonel.

— Le gentleman qui est en train de se servir une tasse de thé s'appelle Ronnie Wingate, notre numéro deux. C'est le plus merveilleux des hommes. Son charme lui permettrait d'entrer dans le harem d'un sultan. Le gars qui étudie un rapport, derrière lui, est Reginald Grinsted. C'est un ancien banquier. S'il vous invite à la campagne pour y passer le week-end, ce qu'il fera probablement, gardez-vous bien d'accepter ! Vous passeriez tout votre temps à arracher les mauvaises herbes de son jardin et à essayer d'échapper à sa fille qui ressemble à un cheval. Sans doute parce qu'elle passe avec ces sales bêtes la plupart de son temps. Je ne peux pas souffrir cette affectation des membres de la *gentry* à l'égard des chevaux.

— Moi non plus. Cela me fera peut-être pardonner Guy Lombardo.

198

Le sourire de la jeune femme se transforma en un éclat de rire

— Ma collègue, ajouta-t-elle, en montrant une autre fille qui tapait comme une dératée sur sa machine à écrire, est Lady Jane Pleydell Bouverie. Elle est l'assistante de Ridley. C'est une fille magnifique, mais je dois vous avertir qu'elle a un penchant marqué pour les Horse Guards. Je pense que c'est tout.

— Vous n'avez oublié personne ?

— Je ne crois pas.

On sentait que la jeune femme était accoutumée à la dissimulatıon.

— Si, vous-même !

— Ah ! moi ? Eh bien, je crains d'être la femme de ménage de toute la Section. Je fais à peu près tout, sauf la lessive. Je m'appelle Deirdre Sebright. On vous dira que je suis Lady Deirdre, mais que cela ne vous impressionne pas. Papa a eu tout simplement la bonne idée d'hériter une charge de Pair.

— Les titres de noblesse, observa T. F., semblent fourmiller dans ce service.

— N'avez-vous pas compris que, dans ce pays, seuls les gens de la haute sont considérés comme susceptibles d'être les fidèles gardiens des secrets d'Etat ?

T. F. lui adressa un de ces sourires innocents dont il avait pu apprécier l'efficacité dans les cocktails de Georgetown.

— Dites-moi, partagez-vous le même penchant que votre amie pour les Horse Guards ?

— Oh, non !

Il apprécia le rire qui accompagna sa réponse. Une sorte de contralto voilé à peine marqué de quelque trace de moquerie.

— J'ai des goûts beaucoup plus catholiques que ça.

— *Gentlemen !*

T. F. se retourna. C'était le colonel Ridley qui venait d'entrer dans la salle, de son pas traînant, comme un Irlandais luttant contre le vent, ou, plutôt, se dit T. F., comme un homme courbé sous le fardeau de ses soucis.

— Tous à la prière du matin ! annonça le colonel, en traversant la salle en direction de son bureau.

Les membres de la *London Controlling Section* le suivirent en traînassant, la cigarette au bec et une tasse de thé fumant à la main. Il n'y avait là pas grand-chose du cérémonial auquel on avait dit à T. F de s'attendre dans un organisme britannique.

La salle où il était assis était imprégnée de l'odeur âcre du tabac anglais et de celle des centaines de tasses de thé qu'on avait dû consommer entre ces murs. Wingate, le « numéro Deux », remarqua, justement, que T. F. n'avait pas de tasse devant lui.

— Une tasse de thé, major ? Ou préférez-vous du café ? Il paraît que, vous autres Yankees, buvez tous du café.

— Non, merci. Je n'aime pas beaucoup le café.

— Vous savez, major O'Neill fit remarquer Ridley, Ivan le Terrible avait une bizarre conception de l'art de la guerre. Avec une lance, il clouait au sol le pied d'un messager qui lui apportait de mauvaises nouvelles. Je crois que, si l'on partait de ce principe, nous devrions vous clouer les deux pieds sur le tapis.

Ridley avait dit cela avec un sourire timide et fugace. Presque poli. Encore qu'il parût à T. F. que ce fût là un des traits dominants du masque que les Anglais portaient.

Rapidement, Ridley résuma l'essentiel de la conférence qu'Hitler avait eue avec ses généraux, dont le message intercepté d'Oshima lui avait donné connaissance. Ses propos provoquèrent une angoisse presque palpable parmi les assistants.

— Major, dit-il en se retournant vers T. F., ce genre d'intoxication que nous sommes amenés à pratiquer peut vous paraître vague et nébuleux.

Ridley tira une bouffée de sa Player, comme un homme qui manque d'oxygène.

— En fait, c'est conforme à certaines lois que nous avons découvertes au fil des ans. L'une d'elles veut que, s'il est parfaitement possible d'amener l'ennemi à adopter une ligne de conduite à laquelle il est déjà préparé, il est en revanche foutrement difficile de lui faire changer ses habitudes. Si Hitler a été réellement convaincu, à la faveur d'un éclair de génie que nous allons débarquer en Normandie, nous sommes dans le plus grand pétrin.

Ridley fit un signe à son assistante qui ouvrit une serviette de cuir et en sortit une masse de dossiers.

— Quoi qu'il en soit, le moment est venu de reconsidérer la situation.

La jeune femme dont Deirdre avait dit qu'elle avait une prédilection pour les Horse Guards, déposa un des dossiers devant chacun des assistants.

T. F. ouvrit le sien. Il portait en capitales le mot BOLYGUARD et, au-dessous, cette mention : « *Combined Chiefs of Staff 459*, 7 janvier

1944. En dessous était écrit à l'encre rouge : « La divulgation de ce document est strictement limitée. Cet exemplaire est destiné à l'usage personnel du major O'Neill, USA, MOST SECRET COPY N° 32. » Imprimée sur la chemise en capitales rouges, on lisait la formule BIGOT, qui désignait tout renseignement secret relatif au débarquement.

Ridley expliqua :

— Le nom de code inscrit sur votre dossier vient de ce qu'a dit, un jour, le Premier ministre à Staline, à la conférence de Téhéran : « En temps de guerre, la vérité est si importante qu'il faut lui donner un garde du corps habillé de mensonges. » Ce dossier contient le résumé de tous les mensonges que nous destinons à nos amis allemands.

Ridley alluma une autre Player à celle qu'il venait de fumer.

— Notre plan était divisé en deux parties. La première a été mise en œuvre depuis l'automne dernier. Le but était d'obliger Hitler à disperser ses forces tout au long des territoires occupés et de le dissuader de concentrer ses divisions en France. Aujourd'hui, alors que nos débarquements auront lieu dans six semaines, cette première partie de notre plan est achevée. Ce qui nous amène à entreprendre la seconde, que nous avons désignée d'un nom de code : FORTITUDE.

Le colonel accompagna sa plaisanterie d'un petit sourire. Il posa ses mains à plat sur son bureau et se pencha en arrière, les yeux à moitié fermés, la fumée de sa Player recouvrant son visage comme les vapeurs de l'encens celui d'un bouddha perdu dans la jungle de Birmanie. « Voilà un homme, se dit T. F., qui est parfaitement conscient que tout le monde le regarde. »

— Je laisse Ronnie vous dresser les grandes lignes de notre projet. Mais auparavant, je vais vous exposer les principes sur lesquels notre expérience nous a appris à nous fonder.

Le colonel retira précautionneusement de sa bouche sa cigarette dont la cendre était prête à tomber.

— Un officier, ou un service d'intoxication, doit avant tout être susceptible de faire quelque chose de rien, d'avoir une idée de départ à laquelle il faudra donner toutes les apparences de la réalité. C'est de ça que dépend l'avantage que nous aurons sur l'ennemi.

Ridley secoua sa cigarette, la porta de nouveau à ses lèvres en la tenant entre le pouce et l'index et en souffla une bouffée en direction de T. F.

— Vous êtes sceptique, n'est-ce pas ? Les Américains le sont toujours à l'égard de ce genre d'opérations.

« Comment ce type, se dit T. F., peut-il croire que je suis un si mauvais joueur de poker que n'importe qui peut lire dans mes yeux les cartes que j'ai en main ? »

— Voyez ce qui s'est passé à El Alamein, continua Ridley. L'officier de Monty chargé de ce genre d'opérations est parti d'une idée simple : « On va faire croire qu'on attaquera Rommel sur son flanc droit. » A partir de là, il a tout fait pour donner de la réalité à la chose : des tanks, des troupes, de l'artillerie, des dépôts de ravitaillement. En abreuvant les Allemands de milliers de messages radio, parlant de kilométrages, d'itinéraires pour les blindés, d'établissement de pipe-lines. Toute une foule de cartes, bien sûr... Et tout ça nous a fait gagner la bataille d'El Alamein... Il s'agit là d'une ruse stratégique.

Ridley regardait T. F.

— Dans notre travail, il ne faut jamais confondre mensonge et intoxication. Le fait de mentir est fondamentalement lié aux actions de celui qui ment. L' « intoxication », au sens militaire du terme, va plus loin. Elle a pour but les réactions des gens que l'on intoxique. Un menteur sera toujours un menteur que vous le croyiez ou non. Quelqu'un qui en intoxique un autre échouera si on ne le croit pas, et, ce qui est plus grave, si l'autre ne réagit pas concrètement à ses mensonges. Ce qu'on a fait à El Alamein aurait été sans aucune valeur si Rommel n'était pas tombé dans le panneau et avait découvert son flanc gauche pour renforcer son flanc droit.

— Les feintes stratégiques sont de deux sortes. La plus simple est celle que j'appellerai « la feinte ambiguë ». Elle consiste à plonger l'ennemi dans un brouillard de fausses nouvelles, en multipliant les choix qu'il doit faire. A la fin, vous devez le contraindre à l'inaction. Le paralyser dans l'incertitude où il est de ce que vous allez faire. La seconde est plus subtile. Dans ce cas, il faut lui tendre la main pour qu'il échappe à cette ambiguïté. Au lieu de le laisser se perdre dans la confusion, vous devez le conduire à prendre une décision donnée. Lui montrer le chemin. Dans la mesure, bien entendu, où ce n'est pas — pour vous — le mauvais chemin. Il faut qu'il prenne la décision qui soit la plus mauvaise. Il arrive que le temps qui passe fiche tout en l'air. La nuit parfois porte conseil. Ce qui compte pour nous, c'est que l'on croie assez longtemps en nos mensonges pour qu'on en récolte les résultats.

Ridley prit une autre cigarette. T. F. contemplait avec stupéfaction le nombre de mégots qui s'entassaient dans son cendrier. En retour, l'Anglais le regarda d'un œil un peu inquisiteur, comme pour lui demander si cette tabagie ne valait pas l'effort qu'il venait de faire.

— J'incline à penser que nous nous comportons là comme des

metteurs en scène. Ce genre d'opérations commence toujours comme une pièce ou un film dont le dénouement est prévu à l'avance. Une fois que nos chefs d'état-major ont accepté le scénario que nous avons écrit, nous devons le réaliser sur un théâtre infiniment plus important que les autres : celui des opérations. C'est à nous de choisir la distribution, les costumes, la musique, le décor — et tout cela, bien sûr, en ayant dans l'esprit le public auquel nous nous adressons. La distribution, ce sont toutes les sources ennemies que nous pouvons manipuler et infiltrer dans les rangs de l'adversaire. C'est pourquoi, comme un directeur de théâtre, nous devons commencer par faire l'inventaire des acteurs et des actrices disponibles, à savoir tous les moyens d'information ennemis à notre disposition. En nous rappelant que notre cible n'est pas le grand public, mais un cercle restreint de spectateurs : une poignée d'officiers supérieurs des services secrets allemands. C'est à eux qu'est destiné notre petit scénario, dont le point de départ doit être soigneusement caché et qui doit conduire au plus grand nombre de dénouements possible.

T. F. sentit que Ridley approchait de la fin de son discours.

— Pour finir, c'est Hitler, lui-même, que nous devons atteindre pour lui faire commettre une erreur. Pas une erreur banale, mais celle qui le fera tomber dans le piège que nous lui avons tendu.

L'Anglais se rassit, alluma une autre cigarette.

— L'intoxication, comme toute autre forme d'opérations militaires, implique des pertes. Mais laissez-moi vous dire que les pertes subies à l'occasion d'une opération d'intoxication délibérée contre l'adversaire sont les moins populaires qui soient en temps de guerre.

Un dernier mot. Pour réaliser notre scénario, il y a un seul test à faire subir à nos intrigues insolites, vicieuses, perfides. Est-ce que cela marchera ?

Il se frotta les yeux en signe de fatigue et de résignation.

Ridley en avait fini. T. F. comprit que ce qu'il venait de dire lui était personnellement destiné, comme le prélude d'un opéra en trois actes dont Wingate allait lever le rideau. Cela avait de quoi l'impressionner, mais il y avait une fausse note. En l'écoutant, T. F. s'était souvenu de ce qu'on lui avait dit au Pentagone et du mémoire du général Strong. Il prit une Camel, l'alluma et souffla pensivement son allumette. Une façon pour lui de gagner du temps, de se donner quelques secondes de réflexion.

— En mettant votre projet au point, colonel, avez-vous songé à ses implications d'ordre moral? Avez-vous jamais pensé à faire la différence entre vos méthodes et celles de l'ennemi?

En s'entendant parler ainsi, T. F., ne put s'empêcher de ressentir à quel point ses propos pouvaient mal sonner aux oreilles de gens qui, depuis 1940, se battaient pour survivre, tandis que lui et ses amis dansaient au Stork Club[1], ou assistaient aux matchs de foot-ball de *Yale* revêtus de manteaux de fourrure. Pourquoi, Grand Dieu! Washington l'avait-il nommé à un poste où il devait se poser ce genre de questions?

— La morale et l'éthique, mon cher major, sont deux mots qui n'existent pas dans le dictionnaire de la guerre.

T. F. mordilla le bout de sa cigarette, se souvenant de ce que les gens de Washington lui avaient demandé d'opposer à ce genre d'affirmation. Les Américains n'avaient pas bonne réputation à Londres. On les accusait de se lancer à corps perdu dans des opérations stratégiques auxquelles ils ne connaissaient rien — ce qui, T. F. l'admettait, était certainement le cas dans cet univers mystérieux où il avait été plongé. Il se dit qu'il n'avait qu'à marquer le coup et laisser tomber.

— Peut-être, dit-il en adressant aux personnes présentes une sorte de sourire grimaçant qu'il espérait propre à les désarmer. Cela dépend du dictionnaire qu'on emploie.

Pendant une seconde, il se demanda si Ridley n'allait pas se jeter sur le dossier *Top Secret* qui lui avait été remis et, avant qu'il ait pu le lire, le ranger dans sa serviette. Au contraire, l'Anglais lui sourit avec une infinie douceur.

— Parfait, dit-il. Ronnie, pourquoi ne continuez-vous pas?

Wingate, le plus âgé des officiers se trouvant autour de la table prit son propre dossier.

— Voici de quoi il s'agit essentiellement dans ce scénario que nous avons monté sous le nom de FORTITUDE. Notre débarquement sur les côtes européennes s'effectuera sous la forme de deux attaques à travers le Channel. La première — et la moins importante — aura lieu en Normandie. Son but est d'attirer là les troupes allemandes en réserve dans le Pas-de-Calais et en Belgique. Une fois celles-ci amenées sur le terrain, notre attaque principale aura lieu contre les défenses allemandes ainsi dégarnies dans le Pas-de-Calais. Ce scénario a

---

1. Boîte de nuit célèbre de New York (*N.d.T.*).

l'avantage, si je puis dire, d'apparaître comme une stratégie évidente, même si elle n'a pas d'existence réelle. Nous avons, en ce moment, tout au plus trente-trois divisions alliées en Angleterre. Le jour J, nous en aurons quatre de plus : à peine le nombre de divisions suffisant pour réussir *un* débarquement, à plus forte raison *deux*. Cela dit, Hitler n'est pas fou. Le Pas-de-Calais est la zone la plus puissamment fortifiée de la côte française. Il ne va pas se sentir sérieusement menacé de ce côté-là, à moins qu'il soit évident pour lui que nous ayons réuni assez de troupes pour l'attaquer sur ce front.

Wingate eut un sourire diabolique.

— Vous allez me dire : où pourrions-nous trouver les forces nécessaires pour attaquer dans le Pas-de-Calais ? Comme toujours, nécessité fait loi : **nous** allons les inventer !

Wingate feuilleta son dossier.

— Regardez à la page 17. Vous y trouverez une carte des bases situées dans le sud-est de l'Angleterre, à la date du 15 mai 1944. Cette carte révèle que, ce jour-là, un mois avant les opérations, sera sur pied une immense force de combat, le Premier Groupe d'armée US. Comme par hasard, il est placé sous le commandement du général Patton. Les Allemands pensent que c'est le meilleur homme de terrain que nous avons. Ils sont convaincus que nous serions fous de tenter une opération majeure en Europe sans le faire sous le commandement de Patton. Comme vous verrez, FUSAG est composé de deux armées, la Première armée canadienne et la Troisième armée américaine. Sur ces vingt divisions, cinq sont blindées. De quoi foutre une râclée aux Allemands. Ce qui est dommage... c'est que ce n'est là que de la fumée !

Wingate éleva le ton, comme un maître d'école, pour être sûr que tout le monde, autour de la table, lui prête attention.

— Vous remarquerez que les endroits indiqués sur cette carte se trouvent dans l'estuaire de la Tamise et dans l'est de l'Angleterre, derrière Douvres et Ramsgate. Ce sont là des positions logiques dans le cas d'une attaque dans le Pas-de-Calais. Dans une semaine, quand nos *vraies* divisions feront mouvement vers leurs ports d'embarquement, nos divisions *imaginaires,* elles, commenceront à s'installer dans leurs zones de rassemblement. Si je peux employer le vocabulaire théâtral du colonel, ce sera le lever de rideau de l'acte I. Comme tous les premiers actes, celui-ci jettera les bases de l'intrigue. Si ça ne marche pas, le reste de la pièce ne marchera pas non plus. Ce que nous devons faire, c'est revêtir cette armée de fantômes de chair et d'os. Nous devons transformer ce million d'ectoplasmes en créatures vivantes, avec leur ravitaillement, leurs armes, leurs problèmes particuliers, leurs épouses et leurs mères. Nous devons leur donner vie, non pas en Angleterre, mais à Berlin. Si FORTITUDE a quelque espoir de réussir, c'est dans la mesure où ces fantômes existeront bel et bien dans l'esprit du grand état-major allemand.

T. F. espérait que tous ceux qui se trouvaient là n'aient pas remarqué l'incrédulité avec laquelle il avait accueilli le discours de Wingate. Jamais il n'avait entendu quelque chose d'aussi extravagant. Ou bien ces gens étaient cinglés, ou bien ils étaient doués d'un rare génie. Mais non : cet avocat, ce romancier populaire, ce type qui fabriquait des meubles du côté de Birmingham, ces deux filles de l'aristocratie, entassés dans ce trou, avaient l'intention de berner Hitler avec un million de faux soldats et de gagner la guerre ? Le général du Pentagone avait raison : ils étaient tous dingues.

Wingate se leva lentement, inconscient du scepticisme qu'il avait pu éveiller chez son officier de liaison américain.

— Les moyens qu'Hitler possède de se procurer des renseignements sont limités. Ils sont au nombre de trois : les vols de reconnaissance aérienne, l'interception de nos messages radio et l'espionnage. Notre idée est de laisser filtrer des lambeaux d'informations par ces trois canaux. Une fois que les Allemands les auront rassemblés, ils découvriront que FUSAG est notre « puissance et notre gloire ». Pas trop facilement, bien sûr. Nous voulons qu'ils tirent un grand orgueil de la manière dont ils auront découvert notre « secret ».

Wingate se retourna vers Ridley qui sortit un épais dossier de sa serviette.

— Cette annexe du plan FORTITUDE contient ce qui se passerait entre nos deux armées imaginaires et leurs vingt divisions.

— Vous avez dressé ce plan dans cette petite pièce, demanda T. F. ?

— Bien sûr que non. Nous avons réuni un état-major d'armée pour le faire à notre place.

— Tout un état-major, rien que pour ça ?

— Absolument. Plus d'une centaine d'officiers supervisés par un major général de chez vous y ont travaillé pendant plus de trois mois.

— Une centaine d'officiers ?

T. F. ne pouvait plus cacher son incrédulité

— Vous voulez dire que vous avez utilisé tout l'état-major d'un groupe d'Armée pendant Dieu sait combien de temps rien que pour fabriquer un tas de mensonges ?

Wingate feuilleta rapidement du pouce son épais dossier, comme un joueur de poker, avant de distribuer les cartes.

— Il ne s'agit pas du tout de mensonges. Tous ces documents sont authentiques. Depuis le dernier rouleau de papier-cul, jusqu'aux conseils prodigués aux soldats pour qu'ils n'attrapent pas la vérole dans les bordels français.

Ridley reprit la parole.

— Voyez-vous, major, nous ne jouons pas à un jeu. Que l'on commette une seule erreur et nous sommes foutus. Nous allons probablement envoyer un million de faux messages radio au cours des six semaines qui vont suivre, la plupart d'entre eux en clair.

— Un million ! s'exclama T. F.

— Disons quelques centaines de milliers. Ils doivent être convaincants. Dans l'ordre qu'il faut, logiques, correspondant à des réalités précises. Les éléments avancés que nous devons d'abord envoyer, c'est un bataillon de parachutistes, puis une division. Avec le décalage nécessaire. Certaines choses doivent mal se passer, comme toujours. Les pontonniers du génie doivent gueuler contre les artilleurs. Les Allemands savent comment nous travaillons. Aucune fausse note ne leur échappera, comme elle ne nous échapperait pas si elle venait d'eux. Ils vont intercepter des messages authentiques échangés entre nos unités, tandis qu'elles se rendront à leurs points de rassemblement dans le Sud-Ouest : ce sera la confirmation que nous ne mentons pas. Ce plan servira de base à notre désinformation. A partir de là, nous aurons à calculer le lieu précis, le jour précis, l'heure précise, la minute précise des faux renseignements que nous ferons parvenir aux Allemands. Ce plan indique que l'avant-garde de notre 167e régiment imaginaire traversera Sturry pour se rassembler à Herne Bay à 7 h 27, le 2 mai. Nous avons là un agent double. Il verra ça, pas d'un bistrot — ils ne sont pas encore ouverts à cette heure —, mais peut-être en allant faire ses courses à bicyclette à la ville. Dans l'après-midi, l'équipe radio émettra trois ou quatre brefs messages que nos amis Allemands intercepteront. Puis il y en aura d'autres. Les Américains ont un comportement bizarre. Ils ne parlent à personne. Alors la Luftwaffe viendra jeter un coup d'œil et nous aurons préparé un trucage pour leurs prises de vue. Tout doit être harmonisé : un horaire parfaitement respecté est nécessaire pour que tout marche bien.

Pour la première fois depuis que Wingate avait commencé à invoquer son armée de fantômes, T. F. était devenu un peu moins incrédule.

207

— Prenez l'exemple d'une reconnaissance aérienne. Connaissez-vous un peu l'est de l'Angleterre ?

T. F. secoua la tête.

— Bon ! Les routes de cette région qui conduisent aux ports sont trop étroites pour les blindés. Les Allemands le savent.

— Je vois.

— Nous allons élargir ces routes. De nuit, bien entendu, quand on ne pourra pas nous repérer par les airs.

— Une minute ! Vous prétendez élargir tout un réseau routier au prix de fortunes en matériel et en temps, et tout ça pour jeter de la poudre aux yeux ?

— Nous ferons ça sur une centaine de miles. Nous aurons, je le crains, beaucoup d'ennuis avec les riverains. Cela dit, les Allemands savent fort bien que, si nous devons élargir les routes, il faut le faire sans qu'ils s'en rendent compte.

— Vous allez camoufler ces routes dont vous ne vous servirez jamais ?

— Exactement. Et même, nous allons fort bien le faire. A ceci près que seul un officier de renseignement très compétent sera capable de repérer des traces de camouflage à partir de photographies aériennes prises à 30 000 pieds avec leurs Leicas.

T. F. se demanda s'il y avait ou non de l'autosatisfaction dans le ton de Ridley. En revanche, il considérait le vieil homme, pour la première fois, avec admiration. Il se demanda s'ils étaient prêts à aller jusque-là pour tromper les Allemands. Dans ce cas, ce plan extravagant pourrait avoir quelque résultat.

— Cela nous amène à l'aspect le plus secret de l'opération FORTITUDE, continua Ridley. Depuis fin 1942, notre service de contre-espionnage, le MI 5 — qui est comparable à votre FBI — a acquis la quasi-certitude que tous les agents allemands opérant sur notre sol sont contrôlés par nous.

— Ça n'est certainement pas le FBI qui peut se vanter d'une chose pareille, répondit T. F. Mais comment pouvez-vous en être sûrs à cent pour cent ?

— On n'est jamais sûr à cent pour cent de quoi que ce soit, major, excepté de notre propre mort. « Intime conviction » est le terme dont nous avons usé. On a piqué cinquante d'entre eux. Les types les plus dangereux ont été pendus. Le MI 5 s'est arrangé pour persuader la plupart des autres qu'il était plus sage pour eux de travailler sous notre contrôle. Nous avons leurs codes. Grâce à notre programme ULTRA, nous pouvons décrypter le trafic radio de l'Abwehr et cela fait deux ans que nous avons repéré un de leurs agents — *sans le contrôler.* Nous savons aussi qu'il n'y a pas un seul trafic radio sortant de ce pays qui nous échappe.

— Vous n'allez tout de même pas me dire que, pendant deux ans, vous avez laissé la bride sur le cou à tout un réseau de renseignements allemand ?

— C'est ce que nous avons fait. Et ça a été plutôt du bon boulot. Meilleur, comme je le pense quelquefois, qu'ils auraient pu le faire eux-mêmes.

— Que faisiez-vous quand Berlin demandait à un de leurs, de *vos* agents où était telle escadrille de la RAF, ce que faisait telle autre, ou bien ce qui se passait dans une usine au nord de Manchester ?

— On le lui disait.

— Vous leur livriez vos propres secrets militaires ?

— Bien sûr ! Si votre agent envoie à son « contrôleur » de l'Abwehr à Hambourg une coupure du *Times* de la veille, il passera pour une cloche. Vous devez comprendre que notre but était de valoriser un certain nombre de ces agents auprès des Allemands. Si nous devons, maintenant, les utiliser pour manipuler leurs services secrets, il faut que les autres soient convaincus qu'ils disent la vérité.

T. F. secoua la tête en signe de consternation et de stupéfaction. Il se retrouvait à Washington. Il essayait d'imaginer J. Edgar Hoover se lançant avec son FBI dans quelque chose d'aussi subtil. Ce serait comme si l'on demandait à un écolier qui lit des bandes dessinées de digérer quelques-unes des pages les plus hermétiques de James Joyce.

— Nous travaillons avec le plus pur empirisme. Quatre-vingts pour cent de ce que nous leur avons passé était vrai. Et, parfois, c'était drôlement juteux ! Ce que nous voulions, c'était que, une fois qu'un contrôleur de l'Abwehr avait pu confirmer la véracité de la plupart de nos renseignements, il soit pris à l'hameçon. A partir de ce moment, vous pouvez lui refiler — très soigneusement — les quelques mensonges capitaux qui l'orienteront dans la direction que vous désirez.

T. F. pensait que ce n'était pas étonnant que les Irlandais aient mis si longtemps à se libérer de ces gens-là. Le type qui écrivait les discours de De Valera était sans doute un agent anglais.

— Revenons-en à FORTITUDE, continua Ridley. Il ne suffit pas d'inventer de toutes pièces notre Premier Groupe d'armée US pour le seul bénéfice d'Hitler. Une fois que les Allemands auront été convaincus de son existence réelle et de son ordre de bataille, nous devrons les persuader que l'on va les attaquer dans le Pas-de-Calais très peu de temps après avoir débarqué en Normandie. C'est l'acte II de notre scénario. C'est là que nous espérons pouvoir utiliser trois de ces agents que nous avons si patiemment entretenus, pendant deux ans, pour jouer les rôles principaux.

Ridley se pinça le nez entre le pouce et l'index d'un geste nerveux que T. F. avait remarqué à plusieurs reprises.

— Je dis « nous espérons », parce que nous avons récemment appris certaines choses qui peuvent faire tomber à l'eau toute l'opération. Himmler et ses SS ont pris la direction des services étrangers de l'Abwehr. Les trois agents en question sont membres de l'Abwehr.

Cette révélation, dont tous les autres, autour de la table, étaient ignorants, produisit, pour la deuxième fois de la matinée parmi les assistants, un grand courant d'inquiétude.

— Ils vont être liquidés, dit Wheatly, le romancier. Vous verrez !

— Peut-être, répliqua Ridley. Mais nous n'avons là-dessus aucune indication du programme ULTRA. Pour le moment, personne, à Berlin, n'a posé de question à leur sujet.

— Je ne suis pas persuadé qu'ils soient foutus.

C'était un petit homme que T. F. n'avait pas encore rencontré. Arthur Shaunegessy, l'éleveur de chevaux de course qui avait été agent double dans l'IRA au cours de sa jeunesse.

— Une fois qu'un patron de l'espionnage est persuadé de la fiabilité de l'un de ses agents, il faudrait un tremblement de terre pour le faire changer d'avis. Ces types sont un peu comme les papes de Rome. Ils ont une confiance exagérée dans leur infaillibilité.

Il eut un sourire glacé à l'égard de T. F.

— Sans vous offenser, major !

— Une chose est claire, poursuivit-il, nous devons trouver quelques autres chevaux à jeter dans la course. Je vous suggère de vous reporter à la page 23. Paragraphe 17. « Forces patriotiques. »

Shaunegessy lut le passage à haute voix, dans le cas où quelqu'un d'entre eux ne l'aurait pas trouvé.

« Les opérations d'intoxication s'accompliront comme suit .

A. Intensification du sabotage général dans le Pas-de-Calais, dans la région et en Belgique.

B. Envois dans le Pas-de-Calais et en Belgique de spécialistes avertis que les Alliés se préparent à débarquer sur la côte du

Pas-de-Calais, avec ordre d'utiliser les groupes de Résistance locaux pour divers types d'action destinés à renforcer l'attaque. »

— Voilà notre réponse ! Nous appellerons la Résistance à intervenir quarante-huit heures après avoir débarqué en Normandie. Ça sera sacrément suffisant pour que Hitler garde les yeux fixés sur cette zone.

Une fois de plus un signal d'alarme sonna dans la tête de T. F. Qu'avait donc dit Strong, dans son mémoire, sur le fait d'abuser de la vulnérabilité des populations en territoires occupés par l'ennemi ?

— Ça me semble une façon plutôt cynique de sacrifier des vies françaises.

— Et alors ? aboya Shaunegessy. C'est leur pays que nous allons libérer, non ? Pourquoi quelques-uns d'entre eux ne seraient-ils pas sacrifiés dans l'affaire ? De votre côté, vous sacrifierez pas mal de fils de fermiers du Texas quand la première vague arrivera, croyez-moi !

T. F. sentait sa colère d'Irlandais lui monter au nez. Dès le premier instant il avait méprisé ce type.

— Une des raisons pour lesquelles on fait cette foutue guerre c'est qu'on est censé représenter quelque chose. Et envoyer des civils innocents à la mort ne compte pas pour eux. Et, si je comprends bien, on a quand même l'intention de rester alliés des Français après la guerre, non ?

— Bon Dieu ! s'écria Shaunegessy, levant les yeux au ciel comme si le fait de répondre lui était insupportable. Les Français n'en sauront jamais rien. Mais ne pas utiliser tous les trucs que nous pouvons, major, nous ferait perdre la guerre.

— *Gentlemen !* déclara Ridley en frappant sur la table. L'état-major combiné devrait approuver une levée en masse de la Résistance et ils ne le veulent pas. Nous en avons déjà discuté. En outre, ce serait trop évident. Hitler ne tomberait jamais dans le panneau.

Il aspira une longue bouffée de sa cigarette.

— Je suis d'accord, Harry, que nous avons besoin de quelque chose de plus. Mais d'un scalpel, pas d'une matraque. D'une source supplémentaire, solidement implantée, révélée à la dernière minute, après que les autres auront été alimentées. La source la plus subtile, la plus décisive qui permette à toutes les pièces du puzzle d'être rassemblées.

— Parfait ! répondit Shaunegessy sur un ton presque agressif. Et où proposez-vous de trouver ce nouveau moyen d'intoxiquer les Allemands ? Nous avons tout utilisé jusqu'à maintenant, même un cadavre. Qu'est-ce qui nous reste ?

211

Ridley, une fois de plus porta la main à son nez.
— *That's the question !* Qu'est-ce qui nous reste ?

*

Aucun amoureux au monde arrivant à un rendez-vous n'aurait été aussi bienvenu. Catherine éprouva un profond sentiment de soulagement et eut un petit rire nerveux. L'homme, qui, en traînant les pieds, tournait le coin de la rue où se trouvaient les Trois Suisses, avec une boîte à outils suspendue à l'épaule, était sûrement un plombier. Il avait la corpulence d'un grand buveur de bière, des bleus délavés et une ceinture de cuir si large que son père, autrefois, avait dû s'en servir pour aiguiser son rasoir. Mais il avait surtout la tête de l'emploi : celle d'un type renfrogné qui a l'habitude de tendre une oreille distraite aux récriminations de ses clients.

Catherine avala d'un trait son ersatz de Cinzano, plia son exemplaire du *Phare de Calais,* et, de l'air le plus nonchalant qu'elle put, se dirigea vers son plombier.

— Etes-vous l'homme que j'ai appelé pour réparer mon évier bouché ? demanda-t-elle.

L'homme lui jeta un regard furibond, comme en avaient, avant-guerre, les chauffeurs de taxis à l'égard des clients assez naïfs pour oublier de leur donner un pourboire ou leur demander leur chemin.

— Vous êtes bien madame Dumesnil, rue Descartes ? lui dit-il en mâchonnant le mégot qu'il avait aux lèvres.

Tandis qu'elle se rangeait à son côté, deux gosses d'une quinzaine d'années sautèrent du trottoir et traversèrent la rue devant eux. Son « plombier » ne dit rien. Puis il marmotta : « Petits impolis ! » en désignant les gosses du bout de sa cigarette qui, maintenant, était éteinte, mais continuait de pendre à ses lèvres.

Il haussa les épaules, avec une éloquente résignation, et retourna à son mutisme. A la fin, alors qu'ils entraient dans une ruelle, il souffla : « Numéro 17. Troisième étage à droite. » Ils étaient à la hauteur du 13. Catherine le questionna du regard en arrivant devant le 17. Sans la regarder, il dit : « Merde ! »

Elle entra dans l'immeuble et s'engagea dans la cage d'escalier à peine éclairée, comme si elle avait fait ça depuis des années.

Un homme ouvrit une porte.

— Denise ?

— Oui, répondit-elle, avec une légère hésitation.

Son nom de code ne lui était pas encore familier.

Aristide était plus âgé qu'elle le pensait. Il avait la quarantaine. C'était un homme à l'allure fragile, aux épaules tombantes, à la poitrine creuse. Il portait une barbe à la Van Dyke, un « signe particulier », se dit Catherine, que Cavendish n'aurait sûrement pas apprécié — et des cheveux grisonnants ébouriffés comme s'il venait de recevoir une décharge électrique.

— Désolé de vous avoir fait attendre, murmura-t-il, en la poussant à l'intérieur. Il tenait une cigarette entre le pouce et l'index et Catherine remarqua que sa main tremblait légèrement. Elle se demanda si c'était vraiment là l'homme qui était le chef du réseau du SOE. Son regard la rassura. Tout son visage était souriant, mais pas ses yeux. Ils la contemplaient avec une intensité qui démentait la fragilité de son aspect extérieur.

— La Gestapo s'est montrée particulièrement active, ces derniers jours. Mais nous savions que vous deviez arriver et tout va bien. Je vous présente mon épouse, ajouta Aristide, en montrant une femme qui sortait de la cuisine en s'essuyant les mains à son tablier, et Pierrot, mon adjoint.

Un jeune homme assis près de la fenêtre fit un signe de la tête.

— Vous devez avoir faim, dit Aristide, en prenant une bouteille de bordeaux sur une table. Un verre de bienvenue, un petit truc à manger et au travail !

Catherine dévora une assiette de frites et un hareng qu'avait préparés la femme d'Aristide et elle avala avec satisfaction un verre de bordeaux.

— Maintenant que vous êtes restaurée, dit Aristide tandis qu'elle repoussait son assiette, je dois vous dire que notre ami Cavendish vous a envoyée dans le pire des endroits pour un agent — surtout un opérateur-radio. Calais est la ville de France la plus occupée.

Catherine remarqua qu'il avait dit cela avec une certaine fierté

— En fait, nous ne sommes même plus en France.

*

Cela avait été le cas, avant même que la France se fût officiellement rendue en 1940, à partir du jour où les premières colonnes

213

blindées de Guderian avaient atteint, ou presque, les côtes de la Manche. Le 4 juin 1940, les départements du Nord et du Pas-de-Calais avaient cessé d'exister aux yeux des Allemands. Ils avaient été incorporés à ce qu'ils appelaient la *Grüne Zone* et les Français la « zone interdite ». Les deux départements avaient été placés sous le contrôle du gouverneur militaire de la Wehrmacht à Bruxelles. Hitler ne voyait là qu'un arrangement provisoire. Après la guerre, il désirait annexer la région de Calais à un Etat flamand vassal dont il entendait faire un Etat-tampon à la frontière ouest de l'Allemagne — une sorte d'Alsace-Lorraine maritime.

En raison de son port et de la proximité de l'Angleterre, la région avait été aussitôt emplie de troupes allemandes. Il y avait eu d'abord des divisions d'infanterie qui défilaient dans les rues de la ville en chantant : « Nous allons en Angleterre ! » — tandis que, sur les trottoirs, de courageux petits Français les singeaient en poussant des cris de gens qui se noient. Ensuite était venue la Luftwaffe, implantant des terrains d'aviation pour les chasseurs de Goering lancés à l'assaut de la Grande-Bretagne.

Quand la fortune de la guerre avait changé, une nouvelle vague avait envahi la région : des spécialistes de la défense, des artilleurs pour servir les batteries côtières destinées à tenir Douvres sous leur feu, des milliers de travailleurs pour construire le mur de l'Atlantique qui devait rendre impossible le retour des Alliés sur le Continent. Plus récemment, les forêts de l'intérieur avaient connu une autre mini-invasion, celle des ingénieurs qui supervisaient la construction des rampes de lancement des V1 et des V2 à destination de l'Angleterre.

Tout cela avait eu pour résultat qu'il y avait dans le Pas-de-Calais plus d'Allemands que de Français, femmes et enfants compris. Ces derniers étaient soumis à un contrôle infiniment plus rigoureux que leurs concitoyens partout en France. Personne ne pouvait entrer ou sortir de la zone interdite sans une autorisation spéciale de la *Feldkommandantur*. Les sacs, les colis que les gens transportaient dans les rues étaient fouillés sans arrêt. Le couvre-feu avait été décrété à neuf heures du soir. Les voyageurs du train Calais-Lille pouvaient être sûrs que leurs bagages seraient vérifiés au moins une fois.

Des zones entières de la région, comme le port de Calais et le littoral allant du cap Gris-Nez à Boulogne, étaient interdites à tous citoyens français, à l'exception de ceux qui y étaient domiciliés. Même les putains qui travaillaient dans la demi-douzaine de bordels que comptait la ville étaient soumises à une inquisition draconienne, afin d'éviter que les conversations qu'elles pouvaient avoir sur l'oreiller avec leurs clients allemands ne parviennent aux oreilles de la Résistance. Elles n'étaient autorisées à sortir de leurs maisons que deux fois par semaine, pour l'apéritif du dimanche et le contrôle médical — escortées, en ces occasions, comme des nonnes sortant de leur couvent.

La Résistance, dans une atmosphère à ce point raréfiée, exigeait un extraordinaire courage et des ruses infinies. Cela avait eu pour résultat que les activités anti-allemandes avaient mis longtemps à s'implanter dans la région et avaient revêtu, dès le début, un caractère don-quichottesque. Le premier acte de sabotage important n'eut lieu que le 5 janvier 1943, quand un train de marchandises, transportant dix tonnes de poissons des réserves de Calais aux conserveries du Reich, dérailla. Sept tonnes de poissons disparurent avant que la Wehrmacht pût intervenir. Le lendemain, *le Phare de Calais* titrait : « La saison s'ouvre sur une pêche miraculeuse. »

Et pourtant la résistance aux Allemands n'était pas une plaisanterie. Les bureaux de la Gestapo de Calais étaient une succursale de la Gestapo installée rue Terremonde, à Lille, où les résistants étaient soumis à des tortures épouvantables par le chef local, puis décapités à la hache. Avant la guerre, les communistes et les socialistes étaient solidement implantés dans la région. Les Allemands les prirent en otages et les firent passer devant leurs pelotons d'exécution avec un enthousiasme tout particulier. Une série d'arrestations, comme Aristide l'expliqua à Catherine, avait, à la fin de 1943, décimé les rangs de la résistance locale. Elle commençait juste à se reconstituer.

Si l'oppression allemande rendait toute résistance difficile, curieusement, elle décourageait les collaborateurs. Les habitants de Calais se faisaient un orgueil de n'avoir qu'un seul collabo parmi eux : l'éditeur du *Phare de Calais,* le journal que Catherine emportait avec elle, tous les jours, aux Trois Suisses. Il s'appelait Auguste Leclercq. C'était un mutilé de la Première Guerre mondiale. Un type sans grande intelligence et un peu simplet, mais qui tenait fermement à ses convictions. Il voyait en Hitler une réincarnation de Jeanne d'Arc, revêtue d'une armure éclatante, protégeant la « douce France » des sauvages entreprises des bolcheviques et d'une coalition de capitalistes anglo-américano-judéo-maçonniques.

De telles convictions avaient valu à ce personnage le poste d'éditeur du *Phare de Calais,* fonction pour laquelle il manquait de la plus rudimentaire compétence. Néanmoins, il faisait d'infatigables efforts pour convaincre ses compatriotes de collaborer. Il usait pour

cela de son moyen préféré, la poésie, et ses odes à « Hitler, mon ami »
ou « Braves Teutons » étaient pour les Calaisiens une intarissable
source de plaisanteries.

Ses activités de « journaliste », étaient supervisées par un sous-
lieutenant de la Wehrmacht qui devait sa présence à Calais — aussi
loin que possible du front russe — au fait qu'il était un neveu de
Goering. Il venait voir Leclercq quotidiennement pour lui dire
d'apporter à certains articles une attention toute particulière : les
« retraites stratégiques » des Allemands sur le front de l'Est n'avaient
guère d'importance, encore moins le meurtre d'un pêcheur tué par une
sentinelle trop zélée.

Les habitants de la zone interdite étaient soumis à de très dures
restrictions ; leur existence quotidienne était rythmée par les attaques
constantes contre le mur de l'Atlantique et les combats aériens. Cela
faisait près de quatre ans que ça durait, mais ils supportaient leur
situation avec un remarquable stoïcisme. Ils arrivaient même à en
plaisanter. Leur ration de vin d'une semaine, disaient-ils, pouvait fort
bien remplacer l'acide sulfurique qui servait à graver des plaques de
cuivre. Au cours du très rude hiver de 1943-1944, les femmes enfilaient
les pantalons de leur mari sous leur chemise de nuit afin d'avoir plus
chaud. Ils avaient baptisé le train de Lille « le train à patates », car
chacun des voyageurs qui l'empruntaient transportait avec lui un sac
rempli de pommes de terre ou de navets. Un résistant avait réussi à
dérober dans les bureaux de la *Kommandantur* un cachet officiel
permettant d'avoir un *Ausweis* pour le couvre-feu, en le cachant dans
ses chaussettes : il n'avait pas changé celles-ci depuis quinze jours,
sachant que le fonctionnaire allemand sous les ordres de qui il se
trouvait était un maniaque de propreté. Une demi-douzaine de « cafés
concerts » s'étaient transformés en orchestres de swing pour les jeunes
zazous de Calais qui singeaient avec exagération la manière américaine
de se vêtir.

Alors que l'été approchait, les Calaisiens furent ensevelis sous une
horde de soldats allemands, et obligés d'installer des champs de mines
et autres obstacles contre une invasion alliée, sachant très bien, alors
qu'ils travaillaient ainsi derrière le mur de l'Atlantique, qu'aucune
autre cité, en France, ne paierait un prix aussi élevé pour la libération
du pays.

— Vous avez quelque chose pour moi ?

Catherine se leva, défit sa blouse et tendit à Aristide l'argent qu'elle avait caché sur elle. Puis elle sortit la boîte d'allumettes que Cavendish lui avait donnée avant qu'elle le quitte, à Orchard Court.

— Le major m'a confié une petite surprise pour vous, dit-elle, cherchant dans la boîte l'allumette marquée de la lettre « U ».

Aristide n'était pas surpris du tout. Il savait à quoi s'en tenir. Il prit une paire de ciseaux, gratta le bout de l'allumette et en sortit trois microfilms de la taille d'un timbre-poste. Pierrot, son adjoint, commença à installer un tripode sur la table de la salle à manger. Il étala une serviette sous la base du tripode, fixa une espèce de boîte à son extrémité et y introduisit une petite ampoule. Aristide plaça l'un des microfilms entre deux plaques, et les fit jouer jusqu'à ce que Catherine voie se dessiner une feuille de papier sur la serviette de table.

Aristide se pencha, lut quelques lignes, puis se tourna vers la jeune femme.

— Vous feriez mieux de lire ça, dit-il. Cela vous concerne, maintenant.

Catherine étudia les documents en question.

INSTRUCTIONS POUR OPÉRATION F 97
Origine : Cavendish.
Destinataire : Aristide

Les trois batteries côtières Lindemann installées sous les falaises des Noires-Mottes entre Sangatte et le cap Blanc-Nez menacent tout trafic maritime dans la Manche. Les trois pièces d'artillerie qui s'y trouvent sont des canons de marine de 40,6 centimètres fabriqués par Krupp qui viennent probablement du croiseur Bismarck. *Selon toute probabilité, il s'agit là de la batterie la plus puissante qui soit au monde. Nous avons calculé que les obus pèsent chacun 1,4 tonne et nous savons qu'à plusieurs reprises leur portée a dépassé de quelques kilomètres la ville de Douvres. La Kriegsmarine leur a donné un angle de tir de 120 degrés, ce qui, en raison de leur puissance et de leur situation, lui permet de tenir sous son feu tout le trafic effectué dans le détroit de Douvres. Le commandement militaire considère qu'aucune opération majeure de débarquement ne peut avoir lieu sur la côte de la Manche de Dunkerque à Cherbourg, avant qu'on ait pu neutraliser lesdites batteries. L'Amirauté, elle, pense que, si les canons Lindemann ne sont pas neutralisés, tout support maritime pour une offensive devra s'effectuer par l'extrémité ouverte de la Manche, à Land's End, empêchant ainsi l'utilisation de quelques-uns de nos meilleurs ports du Channel.*

Le problème auquel nous sommes confrontés peut se résumer très simplement : « Comment neutraliser cette batterie ? »

Les informations actuellement en notre possession indiquent que les pièces d'artillerie sont placées dans des tourelles d'acier encastrées dans des murs de béton d'une épaisseur d'un mètre quarante environ. De telles fortifications peuvent protéger efficacement les canons contre des bombes de deux tonnes — les plus grosses que nous possédons. Le 20 septembre 1943, la RAF a envoyé 600 Lancasters contre cette batterie. Ils y ont déversé 3 700 tonnes de bombes. Une reconnaissance aérienne effectuée le lendemain a révélé l'impact de 80,2 % de ces bombes dans un rayon de 250 mètres environ autour de la cible, un taux exceptionnellement élevé en raison des défenses antiaériennes entourant la batterie. Malgré cela l'attaque n'a pas eu d'effet notable sur ses capacités opérationnelles. Cela est la preuve que la RAF ne peut neutraliser cette batterie, même à la faveur d'un bombardement intense.

Nos architectes navals pensent que le point faible de cette batterie est l'entrée des casemates. Pour avoir un angle de tir de 120 degrés, la Kriegsmarine a dû pratiquer des ouvertures d'une largeur et d'une hauteur exceptionnelles. On peut concevoir que la Navy puisse envoyer une escadre composée de gros bâtiments dans la Manche pour attaquer ces canons avec une chance raisonnable de succès. Pour s'assurer du degré d'efficacité qu'une telle opération requiert, il faudrait qu'elle ait lieu en plein jour. Cela serait d'un grand désavantage pour nos bâtiments et provoquerait la destruction d'un ou plusieurs d'entre eux. Aussi, l'Amirauté est-elle très réticente pour entreprendre une telle opération, à moins que tout autre moyen possible de neutraliser la batterie ait été envisagé et écarté.

Les défenses terrestres de la batterie Lindemann ont été, avant tout, conçues pour la protéger d'un assaut venant de la mer. L'état-major des Opérations combinées estime qu'un assaut effectué par un commando aéroporté pourrait être envisagé avec une chance raisonnable de succès sur l'arrière de la batterie si :

1. L'assaut provoquait la surprise.

2. Le commando pouvait atterrir sur le plateau situé derrière les batteries avec une grande précision.

3. Des dispositions pouvaient être prises au sol afin de guider les commandos à travers les champs de mines jusqu'à l'entrée des casemates, aussitôt après l'atterrissage.

Il est évident qu'une telle attaque provoquerait de nombreuses pertes parmi les forces d'assaut. Il est également évident que cette attaque devrait avoir lieu pendant la nuit pour obtenir le maximum d'effet de surprise.

Le SOE et, en particulier, votre réseau aurait un rôle capital à jouer dans le cas d'une telle attaque. Pour le moment, votre mission consiste à :

1. Localiser un lieu d'atterrissage utilisable pour le commando aussi près que possible des issues postérieures de la batterie. Ce lieu doit avoir 100 mètres de large sur 250 de long. Il est essentiel que le terrain soit débarrassé de ses mines et autres obstacles. Il doit être plat ou n'avoir qu'une légère déclivité de haut en bas. Si cette déclivité va de bas en haut, ajoutez 50 mètres pour cinq degrés de déclivité.

2. Déterminer le chemin le plus court et le plus sûr menant de la limite de la zone d'atterrissage à la batterie.

Avant l'opération, une équipe du SOE spécialement entraînée devra être infiltrée dans votre région. Elle devra marquer le terrain d'atterrissage la nuit où l'opération aura lieu et guider le commando sur le chemin que vous aurez choisi pour atteindre la batterie. Vous devrez loger et cacher les membres de cette équipe dès leur arrivée, veiller à ce qu'ils puissent reconnaître la zone d'atterrissage et le parcours à travers le champ de mines et tout arranger pour qu'ils prennent position la nuit de l'attaque.

Personnel : de Cavendish à Aristide.

Nous sommes parfaitement conscients du caractère hasardeux de l'entreprise, mais personne, ici, n'a pu trouver une autre solution. S'il vous plaît, réunissez vos hommes et envoyez-nous par radio le moindre renseignement sur la batterie, sa puissance, son personnel, ses procédures d'opération, son infrastructure et tout autre détail que vous pourrez obtenir. Bonne chance !

DÉTRUIRE CES MICROFILMS AUSSITÔT APRÈS LES AVOIR LUS ET EN AVOIR RETENU LE CONTENU.

Aristide, manifestement perdu dans les pensées que ce qu'il venait de lire lui avait inspirées, enleva les microfilms du tripode, prit une véritable allumette dans la boîte que lui avait donnée Catherine et l'alluma.

— Ils sont fous, dit-il, en se tournant vers la jeune femme et Pierrot. Ne comprennent-ils pas ce qui s'est passé ici depuis que Rommel a pris les choses en main ?

Catherine sentit qu'il n'y avait aucun ressentiment dans sa voix, mais le désespoir d'un homme de terrain confronté à la totale incompréhension de ses supérieurs réfugiés dans la tour d'ivoire de leur Quartier général.

— Ils ont semé des mines sur toute la côte.

Il eut un geste large de la main.

— Rommel a ordonné qu'on coupe 30 000 arbres pour en faire des pieux. C'est ce qu'on appelle ses « asperges ». Ils ont obligé des médecins, des avocats, des pharmaciens à aller les planter au milieu des champs. Quand tout ça sera terminé, on ne pourra pas faire atterrir un planeur dans un rayon de cinquante kilomètres autour de Calais. Par-dessus le marché, ils attendent qu'on leur donne des renseignements sur cette batterie alors qu'on ne peut pas s'en approcher à moins de deux kilomètres.

Pierrot se mit à rire de l'absurdité de la requête de Cavendish.

— Pourquoi pas ? demanda Catherine.

— Cette zone est complètement interdite aux civils. Autant que je sache, il n'y a que deux Français qui ont pénétré dans la batterie depuis qu'elle a été construite, ajouta Aristide. L'un est le directeur de la compagnie électrique de Béthune. L'autre, une femme.

— Une femme ? dit Catherine. Une pute ?

— Pas du tout ! Elle lave le linge des officiers. Ils semblent que nos vainqueurs soient incapables de le faire eux-mêmes.

*

Paul déambulait sur l'avenue Wagram, prenant les mêmes précautions que quelques jours auparavant, quand il était allé à son rendez-vous avec Stroemulburg et le photographe, place des Ternes. Ce matin-là, sa destination était la Brasserie Lorraine, le café-restaurant où, avec Catherine, il avait pris l'apéritif.

Comme toujours, il était en avance. Cela lui donnait quelques minutes pour flâner sur le trottoir en face de la brasserie, regarder les magazines au kiosque qui fait le coin, scruter les environs à la recherche de personnages douteux ou de quelque chose d'insolite indiquant que la brasserie était surveillée. Comme sa « technique de la librairie », cela faisait partie des précautions qu'il s'obligeait à prendre, de même que les membres de son réseau d'opérations aériennes. Pour leurs communications téléphoniques, par exemple, il avait mis au point une méthode particulièrement élaborée. Celui qui appelait devait laisser le téléphone sonner trois fois, puis il raccrochait et rappelait. Ses premiers mots devaient être « Ça va bien ? » En retour, son correspondant devait se plaindre d'avoir attrapé froid, mal à la gorge et passé une mauvaise nuit. Cela voulait dire, en fait, que tout allait bien. Paul avait patiemment expliqué aux membres de son réseau que si jamais l'un d'eux était pris pas la Gestapo et forcé de répondre au téléphone, l'Allemand qui tenait l'écouteur entendrait au bout du fil un « Ça va bien ? » tout à fait banal. En revanche, si la réponse était « Très bien ! » c'était tout aussi banal, mais cela voulait dire que la ligne était contrôlée par les Allemands.

Les rituels qui présidaient à chacun de ses rendez-vous, bien entendu, étaient d'une cruelle ironie. Ce matin, il devait rencontrer son opérateur-radio. Stroemulburg savait qui c'était, où il habitait, d'où il envoyait ses messages et connaissait ses heures d'émissions. Il le savait parce que Paul le lui avait dit, lorsqu'il avait décidé de travailler avec les Allemands, six mois plus tôt. Il l'avait fait parce que les deux hommes voulaient être sûrs que les services allemands de détection-radio laisseraient cet opérateur tranquille et que des soldats de la Wehrmacht ne feraient pas irruption au milieu de la nuit dans son appartement, alors qu'il serait en train d'émettre.

Comme Paul s'approchait du bar, un sentiment de mélancolie l'étreignit quand il passa devant la table où il s'était trouvé avec Catherine. En dépit de son self-control, il oublia les problèmes de sécurité, son opérateur-radio, l'existence dangereuse qu'il menait et se laissa entraîner par le souvenir des instants que Catherine et lui avaient passés ensemble.

La vue de son opérateur, perché comme une poupée sur son tabouret, le ramena à la réalité. Celui-ci mesurait à peine un mètre soixante, un handicap dont il remerciait Dieu chaque fois qu'il tombait sur une rafle allemande destinée à recruter des Français pour le STO. Comme des pêcheurs qui rejettent à la mer un poisson trop petit, les Allemands le laissaient repartir.

Paul et lui bavardèrent un moment devant un verre de vin. Sans aucune gêne, Paul mit dans sa poche le paquet de cigarettes que l'opérateur-radio avait laissé sur le comptoir.

Dix minutes plus tard, il était de retour dans son appartement, en train de décoder le message que le paquet de cigarettes contenait. C'était l'annonce du prochain vol.

OPÉRATION JÉRICHO CONFIRMÉE TERRAIN SIX DEMAIN TROIS BOD [1] À L'ALLER RETOUR À VOTRE DISCRÉTION STOP CONVOYER SUSAN ANATOLE PARIS STOP LETTRE CODE « L » STOP MESSAGE BBC LES ROSES SONT FANÉES AU CAIRE STOP CONFIRMONS HORAIRE DEMAIN.

Ce texte voulait dire qu'un Lysander devait arriver la nuit suivante sur un terrain situé près d'Angers, qui amènerait trois

---

1. *Bod,* pour *body* : personnes (*N.d.T.*).

personnes, dont Paul devrait escorter à Paris, deux d'entre elles ; leurs noms de code étaient « Susan » et « Anatole ». La troisième devrait se débrouiller toute seule. Personne n'était prévu pour le retour, mais Paul était libre d'embarquer les passagers de son choix dans l'appareil à destination de l'Angleterre. Londres confirmerait l'arrivée de l'appareil à 21 h 15 en envoyant sur les ondes de la BBC le message « Les roses sont fanées au Caire ». Lorsqu'il entendrait ce message, dans la ferme qui servait de planque pour le terrain d'Angers, Paul saurait que l'avion était en route. Seul le mauvais temps pouvait annuler l'opération

Il fit un paquet du message et du courrier qui devait être transporté en Angleterre par retour. Ensuite, jouant la même pantomime que les fois précédentes, il alla porter tout ce matériel à Stroemulburg et au photographe de la Gestapo.

*

— Ah, Dicky ! Ça fait plaisir de vous voir par un aussi foutu lundı matin. Prenez un fauteuil et laissez-moi vous offrir une tasse de thé de la Section française.

Le major Frederick Cavendish, l'homme qui avait envoyé Catherine en France, s'était levé pour accueillir son visiteur et, comme une femme de ménage montrant un zèle inaccoutumé sous le regard de son patron, commença à mettre de l'ordre dans le chaos organisé de son bureau.

— Qu'est-ce qui me vaut le plaisir de votre visite ?

Moore-Ponsonby avait appartenu avant la guerre au MI 5, le service de contre-espionnage britannique et, au cours des trois dernières années, il avait été directeur délégué à la sécurité et aux renseignements du SOE. Son service avait pour mission de contrôler les recrues du SOE et, autant que possible, d'éviter que la Gestapo infiltre ses réseaux. Il semblait sorti tout droit d'un roman d'Agatha Christie : une sorte de constable du Lincolnshire en uniforme bleu enquêtant sur un meurtre commis parmi les hôtes d'un manoir des environs. En fait, il était tout sauf ça. Sous son apparence bénigne, ses airs de petit fonctionnaire, se cachait une compétence qui, depuis longtemps, lui avait valu d'occuper une place de choix parmi les instances les plus élevées du Renseignement britannique.

— Je crains de n'avoir rien à vous dire que vous soyez impatient d'apprendre, dit-il, en contemplant la tasse de thé fumante que la FANY qui servait d'assistante à Cavendish venait de poser devant lui.

Vous vous souvenez du chef de votre réseau Ajax rentré de France, il y a deux semaines environ?

Cavendish s'en souvenait fort bien. Il s'agissait d'un Français, ayant le grade de major dans le SOE, un officier de carrière, anti-gaulliste, mais qui partageait avec de Gaulle la même conception de la « grandeur ».

— Il est venu me voir dans le plus grand secret. Il m'a dit les raisons qu'il avait de croire que Paul, votre officier des opérations aériennes, refilait le courrier qu'il lui remettait aux Allemands.

— Je dois avouer que c'est difficile à croire. Pourquoi, Bon Dieu, ce Français n'est-il pas venu me raconter cette histoire?

Moore-Ponsonby haussa les épaules en un geste d'impuissance poli.

— Je pense que ses soupçons n'étaient pas suffisamment fondés pour se permettre de provoquer un tel bordel dans la Section. Il avait appris qu'une information, ne pouvant venir que de l'un de ses récents courriers, avait été donnée par la Gestapo à un prisonnier, pendant son interrogatoire.

Cavendish frotta nerveusement de ses doigts un bouton de sa tunique.

— C'est sans doute inquiétant, mais la Gestapo a une foule de moyens pour se procurer les informations, n'est-ce pas?

— Bien sûr! On doit vérifier. Voici ce que j'ai fait : je lui ai remis une demi-douzaine de feuilles dont le papier avait reçu un traitement spécial. C'est un truc de nos laboratoires. En passant sur ses feuilles un produit chimique, on peut se rendre compte si elles ont été ou non exposées à une puissante lumière pour être photographiées. Je lui ai dit d'employer ces feuilles dans le prochain courrier destiné à votre officier des opérations aériennes...

Moore-Ponsonby se tut un instant.

— Le courrier est revenu samedi.

— Et alors?

— Toutes les feuilles avaient été photographiées.

*

Paris

Place des Ternes, confortablement installé dans un fauteuil, Paul décrivait la prochaine opération d'atterrissage à Stroemulburg, les déclics du Leica ponctuant ses paroles.

L'Allemand acquiesçait avec intérêt à chacune de ses phrases. Mais cet intérêt était feint. Stroemulburg connaissait déjà les détails de l'opération Jericho. Il lisait les messages de son agent. Ce n'était pas qu'il manquât de confiance à l'égard de Paul. Mais il était d'une nature si soupçonneuse que, même s'il avait été un apôtre du Christ, il aurait douté du Saint-Esprit.

La première chose qu'il avait faite, une fois que Paul lui eût communiqué l'adresse de son opérateur-radio et ses heures d'émissions, avait été de donner ordre au boulevard Suchet de « casser » son code. Cela avait pris un mois. Depuis lors, Stroemulburg avait lu tous les messages que Paul avait envoyés ou reçus. Cela lui avait permis de vérifier l'honnêteté de son agent : c'était une manière de savoir s'il mentait ou conservait délibérément des informations par-devers lui. Le Français s'était révélé au-dessus de tout soupçon.

— Dites-moi, demanda Stroemulburg lorsque Paul eut terminé son récital, avez-vous une idée de qui sont Susan et Anatole et où ils doivent aller ?

— Non, répondit Paul. Autant que je sache, je n'ai jamais travaillé avec l'un ou l'autre.

Sroemulburg poussa un soupir de déception. Le SOE de Londres gardait un farouche secret concernant les opérations de Paul. Celui-ci ne connaissait même pas le nom de code des agents qui atterrissaient en France, à moins, comme c'était le cas, qu'il ait à les convoyer quelque part, généralement à Paris. Enfin, un tiers des agents s'évanouissaient purement et simplement dans la nature. Paul, bien entendu, connaissait le nom de code des passagers partant pour l'Angleterre, mais, à moins qu'ils n'aient la langue bien pendue, il n'avait aucun moyen de savoir à quel réseau ils appartenaient ni les lieux où ils avaient travaillé. En outre, Stroemulburg ne pouvait toucher à ces gens-là, car cela aurait mis fin à toute l'opération.

Repérer les agents que Paul convoyait à Paris, les prendre en filature une fois qu'ils avaient atteint la capitale s'était révélé beaucoup plus difficile qu'il ne l'avait cru. Envoyer Keiffer observer un atterrissage était inutile. Dans l'obscurité, on ne pouvait pas s'approcher suffisamment de l'appareil pour étudier l'apparence des gens qui arrivaient. On ne pourrait jamais les reconnaître, le lendemain matin, dans une gare encombrée de voyageurs ou dans le compartiment d'un train. Les planques de Paul, comme Londres l'exigeait, étaient isolées et presque aussi difficiles à observer que ses terrains d'atterrissage. Paul et ses agents avaient l'ordre de ne pas arriver en même temps dans une gare, de ne pas voyager ensemble, d'avoir, pendant le trajet, le moins de rapports possible. Et comme le principe fondamental de Stroemulburg était de ne rien faire qui puisse donner l'éveil aux Britanniques, il avait interdit à ses équipes de la Gestapo française d'avoir des contacts avec Paul.

La seule possibilité qu'il avait de repérer les agents arrivant en France, c'était lorsque Paul utilisait deux terrains situés dans la vallée du Cher. Paul avait choisi ces terrains près de minuscules gares, où les passagers étaient si peu nombreux que, la plupart du temps, lui et ses agents étaient les seuls à prendre le premier train du matin, ce qui permettait aux hommes de Stroemulburg qui s'y trouvaient déjà de les repérer.

Ainsi Stroemulburg savait peu de choses sur cette partie des opérations. Il était aussi incapable de tenir la promesse qu'il avait faite à Kopkow de contrôler l'ensemble du SOE en France que de retenir le contenu d'un verre d'eau dans son poing fermé. Le trucage radio et l'accès qu'il avait au courrier étaient les seuls bénéfices réels qu'il retirait de l'opération, mais dont la valeur était bien plus importante que l'arrestation d'un quarteron d'agents ennemis.

— Je ne pense pas que nous nous préoccuperons d'exercer une surveillance, cette fois-ci, dit Stroemulburg en allumant une Lucky Strike. Ce que j'aimerais que vous fassiez, en revanche, c'est d'essayer de savoir où ces gens vont aller.

— J'essaierai, l'assura Paul, mais ce n'est pas toujours facile. Cela dépend de la manière dont ils ont appris leur leçon à l'école de sécurité.

— Ce qui m'intéresse, c'est le Nord. Nous préparons une petite surprise à nos amis anglais et nous ne voudrions pas qu'ils s'en doutent. Nous allons leur faire payer ce qu'ils ont fait à Hambourg.

— Vraiment?

Paul n'essayait même pas de cacher son scepticisme.

— Je ne pense pas que Goering et sa Luftwaffe puisse faire payer aux Anglais, en ce moment, ne serait-ce que le prix d'une vitre cassée.

— La Luftwaffe n'a rien à voir dans l'affaire. Il s'agit de quelque chose d'autre : une arme secrète que nos ingénieurs ont mise au point dans la Baltique.

Stroemulburg se leva. Il remarqua que son photographe était encore au travail.

— Il semble qu'il en a encore pour un bon bout de temps. J'ai envie de partir le premier. A quelle heure rentrerez-vous d'Angers?

— Vers midi.

— Parfait, dit l'Allemand avec un sourire. Prochain rendez-vous, ici à quatre heures, après-demain. Bon voyage !

*

Le major Frederick Cavendish parcourut les visages des clients du Savoy Grill jusqu'à ce qu'il repère une figure familière avec des lunettes à monture noire, assis avec un air compassé à une table à part. La solitude était aussi naturelle au colonel Sir Claude Edward Marjoribanks Dansey que les larmes à un ivrogne qui a le vin triste. Mais c'était une solitude calculée, l'isolement délibéré d'un homme qui ne veut pas qu'autrui intervienne dans l'univers très personnel qui était le sien. Il était veuf, avait des relations plutôt que des amis, préférait être respecté plutôt qu'aimé par ses collègues et ses subordonnés. Il montrait la même acrimonie à l'égard des gens qui se trouvaient autour de lui dans les services gouvernementaux, les tenait à distance, écrivait de sa propre main de méchantes petites notes, et soulevait dans son sillage les mêmes réactions qu'un cygne qui sillonne les eaux tranquilles d'un étang. Pendant des années, il avait été DCSS — *Deputy Chief of the Secret Service* — son patron étant « C », Sir Steward Menzies, le chef du MI 6. Sa nature tortueuse — que cela fût un trait inhérent à son caractère ou le résultat de tout le temps qu'il avait passé dans les services secrets — était légendaire dans les cercles londoniens du Renseignement. En voyant Cavendish s'approcher de sa table, il le salua vaguement de la main et lui fit l'aumône d'un sourire.

— Vous me paraissez étrangement soucieux, observa-t-il.

— J'ai de nombreuses raisons de l'être, soupira Cavendish, en s'asseyant en face de Dansey.

— Je crois qu'il y a un remède à cela, déclara Dansey en s'adressant à Manetta, le maître d'hôtel du Grill. Deux doubles martinis secs ! lui commanda-t-il. Et dites à Gerald qu'il nous donne de sa bouteille de Tanqueray d'avant-guerre, et non pas cette bibine qu'il sert à nos chers alliés américains !

Ce genre de déjeuner était devenu un rite mensuel pour Cavendish et Dansey. La plupart du temps, c'était Cavendish qui invitait. Cette fois-ci, c'était Dansey. Leur amitié s'était prolongée malgré les âpres rivalités entre le MI 6 de Dansey, cette vieille institution, et le tout jeune SOE de Cavendish. Dansey, contrairement à ses habitudes, l'avait aidé dès le jour où il avait pris son poste au SOE. L'esprit de

Dansey était un véritable entrepôt, où il avait emmagasiné toutes sortes de connaissances en matière d'activités clandestines, de renseignements, de manœuvres et de stratagèmes plus ou moins tordus, relevant de l'univers ténébreux et diabolique de la subversion. Il arrivait que, parfois, « Oncle Claude », comme on l'appelait, sans aucune trace d'affection, entrebâillât sa porte pour rendre service à Cavendish. Ce dernier, bien entendu, ne pouvait y jeter qu'un coup d'œil. Il était bien connu que Dansey ne disait jamais rien à personne. Mais ce qu'il laissait entrevoir avait souvent permis à Cavendish de trouver la réponse à un problème qui se posait à lui. Après que le maître d'hôtel leur eut servi leurs martinis, Cavendish révéla à Dansey la « trahison » de Paul, son officier des opérations aériennes.

— J'en ai entendu parler, grommela Dansey. C'est un exemple classique de ce qui se produit dans notre univers : un agent double.

— Ça y ressemble, répondit Cavendish, mais je dois avouer que je suis étonné. Absolument étonné. Je n'ai jamais eu aucun doute le concernant.

— C'est justement le cas pour de bons agents doubles.

Le garçon revint et posa un martini devant Dansey. Ce dernier le goûta comme s'il s'agissait d'un bordeaux particulièrement rare, puis eut un geste de bénédiction à l'égard du plateau que tenait le barman. Cavendish attendit que celui-ci soit parti.

— Ce qui m'embête, mon cher Claude, c'est qu'il a fait un excellent boulot depuis que nous l'avons envoyé là-bas. Son service fonctionnait mieux que le service d'*Imperial Airways* entre Croydon et le Bourget avant la guerre. Sans lui, on n'aurait rien pu faire Absolument rien.

— Cela fait combien de temps qu'il est dans le coup ?

— Plus de six mois.

Dansey resta silencieux, comme s'il savourait le gin d'avant-guerre de son martini. Il était manifestement intrigué par ce que le major venait de lui dire.

— Il a accompli trente-sept opérations pour moi.

Cavendish avait dit cela comme un avocat essayant de convaincre le juge de montrer de la clémence pour son client.

— Il a introduit en France quatre-vingt-un de nos agents et en a ramené cent vingt-six.

Dansey hocha la tête comme s'il appréciait les chiffres que Cavendish venait de lui fournir.

— Combien pensez-vous en avoir perdu à cause de lui ?

— Six au maximum. Mais quatre d'entre eux ont été piqués si longtemps après qu'on ne peut attribuer leur arrestation à Paul. Et je ne peux croire qu'il soit responsable des deux autres. Nous n'avons jamais eu aucun problème concernant ces opérations aériennes. Et certains des types à qui il a permis de s'échapper allaient être pris par la Gestapo. Des agents qui n'avaient aucune chance de s'en tirer.

— En gros, cela fait un sur dix tout au plus. Avouez que ce n'est pas cher payer une opération de ce genre, non ?

Cavendish faillit cracher sa gorgée de martini.

— Non. Ce ne serait pas trop cher, si nous avions un traître parmi nous.

Dansey eut un geste comme pour balayer quelques miettes de pain de la nappe immaculée du Savoy.

— D'accord, Freddy ! Il vaut mieux ne pas compliquer les choses, n'est-ce pas ? Pouvez-vous mettre fin à ses activités et continuer votre boulot ?

— Je suppose que je devrais le mettre en dehors de la course, n'est-ce pas ? Mais ce serait un véritable désastre. Le service qu'il dirige est le seul qui nous permette de faire sortir des agents de France dans les plus brefs délais. Comme vous le savez, les Allemands surveillent la côte de si près qu'il nous est devenu impossible d'y introduire des agents ou d'en faire partir par mer.

Sans grand enthousiasme, Cavendish avala une nouvelle gorgée de son martini.

— Si je le mets en veilleuse, je suis paralysé. Et cela au moment le plus critique de la guerre.

— Ne pouvez-vous le liquider et mettre quelqu'un d'autre à sa place ?

— Pour cela, il faudrait que je trouve le type compétent. Que je lui fasse subir un entraînement. Que l'on repère de nouveaux terrains d'atterrissage. Que la RAF les accepte. Ça me prendrait un mois, peut-être beaucoup plus.

Cavendish but une autre gorgée de son martini, cette fois-ci avec plus de confiance en lui.

— C'est une histoire terrible. Mais je n'ai pas le choix. Je dois le faire revenir ici et le remettre entre les mains des autorités.

Dansey eut un geste de la main, comme un homme qui veut écarter de lui toute objection.

— Pourquoi en arriver là ? La justice n'a pas grand-chose a voir avec notre monde, ça peut attendre.

Il se tut, jetant un regard circonspect au garçon qui s'approchait de leur table. Les deux hommes contemplèrent le triste « menu de guerre » que leur offrait le Savoy comme plat du jour : des harengs fumés.

— Dites-moi, ajouta Dansey, après que le garçon eut disparu. Est-il indiscret de vous demander comment vous êtes entré en rapport avec lui ?

— Cela n'a rien d'indiscret, répliqua Cavendish.

Il était beaucoup plus soucieux de l'opinion de Dansey que de garder la discrétion sur ses propres activités.

— Il s'appelle Henri Le Maire. Il avait servi comme pilote dans la poste aérienne française avant la guerre. Il a servi dans l'armée de l'air française en 1939 et 1940. Après l'Armistice, il s'est réfugié à Marseille et a trouvé un boulot de pilote d'essai pour un constructeur d'avions aux ordres de Vichy. En 1942, il a traversé les Pyrénées de son propre chef pour venir ici piloter un chasseur.

Dansey hocha la tête.

— Comment est-il entré en contact avec vous ?

— C'est notre ami Archie Boyle qui me l'a adressé. Les gars des Services spéciaux de la RAF savaient que j'avais besoin de quelqu'un pour organiser nos vols de Lysanders et ils nous l'ont envoyé.

— Comment a-t-il changé d'avis ?

— Nous l'avons expédié à Tangmere. Les garçons des Lysanders ont été séduits. C'était le type dont ils avaient besoin. Voler de nuit au temps de l'aéropostale exigeait une connaissance exceptionnelle de la topographie de la France.

Les deux hommes se turent une nouvelle fois, quand le garçon revint avec leur hareng fumé. Dansey jeta un regard dans son assiette avec un air sinistre.

— Savez-vous que, lorsque j'étais jeune, j'ai toujours refusé de manger de ce sacré poisson ? Et voilà, maintenant, que le Savoy me le sert comme une rareté gastronomique ! Qu'Hitler, ses Pompes et ses Œuvres soient damnés !

Dansey s'essuya les lèvres avec un coin de la nappe.

— Voulez-vous savoir comment je vois la situation ?

— Bien sûr, répondit Cavendish, attendant que ce vieux roublard mette à profit toute son expérience pour résoudre son propre problème.

— Je pense que la Gestapo a repéré ce type peu après que vous l'avez envoyé sur le terrain. Sans doute l'ont-ils tabassé jusqu'à ce qu'il accepte de collaborer avec eux ; il l'a peut-être fait pour sauver sa peau et ses couilles.

Cavendish approuva d'une grimace.

— Cela dit, je penserais plutôt qu'ils ont vite abouti à la conclusion que leur intérêt, dans cette opération, était avant tout de prendre connaissance de notre courrier. Un bon renseignement leur est plus profitable que de capturer une douzaine d'agents, avec tout le respect que je dois à votre organisation.

— Continuez, je vous prie.

— S'ils sont persuadés qu'ils auront régulièrement connaissance de votre courrier, ils vous laisseront atterrir en toute tranquillité, non ? Le fait de capturer les agents qu'ils ont repérés vous ferait supposer que ce type est pourri et qu'il est tombé dans un piège.

Dansey se renversa dans son fauteuil, le sourire glacé qui l'avait rendu célèbre apparaissant pour la première fois sur son visage depuis le début de leur déjeuner.

— Cela peut expliquer le fait que les opérations qu'il effectue pour votre compte se soient si bien passées. Il les a sans doute accomplies sous le couvert de la Gestapo. C'est un type malin.

— Un sacré malin ! vous voulez dire, soupira Cavendish. Je continue de penser qu'il vaudrait mieux que je le fasse revenir ici et le remette entre les mains du MI 5.

— Vous pouvez le faire, dit Dansey, ou concevoir les choses à plus longue échéance.

— Comment ça ?

En se souvenant avec plaisir de ce que sa nurse lui avait enseigné, Dansey repoussa son assiette de haddock, n'en ayant mangé que la moitié.

— Il y a une règle fondamentale qu'il faut toujours appliquer quand vous avez affaire à un agent double. Qui peut en tirer le meilleur parti ? Vous ou les autres ? Si c'est vous, laissez-le faire. Si ce sont les autres, liquidez-le !

— Vous voulez dire que je pourrais éventuellement... le laisser faire ?

— Oui. C'est un risque calculé, cela va sans dire. Comme c'est toujours le cas dans ce genre d'affaires. Mais il me semble que les services qu'il peut vous rendre sont tels qu'en fin de compte vous vous y retrouverez.

— Qu'est-ce que je vais faire pour le courrier ?

Dansey hésita un moment.

- Vous ne pouvez évidemment pas dire à vos hommes qui sont sur le terrain que vous vous méfiez de lui. L'un d'eux pourrait le descendre. Et cela parviendrait aux oreilles des Allemands. Non. Ce que je pense que vous devez faire, c'est conseiller à vos gens de n'utiliser le courrier que pour des affaires secondaires. Des rapports sur les résultats des bombardements, des projets de sabotage, ce qui se passe dans les syndicats de cheminots à Dijon. Communiquez à nos amis de l'avenue Foch juste ce qu'il faut pour satisfaire leur curiosité Espérons que, avant qu'ils comprennent ce qui arrive, Eisenhower sera déjà en route pour Paris. Dans le même temps, vous devez vous servir de leurs gracieux auspices pour faire entrer et sortir vos agents.

La hardiesse de vue et la simplicité de ce que Dansey venaient de lui suggérer plongeaient Cavendish dans la plus profonde excitation. Une telle idée ne pouvait venir que d'un tel homme. Utiliser la Gestapo pour protéger l'opération la plus importante de son service !

— Il va sans dire, ajouta-t-il à l'adresse du vieux Dansey, que si tout ça tourne mal, nous en supporterons toutes les conséquences, n'est-ce pas ?

— C'est un risque à courir. Mais si cela se passe comme c'est l'habitude dans notre petit univers, ce ne sera qu'une question de pertes et profits. Quand vous en aurez fait le compte, vous verrez que la balance penchera en votre faveur.

Cavendish réfléchit un long moment avant de répondre.

— Je crois que vous avez raison.

— Je suis persuadé que j'ai raison, déclara Dansey.

*

La fille qui se trouvait dans le lit eut un sourire malicieux.

— Ce docteur m'a mis tellement de plâtre autour de la cheville que je peux à peine bouger.

Elle essaya de soulever sa jambe droite de l'oreiller où elle était posée, puis la laissa retomber avec un gémissement de douleur — elle avait effectivement la cheville cassée.

— Maintenant, ne vous souciez plus de rien.

Elle sortit une main calleuse et rougeâtre de son peignoir de pilou couleur lavande délavée et serra l'avant-bras de Catherine d'un geste rassurant. Cette dernière pensa : « On dirait une mère de famille qui envoie son gosse faire une commission dans l'obscurité, en lui jurant que les fantômes n'existent pas. »

— Rien n'est changé pour vous. Tout est comme avant, je viens de vous le dire. Tout ce dont vous pouvez avoir besoin se trouve là-bas, avec une provision de savon pour la lessive. Vous y mettrez votre linge à sécher. S'ils vous donnent des choses à repriser, vous les rapporterez ici.

D'un mouvement du menton, elle montra une pile de vêtements rangés sur la table qui était à côté de son lit.

— Le seul problème sera de leur dire pourquoi vous ne voulez pas dîner avec eux.

La fille poussa un soupir et fit la moue.

— Je n'ai jamais eu ce problème. Personne ne m'a jamais invité à dîner, excepté ce gros caporal qui conduit la motocyclette. Ils disent qu'ils ont la même nourriture que dans les restaurants où vont les officiers. Des soles fraîches et même des huîtres !

Une ombre de nostalgie passa sur le visage de la fille, à l'évocation de ces festins depuis longtemps oubliés.

« Pauvre chose ! se dit Catherine. Elle est bien comme Aristide me l'a décrite : grasse, à moitié chauve, la peau de ses joues aussi rugueuse que si on l'avait passée au papier de verre. »

Pendant trois ans, cette pauvre fille avait lavé le linge des officiers de la batterie Lindemann. Son père, un sympathisant communiste d'avant-guerre, avait été déporté en Allemagne et elle était seule à entretenir sa vieille mère alcoolique. Même le résistant le plus farouche n'aurait jamais pensé à lui reprocher de travailler pour les Allemands. Et pourtant, elle avait été ravie de simuler un accident de bicyclette et de céder sa place à Catherine, comme si cela la rassurait sur son sort, une fois la guerre terminée.

Catherine entendit au-dehors le bruit d'une motocyclette puis celui d'une paire de bottes sur le parquet de bois.

— *Ah !* Qu'est-ce qui se passe ? demanda le caporal d'un air surpris en entrant dans la chambre.

La fille se moucha avec la manche de son peignoir et fit entendre un pleurnichement.

— Karli, *mein Schatz !* dit-elle. Pauvre de moi ! Je suis tombée de ma bicyclette et je me suis cassé la cheville. Le docteur m'a dit qu'il fallait que je garde le lit pendant six semaines. Mon amie Denise me remplacera jusqu'à ce que j'aille mieux.

Si tant est que le caporal eût quelques doutes, ce soudain

changement de programme eût été aussitôt compensé par le sourire prometteur que Catherine lui adressa. Il prit son panier et la fit monter dans le side-car de sa moto, comme s'il avait fait ça toute sa vie.

Ils prirent la route qui suivait le rivage à l'ouest de Calais. Elle se trouvait à une centaine de mètres de la mer, derrière la crête de dunes qui bordait la plage. Dans ces dunes, les Allemands avaient niché une foule de bunkers, de batteries de canons, de munitions, d'emplacements de mitrailleuses. Catherine avait l'impression qu'il y avait là une masse de béton que les Allemands avaient recouverte d'un manteau de sable et d'arbustes. A travers une brèche ouverte entre les dunes, elle pouvait voir de temps à autre la plage pleine de barbelés et de poteaux de fer et de ciment que Rommel avait fait planter à la limite des eaux. L'espace qui séparait les dunes de la route était entièrement miné. Sur sa gauche, à l'intérieur des terres, elle constata que le terrain avait été inondé.

Ils passèrent rapidement devant les pavillons en bois du village de Sangatte et tombèrent sur un barrage formé d'une douzaine de *Feldgendarmen*. En apercevant la moto qui lui était familière, l'un d'eux leva une barrière et les laissa continuer leur chemin A cet endroit la route n'était plus qu'une piste étroite. Catherine se demanda comment, avec ces champs de mines à droite et les inondations à gauche, une équipe du SOE pourrait atteindre la batterie sans attaquer le barrage, ce qui donnerait l'alerte générale.

La route commençait à monter. A droite, le terrain s'élevait d'une manière abrupte à partir du rivage, se confondant avec les falaises escarpées qui s'étendaient jusqu'au cap Gris-Nez. Maintenant, Catherine distinguait l'emplacement de la batterie. Elle ressemblait aux fondations massives d'une tour inachevée conçue pour surveiller la côte de la Manche. Pareils à un inquiétant trio de symboles phalliques, les canons sortaient de chaque tourelle, braqués sur les falaises de Douvres que l'on distinguait vaguement à l'horizon.

Le caporal quitta la route côtière et prit une piste, où la boue se mélangeait aux graviers, faisant un large demi-cercle derrière la batterie. Catherine remarqua qu'il n'y avait aucun contrôle à l'entrée Elle essaya d'enregistrer dans son esprit le moindre détail, évaluant les distances, calculant les angles. A une quinzaine de mètres de la piste, sur un monticule, s'élevait ce qui semblait être un poste d'observation, pareil à un énorme champignon de ciment entouré d'une galerie où elle voyait des hommes s'agiter. Elle se demanda si c'était un centre de contrôle pour diriger le tir ou le poste de commandement.

Plus loin se trouvaient trois batteries antiaériennes. Leurs servants étaient étendus sur le sol somnolents dans le soleil printanier. Manifestement, ils se servaient de radar — et non de jumelles — pour guetter les attaques aériennes. Au sommet de la colline, derrière la batterie du milieu, le caporal s'arrêta sur un parking. Il y avait là un autre champignon géant en ciment, couronné d'une forêt d'antennes orientées vers le large, surmontant la tourelle.

Au-delà s'élevait un terrain herbu creusé par une douzaine de cratères — souvenirs du raid de 1943 effectué contre la batterie. Catherine comprit qu'il était difficile sinon impossible de faire atterrir des planeurs à cet endroit. Mais de l'autre côté de la pente?

Le caporal l'aida à sortir du side-car. Touchant légèrement son avant-bras poilu, elle lui montra des coquelicots et des anémones rouges qui sortaient des cratères laissés par les bombes.

— Karli, regardez! C'est joli, non? Venez, nous allons cueillir un bouquet pour cette pauvre Danielle clouée dans son lit.

— Vous êtes folle, dit Karli. Vous ne pouvez pas faire ça.

— Pourquoi?

— On a tellement posé de mines à cet endroit qu'un chien ne pourrait pas y pisser sans faire tout sauter.

— Karli, dit-elle en boudant, ne vous moquez pas de moi. On a toujours une carte qui indique l'emplacement des mines. Nous pouvons passer au travers et aller cueillir des fleurs de l'autre côté.

— Ecoutez, *Schatz,* dit Karli, en s'emparant de son panier, c'est pas un marché aux fleurs, ici. Y a pas moyen de passer. Et, de l'autre côté, y a tellement de mines que même une souris y laisserait sa peau.

Il eut un mouvement de la tête vers les eaux de la Manche.

— Les parachutistes de Churchill, grogna-t-il, seraient transformés en culs-de-jatte s'ils essayaient de sauter ici.

Pour atteindre l'entrée de la tourelle, ils suivirent un sentier bien entretenu, bordé de soucis. S'élevant au-dessus des fleurs, Catherine vit deux mitrailleuses accouplées qui couvraient l'arrière de la batterie. Une porte d'acier se trouvait au sommet d'un escalier de béton, menant à l'intérieur de la tourelle. Elle s'ouvrit automatiquement, lorsque le caporal eut prononcé un mot de passe dans une sorte de micro. En franchissant le seuil, Catherine nota la position des gonds. Un commando pourrait les faire sauter avec des charges de plastic — si tant est que l'un d'entre eux soit encore vivant après avoir traversé les champs de mines et subi le feu des mitrailleuses. Ils étaient fous, les gens de Londres ! Même elle pouvait se rendre compte que leur projet était voué à l'échec.

Ils franchirent une autre porte d'acier qui, celle-là, était ouverte Catherine comprit tout de suite qu'elle se trouvait dans la salle de contrôle de tir. Une douzaine d'hommes se trouvaient là, certains avec des écouteurs et parlant dans des micros, d'autres lisant, fumant ou bavardant. Il y avait deux tables couvertes de cartes, de compas et de boussoles. Sur le mur opposé à celui où était ouverte une meurtrière, était écrit le mot « BRUNO » et, au-dessous, en allemand, la phrase : « Nous autres, Allemands, ne craignons au monde que Dieu. » Des obus à ailettes, avec ce qui semblait être des dates inscrites au-dessous, étaient accrochés au mur : il s'agissait sans doute d'une sorte de « journal de bord » des activités de la batterie. Catherine n'eut pas le temps d'observer plus longtemps les lieux, car son caporal avait déjà traversé la salle et commençait à descendre un escalier d'acier en colimaçon. En le suivant, elle eut l'impression d'être dans un sous-marin. Le système de soutènement de la batterie s'étendait sur cinq étages souterrains. C'était un petit monde autonome pareil à un pigeonnier. En descendant l'escalier, Catherine aperçut des entrepôts de matériel, des ateliers de réparation, un petit hôpital, des couchettes pour le personnel, des cuisines, et une salle de récréation où une douzaine de soldats se prélassaient. Un monte-charge longeait l'escalier : sans aucun doute destiné aux obus. Elle entendait partout le soufflement du système de ventilation.

En atteignant le dernier sous-sol, le caporal la conduisit au mess des officiers. A sa gauche se trouvait la centrale électrique, un mur couvert de fusibles, de disjoncteurs, de cadrans et, à côté, ce qui devait être deux groupes électrogènes fournissant de l'électricité à la batterie, si le courant extérieur était coupé. Dans le fond de la salle, elle aperçut sa machine à laver.

Un serveur les accueillit dans la salle à manger des officiers et offrit à Catherine un bol de café fumant. Sur le mur du mess, au-dessus de fauteuils, comme Danielle l'avait décrit, se trouvait une rangée de sept placards en bois, réservés chacun à un officier. Catherine ouvrit son ballot et commença à distribuer son contenu dans les placards, y prenant le linge sale qui l'attendait.

Derrière elle, elle entendit deux de ses clients qui venaient boire une tasse de café. Quand elle se retourna pour prendre une autre pile de linge, elle jeta un coup d'œil à l'un d'eux. Avec son teint brun, il avait pour elle quelque chose de familier et elle eut la désagréable impression de l'avoir déjà vu. Elle sentit qu'il se dirigeait vers elle, se posant, semblait-il, la même question qu'elle se posait à son endroit.

— Mademoiselle ?

Catherine se retourna. Pour la première fois, depuis qu'elle était entrée dans la batterie, elle se sentait mal à l'aise. L'Allemand souriait :

— J'espère que votre linge pèse moins lourd que votre valise, quand vous étiez dans le train de Paris. Je vous ai cherchée aux Trois Suisses pendant des jours et, pendant tout ce temps, vous étiez ici !

*

Une demi-heure après son rendez-vous avec Stroemulburg, Paul se trouvait dans une cabine téléphonique du café Sporting, porte Maillot. Il avait donné à la préposée — une grande bringue de bonne femme — son propre numéro de téléphone et était entré dans la cabine. Pendant que la sonnerie sonnait interminablement, il ouvrit l'annuaire qui se trouvait sur une console à la page 75 et y plaça un message. Il était bref. Il confirmait simplement que l'opération Jéricho était pour la nuit prochaine.

Il raccrocha l'appareil et sortit. Son opérateur-radio qui se tenait en haut de l'escalier attendait de se servir à son tour du téléphone. Sans lui porter attention, Paul monta les marches, sortit dans la rue et s'engouffra dans la bouche de métro la plus proche.

Il se rendait dans une des institutions les plus célèbres de Paris, une entreprise qu'on n'a pas coutume d'associer aux activités clandestines. C'était un bordel portant le nom de One Two Two, à cause de son adresse 122, rue de Provence. Il avait l'avantage d'être un des rares bordels parisiens ouverts aussi bien aux civils français qu'aux soldats allemands.

Paul tendit son manteau à une pensionnaire de la maison désormais à la retraite qui tenait le vestiaire, et il entra dans une salle haute de plafond au décor désuet. La sous-maîtresse l'accueillit chaleureusement puis lui montra d'un geste la douzaine de filles qui se trouvaient là, avec la fierté d'une directrice d'école présentant ses meilleures élèves à un inspecteur d'académie.

— Faites votre choix, monsieur, dit-elle.

Et, se penchant vers Paul, elle ajouta à voix basse :

- Elles sont toutes gentilles et toutes fraîches : il est encore tôt

Paul jeta un coup d'œil aux filles.

— Je crois que je vais d'abord prendre un verre, déclara-t-il, et il se dirigea vers un bar aménagé au fond du salon.

Il resta là un quart d'heure, dégustant un verre de vin, tout en étudiant les filles. Elles portaient des robes du soir moulantes de soie et de satin ou de petites jupes évasées avec des dessous de soie. Il était vraiment encore tôt et le seul autre client qui se trouvait là était un caporal de la Wehrmacht à moitié ivre qui avait de grandes difficultés à tenir sur son tabouret.

Les filles, assises sur leurs banquettes de velours, faisaient de louables efforts pour attirer l'attention de Paul ou passaient près du bar, en ondulant des hanches, le regard plein d'une promesse de commande, en murmurant : « Tu montes, chéri ? »

Soudain, une blonde entra dans la pièce, en écartant les tentures qui séparaient le salon du couloir menant à l'escalier. Elle était plus âgée que la plupart des autres, la trentaine environ, et vêtue d'une robe du soir verte qui lui collait à la peau comme une pellicule de cellophane. C'était une blonde décolorée, avec des yeux bridés d'Orientale et des seins haut placés qui pointaient comme un défi sous sa robe. Avec ce sens infaillible de la comédie qu'ont les putains, elle fixa Paul dans les yeux tandis qu'il la regardait.

Lentement, avec une indifférence étudiée, elle se dirigea vers lui. Le regard froid et moqueur de ce dernier contrastait avec le sourire désarmant qu'elle lui adressa. Elle s'approcha de lui, qui était toujours assis sur son tabouret, jusqu'à ce que son ventre touche ses genoux. Le regardant toujours fixement, elle glissa une main sur sa cuisse et le caressa avec indolence, là où il le fallait.

— Alors, mon amour, dit-elle, tu viens ou non ?

Paul alla vers la sous-maîtresse, paya son dû pour un « petit moment », puis il suivit la blonde dans l'escalier jusqu'à sa chambre. Une petite bonne, dont le visage respirait la santé et qui ne devait pas avoir plus de seize ans, leur ouvrit la porte et jeta sur le lit une serviette jaunie par le temps. « C'est sans doute une fille de paysan, pensa Paul, venue faire son apprentissage à la ville », et il glissa dans sa main moite une pièce de monnaie dont elle s'empara avec avidité.

La fille blonde referma la porte après le départ de la bonne, tandis que Paul enlevait son manteau et défaisait sa cravate. Il s'assit sur le lit, le dos appuyé au mur et offrit une cigarette à la fille.

— Quoi de nouveau ? lui demanda-t-il.

— Rien de plus, répondit-elle. Les mauvaises nouvelles ne

237

semblent pas refroidir l'ardeur de nos amis allemands. Ce qui, ajouta-t elle, en haussant les épaules, fait bien mon affaire. Et vous ?

— Un peu plus de travail que d'habitude. Avez-vous quelque chose pour moi ?

La fille secoua la tête.

— En revanche, j'ai quelque chose pour vous, dit Paul, en fouillant dans sa poche.

Cette « chose » ne détonnait pas dans ces lieux : elle était enveloppée dans un préservatif soigneusement enroulé. La fille le plaça sous une pile d'autres préservatifs qui se trouvaient dans le tiroir de la table de chevet.

— C'est urgent, insista Paul.

Ils bavardèrent encore un quart d'heure, jusqu'à ce qu'ils entendent un coup frappé à la porte et la voix aiguë de la petite bonne qui disait : « C'est fini, m'sieur ! » C'était ce qu'on appelait « un petit moment » au One Two Two.

La putain accompagna Paul jusqu'à la sortie, tenant affectueusement sa main dans les siennes. Quand il eut remis son manteau, elle l'embrassa avec passion.

— Merci, chéri ! A bientôt, j'espère.

⋆

Aristide buvait un verre d'eau, avec de petits claquements de langue, comme un gourmet savourant un bordeaux 1929. Pierrot était appuyé contre le mur, les bras croisés, écoutant en silence. Il y avait quelque chose de dostoïevskien dans leur trio, dans cet appartement miteux et obscur. Le soleil s'était couché sur Calais, mais personne n'avait songé à allumer l'électricité. L'appartement d'Aristide, comme Catherine l'avait noté lors de sa première visite, était aussi austère, aussi impersonnel que le bureau d'un jésuite. Était-ce voulu ? Cette absence de tout ce qui aurait pu refléter la personnalité d'Aristide, était-elle la conséquence des terribles incertitudes de la vie clandestine ?

Elle avait fait le récit de sa première journée en tant que lingère des officiers de la batterie Lindemann et regardait Aristide, attendant de lui un sourire d'approbation, comme un élève en attend un de son professeur après avoir récité sa leçon. Elle n'eut droit qu'à un long silence pensif

Finalement Pierrot prit la parole.

— Vous en avez beaucoup plus appris sur cette batterie en une heure et demie que nous en trois ans.

— En tout cas assez, enchaîna Aristide, pour prouver qu'un commando capable de détruire ces canons n'existe pas.

Il semblait profondément désespéré par le caractère extravagant de la proposition qu'avait faite Londres.

— Le massacre inutile de deux cents hommes est tout ce que cette affaire peut rapporter.

Il retourna un moment à son verre d'eau, puis reporta son attention sur Catherine.

— Cet officier qui avait porté votre valise, qu'est-ce qu'il fait en dehors de ça ?

— D'après le caporal, c'est un ingénieur.

— En matière de mécanique, d'électricité ?

— Je suppose.

— Il y a deux façons de l'avoir.

Aristide envisageait cette situation avec une satisfaction que Catherine ne partageait pas.

— Les officiers allemands, quels que soient leurs défauts, ont tendance à se comporter comme des gentlemen, du moins en ce qui concerne les femmes. Vous pouvez le rembarrer en lui disant combien il serait gênant de sortir avec lui au vu et au su de vos compatriotes. Je crois qu'il comprendra.

— C'est exactement ce que j'aimerais faire.

— Peut-être.

Aristide but à nouveau une gorgée d'eau.

— Mais ce n'est pas ce que je veux que vous fassiez.

Catherine rougit, feignant de ne pas comprendre.

— Ce que j'aimerais, c'est que vous acceptiez son invitation à dîner.

Elle se souvint alors de la haine qu'elle avait lue dans les yeux du poinçonneur de la gare Montparnasse quand il l'avait vue avec l'Allemand.

— Vous voulez que je me promène au bras d'un Allemand dans les rues de la ville ? Mais c'est horrible ! Qu'est-ce que les gens penseraient ?

— Ce qu'ils penseraient, dit Aristide avec le détachement d'un banquier étudiant le compte d'un client, c'est que vous êtes une pute qui va avec les Allemands. Que voudriez-vous qu'ils pensent d'autre ?

— C'est une idée que j'entends ne pas leur donner. Je ne le ferai pas.

Aristide haussa les épaules.

— Je ne peux pas vous obliger à sortir avec lui. Qu'importe si je pense que vous devriez le faire, que cela serait important pour nous !

Son sourire était plein de compréhension. Mais ses yeux, le ton de sa voix signifiaient autre chose.

— A quoi ressemble-t-il ? Je veux dire, physiquement ?

— Oh, il est plutôt bien. Il est brun. Il ne fait pas du tout allemand. On dirait qu'il a du sang espagnol dans les veines.

— Il doit être du Nord. Hambourg ou Brême. La plupart des officiers, ici, viennent du Nord. Ce sont des rejetons de la Ligue hanséatique, des gens conditionnés par la mer. C'est assez étrange. mais il y a quelque chose de commun entre nous.

— Je refuse formellement de dîner avec lui, Aristide. Dites-moi pourquoi cela est si important pour vous ? Et, par pitié, épargnez-moi le vieux cliché de Mata Hari « femme fatale ».

Maintenant, il faisait nuit dans la pièce et Aristide n'était plus qu'une silhouette dans l'ombre.

— Quelque désagréables que soient les vieux clichés, ma chère, c'est encore ce qu'il y a de plus vrai. C'est parce qu'ils sont vrais qu'ils continuent d'ailleurs d'être efficaces.

Il se redressa et parcourut la pièce en s'adressant à Catherine.

— Je ne vois pas en quoi il serait important que cet homme vous invite à dîner. Peut-être cela ne servirait-il à rien. Nous ne savons rien de lui. Nous ne savons pas d'où il vient. Nous ne savons pas ce qu'il fait dans cette batterie. Nous ne savons rien sur sa loyauté. Par-dessus tout, Denise, nous ne savons pas ce qu'il sait. Jusqu'à ce que nous ayons quelque idée là-dessus, comment savoir l'importance qu'il peut avoir pour nous ?

— Aristide, nous ne sommes pas à Paris en 1938.

Catherine avait repris son calme et sa froideur.

— Les gens vendent leur âme pour un bon repas, de nos jours. Il ne m'a pas invitée à dîner seulement pour perfectionner son français.

« Observation pertinente », pensa Aristide. Dans le monde à l'envers de l'Occupation, le véritable acte de soumission de la part d'une femme n'était pas de coucher. Cela se passait à table, dans un restaurant du marché noir, en face de ce luxe oublié : la nourriture.

— Un homme qui invite une jolie femme à dîner, ma chère Denise, n'est pas inévitablement récompensé d'une nuit avec elle. Si ça

240

avait été le cas, ma propre existence aurait été beaucoup plus comblée qu'elle ne l'a été.

Aristide retourna à sa chaise et alluma une Gauloise.

— Supposons, dit-il, le ton de sa voix laissant supposer qu'il allait traiter d'un concept particulièrement abstrait, que je vous suggère deux raisons pour lesquelles il serait inappréciable pour nous, malgré vos réticences, de dîner avec ce gentleman. D'abord, le raid de commando de Londres ne réussira pas. Nous trois le savons, d'accord ? Il n'y aura pas non plus de raids aériens. Ainsi l'Amirauté, bien que cela lui déplaise fort, devra envoyer ses bâtiments dans le détroit du Pas-de-Calais pour détruire ces canons, à moins que...

— A moins que quoi Aristide ?

— A moins que nous trois, réunis dans cette pièce, trouvions une quatrième solution.

— Mon Dieu ! Vous parlez comme dans un mauvais roman d'espionnage d'Eric Ambler ! Je suppose que vous allez me dire que ce que vous voulez, c'est me faire coucher avec cet Allemand, le faire sombrer dans la « luxure », c'est bien le mot, n'est-ce pas, puis le conduire à faire sauter lui-même ces canons pour nous ? Qu'est-ce que Londres penserait de cette idée ?

— Londres dirait ce qu'il dit toujours dans ce genre de situation : « Nous nous en remettons à votre jugement. » Denise, je ne suis pas aussi naïf que vous semblez le croire ! Je n'ai jamais suggéré une telle solution. Ce que je veux dire, en tant que chef de ce réseau, c'est que nous avons affaire à une possibilité qui doit être envisagée — au moins jusqu'à ce que nous ayons déterminé s'il y a là quelque chose à exploiter ou non. Malheureusement, vous êtes la seule à pouvoir le dire. On peut concevoir — vaguement, mais on le peut — que cet Allemand dise quelque chose qui nous aide à résoudre le problème posé par Londres. Et pas du tout de la façon rocambolesque à laquelle vous avez fait allusion.

Aristide tira une longue bouffée de sa cigarette, voyant dans le silence de Catherine l'indication qu'elle s'était un peu apaisée.

— Je comprends ce que vous ressentez. N'oubliez pas que je travaille à la mairie. Je dois toujours ramper devant eux et cela me répugne.

La façon dont il souffla la fumée de sa cigarette en disait long.

— Nous vous avons envoyée comme laveuse dans leur batterie, ne l'oubliez pas ! Vous montrer accommodante avec lui peut vous faciliter la tâche. Quoi qu'il en soit, je ne vous demande pas de prendre une décision tout de suite. Allez dormir. Quand devez-vous rappeler Londres ?

— A dix heures trente, demain matin.

— J'enverrai Pierrot chez vous à neuf heures et demie. Il surveillera les voitures de détection-radio pendant que vous émettrez.

— Aristide, il y a quelque chose d'autre.

— A propos de cet Allemand ?

— Non : de la radio. J'ai fait toutes mes émissions à partir de ma chambre. Londres exige que nous changions de lieux d'émission pour échapper à la gonio.

Elle employait le jargon de la profession.

— Je sais. A Londres, on vit dans un monde parfait. Nous, non. Vous pouvez émettre à partir d'ici, du domicile de Pierrot. Le problème est qu'il y a tellement de contrôles, ces jours-ci, dans les rues, que je ne pense pas, honnêtement, que vous puissiez survivre une quinzaine de jours sans vous faire prendre avec votre matériel.

— Et combien de temps je survivrai, en émettant toujours à partir du même endroit ?

Sa question lui attira un autre silence lourd de signification de la part d'Aristide.

— Comme je vous l'ai dit, quand vous êtes arrivée, Denise, votre travail est le plus dangereux qui soit. Et, ici, c'est le pire endroit de France où vous puissiez le faire. Que vous dire de plus ?

*

Quelque part, elle le savait, il y avait sur un sentier perdu de campagne, dans la rue d'une ville à moitié déserte, caché derrière le mur décrépit d'une cour tranquille, un Allemand, patiemment assis dans une camionnette, des écouteurs rivés aux oreilles, manipulant une aiguille sur un cadran. C'était un chasseur en train de repérer soigneusement, méticuleusement, sa proie. « Et moi, se disait Catherine, je suis sa proie. »

C'était une pensée qui n'avait rien de réconfortant, et pourtant elle se plaisait à l'entretenir dans son esprit. Naguère ses parents, ensuite ses amants l'avaient mise en garde contre sa propre témérité. Celle-ci, aujourd'hui, était hors de propos. Pour survivre comme radio clandestin, il faut obéir aux règles et tous les moyens pour vous en souvenir, même les plus sinistres, sont bons.

Il était 10 h 20. Catherine se frotta les mains l'une contre l'autre comme au-dessus d'un feu pendant une nuit froide. Ce geste était à la fois un signe de nervosité et une manière de se préparer à son travail. Pierrot était à la fenêtre, regardant la rue. Le fait d'émettre à partir du centre de Calais avait quelque avantage. Neuf véhicules seulement : cinq voitures privées et quatre camions avaient des *Ausweiss* pour circuler dans la ville. La probabilité que l'un d'eux apparaisse pendant une émission était minime. Elle et Pierrot savaient que tout véhicule entrant dans la rue serait donc presque certainement une camionnette de détection radio. Si c'était le cas, Catherine arrêterait instantanément de transmettre.

Son appareil était ouvert, le courant était mis. Son antenne, un fil de quinze mètres gainé de caoutchouc vert, serpentait autour de l'appartement. Il y avait un autre avantage d'émettre à partir de Calais : la station réceptrice de Sevenoaks était à cent cinquante kilomètres à vol d'oiseau environ, et on n'avait jamais de difficulté, en Angleterre, pour capter les messages. D'autres opérateurs du SOE, dans les Alpes ou dans le Sud-Ouest, étaient obligés d'étaler leur antenne à l'extérieur.

Elle bâilla, ce qui était le signe de la tension nerveuse qu'elle éprouvait toujours avant de se mettre au travail. Elle s'étira, sourit à Pierrot, puis, pour la dixième fois, vérifia l'appareillage qui se trouvait devant elle sur la table. Elle en avait disposé les éléments avec le même soin, la même précision qu'un chirurgien préparant ses instruments pour une intervention importante.

L'appareil était branché sur le secteur. Mais une pile sèche de six volts munie d'un commutateur était également branchée sur l'émetteur. A côté de l'appareil, il y avait une lampe allumée.

Il y avait à cela une raison précise. Si la Gestapo avait repéré la rue ou le quartier d'où un opérateur clandestin émettait, elle envoyait une équipe vêtue d'habits civils pour couper le courant, maison par maison aussitôt que l'émission commençait. Si les signaux cessaient, une fois le courant coupé dans un immeuble donné, la Gestapo savait que c'était là que l'émission avait lieu.

Si la lampe de Catherine s'éteignait tandis qu'elle émettait, elle n'avait qu'à pousser le commutateur de sa main gauche pour continuer l'émission. Ce changement passait inaperçu des Allemands. A côté de la lampe se trouvait un gros réveil et quatre de ses cinq quartz alignés dans l'ordre où elle avait l'intention de s'en servir. Ils étaient introduits dans l'appareil comme des fusibles. Chacun d'eux avait un numéro.

Catherine n'avait qu'à donner le numéro du prochain quartz qu'elle allait utiliser pour avertir Sevenoaks qu'elle allait changer de fréquence. Sa « marraine » avait la liste des fréquences correspondant à chaque quartz. Elle en changeait aussitôt, et les chasseurs des services de détection allemands devaient recommencer leur fastidieuse exploration des ondes à la recherche de la nouvelle fréquence.

Le message qu'elle avait à transmettre était devant elle, codé en groupes de cinq lettres sur une feuille quadrillée dont les écoliers se servent pour leurs devoirs. Elle l'avait découpée en petites langues de papier : si elle entendait la Gestapo monter l'escalier, elle pouvait les avaler avant qu'ils n'enfoncent la porte.

Aristide, heureusement, était économe de mots quand il rédigeait ses messages. Certains responsables du SOE le faisaient avec l'insouciance de matelots ivres dilapidant leur argent au cours des escales. Ils étaient maudits par leur opérateur-radio, car plus longtemps on émet et plus grand est le danger d'être repéré.

Il était 10 h 25. Catherine fit un signe à Pierrot et fixa ses écouteurs à ses oreilles. Elle joua avec le cadran un court instant, puis entendit distinctement les trois lettres de son signal d'appel « BNC... BNC... BNC... » parvenant de Sevenoaks. Ces sons avaient un effet rassurant sur elle : c'était le lien qui l'unissait à cette FANY sans visage qui la recevait, à l'Angleterre, à sa sécurité.

Soigneusement, elle régla son cadran, afin de donner au signal de Sevenoaks le maximum d'intensité. Par bonheur, il n'y avait pas d'autres transmissions à proximité de sa longueur d'ondes, pas de troupes allemandes en train de manœuvrer, pas de cargos hollandais dans le Scheldt baragouinant sur la même fréquence qu'elle.

Les aiguilles de son réveil indiquaient 10 h 30. Catherine se concentra, prit une longue inspiration pour se détendre et mit son émetteur en marche. Dès le premier intervalle entre les signaux d'appel venant de Sevenoaks, elle commença à émettre, tapant son « BNC » une demi-douzaine de fois de suite. Puis, elle s'arrêta et écouta.

« QXA... QXA... QXA... » répondait Sevenoaks. « Nous vous recevons haut et clair. »

Ils étaient prêts. Catherine jeta un coup d'œil au réveil, se frottant une dernière fois la main droite et posa son doigt sur le manipulateur. En quelques secondes, ce fut un autre monde, entièrement concentré dans son doigt, dans le cliquetis des points et des traits. Avec rapidité et sûreté, elle frayait son chemin parmi les blocs de cinq lettres, insérant son premier signal de sécurité entre le quatrième et le cinquième, et le second entre le cinquième et le sixième.

Elle travaillait méthodiquement, se forçant à un calme qu'elle ne ressentait pas en elle-même, ignorant la raideur de ses muscles, les gouttes de sueur qui commençaient à lui couler dans le dos. A 10 h 40 exactement, elle avertit Sevenoaks qu'elle changeait de fréquence, ôta son premier quartz et inséra le suivant.

Elle était indifférente à tout, excepté à l'ampoule de sa lampe, au rythme de son doigt et... à un sifflement éventuel qui lui aurait indiqué que les voitures *gonio* l'avaient repérée.

Il était exactement 11 h 12 quand elle frappa la dernière lettre du dernier groupe et son signal d'appel « BNC » pour indiquer qu'elle en avait terminé. Elle se renversa sur sa chaise, en écoutant. C'était, pour de nombreuses raisons, le pire moment d'une transmission. A Sevenoaks, sa marraine FANY allait relire son message, groupe de lettres par groupe de lettres, pour être sûre qu'elle avait tout bien reçu. Allait-elle lui demander de répéter une partie du message ?

Elle attendait, ressentant une douleur dans le dos venant de l'attitude crispée qu'elle avait gardée pendant toute l'émission. Trois minutes plus tard, elle entendit la plus belle musique qui fût : « QXA ». Sevenoaks avait bien reçu tout le message. Elle s'enfonça dans sa chaise, épuisée et heureuse. Elle avait émis pendant quarante-deux minutes, la plus longue transmission qu'elle ait faite depuis son arrivée à Calais et il n'y avait eu aucun signe de *gonio*. Elle l'avait eu, une fois de plus, cet Allemand sans visage, là-bas, quelque part dans sa camionnette, la traquant sur les ondes pour trouver l'endroit où elle se cachait.

*

Hans Dieter Stroemulburg, contrairement à ses habitudes, était d'une humeur joviale. La chaleur du printemps faisait trembler les feuilles de l'avenue Foch qu'il apercevait par la fenêtre de son bureau. Marcel Dupré, le grand organiste qu'il admirait tant, allait donner un concert, ce soir, à Saint-Sulpice. Il avait l'intention de s'y rendre. Il avait aussi prévu une visite à Dodo, la putain rousse dont il estimait grandement les services. Et il revenait à l'instant d'une conférence qui l'avait fort satisfait, à La Roche-Guyon, où se trouvait le Quartier général de Rommel.

Il aimait Rommel. La position du maréchal à l'égard du national-socialisme, sa dévotion personnelle au Führer étaient des attitudes que Stroemulburg rencontrait rarement chez les officiers de la Wehrmacht. Il n'avait jamais vu Rommel aussi optimiste sur les chances de repousser l'invasion alliée, qu'il l'avait vu la veille.

Sa propre contribution à cette conférence, concernant l'évaluation des forces de la Résistance française, avait été particulièrement appréciée. Il y avait trois régions de France où il avait assuré ses collègues que la Wehrmacht aurait relativement peu à craindre des maquis : dans le Nord, en Normandie et dans la région parisienne. Au sud de la Loire, c'était moins sûr. Mais là où c'était le plus important, à savoir le long des côtes, on pouvait dormir tranquille...

Un coup frappé à la porte l'interrompit dans sa rêverie pleine d'autosatisfaction. C'était le docteur.

— Vous m'apportez de bonnes nouvelles, j'espère, dit-il en regardant le dossier que son subordonné tenait à la main.

— Pour le moins intéressantes, répondit le docteur, en lui passant le dossier. C'est le rapport hebdomadaire du boulevard Suchet. Quatre nouveaux radios ont été repérés, la semaine dernière.

— Je m'y attendais. L'heure du débarquement a sonné.

Stroemulburg étudia le matériel disposé sur son bureau. Les deux premières stations, remarqua-t-il, se trouvaient en Dordogne. Ils pouvaient émettre là jour et nuit s'ils le voulaient. Localiser une station dans ces collines désertes était très difficile. Même s'ils en trouvaient une, s'en emparer serait une sale affaire. La région était remplie de maquisards. Le troisième était à Lyon. Son subordonné Klaus Barbie s'en occuperait : on pouvait compter sur lui. C'est la quatrième station qui attira son attention.

« Une nouvelle station dont le signal d'appel est BNC opère dans le triangle Boulogne-Dunkerque-Saint-Omer. Les transmissions sont irrégulières et ont été détectées sur la bande des 6 766 et 7 580 kilocycles. Nous n'avons pas encore pu établir précisément ses horaires, mais nous avons confirmé six émissions. Nous en avons intercepté des fragments et nous estimons que leur longueur varie de six à quinze minutes. La dernière indiquerait une station de quelque importance. Les fragments interceptés ont été communiqués à la section de renseignements-radio de l'armée à Berlin. »

— Combien de voitures de détection sont-elles sur le terrain ? jappa Stroemulburg.

— Deux pour cette station ; quatre de plus entre ici et Lille, répliqua le docteur.

— Mettez le reste des voitures dans ce triangle, ordonna Stroemulburg. Toutes.

Il tapota le rapport de son index.

— Je veux ce radio, docteur. Vous en êtes responsable et faites vite !

Troisième partie

UNE TOILE D'ARAIGNÉE EMBROUILLÉE

« Quelle toile d'araignée embrouillée tissons-nous,
Quand nous mentons pour la première fois ! »

Sir Walter SCOTT

*Calais - Londres - Paris
avril - mai 1944*

Deux Humber bleu foncé se glissaient à la pointe du jour sur les petites routes du comté de Kent, à travers la tapisserie vert pâle de la campagne anglaise. T. F. O'Neill admirait les primevères éclatantes dans cette aube d'avril qui parsemaient les prairies et les jacinthes bleues qui s'inclinaient sur le bord des ruisseaux. Il se demandait s'il ne pourrait pas sentir l'air de la mer, en se penchant par la fenêtre de sa voiture. Après tout, le Channel n'était qu'à quelques kilomètres de là. Aussitôt sorties de Tenterden, les deux voitures quittèrent la route et franchirent le portail discret d'un manoir victorien en brique rouge.

Un lieutenant-colonel américain et une demi-douzaine d'officiers les saluèrent au pied de l'escalier. T. F. sauta à terre. Derrière lui, le colonel Ridley émergea de la voiture avec leur hôte d'honneur, le général sir Hastings Ismay, chef de l'état-major personnel de Churchill. Ce dernier prenait un tel intérêt à l'opération FORTITUDE, comme Ridley l'avait expliqué à T. F., qu'il avait envoyé Ismay en personne inspecter l'un des éléments capitaux du projet, le bataillon 3103 du *US Signal Service*. Ridley avait insisté pour que T. F., en tant qu'officier américain de liaison, les accompagne.

Pendant un mois, les mille officiers et hommes de troupe du 3103 avaient travaillé à mettre sur pied le trafic-radio purement imaginaire de dix divisions, de trois corps d'armée, et du quartier général d'une armée et d'un groupe d'armées — ce qui représentait en tout 250 000 combattants fictifs — cette comédie savante étant destinée aux services d'interception radio allemands.

Ismay gravit quatre à quatre l'escalier et entra dans la salle de *briefing* que lui avait préparée les Américains. Un serveur lui offrit une tasse de thé, qu'il repoussa d'un geste impatient. Il avait autre chose à faire.

Le colonel américain monta sur une petite estrade, une baguette avec un embout de caoutchouc à la main, se préparant à servir à son illustre visiteur un topo qu'il avait longuement répété. Mais Ismay n'avait pas à perdre son temps à écouter ce que les Américains avaient à lui dire. Les relations difficiles qu'il entretenait avec Churchill lui avaient appris comment se procurer des renseignements sans ambages et avec efficacité.

— Pensez-vous que les Allemands goberont ce faux trafic radio ?

Le colonel laissa retomber sa baguette.

— Sir, chaque division US, chaque régiment, chaque bataillon réellement stationné dans ce pays a reçu l'ordre de nous envoyer quotidiennement une analyse de leur trafic-radio : le nombre de messages qu'ils émettent et reçoivent ; leur pourcentage en code, en clair, en morse ; le tout en fonction de dix catégories de sujets que nous avons établies. Nous pensons que les Allemands captent ces messages authentiques. Nos faux messages en provenance de nos fausses divisions sont fabriqués sur le même modèle. Nous savons, par exemple, combien de messages le service de transmission d'un *vrai* régiment doit envoyer par jour, sous quelle forme et à qui ils sont adressés. Nous imitons parfaitement ce modèle pour notre trafic-radio.

Pour éviter une autre question que pourrait lui poser Ismay à brûle-pourpoint, le colonel se tourna rapidement vers une carte qui lui était très familière, où étaient indiqués les réseaux d'écoutes ennemis.

— Le nom de code de notre service dans l'opération FORTITUDE est *Quicksilver*, dit-il comme s'il récitait sa leçon. Nous devons faire croire à la concentration du premier groupe d'armée US — purement imaginaire — en vue d'un débarquement dans le Pas-de-Calais à partir du sud-est de l'Angleterre. Il est supposé être composé de deux armées, la première armée canadienne et la troisième US.

— Je sais tout ça, dit Ismay avec impatience. Est-ce que vos opérateurs transmettent directement ?

— Non, Sir, répondit le colonel. Nous enregistrons tout ici en 16 pouces et émettons à partir de camions-radio.

— Ce n'est pas un peu trop parfait ?

— Nos hommes font des erreurs au cours des enregistrements, Sir. Si ces erreurs ne sont pas compromettantes, nous les laissons.

— Supposez qu'un de ces enregistrements se détériore sur nos superbes routes de campagne ?

— Nous les faisons en double, Sir.

T. F. souriait. Il comprenait que si Churchill avait envoyé là son chef d'état-major personnel, c'était certainement en raison de son scepticisme à l'égard de la manière dont les Américains joueraient leur rôle dans l'opération FORTITUDE. Le colonel devait le décevoir.

— De combien de camions-radio vous servez-vous ?

— Nous avons dix-sept équipes, Sir. Chacune est composée de deux camions et de deux jeeps, de cinq opérateurs, de trois chiffreurs, d'un spécialiste en clair, de cinq surveillants et de trois techniciens. Chacune de ces équipes doit imiter cinq circuits radio, ce qui veut dire que nous imitons en tout quatre-vingt-cinq circuits.

Il se tourna vers une carte du sud-est de l'Angleterre.

Les voitures émettent à l'intérieur de ce triangle : Ipswich-Brighton-Ramsgate.

— Vous êtes sûrs de ne pas perdre votre temps à rédiger de « vrais » messages pour le trafic que vous transmettez en code ? demanda Ismay.

— Nous en sommes certains, Sir. Si les Allemands cassent notre code, nous ne voulons pas qu'ils lisent « Mary a eu un petit agneau », alors qu'ils s'attendent à quelque chose concernant les chars d'assaut.

Ismay gratifia le colonel d'un pâle sourire.

— Ils savent que chaque opérateur-radio a sa signature propre, sa manière à lui de taper sa propre clef.

— En gros, c'est vrai, Sir.

— Alors, je vous prie, dites-moi comment la douzaine d'opéra teurs qui enregistrent vos messages se débrouillent pour que les Allemands ne se rendent pas compte que tous ces messages sont envoyés par un nombre très restreint de personnes ?

T. F. éprouva une légère appréhension pour son compatriote, en entendant cette question.

— Chacun de nos opérateurs s'est entraîné pendant une année entière pour mettre au point des signatures variées, jusqu'à une douzaine. Ils les emploient au hasard en enregistrant leurs messages.

T. F. ne put retenir un sourire de satisfaction.

— Une de nos voitures opère ici même, général, continua le colonel. Peut-être voudriez-vous y jeter un coup d'œil ?

Pendant une quinzaine de minutes, ils tournèrent autour de la voiture tandis que le colonel en montrait l'équipement : ses tables de mixage Preston 340 A et ses amplis ; ses cadrans, ses contrôleurs de circuit, ses ohmmètres, ses tables d'enregistrement et des tiroirs pleins

FORTITUDE

de saphirs. Finalement, Ismay se tourna vers un caporal efflanqué qui
flânait autour de la voiture avec une indolence et une indifférence
qu'aucun soldat britannique n'aurait montrées en présence d'un
officier supérieur.

— Que faisiez-vous avant la guerre, mon vieux ? lui demanda
Ismay avec cette fausse jovialité que les officiers affectent pour parler
aux hommes de troupe sur le terrain

— J'étais comédien, Sir.

— Comédien ? dit l'Anglais étonné.

— *Yes, Sir.* A Broadway. Je doublais le premier rôle dans *Enterrez
les morts.*

— Flannagan est un spécialiste des émissions en phonie, expliqua
le colonel. Il est attaché à cette voiture. Nous avons vingt comédiens
comme lui dans notre bataillon pour faire ce travail.

Ismay le regarda, intrigué.

— Un certain nombre de messages sont envoyés en phonie par
nos voitures, comme on le fait dans les unités réelles. Nous voulons
convaincre les Allemands que nous avons une foule de types qui
transmettent. C'est pour ça que nous utilisons des comédiens. Montrez
au général ce que vous savez faire, Flannagan.

T. F., Ismay et Ridley l'écoutèrent, fascinés. Le caporal pouvait
aussi bien imiter l'accent de Brooklyn que celui du Sud, le ton nasillard
du Texas comme celui de la Nouvelle-Angleterre. Le colonel leur dit
que ce n'était là qu'une partie de tout le répertoire qu'il utilisait à
destination des Allemands qui se trouvaient de l'autre côté de la
Manche.

— Amusant, dit Ismay, très amusant !

Son admiration était sincère, même si elle lui faisait un peu mal au
cœur.

— Toute la question est de savoir si nos amis de l'autre côté vont
s'y laisser prendre.

— Oui, dit Ridley, toute la question est là. Je crains que nous
n'ayons pas la réponse avant que toute l'affaire commence. J'ai plein
de rapports qui montrent à l'évidence qu'ils dépouillent soigneusement
notre trafic. Ils sont diablement forts en la matière. C'est pourquoi on
attache une telle importance à la chose.

Pendant un moment, Ridley resta songeur.

— Une chose pourrait bien être révélatrice : une de ces voitures
américaines émet à partir de Durham. Elle singe les déplacements
d'une division blindée. La Luftwaffe est venue bombarder le village

254

voilà deux nuits. Malheureusement, plusieurs civils ont été tués. Vous le savez, les sorties de la Luftwaffe sont plutôt rares ces temps-ci. On peut très bien soupçonner qu'ils sont venus à la recherche de notre division blindée imaginaire.

— Oui, approuva Ismay. C'est probablement la preuve qu'ils vous ont crus.

Ismay rentra à Londres dans sa propre Humber. T. F. le suivit, en compagnie de Ridley, une demi-heure plus tard. Pendant quelque temps, ils roulèrent en silence, T. F. ne voulant pas déranger son supérieur par des commentaires personnels. Finalement, Ridley lui demanda une cigarette et il saisit l'occasion pour lui faire part d'une chose qui l'avait troublé dans les derniers propos qu'avait échangés Ismay avec le colonel.

— C'est terrible, dit-il, ces civils qui ont été tués parce qu'une de nos voitures emet à partir de leur ville.

Ridley lui jeta un de ses regards impénétrables que T. F. avait constatés lors de leur première réunion au quartier général souterrain.

— Vous n'y pensez pas ? lui demanda l'Américain.

Il aspira une longue bouffée de la cigarette que T. F. lui avait offerte, retint un moment sa respiration, puis souffla la fumée d'un coup, en toussant.

— Plutôt fort, votre tabac américain ! Vous devez comprendre une chose, major. Je suis prêt à vendre au Diable ce qu'il y a de plus précieux au monde, si cela me donne la certitude que la 15e armée allemande restera au nord de la Somme quand nous débarquerons en Normandie.

*

A l'intérieur de l'église Notre-Dame de Calais, l'air était si humide qu'il semblait coller aux joues de Catherine, et la lumière si faible qu'elle avait l'impression de porter des lunettes de soleil. Elle plongea sa main droite dans le bénitier sculpté dans la pierre près du portail d'entrée et fit le signe de la croix, laissant sur son front la trace de ses doigts humides. A petits pas, elle commença à descendre l'allée centrale, les yeux fixés sur le cierge qui brillait à côté de l'autel. Au troisième rang, elle aperçut Aristide, qui regardait devant lui comme s'il était plongé dans une profonde prière. Elle se glissa vers lui, s'agenouilla à son tour, d'un geste naturel qui n'avait rien à voir avec leur rendez-vous.

— Devinez ! lui souffla-t-elle, en se levant. Notre Allemand insiste pour m'emmener avec lui aux Amis de la Paix, boulevard La Fayette. Les Allemands n'y vont presque jamais. Il n'y a là que des zazous, avec leurs cheveux gominés et leurs pantalons serrés aux chevilles, qui aimeraient bien me faire la peau s'ils le pouvaient.

Les yeux de Catherine étaient emplis de la même haine que celle de ses jeunes concitoyens. Elle ajouta d'une voix un peu exacerbée :

— Pourquoi donc les Allemands veulent-ils aller à tout prix dans des endroits comme celui-là, où ils sont plus qu'indésirables ?

— Où voulez-vous qu'ils aillent ?

Les touffes de cheveux gris qui auréolaient le crâne d'Aristide semblèrent frémir de plaisir à ces mots.

— Dites-moi, Denise, qu'avez-vous appris ?

— Vous aviez raison sur un point : il est du nord de l'Allemagne. De Brême. Il s'appelle Lothar Metz. Son père était dans la marine pendant la Guerre de 14.

— C'est de tradition dans la famille, on dirait. Quoi d'autre ?

— Il est marié et il a deux enfants. Il en a sorti les photographies, quand nous prenions un verre. Ils ont de drôles de façons pour séduire une femme, non ?

— Dans la situation qu'ils occupent, ils n'ont pas besoin de faire de gros efforts d'imagination pour séduire. Qu'est-ce qu'il vous a dit au sujet de la batterie ?

— Il en parle comme s'il était amoureux de ses canons. Ils ont donné un nom à chacun, comme à des animaux familiers : Anton, Bruno et César. Lui s'occupe de Bruno. Vous voulez savoir quelle est leur devise ? « Nous autres, Allemands, ne craignons rien au monde que Dieu. »

Aristide regarda le crucifix au-dessus de l'autel.

— ... Peut-être Dieu, murmura-t-il, mais aussi une tempête de neige dans la steppe russe.

— Il m'a dit que ces canons sont si gros qu'il faut une équipe de dix hommes pour les servir. Apparemment, ils sont si lourds qu'on ne peut les déplacer à la main. Ils ont besoin pour ça d'engins motorisés.

— Je l'ai entendu dire.

Aristide fixait maintenant des yeux le sol de la cathédrale. Il avait les mains jointes et ressemblait à un suppliant du Moyen Age implorant le Tout-Puissant pour l'aider dans quelque entreprise hasardeuse.

— Il dit que jamais les Anglais ne pourront débarquer là, tant que ces canons tireront. Il clame à tous les vents qu'ils pourraient interdire à une flotte de traverser la Manche.

— Je crains qu'il ait raison. Manifestement, c'est pourquoi Cavendish est si impatient de nous les voir mettre hors d'usage.

— Cet Allemand radote sans arrêt sur ces canons. On dirait un gosse en admiration devant un lutteur de foire.

Aristide adressa à Catherine un sourire sarcastique.

— Ils admirent tellement la force, nos voisins teutoniques :.

Les yeux de la jeune femme s'étaient maintenant habitués a l'obscurité de la cathédrale. Comme un spectre vêtu de noir, un prêtre en soutane sortit de derrière l'autel. Il fit une génuflexion devant le saint sacrement, puis, jetant une étole pourpre sur ses épaules, entra dans le confessionnal qui se trouvait à la droite de Catherine. Elle entendit le glissement de la grille, qui le séparait des pénitents, tandis qu'il l'ouvrait. Si quelqu'un arrivait, elle et Aristide ressembleraient à un couple de paroissiens attendant de passer à confesse. Elle se souvenait de ce prêtre qui avait été si gentil pour elle à la soupe populaire. Est-ce que tout le clergé de Calais était de mèche avec Aristide ? Avec lui, on ne savait jamais...

— Qu'est-ce qu'il vous a dit à propos de la vie à l'intérieur de la batterie ?

— Rien qui puisse vraiment nous être utile. Les officiers et les hommes de troupe ont des mess séparés, mais ils mangent la même nourriture. Le déjeuner est leur repas principal. Le soir, ils prennent de la charcuterie avec du fromage et du pain noir. Les officiers achètent des choses au marché noir à Sangatte : des légumes, de la viande. Du vin et du cognac, bien sûr. On pourrait peut-être les empoisonner ?

— Du travail d'amateur, Denise. Qu'est-ce qu'il vous a dit de plus ?

— Attendez. — On ne l'avait pas entraînée en Angleterre à se souvenir de toutes les conversations qu'elle pouvait avoir. — Ah oui : les soldats ont une cantine où, le soir, ils peuvent acheter de la bière et du schnaps. Ils font les trois huit. Tous les soldats doivent regagner la batterie au coucher du soleil. Les officiers aussi, à moins qu'ils aient une permission de minuit, ce qui est rare. Le mien n'en a pas encore eu, mais je crains que ça ne tarde pas. Il en a demandé une pour mercredi et il veut m'emmener dîner avec lui.

257

— Quel est son travail à la batterie?

— Ingénieur électricien. Il a fait ses études avant la guerre à Hambourg.

— Ça, c'est intéressant. A quoi ressemble-t-il en tant qu'individu?

— C'est, comme vous l'aviez prédit, un gentleman. Il se sent seul et il est vulnérable. Il n'est pas du tout nazi, du moins je l'espère. Je trouve assez déconcertant de boire de la bière à la même table que votre ennemi et de vous rendre compte qu'après tout c'est un être humain comme les autres.

— Bien sûr!

Malgré l'obscurité, Catherine devina de la haine dans les yeux d'Aristide.

— Comme ce pilote de Stuka qui a mitraillé votre voiture pendant l'exode. Il n'avait probablement jamais oublié d'offrir des fleurs à sa maman pour son anniversaire. Pensez à ça, si vous vous sentez devenir trop tendre à l'égard des Boches.

Aristide soupira et s'étira sur son banc.

— Vous avez fait, une fois de plus, du bon travail. Le fait qu'il soit ingénieur électricien pourrait être important pour nous. Je tiens à ce que vous acceptiez de dîner avec lui mercredi soir.

Catherine fit une grimace, mais Aristide l'ignora.

— Pierrot vous apportera un message demain matin.

Aristide se dirigea vers l'allée centrale, fit une génuflexion devant l'autel.

— Attendez quelques minutes avant de partir, murmura-t-il.

Elle demeura assise, figée sur son banc, écoutant le claquement de ses talons de cuir s'éloigner dans la nef. « Peut-être, pensait-elle avec amertume, qu'un acte de contrition et un Ave Maria seraient de circonstance, en vue de tous les péchés que je vais certainement être appelée à commettre... »

*

Comme s'il prenait un peu d'exercice, Aristide se dirigea vers le sommet herbu du mont Roty, une colline, battue par les vents, qui domine la route côtière reliant Calais à Boulogne. Il connaissait bien l'endroit. Souvent, avant la guerre, il y avait pique-niqué avec des petites amies qu'il éblouissait en leur racontant des histoires sur le campement que Philippe VI avait établi sur ces hauteurs en 1347 pour le siège de Calais ou bien sur César et Caligula perchés sur cette crête et contemplant les falaises de l'île qu'ils avaient conquise à travers la brume qui s'élevait de la mer. En ce temps-là, Aristide était en classe de philosophie au collège de la rue Levreux à Calais, mais il avait toujours eu une passion pour l'histoire. Il scrutait aujourd'hui la masse grise de la Manche qui s'étendait à ses pieds. Combien de flottes avaient affronté les courants de ce détroit au cours des siècles : les galères romaines et les galions anglais, les navires de ligne de Napoléon et les yachts à moteur qui avaient recueilli les débris de toute une armée sur les sables de Dunkerque.

Les longues tempêtes d'hiver n'étaient plus qu'un souvenir et on aurait dit que les eaux agitées de la Manche s'étaient calmées sous la caresse de ce matin d'avril. Ici et là, la brise soulevait la crête des vagues et il pouvait deviner à l'horizon les falaises de craie d'Angleterre qui jadis avaient inquiété les légions romaines. Aujourd'hui, il était facile de traverser la mer. Il n'y avait plus de doute : la saison du débarquement était arrivée.

Une silhouette qui commençait à gravir la colline l'interrompit dans ses pensées. Il était remarquable de voir à quel point la Résistance avait modifié l'attitude de ses compatriotes brisés par la guerre. Deux ans auparavant, l'homme qui montait cette colline aurait, au mieux, évité de lui adresser la parole ; au pire, il l'aurait dénoncé à la police. Aujourd'hui, la victoire des Alliés était devenue certaine et il avait été presque enthousiasmé d'accepter ce rendez-vous.

En le regardant, Aristide ne pouvait s'empêcher de penser à 1942, quand il était entré dans la Résistance. Son père avait été mineur de fond à Lens jusqu'au jour où, à cause de l'état de ses poumons, il avait dû quitter la mine et était devenu responsable syndical communiste à Calais. Ce poste lui avait valu, à l'âge de soixante-trois ans, d'occuper une place d'honneur lors de la première répression que les Allemands avaient menée contre les communistes du Pas-de-Calais, en novembre 1941. Deux mois plus tard, il avait été fusillé comme otage à la suite de l'assassinat d'un soldat allemand à Lille. A l'époque, Aristide avait déjà effectué quelques petites missions pour la Résistance, convaincu que son âge et sa faiblesse de constitution l'empêchaient d'avoir un rôle plus actif. Quand le capitaine Trotobas — le responsable légendaire du SOE dans le Nord — lui avait suggéré qu'il pouvait faire quelque chose de plus important pour son organisation, il avait accepté avec joie. Le SOE l'avait envoyé en Angleterre à bord d'un Lysander pour qu'il y suive un entraînement de six semaines. A son retour, sur la suggestion de Londres, il avait pris un emploi à l'hôtel de ville de Calais, où il pouvait aider à fabriquer des laissez-passer qui changeaient sans cesse et des cartes d'identité nécessaires pour circuler dans la zone côtière.

Ce travail lui donnait accès à un véritable trésor de dossiers municipaux et, de temps à autre, aux projets de première importance que faisaient les Allemands concernant la ville. Cela lui avait permis, par exemple, de mettre la main sur le *curriculum vitae* de l'homme qui était en train de gravir la colline. Il s'appelait Pierre Paraud, avait cinquante-quatre ans, était marié, père de deux enfants et employé depuis douze ans à *la Béthunoise,* une compagnie d'électricité privée qui fournissait en courant le nord-ouest de la France. Depuis mai 1939, il avait dirigé les opérations de la compagnie dans le Pas-de-Calais. L'occupation l'avait placé dans une situation délicate. Les Allemands avaient constamment besoin de plus de courant pour construire leur mur de l'Atlantique, et pour s'approvisionner en énergie ils avaient recours à *la Béthunoise* et à des spécialistes comme Paraud. Certains — très peu, en fait — se seraient mis en grève plutôt que d'entrer au service de l'occupant. Paraud, non. Comme beaucoup de Français, il avait été un collabo, réticent sans doute, mais effectif, préparé à tout pour conserver son emploi et nourrir sa famille. C'étaient là des sentiments compréhensibles, mais qui ne lui auraient pas évité la colère d'un quelconque tribunal populaire, la Libération venue, avec ses règlements de compte. Des hommes comme lui avaient besoin de références pour les mois à venir. C'est ce qu'avait pensé Aristide. Et il était prêt à lui en fournir — du moins à un certain prix.

Ils se serrèrent la main et s'étendirent sur l'herbe. Aristide offrit une cigarette à Paraud qui était tout essoufflé.

— Une vue magnifique, n'est-ce pas? murmura-t-il en montrant l'Angleterre à travers la brume à une quarantaine de kilomètres de là. Il ne vous arrive pas d'être émerveillé par ce qu'ils font là-bas, à ce qu'ils doivent penser quand ils nous regardent du haut de leurs falaises?

— Non.

Paraud eut un modeste haussement d'épaules qui semblait impliquer une certaine déférence à l'égard d'Aristide.

— Quand je regarde là-bas et que je pense à ce qui va arriver, j'ai peur. Je songe à toutes les destructions que la Libération va apporter avec elle.

« Parfait, se dit Aristide. Ça commence exactement comme je le voulais. »

— Eh oui ! dit-il à haute voix, nous allons sûrement payer le prix fort pour la position privilégiée que nous occupons. Ça a toujours été le cas.

Il eut à l'égard de Paraud une sorte de sourire et le contempla de cet œil perçant qui avait frappé Catherine la première fois qu'elle l'avait rencontré.

— Il y aura beaucoup de choses à payer, quand la Libération arrivera, je le crains.

S'il y avait encore des doutes dans l'esprit de Paraud, les paroles d'Aristide les auraient vite dissipés. Il secoua négligemment la cendre de sa cigarette.

— Mais pourquoi s'inquiéter de ça, maintenant. Je voulais seulement bavarder avec vous une minute. Que vous me donniez quelques informations dont j'ai besoin.

Le regard sombre qu'il lança à l'homme l'avertit que son silence risquait de lui coûter cher.

— Tout cela demeurera strictement entre nous, bien entendu. Bien que... — sa voix devint un murmure — je ne sois pas homme à oublier les services qu'on lui rend.

On aurait dit que Paraud allait avaler sa cigarette.

— Que voulez-vous savoir ?

— Parlez-moi des installations électriques de la batterie Lindemann.

L'inquiétude que ces mots provoquèrent chez Paraud n'était pas pour déplaire à Aristide. Que l'ingénieur électricien éprouvât aujourd'hui un certain malaise était peu de chose, en raison de l'existence relativement tranquille qu'il avait connue jusque-là.

— Ils prennent directement le courant à la centrale. Ils ont leur propre ligne. Nous l'avons installée pour eux en 1942 afin qu'ils ne soient pas privés d'électricité quand nous devons couper le courant dans la ville. Ils ont aussi deux groupes électrogènes Deutz à diesel pour leur fournir du courant en cas de besoin.

— Pendant combien de temps pourraient-ils tenir avec leurs seuls générateurs ?

— Ça dépend.

— Plusieurs jours ? Plusieurs semaines ?

— Plusieurs mois. Aussi longtemps qu'ils auront du carburant.

— Est-ce qu'ils peuvent faire fonctionner leur batterie sans électricité ?

— Leurs petites installations, peut-être, mais pas la batterie elle-même. Elle est trop importante. Leurs obus pèsent plus de cent kilos. Le seul moyen qu'ils ont de les transporter à leurs canons à partir de leur arsenal souterrain est un monte-charge électrique. Les tourelles font chacune cinquante tonnes. Ils ne peuvent pas les faire fonctionner sans des moteurs électriques.

« Voilà leur talon d'Achille ! », se dit Aristide avec satisfaction.

Il s'installa plus confortablement dans l'herbe.

— Dites-moi une chose, fit-il à haute voix. Je me souviens du temps où j'étais enfant, avant la guerre. Je vivais chez des cousins à Amiens et, une nuit, nous avons eu un orage épouvantable. La foudre a frappé la ligne électrique de notre maison. Vous ne pouvez pas imaginer ce que ça a fait. La foudre a fait sauter les fusibles et détruit tous les appareils électriques : le réfrigérateur, la machine à coudre, la radio, tout ! Est-ce que cela pourrait arriver à la batterie Lindemann ?

— Non.

— Pourquoi ?

— Parce que les Allemands ont tout prévu. Ils ont un système de coupe-circuit très perfectionné qui contrôle l'arrivée du courant. La foudre ne pourrait pas passer au travers. Elle endommagerait le panneau de contrôle, mais n'atteindrait pas les moteurs. Les Allemands feraient une dérivation et continueraient leur travail.

Aristide était déçu. Son esprit philosophique avait toujours été choqué par le fait que la science ne pouvait se conformer aux impératifs de la raison.

— Si les moteurs qui font fonctionner les tourelles étaient détruits, combien de temps faudrait-il pour les remplacer ?

— Vingt-quatre heures. Peut-être quarante-huit. Dans la mesure où ils ont des moteurs de rechange ici à Calais. Je ne sais pas si c'est le cas.

Aristide regarda Paraud, comme s'il lui demandait d'être un peu plus explicite dans ce monde complexe qu'était pour lui celui de l'électricité.

— Il n'y a pas un moyen pour que ces coupe-circuit soient mis hors d'usage et qu'une surcharge détruise les moteurs ?

— Pour y arriver, il faudrait d'abord être capable d'accéder au panneau de contrôle. Il est toujours fermé à clé.

— Qui a cette clé ?

— Le lieutenant Metz, l'officier électricien. Et le commandant de la batterie, je suppose.

Aristide accueillit cette information bienvenue d'un petit mouvement du menton.

— Faisons une hypothèse purement théorique! La porte de ce panneau de contrôle est ouverte. Les coupe-circuit sont à notre portée. Qu'est-ce qu'on peut faire pour qu'une surcharge atteigne les moteurs?

Paraud répondit d'abord à la demande d'Aristide par un silence que ce dernier prit pour de la réticence. C'était, en fait, le technicien qui réfléchissait. Il méditait sur le problème qu'Aristide lui posait.

— Savez-vous comment fonctionne un fusible? lui demanda-t-il à la fin.

— Non.

— Le principe en est simple. Le fusible est fixé sur la ligne qui alimente le moteur pour le protéger. Le courant doit passer par le plomb du fusible avant d'atteindre le moteur. L'électricité produit de la chaleur et le plomb est très sensible à la chaleur. S'il y a trop de courant sur la ligne, le plomb fond aussitôt. Ça coupe l'arrivée du courant et épargne le moteur.

— Je vois, dit Aristide.

— Maintenant, si vous arrivez à atteindre quatre ou cinq des coupe-circuit qu'ils utilisent, ce que vous pouvez faire, c'est remplacer leurs plombs par du cuivre. Le cuivre est un excellent conducteur et il ne fond qu'à une très, très haute température. Si vous prenez un fusible de plomb conçu pour fondre avec un courant de trente ampères et que vous remplacez ce plomb par du cuivre, le cuivre laissera passer cent fois plus de courant avant de fondre.

— Ah bon! dit Aristide, soudain illuminé. Ce que vous suggérez c'est d'enlever les plombs des fusibles et de les remplacer par du cuivre.

— Exactement.

Le chef de la Résistance adressa à Paraud le sourire d'un vieux professeur de piano approuvant un élève qui vient d'exécuter sans fautes un prélude de Chopin.

— C'est une idée simple et claire. Comme je les aime. Laissez-moi vous poser une dernière question d'ordre théorique. A coup sûr Dieu est antinazi, mais ça ne veut pas dire que l'on peut compter sur lui pour nous fournir un court-circuit sur demande. Est-ce que votre centrale pourrait se substituer à Lui? Envoyer une surcharge de courant sur les lignes, qui aurait les effets d'un coup de foudre?

L'ingénieur fit la grimace en entendant cette question qui n'avait vraiment rien de théorique. Aristide s'y attendait. Les jeunes et les pauvres gens n'avaient pas le monopole du courage, mais il s'était rendu compte, dans la Résistance, que ceux d'un certain âge et qui appartenaient à la classe moyenne n'en avaient guère.

— Je ne sais pas si je dois me mêler de ça, dit Paraud.

Il avait mis dans sa voix tout ce qu'il pouvait pour faire comprendre à Aristide dans quelle situation délicate il le mettait.

— Je ne vois pas pourquoi.

Aristide arracha un brin d'herbe et se cura les dents.

— Je suis sûr qu'un homme comme vous ne voudrait rien faire qui puisse être interprété comme une aide aux occupants afin qu'ils puissent prolonger leur séjour chez nous.

— Pensez à ma famille ! Ça risquerait de leur coûter cher.

« Si tout le problème est là, pensa Aristide, il est facile de le régler. »

— Supposez que je m'arrange pour les mettre en sécurité ? Ce qui est le plus important, c'est que votre femme et vos gosses soient éloignés de la zone des combats qui vont avoir lieu.

— Vous pourriez faire ça ?

— Je le pourrais. Maintenant, revenons à mon hypothèse — j'insiste : ce n'est qu'une hypothèse. Ce qu'il faut faire, c'est s'arranger pour qu'il y ait une surcharge soudaine de voltage sur la ligne alimentant la batterie.

Aristide eut à l'égard du petit ingénieur le même sourire que celui d'un jésuite qui vient de sentir chez un athée les premières atteintes de la foi.

— Et comment feriez-vous ?

— Le courant est fourni à la batterie par une ligne à haute tension de 10 000 volts. Nous utilisons un transformateur qui en fait du 220 triphasé. En principe, nous aurions dû placer ce transformateur très près de la batterie, mais les Allemands montent la garde à la centrale et ils l'ont installé à l'intérieur.

— Je vois.

Aristide était satisfait par une telle logique.

— Il s'agirait d'installer une dérivation entre le câble qui arrive de l'extérieur à la centrale avec 10 000 volts et le câble qui va de la centrale à la batterie avec le courant transformé en 220 triphasé Comme ça les 10 000 volts iront tout droit à la batterie.

— Et alors ?

— Alors, ces 10 000 volts feraient griller toute l'installation

— Est-ce que la chose est difficile à faire, techniquement parlant ?

— Difficile, non. Dangereuse, oui ! Si vous commettez la moindre erreur, vous grillez aussi !

— Vous ne pourriez pas vous y préparer à l'avance ? Le moment venu, tout serait prêt à marcher...

L'ingénieur se tut, mais il était évident que la réponse à une telle question ne nécessitait pas une longue réflexion. Il dit enfin :

— On pourrait déjà installer la dérivation...

— Et si les Allemands inspectent la centrale ?

— Ils n'y sont encore jamais entrés. Si personne ne leur dit rien, ils n'ont aucune raison de venir.

— Quand vous installerez cette dérivation, vous devrez d'abord couper le courant, non ? Ça ne va pas les alerter ?

Le regard pitoyable que Paraud lui adressa convainquit Aristide qu'il ne connaissait pas grand-chose à une centrale électrique.

— Le câble d'arrivée du 10 000 volts est en cuivre dénudé. Tout ce que vous avez à faire est de le mettre en contact avec le câble de dérivation et tout sautera à la batterie : le tableau de contrôle, les lignes, les moteurs, les lampes, les ventilateurs... Tout !

— Et qu'est-ce qui se passera à la centrale ?

— Bon Dieu ! Ce sera un feu d'artifice ! Il y aura un grand *bang*, des étincelles, de la fumée partout...

Aristide se dit que les Allemands qui gardaient la centrale chercheraient à savoir ce qui était arrivé et arrêteraient sur place les auteurs du sabotage. Il fallait donc y aller avec prudence.

— A quel intervalle visitez-vous la batterie ?

— Ça dépend. Généralement après un raid aérien parce qu'il faut réparer les câbles sectionnés.

— Et c'est là que vous avez accès au tableau de contrôle ?

La voix de Paraud tremblait. Il balbutia quelque chose qu'Aristide ne put entendre. Ce dernier leva la main pour interrompre l'incompréhensible marmonnement de l'ingénieur.

— Je ne vais pas vous demander d'agir vous-même, je vous le jure.

— Metz et moi y allons toujours, quand je me suis assuré que le courant est revenu.

— Bon ! dit Aristide. Maintenant, je veux que vous fassiez quelque chose la prochaine fois que vous irez là-bas après un raid aérien. Un truc sans importance. Qui ne risque absolument pas de vous compromettre. Que vous jetiez simplement un coup d'œil au tableau de contrôle. Mais un bon coup d'œil. Considérez cela comme un passeport pour le Paradis. Mettez-vous chaque détail en mémoire. Photographiez l'installation mentalement. Par-dessus tout, apportez-moi une description exacte des fusibles qui contrôlent le monte-charge pour les obus et les moteurs des tourelles. Notez leurs numéros... Bref tout ce qui peut permettre de les repérer avec une précision absolue.

— Je ne pourrai pas y aller avant le prochain raid, lui rappela Paraud.

— Ne vous inquiétez pas. Je vais vous en fournir un !

Ces mots furent une véritable révélation pour l'ingénieur. Un homme qui peut organiser un raid aérien sur commande, quel pouvoir ! Comme cela arrive souvent, s'approcher des puissants réconforte les faibles.

— Il y a autre chose, rappelez-vous, dit l'ingénieur.

— Quoi donc ?

— Il faut une copie de la clé du tableau de contrôle.

— Je m'en occupe, de cette clé, répondit Aristide.

*

— Venez ici, O'Neill et regardez ! Cela ne vous rappelle rien ?

T.F. suivit du regard le geste du vieil officier qui lui montrait la pelouse de Gosvenor Square, trois étages plus bas, au-dessous de leur bureau. Plusieurs équipes du personnel féminin de la RAF déroulaient soigneusement les câbles d'une demi-douzaine de ballons de barrage, alors que le soleil se couchait sur Londres.

— Ça me rappelle un barrage de ballons, dit T.F. Que voulez-vous que ça me rappelle d'autre ?

— Faites preuve d'imagination, bon Dieu ! grommela le major Ralph Ingersoll.

C'était l'ancien éditeur du *New Yorker* ; il avait fondé le PM[1], s'était montré un ardent défenseur de la politique du *New Deal* de Roosevelt, avait plaidé la cause de l'interventionnisme contre les Allemands. Il avait été engagé comme simple soldat après Pearl Harbor et était monté en grade jusqu'à occuper son poste actuel. Avec une poignée d'officiers subalternes, il était devenu responsable de la

---

1. PM. Un quotidien du soir new-yorkais de gauche d'avant-guerre (*N.d.T.*).

part que prenaient les Américains à l'opération FORTITUDE en Angleterre.

— Ces ballons ne vous font donc penser à rien ?

T. F. haussa les épaules. Ce genre de jeu ne l'amusait pas.

— Je ne sais pas, moi. A Dumbo, l'éléphant de Walt Disney ?

— Exactement ! dit Ingersoll en exultant. Vous avez suivi les cours de droit de Harvard, mais vous êtes quand même demeuré un type dans le vent. Où avez-vous vu, pour la dernière fois, cette sorte de Dumbo ?

— Au Yale Club, à New York, il y a environ un an.

T. F. était exaspéré par l'insistance d'Ingersoll.

— A cette différence près qu'il était rose et gentil et avait tendance à s'envoler par ma fenêtre.

— Soyez sérieux ! grogna Ingersoll. Il s'agit de quelque chose d'important.

— D'accord ! Dites-moi.

— Ces ballons viennent du défilé organisé par Macy's pour le *Thanksgiving Day*.

— Je reconnais que c'est vraiment sérieux dit T. F., en regagnant son fauteuil en face du bureau d'Ingersoll.

Il remarqua alors que son compatriote avait suspendu au mur une citation de Walter Scott : « Quelle toile d'araignée embrouillée tissons-nous, quand nous mentons pour la première fois ! »

— Quel est l'enjeu de la question : un verre de bière ? Il faut que je me souvienne des fêtes du *Thanksgiving* à New York ?

— Regardez ! dit Ingersoll, en ignorant sa réplique. Le problème que vous et ces Anglais avez à résoudre pour nous aider est le suivant : comment créer une armée fantôme d'un million d'hommes ? D'accord ?

— Oui, plus ou moins.

— Oubliez cette histoire de trafic-radio. Cela ne me concerne pas. Notre boulot consiste à simuler dans le sud-est de l'Angleterre les préparatifs d'une offensive par voie de terre alors qu'on l'attendrait par les airs : personnel de débarquement, campements, parcs pour chars d'assaut et camions. Dans le cas où Goering aurait le courage d'envoyer quelques appareils jeter un coup d'œil, un de ces beaux matins.

T. F. but une gorgée de bière et fit la grimace. C'était une *Budweiser* et elle était aussi chaude qu'une tasse de thé.

— C'est la faute de notre valet de chambre, dit Ingersoll. Chaque fois que je mets une boîte de bière dans le frigo, il la ressort pour que le

267

froid n'en dénature pas le goût. Bon ! Comment allons-nous faire pour peupler l'East Anglia de cette armée imaginaire ? Je vais vous le dire. D'abord, nous envoyons leur *Home Guard* sur le champ de manœuvres. Ils campent aux endroits où nos régiments sont supposés se trouver. Ensuite, les Anglais nous demandent d'y amener des camions et des tanks pendant la nuit. Ça remplit le terrain de marques de pneus et d'ornières. Les fermiers du coin apprécieront la chose ! Finalement, ils nous disent de construire des maquettes de bois pour les tanks et les camions, afin que la Luftwaffe puisse les photographier.

Ingersoll but un peu de sa bière.

— Ces maquettes nous posent un tas de problèmes.

— Ralph ! Tout pose un problème dans cette guerre.

— Peut-être. Mais cela nous prendrait autant de temps pour construire ces maquettes que pour construire de vrais chars. Eisenhower sera à Berlin avant que nous en ayons terminé.

— Où voulez-vous en venir ?

Ingersoll montra de son pouce la fenêtre ouverte.

— Qui, d'après vous, fait ces trucs-là pour Macy's ?

— Comment voulez-vous que je le sache ?

— B. F. Goodrich. Goodyear les fabricants de pneus. Nous allons les voir. Leur demander de nous construire la maquette d'un char Sherman, d'un camion de deux tonnes, d'un canon de 105 millimètres. Des jouets en caoutchouc gonflables, comme ceux de Macy's. Ils doivent les produire en masse pour nous. Nous en aurons des centaines immédiatement. Chacun pouvant tenir dans une valise. Bref, tout ce qu'il nous faut pour créer le parc de blindés de tout un régiment avec un simple gonfleur.

— Ralph ! Vous êtes un génie.

— Parfaitement ! Mais mon boulot consiste uniquement à obéir aux ordres des Britanniques. C'est eux qui ont écrit le scénario. Ils me disent ce qu'ils veulent que croient les Allemands et ce que je dois faire pour ça. Mais vous, dans votre trou, vous êtes près du trône. C'est à vous de convaincre les gros bonnets que c'est une bonne idée.

*

Catherine Pradier jeta un coup d'œil satisfait aux clients de l'Auberge du Roi, le seul restaurant du marché noir de Calais, autant qu'elle pouvait le savoir. Aucun d'entre eux ne semblait disposé à la dénoncer comme la petite amie d'un Allemand, la Libération venue. Contrairement aux jeunes gens en colère qui l'avaient remarquée au Jazz Club, c'étaient tous des Allemands ou des collabos d'un certain âge. Après la guerre, ils seraient beaucoup plus soucieux d'oublier que de se rappeler ce qu'ils avaient fait pendant la guerre.

Metz parlait de ce qui avait inspiré Haendel pour *Water Music* La musique — qu'il s'agisse du jazz d'avant-guerre ou des classiques — était un terrain de conversation habituel entre occupants et occupés. Catherine sourit et approuva ce qu'il venait de dire. Metz était un chic type. Beaucoup plus qu'elle n'aurait préféré qu'il le fût. Il « présentait bien », avec ses manières réservées, pas du tout germaniques, chose qui l'avait déjà frappée quand elle l'avait vu pour la première fois dans le train de Paris. Ce n'était pas vraiment son type. Il était un peu trop raide, mais il y avait quelque chose en lui d'attirant. « Pourquoi, se disait-elle, s'est-il comporté avec moi comme un gentleman, en portant mes bagages ?... Si jamais je l'amenais à mon appartement et que je lui montre ce qu'il y avait dans cette valise ! » Elle le regarda, en essayant d'imaginer sa réaction. La remettre, sans doute, entre les mains de la Gestapo, avec regret, mais sans hésitation. Il y a des limites au comportement d'un gentleman.

Tandis que Metz continuait à discourir sur Haendel, elle trempa avec gourmandise un morceau de pain dans la sauce de sa sole à la Dieppoise. Le rôle qu'Aristide lui avait assigné avait des compensations. Quelqu'un, à la *Kommandantur* du boulevard La Fayette, devait toucher un pourcentage sur les poissons livrés à ce restaurant. Elle avait aussi mangé des moules farcies avec du vrai beurre. Tout ce qu'elle avait vu sur les marchés, depuis qu'elle était arrivée, ce n'était que des harengs.

Elle sentit la jambe de Metz contre la sienne sous la table. Elle lui adressa un sourire réservé ; laissa sa jambe où elle était, puis, timidement, la retira. Metz aurait pu la livrer à la Gestapo s'il avait découvert sa radio, mais elle avait l'impression qu'elle pouvait le tenir sous son charme dans les moments les plus cruciaux de l'existence. Sa bouche lui parlait de Haendel, mais ses yeux étaient attirés par l'échancrure de son corsage. « Il n'a pas dû coucher avec une femme depuis qu'il a quitté Brême, se dit-elle. Il est trop orgueilleux pour se payer une putain, trop galant pour forcer la résistance d'une Française. » Elle s'arrangea pour lui montrer un peu plus d'elle-même et feignit de prendre un grand intérêt à ce qu'il lui disait sur Haendel — un musicien qui l'avait toujours laissée indifférente.

Finalement, continuant de parler de l'emploi que Haendel fait de la harpe, Metz demanda l'addition. Dehors, la brise rafraîchissait la nuit d'avril.

— Puis-je vous raccompagner ? lui demanda-t-il courtoisement.

Catherine jeta un coup d'œil à sa montre. Il allait être neuf heures.

— Nous devons nous presser, dit-elle, ou je serai prise par le couvre-feu.

— Vous n'avez rien à craindre, l'assura-t-il. Vous êtes avec un officier de marine allemand.

« Pas la peine de me le rappeler ! » pensa-t-elle.

Quand ils eurent atteint l'entrée de son immeuble, Catherine lui tendit la main. Metz ôta son gant et la prit dans la sienne.

— Bonne nuit, *Fräulein !* J'ai beaucoup apprécié cette soirée passée ensemble, dit-il, en claquant légèrement des talons, avec cette inclination de la tête dont les Allemands ont le secret en de telles circonstances.

Catherine rendit grâce à l'obscurité qui lui permettait de cacher son étonnement. Une fois de plus, elle avait envie de rire. Manifestement, Metz était déterminé à demeurer ce qu'il y a de plus rare en temps de guerre : un mari fidèle. Il l'avait invitée à dîner parce qu'il se sentait seul et désirait parler de Haendel. « Quand je vous raconterai ça, mon cher Aristide, se dit-elle, est-ce que vous en rirez ou est-ce que vous m'accuserez d'avoir failli à mon devoir ? »

Elle défit le foulard qui dissimulait son éclatante chevelure blonde et la fit bouffer d'un geste de la main — un geste dont elle avait déjà pu mesurer l'efficacité —, et elle sentit qu'elle troublait un peu l'Allemand. Elle commençait enfin à effacer l'image de Willi et Gretl, ses enfants, et de sa femme, là-bas à Brême, et qui le faisait rester dans le droit chemin. Il lui prit la tête entre ses mains et, timidement, la tourna vers lui. De son côté, elle pressa son corps contre le sien et lui permit un long — et froid — baiser.

Tout en se retirant, elle regarda avec inquiétude dans la rue.

— Je ne voudrais pas qu'on nous voie, souffla-t-elle. J'aurais des histoires avec les voisins.

— Je sais, dit Metz, en manifestant une compréhension inattendue.

Catherine remarqua, avec un sentiment de colère, qu'il remettait son gant. « Je ne peux pas y croire, se dit-elle. Tout cela est trop absurde. »

Elle posa la main sur sa veste d'uniforme et leva son regard sur lui.

Elle se montrait moins réservée, cette fois, qu'elle l'avait été au restaurant.

— Voulez-vous prendre une tisane ? demanda-t-elle. C'est ce que je bois à la place du café.

Pendant une seconde, l'Allemand demeura indécis. Catherine sentait que le souvenir des êtres chers laissés à Brême l'envahissait de nouveau. Et puis, avec une chaleur inattendue, il s'exclama :

— *Ja ! Ja !...*

L'appartement de Catherine était plus que modeste : une salle de séjour avec un évier et un réchaud dans un coin, une chambre et une salle de bains. Son émetteur était caché dans le réservoir de la chasse d'eau fixée au mur au-dessus de la cuvette des W.C.

Tandis qu'elle faisait chauffer de l'eau, Metz s'assit sur le lit, discourant, cette fois-ci, sur Mozart. Il en parla pendant dix minutes, puis de Bach pendant cinq minutes et, enfin, se décida à l'embrasser. Elle lui offrit une fragile résistance, se leva et, le prenant par la main, le conduisit vers sa petite chambre.

Apparemment touchée par la timidité de l'Allemand, elle montra du doigt la porte de sa salle de bains.

— Vous pouvez enlever vos vêtements ici, lui dit-elle un peu gênée ; puis, elle ajouta avec un petit rire nerveux :

— Et n'oubliez pas de vous laver comme un gentil petit garçon.

Metz eut un large sourire. Il appréciait beaucoup la propreté — et pour de bonnes raisons. Les officiers allemands en garnison dans le Pas-de-Calais qui attrapaient des maladies vénériennes étaient évacués dans un château situé en Belgique pour y être soignés. Ils étaient ensuite envoyés sur le front de l'Est.

A la grande surprise de Catherine, Metz, après la réserve qu'il avait montrée, se révéla un amant habile : gentil, aux petits soins, ne montrant aucune hâte, encore qu'il fût fort excité. C'était, pour Catherine, livrée au tourbillon de ses propres pensées, une expérience qui, en d'autres circonstances, ne lui aurait pas déplu.

Metz, agréablement épuisé, resta à côté d'elle quelques instants après qu'ils eurent fait l'amour. Il entreprit de se lever, mais elle sortit la première de dessous les draps.

— Je reviens dans une seconde, souffla-t-elle.

Elle ferma à clé la porte de la salle de bains derrière elle, ouvrit le robinet à plein et commença à chantonner. Ensuite, elle s'empara du pantalon de Metz et en fouilla les poches jusqu'à ce qu'elle eût trouvé son porte-clés. Il y en avait quatre. Toujours en chantonnant, elle ouvrit son armoire à pharmacie et en sortit le pain de cire molle qu'Aristide lui avait donné. Avec soin, elle imprima chacune des clefs dans la cire, les essuya et les remit dans la poche de Metz.

Elle fredonnait toujours, cette fois-ci d'un air triomphant, en rentrant sur la pointe des pieds dans la chambre. Metz contemplait rêveusement le plafond, Catherine se pencha et l'embrassa. Pour la première fois, depuis le début de la soirée, il y avait dans son geste une affection sincère.

*

Aristide se flattait de savoir juger les gens. Il devait admettre, cependant, qu'il s'était trompé sur Pierre Paraud, l'ingénieur de la centrale de Calais. Non seulement ce type apparemment timide avait effectué une étude soigneuse du tableau de contrôle de la batterie Lindemann, lors de sa dernière visite, mais il en avait dessiné le plan avec une étonnante précision. Cela rappelait à Aristide ce qui, jusqu'à ce jour, avait été la suprême réussite de la Résistance à Calais : le plan des défenses portuaires et des installations d'artillerie effectué par le dessinateur Emile Le Blond, avec l'aide de Paul Caron, un employé du port.

— Ça n'a pas été tellement difficile, avait dit Paraud, d'un petit air modeste. Les tableaux de contrôle sont tous conçus selon le même modèle. Celui-ci y correspond. Les relais et les coupe-circuit concernant chacune des trois tourelles sont clairement indiqués avec le nom de chaque canon.

Sur le dessin de Paraud, on voyait deux rangées de coffrets disposées parallèlement : l'une, apparemment, pour les relais, l'autre pour les fusibles.

— Les deux premiers coffrets, continua Paraud, contrôlent le courant qui alimente le monte-charge pour les obus et les moteurs des tourelles. — Il les montra sur son dessin. — On peut constater qu'ils sont plus gros que les autres relais et les autres coupe-circuit. C'est pourquoi ils sont plus vulnérables.

— Tout cela est-il à l'échelle ? demanda Aristide.

— Plus ou moins. Les coupe-circuit ont environ la taille d'une main de femme.

— Comment sont-ils reliés au tableau ?

— Ils sont fichés dans une douille. Vous m'avez demandé de vous fournir leurs références d'origine. Ils ont été fabriqués par Siemens. Le numéro du modèle est : XR402.

— C'est tout ?

Paraud dit oui.

— Où peut-on s'en procurer ?

— Je sais que lorsque les Allemands ont besoin de pièces détachées, ils les font venir d'un dépôt de Siemens à Paris.

« Paris ? s'était dit Aristide, on a un bon contact là-bas . un gars du SOE, un ancien officier. » Il le connaissait par son pseudonyme, Ajax. Ajax et lui étaient rentrés d'Angleterre dans le même Lysander et leur voyage était resté dans l'esprit d'Aristide, c'était lui qui avait formulé des doutes sur le Français qui dirigeait les opérations aériennes et qui avait donné à Aristide un numéro de téléphone, où il pouvait laisser un message pour le joindre. Peut-être Ajax pourrait-il lui fournir ces coupe-circuit.

— Supposez que je puisse me procurer quelques-uns de ces coupe-circuit. Un type peut les trafiquer, substituer du cuivre au plomb. Ce boulot doit être accompli à la perfection, afin que personne ne puisse s'en douter. Pouvez-vous le faire ?

Aristide, une nouvelle fois, avait aperçu sur les lèvres de Paraud la marque de la peur.

— Je ne pourrai pas les mettre en circuit. Metz ne me laissera jamais seul, ne serait-ce qu'une seconde.

— Ce n'est pas ce que je vous demande, répliqua sèchement Aristide. Tout ce que je veux, c'est que vous prépariez ces coupe-circuit. Vous pouvez le faire tout seul, pendant la nuit, dans votre atelier, où personne ne peut vous voir.

Le petit ingénieur avait soupiré. La porte est étroite et incertaine qui conduit au danger. Il grogna :

— Si vous y tenez...

— J'y tiens, dit Aristide. J'aurai quelqu'un d'autre pour les brancher sur le tableau de contrôle quand ils seront prêts.

*

— Sincèrement, je ne devrais pas faire ce que je me propose de faire avec vous, cet après-midi.

Ridley marchait de cette allure pesante qui était la sienne, les mains — contrairement au règlement — fourrées dans ses poches, son éternelle Players aux lèvres.

— Et pourtant, j'ai confiance en vous. J'aime beaucoup les Américains.

Le vieil homme montra d'un geste de la tête les bâtiments majestueux qui bordent Pall Mall, au-delà des étendues vertes et désertes de Saint James Park.

— Je dois dire que c'est un point de vue que ne partage pas tout le monde, ici. En outre, c'est un boulot de première importance que vous allez accomplir pour nous. Cette idée de maquettes en caoutchouc est géniale. Le Pentagone y travaille déjà, comme nos gens de chez Dunlop.

Cet après-midi-là, l'atmosphère était lourde et humide. Des parterres de jonquilles et de narcisses parsemaient l'herbe du parc. Sur le bord du lac, on voyait des couples se promener : des filles et des garçons en uniforme de toutes les armes et de toutes les nations. T. F. était pensif « Londres en temps de guerre est devenu la ville des amoureux, se disait-il, de gens qui se raccrochent l'un à l'autre comme pour se protéger des coups du destin. » Cette idée le ramena au souvenir de lady Deirdre Sebright, la charmante secrétaire du quartier général souterrain.

— Nous allons avoir besoin de vous pour une autre petite affaire, continua Ridley. Mais, cette fois-ci, je préférerais qu'elle n'ait rien d'officiel.

Il laissa T. F. méditer ce qu'il venait de lui dire, tandis qu'ils traversaient le Mall et se dirigeaient vers Malborough Road. Soudain, Ridley s'arrêta. Il scrutait les arbres qui bordent la chaussée. « Ma parole ! mais c'est un coucou, s'exclama-t-il, en pointant sa Players vers les branches, la chose la plus extraordinaire que l'on puisse rencontrer à ce moment de l'année. »

Ravi de sa découverte, il continua de marcher en direction de Saint James Square. Une simple rangée de sacs de sable et deux gardes en uniformes — un MP américain avec son casque blanc et un caporal des *Royal Marines* vêtu de bleu — défendaient l'entrée du 31, Norfolk House. C'était là que se trouvait le quartier général de Dwight D. Eisenhower pour les opérations de débarquement.

Entrer dans ce bâtiment était beaucoup plus difficile qu'il n'y paraissait vu de l'extérieur. Après trois vérifications d'identité, T. F. et Ridley, escortés par un soldat en armes, se dirigèrent vers une pièce désignée par un simple numéro . 3103. Comme Ridley l'avait dit à

274

T. F. en traversant le parc, cette pièce abritait un organisme baptisé « Operations B ' — Special Means ». Rattaché directement au bureau d'Eisenhower par l'intermédiaire de son chef d'état-major, le général Walter Bedell-Smith, ce service avait pour tâche d'exécuter les plans de l'opération FORTITUDE qui relevaient de la juridiction d'Eisenhower.

Les deux hommes prirent place dans le bureau avec les politesses d'usage, déclinant l'offre qu'on leur fit d'une tasse de thé. Un colonel imposant dominait toute la pièce. T. F. remarqua qu'il avait le même regard froid et calculateur qu'il avait rencontré chez nombre de ses nouveaux collègues.

— Bon ! dit Ridley. — Le ton de sa voix indiquait qu'on en avait fini avec les préliminaires et qu'il fallait entrer dans le cœur du sujet. — Vous vous souvenez ce que je vous ai dit l'autre jour : comment notre service de contre-espionnage, le MI 5, a arrêté ou retourné tous les agents allemands opérant dans ce pays ?

T. F. approuva d'un sourire.

— En gros, une trentaine d'entre eux sont employés par nous dans l'opération FORTITUDE sous la direction d'Edgar, ici présent. Trois d'entre eux sont très importants pour nous, en raison de la confiance que leur font les Allemands et du fait qu'ils sont directement en communication-radio avec les services de l'Abwehr.

Une autre Players entre les doigts, Ridley décrivait de gracieuses paraboles dans la pièce. Il continua :

— L'un d'eux, sans doute le plus important du trio, est un Espagnol, ou, pour être plus précis, un Catalan. Il s'appelle Garcia. Il nous est arrivé par un étrange concours de circonstances. Au début de la guerre, il nous a offert ses services comme agent double, par l'intermédiaire de notre ambassade à Madrid. Nous avons refusé catégoriquement. Tout cela puait manifestement le piège tendu par l'Abwehr. Cela n'empêcha pas Garcia d'aller trouver l'Abwehr pour lui offrir de travailler pour eux. Il avait combattu pour Franco pendant la guerre civile d'Espagne si bien que ses références nazies étaient plutôt bonnes. Apparemment, il raconta à Kuhlenthal, le représentant de l'Abwehr à Madrid, une histoire à dormir debout : il prétendait partir à Londres travailler pour une firme de produits pharmaceutiques. Bien sûr, il n'allait pas plus à Londres que dans la lune. Il se rendit à Lisbonne et s'y installa en free-lance, si je puis dire. Ses dépêches étaient constituées d'éléments rassemblés à partir des journaux anglais qu'il trouvait à Lisbonne.

275

Ridley gloussa. La façon astucieuse dont l'Espagnol avait dupé les Allemands le ravissait.

— Malheureusement, une partie du baratin imaginaire était bien près du but ; nous l'avons découvert en lisant par le canal d'ULTRA les résumés que l'Abwehr faisait de ce qu'il leur envoyait. Finalement, il revint nous voir et nous offrit à nouveau ses services. Cette fois, vous vous en doutez, nous l'accueillîmes comme le fils prodigue.

Il lança un bref regard au colonel qui dirigeait le bureau.

— Edgar, racontez-nous la suite.

Le colonel croisa les mains sur son ventre et fit un grand sourire à T. F.

— Nous l'avons amené ici et l'avons placé sous contrôle sous le nom de « Garbo ». Il faut vous dire que l'homme a une particularité intéressante. En arrivant à Lisbonne, il a créé deux Anglais imaginaires supposés travailler pour son compte en tant que sous-agents. Nous avons pensé que c'était plutôt une bonne idée. Si bien qu'au cours des deux dernières années nous avons rassemblé pour lui un petit réseau de sous-agents, vingt-quatre en tout. Ils étaient irréductiblement anglophobes : un nationaliste gallois, un sikh, un membre de l'IRA. Ou des types vénaux qui font ça pour de l'argent sans savoir qu'on les utilise, comme ce sergent américain qui apprécie hautement le whisky et les femmes que Garbo lui offre, ou cette secrétaire mal fagotée du ministère de la Guerre qui goûte ses performances amoureuses.

Le colonel se leva et découvrit une carte d'Angleterre fixée au mur.

— Ces symboles, dit-il, montrant des tas de petits points rouges, représentent les endroits où se trouvent les agents imaginaires de notre ami Garbo.

T. F. nota qu'ils étaient répartis partout sur le territoire des îles Britanniques, légèrement plus nombreux dans le sud-est de l'Angleterre, autour de Douvres, de Folkestone, de Ramsgate, de Canterbury, où l'armée fantôme de FORTITUDE devait être rassemblée.

— Certains de ces agents, en particulier ceux que Garbo a lui-même imaginé, étaient déjà en place depuis un certain temps, sans relation avec l'opération FORTITUDE. Malheureusement, deux d'entre eux nous ont mis dans l'embarras.

Le colonel jeta un coup d'œil plein de reproche à la carte.

— Ils étaient dans des endroits, en particulier ce type de Liverpool, où ils pouvaient voir certaines choses dans le cours normal de nos activités. Kuhlenthal, à Madrid, s'est montré terriblement curieux à leur égard. Cela nous a amenés soit à nous séparer de ceux qui donnaient aux Allemands des renseignements qui pouvaient nous nuire, soit à courir le risque de continuer le jeu.

T. F. salua d'un gloussement cette histoire qui le fascinait et l'amusait à la fois.

— Je ne vois pas pourquoi cela aurait été un obstacle pour vous Vous n'aviez qu'à les liquider.

— Bien sûr! ricana le colonel, avec la satisfaction d'un prof de latin qui vient d'entendre un élève décliner parfaitement un verbe irrégulier. Et c'est bien ce que nous avons fait avec le premier de ces agents. Ce pauvre diable est mort brutalement d'un cancer du pancréas. Mais nous n'avons pas voulu — j'espère que vous serez d'accord — éveiller la suspicion de Kuhlenthal en provoquant une épidémie de cancer parmi les agents de Garbo. Nous avons décidé d'envoyer l'autre type — l'Irlandais de Liverpool — se faire voir ailleurs. Nous avons averti notre ami Kuhlenthal qu'il en avait marre de vivre à Liverpool, à cause des raids aériens, des restrictions, de toutes sortes de choses. Aussi, quand un de ses cousins d'Amérique lui a offert un job dans son affaire de transports à Buffalo, a-t-il sauté sur l'occasion. De toute façon, il haïssait les Anglais.

— A Buffalo! — T. F. était ahuri. — Pourquoi Buffalo?

— Oui, c'est vrai, dit le colonel. — Il soupira. — A l'époque, ça semblait être très loin.

— Malheureusement, dit Ridley, ça s'est révélé un mauvais choix. Nous venons de recevoir un message de Kuhlenthal disant que l'Abwehr avait un agent au Canada qui devait aller à Buffalo prendre contact avec notre homme.

— Cet agent de l'Abwehr, vous ne savez pas qui il est ni où il se trouve? demanda T. F.

Ridley eut un sourire.

— Pas encore. Mais nous avons bien l'intention de faire sa connaissance — Et vous pourriez nous donner un coup de main.

— Moi?

Pendant un court moment, T. F. pensa qu'ils avaient l'intention de l'installer dans quelque maison de Buffalo, en attendant que l'agent de l'Abwehr se manifeste.

— Je suis sûr que vous n'avez pas oublié les obligations légales vous concernant, ajouta Ridley, sur le ton solennel d'un procureur. Tout ce qui se passe sur le territoire des Etats-Unis doit, à strictement parler, être fait sous la direction de votre Mr. Hoover et de son FBI.

T. F. l'approuva, en juriste qu'il était.

— Or nous avons un problème avec Mr Hoover. Nous pensons qu'il manque de la subtilité d'esprit nécessaire dans le travail que nous accomplissons.

T. F. réprima difficilement l'hilarité que lui inspiraient les propos de son collègue.

— Tout ce qu'il voudra faire, c'est mettre le grappin sur cet agent de l'Abwehr aussitôt qu'il fera surface et le jeter en prison. C'est une attitude parfaitement digne d'éloges.

Ridley s'accorda un moment de silence afin que T. F. puisse enregistrer cette apparente approbation.

— C'est aussi une attitude qui, presque à coup sûr, révélerait à notre ami Kuhlenthal que Garbo est contrôlé par nous. Il cesserait de nous être utile juste au moment où nous avons le plus besoin de lui. Et cela peut ficher en l'air l'opération FORTITUDE, avec tout ce que ça implique.

— Comment pouvez-vous être certain que Hoover va réagir de cette façon ?

— Nous le connaissons bien. Malheureusement. Apparemment, Mr Hoover pense des agents doubles ce que...

Ridley s'arrêta un moment comme pour trouver une comparaison adéquate, en aspirant une bouffée de sa cigarette.

— ... ce que Gertrude Stein pense des roses. « Un agent est un agent, un point c'est tout. » Il refuse tout simplement d'avoir affaire à eux. Il ne veut pas se salir les mains, si l'on peut dire. Nous lui avons envoyé un autre des agents doubles de notre trio, un Yougoslave, au cours de l'été 1941. L'Abwehr lui avait demandé d'aller en Amérique pour travailler avec les Japonais, à Honolulu. Si Hoover l'avait utilisé correctement, vous auriez été avertis plusieurs mois à l'avance de l'attaque sur Pearl Harbor. Malheureusement, il n'a pas voulu le toucher, fût-ce avec des pincettes, et ça a eu pour résultat que la plus grande partie de votre flotte du Pacifique se trouve maintenant au fond de l'eau.

T.F. eut un sifflement étonné.

— O.K. Alors qu'allez-vous faire ?

— Vous connaissez le colonel Frank Elliot du Quartier général de l'OSS à Grosvenor Square, je présume ?

— L'adjoint de David Bruce ?

— Oui. Il est en relation directe avec O'Donovan. O'Donovan, lui, sait comment arranger les choses. Ce que nous voudrions, c'est qu'il installe un de ses hommes à Buffalo déguisé en Irlandais. Nous verrions comme cela ce que le type de Kuhlenthal va faire. S'il bouge, nous le suivrons au Canada et le prendrons là-bas.

Un signal d'alerte sonna dans l'esprit de T. F. Ridley suggérait de contacter l'OSS pour faciliter les opérations d'un service étranger sur le territoire des Etats-Unis. Nul besoin d'être diplômé de l'école de droit de Harvard, pour comprendre le problème juridique que cela soule-vait.

— Vous réalisez, bien sûr, qu'à proprement parler je n'appartiens plus à l'OSS.

Le regard brillant, l'odeur du cigare hollandais du général du Pentagone, T. F. s'en souvenait, en disant cela.

— Oui, je sais.

— Je dépends du général Marshall en personne

— Je comprends.

Ridley avait pris, maintenant, un ton caressant.

— Mais il y a des choses, dans notre petit monde, qu'il vaut mieux faire en dehors de toute hiérarchie Vous avez peut-être entendu parler du *Old boy net?*

« Une société secrète de Yale à l'accent britannique », songea T.F.

— Oui, j'en ai entendu parler Mais qu'est-ce que cela a à voir avec O'Donovan?

— Je pense qu'il est tout disposé à envisager ce genre de choses sur des bases plutôt informelles. Edgar, qui est ici, peut fournir à O'Donovan tout le matériel dont il a besoin pour s'assurer que notre homme de Buffalo peut jouer le rôle que nous avons l'intention de lui confier, de sa propre autorité.

— Et je suppose que vos gens du Canada mettront la main sur le type de l'Abwehr aussitôt qu'il se montrera...

— Après que nous l'aurons filé assez longtemps pour être absolument sûrs que le fait de le piquer n'avertirait pas les Allemands du jeu que nous jouons.

— Ça peut prendre du temps

— Oui.

— Et notre type de Buffalo?

— Je pense que le gars de l'Abwehr lui laissera un questionnaire, comme ils le font généralement.

— Sur les installations militaires du nord de l'Etat de New York, peut-être?

— Je ne crois pas que l'Abwehr montre un intérêt tout particulier pour les fabriques de chaussures qui se trouvent là.

— En fin de compte, il répondra à ce questionnaire.

— C'est très possible. Nous l'y aiderons, bien entendu. Les gens de O'Donovan sont parfaitement capables de se débrouiller pour ça.

T.F. se rassit. Il se sentait plutôt mal à l'aise. D'un point de vue strictement légal, on lui demandait de participer à une opération de renseignements qui devait être menée sur le territoire des Etats-Unis sans aucune autorisation officielle, sans que le FBI le sache, ni l'armée américaine ni probablement l'armée britannique. En outre, l'opération consisterait certainement à passer à l'ennemi des secrets militaires. Ce n'était pas là un projet susceptible d'apaiser les craintes du général du Pentagone.

Par ailleurs, le plan de Ridley serait sans doute approuvé par les cabinets de guerre anglais et américain, si tant est qu'il leur fût jamais soumis. Comme plus d'un de ses professeurs de Harvard le lui avait précisé, il y avait la lettre de la Loi, mais aussi l'esprit. A coup sûr, le fait de passer par-dessus la tête d'un imbécile comme J. Edgar Hoover afin de réussir leur coup relevait de ce principe.

« Que ce général du Pentagone soit damné ! se dit T.F. Il était, à sa manière, un J. Edgar Hoover en kaki, un type de bonne volonté, mais incompétent, vivant dans ses rêves. »

— O.K., colonel ! Je vais parler au colonel Elliot, assura T.F. à Ridley.

L'autre colonel qui dirigeait le service prit la parole.

— Depuis que nous travaillons là-dessus, je dois vous avouer que ça a été une fameuse idée d'utiliser Garbo au moment critique de toute cette affaire.

T.F. et Ridley le regardèrent, intrigués.

— Le jour J, avant que les premières troupes aient débarqué, nous ferons annoncer par Garbo aux Allemands que le débarquement a commencé. Non pas à l'endroit réel, bien sûr ; mais il leur dira que la flotte est partie, que ça y est, que nous arrivons.

— Mon cher Edgar, dit Ridley, en cachant mal son étonnement, voilà une idée pour le moins originale. Pourquoi voulez-vous faire ça ?

— Parce que, après que Garbo aura averti les Allemands, il deviendra un dieu à leurs yeux. Le plus grand espion qui ait jamais été.

— Je ne serais pas étonné, dit Ridley, qu'il porte une charmante Croix de Fer, quand Churchill nous ordonnera de le pendre.

Le colonel leva les bras en signe de reproche.

— Ecoutez-moi, Squiff! — lui aussi sortait d'Eton — tout cela va demander une coordination bien minutée. Nous avons calculé combien il faudra à l'Abwehr de Madrid pour décoder le message de Garbo, puis le coder de nouveau à destination de Berlin, le décoder une autre fois, avant que les Allemands agissent. Nous sommes parvenus au résultat que cela aurait lieu après deux heures trente du matin, alors que nos troupes auront été déjà parachutées. La nouvelle tombera sur le bureau de von Rundstedt à peu près au même moment où la première vague atteindra les plages. En fait, ce renseignement sera parfaitement inutile aux Allemands. Mais nous aurons fait de Garbo un héros. Tout ce qu'il dira désormais, les Allemands le prendront au pied de la lettre, absolument tout ce qu'il leur dira!

— Oui, peut-être.

Le scepticisme qui, quelques secondes plus tôt, s'était infiltré dans l'esprit de Ridley, y était maintenant solidement ancré. T.F. regarda les deux hommes, fasciné par leur conversation.

— Nous sommes d'accord sur le fait que le moment critique du débarquement se situera vers le jour J + 3. C'est alors que nous serons le plus vulnérables sur les plages. Car Hitler comprendra que la Normandie est le seul théâtre des combats et décidera de nous rejeter à l'eau. C'est à partir de là que nous réussirons ou pas. Non?

Ridley approuva d'un léger mouvement de la tête.

— Notre premier message aura fait de Garbo un véritable oracle aux yeux d'Hitler, une source absolument sûre de renseignements.

Ridley, de nouveau, approuva, mais sans grande conviction.

— A ce moment-là, quand les dés seront jetés pour nous, Garbo enverra un second message aux Allemands contenant la preuve irréfutable que les forces — imaginaires — que nous avons réunies dans le Kent et le Sussex sont prêtes à se ruer dans le Pas-de-Calais, immobilisant ces salauds sur place.

Ridley alluma une cigarette et remit l'allumette brûlée dans sa boîte — un réflexe qui lui venait des tranchées de la Somme, pendant la guerre de 14.

— Comment Garbo pourra-t-il savoir que les flottes d'invasion ont levé l'ancre?

Le colonel montra l'un des astérisques qu'il y avait sur la carte, derrière Portsmouth.

— Son agent 5 (2) est serveur à la cantine de la troisième division d'infanterie canadienne qui va débarquer à Juno Beach. Il lui dira que les troupes sont parties. Le soir même, les Allemands auront fait quelques prisonniers dans cette division, ce qui sera la preuve, une fois de plus, que les renseignements de Garbo sont bons.

Ridley se tut de nouveau et demeura pensif.

— C'est une excellente idée, Edgar, finit-il par dire. Tout à fait excellente. Il n'y a qu'une chose qui cloche.

— Laquelle ?

— Ça ne marchera pas.

— Pourquoi ?

— Eisenhower ne sera jamais d'accord pour faire ça.

*

Catherine posa délicatement la soie sur laquelle était inscrit son code sur sa table. A côté d'elle, elle disposa les autres objets dont elle allait avoir besoin pour coder le dernier message d'Aristide : une loupe pour lire les minuscules caractères inscrits sur la soie, une feuille de papier d'écolier quadrillée, une paire de ciseaux, un cendrier et une boîte d'allumettes. On lui avait appris à Londres qu'un bon opérateur-radio ne doit jamais se laisser aller à la routine, car le côté fastidieux de son travail l'incline à moins d'application. C'était un bon conseil. Pour Catherine, il n'y avait rien de plus ennuyeux que de coder un message.

Pierrot se tenait à la fenêtre, buvant une tasse de la même tisane qui avait attiré ce pauvre Metz dans l'appartement de Catherine, tout en surveillant la rue afin d'y déceler le moindre signe qui pourrait indiquer que les services de détection allemands étaient à l'œuvre. Il se tourna vers elle, alors qu'elle dépliait le message d'Aristide.

— C'est trop long, dit-il. Il y a quelque chose qui ne va pas chez lui. Il sait très bien qu'il faut faire court.

Catherine regarda le texte. C'était, en effet, le plus long message qu'Aristide, pourtant d'habitude consciencieux, lui ait donné. Mais en le lisant, elle sentit monter l'excitation en elle. C'est pour cela qu'il avait été aussi pressé d'obtenir l'empreinte des clés de Metz. Mais son excitation ne dura guère : quelqu'un devait se servir de ces clés. A qui Aristide pensait-il ? Sûrement pas à un membre du commando aéroporté qui devait donner l'assaut à la batterie.

Elle se tourna vers son chien de garde avec un sourire.

— Aristide a toujours des idées géniales. Cela prendra moins de temps que vous ne le pensez. Tout sera fini en moins d'une heure.

Elle dut d'abord écrire le message sur la feuille de papier d'écolier avec les groupes de cinq lettres qu'employait le SOE dans toutes ses transmissions. Ensuite elle prit sa soie et, avec sa loupe, déchiffra le premier bloc de cinq lettres inscrites dans le désordre en haut à gauche. Elle les plaça sous le premier groupe de lettres du message. Elle fit de même avec chacun des quatorze blocs alignés en haut de la soie. Quand elle eut terminé, elle découpa la ligne avec ses ciseaux et se remit au travail avec la ligne du dessous. Finalement, elle mit le feu avec une allumette au petit tas de bouts de soie qu'elle avait posés dans le cendrier. Elle ferait de même avec le message quand elle l'aurait envoyé. Cette précaution était absolument indispensable, car ce système dû au génie d'un cryptographe du SOE du nom de Leo Marks ne servait qu'une fois.

Catherine s'occupa alors de l'alphabet écrit verticalement sur le revers de la soie. Elle prit la première lettre du premier bloc (c'était un I), puis suivit l'alphabet jusqu'à ce qu'elle trouve un I. En face était inscrite une autre lettre, cette fois-ci un S. Elle l'écrivit au-dessous du I sur sa feuille. Le S serait la lettre qu'elle transmettrait en commençant son émission.

Le tout lui prit plus d'une heure et la plongea dans un véritable épuisement nerveux à cause de la précision rigoureuse que cela exigeait. Pierrot était allé chercher l'émetteur dans sa cachette au-dessus de la cuvette des W.-C. et avait étalé l'antenne sur le plancher afin que tout soit prêt quand Catherine serait prête à commencer son émission. Elle installa son quartz, sa pile sèche, sa lampe d'alarme et, à 10 h 30 précises, elle mit l'émetteur en marche. Elle entendit le son familier et amical de Sevenoaks qui lançait son signe d'appel sur les ondes. Elle régla son appareil et avertit qu'elle était prête à émettre. Plongée dans la concentration qu'exigeait d'elle chacune de ses transmissions, elle expédia son message. Comme elle l'avait dit à Pierrot, cela lui prit une heure. Vers la fin, elle sentait l'impatience envahir son chien de garde toujours collé à la fenêtre. C'était compréhensible. Elle fut soulagée elle-même d'en avoir fini. Elle se leva, une sueur froide sur ses tempes, attendant de recevoir le signal QXA que Sevenoaks lui enverrait pour dire qu'on l'avait bien reçue.

Ce ne fut pas le cas. Pour la première fois depuis qu'elle avait commencé ses émissions, elle entendit ces lettres inquiétantes QXR. Quelque chose clochait. Sevenoaks lui demandait de répéter tout ou partie de son message.

Elle regarda Pierrot, avec de la peur dans les yeux.

— Nous devons recommencer, dit-elle.

— Merde! explosa Pierrot. Nous n'en sortirons jamais. Ils ne savent pas qu'on nous recherche dehors?

Avec des gestes de colère, il regagna la fenêtre. On aurait dit qu'il voulait à tout prix trouver quelque chose d'anormal dans la rue, qui puisse obliger Catherine à cesser d'émettre. Pour la première fois, il sortit son pistolet, un instrument, elle en était convaincue, qui ne pourrait leur servir qu'à se suicider si la Gestapo les prenait. Mais Pierrot haussa les épaules comme pour lui indiquer qu'elle pouvait continuer.

Catherine répéta les blocs de lettres que Sevenoaks lui avait demandé de retransmettre. Dans la hâte d'en finir au plus vite, elle manqua de doigté et, une fois de plus, elle reçut un QXR de Sevenoaks. Elle dut attendre dix minutes avant d'entendre le QXA libérateur. Elle retomba alors sur sa chaise à bout de nerfs. Pierrot continuait de scruter la rue.

— Ça a duré trop longtemps, grogna-t-il. Beaucoup trop longtemps.

*

Peu après quatre heures de l'après-midi, le téléphone sonna dans le bureau du « docteur » au Quartier général de la Gestapo, avenue Foch. Celui qui était le chef d'orchestre des opérations radio de Stroemulburg reconnut aussitôt la voix de son interlocuteur. C'était le chef du service de détection du boulevard Suchet auquel il téléphonait au moins trois fois par semaine pour lui faire part de l'impatience croissante de son supérieur devant l'incapacité où ils étaient de repérer et de capturer le radio clandestin qui émettait dans le Pas-de-Calais.

— Docteur, commença-t-il, avec un gloussement de satisfaction évidente, nous avons de bonnes nouvelles pour votre *Obersturmbahn-führer*.

— Il en sera ravi. Il a le sentiment que vous l'avez pas mal négligé ces derniers temps.

— Ils ne prennent aucune précaution, à Calais. Ils ont émis pendant une heure et dix minutes, ce matin. Maintenant, nous allons pouvoir les repérer avec précision.

— Je peux le lui dire?

Le docteur n'était pas homme à susciter le moindre espoir chez son supérieur sans de bonnes raisons.

— Soyez-en certain, répondit son interlocuteur Encore deux ou trois émissions et nous les aurons.

*

A l'exception d'un seul véhicule, la place située en face de Notre-Dame de Calais était aussi déserte qu'une boîte de nuit à l'heure du petit déjeuner. Mais cette voiture inquiétait Catherine. Aristide et elle n'allaient pas être seuls dans l'église. C'était un corbillard tiré par des chevaux — un modèle des années 20 mis au rancart quand les pompes funèbres avaient été motorisées — et que la municipalité de Calais avait ressorti pour faire face aux obligations de la guerre et au manque d'essence. Catherine se demanda combien de notables calaisiens avaient été charriés au cimetière dans cette carriole laquée de noir avec des ornements argentés et des rideaux de velours.

« Une chose est certaine, pensa-t-elle, en remarquant les chevaux efflanqués, à moitié morts de faim : le client de ce matin n'allait pas être conduit au cimetière au grand galop. » A l'intérieur de l'église, des gens en deuil étaient rassemblés autour d'un cercueil en bois dans l'allée centrale. Instinctivement, elle baissa la tête et se mit à chercher le banc d'Aristide. Quelques vieilles paroissiennes étaient dispersées dans le fond de l'église, assistant à un service qui, manifestement, ne les concernait pas. « Comment se fait-il, se demanda Catherine, que les gens âgés soient de si grands amateurs de funérailles ? Est-ce parce que inconsciemment ils se réjouissent d'être encore vivants ? »

Elle finit par trouver Aristide et se glissa à son côté sur le banc. Il regarda autour de lui.

— Il y a trop de monde, aujourd'hui, souffla-t-il, essayons le parc.

Quelques minutes plus tard, ils se retrouvaient assis sur un banc du parc Richelieu. L'air du matin était frais et humide : on sentait la présence de la Manche tout près de là.

— Je suis désolé, dit Aristide à Catherine, à propos des problèmes soulevés par sa dernière transmission. Le message était long, mais j'avais fait de mon mieux pour le condenser.

Il réfléchit un moment.

— Nous devrions peut-être, pour éviter d'être repérés, transporter le poste chez moi.

— Il y avait deux barrages en ville, ce matin, dit Catherine.

— Avez-vous l'impression qu'ils surveillaient votre quartier ?

Elle secoua la tête.

— Qu'est-ce que vous en pensez ?

Catherine réfléchit.

— Laissons le poste où il est. Du moins jusqu'au moment où nous serons sûrs qu'ils ne s'intéressent pas au coin. Il est bien là où il est.

Aristide approuva et posa la main sur son genou. Un geste paternel plutôt qu'une marque de familiarité.

— Maintenant, je dois vous demander quelque chose de très important.

Malgré elle, Catherine se raidit, mais ne dit rien.

— Vous savez comme moi à quel point la batterie Lindemann est vitale pour la défense de la côte. Aucun bateau allié ne peut entrer dans cette zone sans être sous le feu de ses canons.

Catherine le savait bien.

— Franchement, je n'ai jamais pensé qu'on pouvait les saboter. Mais ça deviendrait possible grâce au travail que vous faites pour eux.

Aristide traça à grands traits le projet qu'il avait conçu avec l'ingénieur.

— Les fusibles sont arrivés de Paris hier. On est en train de les trafiquer. Si on arrive à les mettre en place dans la batterie, ce sera le seul moyen de la saboter. Pensez à cela : Londres pourra réduire ces canons au silence au moment précis où il le voudra. Tout ce que nous avons à faire c'est de leur donner une phrase-code et de leur dire que, lorsque nous entendrons cette phrase à la BBC, nous mettrons la batterie hors de combat pendant quarante-huit heures, le temps qu'il faudra aux Allemands pour la réparer.

— Effectivement, c'est un plan excellent.

Catherine était pâle comme une morte. Elle savait que cela allait arriver depuis qu'elle avait lu le dernier message d'Aristide.

— Vous voulez que ce soit moi qui change les fusibles ?

— Seulement deux personnes peuvent le faire : vous et cet ingénieur. Je n'ai pas confiance en lui. Je crains que le courage lui manque le moment venu.

— Vous ne connaissez pas les lieux, Aristide, dit-elle. Le mess des officiers est juste à la porte d'à côté. Ils n'arrêtent pas de descendre l'escalier pour venir prendre un café.

— Vous ne pourriez pas fermer la porte ?

— Il n'y a pas de porte. Le panneau de contrôle est sur le mur en face de la machine à laver, juste à côté du passage. Si un officier arrive là, il faudrait qu'il soit aveugle pour ne pas voir ce que je suis en train de faire. Le serveur du mess vient toujours me voir pendant que je travaille. Et depuis que j'ai couché avec Metz, il ne me laisse jamais seule. On dirait un petit chien qui me tourne autour pour que je lui donne un os à ronger.

Aristide caressa sa barbe.

— Je peux peut-être m'occuper de Metz.

Il se tut, comme s'il choisissait les mots qu'il allait prononcer.

— Je n'ai absolument pas le droit de vous demander de faire ça. Et je n'ai pas non plus à vous donner des ordres. Cela prendra, je pense, entre deux et quatre minutes pour changer les fusibles. Pendant ces deux ou quatre minutes, quand le panneau sera ouvert, votre vie sera en danger si quelqu'un arrive. Il serait fou de prétendre le contraire. Si vous êtes d'accord pour faire ce travail, vous allez risquer votre peau, sans aucun doute, pendant ces minutes-là.

— Qu'est-ce que dit Londres ?

— Je ne les ai pas avertis et je ne le ferai que lorsque les fusibles seront en place.

— Mais pourquoi ?

— Ce qui intéresse Londres, ce sont des faits, pas des songes. Tant que vous et moi resterons sur ce banc à bavarder, ce ne sera qu'un rêve.

— Oh, Aristide !

Catherine croisa ses bras sur sa poitrine, comme pour se protéger du froid.

— Quatre minutes ? C'est long.

— Une éternité, dit Aristide. Ce que je vous demande est terriblement dangereux. Mais je vous promets deux choses. Quelle que soit votre décision, je ne parlerai à personne de notre conversation, et je ne vous en reparlerai même pas

Il hésita.

— Si vous échouez, je vous jure qu'on honorera votre mémoire.

Catherine demeurait silencieuse et immobile sur son banc. Sur sa tête, avec des cris rauques et lugubres, passaient des vols de mouettes qui venaient des plaines immergées par les Allemands et se dirigeaient vers la mer. « Pourquoi suis-je là, se demandait-elle, pourquoi m'être portée volontaire pour ce genre de mission, il y a un an, à Londres, si je n'étais pas capable de l'accomplir le moment venu ? »

D'un revers de la main elle lissa nerveusement sa chevelure blonde retenue par un foulard.

— C'est bon, dit-elle. Allons-y.

*

« Deirdre. » Ce nom venait à la bouche de T.F. O'Neill avec la fraîcheur d'une gorgée de champagne glacé. Pour quelqu'un comme lui habitué aux noms des filles de Smith ou de Vassar[1] — Bootsy, Muffin ou Pooh — le nom de la jeune Anglaise était pareil à celui d'une prêtresse druide ou d'une princesse celte. Rien, dans la manière dont lady Deirdre Sebright avait de s'habiller et de se comporter, ne rappelait Northampton ou Poughkeepsie. Même quand elle lavait des feuilles de salade dans sa petite cuisine de Londres, une extrême sensualité émanait de ses gestes.

— Vous êtes tout à fait charmant d'être venu à l'avance pour m'aider, s'exclama-t-elle.

T.F. versait lentement les martinis dans une carafe, tandis qu'elle s'occupait de sa laitue. Le gin n'était pas rationné à Londres, mais le vermouth italien manquait — inéluctable conséquence de cette guerre ! Comme elle l'avait remarqué avec un sourire : « Il faut le remplacer par un gros blanc venu du Chili. »

— Vous autres Américains êtes des gens très serviables. Pour quoi ? Ce sont vos mères qui vous ont appris ces bonnes manières ? Si vous étiez un des *Horse Guards* de Jane, vous vous seriez arrêté à votre club pour y boire du gin, vous y auriez passé une demi-heure et, maintenant, vous seriez assis dans un fauteuil en train de lire l'*Evening Standard* et de rouspéter parce que vos martinis ne sont pas assez frais. Et moi, pauvre fille que je suis, je vous aurais dit à quel point j'étais désolée.

Arrivée chez elle, Deirdre avait enlevé ses chaussures militaires et mis des escarpins à talons hauts qui faisaient ressortir la cambrure de ses mollets. Sa jupe, protégée par un tablier blanc, collait à ses cuisses et à ses fesses. Elle portait un corsage de soie vert pâle qui mettait ses seins en évidence. Les trois premiers boutons étaient défaits, offrant à T. F. le spectacle du soutien-gorge qui la moulait. Elle s'arrêta une seconde pour jeter un coup d'œil au steak placé sur la grille du four derrière elle.

— Quelle viande superbe ! Vous devez être bien avec un général pour vous procurer ce genre de choses.

— Non : un sénateur, répliqua T. F. Un ami de mon grand-père qui est en inspection un peu partout. Il a accès au mess des généraux.

---

1. Collèges féminins de la côte Est (*N.d.T.*).

— Qu'il soit béni! dit Deirdre en retournant à sa salade. A propos, savez-vous que vous êtes devenu une sorte de héros dans notre petit monde?

— Moi? — T. F. regarda d'un air sceptique sa carafe de martini. — Je ne savais pas que ces gens connaissaient seulement mon nom.

— Oh si, ils le connaissent. Soyez un chou et passez-moi le vinaigre. Jane a dit que, sous le manteau, vous avez arrangé quelque chose pour sir Henry en Amérique. Je ne suis, bien sûr, pas supposée le savoir. On m'a dit que, pratiquement, vous avez gagné la guerre à vous tout seul.

— Rien que ça!

« Tiens! se dit T. F., l'opération Buffalo marche bien. » Le rôle qu'il devait avoir dans l'affaire continuait de l'inquiéter. Désormais il serait un peu soulagé. « Il n'y a rien de mieux, se dit-il, que le moindre succès pour effacer tous les doutes. »

— Sir Henry a même dit de vous que vous étiez un type solide.

— Je suppose que c'est un compliment dans sa bouche.

— Plus que ça! Une consécration. Sir Henry divise le monde en trois sortes de gens : les bons bougres, les types corrects et les gens solides.

— Quelle différence fait-il entre eux?

— Un monde les sépare, mon cher.

Tout en parlant, elle préparait la sauce de la salade, mettant du poivre et du sel dans une tasse de vinaigre, puis une pointe de moutarde.

— Un « type solide », c'est ce qu'il estime le plus. Il vient d'une bonne famille, est d'excellente extraction. A propos, dit Deirdre, en se tournant vers T. F., à quelle sorte de famille appartenez-vous?

— Pas à celle que vous pouvez croire. Des immigrants irlandais catholiques.

— Ah bon! dit-elle avec un sourire indulgent. Peut-être avez-vous des dons cachés. Ou bien sir Henry a-t-il pris vos parents pour des Irlandais du Nord avec lesquels il a chassé en Ulster. Ne vous inquiétez pas. Un « type solide » a été élevé à bonne école. Il est membre du *White's* ou pourrait l'être s'il le voulait, peu importe! Ce qui le met à part des autres, c'est le fait que vous pouvez compter sur lui

— Vous voulez goûter?

T. F. offrit à Deirdre une goutte du cocktail qu'il avait préparé avec soin, tandis qu'elle lui faisait le tableau des critères sociologiques de sir Henry.

Elle accepta son verre et en but une gorgée avec un air méditatif.

— Très bon, dit-elle. Vous autres Américains êtes des gens très compétents.

Elle lui adressa un sourire provocateur.

— Compétents en tout, n'est-ce pas ? Maintenant, dit-elle en lui rendant son verre vide, je vais vous confier un terrible secret. Mettez cette bouteille sur le plateau qui est là. Et passez-moi celle qui est dans le buffet.

T.F. lui passa la bouteille. C'était du *Nu Jol*, une potion huileuse qu'il avait souvent vue dans la pharmacie de sa mère avec d'autres laxatifs.

— Je suis désolée de vous l'avouer, mais j'ai fait la sauce de ma salade avec du vinaigre et du *Nu Jol*. Notre huile d'olives, comme vos Lucky Strike, est partie pour la guerre. Mais, ajouta-t-elle, en mélangeant l'huile aux autres ingrédients, vous n'avez qu'à mettre beaucoup de moutarde pour que personne ne fasse la différence... Du moins, pendant quelques heures.

On sonna à la porte d'entrée.

— Les voilà ! dit-elle. Soyez gentil d'aller ouvrir la porte pendant que je mets les steaks à cuire.

*

Le dessin ressemblait à une épure ou à quelque croquis exécuté par un étudiant en architecture. Son auteur se tenait derrière la table de la cuisine d'Aristide. Il contemplait son œuvre d'un air satisfait. Catherine avait remarqué qu'on ne les avait pas présentés, quand l'homme était arrivé.

— Je pense que, lorsque vous ouvrirez le tableau de contrôle, vous constaterez que ce dessin le reproduit exactement. Si vous l'avez gravé dans votre mémoire, ce tableau vous paraîtra aussi familier que si vous l'aviez vu la veille.

— Merci, dit Catherine. Je pourrai dormir plus tranquille cette nuit.

Son ironie passa par-dessus la tête de l'homme. Il était trop occupé à lui expliquer les connexions entre les trois rangées parallèles de fusibles et de commutateurs marquées sur son dessin, qui commandaient la fourniture de courant pour les tourelles de la batterie.

Il ouvrit un sac en papier et en sortit un fusible rectangulaire de couleur blanche, un peu plus gros qu'un jeu de cartes.

— Ça, dit-il à Catherine et Aristide, c'est un coupe-circuit. Un vrai.

Il le retourna et montra un fil métallique.

— C'est du plomb.

Avec la méticulosité innée d'un technicien, il posa soigneusement le coupe-circuit sur la table et replongea la main dans son sac en papier. Il en retira un second coupe-circuit absolument semblable au précédent, et le retourna. Le plomb, comme le remarqua Catherine, avait été remplacé par un fragment de métal jaune foncé.

— C'est du cuivre, dit l'homme, en le grattant avec son ongle. Une surcharge de courant passera à travers comme un jet d'acide. Maintenant, continua-t-il, sur un ton pédant, tout ce que vous avez à faire, c'est de retirer six des vrais coupe-circuit du tableau un par un et de les remplacer par ceux que je vais vous donner. Vous ne pouvez pas ne pas reconnaître ceux que vous avez à changer : ils sont plus larges que les autres. Ce sont les deux premiers de chaque rangée. — Il se pencha en avant et prit celui qu'il avait montré à Catherine. — Chacun porte cette référence : XR402, marquée en noir dans le bas. Ce sont les seuls à avoir cette marque.

Catherine étudia son coupe-circuit et le dessin, se demandant ce qui pourrait clocher.

— Est-ce que les lampes de la batterie ne vont pas s'éteindre quand j'ôterai les fusibles ?

— Les lampes, non. Ces fusibles ne contrôlent que deux choses : les moteurs des tourelles et les monte-charge pour les obus. Si les canons ne tirent pas, on ne voit rien.

— Et s'ils tirent ?

— Il faut revenir un autre jour.

— Comment dois-je faire ?

— Vous prenez le fusible entre le pouce et l'index et vous le retirez. Vous le mettez ensuite dans votre sac à linge. Vous prenez un des nouveaux fusibles. Avec la marque XR402 en bas : ne l'oubliez pas, c'est très important. Si la marque est à l'envers, ils comprendront que quelqu'un a touché au tableau. Chaque fusible possède quatre plots métalliques. Mettez-les en face des quatre orifices disposés sur le tableau et appuyez dessus avec la paume de la main. C'est tout simple. Si vous êtes calme et si vous n'avez pas les doigts gourds, toute l'affaire ne vous prendra pas plus de trois minutes.

« Trois minutes ! » Catherine répéta ces mots en fermant les yeux, comme si elle priait. Ces trois minutes-là étaient pour elle comme le prix payé pour ses péchés. Elle avait l'estomac noué. Elle savait qu'elle ne dormirait pas cette nuit. C'était angoissant, car le manque de sommeil la rendrait nerveuse le lendemain matin. Ses mains trembleraient alors qu'elle devrait garder tout son sang-froid.

Elle prit le sac en papier.

— Comptez-les et vérifiez-les, ordonna-t-elle à Aristide et à leur visiteur, que sa soudaine autorité étonna. Je veux être sûre à cent pour cent. Je ne ferais pas une seconde fois ce genre de travail, même si le roi d'Angleterre me le demandait.

— A quelle heure devez-vous être là-bas demain matin ? dit Aristide.

— D'habitude, le motocycliste vient à 8 heures. J'y serai vers 8 h 30.

— Nous avons un petit problème avec Herr Metz, dit Aristide en se tournant vers l'homme qui était là. Nous devons être certains qu'il ne dérangera pas notre amie. Appelez-le demain à neuf heures précises. C'est un ordre que je vous donne, pas un service que je vous demande.

— Sous quel prétexte ?

— Trouvez quelque chose à lui dire. N'importe quoi. Juste pour le garder au téléphone pendant cinq minutes. La vie de cette femme en dépend. Je dois ajouter que la vôtre aussi.

Catherine ramassa le dessin et le sac en papier avec ses fusibles. Aristide l'accompagna à la porte. Il mit ses deux mains sur ses épaules, puis se pencha et l'embrassa sur les deux joues. « Merde », lui soufflat-il à l'oreille. Il y avait dans ce mot à la fois de l'affection et de l'admiration, c'était comme une prière et une mise en garde.

Au-dehors, le soleil se couchait sur la ville. Elle resta un instant sur le seuil, puis elle disparut dans les rues désertes de Calais, seule avec sa peur et son sac en papier

*

« C'est Bruxelles la veille de Waterloo », songeait T. F., se souvenant qu'il avait étudié Byron à Yale. Londres, c'est Bruxelles la veille de Waterloo. La nuit la ville résonne du bruit des réjouissances, tandis que, quelque part dans le lointain, sonne l'angélus d'une périlleuse aurore. Il regarda le jeune lieutenant de la Guards Armored

Division que Deirdre avait invité avec sa petite amie, pour partager les steaks qu'avait apportés T. F. Il avait vingt-trois ans, il était passionné, plein de suffisance et totalement ignorant d'une chose que T.F. savait : qu'il débarquerait avec sa division en Normandie, quarante-huit heures après la première vague. « Combien de chances a-t-il d'être encore vivant dans deux ou trois mois ? songeait T. F. ? Une sur deux ? Peut-être moins. »

Deirdre se pencha par-dessus T. F. Entre autres talents, elle avait celui de dénicher une substance fort rare à Londres en ces années de guerre : du café. Elle lui en versa dans sa tasse. Il sentit contre lui ses seins qui pointaient sous sa blouse de soie.

— Encore un peu ? lui souffla-t-elle à l'oreille. Que pouvez-vous espérer de mieux pour supporter la vie dans notre pauvre capitale privée de tout ?

— Vous ne pensez pas ce que vous dites, répliqua T. F. J'aime Londres.

— Non, je ne le pense pas. Je suis sûre que vous n'aimez guère la compagnie des femmes qui pensent réellement ce qu'elles disent, non ?

— Bon sang ! lança le jeune lieutenant. Pourquoi on n'irait pas prendre un dernier verre au club des 400 ? A moins que... — Il se tourna vers T. F. — vous préféreriez un coin plus olé olé comme le Coconut Grove.

— Non, dit T. F. J'aime bien le 400.

Avec ses tentures de velours sombre, ses lumières tamisées, son orchestre qui exécutait des arrangements de Tommy Dorsey et de Glenn Miller, et ses caves remplies de whisky et de champagne achetés au marché noir, le club des 400 était le lieu de plaisirs le plus apprécié de Londres par les classes privilégiées. C'était aussi, à en juger par la chaleur que mit le maître d'hôtel, le signor Rossi, à accueillir Deirdre, un endroit dont cette charmante personne était une habituée.

Rossi leur indiqua une table au bord de la piste de danse et un garçon portant une bouteille de whisky à moitié pleine sortit de l'ombre. Le lieutenant jeta un coup d'œil approbateur à la marque qu'il avait faite au crayon sur l'étiquette, lors de sa dernière visite, puis remplit les verres.

— Au moins, dit T. F. à Deirdre, en montant avec son verre la piste de danse pleine de monde, je n'aurai pas à vous impressionner avec ma manière de danser le jitterburg, ce soir.

— Grands dieux, non ! s'écria-t-elle. Le 400 est strictement réservé aux danseurs de *slows*.

— Eh bien, allons-y ! dit-il en souriant.

Ils allèrent sur la piste. Avec un tendre soupir, elle se colla contre lui. Pendant une seconde, ils se tinrent immobiles. T. F. sentait la pointe de ses chaussures à talons hauts qui le cherchaient, ses seins contre sa veste, son ventre appuyé au sein. Il prit sa main droite dans sa main gauche, et la posa sur son épaule. Elle frotta doucement sa joue contre la sienne. Lentement, ils commencèrent à se balancer au rythme de la musique, bougeant à peine. Leurs silhouettes enlacées semblaient tenir dans un espace pas plus grand qu'un timbre-poste.

— Vous avez lu *le Soleil se lève aussi ?* lui dit-il à l'oreille.

Comme la plupart des garçons de sa génération, T. F. était un fanatique d'Hemingway.

Elle lui fit signe que oui.

— Vous n'avez jamais assisté à une corrida ?

— Grands dieux, non !

— Il y a un endroit dans l'arène qu'on appelle la *querencia.* C'est le territoire du taureau, l'endroit où il se sent en sécurité. Sur cette piste de danse, chacun semble avoir sa *querencia,* vous ne trouvez pas ?

Elle resta un moment silencieuse. Puis elle fit « hum », ce murmure indéchiffrable qu'ont les jeunes Anglaises aussi bien pour évaluer un amoureux possible que pour discuter le prix d'un porte-toasts victorien.

— Essayez-vous de m'impressionner en me laissant entendre que vous êtes un taureau, gloussa-t-elle. Ou êtes-vous vraiment cultivé ?

Ils partirent quelques minutes avant la fermeture. Le lieutenant et son amie Ann, dans la plus pure tradition des membres du 400, restèrent jusqu'à la fin.

Un taxi ramena T. F. et Deirdre à l'appartement de celle-ci Quand il s'arrêta le long du trottoir, son moteur toujours en marche, Deirdre fouilla dans son sac à main pour y prendre ses clés. T. F., de son côté, cherchait dans son esprit une manière contournée de pousser son avantage, comme on le fait sur la côte Est des Etats-Unis, quand, pour la première fois, depuis qu'il était à Londres, il entendit le bruit. Cela commença comme un grondement sourd, puis prit rapidement la forme d'un hurlement. Le chauffeur disparut aussitôt dans l'obscurité.

— Décidément !

Il y avait dans la voix de Deirdre plus d'exaspération que de frayeur.

— Ces Allemands peuvent vous gâcher la soirée la plus agréable, n'est-ce pas ?

294

Maintenant, T. F. entendait dans la rue un bruit de portes qu'on ouvrait et refermait, des pas pressés sur les trottoirs, des mères qui criaient à leurs enfants à moitié endormis de se dépêcher. Tandis que les sirènes s'arrêtaient avec un gémissement lugubre, il perçut un autre bruit semblable à celui d'un essaim d'abeilles venant de la Tamise.

— Les voilà! dit Deirdre avec un soupir résigné. La station de métro de Bond Street est l'abri le plus proche, mais je dois vous avouer que je ne peux supporter ce genre d'endroit. Je n'y ai plus mis les pieds depuis 1941. Tous ces bébés qui pleurnichent, tous ces vieillards qui pètent au milieu de la nuit, ces femmes qui caquettent avec leur épouvantable accent cockney! Je suis terriblement snob en disant cela, je le sais, mais c'est comme ça! Je préfère être tuée par une bombe dans mon propre appartement plutôt que de passer mes nuits là-bas.

T. F. l'écoutait à peine. Il regardait le ciel à la fois fasciné et horrifié. C'était comme un documentaire d'actualité vieux de quatre ans. Les projecteurs fouillaient l'obscurité de leurs pinceaux de lumière bleutée; les avions bourdonnaient; les gardiens de la Défense passive sifflaient dans la rue.

— Vous ne pouvez pas rester là à regarder, gronda Deirdre. Les gens de la Défense passive vont vous envoyer promener. Ou bien vous descendez dans la bouche du métro de Bond Street, ou vous prenez le risque de monter chez moi.

Cette perspective était la plus agréable que T. F. eût envisagée depuis le début de l'alerte.

— Moi non plus je n'aime guère entendre les bébés pleurnicher.

Dès qu'ils furent entrés dans l'appartement, Deirdre posa une paire de chandeliers sur la cheminée, puis coupa le courant.

— Le souffle d'une bombe les éteindra, dit-elle sur un ton doctoral, tandis qu'une ligne électrique endommagée peut provoquer un incendie. Voulez-vous nous servir un brandy?

Elle avait déjà sorti deux petits verres d'un placard.

— C'est votre premier raid aérien, n'est-ce pas? lui demanda t-elle, en lui passant un verre.

T. F. dit que oui.

Les yeux de Deirdre brillèrent soudain avec cette malice qu'il avait déjà constatée.

— Bien! dit-elle, en levant son verre. Espérons pour nous deux que ce ne sera pas votre dernier!

Ils s'assirent sur le sofa. Quelque part dans la ville soumise au black-out, il entendit un nouveau bruit ; c'était comme un roulement de tonnerre.

— Ils sont là, dit-elle d'un ton remarquablement paisible. Ils ont juste passé la Tamise, comme je le pensais. Ces derniers jours, ils ont tendance à lâcher leurs bombes aussitôt qu'ils sont sur Londres et ils rentrent chez eux aussi vite que possible.

Pendant quelques minutes, ils restèrent silencieux sur le sofa, côte à côte, l'oreille tendue. T. F. passa son bras autour des épaules de Deirdre. Sa main pressa l'épaule de Deirdre, puis il la fit tourner vers lui comme s'il la conduisait sur une piste de danse.

La jeune Anglaise le regarda à la lumière des chandelles, puis, avec la même grâce féline qu'elle avait montrée au 100, elle colla son corps contre le sien. Il y avait dans son étreinte une calme sérénité, une sorte de calcul délibéré tandis que ses lèvres se livraient à une exploration pleine de sensualité.

Elle baissa la tête et le regarda rêveusement dans les yeux. Elle effleura ses joues de ses ongles. Encouragé par son attitude, T. F. était prêt à passer à l'offensive quand soudain, elle s'arrêta.

Une brève incertitude s'empara de T. F. jusqu'à ce qu'il la vît prendre une chandelle sur la cheminée et se diriger vers un couloir qui, il le savait, ne menait qu'à un seul endroit : sa chambre. « Décidément, pensa-t-il, il n'y a rien chez lady Deirdre Sebright qui, d'une manière ou d'une autre, rappelle les filles de Smith ou de Vassar. »

Elle posa la chandelle sur une armoire et s'avança vers le lit.

— Soyez un amour, lui ordonna-t-elle, et aidez-moi à enlever ce dessus-de-lit.

La sonnerie de fin d'alerte réveilla T. F. Deirdre était endormie dans ses bras. Tendrement, il caressa ses cheveux qui tombaient sur son front humide de sueur. « Bon Dieu ! pensait-il, j'ai encore beaucoup de choses à apprendre de la vie. »

*

La vie — la précarité de la sienne — était au centre des préoccupations de Catherine Pradier, tandis que la moto cahotait sur la route menant sur la hauteur où se trouvaient les trois grosses tourelles de la batterie Lindemann. « Si jamais ils regardent dans mon panier de linge !... » songeait-elle. Ce panier, elle le tenait contre sa poitrine avec autant de soin que s'il avait contenu des œufs de Pâques

« Mais pourquoi regarderaient-ils ? Ils ne l'ont jamais fait avant. » Elle contempla la Manche à ses pieds. Elle était, ce matin, d'un vert pâle, au lieu d'être, comme d'habitude, d'un gris triste et hostile, et, à l'horizon, les falaises de Douvres étaient parfaitement visibles. C'était l'Angleterre et la sécurité, l'Angleterre, où on ne se réveillait pas tous les matins avec la peur comme compagnon de lit. On était le samedi 29 avril. Cela faisait plus de six semaines que son Lysander l'avait amenée en France. Six semaines pendant lesquelles personne ne l'avait appelée Catherine, où elle était restée blottie dans la coquille de cet être imaginaire nommé Denise. Mais telle était la schizophrénie inhérente à l'existence clandestine, que cet être imaginaire l'avait totalement investie et son être réel lui était devenu aussi abstrait qu'un personnage de rêve. « Malheureusement, pensa-t-elle avec une grimace, ce genre de reconversion a des limites. » Si ça tournait mal dans la demi-heure qui suivrait, ce serait son être réel et non pas son être imaginaire qui aurait affaire avec les Allemands.

La moto s'arrêta et elle déclina poliment l'invitation du caporal de porter son panier. Tandis qu'ils prenaient le chemin couvert de graviers menant à BRUNO, la tourelle du centre, elle était, comme toujours, stupéfaite par les dimensions de ces mastodontes de béton et d'acier qui se dressaient vers le ciel. La sensation de puissance qu'ils donnaient était tout ce qu'il y avait de plus terrible. Pareils à des icebergs, les quatre cinquièmes de leur masse étaient cachés sous terre Était-il vraiment possible que les six morceaux de céramique blanche qui étaient dans son panier puissent immobiliser ces installations monstrueuses, paralyser ces canons au moment crucial pour lequel les Allemands les avaient tout spécialement conçus ?

Metz, comme elle l'avait prévu, l'attendait, aussi fidèle qu'un labrador, assis à son bureau situé presque juste au-dessous du tableau de contrôle. Il se leva et, d'un signe de tête, congédia le gros caporal.

— N'aimeriez-vous pas un café, dit-il à Catherine, un vrai café ?

Elle esquissa nerveusement un sourire et déposa son panier sur le bureau. Heureusement, la petite salle du mess était vide. Elle savait que l'on changeait d'équipe à huit heures. C'était trop tôt pour les officiers de service qui descendaient prendre leur premier café, mais ceux qui étaient relevés restaient souvent là à discuter.

Aussi discrètement que possible, elle regardait l'horloge fixée au mur, tandis que Metz continuait de bavarder. Elle n'avait qu'à donner un coup de pouce pour relancer la conversation. Aucun son n'était plus doux aux oreilles de son amateur de musique que celui de sa propre voix. Il était maintenant plus de 9 heures. « Pourquoi n'appelle-t-il pas ? », se demandait Catherine. A 9 h 05, elle but lentement le reste de son café. Ce salaud lui avait brisé les nerfs. Metz, elle le savait, ne la laisserait pas seule une minute. L'opération était à l'eau A cette pensée, elle aurait dû être soulagée. Curieusement, il n'en était rien. Au contraire, elle était folle de colère et de déception, quand elle entendit soudain une voix dans le haut-parleur qui disait quelque chose en allemand.

Metz se leva.

— Excusez-moi, dit-il. On m'appelle au téléphone, là-haut.

Catherine avala son café et alla donner les tasses à Heinz, le serveur du mess. Tandis qu'il les laverait, il serait occupé. L'estomac de Catherine fut tordu par une crampe. Elle avait le vertige et elle titubait en retournant dans la pièce. « Mon Dieu, priait-elle, faites que ça marche ! »

Elle sortit les quatre clés de sa blouse et essaya la première. Elle ne pouvait même pas entrer dans la serrure. Ni la deuxième. Et si Metz n'avait pas eu la bonne clé sur lui, l'autre nuit ?

En fait, il l'avait. C'était la troisième. Après une légère poussée, elle pénétra dans la serrure. Catherine donna un ou deux tours, puis elle sentit que le pène glissait. Ses premiers moments de panique étaient presque passés. Elle haletait un peu, mais autrement elle était calme. A son immense soulagement, le tableau se révéla être exactement comme il était sur le dessin de l'ingénieur. Elle se pencha pour prendre son premier coupe-circuit. Sur le tableau, elle vit à la rangée du dessus le mot ANTON, désignant la tourelle de gauche. Les deux premiers fusibles portaient l'inscription XR402. Elle prit le premier et le tira. Il sortit facilement de sa cavité. Elle le remplaça par un fusible en cuivre, en tapant avec la paume de la main pour être sûre qu'il était bien engagé.

« C'est facile, se disait-elle, plus facile que je croyais. Il faut aller vite, et plus calmement. » Elle répétait cette litanie, comme les répons dont les nonnes, autrefois, lui martelaient les oreilles au catéchisme. Le deuxième coupe-circuit fut rapidement mis en place. C'était fini pour ANTON

Avant d'arriver, elle avait divisé son panier en deux parties avec un carton. C'était une protection contre les erreurs qu'elle pourrait commettre en allant trop vite ou en étant saisie de panique. « Préparez tout, n'improvisez jamais si vous le pouvez » était un des principes que lui avaient inculqués ses supérieurs du SOE, et rien n'aurait été plus stupide que de confondre les vrais et les faux coupe-circuit. Elle avait mis les six fusibles trafiqués dans la partie gauche de son panier. Elle dissimula ceux qu'elle avait enlevés sous une paire de couvertures vertes dans le compartiment de droite et prit deux autres fusibles dans celui de gauche.

Ils entrèrent dans leur orifice aussi facilement que les deux premiers. C'était fini pour BRUNO. Elle mit les deux coupe-circuit qu'elle avait enlevés dans leur cachette et prit les deux premiers fusibles garnis de cuivre. C'est alors qu'elle entendit un bruit de bottes dans l'escalier métallique de la batterie.

Plus tard, elle devait passer et repasser dans son esprit les événements qui s'étaient déroulés dans les secondes qui avaient suivi, comme un film au ralenti. Le plan d'Aristide exigeait que les trois canons soient sabotés. Deux ce n'était pas suffisant. De toute façon, elle n'avait pas le temps de fermer à clef le tableau de contrôle et de traverser la salle pour rejoindre sa machine à laver. L'homme avait presque atteint la dernière marche de l'escalier.

Elle poussa le volet du tableau de contrôle. Il n'était pas entièrement fermé, mais on ne voyait rien. Elle saisit une chemise dans son panier, la déplia, tourna le dos à l'escalier et tint la chemise devant elle, les bras levés, comme si elle y cherchait un défaut. Elle écoutait le bruit de bottes. Si c'était Metz, elle était morte. Cela ne lui faisait pas peur. Au contraire, elle se sentait envahie par un grand calme, quelque chose qui ressemblait à la sensation qu'elle avait éprouvée à quinze ans, quand elle avait commencé à s'endormir pour son opération de l'appendicite. Cela ne lui sembla pas une éternité, avant que les pas aient atteint la porte, mais simplement ce que c'était : une fraction de seconde, puis elle entendit une voix criant : « *Heinz, einen Kaffee !* »

Elle se précipita vers le tableau, l'ouvrit en grand et mit les deux derniers coupe-circuit en place. Elle contrôla son travail. Les numéros XR402 étaient correctement placés, en bas des coupe-circuit. Elle leur donna une dernière pression de la main pour être bien sûre qu'ils tenaient, ferma la porte et donna un tour de clef.

Elle prit son panier et traversa la salle pour aller à sa machine à laver. D'un geste rapide, elle jeta à l'intérieur une pile de linge sale et ouvrit le robinet d'eau chaude. C'est alors que la peur s'empara d'elle. Ses genoux lui semblaient paralysés par le froid. Elle eut un autre vertige, s'accrocha au rebord de la machine pour ne pas tomber, remarqua que les articulations de ses mains étaient toutes blanches. Derrière elle, elle entendit de nouveau des bruits de bottes sur le sol en ciment.

Metz entra, tira sa chaise et s'assit à son bureau au-dessous du tableau de contrôle. S'il avait remarqué que les papiers qu'il y avait laissés étaient maintenant un peu dérangés, il n'en montra rien. Au contraire, il adressa un sourire des plus engageants à Catherine.

— Désolé d'avoir été absent si longtemps, dit-il. Je ne vous ai pas trop manqué ?

*

Le visiteur de Pierre Paraud ne s'était pas fait annoncer. L'ingénieur leva les yeux et aperçut Aristide, comme un fantôme, se dressant devant son bureau, son éternel sourire vaguement ironique aux lèvres. Que venait-il faire à la centrale électrique de Calais ?

— Vous ne devez pas venir ici, maugréa Paraud en mettant dans ses mots autant de reproche qu'il pouvait en oser. On pourrait vous voir.

— Un jour vous serez bien content qu'on vous ait vu avec moi.

Aristide se tut comme pour mesurer l'effet que produisaient ses mots sur son interlocuteur, puis il laissa tomber sa frêle personne dans un fauteuil en face du bureau de Paraud.

— C'est fait ! dit-il.

Le sourire qu'il avait en annonçant la chose n'avait plus rien d'ironique. C'était un sourire triomphal.

— Vos fusibles sont tous en place. Tout a marché à merveille. Votre coup de téléphone est arrivé au moment où il fallait. Elle et moi vous remercions du fond du cœur.

Paraud reçut le compliment avec une timide grimace.

— Ce qu'elle a fait est un des plus beaux exemples de courage et de sang-froid que j'aie jamais vus depuis que j'ai commencé à faire ce..

Aristide chercha le mot convenable et se borna à ajouter :

— ... ce travail. Et c'est certainement l'action la plus valeureuse que personne, ici, ait accomplie.

— Grâce à Dieu, ça a marché ! Qu'est-ce que les Allemands lui auraient fait, s'ils l'avaient prise ?

— Qu'est-ce que qu'*ils lui auraient fait* ?

Pour Aristide une telle question était absurde.

— Ils l'auraient tuée... le plus lentement possible.

Il croisa les jambes d'un geste presque coquet et, du bout des doigts, épousseta son pantalon.

— Il ne reste plus qu'une chose à faire.

— Quoi donc?

— Nous devons installer la dérivation dont vous m'avez parlé pour provoquer une surcharge de courant dans la batterie quand Londres nous l'ordonnera.

— Qui s'en occupera?

— Vous.

Paraud réagit comme un homme à qui on vient d'apprendre qu'il a un cancer. Il s'attendait à tout, mais rien ne l'avait préparé à recevoir un tel choc.

— Pourquoi moi? aboya-t-il avec un sursaut de frayeur.

— Qui d'autre? Vous m'avez dit que les Allemands viennent rarement ici, à la Centrale. Vous trouverez quelque bonne raison pour travailler plus tard que d'habitude et vous ferez ça quand il n'y aura plus personne. Votre femme et vos enfants sont à l'abri, grâce à moi...

Aristide s'interrompit un moment.

— Cher ami, laissez-moi vous poser une question. Supposez que les Allemands découvrent ce qu'on a fait à leur tableau de contrôle : d'après vous, quelle serait la première personne à laquelle ils aimeraient en dire un mot?

Paraud se tut : il y avait de la peur dans ce silence. Puis il murmura :

— Moi.

— Évidemment! Qui d'autre cela pourrait-il être? Vous êtes des nôtres, maintenant. Vous devez aller jusqu'au bout. Regardez ce que cette fille a fait, a dû faire juste sous le nez des Allemands! Elle a exposé sa vie délibérément, calmement. Elle a accompli quelque chose d'absolument remarquable. Je ne vous demande rien de semblable. Je m'arrangerai pour que les risques que vous avez d'être pris soient négligeables.

— Pas quand la surcharge aura lieu! Ils sauront d'où ça vient.

— Alors, mon cher ami, vous serez loin! — Aristide fouilla dans la poche de son imperméable et en sortit un petit instrument. — Vous savez ce que c'est?

— Ça ressemble à un moteur électrique.

— Exactement! Ce cylindre doit être fixé à un câble qui sera à son tour fixé à votre dérivation. Vous le placerez sur le câble d'alimentation, de manière à ce que le moteur fasse passer la dérivation sur la ligne à haute tension. Ça vous prendra 5 minutes. Quand le jour sera venu, je vous fournirai une planque que seuls vous et moi connaîtrons. Vous ficherez le camp, sauterez sur votre bicyclette et pédalerez aussi vite que vous le pourrez. Vous resterez caché jusqu'à ce que les Alliés atteignent Calais, après avoir débarqué, car il est certain qu'ils le feront ici. C'est pourquoi ils tiennent tant à ce que cette batterie soit détruite.

Aristide adressa à Paraud son énigmatique sourire.

— Vous avez cinquante-quatre ans, n'est-ce pas ?

Paraud acquiesça. Il était surpris de la précision d'Aristide.

— Si vous en réchappez — ce qui sera le cas —, la Bible vous donne seize ans de plus à vivre. Pendant seize ans, vous serez l'un des héros de cette ville. Vous en serez le septième bourgeois ! Pensez-y ! Chaque année, pour le 14 Juillet, vous vous tiendrez à côté du maire revêtu de son écharpe tricolore, passant les troupes en revue. Quand vous serez mort, on donnera votre nom à une rue de la ville. Ce que je vous offre, mon cher, ce n'est rien de plus que de passer à la postérité !

Paraud eut un petit rire. Pour la première fois, Aristide se dit qu'il n'était pas tout à fait dépourvu d'humour.

— Il me semble que ce que vous m'offrez, ce serait plutôt de raccourcir les jours qui me restent à vivre. Je n'aurais jamais dû me rendre au premier rendez-vous que vous m'avez fixé.

— Pourtant, vous l'avez fait.

— Oui.

En disant cela, Paraud sembla se ratatiner comme si, d'un coup, tout le poids de l'âge et de la fatigue lui était tombé dessus.

— Je pense que je n'ai pas le choix, n'est-ce pas ?

— Non.

Aristide eut une sorte de soupir aussi triste que le bruit d'une feuille morte emportée par le vent.

— Je ne crois pas.

*

A plus de mille kilomètres de Calais, dans la charmante station balnéaire d'Estoril, tout près de Lisbonne, en ce chaud dimanche matin du 30 avril 1944, se préparait une suite d'événements qui devaient marquer le destin de Catherine Pradier. Cela avait commencé assez innocemment autour d'une tasse de thé, sur la terrasse d'une villa aux murs crépis de rose, dans les jardins de Lapas, à quelques minutes en voiture de la petite ville renommée pour son Casino.

Le propriétaire de la villa n'avait aucune raison de se méfier de ses deux visiteurs. Après tout, il venait de recevoir la *Kriegsverdienstkreuz* de première classe, une distinction dont personne à Lisbonne ne pouvait se prévaloir. En outre, les deux hommes étaient venus dans une Mercedes portant la plaque diplomatique de l'ambassade d'Allemagne à Lisbonne. Ils étaient, en fait, des employés du général Walter Shellenberg, un garçon un peu efféminé de trente-quatre ans qui avait été chargé par Himmler de réorganiser les réseaux d'espionnage, quand le *Reichsführer* des SS avait pris en main les services de l'Abwehr. Qu'ils aient désiré rendre visite à John Jepsen était tout naturel. Jepsen était un agent de l'Abwehr, l'un des plus actifs qu'employaient les Allemands.

Pourtant, il surveillait du coin de l'œil les deux hommes. Mais il ne remarqua pas que l'un d'eux jetait une petite pilule blanche dans sa tasse de thé, tandis que son compagnon détournait son attention. Lorsqu'il eut perdu connaissance, les deux hommes lui firent une piqûre, l'emmenèrent hors de la villa et le déposèrent dans le coffre de leur Mercedes. Protégés par l'immunité que leur fournissait leur plaque diplomatique, ils le conduisirent jusqu'à Madrid, où il fut mis dans une autre voiture et transporté à Biarritz en zone occupée. Là, on le déficela et il fut envoyé à Berlin dans une salle de tortures du quartier général de la Gestapo, Prinzalbrechtstrasse, où il était attendu.

L'Abwehr n'était pas le seul service de renseignements qui se servait de John Jepsen. C'était aussi un agent du MI 6, très habile et courageux que ses patrons de Londres appelaient l'« artiste ». Il était un rouage vital de ce labyrinthe byzantin de connivences et de mensonges que constituait l'opération FORTITUDE et son arrestation était un véritable désastre pour sir Henry Ridley.

*

Catherine sentit que quelque chose n'allait pas à l'instant même où Pierrot entra dans la pièce. Elle n'avait jamais porté beaucoup d'attention à son chien de garde, mais, ce matin-là, il ressemblait à un homme abasourdi, comme s'il avait perdu un billet gagnant de la Loterie nationale.

— Ils sont après nous, annonça-t-il.

Catherine porta nerveusement sa main à son cou.

— Qu'est-ce qui vous le fait croire ?

— Je ne le crois pas. J'en suis sûr.

Pierrot alla vers la fenêtre et regarda, une fois de plus, dans la rue.

— J'ai un ami à Saint-Omer qui a une ferme tout près du dépôt du service des transmissions que les Allemands ont installé là. Il m'a dit, la nuit dernière, qu'ils ont reçu trois nouvelles voitures de radiogoniométrie depuis quinze jours. Ils les ont camouflées en camionnettes des pêcheries.

— Peut-être, avança Catherine, qu'il y a dans le coin un autre radio dont ils sont à la recherche.

— Bien sûr ! De même que Noël, cette année, tombera en juillet. Peut-être aussi qu'ils ont peint leurs voitures en gris comme celles des pêcheries de Calais afin de repérer un radio à Lille !

Pierrot chercha dans sa poche le dernier message d'Aristide et le tendit à Catherine avec une certaine réticence.

— Je vous ai déjà dit que nous prenions trop de risques.

Catherine pensait que les risques faisaient partie de leur vie, mais ne répondit pas à Pierrot. Elle déploya le message d'Aristide sur son bureau à côté de son matériel de codage. Cette fois-ci, il avait tenu sa promesse. Son message était court et, en le lisant, elle éprouva un sentiment de satisfaction et d'orgueil. Ce message-là, les Allemands ne l'empêcheraient pas de l'envoyer.

Montrant une cordialité qu'elle ne ressentait pas au garçon qui montait la garde à la fenêtre, elle se mit à coder le message. Quand elle eut fini, elle se livra au petit rituel qui entourait chacune de ses émissions, prit son poste-émetteur, déploya son antenne sur le plancher, le brancha sur le secteur avec sa lampe d'alarme, mit en place sa pile sèche de 6 volts, plaça ses quartz à côté d'elle dans l'ordre où elle allait les utiliser.

Comme le message d'Aristide était assez bref, elle ne se pressait pas. Elle se renversa dans sa chaise, respira lentement, faisant de son mieux pour apaiser la tension nerveuse qui s'emparait d'elle lors de chaque émission. Avant qu'elle commence à émettre, Pierrot lui dit de venir à la fenêtre.

— Je ne pense pas que nous devrions émettre. Il y a plus de monde dehors que d'habitude.

Catherine regarda dans la rue. Tout lui parut normal. Des ménagères serraient contre elles leurs sacs à provisions contenant la maigre moisson quotidienne de nourriture qu'elles ramenaient du marché, des gosses se bataillaient entre eux, quelques vieillards se traînaient sur les trottoirs. Il n'y avait aucun Allemand en vue.

— Où sont donc ces types avec de longs manteaux de cuir? demanda-t-elle à Pierrot.

— La Gestapo n'avertit jamais de sa présence, répondit-il. Regardez ces deux mecs au coin de la rue.

Il montrait deux jeunes gens appuyés contre un mur, en train de fumer. De sa fenêtre Catherine pouvait voir l'éclat de leurs cheveux passés à la brillantine.

— Ce sont des zazous qui attendent que les cafés ouvrent, Pierrot.

— Non. Ce sont des Allemands.

Elle passa son bras d'un geste affectueux — et qu'elle espérait rassurant — sur les épaules de son camarade manifestement très inquiet. C'était l'heure de mettre le poste en écoute et de décider si elle allait émettre ou non.

— Tout ira bien, dit-elle. Allons-y.

Elle avait utilisé son troisième quartz et en était presque aux deux tiers de son message.

— Une camionnette!

Pierrot avait crié ces mots à travers la pièce. En même temps, il se recula pour que personne ne puisse le voir penché à la fenêtre. La voiture tourna le coin de la rue et commença à la descendre lentement. Pierrot crut lire sur la carrosserie « Pêcheries maritimes ». Puis, sur le toit, il aperçut une antenne circulaire qui identifiait la voiture aussi sûrement qu'une croix gammée. Les deux jeunes avaient disparu. Il cracha à l'adresse de Catherine : « Nom de Dieu! C'est eux! »

A ce moment-là, la lampe posée sur la table de Catherine s'éteignit. De la main gauche, elle poussa l'interrupteur. De la droite, elle continua de taper.

— Denise, bon Dieu! arrêtez! supplia Pierrot. Ils sont juste au-dessous de nous.

Catherine secoua violemment la tête et continua à taper comme une folle. Son message, elle le savait, serait plein de fautes, une série de hiéroglyphes incompréhensibles, mais elle continuait avec rage.

— Vous allez nous faire tuer! — Pierrot hurlait presque. — Sacré nom de Dieu! arrêtez-vous!

La lampe se ralluma. Le courant, qui avait été coupé dans l'immeuble venait d'être rétabli. Une main appuyée sur la poitrine, elle tapa encore pendant quelques secondes, puis s'arrêta et se rua vers la fenêtre

La voiture était juste en dessous. La porte arrière s'ouvrit brutalement. Cette fois-ci, c'étaient bien des hommes vêtus de manteaux de cuir. Quatre d'entre eux, pistolet au poing, sautèrent de la voiture.

— Nous sommes pris, grogna Pierrot.

Terrorisés, ils virent les quatre hommes monter sur le trottoir. Ils hésitèrent un instant, puis, répondant à un signal que ni Pierrot ni Catherine ne purent voir, ils se lancèrent en avant. Ils entendirent ensuite des coups frappés à une porte et des cris gutturaux : « *Deutsche Polizei !* »

Ça venait de l'immeuble d'à côté.

*

Le couloir plongé dans l'obscurité puait le hareng et l'huile rance et derrière la porte Catherine pouvait entendre un bruit de friture. Elle se pinça les narines. Jamais plus elle ne pourrait manger du hareng de sa vie. En hésitant, elle leva la main pour frapper à la porte. Il n'allait pas aimer ça. Ce qu'elle faisait était contraire à toutes les règles de sécurité qui leur avait permis de rester en vie. Mais ce qui était arrivé, ce matin, justifiait aux yeux de Catherine cette entorse au règlement. Si elle avait eu quelques doutes, ils se seraient dissipés en chemin. Elle avait été arrêtée et fouillée par la police allemande à deux reprises à une centaine de mètres de son appartement. Ils avaient fouraillé dans son sac comme des internes, dans un service d'urgence, inspectant les affaires d'un mort. Par la même occasion, ils avaient examiné la petite boîte en émail ; elle avait compris ce qu'ils cherchaient : ses quartz.

Aristide vint lui ouvrir. Il semblait être devenu soudain plus vieux, plus fragile. Pendant un instant, la lueur qui brillait constamment dans ses yeux comme un cierge de sacristie vacilla. Aucun résistant, si entraîné fût-il, n'était à l'abri de la peur qu'inspiraient des coups inattendus frappés à sa porte.

Sans un mot, il la fit entrer, puis referma à clé derrière lui. Ses yeux brillaient de nouveau.

— Je présume que ce qui vous amène est très important.

— En effet.

Catherine lui raconta brièvement ce qui s'était passé.

— Qu'aviez-vous envoyé de mon message, avant qu'ils arrivent ?

— Environ les deux tiers.

Aristide la fit s'asseoir sur une chaise et en prit une autre. Une fois de plus, elle fut frappée par le côté anonyme de son appartement, sa rigueur toute monacale. Le seul luxe de la pièce était un poste-radio d'avant-guerre sur lequel Aristide écoutait la BBC. Catherine lui avait pourtant remis, lors de leur première entrevue, une sacoche contenant deux millions de francs. Il était évident qu'Aristide n'en avait pas dépensé un seul sou pour lui-même. En face d'elle, dans la cuisine, sa femme venait de retirer du feu leur repas de midi : un hareng rabougri. Elle ne put s'empêcher de penser à Paul, à son penchant pour les restaurants du marché noir et à la décision qu'il avait prise que les Allemands ne le fusilleraient jamais l'estomac vide. La dévotion à la cause de la Résistance, manifestement, pouvait prendre des formes bien différentes.

— Quand devez-vous émettre la prochaine fois ? demanda Aristide.

— Demain à quatre heures.

— Ça ne pouvait pas tomber à un pire moment. Mais nous n'avons pas le choix. Nous devons vous mettre à l'abri.

Catherine ne protesta pas. Après son évasion de ce matin, la Gestapo la pourchasserait comme un chat une souris, attendant l'instant favorable pour lui mettre le grappin dessus.

— Pensez-vous que nous pouvons déménager mon émetteur ?

— Bien sûr que non. Vous pourriez aussi bien mettre une robe bleu, blanc, rouge et l'apporter au Quartier général de la Gestapo rue de Valenciennes, pour leur épargner la peine de vous piquer dans la rue. Le problème est le suivant : est-il possible d'envoyer un dernier message à Londres ?

— J'ai un quartz d'urgence.

« Un quartz d'urgence », ces mots disaient bien ce qu'ils voulaient dire. Un opérateur-radio ne devait jamais l'employer afin que les services de détection allemands ne puissent pas associer sa fréquence à celles qu'il utilisait d'habitude. Or, elle avait maintenant la certitude qu'ils possédaient la liste complète de ses autres fréquences. Lorsqu'ils entendraient Londres l'appeler le lendemain, ils se brancheraient sur chacune des cinq fréquences sur lesquelles elle émettait, verraient laquelle elle utiliserait en premier, puis se mettraient à la repérer. Si elle utilisait son quartz d'urgence, elle avait quelques minutes devant elle pour émettre, avant qu'ils n'aient fini de balayer les autres fréquences.

Aristide prit une feuille de papier et y griffonna quelques mots.

— Combien de temps ça vous prendra pour envoyer ce message ?

Le message disait : « Aristide à Cavendish. Gonio a localisé émetteur. STOP. Impossible trouver autre endroit. STOP. Devons suspendre toute transmission pour cause urgence. » Catherine compta les lettres. Il y en avait plus de cent. Quand elle transmettait bien, elle pouvait taper entre vingt-huit et trente lettres en une minute.

— Ça me prendra environ quatre minutes, dit-elle.

— Pensez-vous pouvoir le faire avec votre quartz d'urgence avant qu'ils vous repèrent ?

— Ce que je pense, c'est qu'après ce matin, ils sont sûrs que l'appareil se trouve dans ma rue.

— C'est plus que probable.

— Ils vont se dire que l'opérateur est sur ses gardes après ce qui s'est passé. S'ils voient que je ne réponds pas à Londres, ils en concluront que j'ai trop peur pour émettre. Franchement, je ne pense pas qu'ils me chercheront sur d'autres fréquences.

Aristide passa la main dans sa barbe, tournant ses poils entre ses doigts comme s'il voulait en faire une tresse.

— Ce sera leur première conclusion. Parfait ! Mais c'est la seconde qui m'inquiète.

Elle le regarda avec un air interrogateur.

— Quand ils verront que vous ne répondez pas, ils barreront la rue et visiteront tous les appartements les uns après les autres. Aussitôt que vous aurez averti Londres, fichez le camp le plus vite possible. Ne prenez rien avec vous, même pas une brosse à dents. Mettez votre bras sous celui de Pierrot et remontez la rue comme si vous étiez les premières personnes au monde à découvrir ce que veut dire un *cinq à sept*. Il vous conduira à une planque.

— Mais comment recevoir la réponse de Cavendish ?

Aristide montra son poste de radio.

— C'est un appareil à ondes courtes. Vous pourrez la recevoir ici.

*

« La scène, pensait Catherine, semble sortir tout droit d'une pièce de théâtre d'extrême gauche destinée à donner au public un sentiment de culpabilité à l'égard des classes laborieuses. » La femme d'Aristide était dans son lit. Elle avait enfilé deux chandails, reniflait et toussait comme une malheureuse. Apparemment, elle avait pris froid, avait une angine et un bon rhume. En fait, c'était sa manière à elle de protester contre le fait de devoir partager, cette nuit, son lit avec Catherine et non pas avec son mari. La station du SOE de Sevenoaks émettait en général au milieu de la nuit et Catherine attendait son message à une heure quinze. A cause du couvre-feu, elle avait dû rester dans l'appartement et Aristide lui avait courtoisement offert sa couche.

Lui, était assis sur une de ses chaises inconfortables à côté d'une petite lampe, en train de lire une étude d'Engels sur l'œuvre de Marx. Catherine était perchée sur une autre chaise, écoutant d'une oreille distraite le *Soldatensender* de Calais, une station de propagande anglaise qui émettait à destination des soldats allemands cantonnés dans la région. Pour la cinquième fois depuis neuf heures du soir, elle faisait passer une chanson qui devait électriser les guerriers de la Wehrmacht, « Cute little Bus Conductress[1] ». Elle battait le rythme avec le pied. « Je joue le rôle d'une fille de prolétaire, se disait-elle, qui rêve d'aller dans les cafés et dans les salles de danse, mais qui reste à la maison parce que ses parents sont pauvres et qu'elle a des scrupules. »

Elle était arrivée juste avant le couvre-feu et n'avait échangé qu'une douzaine de phrases avec Aristide. Elle ressentait pourtant à l'égard de son chef une affection et une admiration sincères, sentiments, elle le savait, qu'il lui rendait bien.

Le silence d'Aristide n'avait rien à voir avec de l'indifférence. Il se demandait comment un responsable du SOE devait se comporter avec son réseau. La solitude était un véritable virus qui frappait tous les agents clandestins en France occupée. C'était l'inévitable tribut d'une existence vécue sous une fausse identité, où la plus banale rencontre devait être considérée avec méfiance et suspicion, une existence aux attentes interminables, pleine de déchirantes frustrations, où l'on passait ses nuits avec pour seuls compagnons l'isolement et la peur. Il était naturel que, lorsque des agents se trouvaient ensemble, ils s'embrassent physiquement ou moralement, laissent tomber toute contrainte et savourent les fruits défendus que leur interdisait leur manière de vivre. Quelques responsables du SOE, en particulier à Paris, avaient ainsi fait de leurs réseaux de petites sociétés fraternelles refermées sur elles-mêmes.

Aristide avait une philosophie différente de la vie clandestine. Il

---

1. Charmante petite conductrice d'autobus (*N.d.T.*).

gardait ses agents rigoureusement séparés les uns des autres. Il leur interdisait tout contact entre eux, en dehors de ceux qu'ils devaient avoir pour le travail. Il ne leur disait rien de ce qu'ils devaient ignorer et ne leur demandait rien d'autre que ce qui était essentiel à leurs activités. Pendant les semaines qu'il avait passées avec Catherine, il ne lui avait jamais posé une question de caractère personnel : qui elle était ? d'où elle venait ? qu'est-ce qu'elle faisait avant-guerre ? Il ne voulait pas le savoir. Tout ce qu'il savait d'elle était peu de chose : les circonstances dans lesquelles sa mère était morte, par exemple, dont elle lui avait parlé d'elle-même.

Catherine émergea de ses pensées. Il était une heure du matin. Recevoir Sevenoaks était aussi facile qu'émettre était dangereux. En raison de ce qui était arrivé, ils n'attendraient pas que Catherine réponde à leur message. Elle n'avait qu'à rester assise à côté d'Aristide et à noter la suite de points et de traits qui lui parviendraient sur les ondes. Après, elle aurait à les décoder à la lueur d'une bougie avec sa soie et passer le texte à Aristide.

Le message arriva à l'heure dite. « Cavendish à Aristide. D'accord pour suspendre émissions. STOP. Que Denise retourne à Londres immédiatement avec tous détails sur plan sabotage batterie Lindemann. STOP. Son contact bar coin rue Saint-André-des-Arts rue des Grands-Augustins. STOP. Mot de passe barman : Je veux dire bonjour à M. Besnard. STOP. Arrangerons retour par Lysander. STOP. Confirmer départ par message café Sporting rue de Béthune Lille. STOP. Mot de passe barman René : Savez-vous où je peux trouver des asticots. STOP. Réponse. Il y en a au café du Commerce. STOP. Donner barman contact Calais par qui messages-retour peuvent être envoyés. STOP. *Affectionate regards.* »

Aristide la regarda. A la lueur de la bougie, Catherine aperçut comme une larme qui brillait dans ses yeux.

— Vous allez me manquer, dit-il simplement.

— Vous me manquerez aussi, répondit-elle.

Avec une allumette elle brûla les rubans de soie et la feuille de papier sur laquelle elle avait décrypté le message de Londres. Elle garda l'allumette à la main jusqu'au bout. Quelque chose de merveilleux venait de lui arriver. Le nom de code et le mot de passe que Cavendish lui avait donnés pour son contact à Paris étaient les mêmes que Paul lui avait demandé d'utiliser si jamais elle était en difficulté et devait le joindre.

*

Rien, même pas la chaleur du soleil de mai, ne pouvait effacer l'atmosphère déprimante des taudis de la porte de Pantin. Catherine était assise à la même terrasse, sur la même chaise peut-être que la première fois, en compagnie de Paul, il y avait de cela six semaines, attendant l'arrivée du camion des Pêcheries de Boulogne.

Ça avait été le cadeau d'adieu d'Aristide. Il ne voulait pas qu'elle coure le risque d'être prise au cours d'une fouille dans le train Calais-Lille, avec les documents qu'elle transportait sur le plan de sabotage de la batterie Lindemann : un dessin détaillé du tableau de contrôle, de la Centrale de Calais et un échantillon des fusibles trafiqués par Paraud. Tout cela avait été transporté à Paris caché dans un chargement de sardines et de harengs.

A présent, toute seule dans l'immensité de la capitale, elle se sentait en sécurité pour la première fois depuis des semaines. Il n'était pas étonnant que beaucoup d'agents du SOE préfèrent travailler à Paris. La ville était si grande qu'on y passait inaperçu, contrairement à ce trou qu'était Calais. Elle avait posé sur la table un exemplaire de *Je Suis Partout,* conformément à ce que lui avait dit Paul, mais elle le lisait avec un dégoût marqué. Il était infiniment plus agréable, dans ce matin de printemps, de penser à Paul.

Petite fille, elle avait pris l'habitude de rester à table, contemplant avec gourmandise son dessert. Elle pouvait demeurer là, des minutes durant, devant son ice-cream ou son gâteau, jetant des regards d'adoration à sa crème renversée, les savourant à l'avance — un plaisir égal à celui qu'elle prenait à les manger. Ainsi pensait-elle à Paul, imaginant son bras autour de son cou, au moment où ils seraient étendus côte à côte sur le même lit, quelque part dans Paris, et où leurs corps partiraient à la recherche l'un de l'autre. Elle était à ce point perdue dans ses pensées, qu'elle éprouva quelque regret quand le camion des Pêcheries de Boulogne arriva. Elle le regarda se garer, vit le conducteur sauter de son siège et se diriger vers le kiosque qui faisait le coin pour y acheter un journal.

Avec une indifférence feinte qui, maintenant, lui etait devenue naturelle, elle traversa la chaussée. C'était le même chauffeur qui l'avait emmenée à Calais et ils se reconnurent aussitôt. Elle fit semblant de lui demander son chemin. Il la fit monter dans son camion, sortit une carte de la poche aménagée dans sa portière et se livra à une sorte de pantomime, comme s'il lui expliquait la route à prendre pour se rendre à Versailles. En même temps, il lui glissa un paquet qu'elle enfouit dans le sac suspendu à son épaule. Ils se dirent au revoir et elle aperçut alors un « souvenir de Paris » très particulier étalé sur le siège. C'était un lot de cartes postales plus ou moins cochonnes que les colporteurs de Pigalle vendaient aux touristes visitant Montmartre.

— Ah, dit-elle en souriant, ce sont des tracts de la Résistance pour les gars de Boulogne ?

— Non, des passeports, ricana-t-il. Je les offre aux *Feldgendarmen* d'Abbeville. C'est pourquoi ils ne prêtent pas attention à ce que je transporte.

Il remonta dans sa cabine, lui dit « Merde » à voix basse et referma la portière.

Catherine s'éloigna et s'engouffra dans une bouche de métro. Elle sentit alors une odeur de poisson pourri qui émanait de son sac. « Au moins, je n'aurais aucune difficulté à trouver une place », se dit-elle.

*

Tous les jeudis après-midi, des hommes en uniforme ou en civil se glissaient discrètement dans un immeuble commercial, 58 Saint James Street. C'était un solide bâtiment de style victorien en brique rouge et sur l'arche qui surmontait la porte d'entrée on pouvait lire les lettres MGM, indiquant que l'immeuble était celui de la Metro Goldwyn Mayer. Dix ans avant la guerre, ce qui venait de ses bureaux distrayait l'Europe entière. Ce qui en sortait aujourd'hui était d'une autre nature. L'immeuble abritait le Quartier général du MI 5, le service britannique de contre-espionnage.

Ceux qui se rendaient là tous les jeudis après-midi devaient assister à une conférence qui se tenait au troisième étage. La salle où ils se réunissaient avait tout de l'austérité propre aux services administratifs britanniques. Il y avait une longue table rectangulaire couverte d'un tapis vert, où la place de chacun était indiquée par un bloc-notes, un crayon et un verre. Le seul luxe de l'endroit était constitué par une tasse de thé pisseux et deux biscuits qui étaient servis à 4 h 30 précises. Et pourtant, les hommes qui s'asseyaient fidèlement autour de cette table tous les jeudis après-midi étaient les grands patrons de la guerre secrète. C'était la Table Ronde des Chevaliers du Renseignement. Chacun des organismes secrets fonctionnant à Londres — le MI 5, le

MI 6, le LCS, les services de renseignements de la Marine, de l'armée de Terre, de la RAF, le Chiffre — y étaient représentés, avec une notable exception, le SOE. Les employeurs de Catherine Pradier étaient considérés comme trop peu sûrs pour être conviés à participer aux stratégies secrètes élaborées 58 Saint James Street.

Ce groupe avait été baptisé le *Twenty Committee* à cause des chiffres romains, en l'occurrence XX, par lesquels on le désignait. Il avait été créé à l'initiative de Winston Churchill pour superviser les informations données aux Allemands par le nombre croissant d'agents doubles qu'employait le MI 5. En 1944, sa principale tâche était de coordonner et de rendre opérationnels les stratagèmes que le LCS de sir Henry Ridley avait conçus pour le plan FORTITUDE. En 1943, deux Américains avaient été affectés à ce comité : l'un représentait O'Donovan et l'OSS, l'autre le Département d'Etat.

T. F. O'Neill, en tant que délégué auprès de Ridley et officier de liaison, remplaçait le représentant de l'OSS. C'est à ce titre qu'il était venu pour la première fois dans la salle de conférence, le jeudi 3 mai. Ridley l'avait présenté à un ou deux hommes qui se trouvaient déjà là et lui avait indiqué un fauteuil à côté du sien au milieu de la table. Le jeune major était impressionné. L'autorité des hommes qui l'entouraient, il le savait, s'étendait dans le monde entier. Seuls Churchill, Roosevelt, les chefs de l'état-major américain et de l'état-major général britannique pouvaient s'opposer aux décisions prises à cette table où il était assis. Il valait mieux, se disait-il, garder le silence. « Écouter et apprendre » était pour lui l'ordre du jour de cet après-midi.

Un grand type un peu courbé entra dans la salle et prit place au bout de la table. Il tira sur ses manchettes, se renversa dans son fauteuil et d'un regard imposa le silence à l'assemblée, comme un professeur avant de commencer son cours. Cela allait très bien avec le personnage de John Cecil « J. C. » Masterman, un historien renommé d'Oxford. Comme sir Henry Ridley, il incarnait parfaitement l'idée que l'Angleterre est un pays gouverné par une élite de gens bien nés et bien éduqués. Il n'y avait pratiquement aucune administration à Londres qu'il ne puisse toucher par un simple coup de fil — le plus souvent adressé à un haut fonctionnaire qui avait été un de ses élèves.

Quand le silence se fit, il sortit un petit morceau de papier ministre d'un dossier qu'il avait devant lui. C'était le texte d'un message de l'Abwehr que l'on avait intercepté.

— *Gentlemen*, commença Masterman, nous avons de graves ennuis.

Il se tut un moment afin de rendre plus dramatique sa déclaration.

Artiste — à savoir John Jepsen — a été arrêté à Lisbonne par la Gestapo. Et il a été transféré Prinzalbrechtstrasse.

T. F n'avait aucune idée de qui il s'agissait. Mais les réactions qui eurent lieu autour de lui à cette nouvelle étaient claires : c'était une catastrophe.

— Nous devons nous poser trois questions, continua Masterman. Parlera-t-il ? S'il parle que révélera-t-il ? Quelles conséquences auront ces révélations sur FORTITUDE ?

T. F. sentit que Ridley s'étirait à côte de lui. Il alluma une cigarette et se pencha en avant.

— Poser la première question, dit-il, c'est y répondre : il parlera. Vous pouvez considérer comme un axiome que la Gestapo est capable de faire parler n'importe qui. Il n'y a personne qui puisse leur résister. Personne ! La question est donc de savoir ce qu'il peut leur dire.

— Nous avons reçu une suggestion de notre agence de Lisbonne, dit le représentant du MI 6. Qu'il dise qu'il se livrait à des escroqueries au trafic de devises.

— C'est peut-être vrai, mais là n'est pas le problème, répondit Masterman en balayant l'argument de l'homme du MI 6 d'un revers de la main. Quand ils commenceront à lui briser les os un par un dans sa cellule, il peut très bien leur dire tout ce qu'il sait pour sauver sa peau. Et ce qu'il sait est d'une importance capitale.

— Et comment ! dit Ridley.

Il sembla à T. F. que ce seul mot résumait la détresse de tous ceux qui étaient là. En fait, cette détresse était bien fondée. Jepsen avait été recruté pour travailler avec les services secrets britanniques par un agent secret de l'Abwehr, un Yougoslave nommé Dusko Popov. Popov était un ami d'enfance de Jepsen, et, pendant des années, avait été un agent double travaillant pour les Britanniques. C'est lui que les Allemands avaient envoyé aux Etats-Unis pour le compte des Japonais afin de préparer Pearl Harbor et dont Herbert Hoover et le FBI avaient dédaigneusement repoussé les services. Retourné à Londres, il avait été employé par le *Twenty Committee* sous le nom de code de « Tricycle » et il était l'un des trois agents doubles sur lesquels les Britanniques comptaient pour intoxiquer les Allemands dans l'opération FORTITUDE.

— Bon ! dit Masterman en tirant de nouveau sur ses manchettes. Si Jepsen dit à ses bourreaux que Tricycle est contrôlé par nous et que nous l'utilisons pour passer de fausses informations à l'Abwehr, nous aurons les plus graves ennuis.

— Si vous considérez les dix divisions blindées qui nous atten·dront quand nous débarquerons en Normandie comme un « grave ennui », je suis d'accord.

C'était le colonel représentant les services secrets de l'armée de Terre. Le même, nota T. F., qui lui avait parlé du problème que le Comité avait avec Garbo.

— Une chose est claire à mes yeux, répliqua Ridley, parlant au milieu d'un nuage de fumée, comme ça semblait toujours le cas dans ce genre de réunions. Nous pouvons être certains que Jepsen va dire aux Allemands que Popov est contrôlé par nous. Et nous devons mettre Popov au vert immédiatement.

Il regarda par-dessus la table l'Ecossais qui représentait le MI 5.

— Avez-vous une idée sur la manière dont cela doit être fait ?

— Oh oui ! répliqua l'autre aussitôt, j'ai une idée. Lui et Jepsen sont des amis d'enfance, n'est-ce pas ? C'est Popov qui a recruté Jepsen. Supposons que Popov dise à son officier traitant que si la Gestapo ne relâche pas Jepsen et ne le ramène pas à Lisbonne, il est fini, lui, Popov.

Ridley se tourna vers Masterman.

— Je dois dire que cela confirme la peur que j'ai depuis qu'Himmler a pris le contrôle de l'Abwehr. Ce qui m'inquiète en ce moment, ce n'est pas Popov. Il est perdu. C'est la réaction de la Gestapo quand elle découvrira qu'un des précieux agents qu'elle a hérités de l'Abwehr travaillait pour nous. Est-ce qu'ils vont suspecter tous les autres ? Est-ce que nous allons perdre aussi Brutus et Garbo au moment où nous avons le plus besoin d'eux ?

— Oui ! dit Masterman, sinistre. Si nous les perdons tous les deux, nous perdons aussi le bénéfice de FORTITUDE et, sans doute, toutes nos chances de pouvoir débarquer sur le continent.

— Avant de partir en courant et d'avaler chacun notre pilule de cyanure, dit le représentant du MI 6, puis-je préciser que les Allemands ont très peu de sources d'informations à leur disposition. Je ne pense pas que nous puissions convaincre Goering de prendre le risque d'envoyer un seul de ses avions de reconnaissance photographier les charmants décors que nous avons plantés pour son seul bénéfice dans le sud-est de l'Angleterre, même si nous lui envoyions une escadrille de Spitfires pour escorter son appareil à l'aller et au retour. Nous avons dressé le plus somptueux des banquets imaginables là-bas et notre principal invité semble ne pas vouloir venir dîner. La confiance qu'ils ont dans les rapports que leur envoient leurs agents dans ce pays devrait être plus grande qu'elle le paraît.

— Je suis tout à fait d'accord. — C'était l'Ecossais du MI 5 qui supervisait les agents doubles. — La question n'est pas de savoir si Himmler et ses gens méprisent ou non l'Abwehr. Ils seront beaucoup plus soupçonneux s'ils apprennent que nous avons retourné Popov. Mais ils sont bien obligés de s'appuyer sur quelque chose pour se renseigner. En outre, de même qu'un cocu est le dernier du village à voir ses cornes pousser, de même un maître espion est la dernière personne à réaliser que son homme le plus précieux a été retourné.

Masterman eut un mouvement de tête brutal, comme si l'Ecossais était en quoi que ce soit responsable de la situation.

— C'est peut-être vrai, mais nous devons nous préparer aux dangers que nous ferait courir la perte de Garbo et de Brutus. Comment sortir de votre étable d'autres joueurs, Mutt et Jeff, Tate, Mullet, Puppet, Treasure ?

— *Gentlemen !...*

C'était une fois de plus Ridley et T. F. était toujours fasciné par la manière dont cet homme pouvait imposer son autorité sans élever la voix.

— *Gentlemen !* Nous tournons en rond. Le débarquement, dois-je vous le rappeler, doit avoir lieu dans un mois à peine. Pour être convainquant, un agent double doit être soigneusement et patiemment préparé à sa tâche pendant une longue période. Et un mois n'est vraiment pas ce que j'appelle une longue période. L'idée de promouvoir quelques-uns de nos autres agents ou de leur assigner un rôle plus important dans nos opérations, je suis contre. Il est évident, d'après ce que nous avons intercepté, que Garbo, Brutus et Tricycle jouissent d'une grande réputation auprès des Allemands. Tricycle est maintenant perdu pour nous. Néanmoins j'incline à penser qu'il est non seulement plus facile mais plus sûr et plus efficace de faire passer une opération d'intoxication par des filières éprouvées plutôt que d'utiliser une grande quantité de filières incertaines.

Masterman demanda à Ridley :

— Suggérez-vous que nous devons compter sur Brutus et Garbo et prier le ciel que les dégâts se limitent à Popov ?

— Non. Ce que je suggère, c'est que nous ne soyons pas pris de panique. De garder Brutus et Garbo au moins jusqu'à ce que ULTRA nous indique que les Allemands ont des doutes sur eux. Après tout,

Garbo possède ce merveilleux réseau purement imaginaire disséminé dans tout le pays et nous avons placé Brutus à un poste où il peut circuler librement en uniforme. Je partage cependant votre sentiment à tous que nous devrions introduire un nouveau pipe-line chez les Allemands. C'est une idée qui me hante jour et nuit depuis que j'ai appris qu'Himmler avait mis la main sur l'Abwehr. Maintenant, toute nouvelle filière que nous emploierons devra passer par le RSHA et non plus par l'Abwehr. Le peu de temps qui nous reste nous oblige à utiliser autre chose que des agents doubles. Que faire?

Ridley tira une longue bouffée de sa cigarette et renvoya la fumée par ses narines avant de continuer.

— Notre ami « C », dit-il en se penchant légèrement en direction du représentant du MI 6, a déjà quelqu'un en place qui pourrait nous être d'un secours considérable dans cette affaire. Cependant, je n'ai pas encore trouvé la manière d'introduire cet agent dans notre jeu. Il manque quelque chose, un rouage vital, une pièce qui achèverait tout le puzzle. Tout ce que je peux vous dire, c'est que nous redoublons d'efforts pour trouver ce chaînon manquant.

*

Aristide pédalait lentement dans la rue de Béthune, à Lille, à la recherche du café Sporting que le dernier message de Cavendish lui avait demandé d'utiliser pour ses futures émissions. Il repéra le café, puis, respectant les consignes de sécurité du SOE, passa lentement devant, examinant les lieux du mieux qu'il pouvait à travers les vitres sales. Tout parut parfaitement normal à Aristide qui était épuisé et mourait de soif. Il fit demi-tour, gara sa bicyclette et entra.

Son message, déjà codé, se trouvait à l'intérieur d'un journal qu'il tenait à la main. Aristide avait encore le code personnel qu'on lui avait donné quand il avait quitté l'Angleterre et qu'il avait utilisé avec le prédécesseur de Catherine. C'était un vieux code du SOE fondé sur un vers, en l'occurrence un vers de la chanson de Trénet *Fleur bleue*. Il codait et décodait toujours ses messages lui-même, il savait que la Gestapo n'avait pas pu faire parler l'opérateur-radio après son arrestation.

Le café était presque désert. Deux vieux étaient affalés à l'extrémité du comptoir sirotant leur bière, sans dire un mot, avec un air morbide. Le barman apparut.

— Un demi ! commanda Aristide.

Il l'avala d'un trait et en commanda un autre. Le barman lui jeta un regard amusé.

— Prenez-en un troisième, dit-il en lui présentant un autre verre.

Aristide l'étudia. Il manipulait le robinet à pression comme s'il avait fait ça toute sa vie. Il avait entre deux âges, comme Aristide, avec un estomac protubérant qui témoignait que la mauvaise bière de l'Occupation n'avait pas rebuté sa soif.

Aristide lui fit un signe de la tête. Le barman sortit de derrière le bar, donnant à contrecœur un coup de torchon sur le zinc et s'avança vers lui.

— René ?

— Ouais, répondit l'homme sans même le regarder.

— Savez-vous où je peux me procurer des asticots ?

Cette fois-ci René leva les yeux vers lui. Il eut un moment d'hésitation. L'homme était sur ses gardes. Il scruta le visage d'Aristide, puis se plaça en face de lui, son énorme avant-bras appuyé sur le comptoir, comme s'il allait lui dire à quel endroit de la Lys on trouvait du poisson.

— On ne vend pas d'asticots, dit-il. Mais il y en a au café du Commerce.

Aristide montre d'un coup d'œil l'exemplaire du *Phare de Calais* qu'il avait déplié et posé sur le bar.

— Il y a un message pour Londres, page trois. Pouvez-vous l'envoyer rapidement ?

— Je ne sais pas, souffla René. Je ne fais que les passer.

Aristide apprécia la réticence de l'homme. On savait ce que c'était la sécurité, ici.

— Page quatre, il y a une annonce pour Chez Jean, rue Darnel. Et un numéro de téléphone marqué à l'encre. C'est mon contact. Si vous avez besoin de moi vous n'avez qu'à appeler et dire à la personne qui vous répondra : « René a appelé de Lille pour dire que la truite mord. » Je viendrai voir ce qui se passe.

Aristide but une gorgée de bière.

— Ne perdez pas ce numéro, dit-il. Londres peut avoir quelque chose d'important pour moi.

René approuva. Aristide ne s'occupa plus du journal, le barman jeta un torchon dessus, et passa derrière le comptoir.

— J'ai quelque chose à vous dire annonça-t-il à l'adresse des vieux. Le gars, en bas de la rue, il a pris trois truites en une heure à Armentières. Juste au bord de la nationale 42, sous le pont de Nieppe.

Aristide lui fit un geste dans la glace.

— Merci, dit-il. Je vais y jeter un coup d'œil.

Il acheva son demi et regagna son vélo, en se demandant où il pourrait bien se reposer avant de repartir pour Calais

*

En se promenant à travers Saint James Park, T. F était encore sous le charme de la Table Ronde des Chevaliers du Renseignement Ridley, comme toujours, avait voulu rentrer à pied à leur Quartier général souterrain. En traversant le parc, T. F. se décida à lui poser une question

— Je suis au courant du rôle que joue Garbo dans notre projet. « Et, depuis cet après-midi, de celui de Tricycle ou de ce qui était le sien », se dit-il. Mais Brutus, votre troisième agent, demeure pour moi un mystère.

— Ah! dit Ridley, comme s'il regrettait cette faille dans les connaissances de son subordonné. C'est un type remarquable. Un Polonais. Il était pilote de chasse dans son pays avant-guerre. Il est arrivé à Paris juste au moment où les Allemands venaient d'envahir la Pologne, c'est pourquoi ils n'ont pas pu lui mettre la main dessus. Il est resté en France après la défaite et avait formé un réseau pour le MI 6. Un sacré bon réseau, jusqu'à ce que, comme il arrive toujours dans ce genre de truc, l'Abwehr l'ait pénétré et arrêté, je crois, soixante-quatre d'entre eux.

— Comment a-t-il pu venir de Paris jusqu'ici?

— C'est une drôle d'histoire. Le chef de l'Abwehr qui les avait arrêtés fut stupéfait de découvrir, à partir de documents qui lui étaient tombés entre les mains, le boulot extraordinaire qu'ils avaient fait. Il fit parvenir tout ça au vieux Stulpnagel, le commandant en chef en France occupée, en lui disant : « Regardez quel type merveilleux je suis! J'ai piqué tout ce réseau. Vous devriez me donner une médaille. »

Ridley se mit à rire. Rien ne l'amusait plus que de constater la bêtise de ses ennemis.

— Le vieux Stulpnagel explosa. Il était prêt à faire fusiller le type de l'Abwehr sur-le-champ. Il était dans une rage folle. « Comment? hurla-t-il. Les Britanniques ont réussi à implanter ces espions derrière nos lignes et vos bouffons de l'Abwehr sont incapables de le faire en Grande-Bretagne ? » Bref, cela donna au type de l'Abwehr ce qu'il pensa être une bonne idée. « Si ce Polonais est si fort que ça, se dit-il, pourquoi ne pas le faire travailler pour nous ? » Il est allé le voir à la prison de Fresnes. « Ecoutez, lui a-t-il dit, j'ai des nouvelles plutôt mauvaises en ce qui vous concerne. Notre tribunal militaire va sûrement vous condamner à mort. Mais, d'un autre côté, je vous apporte une bonne nouvelle. Je sais comment vous sauver du poteau d'exécution. »

— Le Polonais a été d'accord ?

— Grands dieux, non ! Il y a eu un véritable marchandage. Finalement, il a accepté, si, en retour, les Allemands l'assuraient qu'ils épargneraient la vie des soixante-trois Français qui avaient été arrêtés avec lui. L'homme de l'Abwehr était ravi, car cela lui donnait une sorte de garantie. Ils s'arrangèrent pour organiser un simulacre d'évasion et le Polonais partit.

— Qu'est-ce qui s'est passé quand il est arrivé ici ?

— Il s'est révélé d'une importance considérable pour nous. Nous savions que les Allemands lui faisaient confiance. Contrairement aux autres de nos agents, c'était un officier de l'armée régulière. Nous en avons fait un officier de liaison polonais pour notre premier Groupe d'armée américaine fantôme. Il s'est promené partout. Et il pouvait rapporter aux Allemands tout ce qu'il voyait.

— C'est fascinant, dit T. F.

Puis, après avoir fait quelques pas, il s'arrêta et se tourna vers Ridley.

— Colonel, tôt ou tard les Allemands vont se rendre compte que votre Polonais leur a menti, non ?

— Je suppose que oui.

— Qu'est-ce qui va arriver aux soixante-trois Français qu'ils tiennent en otages ?

Ridley ne répondit pas tout de suite. Il regarda T. F., les yeux à moitié fermés, avec un sourire en coin.

— Qui sait ? Espérons que lorsqu'ils apprendront qu'ils ont été dupés, ils auront l'esprit à autre chose.

Ridley se remit à marcher et posa une main amicale sur l'épaule de T F

— Si je ne suis pas indiscret, vous me semblez très attiré par notre chère Miss Sebright.

— C'est une fille vraiment *fascinante,* — c'était son mot — dit T. F. en rougissant.

— Ma femme et moi l'avons invitée à la campagne pour le week-end. Peut-être voudrez-vous vous joindre à nous ? Cela nous permettra de bavarder plus longuement et de mieux nous connaître.

*

Catherine regarda à l'intérieur du tabac qui fait l'angle de la rue Saint-André-des-Arts et de la rue des Grands-Augustins, avec la même attention discrète qu'Aristide avait montrée pour le Sporting de Lille. Il était presque désert. Une femme — sans doute une putain — regardait les passants avec une expression tellement renfrognée et hostile que Catherine se dit qu'il fallait qu'un type en ait vraiment envie pour coucher avec elle.

Le spectacle qu'offrait Paris était très différent de celui de Calais, où on avait l'impression que la moitié des passants étaient des Allemands. Ici, il n'y avait pas un uniforme en vue. Elle continua son chemin pendant une centaine de mètres, contempla quelques objets dérisoires dans la vitrine d'un brocanteur, puis remonta la rue jusqu'au bar. La putain ne lui jeta même pas un coup d'œil quand elle entra et s'assit au comptoir. Apparemment, elle ne craignait pas la concurrence. Catherine commanda un verre de vin qu'elle but en réfléchissant. Elle n'était manifestement pas à sa place dans ce café. Il valait mieux qu'elle fasse ce qu'elle avait à y faire et parte le plus vite possible. Elle sourit au barman.

— Je voudrais dire bonjour à M. Besnard, dit-elle.

L'homme la regarda d'un air indifférent.

— Il n'est pas là. Revenez vers six heures. Peut-être que j'aurai de ses nouvelles d'ici là.

Catherine retourna à son verre de vin et le barman à ses affaires. Si ce qu'elle lui avait dit l'avait intéressé, il n'en laissait rien paraître. Elle acheva son verre et s'apprêta à sortir. Elle fut alors saisie par une de ces impulsions enfantines qui la prenaient parfois et que, pendant des années, ses parents, ses amis et ses amants lui avaient conseillé de refréner. Elle fit un signe au barman.

— Dites à M. Besnard, lui souffla-t-elle, que Mᵐᵉ Dupont attendra M. Dupont au même hôtel où ils sont descendus, il y a quelques semaines.

Satisfaite d'elle-même, elle sortit. La rue de l'Echaudé n'était qu'à quelques minutes de là. Quand elle poussa la porte de l'hôtel, elle fut frappée par l'odeur de vieille cire qui émanait des boiseries et elle entendit les jappements de Napoléon, l'horrible caniche de la patronne. Il eût été abusif de comparer le sentiment qu'elle éprouva en entrant dans cet hôtel sordide à celui qu'elle avait en revenant chez elle pour les vacances quand elle était pensionnaire chez les religieuses ; et pourtant, au souvenir des moments inoubliables qu'elle y avait passés, elle fut envahie d'un immense plaisir.

La patronne, toujours aussi peinturlurée que la première fois, était assise dans sa loge à côté de l'escalier. Elle ne reconnut pas Catherine, mais pourquoi l'aurait-elle fait ? Le trafic dans son établissement n'arrêtait pas et, avec le printemps, il avait encore augmenté. Elle prit les billets que Catherine lui donna avec un signe de satisfaction et décrocha une clef du tableau.

— Madame attend quelqu'un ?

C'était une constatation plutôt qu'une question. Le seul péché qu'elle était prête à condamner était le fait de dormir seule sous son toit.

— Je l'espère, dit Catherine en se dirigeant vers l'escalier aux marches usées.

Elle se disait à voix basse : « Mon Dieu, qu'est-ce que je vais faire, si c'est un autre M. Besnard ? »

*

Hans Dieter Stroemulburg, lui, se disait qu'essayer de deviner ce que cachaient les manières doucereuses de son subordonné, le docteur, était aussi difficile que de trouver des edelweiss sur la Zugspitze au mois d'avril. Pourtant, en cet après-midi de mai, un sentiment évident d'autosatisfaction se peignait sur les traits du docteur. Stroemulburg était intrigué. Si intrigué qu'il posa de côté l'objet qu'il était en train de contempler quand le docteur était entré dans son bureau : un vase en porcelaine de Sèvres du XVIIIe siècle qu'il avait confisqué dans l'appartement d'un homme d'affaires juif de Neuilly. Se renversant dans son fauteuil, il sourit gentiment au jeune linguiste.

— Etes-vous tombé amoureux, lui demanda-t-il, ou la mine que vous avez est-elle due à quelque bonne bouteille que vous avez bue à déjeuner ?

Le docteur, qui fuyait l'alcool aussi assidûment qu'il pratiquait l'abstinence sexuelle, fit une grimace.

— Ni l'un ni l'autre, dit-il. C'est que le tigre commence enfin à sortir de la forêt, là-bas dans le Nord.

Stroemulburg ne comprit pas l'allusion.

— Vous vous souvenez de l'opérateur du SOE, ce Wild, que nous avons capturé au mois de mars ?

— Ce salaud qui a essayé de nous avoir avec ce double signe de sécurité qu'ils ont mis au point ? Bien sûr, je m'en souviens !

— Rappelez-vous aussi le piège que nous avons décidé de tendre dans un café de Lille, en utilisant son radio comme un appât.

— Ah ! Il y a eu aussi cette affaire terrible avec les deux terroristes qui se sont suicidés avant qu'on puisse les prendre.

La mémoire revenait à Stroemulburg.

— Qu'est-ce qu'on a fait depuis ?

— Je m'en suis occupé, il y a environ trois semaines. Nous avons fait savoir à Cavendish que Wild avait dû se planquer, en raison des coups que nous avions portés à son réseau, vous vous souvenez ?

Stroemulburg fit signe que oui.

— J'ai envoyé un message à Londres disant que je — enfin que Wild avait raccommodé ce qui restait du réseau. Nous avons échangé quelques messages, puis j'ai demandé qu'ils envoient des armes. Pas beaucoup, six containers seulement, mais ils ont marché, ce qui prouve qu'ils ne se doutent de rien.

Stroemulburg croisa ses doigts derrière sa nuque, laissant le docteur détailler par le menu son petit triomphe.

— Ce matin, un homme est venu au café de Lille. Il a donné le bon mot de passe et laissé un message pour Londres.

Stroemulburg se redressa en entendant le docteur.

— Maintenant, dit-il, les choses deviennent intéressantes. Manifestement notre ami Cavendish ignore que c'est nous qui émettons.

— Le message que cet homme a laissé était en code.

— Naturellement.

Le docteur rayonnait. Ce n'était pas son habitude.

— Nous possédons le code. Il appartient à un agent de Calais. Berlin l'a « cassé » il y a six mois.

— Cavendish leur a dit de se replier sur Lille parce qu'il sait que nous les avons repérés. Faites-moi voir ce message !

Le docteur, comme un élève montre à ses parents un excellent carnet de notes, tendit une feuille à son supérieur. Le texte disait :

« Aristide à Cavendish. Denise partie pour Paris comme ordonné. STOP. Apporte plan détaillé sabotage. STOP. Pris contact Calais avec barman pour communications ultérieures. »

— Il y a autre chose...

Il n'y aurait donc pas de fin à toutes ces informations juteuses que le docteur avait à donner aujourd'hui ? Stroemulburg fit signe à son subordonné de continuer.

— L'opérateur-radio de Gilbert vient de recevoir un message de Londres. Gilbert doit l'avoir à présent entre les mains. On lui demande de donner une priorité absolue à l'embarquement d'un agent nommé Denise dans le prochain Lysander à destination de Londres.

— Cette nouvelle, mon cher, n'est pas aussi bienvenue que vous semblez le penser, déclara Stroemulburg. Ça veut dire que nous ne verrons pas le plan de sabotage dont parle le message de Lille qui doit passer par le courrier de Gilbert. Cette Denise l'emportera sûrement avec elle à Londres.

— On peut la prendre avant son départ.

— Je m'en charge.

Stroemulburg se leva et se mit à arpenter le magnifique parquet de son bureau dont les fenêtres donnaient sur l'avenue Foch. Le gazon des contre-allées était d'un vert éclatant sous le soleil du printemps, comme le *fairway* d'un terrain de golf. Un groupe d'enfants y jouaient sous le regard vigilant de leur nurse ou de leur mère. « Quatre années d'occupation ne semblaient pas avoir affecté les habitudes de ces grands bourgeois », se dit Stroemulburg, en les regardant. Il resta là un moment, les mains derrière le dos, tapotant le parquet de son pied, réfléchissant au délicat problème que soulevait ce que le docteur venait de lui apprendre.

— La première chose à faire est d'envoyer le message du type de Lille à Londres dans notre prochaine émission. Nous ne devons pas attirer les soupçons de Cavendish. Encore que je n'aie jamais pensé que les soupçons inquiètent beaucoup l'esprit un peu naïf de notre ami.

— J'ai cherché le numéro de téléphone à Calais que leur agent a laissé au bar. C'est celui d'un autre café. On devrait le mettre sous surveillance.

— Certainement pas ! C'est la dernière chose à faire.

Stroemulburg parlait au docteur avec une certaine indulgence, en raison des succès dont, aujourd'hui, il lui faisait part.

— Pourquoi leur donner l'alarme ? Si Londres répond, il le fera avec l'ancien code. Cavendish nous passera directement l'information

Il retourna à son bureau et reprit le vase de Sèvres qu'il était en train d'admirer quand le docteur était arrivé. Des chérubins et des faunes dansaient une ronde autour d'une jeune fille aux charmes rebondis étendue sur l'herbe, dans un médaillon qui ornait le vase.

— Quelle belle pièce! On m'a dit que c'était un cadeau de Louis XV à une de ses maîtresses.

— Comment l'avez-vous eu? demanda le docteur.

Stroemulburg haussa les épaules.

— Par un gentilhomme qui n'en avait pas besoin là où il allait.

Il posa le vase sur son bureau avec un soin amoureux.

— Si seulement cette Denise arrivait ici au lieu d'en partir, notre existence en serait simplifiée, soupira-t-il. Je ne vois pas comment intervenir quand ce Lysander atterrira, sans compromettre Gilbert. Peut-on ficher en l'air l'opération de renseignements la plus efficace que nous avons mise sur pied, pour un simple projet de sabotage dont nous ignorons totalement l'objectif?

— Calais est un endroit vital pour leurs plans de débarquement. Sûrement.

— Je suis d'accord avec vous. Mais supposez que nous les arrêtions sur le terrain et que nous découvrions que ce sabotage ne concerne que quelques trains de marchandises sur la ligne de Calais à Lille? Qu'est-ce que nous aurions gagné?

Le docteur avait assez l'expérience de son patron pour ne pas répondre à cette question. Stroemulburg ricana.

— Je vais vous dire ce que nous aurions gagné. Une ou deux crises cardiaques chez les gens de Berlin.

Il prit une cigarette dans un coffret en argent, en tapa l'extrémité sur son bureau et l'alluma.

— Peut-être que la solution du problème est là. Pourquoi ne pas en parler à Herr Kopkow et le laisser décider? Si ça ne marche pas, notre brillant expert en contre-espionnage en supportera toute la responsabilité.

*

Catherine s'appuya contre la fenêtre de l'hôtel, croisa les bras et se mit à méditer, tout en observant les gens qui passaient rue de l'Echaudé. Ils semblaient marcher d'un pas plus léger que lorsqu'elle les avait vus la dernière fois par cette même fenêtre et ils avaient l'air moins abattus et inquiets. Etait-ce parce que le jour de la Libération approchait? Ou parce que c'était le printemps, ce printemps parisien qui est comme une promesse pour les êtres les plus déshérités? L'appartement d'en face était fermé. Elle avait gardé dans l'esprit l'image de cet homme que les Allemands avaient embarqué dans une voiture en pleine nuit. Où pouvait-il être, maintenant?

— Un coup frappé à sa porte l'interrompit dans ses pensées. Elle se raidit, puis se mit à sourire.

— Qui est-ce?

— M. Dupont.

— Entrez, monsieur Dupont! cria-t-elle à travers la chambre.

Ce n'était pas une erreur : c'était bien M. Dupont. Le « vrai ». Paul se tenait devant elle, avec sa chevelure châtain, ses yeux où se mêlaient la malice et la mélancolie; ce Paul à qui elle avait pensé si souvent au cours de ses nuits solitaires à Calais; avec la même veste de tweed et le même foulard dont l'élégance incongrue l'avait frappée lors de leur voyage à Paris. Ils se regardèrent comme le font tous les amants après une longue séparation, puis sans un mot se jettèrent dans les bras l'un de l'autre. Paul la serra contre lui et l'embrassa avidement comme s'il avait voulu tirer du fond de son être toute son âme et la fondre avec la sienne.

— Mon Dieu! dit-il en s'écartant d'elle, j'avais peur de ne plus jamais vous revoir.

— Pourquoi? souffla-t-elle. — Il y avait dans sa voix comme une sagesse millénaire — Moi, je savais que nous nous reverrions.

— Il se passe tellement de choses dans le monde où nous vivons! Je...

— Paul, dit-elle, en posant un doigt sur ses lèvres, pourquoi parler?

Jamais, dans toute sa vie, Catherine n'avait fait l'amour avec une telle précipitation et une telle intensité. Sans préliminaires. Il n'y en avait nul besoin. Leurs vêtements volèrent à travers la chambre. Ils avaient une folle envie d'être nus, de s'étreindre avec une frénésie bestiale. Lorsqu'ils furent apaisés, Paul commença à parcourir ses seins de baisers. Il resta encore en elle, la recouvrant de son corps, puis il roula sur le côté. Ils demeurèrent ainsi un moment, partant à la découverte de leur intimité qu'ils avaient presque oubliée. Bientôt, elle sentit que Paul la pénétrait de nouveau. Cette fois, ils firent l'amour plus paisiblement, plus langoureusement, prolongeant l'échéance de leur plaisir. Catherine poussa alors un cri de triomphe et de ravissement, comme les autres femmes fréquentant cet hôtel devaient peu souvent en connaître.

Ils s'endormirent ensemble. Quand l'ombre du soir s'étendit dans la chambre, ils sortirent de leur sommeil. Le contenu des poches de Paul jonchait le sol, ses clefs, son portefeuille, son argent, ses tickets de métro. En l'aidant à les ramasser, Catherine trouva une photographie fanée : celle d'un château du XIXe siècle.

— Qu'est-ce que c'est ? demanda-t-elle.

— L'endroit où je suis né.

— Il est à vous ?

— Il appartient à ma famille.

— Mon amant fait donc partie de la noblesse ?

— Oh, non ! dit Paul en riant. Vous êtes la maîtresse d'un voyou, ce qui est beaucoup plus amusant et plein d'imprévu.

Quand ils eurent fini de mettre un peu d'ordre dans la chambre, ils se jetèrent sur le lit.

— Bon Dieu, dit Paul, quel dommage que vous ne soyez pas venue quarante-huit heures plus tard !

— Ce que vous dites est bizarre, fit Catherine avec une moue. Surtout après l'accueil que vous m'avez réservé.

— Si vous étiez venue deux jours plus tard, la lune aurait changé et j'aurais eu une bonne excuse pour vous faire rester trois semaines de plus. Le Lysander arrive demain. C'est le dernier avant la nouvelle lune et j'ai reçu un message de Cavendish cet après-midi. Il veut que vous partiez tout de suite. Nous devons aller sur un terrain près d'Amboise, pas plus loin que celui où vous avez atterri. Il vaudrait mieux que vous y alliez toute seule. Je dois convoyer un pilote américain et cela peut poser des problèmes. Ces sacrés Américains ne parlent pas français et ils ressemblent à des Français autant qu'à des Zoulous. Gare si la Gestapo fait un contrôle dans le train !

— Que voulez-vous que je fasse ?

— C'est tout simple. Il y a un train à 9 heures pour Amboise, à la gare d'Orsay. Prenez-le. La dernière visite du château se termine à 16 h 15. Emportez *Je Suis Partout* avec vous. Un de mes hommes viendra vous voir et vous dira : « Si Charlotte de Savoie était aussi belle que vous, Louis XI était un homme sage. » Vous lui répondrez : « Vous m'offrez un château ? » Puis vous le suivrez. Il vous amènera à une planque à proximité du terrain.

— C'est aussi simple que ça ?

— Ma chérie, dit Paul en la prenant par les épaules, croyez-moi, mon petit service d'avions-taxis est plus sûr que l'était *Air France* avant la guerre.

*

Si T. F. O'Neill avait dû imaginer le plus typique des week-ends dans le plus typique des paysages de la campagne anglaise, il n'aurait pu trouver un meilleur modèle que celui qu'il passait à Clairborn, dans la propriété que possédait sir Henry Ridley dans le Sussex. On y venait par le train. Un train sorti tout droit de l'un de ces films policiers d'avant-guerre, avec ses voitures grinçantes, ses compartiments s'ouvrant directement sur le quai, ses capitonnages usés sentant la poussière et le tabac, ses appuis-tête crasseux accrochés aux banquettes, et son éternel agent de change à chapeau melon plongé dans la lecture du *Times* dans un coin du compartiment. La campagne était verdoyante, pleine des promesses du printemps, mais ce gentil paysage était traversé par des convois kaki se dirigeant vers le Channel et rappelant quel printemps très particulier c'était là.

Lady Gertrude les attendait à la gare, à côté d'une Bentley. Elle et Deirdre parlèrent d'une foule d'amis, de relations et d'ennemis communs.

Aussitôt arrivés à Clairborn, Ridley avait insisté pour que T. F. enfile une paire de vieilles bottes et vienne patauger dans sa propriété, contempler les murs de Cowdray Castle, le progrès des azalées, écouter le chant d'un éventuel martin-pêcheur. De retour, ils s'étaient assis au coin du feu, buvant un *whisky and soda* tiède, une aberration bien anglaise que T. F. commençait à apprécier, et avaient écouté les émissions de la BBC. Le dîner avait obéi au cérémonial traditionnel de la vieille Angleterre. Les plats étaient accompagnés de légumes qui, comme Ridley l'avait fait remarquer, venaient de son jardin, et d'un château ausone 1934 qu'il était allé chercher lui-même dans sa cave. Deirdre était assise en face de T. F. Il la regardait à la dérobée. A la lueur des bougies, ses yeux semblaient iridescents. Elle était vêtue, comme toujours, avec une étonnante simplicité, ayant pour seul bijou un rang de perles autour du cou, les lèvres à peine fardées. Chacun de ses gestes dénotait une calme assurance. En la regardant manger sa crème renversée, T. F. était fasciné. Il avait remarqué avec satisfaction que sa chambre était juste en face de la sienne et il s'imaginait déjà avec elle.

Ridley parlait. En dehors de son bureau, où de terribles inquiétudes le plongeaient dans un sombre silence, il devenait un homme aux manières pleines de charme qui se complaisait à raconter des histoires.

— Je dois vous rapporter une anecdote assez cocasse et surtout, ma chérie, dit-il à sa femme, ne la répétez à personne !

Il poussa sa chaise en arrière et regarda le plafond.

— Cela remonte à 1943. Nous avions un truc au War Office qu'on appelait l'*Inter Services Security Board*. Il y avait là des gens qui détenaient tous les noms de code que nous utilisions pour nos opérations. Ils les distribuaient quand ces opérations étaient mises sur pied

Il sourit en pensant à la suite.

— Un jour, dit-il en regardant T. F., le représentant de Freddy Morgan... Morgan dirigeait le COSSAC, les gens qui préparaient les plans du débarquement... il me dit : « Maintenant les plans sont enfin achevés et Morgan veut avoir un nom de code. Voulez-vous prendre contact avec l'ISSB et voir ce qu'ils suggèrent ? » Je suis donc allé trouver le major qui était responsable. Il m'a dit : « Je suis épouvantablement désolé, mais je crains qu'il n'y ait qu'un seul nom de code disponible actuellement. » Je lui ai demandé lequel. Vous savez ce qu'il m'a répondu ? « Mothball [1] ». Je lui ai dit que ça me semblait plutôt un drôle de nom de code pour l'opération la plus importante de la guerre. « Je sais bien, dit-il, mais c'est tout ce que nous avons. Tous les autres sont pris. » Je suis allé voir Freddy Morgan et je lui ai dit . « MOTHBALL semble être le seul nom de code qu'ils ont. » « Mon cher ami, dit-il, Winston n'aimera pas ça du tout. » Quand Morgan est revenu une demi-heure plus tard, il avait l'air plutôt chagriné. Je lui ai demandé ce qu'il s'était passé. Il m'a dit : « Ce que je craignais. Winston a sauté au plafond. Il m'a hurlé au visage que si ces dingues ne pouvaient pas me donner un autre nom, il allait en trouver un lui-même. » Puis il a réfléchi et m'a dit... « OVERLORD ! Nous l'appellerons OVERLORD [2] »

Ridley sourit en se souvenant de l'affaire.

— C'est pourquoi, mon cher major, vous raconterez, un jour, à vos petits-enfants que vous avez participé à une opération qui

---

1. Boule de naphtaline (*N.d.T.*)
2. Suzerain (*N.d.T.*).

s'appelait OVERLORD et pas MOTHBALL. Imaginez les futurs historiens parlant avec un grand sérieux de l'opération MOTHBALL !

Il s'adressa par-dessus la table à lady Gertrude.

— Dites-moi, ma chère, pourquoi n'iriez-vous pas prendre l'air, pendant que le major et moi irions boire un porto dans la bibliothèque ?

« Même dans des circonstances aussi intimes que ce soir, pensa T. F., les Britanniques tiennent à respecter leurs coutumes d'après le repas. »

Ridley conduisit T. F. dans sa bibliothèque lambrissée, à peine éclairée. C'était manifestement le sanctuaire de Ridley, où personne n'entrait sans y être invité. Un feu brûlait dans l'âtre. Sur la cheminée, il y avait une peinture à l'huile représentant un gentleman en robe noire qui portait un regard désapprobateur sur la salle.

— Un de vos ancêtres ? demanda T. F.

— Mon grand-père. Lord Chief Justice avant la Première Guerre mondiale. Il a eu une belle mort. Une attaque cardiaque en chassant le coq de bruyère dans les landes d'Ecosse, un matin d'août.

L'Anglais prit un coffret laqué en bois de rose sur une étagère de sa bibliothèque.

— Un cigare ? dit-il en passant le coffret à T. F.

« Ce sont des havanes d'avant-guerre », se dit ce dernier, en acceptant.

Ridley prit un cigare, en trancha soigneusement l'extrémité avec un coupe-cigares et se tourna vers son invité pour qu'il l'allume. Il tira ensuite d'un buffet une carafe de cristal et emplit deux verres de porto.

— A votre santé, dit-il à T. F. Puis-je vous dire, une fois de plus, le plaisir que j'ai à vous avoir parmi nous ?

T. F. rougit et leva son verre à son tour.

— A la vôtre ! dit-il. C'est un honneur pour moi de travailler avec vous, Sir.

Ridley lui désigna d'un signe de la main un de ces gros fauteuils de cuir qui se trouvaient devant la cheminée et, amicalement, l'invita à s'asseoir.

— J'aimerais vous raconter une autre histoire, major.

Il y avait quelque chose dans le ton de Ridley qui laissa entendre à T. F. que c'était seulement pour cet entretien au coin du feu qu'il avait été invité à ce week-end, à cette agréable promenade, à ce charmant dîner.

— Je crains que ce ne soit pas aussi amusant que ce que je vous ai dit à propos d'OVERLORD, mais cela ne manque pas d'intérêt en ce qui concerne le travail que vous faites... A l'automne de 1942, vous autres Américains aviez une importante force d'intervention, la *Task Force 34*, pour protéger les troupes de Patton qui allaient débarquer en Afrique du Nord.

Ridley but une gorgée de porto, la savoura un moment, puis continua.

— Grâce au service ULTRA, nous avons repéré une meute de huit sous-marins allemands basés au sud des Canaries pour couper le chemin aux convois américains en route pour Casablanca. S'ils les avaient attaqués, ç'aurait été un désastre. Nous avions alors un convoi de SL125 qui rentrait, en suivant de la côte atlantique, de la Sierra Leone. Nous savions que certains de nos codes maritimes avaient été déchiffrés par les Allemands.

T. F. posa délicatement son verre de porto sur la table à côté de son fauteuil, comme si le moindre bruit ou le moindre mouvement avait pu recouvrir la voix sonore de Ridley. « C'est une parabole, se disait-il, pas une histoire et j'ai l'impression que c'est une leçon qui m'est destinée. »

— Nous nous sommes arrangés pour communiquer avec ce convoi en code, lui demandant de nous faire connaître sa position. Le résultat fut tel que nous l'attendions : les sous-marins allemands interceptèrent le message et firent route vers le sud. Ils se jetèrent sur nos bâtiments comme des chiens et coulèrent treize navires en trois jours. Pendant ce temps-là, la *Task Force* de Patton continuait sa route sans danger.

T. F. était trop étonné pour parler. Ridley siffla son porto et contempla les flammes qui dansaient dans la cheminée. T. F. se demandait s'il pensait aux marins anglais qu'il avait ainsi sacrifiés dans ces eaux infestées de l'Atlantique Sud.

— Seigneur ! dit-il finalement. Combien d'hommes avez-vous perdus ?

— Des centaines.

Ridley continuait de regarder le feu d'un air morose.

— La guerre consomme autant de vies humaines qu'un haut-fourneau consomme de charbon. Si les treize transports de troupes de Patton avaient été coulés, combien de centaines de GI's auriez-vous perdus ? Les Allemands auraient compris que vos convois arrivaient et, qui sait ? peut-être que le débarquement à Casablanca n'aurait pas pu avoir lieu.

Ridley soupira.

— Si je vous dis ça, major, c'est parce que je suis sûr que vous commencez à comprendre que vos supérieurs de Washington vous ont entraîné dans un sale univers. Connaîtriez-vous par hasard Malcolm Muggeride ?

— Non, dit T. F. Ce nom ne me dit rien.

— C'est un type qui écrit. Personnellement, je me fiche de lui. Mais il a dit quelque chose, l'autre jour, sur les gens de l'OSS qui m'a plutôt frappé. J'espère que vous ne vous offenserez pas si je vous le répète. Ils sont comme des jeunes filles en fleur, a-t-il dit, qui sortent du couvent, toutes fraîches et innocentes, pour entrer dans ce bordel que sont nos services de renseignements.

T. F. éclata de rire.

— Vous devez convenir que cette description est exacte.

Ridley sourit, les yeux à demi fermés.

— Vous savez, le Renseignement exige tellement de tromperies, de mensonges, de trahisons qu'il pervertit inévitablement l'esprit de ceux qui s'y livrent. C'est un monde dans lequel je suis empêtré depuis la Première Guerre mondiale et je dois vous dire que je n'y ai jamais rencontré quelqu'un en qui je puisse avoir entièrement confiance.

L'Anglais, maintenant, ne souriait plus et T. F. eut une étrange pensée. « Avait-il jamais vu vraiment la couleur de ses yeux ? »

— Mais je dois aussi vous dire que je suis convaincu de la nécessité de ce que nous faisons. Entièrement. Totalement. Excusez-moi un instant !

Ridley se leva de son fauteuil, se dirigea vers une étagère de sa bibliothèque et en sortit un livre à la couverture bleue délavée. Il revint vers T. F. en feuilletant les pages.

— C'est, je crois, ce que vous Américains appelez un *yearbook*. Un souvenir de ma promotion à Eton.

Il le passa à T. F. qui contempla ces visages imberbes et innocents des jeunes gens pleins d'assurance avec leurs chapeaux hauts de forme et leurs cols blancs.

— C'étaient les garçons avec lesquels j'étais au collège. Mes plus chers amis, dit Ridley, en reprenant le livre et en le refermant d'un coup sec. Quatre ans après que ces photos ont été prises, les trois quarts d'entre eux étaient morts. Massacrés dans cette boucherie insensée qu'a été la bataille de la Somme.

Ridley s'enfonça de nouveau dans son fauteuil. Il semblait un peu plus calme que lorsqu'il s'était levé.

— Horace Walpole[1] s'est demandé, un jour, quel était l'homme le plus vertueux : celui qui engendre vingt bâtards ou celui qui sacrifie cent mille existences ? Nous engendrons notre part de bâtards dans le travail qui est le nôtre. Mais si le prix que nous payons nous permet d'éviter le massacre imbécile d'une foule d'Anglais et d'Américains, cela vaut bien pour moi les mensonges les plus vils et les actes les plus perfides.

Ridley but une autre gorgée de porto.

— Vous m'avez parlé, l'autre jour, de ce qui pourrait arriver aux collègues français de Brutus si les Allemands se rendaient compte qu'il leur a menti. Très franchement, je n'en sais rien. Mais il faut se rappeler qu'ils étaient tous volontaires pour servir d'espions et qu'ils étaient pleinement conscients du sang qu'il faudrait verser s'ils étaient pris. A tout prendre, nous leur avons donné trois ans de vie supplémentaires. Mais ce que je sais, c'est que si un homme comme Brutus échoue à persuader les Allemands de nos mensonges, le prix à payer en vies humaines sera infiniment plus lourd que celles de soixante Français qui peuvent — ou non — être tués par la Gestapo. Vous devez comprendre une chose, major, même si cela vous est pénible, dans le monde où nous travaillons, il n'y a pas de place pour les scrupules.

T. F. reprit son verre de porto et but une longue lampée de ce liquide tiède de couleur rouge foncé, songeant à ces Français alignés devant le poteau d'exécution, convaincus qu'ils étaient des martyrs de la liberté, alors qu'ils n'étaient que les victimes d'un mensonge.

— Ce que vous voulez dire, je présume, c'est que la fin justifie les moyens.

— C'est très précisément, très exactement ce que je veux dire.

— Mais, enfin, il y a des limites !

T. F. se souvenait du général du Pentagone, le matin où il était parti pour Londres.

— Il n'y a donc pas de point au-delà duquel nous ne pouvons aller, sans nous comporter comme nos pires ennemis ?

— Cette guerre n'est pas, comme certains de vos gens à Washington semblent le croire, une sorte de suite à votre Guerre de Sécession, avec ses Grant et ses Lee, ses Longstetch et ses Meade, quand les hommes rentraient chez eux lorsque l'heure des labourages de

---

1. Écrivain anglais du XVIIIᵉ siècle. Un inventeur du « roman noir » (*N.d.T.*).

printemps avait sonné. Nous sommes en guerre avec un empire sauvage, un peuple déterminé à soumettre tous les autres en esclavage, prêt à tuer et à piller comme le faisaient les hordes de Gengis Khan. Ne pas vaincre les nazis, ce serait la fin de toute notre société. Et sa survie est le seul but vers lequel nous devons tendre sans autres considérations morales. Horace Walpole, Ridley jeta à T. F. un coup d'œil plutôt chaleureux..., il semble qu'on ne parle que de lui, ce soir... Horace Walpole a dit aussi : « Aucun grand pays n'a été sauvé par des hommes bons, parce que les hommes bons ne sont pas à la hauteur pour le sauver. » Nous devons assurer la survie de notre société et de nos manières de vivre, major, et même si les moyens que nous devons employer pour ça se révèlent parfois répréhensibles et condamnables moralement parlant, nous devons le faire. Nous avons affaire à une guerre totale et une guerre totale exige un engagement total.

— C'est cocasse, dit T. F., en faisant tourner le reste de son porto dans son verre. J'ai reçu une leçon d'un autre ordre de la part d'un général de brigade dans le bureau de Marshall, le jour où j'ai quitté Washington.

— Qui était-ce ?

— Je ne m'en souviens plus. Il était délégué auprès du chef d'état-major pour G2.

— Ah ! Parkinson. Je le connais. C'est un de ces types bien intentionnés qui sont toujours en place à Washington et qui, toujours, tiennent le manche par le mauvais côté.

Malgré lui, T. F. se mit à rire.

— Pourtant, il me semble qu'il a raison sur un point. Que les Etats-Unis ne doivent pas trahir leur idéal et leurs traditions, en adoptant des procédés aussi éloignés d'eux que ceux qu'emploient les pays totalitaires.

— Ce qu'il faut, mon cher major, c'est gagner cette guerre le plus vite possible, avec le moins de pertes possible. Il faut savoir sacrifier des vies pour en sauver un bien plus grand nombre. Je n'exposerais pas une seule existence pour un quelconque idéal ou quelque vœu pieux. Supposons que les Allemands imaginent que nous nous battons avec je ne sais quelle notion bien britannique du *fair-play*. Eh bien, si je pouvais leur tomber dessus pendant la nuit quand ils sont en train de dormir dans les bras de leurs maîtresses, je leur plongerais un couteau dans le ventre. Et je serais très heureux de le faire.

Ridley se hissa hors de son fauteuil, prit la carafe et remplit deux autres verres.

334

— Délicieux dit T. F. C'est la première fois que je bois du porto.
— Vraiment ?

L'intonation de Ridley montrait qu'il était stupéfait que quelqu'un comme T. F. n'ait jamais goûté au porto. Il éleva la carafe à la lumière de la lampe : on aurait dit qu'elle était emplie de rubis.

— Il vient de la cave de mon père. Un porto de 1914. C'est de circonstance, direz-vous.

Il se rassit dans son fauteuil, les jambes étendues devant lui, contemplant pensivement le feu en train de mourir.

— Il m'est pénible de vous dire certaines choses, ajouta-t-il au bout d'un moment. Nous essayons toujours de protéger notre innocence contre les dures réalités de la vie. Mais nous avons un travail à accomplir, un sale boulot et nous devons le faire.

Il but à nouveau du porto.

Il y a aussi une autre raison.

— Laquelle ? demanda T. F.

— Vous savez que les Anglais ont gouverné le monde pendant ces deux cents dernières années. Les futurs historiens, je pense, jugeront que nous l'avons fait finalement assez bien.

Il rebut du porto.

Maintenant, nous avons fait notre temps. Notre empire ne survivra pas à cette guerre. Nous passerons le flambeau à vous, les Américains. Vous allez devoir exercer votre pouvoir, non seulement sur vos possessions, mais sur des douzaines d'autres pays, des peuples faibles qui vous considéreront comme leur tuteur. Et ce sont des jeunes hommes comme vous, major, disciplinés et endurcis par cette guerre qui prendront la tête des affaires. Y êtes-vous préparé ? Tout dépend de ça.

— Soit, dit T. F. Il est probable que nous sortirons de cette guerre comme l'une des deux puissances majeures de la planète. Avec les Russes.

— Avec les Russes, c'est vrai. Et ils seront pour vous des adversaires aussi implacables que les nazis. Nous avons mis des générations pour savoir comment on exerçait le pouvoir. Vous devez apprendre, dans le creuset de cette guerre que nous menons ensemble, ce dont vous aurez besoin quand elle sera terminée et que le monde vous appartiendra. Il y a toujours une naïveté touchante dans la manière dont vous considérez les choses, un profond désir de conserver aux Etats-Unis des intentions pures. Il vous faudra bien vous débarrasser de tout cela.

— Disons que nos intentions sont mâtinées d'un certain idéalisme.

— L'idéalisme, mon cher major, est un luxe que seuls les peuples faibles peuvent se payer.

— Votre conception des choses me paraît plutôt cynique.

— L'exercice du pouvoir a toujours quelque chose de cynique. C'est ce que vous autres Américains, ne voulez pas comprendre.

Ridley soupira comme s'il en avait assez de jouer les professeurs.

— Le général O'Donovan et certains de ses gens commencent à le comprendre. J'aime à croire que c'est votre cas.

Ridley se passa la main sur le front, puis laissa tomber la cendre de son cigare dans le cendrier qui était proche de son fauteuil.

— Apprenez bien vos leçons, major, vous en aurez besoin dans les années à venir.

Il esquissa le geste de se lever, puis se laissa retomber dans son fauteuil.

— Encore un mot avant que nous rejoignions ces dames ! Comprenez bien ceci : si vous restez dans ce monde qui est le nôtre, vous ne devrez jamais — je dis bien « jamais » — en avoir des remords. Vous ne devrez jamais révéler ce que vous avez fait. Et vous nierez jusqu'au tombeau que tout cela s'est jamais passé.

Il se leva et T. F. le suivit dans le long corridor qui menait au salon. Là aussi, il y avait du feu dans la cheminée. Deirdre et lady Gertrude étaient assises côte à côte sur un grand sofa vert. L'épouse de Ridley tricotait avec application un cardigan pour son mari. « Cette scène, se dit T. F. pourrait très bien figurer dans *Town and Country* pour illustrer la collaboration des dames de la haute à l'effort de guerre.

Lady Gertrude lui adressa un sourire.

— Eh bien ! avez-vous résolu tous les problèmes que nous pose cette guerre ?

Ridley répondit par un grognement et commença à attiser le feu avec un tisonnier. Il était évident que les mots que venait de prononcer lady Gertrude étaient une phrase rituelle plutôt qu'une question. Avec Deirdre, elle se remit à parler du sort de l'un de leurs amis dont elles bavardaient à l'instant. T. F. prit un fauteuil. Il était troublé par la conversation qu'il avait eue avec F. Ridley dans la bibliothèque. Il regarda sa montre. « Dans combien de temps, se dit-il, pourrai-je leur fausser poliment compagnie et rejoindre Deirdre ? » Ridley lui offrit l'occasion souhaitée, en déclarant, après avoir bavardé une minute ou deux, qu'il était fatigué.

On se dit « bonne nuit » et T. F. et Deirdre montèrent l'escalier. Elle ouvrit la porte de sa chambre, eut un sourire, et le laissa entrer.

— Lady Gertrude et vous semblez être de vieilles amies, remarqua T. F., en refermant, d'un air satisfait, la porte derrière lui.

— Des amies ? Grands dieux, non ! Je ne peux supporter cette vieille peau.

Deirdre traversa la chambre, déboutonna la veste de son tailleur impeccable et la suspendit au dossier d'une chaise. Un corsage de cotonnade blanche moulait sa poitrine. Elle s'avança vers T. F.

— Une vraie lady choisit ses amis avec un grand soin.

Elle eut un rire, passa ses bras autour du cou de T. F. et le fixa de son regard malicieux.

— Avec des amants, mon chéri, c'est très différent. Dites-moi pourquoi vous restez là tout habillé, alors que nous pourrions déjà être au lit ?

*

Catherine suivait avec obéissance la file de vieilles dames et d'écoliers, à laquelle se mêlaient un prêtre et un couple de vieillards, qui étaient les derniers visiteurs du château d'Amboise. Y avait-il là l'homme dont Paul lui avait parlé ?

Le guide s'arrêta soudain pour permettre au groupe de touristes de se reposer, ce qui l'aidait aussi dans son travail. C'était un vieil homme ratatiné qui traînait la jambe et qui essayait à grand-peine de décrire aux visiteurs les rois et les reines, les tournois, les bals masqués, les combats de fauves qui avaient jadis empli la cour du château, en donnant à son discours quelque chose de théâtral.

Maintenant, comme un procureur désignant l'accusé au jury, il montra une poutre surmontant une porte qui menait à un passage souterrain.

— C'est par cette porte, déclara-t-il, que Charles VIII, en l'an 1498, se blessa mortellement à la tête, en se ruant dehors pour voir un combat qui se déroulait dans les fossés du château.

Après avoir dit cela, il se recula et fit passer les visiteurs en leur recommandant : « Attention à vos têtes, messieurs-dames ! »

« Que ce château est ennuyeux ! » se disait Catherine, en suivant le groupe de touristes. Les fameux vitraux de la chapelle de Saint-Hubert avait été enlevés en 1940. Le bâtiment semblait tomber en ruine à cause de la négligence ou de l'indifférence des pouvoirs publics. C'était pour elle comme une allégorie de son pays occupé. Elle sortit sur la terrasse qui dominait les deux bras de la Loire scintillant au soleil, montrant ostensiblement son exemplaire de *Je suis partout*, en attendant que le messager de Paul se manifeste.

Peu à peu, la visite touchait à sa fin et ils retournèrent dans la cour de la chapelle par où ils avaient commencé. Personne ne lui avait jusque-là adressé la parole. Le guide avait enlevé sa casquette et il tendait la main, en murmurant la phrase classique : « N'oubliez pas le guide, s'il vous plaît ! »

« Merde ! se dit-elle. Que diable dois-je faire maintenant ? »

Cherchant une réponse à sa propre question, elle fouilla dans son sac pour y prendre une pièce de monnaie, la déposa dans la main du guide et lui murmura : « Merci ! »

— Ah ! Madame, dit-il. Si Charlotte de Savoie était aussi belle que vous, Louis XI était un homme sage.

Elle le regarda avec un sourire de surprise et répondit par la phrase convenue.

— A l'entrée principale, souffla-t-il, dans dix minutes.

Il fut exact au rendez-vous. De la tête il lui fit signe de le suivre. Ils descendirent la rampe du château et entrèrent dans un appentis ménagé dans les remparts. Il y avait là deux bicyclettes.

— Suivez-moi, dit l'homme. Nous passerons le pont et nous nous dirigerons vers le nord pendant environ deux kilomètres. Ensuite, nous quitterons la grand-route et monterons sur un plateau. Près du sommet, nous rencontrerons un homme en train de couper du bois. Il sifflera : « Je tire ma révérence. » On tournera à gauche et on ira jusqu'au bout du sentier. Il y a une hutte en pierre. Paul vous y attend. Si le bûcheron n'est pas là ou s'il ne siffle pas, continuez de me suivre.

Tout se passa bien. Le bûcheron ne leva même pas la tête quand elle passa, mais il sifflait l'air convenu. La hutte était là où le guide l'avait dit. Elle poussa la porte. Il y avait une douzaine d'hommes à l'intérieur. L'un d'eux faisait chauffer du café. Paul, un large sourire sur son visage, s'avança vers elle.

— Contente de votre visite au château ? demanda-t-il.

Il prit une tasse de café et la posa sur une balle de paille recouverte d'un sac d'emballage. Il ne fit aucune présentation. Ce n'était pas nécessaire pour un des hommes présents. C'était incontestablement un Américain, appuyé contre le mur, en train de fumer, qui regardait le sol d'un air morose. Un véritable géant. On lui avait donné un bleu de travail qui lui était trois fois trop petit. Ses poignets sortaient de ses manches et son pantalon était tire-bouchonné comme les branches d'un arbre. Catherine se dit qu'il était aussi repérable par les Allemands qu'un coq qui chante au lever du soleil.

Paul le regarda et sourit à Catherine.

— Il n'arrive pas à croire ce qui lui est arrivé, et je ne le lui reproche pas. Il a été descendu avant-hier. Il a sauté en parachute. Il a traversé Paris à pied, fait quatre cents kilomètres en train sans un seul papier, sans pouvoir dire un traître mot de français et, maintenant, on lui annonce qu'il va prendre son petit déjeuner en Angleterre.

Paul lui tapota la tête.

— Il n'y pige rien.

Peu avant 9 h 15, Paul sortit une radio portative de dessous la paille et tourna le bouton. Tous ceux qui se trouvaient là étaient silencieux. Paul écouta de toutes ses oreilles la litanie des messages personnels de la BBC, puis ferma le poste et se leva. Il avait de nouveau cet air d'autorité qui avait frappé Catherine quand elle l'avait vu la première fois.

— O.K. ! Ecoutez tous ! ordonna-t-il. Le vol est en cours. Que nous n'ayons pas vu un seul Allemand dans les parages ne veut pas dire qu'ils ne sont pas là. Aussi, je vous demande de suivre strictement mes instructions. Il y a une voie de chemin de fer à un kilomètre et demi d'ici que nous devons franchir avant 10 h, quand les gardes-voies arriveront. Nous marcherons en file indienne, à dix mètres l'un de l'autre. Interdit de parler, de fumer et de tousser, si vous le pouvez. Si quelque chose cloche, pas de panique. Couchez-vous. Je passerai devant. Marcel — il montra un homme qui était là — fermera la marche. Je me fous que vous soyez armés : seuls Marcel et moi déciderons s'il faut tirer. Compris ?

Il y eut un murmure d'assentiment.

— Traduisez pour lui, ordonna Paul à Catherine, en montrant le pilote américain. Et maintenant sortez tous !

Leur marche à travers la nuit, à la clarté de la lune, se passa sans encombres. Finalement, ils s'arrêtèrent dans un pré. Catherine comprit que ce devait être le sommet du plateau vers lequel elle s'était dirigée avec sa bicyclette.

Paul ordonna à ses trois passagers de s'asseoir à l'ombre d'un bouquet d'arbres à l'orée du champ. Deux de ses hommes se mirent en sentinelles dans les environs. Paul et Marcel inspectèrent le terrain pour y repérer les trous, les piquets ou les vaches qui pouvaient s'y trouver, puis ils plantèrent des pieux dans le sol en forme de L et attachèrent une lampe à chacun d'eux.

Un peu essoufflé, Paul revint vers ses passagers.

— Quand l'appareil atterrira, ceux qui arrivent descendront avec leurs bagages. Regardez-moi ! Quand je vous ferai signe, vous monterez le plus vite possible dans l'avion. Cette dame en premier ; vous, dit-il en désignant l'Américain, en second et vous en troisième, conclut-il, en désignant un Français. Nous vous passerons vos bagages quand vous serez dans l'appareil.

Il s'assit dans l'herbe à côté de Catherine et lui baisa furtivement la main.

— Je suis heureux que vous partiez, lui souffla-t-il, comme ça je sais que nous nous reverrons après la guerre.

— Je reviendrai peut-être.

Paul secoua la tête.

— Non, c'est trop tard. Le débarquement peut avoir lieu d'un moment à l'autre et je serai au chômage.

Ils étaient côte à côte, se tenant par la main en silence. Catherine pensait aux jours heureux de l'après-guerre qui seraient les siens. Elle sentit que Paul était tendu et le regarda. Il avait cet air d'animal inquiet à l'approche du danger qu'elle avait constaté la nuit où elle était arrivée. Puis elle entendit le bruit qui l'avait alerté, celui d'un avion lointain. Il l'embrassa avec passion.

— Au revoir, mon amour, lui murmura-t-il à l'oreille.

Il se mit debout, traversa le pré en direction des pieux, Marcel derrière lui. Soudain la silhouette de l'avion, une ombre noire dans le ciel éclairé par la lune, fut sur leurs têtes. Elle vit Paul faire des signaux umineux au pilote et, quelques secondes plus tard, l'appareil atterrit. De dessous les arbres, Catherine vit deux personnes sauter de l'appareil, puis Paul leur fit signe de venir. Elle eut à peine le temps de lui serrer la main avant de monter. Ses deux compagnons de voyage la suivirent. Paul ferma la carlingue d'un coup sec et disparut. Le pilote mit les gaz et, en cahotant, l'appareil traversa le champ et décolla. Quelques secondes plus tard, ils étaient perdus dans le ciel de la nuit. A côté de Catherine, l'Américain grognait.

— Je n'aurais jamais pu croire que cette foutue histoire m'arriverait, dit-il.

*

Elle était profondément endormie lorsque le premier choc secoua le Lysander. Elle cligna des yeux, se pencha, regarda par le hublot et aperçut le contour des arbres et des bâtiments qui défilaient sous ses yeux. Ils avaient atterri. Elle eut envie de pousser un cri de triomphe, mais se borna à saisir la main du grand Américain assis à côté d'elle et à la lui serrer affectueusement.

— Bienvenue à Blighty! cria le pilote par-dessus le hurlement des moteurs.

— Bon Dieu! s'exclama l'Américain.

Le petit appareil fit un demi-tour et se rangea sous un hangar. Quand le pilote coupa les gaz, Catherine entendit des voix et aperçut des silhouettes qui s'approchaient. Elle avait envie de crier « Je suis de retour! Je suis vivante! J'ai réussi! » — Elle se disait que c'était ce que Lindberg avait dû ressentir en atterrissant au Bourget.

Ils furent accueillis par des bravos, des embrassades et des félicitations, puis on les fit monter dans la même voiture aux vitres peintes qu'elle avait prise lors de son départ, il y avait à peine deux mois. Au bout de quelques minutes, ils arrivèrent dans la villa de la RAF, où elle avait pris son dernier repas en terre anglaise.

Un officier du SOE tout souriant, un bloc-notes à la main, la reçut sur le seuil.

— Juste quelques formalités, dit-il, et vous pourrez prendre votre petit déjeuner, le sergent Booker vous attend. Voyons, Denise, est-ce que vous avez une arme sur vous?

— Non, dit Catherine, en souriant.

— Rendez-moi votre pilule L. Vous n'en avez plus besoin, maintenant.

Catherine avait presque oublié cette petite pilule carrée cachée dans la barrette de sa chaussure. Elle l'enleva, prit la pilule et la passa au jeune officier.

Sur la table du mess, le sergent Booker avait disposé des œufs, du jambon, des saucisses et du bacon.

Elle se souvenait de la soupe populaire de Calais et ses yeux brillaient. Le pilote, encore revêtu de sa combinaison, entra. Quelqu'un sortit une bouteille de vin et ils firent trinquer leurs verres pleins d'excitation et de soulagement.

Quand ils eurent terminé leur breakfast, la camionnette qui les attendait les emmena vers Londres, 6 Orchard Court, d'où elle était partie pour la France. Elle sommeilla encore quelques instants, puis ouvrit les yeux alors qu'ils atteignaient les faubourgs et longeaient les maisons qui l'avaient hypnotisée la nuit de son départ. C'est à ce moment-là qu'elle eut vraiment le sentiment d'être de retour. Une douce chaleur l'envahissait comme si elle avait bu toute une bouteille de bourgogne. Elle était allée derrière les lignes allemandes comme agent secret. Elle avait accompli une mission dangereuse avec honneur et dignité. Et maintenant, elle était de nouveau là. Elle s'était prouvé à elle-même ce qu'elle avait, un jour, décidé de se prouver.

En montant dans l'ascenseur, en foulant les tapis du corridor, elle fut frappée par l'incongruité de la chose. Quelques heures auparavant, elle se trouvait encore dans une hutte en France occupée : maintenant elle était dans cette maison élégante et paisible. Park, le maître d'hôtel lui ouvrit la porte.

— Mademoiselle Denise, dit-il en chantonnant, comme ça fait plaisir ! Le major Cavendish ne tardera pas, mais, en attendant, peut-être voulez-vous vous rafraîchir ?

Il la conduisit le long du couloir jusqu'à la salle de bains qui était comme une sorte de sanctuaire pour les agents du SOE. La baignoire d'un noir émaillé était remplie d'eau chaude et de sels parfumés. Son uniforme de FANY, nettoyé et repassé, était suspendu au mur. Pour Catherine, il n'y avait pas de plus grand luxe qu'un bain chaud. Park réapparut, portant un plateau d'argent sur lequel se trouvait une demi-bouteille de Veuve Cliquot et une coupe.

Elle resta un long moment dans la baignoire, voluptueusement, buvant son champagne, envahie par une sensation de béatitude. Une seule pensée la troublait : comme ce serait merveilleux de partager ce bain et ce champagne avec Paul ! Elle se dit qu'ils célébreraient ensemble la victoire de la même façon, lors de leur prochaine rencontre.

Elle revêtit son uniforme et, avec tristesse, plia les pauvres vêtements salis qu'elle avait quittés. Denise, avec tout ce qu'elle avait fait, toutes les émotions qu'elle avait éprouvées, était bien morte maintenant : il ne restait d'elle qu'une pile de vêtements dans une boîte en carton.

Cavendish l'embrassa chaleureusement quand elle entra dans son bureau.

— Ma chère, dit-il, vous avez été magnifique. Vous avez plus que justifié la foi et la confiance que nous avions en vous.

Il lui fit signe de prendre un fauteuil et commença à dévorer le plan détaillé du sabotage qu'Aristide avait organisé. Tandis qu'il lisait,

Catherine sentait qu'il devenait de plus en plus excité. Il prit le fusible qu'elle avait rapporté avec elle et l'examina.

— Extraordinaire! dit-il. Absolument remarquable! Aristide a fait un chef-d'œuvre. (Il la regarda.) Et vous, ma chère, vous avez montré un sang-froid et un courage considérables. Je ne peux faire à un agent un meilleur compliment. Vous méritez une décoration.

Il rangea le plan d'Aristide dans un dossier marqué TOP SECRET qui était sur son bureau.

— Maintenant, dit-il, je pense que vous devriez prendre un peu de repos. Je veillerai à ce que le plan d'Aristide soit communiqué le plus vite possible aux gens qui l'attendent.

*

Tandis que le jour J approchait, l'impressionnante succession de réunions qui avaient déjà eu lieu pour préparer le débarquement était devenue une suite interminable de conciliabules, de briefings, de révision de plans, de discussions stratégiques entre services. Une de ces réunions passa presque inaperçue au milieu de toute cette agitation. C'était le 12 mai 1944, quelques jours après le retour de Catherine, dans la salle 732 du quartier général du SHAEF, à Norfolk House, dans le centre de la capitale britannique. Il s'agissait d'une réunion habituelle du *Coastal Defense Committee* et, ce matin-là, la batterie Lindemann était à l'ordre du jour. La séance était présidée par le capitaine Price de la *Royal Navy*.

Le président remit aux trois représentants des copies du projet du SOE destiné à détruire la batterie de la manière envisagée par Aristide.

Après avoir soigneusement étudié le projet, le comité tomba d'accord sur les points suivants :

1° Ce plan, compte tenu de quelques modifications techniques, était excellent et certainement réalisable ;

2° Son exécution n'aurait aucune répercussion directe sur le succès ou l'échec du débarquement en Normandie ; il ne tombait donc pas sous la juridiction du comité.

3° Le comité décidait que les plans seraient transmis aux services compétents pour les actions de sabotage derrière les lignes ennemies.

Le lendemain, le rapport du comité fut soumis au *Senior Planning Staff* du SHAEF et au *Joint Intelligence Committee*, où l'organisme d'intoxication de Henry Ridley, le *London Controlling Section*, était représenté.

*

Vu de la porte, le bureau était plongé dans la plus profonde obscurité. Des ombres emplissaient tous les angles de la pièce. Les vitres sales laissaient à peine filtrer la lumière du jour au quatrième étage des *Broadway Buildings*. On aurait dit un tableau de Rubens aux teintes jaune foncé, où l'on n'apercevait que des silhouettes. Sir Stewart Menzies, « C », le chef du MI 6, aimait ça. Après tout, il se mouvait dans un monde obscur où les choses n'étaient jamais ce qu'elles paraissaient être.

Il était penché vers la cheminée éteinte, vêtu d'un vieux complet de tweed. La pâleur de son teint, de ses yeux bleus, de sa chevelure blond argenté, tout cela était accentué par l'obscurité dans laquelle il était plongé. Il ne dit rien tandis que son valet de chambre, un vétéran de la guerre des Boers, vêtu d'un uniforme bleu d'invalide, servait une tasse de thé à ses hôtes. Quand l'homme fut sorti, en faisant craquer les lames du vieux parquet, Menzies se tourna vers Henry Ridley.

— Alors, Squiff ! c'est la lumière du chemin de Damas ?

— Peut-être, répliqua Ridley.

Il avait demandé à avoir une réunion avec seulement « C », son représentant sir Claude Dansey et lui.

— Dites-moi, est-ce que le SOE est averti que vous avez implanté un homme parmi eux ?

— Grands dieux, non ! répondit Menzies. Très franchement, je n'ai pas confiance dans le SOE par les temps qui courent. Ils sont terriblement peu sûrs.

— Et Cavendish ? demanda Ridley, en buvant son thé avec une appréhension que le ton de la conversation justifiait. Est-ce qu'il se doute de quelque chose ?

— Vous vous souvenez de lui quand il était au collège ? C'était un garçon parfaitement correct, mais qui n'avait pas inventé la poudre. Nous avons eu un petit problème, il y a quelques semaines, mais Claude (il sourit à son représentant) a arrangé les choses avec Cavendish au cours d'un bon déjeuner au grill du Savoy.

— Un déjeuner dégueulasse, maugréa Dansey. Du haddock bouilli, je m'en souviens.

— Bon, dit Ridley. Voici ce que j'ai en tête.

Patiemment, il détailla le plan qu'il avait conçu pour renforcer l'opération FORTITUDE et prendre les précautions que la prise en mains de l'Abwehr par Himmler et la perte de Popov exigeaient. Menzies et Dansey l'écoutaient attentivement.

— C'est une excellente idée, Squiff! dit Menzies quand il eut fini. Son succès, bien sûr, dépend du fait que les Allemands mordront ou non à l'hameçon. S'ils le font, nous pouvons très bien l'emporter. Nous savons qu'Himmler téléphone toujours à Hitler pour se flatter de ses réussites. Ça pourrait être le cas. Le RSHA compte sur un grand coup pour impressionner Hitler et justifier le fait qu'il a pris le contrôle de l'Abwehr. Mais une question me vient à l'esprit : comment exécuter votre plan, de telle façon qu'il ne puisse jamais sentir que nous sommes derrière tout ça?

— Et votre homme?

— Je ne crois pas que nous puissions l'utiliser pour faire démarrer les choses. Il ne peut pas avoir cette idée en travers de la gorge — si je puis dire —, entrer dans les bureaux de l'avenue Foch et déclarer : « Regardez ce merveilleux cadeau que je vous apporte! » Trop de zèle de sa part ne ferait qu'éveiller les soupçons de nos amis.

— En outre, dit Dansey, il est parfaitement ignorant de la nature réelle des services qu'il nous rend et manifestement de tout ce qui concerne le débarquement et l'opération FORTITUDE. Rappelez-vous. Il est allé directement se jeter dans la gueule du loup. Il pense que nous lui avons demandé de le faire pour aider son service. Après tout, il s'occupe d'un grand nombre de nos gens, comme de ceux du SOE.

— Peut-on avoir confiance en lui?

— Entièrement, je pense. Il est avec nous depuis la guerre d'Espagne. Il nous refilait le courrier des Allemands qu'il transportait de France en Espagne et réciproquement. En même temps, il était en rapport avec le Deuxième Bureau. Dès que la France a été vaincue, il est venu chez nous.

— Eh bien, dit Ridley, si nous ne pouvons pas l'utiliser, avons-nous un autre moyen de les faire mordre à l'hameçon? Un moyen à l'envers, si j'ose dire : au lieu que ce type aille les voir, qu'ils s'adressent eux-mêmes à lui et lui disent : « Voilà ce que nous voulons que vous fassiez! »

Dansey eut une toux polie. Menzies et Ridley se tournèrent vers lui. « Oncle Claude » se racla encore la gorge, garda respectueusement le silence, puis déclara :

— Je crois qu'il y a une autre filière par laquelle nous pouvons les atteindre. Je ne sais pas si vous vous en souvenez, ces mots s'adressaient à Ridley, mais quand le SOE a commencé ses opérations, tout son trafic radio passait par nous. Nous leur avons aussi fourni leurs codes. Ça a fait du boucan, comme il fallait s'y attendre, et le Cabinet de guerre, en 1942, a finalement décidé de leur donner leur indépendance. Mais, quand nous avons passé la main, nous avons conservé la possibilité de contrôler le gros de leur matériel, ce qui nous a permis de savoir ce qui se passait.

Dansey se tut pour boire une gorgée de thé, laissant délibérément ses interlocuteurs en proie à leur curiosité.

— Les Allemands ont réussi à pénétrer et à contrôler un certain nombre des circuits radio de nos amis du SOE. Combien, nous l'ignorons. Mais ce que ne soupçonnent ni les Allemands ni le SOE c'est que deux de ces réseaux sont en réalité sous notre contrôle.

Dansey sirotait son thé, calmement.

— L'un d'eux a été utilisé par les Allemands précisément pour l'affaire dont vous venez de parler.

Ridley ferma un moment les yeux, tout en réfléchissant.

— Ça pourrait être là la réponse au problème.

— Oui, répondit Dansey. Je pense que ça pourrait l'être.

*

C'était le lundi 15 mai 1944. Une fois de plus, le colonel baron Alexis von Roenne s'apprêtait à informer le Quartier général d'Hitler des dernières estimations concernant les forces et les préparatifs des Alliés pour l'assaut qu'ils allaient donner à la « Forteresse Europe ». Comme un statisticien se préparant à établir un graphique, von Roenne, avait disposé sur son bureau une demi-douzaine de crayons de couleur. Il prit dans son tiroir la précieuse carte d'Angleterre qu'il détenait et la suspendit au mur, afin de l'étudier avec son subordonné le lieutenant-colonel Roger Michel. Comme tous les lundis matins, Michel avait les yeux vitreux et ses doigts tremblaient en portant une tasse de café à ses lèvres. Mais aujourd'hui, von Roenne avait décidé d'oublier les frasques de son adjoint. Le chapitrer sur ses débauches était chose aussi vaine que de vouloir apprendre à un chat à nager. Tandis que Michel approuvait, von Roenne apporta six modifications aux lieux de stationnement des unités alliées indiqués sur la carte. Ces corrections

346

étaient fondées sur des rapports des agents de l'Abwehr reçus d'Angleterre la semaine passée.

Quand il eut terminé, il appela sa secrétaire et se mit à lui dicter son propre rapport. « Le nombre total des divisions anglo-américaines prêtes à entrer en action sur le territoire du Royaume-Uni s'est accru depuis le début du mois de mai de trois divisions envoyées des Etats-Unis, ce qui représente à peu près, à ce jour, cinquante-six divisions d'infanterie, cinq brigades indépendantes d'infanterie, sept divisions aériennes, huit bataillons de parachutistes, quinze divisions blindées et quatorze brigades de chars.

« La concentration des forces ennemies dans le sud et le sud-est des îles Britanniques est de plus en plus évidente, dictait von Roenne. Deux divisions anglaises ont été transférées dans la région de Portsmouth et des unités américaines ont été détachées auprès des forces britanniques dans le sud-est de l'Angleterre. Von Roenne et Michel étudiaient la carte pour pouvoir établir leur estimation finale — la plus critique de toutes : où le débarquement aurait lieu. Il y avait pour le moment à peu près autant de forces alliées concentrées dans le Sud-Ouest en face des côtes normandes et bretonnes que dans le Pas-de-Calais, mais les mouvements en direction du Pas-de-Calais s'accentuaient.

« Pourquoi les Alliés prendraient-ils le risque de traverser la mer vers les côtes normandes ou bretonnes, alors que de Douvres à Calais il y a à peine une trentaine de kilomètres ? »

La question de von Roenne était pure rhétorique, car la réponse était d'une logique implacable et le colonel était un homme logique.

« On doit s'attendre à une attaque principale dans le Pas-de-Calais, avec une très forte concentration de troupes sur le secteur côtier nord-ouest. »

Sir Henry Ridley et ses collaborateurs à la *London Controlling Section* n'auraient pas mieux fait s'ils avaient rédigé eux-mêmes un rapport pour qu'il tombe sous les yeux du Führer.

*

« Si la Luftwaffe lâchait une bombe sur ce bâtiment, se disait T.F., l'Allemagne gagnerait la guerre d'un seul coup. » Jamais auparavant, même pas aux conférences de Québec, de Casablanca et de Téhéran, autant de chefs alliés n'avaient été réunis sous le même toit. Il y avait là, assis au premier rang, le roi George VI, Winston Churchill, les membres du Cabinet de guerre, le maréchal Jan Christiaan Smuts de l'armée sud-africaine. Derrière eux, comme des écoliers convoqués pour recevoir une semonce du proviseur, se trouvaient des généraux, des amiraux et des maréchaux de l'air. Ils étaient assis sur d'inconfortables bancs de bois de style gothique disposés en amphithéâtre. Sur une sorte de galerie soutenue par des piliers de bois noir d'autres gens galonnés et des vedettes du jour faisaient tapisserie. Si la bataille de Waterloo avait été gagnée sur les terrains de sport d'Eton, les futurs historiens pourraient dire que la libération de l'Europe avait été décidée là, à l'école Saint-Paul, dans les faubourgs de Londres, sur ces mêmes bancs où le maréchal Montgomery avait usé ses culottes à conjuguer les verbes latins et résoudre des équations.

La conférence avait été fixée à ce lundi 15 mai afin de revoir pour la dernière fois les préparatifs de l'opération la plus importante de la guerre : l'opération OVERLORD. Ses conséquences étaient si importantes, les risques encourus tellement énormes que T.F. eut le sentiment que tout l'auditoire tremblait. Bien avant que le général Dwight D. Eisenhower eût ouvert la séance, le silence s'était déjà fait, la gravité des circonstances empêchant, pour une fois, les généraux et les amiraux de se livrer à leurs assauts coutumiers d'éloquence.

Eisenhower parla pendant une dizaine de minutes, puis Montgomery monta à la tribune. C'était la première fois que T.F. voyait en chair et en os le vainqueur légendaire d'El Alamein. Il ne fut pas déçu. Il s'agitait sans cesse, désignant du bout de sa baguette les moindres échancrures de la côte française comme si, à chaque fois, il délogeait une batterie ennemie. « Sa voix est un peu trop aiguë pour un grand chef de guerre, se dit T. F., et son ton est recherché et pédant. » Mais son intervention contenait un si grand nombre de détails sur la statégie du débarquement et attestait d'une telle compétence qu'il provoqua l'admiration de ses plus farouches détracteurs se trouvant dans la salle.

— L'ennemi possède soixante divisions en France, déclara-t-il quand il se mit à faire l'analyse des forces allemandes qui attendaient les Alliés sur la côte. Dix panzers et douze divisions d'infanterie mobile.

La plupart de l'auditoire savait déjà tout ça, mais, en entendant Montgomery parler devant les maquettes des plages, des falaises, des villages où tant de soldats alliés allaient bientôt risquer leur vie, tout le monde était ébranlé.

Les cinq divisions qui couvriraient la zone d'attaque devraient être renforcées par deux panzer divisions, la 12ᵉ et la 17ᵉ SS, le soir du jour J, prédit Montgomery. Et l'on pouvait s'attendre à ce que la panzer division Lehr de Tours et la 116ᵉ de Mantes se jettent dans le combat dès le lendemain soir.

— Rommel, déclara Monty à propos de son vieil adversaire d'Afrique du Nord, est un chef énergique et déterminé. Nous savons qu'il fera tout ce qu'il pourra pour nous « dunkerquiser » le jour venu, nous forcer à abandonner les plages et tenir Caen, Bayeux et Carentan. S'il résiste dans ces trois places, nous nous trouverons dans une situation extrêmement critique.

Il s'arrêta et retourna vers ses maquettes. Son vieil adversaire, il en était sûr, se trompait. Ce n'est pas sur les plages que la bataille de France serait gagnée ou perdue, et son issue ne dépendrait pas des toutes premières heures de l'attaque.

— Le moment critique aura lieu quarante-huit heures après que nous aurons débarqué, dit-il. Le soir de J + 2. Alors OVERLORD représentera pour les Allemands une telle menace, qu'ils devront concentrer sur le front toutes leurs forces disponibles qui auront été jusque-là dispersées. Ils peuvent envoyer en Normandie treize divisions de plus : cinq panzers d'Amiens, de Toulouse, de Bordeaux, de Sedan et de Belgique. Leur contre-attaque sera vraisemblablement à son paroxysme après le sixième jour. Alors, le nombre total des divisions ennemies qui nous seront opposées pourra être de trente-quatre, dont dix divisions blindées. Ce sont ces divisions blindées qui auront pour rôle de nous rejeter à la mer

C'était une perspective terrible, qui résumait l'énormité du risque qu'allaient prendre les Alliés. Ils n'auraient ce jour-là, sur les plages de Normandie, si tout allait bien, que quinze divisions, dont deux blindées, avec des hommes épuisés ou blessés au cours des opérations de débarquement.

Montgomery jeta un coup d'œil à son auditoire. De Churchill et du roi jusqu'aux colonels et aux capitaines les plus obscurs assis sur les bancs, tous le considéraient en silence, chacun évaluant à sa manière le fragile rapport de forces dont tout allait dépendre.

— *Gentlemen,* les avertit Montgomery, beaucoup de dangers inconnus menacent notre entreprise.

*

Si les hommes réunis à l'école Saint-Paul, ce matin de printemps, avaient su ce qui se passait de l'autre côté du Channel, leur inquiétude se serait transformée en véritable panique. Mais ils étaient paradoxalement protégés d'une telle angoisse, car ULTRA, cette oreille géante qui permettait aux Alliés de recueillir tant de précieux secrets venant de l'ennemi, était devenue sourde. L'état-major d'Hitler communiquait avec Rommel au château de La Roche-Guyon et avec von Rundstedt dans la banlieue parisienne, par téléphone et par télex, deux modes de communication qu'ULTRA ne pouvait intercepter. Fin avril début mai, le sujet des messages échangés entre Hitler et ses maréchaux concernait une seule chose : l'endroit où Hitler avait prophétisé que le débarquement aurait lieu, c'est-à-dire en Normandie. Le 2 mai, son Quartier général avait envoyé un télex à Rommel et à von Rundstedt disant qu'il fallait s'attendre au débarquement après la mi-mai, vraisemblablement le 18. « Point de concentration principal disait le télex : la Normandie. »

Le chef d'état-major d'Hitler, le général Jodl, avait téléphoné au quartier général de von Rundstedt le 9 mai, à 7 h du soir, pour réitérer ce message. Il ne pouvait être plus précis : « La péninsule du Cotentin, avait-il dit, sera le premier objectif de l'ennemi. »

Cette manifestation du génie stratégique du « caporal bohémien » avait laissé insensible le dernier chevalier teutonique. Il était toujours persuadé, comme à Berchtesgaden au mois de mars, que l'attaque aurait lieu dans les polders des Flandres. C'était là, il en était sûr, que les Alliés débarqueraient. Il ne se souciait d'ailleurs plus de l'endroit du débarquement, mais de ce qu'il devrait faire, une fois les Alliés débarqués et, sur ce point, son plus farouche adversaire était son subordonné Rommel. Ce dernier insistait sur le fait que l'invasion devait être stoppée sur les plages ; von Rundstedt considérait que c'était là une opinion digne du dernier des officiers subalternes. Les Alliés allaient atteindre le rivage. Ni Dieu ni le diable ne pouvaient les en empêcher. Comme Montgomery l'avait prédit à son auditoire de Saint-Paul, von Rundstedt pensait que le moment critique viendrait trois ou quatre jours après, quand leur ravitaillement deviendrait difficile et que leurs troupes seraient décimées par les pertes subies lors du débarquement. « Alors, avait déclaré von Rundstedt à son état-major, ils seront comme une baleine échouée sur le rivage. » Le moment serait venu de rassembler les panzers pour une offensive finale — ce que, précisément, les hommes de Saint-Paul redoutaient tant. « Faire ainsi, avait ajouté von Rundstedt, empêcherait les diversions que les Alliés pourraient créer afin de les piéger, et l'Allemagne pourrait enfin gagner la guerre »

Son rival ne partageait pas le dédain dans lequel von Rundstedt tenait les compétences militaires d'Hitler. Dans le passé, les intuitions du Führer s'étaient révélées justes, comme quand il avait rabaissé les prétentions de la caste militaire prussienne que Rommel méprisait. Mais sur cette question vitale, à savoir à quel endroit les Alliés allaient débarquer, Rommel ne pouvait pas être d'accord avec Hitler — pas plus qu'il ne pouvait être d'accord sur la manière dont von Rundstedt envisageait de les repousser. Il disait que les panzers devaient se tenir juste derrière les plages, d'où ils pourraient repousser les envahisseurs dès les premières heures de leur attaque.

Le soir du 15 mai, alors que les gens qui avaient participé à la conférence de Saint-Paul étaient rentrés chez eux, Rommel s'assit à son bureau du château des ducs de La Rochefoucauld à La Roche-Guyon. C'était le même bureau sur lequel le ministre de la Guerre de Louis XIV avait signé la révocation de l'édit de Nantes, à cette différence près qu'on y avait mis un téléphone qui reliait directement Rommel au Quartier général d'Hitler. Curieux de connaître les raisons de cette fixation d'Hitler sur la Normandie et soucieux de faire part, une fois de plus, de son point de vue sur l'utilisation des blindés, il appela Jodl.

— Le Führer, lui dit Jodl, possède certains renseignements qui tendent à prouver que la prise du port de Cherbourg sera le premier objectif des Alliés en cas de débarquement.

Cette information venait-elle des gens d'Himmler, en l'occurrence de Cicéron, le valet de chambre-espion de l'ambassadeur de Grande-Bretagne en Turquie, ou, une fois de plus, était-ce le fait de l'instinct du Führer ? Jodl n'en dit rien. De toute façon, cela suffisait à inciter Rommel à inspecter la péninsule du Cotentin. En fin d'après-midi, le mercredi 17 mai, avec l'amiral Frederick Ruge, son attaché naval, il se retrouvait sur une dune de sable à une dizaine de kilomètres du charmant village normand de Sainte-Mère-Eglise. Le ciel était couvert et une légère brise rafraîchissait l'atmosphère. Ruge montra du doigt une étroite plage de sable isolée que les Alliés avaient pu contempler à loisir à l'école de Saint-Paul quarante-huit heures auparavant. Elle était désignée sous le nom de code : *Utah Beach*. « C'est ici, dit Ruge, qu'ils débarqueront. Ici, ajouta-t-il, que leur flotte d'invasion sera le mieux protégée des vents dominants. Ici que les courants capricieux de la Manche sont le moins à craindre. »

FORTITUDE

Rommel contempla longtemps ces eaux grises avec cette prédilection qu'il avait pour les choses de la mer. Il continuait de penser à ces rivages situés plus au nord, juste au-dessus de la Somme, comme depuis le jour où il avait pris le commandement des forces affectées à cet endroit. Rien ne pouvait l'ébranler dans sa conviction.

— Non, dit-il à Ruge, ils viendront par le chemin le plus court, là où leur aviation de chasse est le plus près de ses bases.

Quelques minutes plus tard, Rommel rassemblait les hommes qui avaient pour tâche de défendre la plage et leur fit une brève exhortation.

— N'attendez pas l'ennemi en plein jour. Il viendra pendant la nuit. Dans les nuages et dans la tempête.

Sur ce point-là, au moins, la prédiction du maréchal Erwin Rommel devait se révéler juste.

Quatrième partie

« LE DESTIN CHANGE
DE CHEVAUX »

« C'était un jour d'été, le sixième de juin :
J'aime bien me montrer pointilleux sur les dates,
Pour l'année, pour l'époque et aussi pour la lune ;
Pareils à des relais de poste, le destin
Y change de chevaux et l'histoire de ton. »

Lord BYRON, *Don Juan*

*Londres - Paris - Berlin
29 mai - 6 juin 1944*

Tôt dans la matinée du 29 mai 1944, une petite mais impressionnante procession de voitures traversa Londres qui s'éveillait et se dirigea vers les riantes collines du Sussex. Leur destination était Southwick House, un immeuble à colonnades bâti au sommet d'un plateau dominant le port de Portsmouth. Le général Dwight D. Eisenhower transportait son Quartier général de la capitale anglaise vers ces lieux, d'où il commanderait au débarquement.

Pour la première conférence de la journée, Eisenhower avait convoqué les hommes qui, maintenant, allaient devenir ses plus précieux conseillers : les météorologistes. Ils révisèrent leurs cartes, leurs calculs, les informations qui arrivaient des avions, des sous-marins, des navires et des stations météo à terre, depuis les Caraïbes jusqu'au nord de l'Islande. Les prévisions étaient bonnes. Le temps printanier qui avait régné sur l'Europe occidentale pendant presque tout le mois de mai, durerait, pensait-on, encore au moins cinq jours. Dans la campagne avoisinant Southwick House, on entendait les coucous chanter. Eisenhower réfléchit un moment, puis donna ses premières instructions de son nouveau Quartier général. Le jour J aurait lieu exactement dans une semaine, le lundi 5 juin, le premier jour du mois, où la lune et les marées constitueraient les meilleures conditions requises pour un débarquement. Le compte à rebours avait commencé.

*

La requête qu'il avait reçue était inhabituelle. En buvant sa première tasse de thé de la journée au Quartier général du SOE, le major Frederick Cavendish se souvenait d'une seule chose à peu près semblable qui s'était passée, également au mois de mai, en 1943, il y avait tout juste un an. Le général sir Colin Gubbins, chef du SOE, était allé voir le supérieur de Cavendish, le colonel Maurice Buckmaster, porteur d'un ordre précis. Le Premier ministre désirait rencontrer en privé Francis Suthill, un jeune officier dont le nom de code était « Prosper », et qui dirigeait le réseau portant le même nom dans la région parisienne.

Vingt-quatre heures plus tard, Suthill était arrivé à Londres par un Lysander. L'après-midi même, il avait été emmené 10, Downing Street. Aucun responsable du SOE n'avait été informé de ce qui s'était dit entre Churchill et le jeune homme. En revenant de cette entrevue, Suthill s'était borné à déclarer à Buckmaster et à Cavendish qu'il devait rentrer en France par le prochain Lysander.

« Pauvre Suthill ! » se dit Cavendish. Il avait été mêlé à une sale affaire. On avait demandé à la section française du SOE d'accroître immédiatement les parachutages d'armes à destination du réseau « Prosper ». Mais Suthill et des douzaines de ses camarades résistants avaient été arrêtés par la Gestapo fin juillet 1943.

Maintenant, alors qu'il était rassuré, Cavendish venait de recevoir un autre ordre concernant un autre officier du SOE pour que celui-ci se rende aux salles souterraines de la guerre. Qui donc était, se demandait-il, ce colonel Henry Ridley qui désirait voir Catherine Pradier et que contrôlait exactement cette *London Controlling Section ?* Il ne connaissait rien de l'homme ni de l'organisme. Et pourtant il se flattait de savoir qui était qui et qui faisait quoi dans les cercles les plus fermés de l'Angleterre en guerre.

En tout cas, ce n'était pas son affaire à lui, Cavendish, de chercher à savoir de quoi il s'agissait. L'ordre qu'il avait reçu disait qu'une voiture viendrait à Orchard Court chercher Catherine Pradier le jeudi 31 mai à 3 heures et l'emmènerait à Storey's Gate. Sa tâche consistait à faire revenir à Londres la jeune et séduisante Catherine du petit coin de campagne où elle était allée se reposer.

*

T. F. O'Neill se demandait quelle sorte d'organisme secret pouvait bien employer un maître d'hôtel pour recevoir les visiteurs, en considérant Park, le cerbère d'Orchard Court. Park, de son coté, le considérait avec la même suspicion. Il n'avait pas l'habitude d'accueillir des Américains dans cet appartement et l'arrivée de T. F., même si elle lui avait été annoncée par Cavendish, ne lui plaisait guère. Il inclina brièvement la tête, puis conduisit T. F. dans l'une des pièces qui donnaient sur le couloir central. Après l'y avoir fait entrer, il referma ostensiblement la porte derrière lui.

Quand elle se rouvrit quelques minutes plus tard, T. F. dévisagea d'une manière peu courtoise la femme qui entrait. Cette sérénité toute spéciale que confère à une femme une grande beauté émanait d'elle comme la tranquillité d'âme émane du visage d'un gourou ou d'un saint. Sa chevelure blonde et soyeuse retombait sur ses épaules en vagues indolentes. Les traits de son visage aux pommettes saillantes étaient parfaits. Ses yeux verts le regardaient avec une froide indifférence. T. F. se dit que Carole Lombard possédait ce même charme un peu distant.

— Je suppose que vous êtes le major O'Neill, dit-elle.

T. F. fit signe que oui.

— Je ne vois pas pourquoi ils vous ont envoyé me chercher. Je suis parfaitement capable de me débrouiller toute seule dans Londres, vous savez.

« J'en suis sûr, pensa T. F., il n'y a pas beaucoup de portes dans cette ville qui resteraient fermées à une fille comme ça. »

— N'en soyez pas offusquée, lui dit-il. L'endroit où nous allons est une sorte de petit Buckingham Palace. On n'y entre pas si l'on n'est pas annoncé ou accompagné.

— Peut-être, suggéra-t-elle quand ils prirent l'ascenseur, me direz-vous de quoi il s'agit ?

— Je ne peux pas vous le dire, répondit T. F. Ce n'est pas que je ne veuille pas. C'est que je ne le sais pas.

Sa réponse sembla satisfaire Catherine Pradier jusqu'à ce qu'ils furent installés dans la voiture de service qui les attendait dans la rue. La jeune femme dit alors à T. F. :

— Peut-être pourriez-vous tout de même me dire qui est ce colonel Ridley et de quoi s'occupe cette *London Controlling Section ?*

T. F. sortit son paquet de Camel et en proposa une à la jeune femme. Elle déclina son offre.

— Le colonel vous l'expliquera mieux que je ne pourrais le faire.

Sentant aussitôt que sa réponse évasive avait créé une certaine gêne entre eux, T. F. ajouta :

— Écoutez ! J'ai un léger avantage sur vous : encore que je ne le mérite pas. Vous ne savez rien de moi, mais moi j'en sais un peu plus sur vous. Je sais que vous venez de France occupée. Je pense que le colonel désire vous demander des renseignements sur ce qui se passe là-bas.

Catherine croisa les bras et jeta un coup d'œil quelque peu irrité sur les trottoirs remplis de monde.

— Vous étiez à Paris ? demanda T. F.

« Paris ! » T. F. avait prononcé ce nom avec une admiration qui remontait à la première et unique visite qu'il avait faite à la capitale française, lors du voyage que lui avait offert son grand-père, l'été qui avait suivi la fin de ses études à Yale.

— Comme j'aimerais revoir Paris après la guerre !

— Pourquoi pas ?

T. F. se demandait si sa réponse reflétait la certitude qu'elle avait dans la victoire ou si elle impliquait que le fait d'être un officier embusqué à Londres donnait toutes les chances de survivre à la fin des combats.

En arrivant à Storey's Gate, Catherine comprit pourquoi on avait envoyé T. F. pour l'escorter. Le *Royal Marine* qui se tenait à la porte regarda attentivement le laissez-passer de T. F. et la carte d'identité de Catherine avec un soin qui rappela à celle-ci les hommes de la Gestapo qui l'avaient arrêtée avec Paul, la nuit où elle avait atterri en France.

— Churchill travaille vraiment ici ? souffla-t-elle à T. F. tandis qu'ils descendaient l'escalier.

— Pas souvent, ces derniers temps, dit-il. Mais il paraît qu'il a vécu ici tout le temps qu'a duré le Blitz, se promenant dans les couloirs vêtu de son peignoir de bain et son cigare à la bouche.

T. F la conduisit dans un petit bureau. Un vieil homme s'avança et lui tendit la main.

— Henry Ridley, dit-il.

Il n'y avait dans son attitude rien de militaire.

— Merci beaucoup d'être venue.

Il se tourna vers T. F.

— Et merci à vous, major.

Ridley ferma la porte derrière lui, et fit entrer Catherine dans son bureau personnel. Il lui offrit un siège et une Players qu'elle refusa. Allumant une nouvelle cigarette à celle qu'il avait encore à la bouche, il se carra dans son fauteuil et la contempla, les yeux à moitié fermés.

— Pardonnez-nous pour toute cette mise en scène qui a entouré votre visite ici.

358

— Je comprends, sir, répondit-elle. Mais je pense que c'était nécessaire.

— Certes. Il arrive, continua Ridley en lui adressant un sourire chaleureux, que nous nous dispensions de toute formalité militaire dans ce bureau. Comme vous, je suis essentiellement un civil.

Il mit les mains derrière sa nuque et se renversa dans son fauteuil.

— Mais nous avons employé cette procédure, car — je suis sûr que vous serez d'accord avec moi — il n'y a pas, aujourd'hui, de secrets plus précieux que ceux qui touchent au débarquement.

— Bien entendu.

— C'est... — Ridley choisissait ses mots soigneusement — c'est un secret que personne au SOE, pas même le colonel Buckmaster ou le major Cavendish, ne connaît. Absolument personne. Ce n'est pas que nous n'avons pas confiance dans le SOE. C'est que, tout simplement, beaucoup de vos gens sont dans des situations telles que les Allemands peuvent les arrêter d'un moment à l'autre, ce qui nous oblige à tenir toute votre organisation dans l'ignorance du jour, de l'endroit où le débarquement aura lieu et dans quelles conditions.

« Grands dieux ! se dit Catherine, il ne va pas me confier tout ça, j'espère. » Ridley sembla deviner ses pensées et secoua la cendre de sa Players.

— Ne vous inquiétez pas ! lui dit-il. Il n'est pas question que je vous fasse supporter le poids d'un tel fardeau. La première raison pour laquelle je vous ai demandé de venir est très simple. Seriez-vous prête à retourner en France ? A Calais ?

Catherine croisa et décroisa les jambes, et se redressa lentement dans son fauteuil pour se donner le temps d'étudier le visage de Ridley et réfléchir à ce qu'il venait de lui demander. Elle avait oublié cette autre elle-même qu'on appelait Denise et dont le profil s'était si vite estompé.

— Pour quoi faire ? demanda-t-elle.

— Pour une mission de très grande importance que vous seule êtes qualifiée pour accomplir.

Catherine poussa un soupir.

— Très franchement, je préférerais ne pas y retourner. J'ai le sentiment d'y avoir fait mon devoir. Mais si vous estimez que c'est absolument indispensable...

Le patron de la *London Controlling Section* lui adressa de nouveau un de ces sourires désarmants dont il avait le secret. Catherine se dit qu'il était fascinant de voir à quel point certains hommes peuvent par un simple sourire gagner votre confiance en quelques minutes, alors que d'autres, avec une foule de cajoleries, n'arriveraient pas à vaincre votre scepticisme.

— Rien ni personne n'est indispensable. Néanmoins, la mission que nous souhaitons vous confier est, selon nous, capitale.

— Pour vous ou pour le SOE ?

— Elle émanerait de nous, mais serait effectuée sous le couvert du SOE.

Catherine hésita longtemps. Enfin, elle dit :

— Si c'est si important que ça, d'accord.

Il ouvrit le tiroir de son bureau et en sortit un dossier où étaient inscrits les mots « Secret » et « Bigot » en caractères rouges.

— Je dois vous demander de garder sur la conversation que nous allons avoir un mutisme absolu. Personne, à l'exception de vous et moi, ni Cavendish ni Buckmaster, personne du SOE ne doit être au courant de ce qui s'est passé entre nous. J'espère être assez clair ?

— Vous l'êtes.

Ridley ouvrit le dossier et Catherine vit qu'il contenait une copie du plan d'Aristide concernant le sabotage de la batterie Lindemann. Il le prit et le posa à plat devant lui.

— Ce plan est excellent. Permettez-moi de vous féliciter pour avoir rendu tout cela possible.

Il exhala une longue bouffée de sa Players et feuilleta le dossier.

— Tout cela a été soigneusement étudié par les meilleurs experts que nous avons ici à Londres. Ils proposent une petite modification.

Il mit la main sur ce qu'il cherchait : un dessin à l'encre de Chine.

— Il est inutile que j'entre avec vous dans tous les détails de l'opération. Ils sauteront aux yeux de l'ingénieur que vous avez dans cette centrale électrique, quand il verra ce plan. Il s'agit, essentiellement, de modifier la manière dont s'effectuera la surcharge de courant sur la ligne qui alimente la batterie, afin d'aider votre ingénieur à s'échapper : il pourra faire cette modification en une demi-heure.

Il remit le plan dans son dossier.

— Nous en avons fait un microfilm que nous avons logé dans une de ces allumettes truquées que vous connaissez déjà : vous le donnerez à Aristide.

— Comment dois-je retourner en France ? demanda Catherine. Par un Lysander ? En parachute ?

— Dans quelques jours, ce sera la pleine lune, répondit Ridley. Vous partirez par le premier Lysander. Nous veillerons à ce que l'ordre vienne de Cavendish lui-même, afin que lui et ses hommes pensent qu'ils font cela de leur propre initiative. Mais ce que je vais vous dire dans une seconde est la partie la plus secrète de votre mission.

Ridley changea de position dans son fauteuil et regarda le plafond.

— Vous devez comprendre, dit-il, que ces canons ne resteront hors d'usage que pendant une brève période de temps, après un tel sabotage.

— Aristide m'a dit qu'il faudrait aux Allemands à peu près vingt-quatre heures pour les remettre en état.

— Il est bien optimiste. Nous avons calculé douze heures. Pas plus.

Ridley joignit les mains sur son bureau, comme s'il faisait une prière.

— Le problème est de savoir si ces canons resteront hors d'usage quand il fera jour. S'ils sont détruits trop tôt ou trop tard, ce sera un véritable désastre. Un minutage parfaitement précis est absolument vital pour cette opération. Est-ce clair ?

Catherine se dit qu'il n'y avait pas à se méprendre sur de tels propos.

— C'est très clair, dit-elle, intimidée par Ridley.

Ce dernier prit une autre feuille de papier dans son dossier et la fit glisser sur sa table. Elle contenait seulement deux phrases qu'Aristide avait suggérées pour que Cavendish déclenche le sabotage, s'il était d'accord.

A. *Nous avons un message pour petite Berthe.*
B. *Salomon a sauté ses grands sabots.*

— Vous connaissez déjà ces deux phrases par cœur, j'imagine. Elles seront diffusées parmi les messages personnels de la BBC. Ce papier vous indique la signification que chaque phrase aura lors de sa diffusion. Je ne saurais trop insister sur l'importance qu'ils représentent. Tout, je dis bien TOUT, dans cette opération est une question de minutage.

— Le major qui vous a amenée ici restera en contact avec vous. Il servira de liaison entre nous, si vous avez besoin de quoi que ce soit.

Ridley se leva, fit le tour de son bureau et eut à l'adresse de Catherine un petit rire triste.

— Je crains de vous avoir ennuyée en vous en disant plus que ce que vous désiriez savoir.

— C'est vrai, dit Catherine, avec une mine d'enterrement.

— Pardonnez-moi ! dit Ridley. Pardonnez-moi aussi de vous rappeler à quel point il est vital que vous ne disiez rien de tout cela à personne, dans quelque circonstance que ce soit.

Catherine eut l'impression qu'il fermait les yeux comme pour lui montrer de la compassion.

— Dans ce genre de situations, il vaut mieux ne pas dire certaines choses, même si nous les pensons tous les deux.

Catherine soupira profondément. Il ne pouvait être plus clair. Elle approuva d'un mouvement de tête. Ridley lui prit la main, l'attira à lui et l'embrassa sur les deux joues.

— Je suis sûr, lui dit-il, que vous allez accomplir un merveilleux boulot pour nous tous.

*

La Skoda à moteur arrière de Hans Dieter Stroemulburg filait à toute allure sur l'autoroute menant d'Aix-la-Chapelle aux grandes cités industrielles d'Essen et de Düsseldorf. Il était près de minuit et il n'y avait aucune autre voiture sur cet immense ruban de béton destiné aux innombrables automobilistes du nouveau Reich allemand ! Stroemulburg était assis à l'avant. A côté de lui, Konrad, son chauffeur, sombre et taciturne comme toujours, avait le regard fixé sur la route avec cet air professionnel qu'il avait acquis avant guerre quand il faisait partie de l'écurie Mercedes-Benz.

Stroemulburg se carra sur son siège de cuir et regarda pensivement vers le nord-est, vers ce bassin industriel qui était le cœur de l'Allemagne nazie. L'aviation alliée était là, inatteignable. Il pouvait entendre le vrombissement sourd et lointain des avions et voir les projecteurs balayer le ciel de leurs faisceaux bleu et blanc pour les repérer. De temps en temps, on voyait la lueur dorée et argentée des balles traçantes qui sillonnaient la nuit. Sur sa droite, une épaisse rosace de feu semblable à un petit soleil s'élevait à l'horizon. C'était une ville allemande qui brûlait à la suite d'un bombardement allié. Stroemulburg secoua la tête comme pour effacer de son esprit un spectacle aussi déchirant. Comment en était-on arrivé là ? Était-ce bien ce grand Reich allemand qui devait durer mille ans et pour lequel il avait combattu toute sa vie, qui, maintenant, était réduit en cendres et devait être balayé par les hordes bolcheviques comme Rome l'avait été par les Wisigoths ?

362

Et pourtant, malgré le spectacle désespérant qui s'offrait à ses yeux par la fenêtre de sa Skoda, la foi qui l'habitait depuis sa jeunesse était restée presque intacte. Il était convaincu que l'Allemagne pouvait encore gagner la guerre. Tout dépendait de ce foutu débarquement. S'il était repoussé, lui et son Reich survivraient, les valeurs auxquelles il croyait survivraient également et son propre horizon s'élargirait. Il prit un sandwich dans un panier posé sur le plancher de la voiture et fit sauter le bouchon d'une bouteille de chambolle-musigny avec ses dents.

Ces voyages à Berlin pour répondre à une convocation des services de Kaltenbrunner étaient devenus une routine. Il avait quitté sa villa de Neuilly à 9 heures du soir, à l'heure où les routes étaient désertes. Son cuisinier lui avait préparé un repas froid et avait fait un paquet des mets les plus choisis qu'un chef de la Gestapo pouvait se procurer à Paris : du foie gras, du beurre, du chocolat, du jambon et du champagne, destinés à ses parents et à sa sœur. Ils habitaient Magdebourg, pas très loin de Berlin, où le père de Stroemulburg travaillait encore dans un lycée. Il devait arriver juste à temps pour prendre le petit déjeuner avec eux, une douche, changer de vêtements, puis se rendre à son rendez-vous de la *Prinzalbrechtstrasse*. Après une dernière gorgée de vin, il se renversa en arrière et s'endormit.

Il fut brusquement réveillé peu avant 7 heures du matin. Une âcre odeur de fumée, comme celle qui s'élève des cendres plutôt que d'un brasier, lui montait aux narines. Ils étaient sortis de l'autoroute et se dirigeaient vers le pont qui traverse l'Elbe et mène au centre de la ville. Comme ils l'atteignaient, Stroemulburg poussa un cri d'horreur. Le cœur de sa ville natale n'était plus qu'un amas de ruines fumantes encore léchées par les flammes. Seule la cathédrale était intacte, au cœur d'un pareil désastre tel un squelette dénonçant la folie des hommes. Konrad stoppa et Stroemulburg se précipita vers un groupe de pompiers qui arrosaient les décombres. Ils lui dirent que les Alliés avaient bombardé la ville toute la nuit.

Grâce à Dieu, comme il dit à Konrad en regagnant la voiture, ses parents habitaient la banlieue et les Alliés ne s'en étaient pris qu'au centre de la ville.

Ce n'était pas tout à fait exact. Comme Konrad tournait dans la *Goethestrasse* où se trouvait sa demeure familiale, Stroemulburg poussa un cri Tout un côté de la rue avait été dévasté par les bombes : celui où vivaient ses parents. Konrad accéléra pour atteindre leur maison

Elle n'était plus qu'un tas de ruines, le feu continuant de consumer ce qui restait de l'immeuble.

Stroemulburg sauta de la voiture et se rua en avant, appelant ses parents, comme pour faire sortir leurs fantômes de cet amas de cendres. Une voisine, qui essayait de sauver ce qu'elle pouvait de sa maison détruite, lui dit que sa sœur était dans une cave de l'autre côté de la rue.

Il la trouva saine et sauve, mais balbutiant d'une manière incohérente. Finalement, elle parvint à lui dire ce qui était arrivé. Avec son père et sa mère, ils s'étaient précipités dans leur cave dès le début de l'alerte. Leur père, en homme méthodique qu'il était, avait pris avec lui un baluchon qui contenait une bouteille d'eau, des médicaments, de la charcuterie et un flacon de schnaps. Ils s'étaient réfugiés là, écoutant le fracas des bombes. Quand une d'elles était tombée sur l'immeuble, leur mère avait été tuée sur le coup. Sa fille avait réussi à sortir des ruines par une fenêtre ou un trou ouvert dans un mur. Elle avait entendu un cri et était revenue près de leur père. Comme un skieur enseveli dans la neige, il était recouvert par les gravats jusqu'à la poitrine, incapable de faire un mouvement. Elle avait appelé au secours, puis le feu avait pris.

Elle était restée là, impuissante, dit-elle à son frère, tandis que les flammes entouraient la cave. La dernière image qu'elle avait gardée de son père était celle des flammes atteignant le baluchon qui devait les aider à survivre en cas d'urgence et faisant exploser la bouteille de schnaps, avec une gerbe de flammes qui avait mis le feu aux cheveux de son père et sonné le glas de ce Crépuscule des dieux familial.

Stroemulburg, horrifié, se joignit aux volontaires qui déblayaient les ruines de sa maison pour retrouver le corps de ses parents. A 8 h 30, il dut abandonner. Même les plus grandes tragédies intimes ne pouvaient empêcher un officier SS de se rendre à une réunion avec Kaltenbrunner. Son uniforme gris tout taché, suffoquant de haine retenue, Stroemulburg regagna sa Skoda, laissant le soin à sa sœur d'ensevelir leurs parents dans la fosse commune.

*

Horst Kopkow, le chef des services de contre-espionnage de la Gestapo, était consterné. Non seulement son subordonné, Hans Dieter Stroemulburg, était en retard, pour se rendre à la convocation qu'il avait reçue des bureaux du SS *Gruppenführer* Ernst Kaltenbrunner, mais il était là, devant lui, comme s'il sortait des égouts de la *Prinzalbrechtstrasse*. Stroemulburg n'eut pas un mot d'excuse ni d'explication à l'égard du *Gruppenführer*. Il s'assit dans son fauteuil et, se tournant vers Kopkow, lui jeta un regard de défi, comme si les taches qui constellaient son uniforme et la saleté qui recouvrait son visage et ses mains étaient des marques d'honneur et non pas d'indignité.

Kaltenbrunner s'arrêta au milieu d'une phrase pour jeter à Stroemulburg un regard désapprobateur. Il toussa, puis reprit son discours. Le *Gruppenführer* était capable d'annoncer l'événement le plus extraordinaire comme s'il énumérait une liste de vêtements à envoyer chez le teinturier. Ce mercredi 1er juin 1944, le thème du sermon qu'il adressait à tous les responsables des services de contre-espionnage de la Gestapo en Europe occupée concernait la dernière étape de la réorganisation des services de renseignements du Reich en un orga- nisme central placé sous l'autorité du RSHA. Il informa son auditoire que les bureaux et les officiers de l'Abwehr, à l'intérieur de leur juridiction territoriale, devaient passer immédiatement sous son auto- rité.

Alors qu'il se lançait dans le détail de tout ce que cela impliquait au niveau administratif, Stroemulburg prit une enveloppe qu'un adjoint de Kaltenbrunner lui tendait. Elle était arrivée pendant la nuit de son Quartier général de Paris. Aussi discrètement qu'il le put, il fit sauter le sceau et, les yeux encore rougis de larmes, il lut le texte C'était le docteur.

« On a reçu le message suivant à 0315 venant de Sevenoaks et destiné à notre barman de Lille. Prenez des dispositions d'urgence. »

Tandis que Stroemulburg lisait le texte, Kaltenbrunner félicitait tous les assistants pour avoir parachevé la réorganisation des services de renseignements du Reich au moment où devait avoir lieu l'opération la plus importante de la guerre : repousser l'invasion alliée.

A la requête de Kaltenbrunner, Stroemulburg se leva de son siège. Les officiers qui ne l'avaient pas vu entrer dans la salle furent stupéfaits. Parmi les SS, Stroemulburg avait toujours eu la réputation d'être vêtu comme un mannequin et de soigner son apparence avec autant d'attention qu'il étudiait ses dossiers. Ils étaient ahuris de le voir ainsi, les yeux rougis, le nez coulant, son uniforme gris tout poussiéreux et déchiré.

Pour commencer, Stroemulburg parla du piège qu'il avait tendu au SOE à Lille puis du message passé deux semaines auparavant. Pour finir, il brandit triomphalement le message du docteur.

— Ce message a été envoyé par Londres à notre agent de Lille la nuit dernière :

« Cavendish à Aristide Calais très urgent STOP Plan de sabotage approuvé et exécution sera ordonnée par messages BBC que vous avez suggérés. STOP Courrier retourne par Lysander Opération Tango 4 juin apporte importante modification au plan qui doit être faite avant exécution plus instructions très strictes concernant *timing* STOP *Timing* essentiel je répète essentiel STOP Est vital suivre instructions avec plus grand soin STOP Félicitations et bonne chasse. »

— Qu'est-ce qu'ils veulent saboter ? grogna Kaltenbrunner.

— Je n'en ai aucune idée répondit Stroemulburg, mais il doit s'agir de quelque chose de très important pour que Londres envoie un agent en France à ce propos.

Les adjoints de Kaltenbrunner avaient fixé au mur une carte des défenses de la Manche. Kopkow se leva et se dirigea vers elle.

— Ce qu'ils veulent saboter n'a pas d'importance, du moins pour l'instant, dit-il. Ce qui me paraît capital dans ce message, c'est le souci qu'ils ont de l'effectuer à un moment très précis.

Il regarda la carte. Même un préparateur en pharmacie aurait compris la valeur stratégique de la côte du Pas-de-Calais.

— Pourquoi ce souci ? Très probablement parce que ce sabotage doit être coordonné avec une opération beaucoup plus importante

Il se tourna vers Stroemulburg.

— Nous savons maintenant ce qui nous reste à faire.

*

Depuis quatre ans, ce petit rituel, quasi religieux, avait été respecté. Il représentait une sorte de cordon ombilical entre des milliers de Français et de Françaises, les uns étant à Londres, les autres sous la dictature nazie. A deux reprises chaque soir, entre sept heures trente et neuf heures et quart, on entendait les premières notes de la *Cinquième Symphonie* de Beethoven *(Ta-ta-ta-ta...)*, venant d'un studio clandestin de la BBC en plein cœur de Londres, qui servaient de prélude à l'émission « Les Français parlent aux Français. » On y apprenait les dernières nouvelles de la guerre, puis des commentaires suivaient. A la fin, le *speaker* annonçait : « Et maintenant voici quelques messages personnels. » A ces mots, partout en France — dans des salles à manger, dans des fermes isolées comme dans des taudis — les membres de la Résistance tendaient l'oreille. D'une voix impassible, comme s'il récitait une leçon, le *speaker* débitait une suite de phrases incompréhensibles du genre :

« Les lilas sont fleuris. »

« Oui, je viens dans son temple, adorer l'Éternel. »

« Il fait chaud à Suez. »

Au départ, ils n'avaient été que ce qu'ils prétendaient être : des « messages personnels », concernant une épouse ou un père, ou un fils arrivé à Londres après avoir traversé les Pyrénées et la Manche. Plus tard, on les avait utilisés pour annoncer les parachutages d'armes, l'arrivée ou le départ d'un agent, ou bien encore pour décider d'une embuscade tendue aux Allemands ou de l'heure d'un sabotage. Le soir du 1er juin 1944, ces messages annonceraient l'arrivée, si longtemps attendue, du Débarquement.

Le rôle de la Résistance française et les sabotages qui incombaient au SOE étaient vitaux. Toute une série de *plans* — violet, vert ou bleu — avait été mise sur pied pour coordonner les sabotages des voies ferrées, des lignes à haute tension, des communications allemandes, des transports de troupes et de matériel et des installations militaires. Pour donner ses mots d'ordre sur le terrain, Londres avait mis au point un système ingénieux. Chaque réseau de Résistance devant intervenir au jour J s'était vu attribuer deux messages codés. Le premier était un message d' « alerte » diffusé par la BBC et on devait le recevoir le 1er ou le 15 du mois. Alors, le réseau mis en état d'alerte devait écouter, quinze jours durant, les émissions de la BBC, en attendant le deuxième message qui, lui, demanderait de passer à l'action. C'était exactement ce qu'avait prédit Stroemulburg au docteur, la nuit où ils avaient arrêté Wild : les Alliés annonceraient leur arrivée par le canal de la BBC.

Les Allemands avaient pressenti la chose dès octobre 1943, à l'occasion du travail qu'effectuaient les services de Stroemulburg. Le 7 septembre 1943, la Gestapo avait mis la main sur trois nouveaux arrivants français du SOE : François Garel, son adjoint Marcel Fox et leur opérateur-radio Marcel Rousset. Soumis à l'interrogatoire habituel de la Gestapo, ils avaient avoué qu'avant de quitter Londres on leur avait donné deux messages, l'un d' « alerte », l'autre d' « action » pour les sabotages qu'ils auraient à effectuer contre les voies ferrées de Bretagne, le jour du débarquement. Ils avaient expliqué que le premier de ces messages serait transmis par la BBC le 1er et le 15 du mois et le message leur demandant de passer à l'action — le jour du débarquement venu — la quinzaine suivante. Triomphalement, les gens de la Gestapo avaient communiqué cette information à l'Abwehr. Le 10 octobre, celle-ci avait fait connaître à tous les commandements allemands de l'Ouest les messages que les trois hommes leur avaient révélés et la manière dont les Alliés opéraient. Il s'agissait d'une strophe de la *Chanson d'automne* de Verlaine :

> *Les sanglots longs*
> *Des violons*
> *De l'automne*
> *Blessent mon cœur*
> *D'une langueur*
> *Monotone.*

C'était, à première vue, un coup de maître des services de renseignements — à cette exception près que ce message n'avait rien à voir avec le débarquement. Il faisait partie d'un autre plan d'intoxication de Ridley et de sa *London Controlling Section*. Ce plan avait été conçu pour l'été de 1943 sous le nom de code *Starkey*. Et ce pauvre Francis Suthill avait collaboré sans le savoir à ce stratagème quand il avait été convoqué par Churchill, au mois de mai 1943 parce que Ridley savait par ULTRA ce que le SOE ne savait pas : que le réseau « Prosper » de Suthill avait été pénétré par les Allemands. Quand Suthill et les membres de son réseau avaient été arrêtés par la Gestapo — ce qui était inévitable — ils avaient révélé les préparatifs que Londres avait demandés pour un débarquement. L'opération *Starkey* avait pour objet de persuader les Allemands que les Alliés débarqueraient en France début septembre 1943 — ce qui devait retenir le maximum de divisions allemandes à l'ouest au lieu de les envoyer sur le front de l'Est. Début juin 1943, on avait dit au SOE d'envoyer certains de ses agents sur le terrain, munis de ces deux messages (« alerte » et « action »), dans le cas où, comme les chefs de cet organisme le croyaient, le débarquement aurait lieu à l'automne.

Début 1944, afin de préparer le chemin à un *vrai* débarquement, tous les messages envoyés jusque-là furent mis au rencart et remplacés par d'autres. C'est alors que Philippe de Vomecourt, qui dirigeait le réseau du SOE spécialisé dans le sabotage des voies ferrées dans le centre de la France, demanda le texte des messages qui lui étaient destinés. A la suite d'une dramatique erreur, on lui envoya les vers de Verlaine.

En fait, ce n'était qu'*un* message entre autres. Parmi les destinataires des nouveaux et *vrais* messages envoyés par le SOE de Londres au printemps de 1944, était le docteur de l'avenue Foch. Ce fut là son plus grand succès. Chacun des quinze réseaux qu'il manipulait avait reçu un message d' « alerte » et d' « action ». C'est pourquoi, personne, en France, n'était plus attentif que lui aux « messages personnels » de la BBC.

Très peu de ses collègues y attachaient une telle importance. Depuis le mois d'avril, Londres jouait avec les nerfs des Allemands, en augmentant, puis en diminuant soudain le nombre des messages passés chaque soir sur les ondes. Au départ, les Allemands avaient réagi comme les Alliés s'y attendaient. Ils avaient mis leurs troupes en état d'alerte de Bordeaux jusqu'à Dunkerque. De très nombreux soldats avaient passé des nuits sans dormir et, à la fin, von Rundstedt lui-même avait déclaré que tout cela n'était fait par les Alliés que pour démoraliser et épuiser ses troupes.

Seul dans son bureau du troisième étage de l'avenue Foch, le docteur ajusta l'antenne spéciale que le service des transmissions du boulevard Suchet lui avait donnée pour éviter le brouillage des émissions de la BBC.

Il resta impassible pendant quelques minutes. Les messages que le *speaker* lisait d'une voix impassible, ce mercredi 1er juin, ne le concernaient pas. Tout à coup, il sursauta. « Le coup d'envoi aura lieu à trois heures. » Ce message était adressé au réseau « Valse » à Saint-Quentin. « L'électricité date du xxe siècle. » Celui-là était pour le réseau « Saturne » à Rennes. Tandis que le docteur, n'en croyant pas ses oreilles, restait collé au poste, les messages tombaient un à un : ils étaient exactement au nombre de quinze, tels que Londres les avaient conçus, aussi fidèles au rendez-vous que ces Halifax qui, dans la nuit, venaient livrer leurs cargaisons d'hommes et de matériel entre les mains de la Gestapo.

Le docteur se précipita dans le bureau de Hans Dieter Stroemulburg. L'*Obersturmbahnführer* était épuisé par son voyage à Berlin.

— Notez tout ça et envoyez-le par télex à Berlin et au Quartier général des armées de l'Ouest, ordonna-t-il.

Puis il changea de sujet.

— Dites-moi, docteur, quand Londres doit-il communiquer la prochaine fois avec le radio de Gilbert ?

— Demain à midi.

— Assurez-vous que le boulevard Suchet ne le ratera pas. Nous devons avoir tous les détails concernant l'opération TANGO.

*

A 2 h 30, le lendemain après-midi, le téléphone privé de Stroemulburg sonna. C'était le service d'interception-radio du boulevard Suchet qui lui communiquait le texte du message que le SOE de Londres avait envoyé à midi à son officier des opérations aériennes :

« Cavendish à Paul. Opération Tango ordonnée 4 juin terrain quatre STOP Un *bod* arrivera convoyez-le Paris STOP Rapatriez par retour pilotes RAF Whitley et Fieldhouse comme demandé par votre câble 163 STOP Lettre-code T comme Tommy STOP Message BBC Copenhague est près de la mer confirmera opération. »

Stroemulburg salua le travail du boulevard Suchet d'un grognement. En fait, il était ravi. Le terrain quatre était un des deux lieux d'atterrissage utilisés par Gilbert qu'il était facile de surveiller. La planque était une grange située dans une clairière qui permettait aux guetteurs de se cacher et qui se trouvait à quelques minutes du terrain. Pour accompagner ses passagers dans le train de Paris, Gilbert se rendait dans une petite gare, où il était facile aux agents de Stroemulburg se trouvant déjà dans le train de les repérer, lui et ses compagnons de voyage.

*

Konrad, le chauffeur de Stroemulburg éprouvait une profonde antipathie pour Gilbert, depuis qu'il l'avait pris pour la première fois dans sa voiture dans une rue de Paris. C'était seulement aujourd'hui, après des douzaines d'autres rendez-vous, qu'il comprenait pourquoi. Le Français avait toujours tenu à monter sur le siège arrière, comme pour bien marquer la différence qu'il y avait entre eux. Pour qui donc se prenait-il ?

Stroemulburg, lui, s'asseyait à l'avant, à son côté. Mais Konrad savait que son patron aimait bien le Français. Personne, dans le service, ne s'autorisait à dire un seul mot contre lui en sa présence. Le chauffeur conduisit la voiture derrière la villa du chef de la Gestapo à

Neuilly, afin d'être à l'abri des regards indiscrets. Stroemulburg attendait Gilbert au sommet de l'escalier, les bras croisés, comme un père attendant son fils après une longue absence. Cela avait toujours étonné et dégoûté Konrad.

Stroemulburg conduisit son agent chéri dans le salon et lui désigna un fauteuil de cuir.

Il servit à Gilbert un sherry, puis se laissa tomber avec un soupir dans son fauteuil. Il leva son verre vers son hôte.

— *Prosit!* murmura-t-il, en buvant une longue gorgée.

Stroemulburg était en civil. Il étendit les jambes devant lui, et jeta un coup d'œil à ses chaussures, comme si elles méritaient un hommage tout particulier. Paul le remarqua : elles étaient d'un noir éclatant.

— C'est fou, mon cher ami, déclara Stroemulburg sur un ton presque nostalgique, ce que nous avons pu accomplir ensemble depuis le premier soir où vous êtes entré dans cette pièce! Au fait, ça fait combien de temps?

— Juste six mois. Depuis le 19 octobre, pour être exact.

— Quelle mémoire! Je suppose que vous autres, aviateurs, êtes tous comme ça. N'est-ce pas drôle? Généralement, quand on vieillit le temps passe plus vite. Mais cette guerre a changé beaucoup de choses. J'ai l'impression qu'il y a des années que vous êtes venu ici pour la première fois.

— Vous devenez philosophe avec moi, dit Paul en souriant.

Stroemulburg soupira.

— Vous avez fait un très bon boulot, vous savez?

Il regardait son agent. Le Français se demandait s'il était sincère ou non. Il n'avait jamais constaté le moindre humour chez Stroemulburg. Et il ne savait jamais ce que cachaient ses sourires.

— Un bien meilleur boulot que vous ne le croyez vous-même.

Stroemulburg avala une nouvelle gorgée de son whisky.

— Je tiens à vous dire une chose. Qu'elle gagne la guerre ou qu'elle la perde, l'Allemagne prendra soin de tous ceux qui l'auront aidée. Nous veillerons à vous procurer une nouvelle identité et vous enverrons dans quelque pays neutre avec assez d'argent pour vous y refaire une vie. Le terrain est déjà préparé. Nous avons de l'argent en Suisse et en Amérique du Sud et des gens qui nous y attendent. Il y a même des types au Vatican qui nous aideront.

— Hans! s'exclama Gilbert. Pourquoi, grands dieux, me dites-vous ça? Vous parlez comme si l'Allemagne avait déjà perdu la guerre, alors que les Anglais n'ont même pas débarqué.

— Je vous dis ça parce que cela peut vous réconforter, comme moi, dans les jours difficiles qui se préparent.

Quand il le voulait, Stroemulburg savait se faire rassurant et Paul se dit qu'il aurait fait un très bon pasteur luthérien plutôt qu'un officier de la Gestapo — s'il avait mis en Dieu ne fût-ce qu'une infime partie de la confiance qu'il mettait en Hitler.

Stroemulburg posa son verre. Il conduisait la conversation avec la même aisance que Konrad passait les vitesses de sa Skoda.

— Quand arrivera votre prochain vol ?

— Le 4 sur le terrain quatre près d'Angers. C'est de la routine. Un type arrive et on embarque deux gars de la RAF.

Stroemulburg approuva d'un air grave en entendant l'information qu'on lui avait déjà communiquée des heures auparavant.

— Cher ami, je dois vous dire quelque chose qui éclairera mon petit préambule. Je dois arrêter le type qui va arriver.

Si ces mots avaient produit la moindre émotion chez Paul, il n'en laissa rien paraître. Au contraire, il haussa les épaules avec indifférence.

— Il était évident que cela devait arriver un jour ou l'autre.

— Bien sûr ! Nous pensons que votre agent se rendra à Calais après vous avoir quitté à Paris. Nous le prendrons là-bas. Je veillerai à ce que mes gens le fassent sans que ça vous retombe dessus, mais on n'est jamais sûr de rien, et c'est pourquoi je voulais vous avertir. Si les Anglais décident tout à coup de vous faire traverser la Manche pour épingler une médaille sur votre poitrine, je vous suggère de décliner l'invitation.

Gilbert prit son verre et cligna de l'œil d'un air complice.

— C'est plutôt deux médailles qu'on devrait me donner, vous ne croyez pas ?

— Certes, mon cher ami, mais il n'y a pas de récompense plus ingrate qu'une décoration à titre posthume. Aussi, méfiez-vous de toute invitation inattendue que pourraient vous adresser vos collègues. S'ils ont vent de l'affaire, ils peuvent décider de prendre les choses en main.

C'était un avertissement que Gilbert prit au sérieux.

— Je devrais peut-être commencer à prendre des précautions.

— Je le pense.

Stroemulburg posa son verre sur la cheminée et se dirigea vers son bureau. Il prit une de ses cartes de visite et écrivit au dos : « Le porteur de cette carte doit recevoir toutes les facilités et l'assistance qu'il demande. Son identité sera vérifiée personnellement par moi. »

Le chef de la Gestapo signa la carte et y apposa son sceau personnel.

— Prenez ceci, dit-il à Gilbert. Cela vous couvrira si vous êtes pris par une patrouille avec une arme sur vous. Si vous pensez que la Résistance en a après vous, rentrez. Nous prendrons soin de vous. Vous utilisez toujours la même planque pour le terrain numéro quatre ?

Gilbert acquiesça.

— Et vous prenez le train en gare de La Minitré ?

Gilbert approuva de nouveau.

— Parfait ! J'aurai des hommes autour du hangar et sur le chemin qui mène au terrain. Ils vous couvriront jusqu'à la gare le matin suivant. Mais, pour l'amour de Dieu, ne changez rien à vos habitudes, car ils seront prêts à se manifester si quelque chose cloche. Il y aura des agents de la rue Lauriston dans le train.

— Rompez le contact en arrivant à Paris, comme vous le faites normalement. Nous maintiendrons la surveillance jusqu'à Calais avant de procéder à l'arrestation, pour ne pas vous compromettre.

— Vous semblez vraiment vouloir ce type, souffla Paul à voix basse, avec une certaine admiration.

— Je le veux.

— C'est quelqu'un d'important ?

— Mon cher Gilbert, des agents en tant que tels sont rarement importants. Ce qui compte, ce sont les informations que parfois ils détiennent.

*

— *Halt !*

Le *Feldgendarme* avait jailli de l'ombre avec une telle rapidité que Paul faillit tomber de son vélo. Son phare, à moitié camouflé comme l'exigeaient les règlements du *black-out*, éclaira la plaque d'acier que l'Allemand portait suspendue sur sa poitrine et, ce qui était encore plus impressionnant, le canon de son pistolet-mitrailleur Schmeisser. Paul devina dans l'obscurité les autres membres de la patrouille qui se dirigeaient vers lui.

— *Ausweiss !*

Paul prit dans sa sacoche le laissez-passer qui lui permettait de circuler dans Paris après l'heure du couvre-feu. Le *Feldgendarme* l'examina avec le même soin qu'un caissier de banque étudie un billet qui lui paraît suspect.

— Où allez-vous avec ça ?

Paul montra d'un geste la rue de Provence et le rai de lumière qui indiquait l'entrée du One Two Two.

— Vous ne pouvez pas, dit le *Feldgendarme*. On n'accepte pas les Français, le soir. Vous mentez.

Il donna au laissez-passer de Paul une chiquenaude pleine de mépris.

— Nous devons vous arrêter et contrôler ça.

Paul sentit que les autres gendarmes faisaient cercle autour de lui.

— Attendez une minute, caporal !

Paul avait mis dans sa voix toute l'autorité possible. Il nota avec la plus grande satisfaction que l'Allemand s'était raidi en l'entendant.

— Je vais vous montrer quelque chose d'autre et, quand vous l'aurez vu, vous et les crétins qui vous accompagnent, vous foutrez le camp, avant de m'avoir empêché de faire ce que j'ai à faire, ou que je vous aie tous emmenés avenue Foch.

Il avait achevé sa phrase avec un sifflement sourd, tandis qu'il plongeait la main dans sa poche pour y prendre la carte que Stroemulburg lui avait donnée une heure auparavant. Le moment était venu d'en éprouver l'efficacité.

« Quel dommage, pensa-t-il, en la tendant à son interlocuteur, qu'on ne puisse pas voir un type blêmir dans l'obscurité ! » L'Allemand regarda la carte, émit un grognement, puis chuchota un ordre aux hommes de sa patrouille. Paul devina qu'ils s'écartaient de lui. Il reprit sa carte et la remit avec soulagement dans sa sacoche. Ce document était d'un apport appréciable dans tout son arsenal !

— Tire un coup à ma santé, grogna l'Allemand, après que Paul eut repris son chemin en direction du One Two Two, sale porc de Français !

La sous-maîtresse du bordel était une vraie professionnelle et elle considérait Paul comme un client sérieux de son établissement. La manière dont elle régla le problème inattendu que sa présence lui posait montrait qu'elle connaissait son métier. Aussi discrètement que possible, elle le conduisit loin de son salon rempli de son quota habituel d'Allemands, dont la plupart étaient ivres.

— Peut-être monsieur a-t-il une préférence ? demanda-t-elle d'un air douceureux.

— Est-ce que Danielle est là ?

La sous-maîtresse sourit.

— Pourquoi ne montez-vous pas ? La bonne vous mènera à une jolie petite chambre où Danielle viendra vous rejoindre quand elle sera libre...

Le sourire d'usage que Danielle avait arboré — et qui était aussi artificiel qu'un masque de Mardi gras — disparut de son visage quand elle entra dans la chambre et s'aperçut que c'était Paul qui l'attendait.

— Grâce à Dieu, c'est toi ! s'exclama-t-elle, en se laissant tomber sur le lit à côté de lui. J'ai vraiment besoin d'un peu de repos. J'ai l'impression que la moitié des Allemands de Paris me sont passés dessus aujourd'hui.

Paul la regarda de près. Il venait en général au One Two Two au début de l'après-midi, quand les filles prenaient juste leur travail et un client un peu naïf pouvait alors avoir l'impression qu'elles aimaient ça. Mais cette nuit, après des heures et des heures, les poches qu'elles avaient sous les yeux attestaient de leur fatigue.

— Refile-moi une cibiche, dit-elle à Paul. Une de ces blondes que tu as toujours sur toi.

Elle prit une Camel du paquet acheté au marché noir qu'il lui tendit et en tira une première bouffée avec une sorte de halètement.

— Comment as-tu pu traverser Paris à cette heure de la nuit ?

— C'est un cas d'urgence. Quand dois-tu émettre la prochaine fois ?

— Demain.

Paul lui tendit un court message codé.

— Peux-tu envoyer ça pour moi ? Ça presse.

Elle jeta un coup d'œil au message, heureuse de voir qu'il était beaucoup moins long que ceux qu'elle avait l'habitude de transmettre.

— O.K.

— J'aimerais avoir confirmation que Londres l'a bien reçu.

Elle le regarda à travers la fumée de sa cigarette qui l'enveloppait. Paul avait l'impression qu'elle l'évaluait, avec le même regard tranquille que s'il était un client comme les autres.

— Où tu seras demain à 13 h 30 ?

« Cette fille est intelligente, se dit Paul, elle ne donne pas son numéro de téléphone. »

— Je prendrai l'apéritif au bar de la Brasserie Lorraine. Le barman s'appelle Henri. Dis-lui que tu veux me parler. Il me connaît.

La fille prit un préservatif dans le tiroir de sa table de chevet, le sortit de son enveloppe qu'elle jeta sur le parquet à destination de la femme de chambre, plaça le message de Paul dans le préservatif, le roula soigneusement et le glissa dans son sac à main.

— Sois gentil! ajouta-t-elle en montrant un fauteuil à Paul. Assieds-toi là et laisse-moi m'étendre et fermer les yeux pendant une minute.

Elle écrasa sa cigarette dans le cendrier et se jeta en arrière sur le lit.

Une dizaine de minutes plus tard, Paul entendit la femme de chambre taper à la porte et dire la phrase rituelle : « C'est l'heure, M'sieu Dam'! » Il sourit : son pauvre « courrier », exténué, était plongé dans le plus profond sommeil.

*

Ce samedi 3 juin 1944 apparaissait comme le début d'un week-end classique, typiquement britannique, un moment de repos bien mérité que les gens auraient volé au temps et aux circonstances. Mais, tandis que les promeneurs envahissaient les allées de Saint James et Hyde Park et que les canotiers ramaient sur la Tamise, les premières troupes d'assaut, les premiers chars et les premiers canons étaient dirigés vers les péniches dans leurs ports d'embarquement.

Dans la matinée, tandis que les soldats commençaient à s'embarquer, une poignée d'officiers supérieurs s'étaient réunis dans la salle 100 A de Norfolk House. Le général Walter Bedell Smith, le chef d'état-major du général Eisenhower, présidait la séance. Son objet était de passer une dernière fois en revue les dernières informations parvenues sur l'ordre de bataille de l'armée allemande et la disposition de ses forces sur le territoire français.

Grâce aux femmes et aux hommes de la Résistance, Eisenhower pouvait entreprendre un débarquement en Europe avec un avantage que peu de chefs de guerre avaient eu avant lui. Il saurait, à quelques exceptions près, le lieu de stationnement et la puissance approximative de chaque grande unité que l'ennemi lui opposerait. Mais l'objet réel de cette conférence entre le général Smith et les représentants du haut commandement n'était pas de savoir de combien de forces disposaient les Allemands en France, mais comment Hitler allait les utiliser.

Les services de renseignements avaient envisagé l'assaut selon quatre phases. La première et la plus facile aurait lieu le matin même du jour J, quand les six divisions d'infanterie et les deux divisions aéroportées alliées se heurteraient à quatre divisions allemandes de défense côtière sous-équipées et statiques. Le soir du jour J, quand la deuxième phase commencerait, les Allemands — comme l'avaient dit les services de renseignements à Smith — enverraient des blindés en renfort, mais ceux-ci viendraient de la 7ᵉ armée, la plus faible des deux armées opposées aux troupes alliées. La troisième phase — qui aurait lieu au cours des 48 heures suivantes — serait une contre-attaque allemande dirigée contre la tête de pont. On pouvait espérer que les Alliés la repousseraient avec leurs forces déjà débarquées, car — comme les gens du renseignement l'avaient prédit — les menaces qui pesaient sur les autres zones de débarquement possibles, retiendraient les blindés de la 15ᵉ armée, la meilleure qu'Hitler possédât, dans la zone du Pas-de-Calais.

Soixante heures après le débarquement, le soir du jour J + 2, les Allemands constateraient que ces attaques étaient en train d'échouer et comprendraient ce qui se passait réellement en Normandie. C'est alors qu'ils « prendraient la décision de renforcer massivement le front de Normandie » et qu'ils amèneraient leurs blindés de Calais jusqu'au Cotentin. Ainsi commencerait la quatrième phase : « le moment crucial des combats », comme l'avaient encore déclaré les services de renseignements.

Rien ne fatiguait plus Bedell Smith que d'entendre, une fois de plus, ce genre de prédictions. Il n'y avait pas si longtemps qu'il avait déclaré à un visiteur que les Alliés avaient moins d'une chance sur deux de pouvoir tenir les plages. Comme la plupart des Américains, il n'avait guère confiance dans les combines d'intoxication de la *London Controlling Section*. Mais il devait reconnaître à contrecœur que le succès ou l'échec du débarquement dépendait du plan FORTITUDE. Il se tourna vers Ridley, comme d'habitude enveloppé d'un nuage de fumée.

— O.K. ! colonel, dit-il. Etes-vous certain que vos machinations retiendront ces divisions dans le Pas-de-Calais après le deuxième jour du débarquement ?

Ridley le regarda, les yeux mi-clos.

— Je n'en sais rien, répondit-il. Le problème avec ces opérations d'intoxication, c'est qu'on est sûr que ça marche seulement le moment venu. Nous avons pourtant un rapport encourageant.

Il prit une feuille de papier dans un dossier placé devant lui.

— Hitler a vu l'ambassadeur du Japon à Berlin le 27 mai dernier. Nous venons seulement de recevoir le texte du message d'Oshima à Tokyo que Washington a intercepté. Les chiffres dont Hitler fait part concernant nos forces semblent confirmer que nos divisions imaginaires ont influencé les estimations des Allemands. Est-ce qu'ils en resteront là? Est-ce qu'Hitler en arrivera à la conclusion que le débarquement aura lieu à Calais entre le quatrième et le septième jour suivant notre offensive sur les plages normandes? (Ridley haussa les épaules.) Nous ne le saurons que le moment venu. Malheureusement Hitler a dit aussi à l'ambassadeur qu'il n'y avait rien de mieux à faire que de frapper un grand coup le plus tôt possible. De toute façon, pour le convaincre de laisser ses divisions dans le Pas-de-Calais, nous avons trois filières. Deux sont éprouvées et jusque-là elles ont bien fonctionné. Mais ce sont des filières de l'Abwehr et l'Abwehr, comme vous le savez, sir n'est pas en odeur de sainteté, ces derniers temps, au grand Quartier général allemand...

Il s'arrêta et passa la main sur son front comme si toucher ce terrain clairsemé pouvait porter bonheur!

— Nous avons récemment mis sur pied la troisième filière. Elle est directement reliée au RSHA d'Himmler. Est-ce qu'ils tomberont dans le panneau avec celle-là? On ne peut pas en juger. C'est une filière toute nouvelle et sa valeur n'est pas prouvée. Nous ne pouvons que mettre nos espoirs en elle.

Smith regarda Ridley en dessous. Il voulait avoir quelque chose de plus concret que les nébuleux espoirs d'un officier de renseignements spécialisé dans l'intoxication de l'adversaire.

— On attend autre chose de vous que des espoirs, colonel, grogna-t-il. Si ces divisions doivent nous tomber dessus, il faut que nous commencions à élaborer un plan pour évacuer notre tête de pont et non pas pour l'étendre.

Sur cette note lugubre, Smith leva la séance. Tandis que les assistants commençaient à sortir dans un silence inhabituel, sir Stewart Menzies, le chef de l'*Intelligence Service*, attira Ridley à part. L'humour n'était pas le fort de cet Ecossais austère, mais il y avait une ombre de sourire sur ses lèvres.

— J'ai reçu un coup de fil d'Oncle Claude juste avant de venir, souffla-t-il à Ridley. Vous auriez pu être plus rassurant pour ce pauvre

378

vieux Bedell. On a reçu un message de l'autre côté du Channel. Nos amis allemands commencent à mordre à l'hameçon.

*

De « l'autre côté du Channel », cette dernière quinzaine de mai avait connu un temps merveilleux, comme personne ne se souvenait d'en avoir vu à cette époque de l'année. Ç'avait été une succession de journées sans nuages et et de nuits étoilées. Et, de jour en jour, la tension avait monté chez les Allemands. Tout le long de la côte, les unités avaient été mises en état d'alerte, on scrutait la mer à la recherche de la flotte alliée. Les Français aussi étaient tendus, persuadés que le débarquement était imminent. Début juin, celui-ci n'avait toujours pas eu lieu et la presse collaborationniste commençait à claironner que les « Alliés avaient raté l'autobus ».

Paul, sa veste de tweed sur le bras, remontait l'avenue des Ternes en direction de la Brasserie Lorraine, un exemplaire de *Je suis partout*, comme toujours, dans la poche. La terrasse de la brasserie était pleine de monde. Des jeunes filles étaient là toutes fraîches et souriantes dans leur robe d'été et les hommes les dévoraient des yeux. Jamais les Françaises n'étaient apparues aussi belles que ce quatrième printemps de l'Occupation, rendues sveltes par le manque de pâtisseries et tous les déplacements qu'elles faisaient à pied ou à bicyclette. Les restrictions avaient des avantages...

Paul se dirigea vers le bar, commanda une bière et se mit à lire, pour la énième fois, son journal. A la une, une caricature lui inspira un sourire quelque peu amer. Elle montrait un garçon au café de la Résistance offrant à un client son dernier cocktail composé de gin anglais, de whisky américain et de vodka russe. La légende disait : « Ajoutez-y une bonne ration de sang français et agitez bien le mélange ! »

A 13 h 30 précises, le barman de la Brasserie Lorraine s'adressa à Paul.

— C'est pour vous, dit-il, en montrant d'un mouvement de la tête le téléphone posé sur un coin du comptoir.

C'était son courrier du One Two Two.

— C'est fait, dit-elle. Ils ont accusé réception du message...

Puis elle raccrocha. Satisfait de la brièveté de son appel et de son sens aigu de la sécurité, Paul retourna à sa place, finit son verre et sortit.

Il se dirigea vers l'Arc de Triomphe d'un pas pressé et plein d'allégresse. Il avait maintenant rendez-vous à l'autre bout de Paris pour organiser le départ des deux pilotes de la RAF à la gare d'Austerlitz, jusqu'au terrain situé dans la région d'Angers. A partir de cet instant, il devait mettre au point une comédie compliquée et peut-être dangereuse. Personne ne devait suspecter que cette mission allait échouer. Par-dessus tout, il devait éviter la moindre fausse note qui puisse alerter ces hommes sans visage de Stroemulburg qui devaient le filer. S'ils se doutaient de la moindre chose, il serait un homme mort quand on s'apercevrait que la BBC n'avait pas envoyé le message : « Copenhague est proche de la mer. »

Stroemulburg ou l'un de ses adjoints, il le savait, écouterait les messages personnels de la BBC le lendemain soir. Le chef de la Gestapo serait furieux. Il voulait s'emparer de l'agent arrivant de Londres, cette nuit-là. C'était évident. Jusque-là, les Allemands ne l'avaient pas suspecté, et Paul pouvait espérer s'en sortir sans être inquiété.

Stroemulburg comprendrait très bien que ce n'était pas la première fois que Londres annulait une opération au dernier moment. La conversation que Paul avait eue avec lui, où il lui avait parlé de cette fausse identité, de cet argent, de son évasion si les choses tournaient mal, l'avait persuadé qu'il avait la confiance des Allemands et que ceux-ci ne mettraient pas sa « loyauté » en doute.

Par ailleurs, Paul pensait que Stroemulburg ne donnerait pas l'ordre à ses hommes d'arrêter les pilotes de la RAF. Pourquoi se serait-il ainsi mouillé et aurait-il compromis ses chances dans le jeu auquel il se livrait pour une prise sans grand intérêt ? Il passerait l'éponge et attendrait que Londres reprogramme l'opération — ce que, bien entendu, Londres ne ferait pas.

En mettant au point la ruse qu'il allait employer, Henri Le Maire, alias Paul, alias Gilbert se délectait. Il ne vivait que pour tromper les autres, les manipuler, survivre comme un animal, en ne se confiant qu'à son seul instinct. Depuis son enfance, il avait été attiré par le risque. Il avait affronté la tempête dans ces vieux coucous. Il se grisait des dangers qu'il courait et sans lesquels il ne pourrait vivre. Aujourd'hui, en cette magnifique journée de printemps, dans la plus belle ville du monde, il était follement heureux de se trouver là où il était : sur le fil du rasoir, entre la vie et la mort.

*

Les nouvelles n'étaient pas mauvaises : elles étaient catastrophiques. Le merveilleux beau temps qu'avait connu toute l'Europe ces derniers jours était en train de se gâter. Eisenhower et son état-major écoutaient, en cette soirée du samedi 3 juin, avec une angoisse de plus en plus grande, le rapport que le *Group Captain* John Stagg de la RAF, son officier météo, lui faisait sur la tempête qui s'annonçait à l'ouest de la Grande-Bretagne. Cela avait commencé par des perturbations mineures (baptisées L5 par les météorologistes du SHAEF) qui étaient apparues au large du Newfoundland le lundi 29 mai. Elles faisaient route vers l'est à travers l'Atlantique, et grandissaient au fur et à mesure en force et en intensité. Au cours des dernières heures, les météorologistes avaient vu diminuer leur espoir que ces perturbations changent de chemin et prennent la direction du nord, épargnant la zone de débarquement.

Il y avait encore des discussions entre spécialistes de la météo, comme c'était toujours le cas, mais Stagg en avertit Eisenhower : la tempête atteindrait presque sûrement la Manche avec des vents de force 5, des nuages et une mer agitée, le lundi 5 juin, juste au moment où la flotte de débarquement partirait en direction des côtes normandes. C'était la pire des informations que l'Américain, déjà inquiet, pouvait recevoir. Après beaucoup d'hésitations, Eisenhower retarda de vingt-quatre heures la date du débarquement, compte tenu d'un dernier examen des conditions atmosphériques, le dimanche 4 juin à 4 h 05.

*

Peu après qu'Eisenhower eut pris cette décision, le téléphone vert sonna dans les bureaux souterrains de la *London Controlling Section*. L'opération OVERLORD dépendait d'un horaire compliqué et précis, afin de pouvoir rassembler les milliers d'éléments qui la composaient, y compris ceux du plan FORTITUDE étroitement liés dans le temps au débarquement lui-même. Ridley s'installa aussitôt à son bureau pour calculer les conséquences qu'aurait le moindre retard sur le travail de ses trois filières d'agents doubles : Brutus, Garbo et celui qu'on venait juste d'y ajouter, dont le nom de code était *Queen's Gambit*.

De tous les trois, Brutus, l'officier polonais, serait le moins affecté.

Comme il avait été prévu, il avait passé la dernière semaine de mai à se promener dans le sud-est de l'Angleterre en tant qu'officier de liaison de ce 1er groupe d'armée US imaginé par Ridley. Il était rentré à Londres le jeudi 31 mai. Une fois de retour, il avait commencé à envoyer des messages alarmants à son contrôleur de l'Abwehr à Paris, le colonel Reile. Son objectif était de relier ensemble tous les fragments de fausses nouvelles que Ridley avait fait parvenir aux Allemands pendant un mois par le biais de messages radio truqués, de faux déploiements de troupes et autres plaisanteries communiquées par le soin d'agents doubles.

Dans sa première dépêche, Brutus avait dit : « Je commence une série de messages sur le 1er groupe d'armée FUSAG. Son commandant en chef est le général Patton. J'ai appris que le corps expéditionnaire commandé par le général Eisenhower est composé de FUSAG et du 21e groupe d'armée commandé par le général Montgomery. FUSAG compte deux armées : la 1re armée canadienne sous le commandement du général Crerar et la 3e armée américaine dont on ignore encore le commandant. »

Quelques jours après, Ridley avait permis à Brutus de mieux décrire la composition de FUSAG. « L'Angleterre de l'Est est occupée par la 3e armée américaine avec son Quartier général à Chelmsford. Elle inclut le 20e corps blindé US. Composition du 20e corps : 4e division blindée US, Quartier général à Bury St Edmunds ; 5e division blindée US, Quartier général à East Durham. 6e division blindée US, Quartier général à Woodbridge. La 3e armée comprend le 12e corps US récemment signalé à Folkestone sous le contrôle de la 1re armée canadienne. »

Tout cela, comme Ridley l'avait remarqué, était « vraiment juteux », même si ça ne reposait sur rien. Aucun autre agent n'aurait pu dire cela aux Allemands et être cru, car Brutus était le seul agent double de Ridley qui soit officier de carrière. Maintenant, Ridley se préparait à offrir aux Allemands la plus belle part du gâteau. Le matin du jour J + 1, il avait décidé d'envoyer Brutus inspecter le Quartier général avancé de FUSAG à Dover Castle. Là, il observerait pour le compte de l'Abwehr les unités imaginaires qui s'y trouvaient et se livraient manifestement à des préparatifs d'embarquement. Il aurait même surpris quelques remarques indiscrètes de Patton — qui, comme les Allemands le savaient, était incapable de retenir sa langue. Brutus reviendrait à Londres le soir du deuxième jour suivant le débarquement, juste à temps pour envoyer un message à Paris résumant tout ce qu'il avait pu voir et entendre — et qui plaidait en faveur d'un débarquement dans le Pas-de-Calais. Ridley n'avait pas encore informé les Allemands que leur précieux agent polonais allait se rendre à Douvres. Aussi, retarda-t-il son départ de vingt-quatre heures, pour le faire correspondre au délai imposé au débarquement par les circonstances.

Le cas de Garbo, l'Espagnol, était plus compliqué. On avait finalement persuadé Eisenhower de laisser Garbo avertir son contrôleur de l'Abwehr à Madrid que la flotte de débarquement prendrait la mer le jour J à 3 heures du matin, 3 h 30 avant que la première vague atteigne effectivement les plages de Normandie. Sa source d'informations serait son agent imaginaire 5(2), le type de Gibraltar qui travaillait à la cantine de Hiltingbury Camp où était cantonnée la 3ᵉ division d'infanterie canadienne. Cette division devrait débarquer à *Juno Beach,* dans la matinée du jour J.

Début mai, la division avait participé à des exercices de débarquement dont les Anglais pensaient qu'ils seraient repérés par des avions de reconnaissance allemands. C'est pourquoi le type de Gibraltar avait dit, en proie à une grande excitation, à Garbo que « la division canadienne avait reçu des rations alimentaires pour deux jours, des ceintures de sauvetage et des sacs en caoutchouc dans lesquels ils pourraient vomir pendant un voyage en mer » et qu'« elle venait juste de lever le camp ».

Garbo avait aussitôt informé Otto Kuhlenthal, l'homme de l'Abwehr à Madrid, de ce que lui avait dit son prétendu agent, y compris des sacs en caoutchouc. Lorsque, quarante-huit heures plus tard, le type de Gibraltar avait annoncé que les Canadiens avaient regagné leur camp, une fois leurs exercices finis, Garbo avait dit à Kuhlenthal qu'il allait saquer son agent qui « s'était révélé un simple d'esprit ».

Cette machination avait été un des meilleurs moments que Ridley ait connus en matière d'intoxication. Kuhlenthal avait réagi exactement comme les Anglais le désiraient. Il avait supplié Garbo d'épargner ce personnage imaginaire dont Ridley devait se servir plus tard comme d'un véritable détonateur. Kuhlenthal avait envoyé un message à son merveilleux agent, lui disant : « Nous n'avons rien à reprocher à 5(2). Après tout, les soldats et la majorité des officiers avaient quitté leur camp, persuadés que c'était en vue d'un débarquement et seule une poignée d'officiers supérieurs savaient qu'il ne s'agissait là que d'un exercice. »

C'est ainsi que 5(2) avait continué d'être employé par Garbo¹ Ridley avait projeté — lorsque l'heure du débarquement sonnerait — de faire raconter par Garbo la même histoire à Kuhlenthal, à savoir que des troupes étaient parties avec des rations pour deux jours, des ceintures de sauvetage, des sacs pour vomir — en y ajoutant une chose. Cette fois-ci, il dirait que l'avant-garde d'une nouvelle division était arrivée pour occuper le camp de la 3ᵉ division canadienne. Les Canadiens n'allaient pas rentrer. Cette fois-ci, c'était le débarquement.

Il y avait un autre problème à résoudre, si cette combine marchait. Le poste d'écoute de l'Abwehr à Madrid qui recevait les messages de Garbo commençait son travail à minuit et finissait à 7 heures du matin. Or Garbo devait trouver un prétexte plausible pour dire à Madrid de rester à l'écoute vingt-quatre heures sur vingt-quatre pendant la première semaine de juin, afin de pouvoir refiler à l'Abwehr le grand « secret » du débarquement à 3 heures du matin comme prévu.

Une fois de plus, c'est Kuhlenthal lui-même qui en fournit l'occasion. Il dit à Garbo, le 29 mai, que Berlin désirait « savoir de toute urgence si la 52ᵉ division britannique était restée dans la région de Glasgow, où elle effectuait des manœuvres ».

Garbo n'avait qu'un agent en Ecosse, 3(3), un matelot grec déserteur et communiste ardent qui croyait travailler pour les Soviets. Ce Grec, qui, bien entendu, n'existait que sur le papier, avait reçu l'ordre de garder un œil sur les évolutions de la 52ᵉ division dans les eaux de la Clyde et de dire à Garbo quand la flotte partirait. Comme on n'était pas sûr que cela se passe entre sept heures du matin et minuit, Garbo avait suggéré à Kuhlenthal que, s'il était à ce point désireux d'être informé, il devrait garder sa radio ouverte vingt-quatre heures sur vingt-quatre jusqu'à ce que les troupes se soient embarquées. L'homme de l'Abwehr avait obligeamment accepté la chose.

Queen's Gambit, lui, posait un autre problème. Brutus et Garbo opéraient à partir du territoire britannique. Le premier acte de *Queen's Gambit* devait avoir lieu en Europe occupée. Une fois le jeu commencé, Ridley devait s'efforcer de rattraper son avance sur la date du débarquement en utilisant judicieusement des messages-radio. Mais que le débarquement soit retardé ou pas, il était essentiel pour lui de mettre le plus tôt possible tous ses pions en place. Moins d'une demi-heure après qu'il eut reçu l'appel de Southwick House, Ridley prit les derniers arrangements concernant *Queen's Gambit*.

*

— Je suis désolé, mon vieux ! Mais vos chars Sherman c'est de la merde. Leur blindage est si fragile qu'un athlète de cirque pourrait les crever d'un coup de poing. Imaginez un peu ce que pourrait faire un obus antichar !

Le jeune lieutenant avait dit cela avec la compétence d'un type qui n'a jamais vu un char allemand en action. C'était un de ces jeunes officiers qui fournissaient à Deirdre un contingent apparemment inépuisable de chevaliers servants auxquels, le moment venu, elle pouvait faire appel. C'était lui qu'elle avait désigné pour escorter Catherine au cours de la soirée.

Ils avaient dîné dans son appartement. T. F. avait apporté des steaks que lui avait procurés Ingersoll qui semblait avoir ses entrées partout. Il avait été fasciné en regardant les deux femmes : Deirdre, brune, ne tenant pas en place, l'air toujours malicieux ; Catherine, blonde, calme, rayonnant d'une sérénité intérieure qu'il avait d'abord attribuée à sa beauté, mais qui, maintenant, lui paraissait venir de cette force de caractère qu'elle devait avoir pour travailler derrière les lignes ennemies.

Bien que ni Deirdre ni lui ne sachent ce que Catherine allait y faire, ils étaient avertis qu'elle devait se rendre en France occupée dans vingt-quatre heures. Cela lui donnait une sorte d'auréole et, tandis que la soirée s'écoulait, T. F. remarquait qu'un lien se créait entre les deux filles.

Après le dîner, ils avaient décidé d'aller — bien entendu — au club des 400. Comme toujours, le samedi soir, la salle était pleine, mais, en voyant Deirdre, le maître d'hôtel leur avait trouvé une table et apporté la bouteille de scotch personnelle de T. F. qu'il était allé chercher dans un placard fermé à clé.

Pendant un quart d'heure, tandis que Deirdre et Catherine bavardaient, le jeune officier n'avait parlé que de blindés, un sujet pour lequel T. F. n'éprouvait aucun intérêt. Le jeune homme était légèrement ivre et très excité, parce que sa permission de week-end avait été supprimée et qu'il devait rejoindre son cantonnement à minuit. Il ne savait pas pourquoi. T. F., lui, le savait, et c'était étrange d'être là, l'écoutant décrire avec un tel enthousiasme des théories qu'il allait mettre en pratique, dans moins d'une semaine, sur un champ de bataille particulièrement sanglant. Cela le rendait plus tolérant à son égard. Finalement, T. F. s'excusa et invita Catherine à danser.

En rejoignant la piste de danse encombrée, elle le regarda, sourit, remit en ordre sa chevelure et se blottit dans ses bras. T. F. sentait ses cuisses musclées contre lui et, le bras passé autour de sa taille, la fermeté de ses reins. Il était clair qu'elle avait subi un rude entraînement dans une de ces écoles secrètes que les Anglais avaient organisées pour leurs agents.

Catherine, comme il le remarqua, tandis qu'ils commençaient à danser, faisait preuve d'une remarquable grâce dans ses mouvements. Elle écarta son visage du sien et le transperça de ses yeux verts.

— Dites-moi T. F., quel rôle jouez-vous ? Celui d'un ange gardien ou d'un chien de garde ?

— Je crois plutôt que c'est celui d'un garçon de course. Quand vous êtes sortie du bureau du colonel, l'autre jour, il vous a contemplée d'un air approbateur et il a dit : « Quelle charmante créature, n'est-ce pas ? Veillez à ce qu'elle ait tout ce dont elle a besoin, tant qu'elle sera ici ! »

— C'est tout ce qu'il vous a dit ?

— Vous savez ce que nous disons de lui dans notre petit monde ?

— C'est la première fois que je m'y trouve, rappelez-vous.

— Il ne confierait ses secrets à personne, même pas à Dieu.

— Dieu a de la chance ! dit Catherine avec un sourire forcé.

— Le colonel nous a dit que vous retourniez là-bas. Il doit falloir utiliser des moyens très spéciaux pour y aller.

— L'avion ou le parachute.

Cette fois-ci, elle souriait sans effort.

T. F. eut un murmure et l'attira plus près de lui. « C'est étrange, se disait-il, cette nuit elle est là à danser sans aucun souci et, dans quarante-huit heures, elle marchera au milieu des soldats allemands pour aller remplir je ne sais quelle mission. »

— Etes-vous...

Il allait dire : « effrayée », mais il pensa que le mot le plus convenable était :

— ... soucieuse ?

Catherine secoua la tête.

— C'est curieux, mais je serais plutôt heureuse de retourner là-bas. J'ai dû partir pour des raisons purement techniques avant d'avoir terminé mon travail. Je veux aller jusqu'au bout. Et aussi...

T. F. aperçut un éclair dans son regard.

— ... je veux être là quand on fichera ces salauds hors de France.

Ces mots semblaient évoquer pour elle un vieux compte à régler

L'orchestre attaquait « The Lady is a Tramp » et elle changea de conversation, avec la même légèreté qu'elle avait eue pour changer de rythme quand l'orchestre avait joué un nouveau morceau.

— Votre amie Deirdre est adorable. Etes-vous fiancés ?

— Nous n'avons pas encore franchi ce pas. Nous préférons attendre la fin de la guerre. D'autant plus que j'ai l'impression qu'une autre guerre éclatera quand nous annoncerons la bonne nouvelle à lord et lady Sebright.

Ils tournaient sur eux-mêmes, se balançaient et leur couple s'attirait plus d'un regard d'admiration ou d'envie.

— Deirdre vous aime beaucoup, dit T. F. Moi aussi.

Il vit alors le lieutenant qui lui faisait un signe.

Ils le conduisirent à Victoria Station pour qu'il y prenne le dernier train à destination de son camp, puis ramenèrent Catherine au *Women's Service Club*, où elle était descendue. Les deux filles parlaient à l'arrière du taxi. Arrivés au club, T. F. sortit pour accompagner Catherine jusqu'à sa porte. Les deux filles s'embrassèrent.

— Bonne chance, Catherine ! lui souffla Deirdre. Nous penserons à vous et nous ne vous oublierons pas dans nos prières !

— Merci ! répondit la jeune femme. Qui sait ? La prochaine fois que nous nous reverrons, ce sera peut-être pour fêter la victoire à Paris. J'aimerais bien. Pas vous ?

Elle venait de sortir du taxi, lorsque Deirdre la rappela Elle portait une broche ornée de perles qui, elle l'avait dit à T. F., lui venait de sa grand-mère. Catherine l'avait admirée pendant le dîner. Rapidement, avant qu'elle ait eu le temps de protester, Deirdre enleva sa broche et l'épingla sur la blouse de Catherine.

— Je vous en prie, dit-elle. Prenez-la, ce sera un souvenir de nous deux.

*

A Southwick House, un groupe d'hommes découragés quittaient la conférence qu'Eisenhower avait convoquée avant l'aube. C'était le dimanche 4 juin. Il n'y avait pas de changements notables prévus par la météo pour le lundi 5. Quelques minutes après la fin de la conférence, le mot de code *Ripcord Plus 24* avait été envoyé à tous les navires de guerre, aux terrains d'aviation, aux convois de troupes, aux cantonnements, aux sous-marins, aux Quartier généraux clandestins, dans tous ces endroits étranges et secrets, où un million d'hommes et de femmes avaient collaboré à l'opération OVERLORD. Le débarquement était retardé d'au moins vingt-quatre heures.

*

Au *Women's Service Club,* Catherine Pradier se délectait de l'atmosphère indolente de ce dimanche matin. Pendant une vingtaine de minutes, elle resta couchée en chien de fusil dans son lit, savourant les délicieuses sensations d'un demi-sommeil, la douceur des draps, et ce luxe incroyable : se réveiller sans avoir peur. Elle demeura longtemps dans son bain chaud, savourant cet autre luxe : la caresse de la mousse sur tout son corps.

Il était 10 heures, quand, finalement, elle descendit dans la salle à manger du Club pour y prendre son petit déjeuner. Elle avait les bras chargés de journaux anglais du dimanche. Après avoir pris son thé, mangé ses toasts et lu les journaux, elle resta là, sans rien faire, pendant près d'une heure. Quand elle aperçut la serveuse qui s'avançait vers elle peu avant 11 h, elle crut qu'on venait la chercher. En fait, on la demandait au téléphone.

C'était Cavendish. Comme d'habitude, il avait le ton jovial d'un curé annonçant à ses ouailles le résultat d'une vente de charité particulièrement réussie.

— Il semble que vous devrez partir cette nuit, ma chère, lui dit-il. On prévoit du mauvais temps, mais on pense que de l'autre côté ça se maintiendra assez pour vous permettre d'arriver à bon port.

*

La gare d'Austerlitz était pleine de voyageurs. Ni la guerre ni les règlements stricts de l'Occupation n'avaient empêché les Parisiens de faire leur sacro-sainte promenade du dimanche à la campagne, pour rendre visite à des amis ou à des parents. La guerre avait cependant donné un caractère utilitaire à de telles visites. La plupart des compagnons de voyage de Paul retourneraient le soir même avec une précieuse moisson : pour les riches, un lapin ou un poulet ; pour les plus pauvres, deux ou trois œufs et une poignée de pommes de terre. Quoi qu'il en soit, que la gare soit encombrée était une bénédiction pour Paul. Convoyer des aviateurs alliés obligeait à une foule de ruses.

Pour prendre contact, Paul avait mis sur pied une méthode destinée à conserver une certaine distance entre lui et les pilotes qu'il convoyait. Il s'assit sur une banquette dans la salle d'attente surpeuplée. Près de lui — pas trop près, mais pour qu'il puisse le voir — l'homme qui devait le mettre en rapport avec les pilotes s'assit lui aussi sur une banquette et ouvrit un journal. Au bout de quelques minutes, un type s'approcha de lui. Il se leva, ils se serrèrent la main et bavardèrent un moment. Ce n'était pas l'homme qui intéressait Paul. La manœuvre aurait été trop visible. Paul regarda plus loin dans la salle d'attente. Deux hommes se glissèrent dans la foule, l'un en bleu de travail, l'autre vêtu d'un pantalon et d'un chandail. Tandis qu'ils croisaient les deux autres toujours en train de bavarder, celui qui portait un chandail mit ses mains dans les poches. C'était le signal convenu. Les deux nouveaux venus étaient les gars de la RAF.

Ils se dirigèrent vers un kiosque à journaux et regardèrent les titres. Après une minute ou deux, Paul, à son tour, se dirigea vers le kiosque. Il n'échangea pas un mot avec les pilotes, mais du regard il leur fit signe de le suivre.

Au portillon d'entrée, Paul fit semblant de chercher son ticket. Les deux Anglais avaient déjà le leur à la main et passèrent devant lui. Paul franchit à son tour le portillon, dépassa les deux Anglais sur le quai, monta dans un wagon et prit place dans un compartiment. Les pilotes s'installèrent deux compartiments plus loin. Si quelqu'un leur adressait la parole, ils lui montreraient un certificat attestant qu'ils étaient devenus sourds-muets à la suite d'un bombardement sur Nantes. On n'avait rien trouvé de mieux pour compenser leur ignorance du français. Paul s'amusait en pensant au nombre invraisemblable de sourds-muets qu'on trouvait dans les trains ces derniers temps !

*

Catherine se disait qu'il y avait quelque chose de familier et de rassurant dans ses préparatifs de départ à Orchard Court. Park était là, avec son chaleureux sourire. Elle devait apprendre par cœur ses instructions. Les vêtements qu'elle portait en arrivant avaient été nettoyés et se trouvaient disposés soigneusement sur le lit, dans la chambre qu'on lui avait donnée pour se changer. Son portefeuille était sur la commode, son contenu étalé afin qu'elle puisse l'étudier et se familiariser, une fois de plus, avec ces divers objets.

Tandis qu'elle échangeait son uniforme de FANY contre les vêtements de cette autre elle-même qu'elle allait redevenir, elle éprouvait une impression étrange. Comme la plupart des enfants, Catherine détestait le prénom que ses parents lui avaient donné. Au couvent, les sœurs ne cessaient de lui dire qu'elle devait prendre pour modèle Catherine de Sienne, une jeune fille qui avait ardemment désiré la « rose rouge du martyre » et dédié sa virginité au Christ à l'âge de sept ans. Une telle perspective n'avait pas semblé tellement attrayante à la jeune Catherine et toutes ces histoires n'avaient fait que renforcer le déplaisir qu'elle avait à porter ce nom. Elle en préférait deux autres plus excitants et moins virginaux : Jean, à cause de Jean Harlow qui lui paraissait la femme idéale et, plus tard, Barbara. Maintenant, elle pouvait réaliser ce rêve d'enfance : porter un autre nom.

Cavendish l'embrassa sur les deux joues quand elle entra dans son bureau. Il jeta un coup d'œil sur sa carte d'identité, la même qu'il lui avait donnée la première fois. Il lui expliqua qu'on avait détaché deux tickets de sa carte d'alimentation pour la mettre à jour. Ensuite elle récita tous les détails de sa mission, tandis que Cavendish approuvait d'un signe de la tête. Ses instructions ne différaient que sur quelques points mineurs des vraies données par Ridley. Les messages de la BBC avaient changé. Son officier d'escorte, T. F. O'Neill, lui donnerait plus tard la fausse allumette contenant les microfilms pour Aristide.

— Ce colonel Ridley a demandé qu'on vous donne un officier d'escorte, ce soir.

Cavendish se tut. Catherine comprit qu'il voulait avoir quelques détails sur ce qu'il y avait entre Ridley et elle. Il était extraordinaire qu'elle doive avoir des secrets à l'égard de ses supérieurs. Elle jeta à Cavendish un regard innocent, comme si elle ne comprenait pas pourquoi il lui avait dit cela.

— On vous l'a affecté pour vous escorter à Tangmere. Il vous attend, en bas, dans une voiture.

Cavendish revoyait avec elle le dernier détail de sa mission, quand le téléphone sonna. Il décrocha, écouta son correspondant avec un air soucieux, murmura « Je vois ! » et raccrocha.

— C'était Tangmere, dit-il. Le temps n'est pas sûr. Il y a une tempête sur la Manche qui se dirige vers la France. Ils pensent qu'ils pourront vous emmener, mais je crains que ce soit risqué.

Cavendish se leva, passa derrière son bureau et s'approcha du fauteuil où Catherine était assise

— Eh bien, dit-il, il ne me reste qu'une question à vous poser.

Il lui expliqua une fois de plus qu'elle était volontaire, qu'elle pouvait fort bien refuser cette mission, que personne ne lui en voudrait... Puis, il lui demanda rituellement :

— Catherine, désirez-vous continuer ?

Cette fois-ci, elle n'eut pas la moindre hésitation.

— Bien sûr ! dit-elle.

Cavendish, avec un sourire, prit son flacon de porto et ils burent ensemble. Le rite se poursuivait. Cavendish sortit de sa poche son cadeau de départ. Catherine poussa un cri en dépliant le paquet. C'était une splendide paire de boucles d'oreilles en or.

*

Quelques minutes avant d'arriver à Angers, Paul se leva et sortit dans le couloir. Il s'arrêta une seconde devant le compartiment où se trouvaient les deux pilotes plongés dans un silence sépulcral. Il les regarda et leur indiqua d'un signe de tête presque imperceptible de descendre au prochain arrêt.

Se dirigeant vers la sortie, il repéra deux hommes de Stroemulburg dans un autre compartiment. Eux aussi se préparaient à descendre. Deux choses laissaient supposer qu'ils étaient des agents allemands : ils n'avaient pas de bagages et portaient des chaussures en crocodile. Les anciens maquereaux de Montmartre dont Stroemulburg avait loué les services n'avaient pu se passer d'arborer l'un des principaux emblèmes de leur profession.

Paul marcha sur le quai, sentant que les Anglais le suivaient. A la sortie principale, son adjoint l'accueillit et ils se rendirent côte à côte, en silence, à l'endroit où son adjoint avait garé quatre bicyclettes. Par bonheur les deux Anglais savaient monter à vélo. Aussi nonchalamment que possible, Paul conduisit sa petite troupe en dehors d'Angers et ils firent une quinzaine de kilomètres sur la route menant au hangar qui servait de planque au terrain numéro 4. En poussant la porte qui était restée ouverte, l'adjoint de Paul s'écria : « Bon Dieu ! Ça puait le Boche à la gare ! »

Paul fit la seule réponse qu'il pouvait faire : il haussa les épaules, ce qui n'avait rien de compromettant.

*

Une fois de plus, les rangées de maisons de style victorien qui peuplaient la banlieue de Londres défilaient sous les yeux de Catherine, assise dans sa voiture. Mais, cette fois, elle n'entendait pas les mêmes appels et ce spectacle ne lui inspirait qu'un sentiment d'indifférence, qui était tout ce que ces façades minables méritaient L'exaltation de son premier voyage s'était envolée, remplacée par une certaine nervosité. Il commençait à pleuvoir, la tempête dont avait parlé Cavendish approchait. En regardant les gouttes de pluie frapper les vitres de la voiture, elle se demanda si elle allait pouvoir partir. Peut-être allait-on la ramener à Orchard Court, où elle prendrait son petit déjeuner avec Park, au lieu de se retrouver en France dans les bras de Paul.

T. F., assis à côté d'elle, répondait à son silence pensif par un autre silence plein de respect. Le jeune Américain se sentait mal à l'aise. Tout cela n'était pas normal. Dans quelques heures, on le ramènerait à Londres en voiture et les seuls risques qu'il courrait seraient d'écraser un chien ou de tamponner un taxi à cause du *black-out*. Catherine, elle, serait secouée par la tempête, dans un appareil sans défense, essayant d'atterrir dans un champ en pleine France occupée. Tandis qu'il savourerait le confort de l'appartement de Deirdre, des clubs et des mess d'officiers où il menait une existence douillette, elle serait seule, exposée à tous les dangers, dans un pays ennemi. Le cul dans le fauteuil de son bureau souterrain à l'abri des bombardements, en train de feuilleter ses paperasses, le seul danger auquel il aurait à faire face serait de se brûler la langue en buvant une tasse de thé...

Il lui jeta un coup d'œil à la dérobade. Pourquoi l'envoyait-on là-bas? Avait-on vraiment le droit de confier des missions aussi risquées à des femmes? On n'aurait pas pu trouver un Français pour la remplacer?

T. F. ne put retenir un soupir. Ridley avait la réponse à tout ça : « Ne vous demandez pas si c'est bien ou mal. Demandez-vous si ça va marcher. » T. F. secoua la tête. Elle partait risquer sa peau et lui retournerait derrière un bureau des salles souterraines de la guerre de M. Churchill. Il était difficile de dire ce qu'il ressentait le plus à l'égard de cette fille : un sentiment de culpabilité ou d'admiration.

Dans ces vêtements qui ne lui étaient pas familiers, elle lui semblait une tout autre personne que la FANY qu'il était allé chercher à Orchard Court deux jours auparavant. Il n'avait jamais rencontré à Londres de femme aussi bien habillée. Ses cheveux blonds étaient ramenés sur le haut de sa tête : une coiffure qu'il ne lui avait jamais vue. Il prit une Camel et, oubliant qu'elle ne fumait pas, lui en offrit une. A la lueur de son briquet, il aperçut la broche de Deirdre épinglée sur sa poitrine. Comme en réponse au regard furtif qu'il lui adressait, elle porta ses mains à la broche. « Elle n'aurait pas dû me la donner, murmura-t-elle. Cette broche est trop précieuse. »

— Je la comprends, dit T. F.

Il pensait aux cadeaux de départ très spéciaux qu'on lui avait demandé de lui remettre juste avant qu'elle ne monte dans l'avion.

— Ça demande du courage de faire ce que vous faites. Deirdre vous admire. Ils auraient dû envoyer un type comme moi à votre place.

— Parce que vous parlez un si bon français ? dit Catherine en riant. Ou parce que vous ressemblez à un Français autant qu'à un Esquimau ?

T. F. grimaça un sourire.

— Quoi qu'il en soit, prenons rendez-vous dès maintenant pour ce dîner à Paris quand la guerre sera finie !

— Pourquoi attendre que la guerre soit finie ? demanda-t-elle.

Elle ouvrit son sac à main.

— Voulez-vous faire quelque chose pour moi ?

— C'est pour ça que je suis là.

Catherine lui tendit un morceau de tissu enveloppant un objet métallique.

— Vous donnerez ça à Deirdre de ma part. C'est un cadeau du major Cavendish. J'aimerais qu'elle l'ait.

En dépliant le tissu, T. F. aperçut le scintillement des boucles d'oreilles. Il eut un petit sifflement.

— Vous ne pouvez pas.

— Si, je le veux ! Ils nous font un petit cadeau en signe de bonne chance chaque fois que nous partons. Mais j'ai un étrange pressentiment. Vous n'en avez jamais ?

— Oh si ! souria-t-il. Et presque toujours ils se révèlent justes, ils me procurent des ennuis.

— Si celui que j'ai se réalise, je n'aurai pas d'ennuis.

Elle tapota négligemment sa coiffure. T. F. se demandait de quelle sorte d'ennuis il s'agissait.

— J'ai le curieux sentiment que si quelqu'un, ici, a ces boucles d'oreilles, ça me portera bonheur. Ce sera comme la garantie que je reviendrai. Et que nous ferons la fête ensemble à Paris.

Catherine l'étudiait dans l'ombre.

— Ça vous paraît un peu dingue, non ?

— Pas plus que le fait d'aller en France occupée.

Catherine sourit et écouta un moment la pluie battre les vitres de la voiture. Puis elle se tourna vers T. F.

— De toute façon, si je ne reviens pas, je préfère savoir que Deirdre possède ces boucles d'oreilles. Peut-être, un jour, elle les portera et ensemble, en dansant, à Londres ou à New York, ou quelque part que vous soyez, vous aurez tous deux une pensée pour moi. Il est bon de se dire que quelqu'un se souviendra de vous.

A ces mots, T. F. ressentit comme un coup de poing dans sa poitrine. Il prit les mains de Catherine dans les siennes.

— Je les lui donnerai. Elle les portera un peu chaque jour jusqu'à ce que nous fassions ce dîner à Paris. Je vous le promets.

— Merci, dit Catherine en lui serrant les mains à son tour. Je serais vraiment ravie qu'elle les garde. Autrement, — elle eut un petit rire métallique —, si quelque chose m'arrivait, on les retrouverait sûrement suspendues aux oreilles d'une putain de la Gestapo de Calais, ce que je ne désire vraiment pas !

*

Paul prit son poste à ondes courtes où il le cachait, dans un four à bois inutilisé du hangar, et se mit à tourner les boutons pour recevoir le plus clairement possible la BBC. Les deux pilotes de la RAF étaient assis sur un grand lit qu'on avait poussé contre un mur, se réjouissant en silence de leur prochain retour en Angleterre et à la liberté. Remy Clément, l'adjoint de Paul, était à la fenêtre, en train de scruter l'obscurité, encore troublé par la présence des types de la Gestapo qu'il avait devinés à la gare d'Angers. Paul, de son côté, espérait que les hommes de Stroemulburg ne se montreraient pas. Autrement, Remy voudrait sortir de ce trou à la faveur d'une véritable fusillade, comme dans un western. Paul ne voulait pas qu'il le fasse, car ils risquaient d'être tous tués, mais il ne pouvait pas non plus parler à Clément des contacts qu'il avait avec la Gestapo. A la fin, il préférerait plutôt courir sa chance les armes à la main.

En dépit du mauvais temps qui rendait souvent la réception difficile, la BBC commença à émettre. Paul se préparait à l'instant où il ferait semblant d'entrer dans une colère terrible, aux yeux de Clément et de ses passagers, quand l'émission se terminerait sans que le message ait été diffusé. Jouer la comédie était ce qu'il aimait le mieux dans le métier qu'il faisait. Il fronça les sourcils et attendit que commencent les messages personnels.

« Copenhague est située pres de la mer », dit le speaker. En entendant cette phrase, Paul se retint de hurler. Le speaker répéta le message sur le même ton lugubre. Paul regarda le sol pour que les autres ne puissent lire la grimace qui se peignait sur son visage. Qu'est-ce qui était arrivé, nom de Dieu ? Londres avait reçu son message. La fille du One Two Two lui avait bien dit qu'ils en avaient accusé réception.

Aucun des autres, c'était évident, ne connaissait le message. Il pouvait toujours prétendre qu'il n'avait pas été envoyé, laisser l'appareil repartir, rester caché dans ce hangar et essayer de filer à l'aube. A moins que Stroemulburg ou un de ses hommes n'ait aussi écouté la BBC. S'ils apercevaient l'avion faire des cercles, le pilote envoyer son signal de reconnaissance, ils passeraient tous au poteau d'exécution du mont Valérien. Paul avait beau se répéter que le premier devoir d'un agent secret était de survivre, ça ne donnait pas une solution au problème.

C'est alors que la lumière se fit en lui. Les gens de Londres étaient des imbéciles et des bornés, mais pas autant qu'il se plaisait à le dire. Ils avaient pensé que Stroemulburg entendrait aussi cette phrase sur la BBC. Ils l'avaient envoyée pour le mettre à couvert, lui, Paul. Il passerait donc une longue nuit dans ce champ détrempé, attendant un avion qui ne viendrait pas. Les hommes de Stroemulburg penseraient que l'appareil avait été abattu par leurs défenses antiaériennes. Ils ficheraient le camp et iraient boire un verre de schnaps. En se félicitant de la ruse de ses employeurs anglais, Paul éteignit sa radio et sourit aux pilotes de la RAF.

— Tout est prêt, dit-il. Le message est passé. L'avion arrive.

*

Le dîner à Tangmere Cottage avec les pilotes de l'Escadrille du Clair de Lune se révéla aussi gai que le premier. Catherine était une fille séduisante, la seule passagère pour cette nuit, et elle était le morceau de choix, l'hôte d'honneur auquel ils répétaient leurs histoires de vol extravagantes. Chaque fois qu'elle vidait son verre, quelqu'un le remplissait de nouveau. Au dessert, le sergent Booker lui apporta une orange sur un plateau d'argent avec la dignité d'un joaillier présentant une tiare de diamants à une duchesse douairière. Elle retrouvait le bon vieux temps. C'est alors qu'à l'autre bout de la table, T. F. lui envoya un coup d'œil qui la rappela à la réalité. Elle le suivit dans la chambre que les gars de l'Escadrille du Clair de Lune avaient ménagée pour un dernier *briefing* avant son départ.

T. F. posa sa serviette sur la table de nuit et se mit à en sortir le contenu, comme on lui avait demandé de le faire. D'abord, il lui donna l'allumette contenant les microfilms destinés à Aristide.

— Vous connaissez déjà ça ? je pense.

— Oui. J'en ai emporté une lors de mon dernier voyage.

Catherine prit l'allumette que lui tendait T. F., l'étudia soigneusement, puis la glissa dans sa boîte et mit celle-ci dans son sac à main.

T. F. sortit un Walther P 38 et deux chargeurs de l'un des compartiments de sa serviette.

— Je n'ai pas voulu d'arme la dernière fois, lui dit-elle. Je n'en veux pas cette nuit. Cela ne sert qu'à vous faire prendre au cours d'une rafle.

T. F. approuva et prit un autre objet dans sa serviette : un petit flacon en argent.

— Là, je suis d'accord, dit Catherine.

Elle déboucha le flacon et en respira le contenu.

— Du rhum ! dit-elle avec une grimace. Savez-vous pourquoi on appelle le rhum *Nelson's blood* dans la *Royal Navy ?*

T. F. lui dit que non.

— Quand Nelson a été tué à Trafalgar, on a déposé son corps dans un cercueil en bois plein de rhum pour qu'il se conserve jusqu'à ce qu'on l'ait ramené en Angleterre pour l'enterrer. Mais personne n'aime plus le rhum que les marins anglais, et, quand on a ouvert son cercueil, en arrivant, on s'est aperçu qu'il était vide et que ce pauvre Nelson était aussi sec et ranci qu'une motte de beurre vieille de trois mois. Mon père était dans la *Navy* et depuis qu'il m'a raconté cette histoire, j'ai horreur du rhum. Mais peu importe !

Elle plaça le flacon dans son sac.

— J'y mettrai du cognac, quand j'arriverai là-bas, cette nuit.

T. F. ouvrit alors une petite boîte dans laquelle se trouvaient des pilules rondes de couleur verte.

— Benzédrine, dit-il. On dit que si vous en prenez deux vous ne pourrez pas dormir pendant huit jours.

— Pas exactement, dit Catherine. Mais ça vous ferait passer une nuit blanche sans problème.

Pour finir, T. F. sortit de son sac à malices la petite pilule blanche et carrée baptisée « L ». En la tenant dans le creux de sa main, il semblait avoir envie de vomir.

— Vous savez de quoi il s'agit, je pense, dit-il dans un murmure.

— Bien sûr.

Catherine prit la pilule, s'assit sur le lit et enleva sa chaussure gauche. Tandis que T. F. la regardait avec une attention douloureuse, elle enleva la barette de sa chaussure, posa calmement la pilule dans le compartiment qui y était ménagé, puis la remit en place. Une idée incongrue et pourtant curieusement appropriée vint à l'esprit de T F. Son geste lui rappelait celui des petites amies qu'il avait avant la guerre à Hartford et qui glissaient une *dime*[1] dans leur sandale : c'était le prix que coûtait l'autobus pour rentrer chez elles, si leur rendez-vous tournait mal. Catherine se leva et se dirigea vers un miroir pour jeter un dernier coup d'œil à son apparence.

— Vous n'aimez pas ces bas? En fait, ils sont peints sur mes jambes, dit-elle, en surprenant T. F. qui la regardait.

Elle prit son sac qu'elle avait déposé sur le lit.

— Allons-y! dit-elle. Nous devons descendre. La voiture doit être là depuis quelques minutes.

*

Par les vitres de la salle de conférences du nouveau Quartier général d'Eisenhower à Southwick House, on pouvait voir la pluie tomber et entendre le vent dépouiller de leurs feuilles à peine nées les arbres qui entouraient la grande maison. Eisenhower, Montgomery, l'amiral Ramsay, son chef des opérations navales, le maréchal de l'air Leigh Malloy, son chef des opérations aériennes, écoutaient attentivement ce que leur disait l'officier supérieur du service météo du SHAEF.

Le *Group Captain* John Stagg expliquait qu'un courant froid traverserait la Manche pendant la nuit. Derrière, venant de l'Atlantique Nord, une dépression se déplaçant vers l'Europe s'était intensifiée au cours des dernières vingt-quatre heures. Elle se dirigeait vers l'est.

1. Une pièce de 10 cents (*N.d.T.*).

Entre ce courant froid et cette dépression, Stagg prédisait qu'un « hiatus venu du ciel » pouvait leur laisser espérer un temps convenable. Pas du beau temps, mais un ennuagement, un vent et une mer offrant le minimum de conditions requises pour un débarquement.

La discussion qui suivit fut brève. Eisenhower se tourna vers ses collaborateurs.

— Nous devons donner l'ordre, déclara-t-il. Je n'aime pas ça, mais le moment est venu.

Depuis la mer d'Irlande, en passant par la côte du pays de Galles, jusqu'à Land's End ; dans les criques, les baies, les ports, de Liverpool à Ramsgate, l'énorme machine se remettait en marche. Maintenant, on ne pouvait plus retourner en arrière. Le débarquement avait commencé.

*

Catherine et T. F. montèrent en silence dans la camionnette qui les attendait à la porte de Tangmere Cottage. Sur le siège avant, le pilote écoutait le sergent de la RAF qui lui donnait les dernières nouvelles de la météo.

— Ce sera un véritable coup de poker, cette nuit, sir.

Il avait dit cela avec la gentillesse de quelqu'un qui sait qu'il va passer la nuit dans un lit chaud.

— Vous allez rencontrer une tempête avec des vents de surface de trente ou quarante nœuds pouvant aller jusqu'à soixante au-dessus de la Manche. Il y aura un épais plafond de nuages d'ici jusqu'aux côtes françaises. Le temps devrait s'éclaircir à environ cinquante miles à l'intérieur des terres. Attention au givre à partir de 7 000 pieds ! — Il salua d'un geste élégant. — C'est tout, sir !

— C'est bien assez, sergent, soupira le pilote.

Il se tourna vers Catherine alors que la voiture démarrait.

— Il faut vraiment que quelqu'un veuille vous avoir là-bas pour nous faire partir par un temps pareil !

Arrivés sur le terrain, ils n'attendirent que peu de temps. Un mécanicien avait déjà fait chauffer les moteurs. Le pilote grimpa dans l'appareil, contrôla sa radio, puis fit signe à Catherine de monter à bord.

— Ce n'est qu'un au revoir, dit-elle à T. F. Commencez à aiguiser votre appétit pour ce fameux dîner à Paris.

T. F. l'embrassa affectueusement, non pas à la manière française . sur les deux joues, mais sur la bouche.

— *Goodbye*, murmura-t-il. Et bonne chance !

Il resta là, plein de tristesse et d'émotion, tandis que le mécanicien fermait le cockpit sur sa tête. Elle lui envoya un baiser, le pilote lui fit un salut et l'appareil pivota sur lui-même pour rejoindre la piste d'envol. T. F. resta là, regardant cette ombre qui s'éloignait, ce petit avion qui allait se battre contre la tempête et un ciel hostile.

Une heure plus tard, T F était à Storey's Gate pour annoncer au colonel Ridley que Catherine était bien partie. Il le trouva dans la salle des opérations du cabinet de guerre, un bureau encombré de monde, où trônait une table énorme couverte par une douzaine de téléphones rouges, blancs, verts et noirs. Les murs étaient tapissés de cartes : celles des lignes de l'Atlantique, des routes aériennes suivies par les avions pour aller bombarder le cœur de l'Allemagne, des jungles de Birmanie, du front de l'Est. Celle qui attira son attention, en cette nuit de juin, représentait les côtes de France.

Cette carte représentait une extraordinaire image à deux dimensions de la terre sur laquelle allait avoir lieu la bataille décisive de la guerre. Grâce aux interceptions-radio du service ULTRA, à la Résistance française, au remarquable réseau de communication allié, presque chaque unité, chaque batterie côtière, chaque point de résistance, chaque terrain d'aviation des forces ennemies était marqué avec la plus grande précision. Une telle carte, entre les mains du colonel von Roenne, aurait fait perdre la guerre aux Alliés.

Ridley était si absorbé par l'étude de cette carte, qu'il ne sembla pas entendre le rapport que T. F. lui faisait sur le départ de Catherine. Ridley ne pensait qu'à une chose : la situation extrêmement critique à laquelle on était arrivé. Il pensait à la Somme, cette satanée Somme, où tant de ses compatriotes étaient tombés pour rien dans la boue et la souffrance. Et s'ils allaient connaître un holocauste pareil à celui-là sur ces plages normandes auxquelles il pensait avec une telle intensité ? Enfin, il se retourna vers son subordonné américain.

— C'est pour demain, dit-il. Si vous savez prier, faites-le pour qu'Hitler avale nos mensonges.

*

Venant de l'ouest, des nuages noirs commençaient à envahir le ciel, avant-coureurs de la tempête qui s'annonçait. Paul les étudiait de son œil exercé d'aviateur, avec cette connaissance instinctive du ciel de laquelle sa vie avait souvent dépendu quand il volait pour *Air Bleu*, avant-guerre. Ces nuages étaient bas et menaçants et se dirigeaient vers l'intérieur des terres à une vitesse qu'il jugeait de l'ordre de 20 nœuds. Dans deux heures environ, la France de l'Ouest en serait recouverte. Ils passaient devant la lune projetant leurs ombres sur la terre et le paysage ressemblait à un kaléidoscope aux images changeantes tantôt noires, tantôt argentées. Londres avait été plus malin qu'il ne le pensait. Ils avaient vu que le temps allait changer. L'avion aurait de bonnes raisons de ne pas venir. Personne ne soupçonnerait sa ruse.

Paul s'assit dans l'herbe mouillée à côté des deux pilotes de la RAF. Eux aussi comprenaient ce qui arrivait. L'un d'eux pointa le doigt vers l'ouest.

— Ce serait un sacré miracle si quelqu'un venait par une nuit pareille !

Paul approuva et se mit à calculer le temps qu'il lui faudrait pour jouer sa petite comédie aux hommes de Stroemulburg dissimulés dans l'ombre. Soudain, il se raidit. Au loin vers l'ouest, il avait perçu le bruit d'un appareil. Il se leva, et écouta attentivement jusqu'à ce qu'il ait reconnu le bruit familier d'un Lysander. Il était stupéfait. Ce n'était pas possible ! Qu'est-ce qui avait pu clocher, Bon Dieu ! Londres, sciemment, délibérément venait de se jeter dans le piège que lui tendait la Gestapo. Il se tenait encore là, paralysé par la stupéfaction, quand le Lysander passa une première fois au-dessus de sa tête. Clément avait déjà sauté sur ses pieds et était allé prendre son poste.

Paul se demandait avec angoisse ce qu'il devait faire. Envoyer un faux signal de reconnaissance pour avertir le pilote du Lysander ? Mais les hommes de Stroemulburg, cachés dans les buissons, connaissaient le vrai signal. Si Paul faisait ça, ils seraient tous liquidés dans le quart d'heure suivant. « Bon Dieu ! » se dit-il, en s'emparant de sa lampe, pour faire la seule chose qu'il pouvait faire : envoyer son « T » de bienvenue au pilote qui commençait à piquer vers le terrain.

Le Lysander envoya à son tour la lettre « T », et effectua un atterrissage parfait. Paul fit un signe aux deux pilotes de la RAF qui se ruaient déjà vers l'appareil.

Le cockpit s'ouvrit et l'unique passager que contenait l'avion sauta gracieusement à terre. C'était une femme. Les pilotes de la RAF la croisèrent en courant et montèrent à bord du Lysander. La femme se précipita vers Paul. Ce ne fut qu'à l'instant où elle fut près de lui, qu'il reconnut la chevelure, le parfum, la chair de la femme qu'il aimait. Ses genoux tremblaient, il sentit le sang refluer de son visage. Pendant un moment, il crut qu'il se trompait Puis il cria :

— Denise !

C'était tout ce qu'il pouvait dire, littéralement bâillonné par la surprise et l'horreur.

— Mon chéri ! souffla Catherine Grâce à Dieu, je vous retrouve, même si ce n'est que pour une nuit.

*

Ce n'est que lorsqu'ils furent retournés vers le hangar, que Paul commença à se remettre du choc que l'arrivée de Catherine avait provoqué en lui. De ses mains qui tremblaient un peu, il ouvrit la porte pour laisser passer Catherine. En même temps, il se retourna et scruta l'obscurité. Il ne vit rien de particulier, n'aperçut aucun mouvement qui puisse indiquer que les hommes de Stroemulburg étaient cachés dans les environs. Avaient-ils une chance d'en réchapper ? Clément avait déjà sauté sur son vélo et pris le sentier boueux.

A quelques mètres du hangar se trouvait un fossé de drainage qui suivait le sentier sur un demi-kilomètre jusqu'à l'endroit où il rejoignait la route. Pouvaient-ils sauter dans ce fossé et se sauver sans être vus ? Paul, dont les yeux étaient habitués à la nuit, regarda le fossé et resta figé sur place. Cinquante mètres plus loin, là où le fossé atteignait le bois qui entourait le hangar comme une mer entoure une île, il avait vu une silhouette tapie dans l'ombre et entendu un bruit de branches cassées. Il grommela un juron. S'ils avaient posté un homme à cet endroit, cela voulait dire qu'ils étaient encerclés.

Il referma la porte, alluma une lampe à pétrole et la suspendit à un crochet fixé au plafond. Sa lueur éclaira les recoins du hangar. C'était un bâtiment primitif, sans eau ni électricité, avec pour seuls meubles une table et un matelas recouvert de vieilles couvertures. Catherine regarda autour d'elle et se tourna vers Paul. Elle était si belle que celui-ci eut comme un sursaut.

— Mon chéri, dit-elle, vous avez le génie de trouver les lieux les plus romantiques de France pour nos rendez-vous !

A ces mots, ils se jettèrent dans les bras l'un de l'autre L'étreinte de Catherine pleine de passion était celle d'une femme sachant qu'elle a peu de temps à passer avec son amant. Celle de Paul, tremblante et presque hésitante, reflétait l'angoisse qui l'étreignait. Catherine s'écarta lentement de lui. Une femme amoureuse devine à la manière dont il l'embrasse ce qu'éprouve un homme, en moins de temps qu'il n'en faut à un astrologue pour lire dans les étoiles. Du bout des doigts elle essuya la sueur qui perlait à ses tempes.

— Qu'est-ce qui ne va pas, chéri ? demanda-t-elle.

— Je suis inquiet.

— Pourquoi ?

— J'ai un mauvais pressentiment en ce qui concerne l'opération de ce soir...

Paul se demandait comment expliquer la chose à Catherine.

— Depuis que je suis descendu du train, en gare d'Angers, j'ai l'impression que je suis filé.

Catherine eut un petit frisson.

— Ce n'est peut-être que votre imagination. Vous êtes terriblement surmené.

— Non. J'ai un sixième sens pour ce genre de choses.

— S'ils étaient après vous, ils se seraient emparés de l'avion quand il a atterri, vous ne croyez pas ? C'était une aubaine pour eux.

Paul demeurait morose et silencieux. Catherine éteignit la lampe et ils s'étendirent, dans les bras l'un de l'autre, sur le matelas. Paul s'agrippa à elle avec une espèce de sauvagerie, mais, Catherine s'en rendit vite compte, la nervosité qui l'envahissait comme une fièvre empêchait son désir de se manifester.

— Ne soyez pas inquiet, chéri.

Elle l'embrassa tendrement, puis se blottit dans ses bras comme une enfant dans ceux de sa mère. Au bout d'une minute, elle était endormie.

Paul, lui, restait éveillé. Il contemplait le plafond du hangar, cherchant désespérément une solution. Qu'est-ce qui était donc arrivé ? Son message envoyé par la fille du One Two Two ne pouvait être plus clair, plus explicite : la Gestapo voulait s'emparer du passager qui allait arriver par l'opération Tango. La fille lui avait bien dit que Londres avait accusé réception du message. Est-ce qu'elle avait menti ?

C'était possible, mais pourquoi l'aurait-elle fait ? Elle s'était toujours montrée au-dessus de tout soupçon. Aurait-elle été, elle aussi, retournée par les Allemands ? C'était invraisemblable, car, si elle l'avait été, Stroemulburg saurait maintenant qu'il avait des liens avec le MI 6 et ses gorilles l'auraient déjà pressé comme un citron. Non. Si on examinait la situation avec ce sens tout particulier de la duplicité qui caractérise un agent double, la filière du One Two Two était sûre et fonctionnait normalement.

Si Londres avait envoyé Denise ici, c'était parce qu'ils avaient leurs raisons ; ou alors ils étaient complètement stupides. Comme tous les agents, Paul se disait parfois que ses supérieurs, isolés dans la tour d'ivoire de leur Quartier général, étaient capables de toutes les bêtises ; mais commettre une erreur aussi énorme !

Il y avait d'autres possibilités. Stroemulburg, Paul le savait, avait des contacts au plus haut niveau à Berlin. On disait que les Alliés avaient pénétré les services de renseignements du Reich. Est-ce que par hasard Stroemulburg serait embringué dans une affaire semblable ? Si c'était le cas, Paul s'était totalement trompé sur son compte pendant presque dix ans.

Il contempla Catherine dormant en toute confiance dans ses bras. Il pouvait entendre son souffle. Il sentait l'odeur familière de son corps. Tout ce qu'il y avait de pur dans ce monde tordu et dément, où il se plaisait à des ruses de serpent, était là dans ses bras. Toute la loyauté qu'il pouvait y avoir en lui, Paul devait l'employer à la sauver. Mais comment ?

Il pouvait aller voir Stroemulburg et plaider la cause de la jeune femme. Le supplier de la relâcher en reconnaissance de tout ce qu'il avait fait pour lui. C'était une chose possible, mais en tout dernier recours. Il connaissait assez Stroemulburg pour savoir quelles limites avait sa gratitude.

Paul pouvait aussi révéler à l'Allemand ses contacts avec le MI 6 et lui offrir de jouer les agents triples pour la sauver. Mais il avait toutes les raisons de croire que Stroemulburg avait en lui une confiance totale. Il était fier d'en avoir fait sa créature et il avait désespérément besoin de croire en lui et dans sa réussite. Lui dire qu'il avait été mené en bateau, ridiculisé, qu'on avait fait de lui un jouet aurait provoqué chez l'Allemand des réactions aussi imprévisibles que les effets d'un coup de foudre.

Paul prit une cigarette et commença à fumer dans l'obscurité. Stroemulburg devrait être son dernier ressort. Pour l'instant ils étaient comme des rats pris au piège. Comment s'en sortir ?

Une fois qu'ils seraient dans le train pour Paris, ce serait difficile. Leur moindre mouvement serait suspect. Ils pourraient essayer de descendre à Tours ou à Orléans et se perdre dans la foule. Le problème était la détermination que Stroemulburg avait d'arrêter la jeune femme. Si celle-ci lui échappait, il tomberait à bras raccourcis sur ses hommes. Ces derniers le savaient et ne prendraient aucun risque. Si elle se levait de sa banquette, ils la suivraient dans le couloir et si elle ne se dirigeait pas vers les toilettes ou le wagon-restaurant, ils lui mettraient la main dessus. Paul en était persuadé.

Soigneusement, il passa en revue les moindres détails du chemin qu'ils allaient suivre. Demain, ils auraient quatre kilomètres à faire sur une route de campagne peu fréquentée. Stroemulburg n'avait pas pu planter un agent derrière chaque buisson. Les faire suivre par une voiture serait donner l'alerte, et Stroemulburg ne le voulait sûrement pas. Si seulement il y avait un endroit entre le hangar et Paris où l'on puisse semer les types de la Gestapo, c'était bien quand ils seraient à bicyclette le lendemain matin. Paul était excité à cette idée.

Ils quitteraient la route de La Minitré à un petit carrefour. Ils iraient vers le nord afin de ne pas traverser la Loire, car, une fois qu'ils auraient pris la fuite, les Allemands barreraient tous les ponts. Ils reviendraient ensuite vers Angers. Stroemulburg ne connaissait pas l'existence de Clément, l'adjoint de Paul. Paul et Catherine iraient à sa planque et s'y terreraient. Entre le moment où le dernier de leurs suiveurs les aurait vus pédaler en direction de La Minitré et celui où les agents de la Gestapo qui les attendaient à la gare commenceraient à se soucier de ne pas les voir arriver, il se passerait environ une vingtaine de minutes. Cela représentait une avance considérable, même si la Gestapo se mettait à leur poursuite en voiture. C'était aussi la seule chance qu'ils avaient d'échapper au piège de Stroemulburg. Pour la première fois depuis que Catherine était descendue de son Lysander, Paul reprenait confiance.

*

A quelque trois cents kilomètres d'Angers, le vent qui soufflait de la Manche faisait tomber les feuilles des tilleuls qui entouraient le château des ducs de La Rochefoucauld et les faisait voler sous les fenêtres de la chambre du maréchal Erwin Rommel. Ce dernier contemplait avec satisfaction l'aube grise et venteuse de ce lundi 5 juin. Pendant les deux semaines précédentes, il avait fait un temps idéal pour un débarquement, et il avait prié pour qu'il pleuve.

Il prit une douche, se rasa, s'habilla et prit son petit déjeuner : un bol de potage que son cuisinier lui avait préparé. Comme Eisenhower, de l'autre côté de la Manche, sa première pensée alla au chef de son service météo, le major Ernst Winkler cantonné à la villa *les Sapioles*, dans la station balnéaire de Wimereux située tout près de Boulogne. Le major était l'un de ses rares subordonnés que le maréchal appelait régulièrement. Les prévisions météorologiques ne pouvaient pas être pires, lui dit le major. Il ajouta que, par ses fenêtres, il pouvait voir les vagues avec des creux d'un mètre cinquante qui s'écrasaient sur la plage au pied de sa villa. Un débarquement par un tel temps était impensable.

C'était exactement ce que Rommel désirait entendre. Depuis plusieurs jours, il avait prévu de quitter La Roche-Guyon le 5 ou le 6 juin. Sur son lit se trouvait une paire de chaussures grises qu'il avait fait venir de Paris pour l'anniversaire de sa femme Lucie, qui tombait le mardi 6 juin.

L'anniversaire de Lucie n'était pas la vraie raison de son départ il avait été convoqué par Hitler à Berchtesgaden le mardi après-midi Il voulait demander au Führer que deux panzer divisions de plus soient placées sous son commandement, la 2e SS à Toulouse et la 9e à Avignon, stationnées là en vue d'un débarquement en Méditerranée. Rommel était sûr de les avoir, car il avait l'intention de les placer au sud de Caen, derrière les plages normandes qui, ces derniers temps, hantaient l'esprit du Führer.

Avant de partir pour Berchtesgaden, Rommel, en bon chef militaire qu'il était, avait eu une dernière pensée pour ses hommes épuisés par quinze jours d'alerte dans l'attente d'un débarquement Il donna l'ordre que toutes les unités se trouvant derrière le mur de l'Atlantique mettent l'arme au pied et autorisa des permissions pour les hommes et les officiers.

*

Dans un petit bouquet d'arbres au sud-est d'Angers, un autre voyage se préparait en cette même aube pluvieuse. Paul scrutait les feuillages autour du hangar, essayant de voir combien d'hommes Stroemulburg y avait cachés. Il n'en vit aucun. Cela le rassura, mais la seule chose qui l'intéressait, c'était d'être pendant un quart d'heure à l'abri des regards sur la route de La Minitré. Il regarda Catherine encore à moitié endormie sur son matelas. Quelle raison pourrait-il lui donner de quitter leur itinéraire prévu et se perdre dans la campagne ? Jusqu'à quel point pouvait-il lui faire part de ses relations avec Stroemulburg ? Il piquait avidement dans son paquet de Lucky Strike, un cadeau que la Gestapo lui faisait pour le récompenser de ses services, cette Gestapo que, maintenant, il allait devoir fuir.

Il décida de ne rien dire à Catherine. Ce genre de choses exigeait trop d'explications — ou n'en demandait aucune. Cela se ferait plus tard après la guerre, dans un bureau de Londres, lorsque toute équivoque serait dissipée. Sur son matelas, Catherine s'étira, sortant à regret de son sommeil. Elle se leva et rejoignit Paul debout devant la fenêtre. Elle respira l'air humide plein des promesses de l'été, puis elle se retourna pour embrasser Paul. Au début son baiser fut alangui et tendre puis il se fit sauvage comme si elle comprenait soudain que, dans quelques heures, ils allaient être de nouveau séparés.

Cette fois-ci, la réaction de Paul ne se fit pas attendre. La confiance en soi peut rendre sa vitalité à un homme presque aussi sûrement que la passion. Le fait de se dire que, bientôt, ils seraient en pleine campagne, libérés des hommes de Stroemulburg, redonna à Paul une ardeur dont l'angoisse l'avait privé quelques heures auparavant. Ils tombèrent sur le matelas et firent l'amour comme des fous... Un peu plus tard, Catherine resta étendue, épuisée et heureuse, écoutant les oiseaux chanter dans le matin. Paul la ramena à la réalité.

— Si quelque chose se passe quand nous serons en route pour la gare, faites exactement ce que je ferai. Pour l'amour de Dieu, ne perdez pas de temps à me poser des questions !

« C'est bien là mon vieux Paul, se dit Catherine, mon aviateur bourru, avec ses bottes de caoutchouc qui, la première fois, m'a portée dans ses bras comme un sac de pommes de terre. » « Son aviateur bourru » la tira dehors et la fit monter sur une bicyclette. En pédalant vers la grand-route, Paul parcourait les bois du regard à la recherche de leurs suiveurs. Il ne vit personne.

La route faisait un léger tournant puis grimpait une petite côte avant de traverser des pâturages en ligne droite. Au bout de la ligne droite, il y avait un sentier boueux qui menait vers le nord à travers des bouquets d'arbres et des terres incultes. C'était à cet endroit que Paul voulait semer les hommes qui les filaient. En haletant sous l'effort et la tension nerveuse, Paul monta la côte et prit la ligne droite. La route était déserte et les champs alentour tellement dénudés que personne ne pouvait s'y cacher. Il regarda alors dans le rétroviseur fixé à son guidon.

Il faillit tomber de sa bicyclette. A deux cents mètres derrière eux, une traction avant noire avec quatre hommes à l'intérieur les suivait lentement, réduisant son allure dans la descente pour ne pas les dépasser. Paul avait commis une erreur fatale. Stroemulburg désirait tellement s'emparer de Catherine qu'il n'avait pas demandé à ses hommes de prendre la moindre précaution.

Paul eut une sorte de faiblesse et faillit perdre le contrôle de son vélo. Pour une fois, Henri Le Maire, alias Paul, alias Gilbert, l'agent double, tellement fier de se jouer des autres, de leur mentir et de les manipuler, ne savait absolument pas ce qu'il devait faire. S'enfuir avec cette voiture derrière eux serait un suicide. Il fit la seule chose possible : il continua de pédaler, droit devant lui, se dirigeant inexorablement vers la gare et le piège que les Allemands avaient tendu à Catherine dans le train de Paris.

Alors que le train entrait en gare, Paul repéra deux autres hommes de Stroemulburg qui les épiaient par la portière. En les voyant, une image lui traversa l'esprit : celle de deux vautours perchés dans les branches d'un arbre, les yeux fixés sur un buffle en train de mourir

*

Paul se fraya un chemin dans le couloir du wagon où ils étaient montés. Catherine se trouvait deux compartiments plus loin que celui de Paul, mais avant d'y entrer il s'accrocha à la barre de cuivre qui longeait les fenêtres et étudia les gens qui se trouvaient dans le couloir à moitié plein. Il y avait là une douzaine de Français ordinaires dont quelques-uns étaient assis sur leur valise qui bloquaient le couloir. Derrière lui, deux sœurs de charité parlaient à voix basse. Il compta quatre soldats allemands armés — ils l'étaient toujours désormais —, qui partaient sans doute en permission à Paris. A l'autre bout du couloir, il aperçut l'un des vautours de Stroemulburg. Combien y en avait-il d'autres dans le train ?

De colère, Paul aurait voulu se tuer. Il était dans un tel état de choc quand l'avion avait atterri, qu'il avait laissé Clément, son adjoint, s'évanouir dans la nuit en emportant leurs pistolets. Si Catherine avait une arme, ils pourraient essayer de sortir du train en entrant dans la gare d'Orléans. La jeune femme irait au fond du couloir comme si elle allait aux toilettes. Il se glisserait derrière elle et descendrait l'agent de la Gestapo à l'improviste. Surpris, les autres Allemands se trouvant dans le wagon seraient paralysés pendant quelques secondes, ce qui leur donnerait le temps d'ouvrir la portière et de sauter du train en marche.

Mais si elle n'avait pas d'arme, que faire? Et puis, essayer de sauter du train à Orléans serait une folie. La gare, comme toutes les gares d'une certaine importance, était pleine de soldats allemands en permission, de policiers, des salauds de la Milice. Si un événement quelconque, inattendu, pouvait créer quelques instants de confusion qui leur permettent de s'enfuir! Paul eut une idée, une seule, une tactique désespérée qui pouvait la sauver, elle, s'ils ne pouvaient sortir du train. Il alluma une cigarette et se mit à y réfléchir.

Il remonta le couloir jusqu'au compartiment où se trouvait Catherine. En le voyant, elle sortit le rejoindre.

— Avez-vous une arme? lui souffla-t-il.

— Non, dit-elle en secouant la tête. Je n'en ai jamais sur moi. Pourquoi?

— La Gestapo est dans ce foutu train.

Catherine eut un frisson en entendant ces mots. Aussi discrètement qu'elle le put, elle regarda les gens dans le couloir.

— Il y en a un à chaque bout du wagon, chuchota Paul.

— Comment le savez-vous?

— Qu'est-ce que vous entendez par « comment le savez-vous »?

Paul avait dit ces mots entre ses dents non pas pour ne pas être entendu, mais pour refréner sa colère.

— Je le sais tout simplement. Je peux sentir ces types à un kilomètre à la ronde.

Catherine le regarda. Il était pâle et tremblant comme quand ils étaient entrés dans le hangar la nuit d'avant et avaient pénétré dans la gare le matin même. Elle se souvenait du soudain éclat de mauvaise humeur qu'il avait eu au Chapon Rouge la première fois qu'ils avaient dîné ensemble. Etait-il devenu un peu paranoïaque, après huit mois de travail clandestin, sans un instant de répit? Avait-il imaginé ces hommes de la Gestapo, ou étaient-ils réellement là? Elle regarda de nouveau subrepticement dans le couloir.

— Ils sont après vous, ou après moi, ou après nous deux ensemble, reprit Paul. Si c'est vous qu'ils veulent, ils attendront que vous soyez à Calais. Ils vous suivront jusqu'à ce que vous les ayez conduits à votre contact là-bas C'est comme ça qu'ils opèrent. Si c'est moi...

Paul haussa les épaules en un geste d'indifférence héroïque. En fait, il était écrasé par le poids de son propre mensonge.

Catherine, soudain, eut peur.

— Qu'est-ce que nous allons faire ?

— J'en ai repéré cinq, dit Paul en feignant de regarder la campagne qui défilait sous leurs yeux. J'ai une idée qui pourrait marcher si c'est à vous qu'ils en veulent. Un de mes amis dirige un réseau de sabotage de voies ferrées dans le Nord. Ses hommes se trouvent à Hénin-Liétard à une demi-heure de Lille. Vous connaissez ?

Catherine approuva.

— Je vais aller voir ce type pour qu'il fasse dérailler votre train avant qu'il n'arrive à Lille. Asseyez-vous du côté de la fenêtre. Veillez à ce qu'elle reste ouverte. Quand vous entendrez l'explosion, il y aura un moment de confusion. Sautez par la fenêtre et sauvez-vous ! Allez directement à Paris et rendez-vous au bar de la rue Saint-André-des-Arts. Quelqu'un vous y attendra.

— Et s'il y a un de ces types dans mon compartiment ?

Paul haussa les épaules.

— Alors ça ne marchera pas ! Mais généralement ils ne font pas ça, parce que c'est trop voyant. Ils préfèrent se tenir à chaque bout du wagon, comme ils le font en ce moment. La première chose qu'ils feront après le déraillement sera de contrôler les sorties. Ils chercheront à savoir ce qui est arrivé. Un d'eux pensera à vous et se précipitera dans votre compartiment. Ça prendra trente secondes. Pendant ce temps, vous aurez sauté par la fenêtre et aurez pris le large.

Catherine frissonna comme si elle avait un accès de fièvre et jeta un coup d'œil aux hommes qui se trouvaient à chaque extrémité du couloir, essayant de se souvenir de leurs visages.

— Et s'ils en veulent à nous deux ?

— Ils me piqueront à Paris.

— Alors, le déraillement ?

— Il n'aura pas lieu... — Paul hésita un moment. — Si le train ne déraille pas, votre seule chance est de les semer d'une façon ou d'une autre en gare de Calais. Passez d'un wagon à l'autre, sautez sur le quai opposé, montez dans un autre train s'il y en a un.

Du coin de l'œil, Paul remarqua qu'un des vautours de Stroemulburg commençait à les regarder attentivement. Ils savaient que Paul ne devait avoir qu'un minimum de contacts avec les gens qu'il convoyait. Paul ne pouvait pas se permettre d'attirer les soupçons des types de la Gestapo, car alors ils le suivaient une fois arrivés à Paris.

Il caressa la main de Catherine et la regarda dans les yeux, le seul signe d'adieu qui leur était permis.

— Je vous aime Denise. Pour l'amour de Dieu, baissez cette fenêtre quand vous arriverez à Hénin-Liétard, et sauvez-vous quand vous entendrez l'explosion.

— Je vous aime aussi, souffla-t-elle, en se rendant compte que c'était la première fois qu'elle disait cela à un homme.

Elle revint s'asseoir dans son compartiment, tandis que Paul regagnait le sien.

Catherine contempla un moment la campagne détrempée et songea à la situation dans laquelle elle se trouvait. Paul avait pu succomber à un accès de cette paranoïa fréquente chez les clandestins. Ça ne pouvait être qu'une fausse alerte. Il n'y avait pas de gens de la Gestapo dans le train. Elle espérait, au moins, que ce n'était pas le cas. Mais pourquoi avait-elle refusé cette arme que lui avait offerte T. F. ? Elle regarda ses chaussures, avec leurs talons hauts. Ce n'était pas commode de courir dans la campagne avec ça. Elle devrait les enlever et partir pieds nus quand le train déraillerait. Elle pensa à Ridley et à l'énormité de la mission qu'il lui avait confiée. Puis ses pensées allèrent à l'école de sécurité du SOE. Elle essayait de se préparer du mieux qu'elle pouvait à ce qui l'attendait.

A la gare d'Austerlitz, Paul la suivit parmi la foule des voyageurs qui descendaient du train. Il remarqua que cinq hommes de Stroemulburg lui faisaient une escorte comme des remorqueurs autour d'un paquebot, l'entourant d'un invisible et terrifiant cordon. Avec angoisse, il la vit tendre son ticket au portillon et se perdre dans la foule. Il se surprit à faire une prière à un Dieu auquel il avait cessé depuis bien longtemps de croire, en qui il n'avait jamais eu confiance. « Aidez-moi à la sauver ! » Puis il se précipita vers la salle d'attente où se trouvait un téléphone public...

*

Paul descendait à grands pas le boulevard des Capucines en direction du café de la Paix. Il parcourut du regard les clients et se précipita vers Ajax qui était en train de lire paisiblement son journal à une table du fond. L'homme contempla l'officier des opérations aériennes du SOE avec un air amusé. Paul était tout agité. Ce n'était pas pour déplaire à Ajax. Il n'avait rien à voir avec Paul. Normalement il aurait dû refuser de faire quoi que ce soit avec lui. C'était uniquement à cause de l'angoisse qu'il y avait dans sa voix, quand il l'avait appelé au téléphone, qu'il avait accepté de le rencontrer.

— Ça n'a pas l'air d'aller, dit-il à Paul alors que celui-ci s'asseyait à son côté.

Ajax était un ancien officier de cavalerie, un noble dont l'ascendance était aussi fournie que son compte en banque était vide. Son costume vieux de dix ans était élimé aux coudes et aux genoux, le tissu était devenu tout luisant au fil des années, mais le pli de son pantalon était impeccable. Il avait la peau du visage tannée et les yeux légèrement bridés d'un marin ou d'un homme qui a passé sa vie au grand air. Ses cheveux passés à la brillantin étaient parfaitement peignés.

— J'ai terriblement besoin de vous, lui dit Paul.

Ajax hocha la tête gravement et ne dit rien. Rendre service à Paul était une chose qu'il ne ferait pas sans la plus profonde réticence. Comme il en avait averti les gens du service de sécurité du SOE, lors de son dernier voyage à Londres, il était convaincu que Paul avait des contacts avec la Gestapo.

— J'ai besoin de faire dérailler un train aujourd'hui même.

Ajax essaya, sans y parvenir tout à fait, de cacher l'amusement que la prière insensée de Paul avait provoqué en lui.

— C'est le 4126 qui arrive à Lille, ce soir.

— Ecoutez, Paul ! dit Ajax. Premièrement, on ne commande pas un déraillement comme on commande une bière à une terrasse de café. Deuxièmement, des déraillements pendant le jour peuvent être dangereux. Troisièmement, nous faisons dérailler des trains de marchandises ou des transports de troupes, pas des trains de voyageurs. Nous ne sommes pas là pour tuer nos propres compatriotes.

— Je sais tout ça, mais c'est terriblement important.

— Pourquoi ?

— Il y a un agent du SOE dans ce train. Une femme qui doit se rendre à Calais. La Gestapo la file. Ils la veulent à tout prix. Ils la prendront à Calais. Le seul espoir qu'elle a de leur échapper est que son train déraille.

Ajax pesa soigneusement ce que Paul venait de lui dire. Comment ce type du SOE savait-il tout ça ? Depuis quand la Gestapo ébruitait-elle ses projets ?

— Pourquoi cette femme est-elle aussi importante ? finit-il par demander à Paul.

— Je n'en sais rien. Tout ce que je sais, c'est que Cavendish m'a dit que sa mission était vitale, mentit Paul, et que Stroemulburg a ordonné personnellement à la Gestapo de s'emparer d'elle.

Ajax fixa Paul de ses yeux habitués aux grands espaces. « Voilà Stroemulburg, maintenant! se dit-il. Notre ami de la Gestapo met ce type dans ses confidences? » Il soupesait l'histoire que venait de lui raconter Paul. Peut-être y avait-il un agent dans ce train. Peut-être était-il important. Peut-être était-il filé par la Gestapo. Et peut-être cette femme était-elle dans la merde à cause de Paul qui, maintenant, était horrifié de ce qui était arrivé, et voulait réparer les dégâts.

— Vous ne me laissez pas beaucoup de temps.

— Je sais, dit Paul.

— Je ne peux rien vous promettre. Où serez-vous demain?

— Je réceptionne un vol cette nuit.

— Quand serez-vous de retour?

— Demain après-midi.

Ajax replia son journal et se leva.

— Appelez-moi aussitôt que vous serez de retour. Je vous dirai ce qui s'est passé.

*

Catherine Pradier fit comprendre timidement à ses compagnons de voyage qu'elle était enceinte et se sentait un peu malade. Une femme demanda à son mari de lui laisser sa place à côté de la fenêtre et de baisser la vitre pour que la jeune femme puisse avoir un peu d'air.

Catherine essayait de regarder le paysage le plus calmement possible. Elle n'avait aucune idée de l'endroit où le déraillement devait avoir lieu et il lui était impossible de prendre d'ores et déjà des dispositions pour s'enfuir. La campagne que le train traversait était plate et les terres étaient labourées. Elle fit une prière silencieuse pour que le déraillement n'ait pas lieu dans une telle région. Courir à travers ces champs serait s'exposer au tir des gens de la Gestapo comme un lapin.

Peu avant 6 h, le train entra dans la gare de Hénin-Liétard.

— Est-ce qu'on est loin de Lille? demanda-t-elle à sa voisine.

— Encore vingt minutes, répondit la femme.

Ce furent les plus longues minutes de toute sa vie. Elle regardait par la fenêtre, tous les muscles de son corps tendus, les bras croisés pour amortir le choc du déraillement, examinant inlassablement la campagne pour y trouver le chemin de son salut.

Dix minutes passèrent. Catherine compta les suivantes à voix basse. Aux terres labourées succédèrent de petits villages, puis la banlieue de Lille. Elle se renversa sur sa banquette, désespérée. Elle pouvait voir maintenant la fumée des faubourgs industriels de la ville. Elle comprit qu'il n'y aurait pas de déraillement. Elle était prise au piège. Paul était sûrement tombé entre les mains de la Gestapo à Paris, comme cet homme qu'elle avait vu, une nuit, par sa fenêtre, enlevé par les Allemands.

*

Comme toutes les nuits depuis le 1er juin, quand il avait capté les messages d'alerte envoyés aux quinze réseaux du SOE qu'il contrôlait, le docteur était assis devant son poste Grundig, un crayon et un bloc-notes à portée de la main, bien avant que ne commencent les émissions en français de la BBC. Ce lundi 5 juin, l'avenue Foch était déserte sous la pluie. Le docteur n'avait rien d'un militaire, mais il comprenait très bien que jamais les Alliés ne débarqueraient par un si mauvais temps.

Quand le speaker annonça les messages personnels, il se tendit. Soudain, il sursauta. Comme s'il annonçait un enterrement, le speaker prononça ces quelques mots : « La lampe verte est cassée. » C'était un des messages que le docteur attendait.

Quelques secondes plus tard, la voix dit : « Le trèfle est en fleur. » Le docteur pâlit. « Bon Dieu ! pensa-t-il, encore un ! Ce n'est pas possible ? »

« Alphonse embrasse Camille. »

Encore un ! Au comble de la stupéfaction le docteur entendit la suite des quinze messages déferler sur les ondes. Il les consignait un par un sur son bloc-notes, ses doigts tremblant d'excitation Il avait l'impression de sentir le souffle de l'Histoire dans son cou. Lui, un universitaire, un antinazi, une sorte de « brave soldat Schweik » incapable de distinguer son pied droit de son pied gauche, venait de découvrir le secret du débarquement ! Le SOE lui avait glissé dans le tuyau de l'oreille le plus précieux de ses secrets. Petit maître d'école inconnu de tous, il allait entrer dans l'Histoire comme le sauveur inattendu du IIIe Reich.

Alors que le speaker venait d'annoncer son dernier message, le majestueux *Ta-Ta-Ta-Ta* de la *Cinquième Symphonie* de Beethoven se fit entendre. Le docteur sauta de sa chaise et grimpa l'escalier qui menait au bureau de Stroemulburg.

— Les messages de « passez à l'action »! cria-t-il. Ils ont tous été envoyés! Les Alliés débarquent demain.

*

La pluie tombait de plus en plus fort tandis qu'ils s'approchaient de la côte de la Manche, et le désespoir ne cessait de grandir en Catherine. Le train Lille-Calais qu'elle avait pris en proie à une espèce de transe, après l'échec de la tentative de déraillement que Paul lui avait promis, était bourré de monde. Tous les compartiments étaient occupés, les couloirs encombrés de travailleurs fatigués, certains tellement épuisés qu'ils s'étaient endormis. Toutes les fenêtres étaient fermées et on aurait dit qu'un brouillard odorant et humide émanait de ces corps entassés dans le wagon : un mélange d'haleine fétide, de transpiration et de pieds sales.

La moitié des voyageurs étaient des soldats, des marins et des aviateurs allemands. « On ne pourrait même pas se frayer un chemin dans ce train à coups de mitraillette », pensait Catherine, et elle n'avait même pas sur elle une épingle à cheveux. En outre, elle ne pouvait pas se pencher hors de son compartiment pour voir si les hommes que Paul lui avait montrés en allant à Paris étaient encore là. Tout ce qu'elle pouvait faire était de rester assise et de penser à la manière dont elle pourrait leur échapper en arrivant à Calais. Il ferait presque nuit. La gare était toujours transformée en asile de fous quand arrivait le train du soir. Elle pouvait espérer qu'à la faveur de la foule et de l'obscurité elle passerait inaperçue. Mais où irait-elle? Ils devaient savoir où elle habitait. Par ailleurs, elle ne voulait pas les conduire au domicile d'Aristide. Alors, où aller?

Restait la laveuse de Sangatte dont elle avait pris la place à la batterie. Elle irait lui demander du secours. Soudain, elle vit un *Feldgendarme* à l'entrée de son compartiment, avec sa plaque métallique pendant sur sa poitrine comme une cloche au cou d'une vache. Etait-il là pour elle?

Non. Il ne s'intéressait qu'aux colis des voyageurs. Tout le monde regardait ce gros type bien nourri d'un œil hostile, tandis qu'il fouillait dans les sacs emplis de pommes de terre. Peu de temps après qu'il fut parti, le train entrait en gare de Calais.

En descendant de son wagon, Catherine essaya de se camoufler dans un groupe de voyageurs. Sauter sur un autre quai était hors de question : c'était une voie unique. Il lui fallait sortir de la gare. Elle n'osait pas regarder derrière elle pour savoir si elle était suivie ou non. Le faire aurait donné l'alerte aux gens de la Gestapo. S'ils ignoraient qu'elle se savait suivie, ils ne seraient pas sur leurs gardes et elle pourrait en profiter pour leur fausser compagnie.

En passant le portillon, elle aperçut Pierrot qui l'attendait. Elle commença par se diriger vers lui, puis retourna sur ses pas. S'ils étaient à ses trousses, il ne fallait pas le compromettre lui aussi.

Pierrot comprit aussitôt sa manœuvre. Il s'enfonça dans la foule et se mit à observer les voyageurs qui sortaient derrière elle. Il les repéra immédiatement. Ils étaient trois, de la Milice ou de la Gestapo, qui emboîtèrent le pas à Catherine avec une nonchalance pleine d'arrogance. Pierrot les suivit du regard jusqu'à la sortie. Deux hommes de la Gestapo, à en juger par leurs longs manteaux de cuir qui leur descendaient au-dessous des genoux, sortirent de l'ombre. Un des trois autres leur montra Catherine du doigt.

La jeune femme, une fois sortie de la gare, chercha un coin d'ombre où elle pourrait se dissimuler puis s'enfuir. Elle s'arrêta un instant pour inspecter la petite place qui se trouvait devant la gare. C'est alors qu'elle sentit deux mains la saisir par les bras, la soulever presque de terre et la pousser en avant.

— *Deutsche Polizei !* cria un des hommes.

Un autre l'attira vers lui, la regardant par-dessous le bord de son chapeau, en se moquant d'elle.

— *Wir haben unser kleines Schätzchen geschnappt*[1] ! dit-il.

*

L'enveloppe contenant les précieux secrets militaires que le docteur avait recueillis devait être transmise dans une maison à deux étages, rue Alexandre-Dumas, à Bougival, où se trouvait l'état-major du colonel Wilhelm Meyer-Detring, l'officier de renseignements atta-

---

1. Nous avons mis la main sur notre gentil petit trésor (*N.d.T.*).

415

ché directement au maréchal von Rundstedt. Meyer-Detring n'était pas là cette nuit. Il était en permission à Berlin. Le fait qu'il soit parti après que la première série de messages d'alerte eut été diffusée le 1ᵉʳ juin montrait le peu d'importance que lui et ses collaborateurs attachaient à cette histoire de la BBC devant annoncer le débarquement sur ses ondes.

L'officier de service, cette nuit-là, était un jeune lieutenant du nom de Kurt Heilmann. A 9 h 20, alors que l'estafette motocycliste apportant la moisson d'un an d'efforts effectués par la Gestapo était encore en chemin, Heilmann avait reçu un coup de fil urgent du service des communications de la 15ᵉ armée stationnée à Tourcoing. On l'informait que la BBC venait de passer les vers de Verlaine : « Blessent mon cœur / D'une langueur / Monotone. » C'était la deuxième moitié du message « alerte-action » envoyé en France par le SOE au cours de l'été 1943, qui faisait partie du plan d'intoxication *Starkey* — et qui, à cause d'une extraordinaire maladresse du SOE, avait été de nouveau utilisé en 1944 comme phrase-code pour annoncer le *vrai* débarquement.

Heilmann fit part de la communication qu'il avait reçue au général Bodo Zimmermann, l'officier des opérations de von Rundstedt. Zimmermann trouva la chose presque cocasse. Personne, ne fut-ce qu'en regardant par la fenêtre, ne pensait que les Alliés débarqueraient par une telle nuit. Ce message n'était rien d'autre qu'un des nombreux éléments de cette guerre psychologique à laquelle se livraient les Alliés, dont le but était d'exaspérer von Rundstedt et ses troupes en multipliant les fausses alertes. Zimmermann n'allait pas tomber dans le piège. En outre, il rappela à Heilmann que les Alliés n'auraient pas l'obligeance d'avertir la Wehrmacht de leur arrivée par le canal de la BBC — et surtout pas avec une phrase-code qui avait circulé dans toute l'Europe pendant plus de huit mois. Ensemble, Zimmermann et Heilmann mirent au point un bref message pour avertir Berlin et les subordonnés de von Rundstedt de l'interception des vers de Verlaine et de leurs possibles conséquences.

Ce message disait qu'une phrase-code « que l'on connaît depuis l'automne de 1943 et qui était supposée annoncer le débarquement, a été diffusée aujourd'hui par la radio anglaise. Bien qu'il ne soit pas certain que l'invasion soit annoncée par radio, il est raisonnable de croire qu'un tel message doit concerner des actions de sabotage contre des réseaux de communication et de transport... ».

Ce message était une invitation pour les officiers de von Rundstedt stationnés tout le long de la zone prévue pour le débarquement à faire exactement ce qu'ils avaient l'intention de faire : rien !

*

Pierrot frappa discrètement à la porte de l'appartement d'Aristide. Il haletait autant de peur que d'essoufflement après la course qu'il venait de faire depuis la gare.

— La Gestapo a arrêté Denise ! dit-il dès qu'Aristide, étonné de sa visite inattendue, eût refermé la porte derrière lui. Nous devons partir d'ici le plus tôt possible.

Aristide lui montra une chaise. Sa femme sortit de la cuisine, s'essuyant nerveusement les mains à un torchon sale, comme une voisine curieuse qui, par-dessus la haie de son jardin, tend l'oreille aux propos qu'échangent deux amis.

Pierrot raconta rapidement comment trois hommes avaient suivi Denise quand elle était descendue du train et l'avaient désignée à deux autres à la sortie de la gare. Tandis qu'une voiture l'emmenait, Pierrot avait noté sa plaque d'immatriculation. C'était une voiture de l'antenne de la Gestapo, rue Tenremonde, à Lille.

Aristide tira sur sa barbe, comme pour mieux réfléchir à ce que Pierrot venait de lui dire. Le problème n'était pas compliqué. Il ne demandait qu'un minimum d'esprit philosophique pour être résolu.

— Quelqu'un l'a donnée à la Gestapo. Elle savait qu'elle était suivie et c'est pourquoi elle ne s'est pas dirigée vers toi.

Aristide s'appuya contre le mur.

— Elle est venue par un Lysander la nuit dernière. Le fait qu'elle se soit trouvée dès ce soir à Calais prouve qu'elle ne s'est pas arrêtée à Paris pour prendre un contact. *Ergo,* les seules personnes qui l'ont vue sont les gens des opérations aériennes qui ont réceptionné son Lysander.

Aristide ferma les yeux et chercha un visage dans cette espèce de classeur qu'était devenu son esprit. Il se revoyait dans un champ au sud de Tours, retournant en France dans un Lysander avec Ajax, l'agent du SOE qui lui avait fourni les fusibles de Siemens. L'homme dont il se souvenait était grand, avait des cheveux châtains et une certaine élégance. En le lui montrant, Ajax avait dit à Aristide, alors qu'ils quittaient le terrain, que ce type avait des contacts avec la Gestapo.

Aristide ouvrit les yeux et regarda Pierrot avec l'air extasié d'un pèlerin musulman qui contemple pour la première fois la pierre noire de La Mecque.

— Paul ! s'écria-t-il. Le type qui a donné Denise s'appelle Paul ! Il dirige les opérations des Lysanders.

*

Peu de temps après être revenu dans son bureau, le lieutenant Heilmann reçut le rapport détaillé des interceptions-radio que lui communiquait le docteur. Il y avait là quinze messages « action » pour quinze réseaux de Résistance différents. C'était une moisson qui réclamait une analyse soigneuse — et Heilmann, bien que jeune, était un garçon soigneux.

Cependant, il ne lui appartenait pas de prendre une décision à partir des informations fournies par le docteur. L'analyse de ces vers de Verlaine ne relevait pas de Meyer-Detring, mais de l'état-major de von Rundstedt. Les officiers généraux n'aimaient pas que leurs subordonnés les considèrent comme des caméléons qui changeaient sans cesse d'idées. Un grand chef militaire, avait décrété Bismarck, s'accroche solidement au roc de ses propres convictions.

Heilmann envoya donc le contenu du dossier de la Gestapo à Bodo Zimmermann. Comme la plupart des officiers de carrière de la Wehrmacht, Zimmermann n'avait guère d'estime pour les gens de l'Abwehr et aucune pour ceux du RSHA d'Himmler. Ils avaient déjà décidé de ne pas inquiéter leurs hommes avec cette histoire de Verlaine. Il pleuvait toujours. Seul von Rundstedt avait le pouvoir d'ordonner une alerte générale fondée sur les messages de la BBC. Le vieux maréchal était dans son lit, avec un roman policier anglais, après avoir pris son dîner tout seul et bu une bouteille de bordeaux. Il n'était pas question que Zimmermann le dérange pour une plaisanterie venant d'un petit officier de la Gestapo. A cause de cette conception cavalière des choses, le coup le plus important réalisé par les services de renseignements allemands lors de la Seconde Guerre mondiale avait été repoussé dédaigneusement et le commandant en chef des armées allemandes de l'Ouest n'en avait pas été informé.

*

René, le barman du Sporting, rue de Béthune à Lille, avait déjà fermé, quand Aristide frappa à la porte. Il était tout essoufflé.

— Un demi ! dit-il.

Le barman le regarda. Dans le café, soumis aux réglementations du *black-out*, il n'était qu'une silhouette dans l'ombre, un petit étranger barbu, ce genre de types qui n'attire pas l'indulgence des barmen.

— Vous n'avez jamais entendu parler du couvre-feu ? ricana René.

En même temps qu'il dit cela, il contourna son comptoir et s'apprêta à ficher son client à la porte. C'est alors qu'il reconnut Aristide. Ce dernier, après tout, était la seule personne à utiliser le service très spécial que Stroemulburg avait demandé à René de gérer dans son établissement.

— Ah ! c'est vous ? Vous avez reçu le message ?

Aristide acquiesça. René l'étudiait. Il avait l'air fatigué et hagard Il lui versa une bière et fit glisser le verre sur le comptoir. Puis il ouvrit un placard où l'ancien propriétaire avait sa réserve personnelle et en sortit une bouteille de cognac. Il en remplit un demi-verre et l'offrit à Aristide :

— Vous semblez en avoir besoin.

— Merci !

Aristide acheva sa bière et but une gorgée de cognac.

— Ecoutez, René ! J'ai quelque chose d'urgent à dire à Londres. Est-ce que vous pourriez vous en charger cette nuit ?

Le barman resta pensif un moment. Stroemulburg lui avait ordonné d'être toujours évasif dans ses propos.

— Je ne sais pas, dit-il. Je vais essayer. Mais je ne vous promets rien. Vous attendez une réponse ?

— C'est ce que je veux — et vite !

— Vous voulez que je vous appelle au même numéro à Calais ?

Calais n'était pas un endroit où Aristide tenait à passer les jours à venir, du moins tant que la Gestapo n'aurait pas perquisitionné dans son appartement et ne se serait pas rendu compte que lui et sa femme s'étaient envolés. Si Londres lui faisait la réponse qu'il attendait, il devrait se rendre à Paris.

— Non, dit-il au barman. Je repasserai.

— Où habitez-vous ? demanda René. Je vous enverrai un courrier.

Aristide secoua la tête. Ce n'était pas une question à laquelle il allait répondre.

— Je reviendrai demain.

*

Les menottes qu'on lui avait passées déchiraient les poignets de Catherine Pradier chaque fois qu'elle essayait de bouger les mains. On l'avait enchaînée à une chaise dans un bureau de la Gestapo de Lille, à trois kilomètres à peine du café où Aristide finissait son verre de cognac et se préparait à disparaître dans la nuit.

Bien que cela ne fût guère approprié aux circonstances, elle était une sorte de vedette, assise là dans l'antichambre du chef de la Gestapo. Une foule de souris grises en uniforme profitaient de la moindre excuse pour entrer dans la pièce. Elles la regardaient la bouche bée avec un air ravi. « C'est une terroriste, soufflaient-elles. Une femme terroriste ! » Une demi-douzaine de leurs collègues mâles se joignaient au manège, faisant — à en juger par les réactions des deux types qui l'avaient arrêtée — des commentaires obscènes à son égard.

Quand ils l'avaient prise, elle avait été terrorisée et avait failli se trouver mal. Puis, quand ils l'avaient amenée à Lille, sa peur avait été remplacée par un calme étrange, presque surnaturel. Sa tension nerveuse, son angoisse avaient disparu. « C'est fini ! se disait-elle. Ils m'ont prise. » Se dire cela était pour elle comme une sorte de soulagement. Malgré la douleur qu'elle ressentait dans les bras et la pensée de ce qui l'attendait, elle était envahie par la lassitude et une sorte de résignation.

Un de ses gardes se leva et commença à marcher dans la pièce.

— Il vaut mieux que vous déliiez votre langue, ma petite fille. — Il indiqua d'un mouvement de tête la porte d'un bureau qui lui faisait face. — Le type qui est là n'aime pas les femmes, leur seule odeur le rend malade. — Il eut un rire gras. — Vous ne perdrez pas votre temps à lui parler. Et lui non plus ne perdra pas le sien avec vous.

Catherine regardait droit devant elle, feignant d'ignorer ce que lui disait l'Allemand. Le chef de la Gestapo à Lille avait la réputation d'être un homosexuel sadique. Elle le savait. Pour se consoler, elle se disait que Pierrot l'avait vue quand on l'avait arrêtée. Maintenant, Aristide et lui se seraient mis à l'abri. Elle pourrait toujours donner leurs noms et leur adresse. « Tenez vingt-quatre heures si vous êtes prise, lui avaient dit ses instructeurs du SOE, puis parlez aussi peu que possible et aussi lentement que vous pourrez. »

Ces instructions donnaient aux agents du SOE capturés un certain réconfort avant d'affronter les tortures de la Gestapo, puis leur laissaient un petit laps de temps pendant lequel ils n'auraient plus à les endurer. En un sens, c'était un moyen de l'emporter sur les autres. Il suffisait de résister à leur bestialité pendant vingt-quatre heures et c'étaient eux, et pas les gens de la Gestapo, qui triomphaient.

Mais si les Allemands avaient la moindre idée de la mission qu'elle devait accomplir? Ce ne serait pas vingt-quatre heures qu'elle aurait à tenir. Elle connaîtrait un calvaire sans fin. Elle jeta un regard presque rêveur sur la barrette de sa chaussure où était cachée la petite pilule de cyanure. Elle se demanda si elle aurait le courage de la prendre.

La porte du bureau s'ouvrit. Un homme d'âge moyen vêtu d'un costume gris croisé entra. Il la regarda de toute sa hauteur. Elle fut tentée de lui rendre son regard, de le défier. Mais elle préféra détourner la tête.

— Ah! mademoiselle, dit-il enfin avec un petit soupir. J'espérais pouvoir m'entretenir moi-même avec vous, mais une autorité supérieure m'a refusé ce plaisir. On insiste pour vous envoyer à Paris, avenue Foch. — Il fit de la main un geste plein de préciosité. Noblesse oblige!

Puis il se tourna vers les deux hommes qui avaient pris Catherine.

— Emmenez-la à Paris! grogna-t-il.

*

A plusieurs centaines de kilomètres de Lille, dans sa retraite des Alpes, à Berchtesgaden, Adolf Hitler avait passé la soirée à écouter de la musique avec sa maîtresse Eva Braun, puis il était allé se coucher après avoir pris un somnifère. La journée avait été tranquille : une discussion à propos de camions diesel, une conférence sur les importations de tungstène portugais, un autre examen de ses selles et de ses intestins... Ses subordonnés, à son Quartier général militaire, avaient décidé de ne pas troubler son plaisir à écouter du Schubert pour lui dire que plus d'une douzaine de messages annonçant le débarquement avaient été envoyés à la Résistance française par la BBC. Il était clair pour ses généraux comme pour leurs représentants du mur de l'Atlantique qu'il n'y aurait pas de débarquement tant qu'il ferait un si mauvais temps dans le Pas-de-Calais. Comme von Rundstedt, comme Rommel, Hitler s'était couché, ce 5 juin au soir, totalement ignorant du fait que la plus grande armada jamais réunie au cours de l'histoire s'approchait de sa Forteresse Europe. Et personne au grand Quartier général du Führer n'avait la moindre idée que l'événement décisif de la guerre venait de commencer.

Et pourtant, dans les eaux obscures et battues par les vents de la baie de la Seine, les 6 000 bâtiments de la flotte de débarquement d'Eisenhower prenaient place. La traversée avait été un miracle. Ils avaient dû affronter la tempête, le brouillard, une mer démontée. Mais aux premières heures du jour, le mardi 6 juin, ces bâtiments étaient en bonne formation et en bon ordre, à l'heure prévue, s'étant frayé un chemin parmi les sous-marins de poche et les champs de mines jusqu'à leur point de mouillage.

Ce qu'il y avait de plus merveilleux, c'est qu'ils n'avaient pas été détectés. La tempête — qui avait presque dissuadé Eisenhower — lui avait donné, en fait, un avantage qu'il n'aurait jamais osé espérer : l'effet de surprise. Il y avait là 6 000 vaisseaux, et pas un seul appareil de reconnaissance de la Luftwaffe, pas un seul sous-marin, pas une seule vedette, pas même les radars n'avaient pu les repérer. La première indication que les Allemands eurent de leur arrivée vint du plus prosaïque système d'alarme qui soit : l'oreille humaine ! Une sentinelle qui se trouvait sur le rivage entendit le bruit d'une chaîne d'ancre que l'on mouillait à quinze brasses de là. Sur sa tête, il entendit le rugissement des appareils amenant les troupes aéroportées. Il était 2 h 30 du matin. L'invasion de l'Europe de l'Ouest avait commencé.

A Londres, une Humber transportant quatre passagers se dirigeait vers un immeuble à deux étages dans la banlieue de Hampstead Heath. Ces hommes avaient à remplir une mission extraordinaire. C'étaient des agents de Ridley, travaillant à l'opération FORTITUDE, qui venaient à Hampstead Heath pour annoncer aux Allemands que leur vigilance avait été trompée et que la flotte de débarquement était là. Après un tel message, les gens de FORTITUDE en étaient convaincus, leur agent double Juan Pujol Garcia dit Garbo deviendrait pour les Allemands le plus grand espion qui ait jamais existé, un homme dont les messages portaient le sceau d'une révélation quasi divine.

Avec Garbo se trouvait son officier traitant, Tommy Harris ; un Ecossais plein d'humour, T. A. Robertson, qui dirigeait les agents doubles au MI 5 ; et le sergent du *Signal Intelligence Service* qui servait à

Garbo d'opérateur-radio. Ils étaient tous de bonne humeur. Harris les avait invités chez lui, à Chesterfield Gardens, à Mayfair, pour célébrer leur victoire prochaine à la faveur d'un élégant petit dîner. Pour la circonstance, il avait sorti de sa cave sa dernière bouteille de château ausone 1934.

L'opérateur-radio de Garbo montait dans le grenier de Hampstead Heath House qui était située sur une petite éminence de terrain. Cela montrait bien la prévenance que le MI 5 avait pour le contrôleur allemand de Garbo à Madrid : il pourrait ainsi mieux recevoir son message. Tandis que le sergent se préparait à émettre, les autres bavardaient en fumant dans un salon du rez-de-chaussée.

A 3 h du matin, heure d'été britannique, comme l'avait ordonné Ridley, l'opérateur-radio de Garbo commença à envoyer son signal d'appel, indiquant à Madrid qu'il était prêt à émettre. Au rez-de-chaussée, Garbo, Harris et Robertson se réjouissaient de l'énormité de la farce qu'ils allaient jouer à l'Abwehr. Ils en riaient encore quand, juste avant 3 h 30, l'opérateur descendit de son grenier. Il était pâle comme un mort.

Madrid n'avait pas répondu à son appel. Un petit groupe de Britanniques étaient là, anxieux de glisser à l'oreille des Allemands le secret que, pendant six mois, tous les agents de l'Abwehr avaient cherché à découvrir, et voilà que les Allemands ne le connaîtraient pas parce qu'un opérateur-radio était en train de dormir ou de faire la fête avec une danseuse de flamenco dans un cabaret de Madrid !

A Londres, à Washington, les hommes sur les épaules desquels reposait, face à l'Histoire, la terrible responsabilité de la réussite ou de l'échec du débarquement, passèrent du mieux qu'ils le purent cette nuit cruciale. Winston Churchill était affalé dans un fauteuil, à sa résidence de Storey's Gate, buvant du brandy, essayant de chasser de son esprit l'image des eaux du Channel rougies par le sang de milliers de jeunes Anglais, Canadiens et Américains. Son chef d'état-major personnel, le général sir Hastings Ismay se trouvait à Portsmouth, restant en constante liaison avec le Quartier général d'Eisenhower. « Cette nuit est la pire de toute la guerre, écrivit-il à un ami. La pire, peut-être, que l'on puisse imaginer. Nous sommes dans un sacré pétrin ! »

Le général sir Alan Brooke, le chef de l'état-major impérial britannique, était à son Quartier général de la *Horse Guard*. « Le débarquement, nota-t-il, cette nuit-là, dans son journal, sera peut-être le désastre le plus épouvantable de toute la guerre. Que Dieu nous aide ! » Henry Ridley, lui, passa la nuit à se promener seul dans les rues désertes de Londres ; il écoutait les avions passer au-dessus de sa tête et se posait sans cesse la même question angoissante : « Est-ce que ғᴏʀᴛɪᴛᴜᴅᴇ réussira ? »

A Southwick House, Dwight D. Eisenhower ne pouvait trouver le sommeil. Il resta étendu sur sa couche tout habillé, essayant de distraire son esprit de la bataille qui se préparait en lisant un western. Dans une poche de sa veste d'uniforme se trouvait une simple feuille de papier. Rien ne peut mieux donner la mesure de l'insondable solitude d'un chef de guerre à l'heure de la décision que les quelques mots qui y étaient inscrits. Eisenhower les avait rédigés de sa main au cas où le débarquement échouerait :

« Les troupes, l'aviation, la marine ont accompli leur devoir avec le plus grand courage. Si l'on doit imputer à quelqu'un l'échec de cette opération, c'est à moi seul. »

*

La traction avant noire remontait les Champs-Elysées vers l'Arc de Triomphe. Catherine, en regardant par-dessus les épaules des hommes de la Gestapo qui l'accompagnaient, remarqua que l'avenue était entièrement déserte : on n'y voyait pas une seule bicyclette, pas un seul véhicule. Elle se souvenait de la dernière fois où elle avait parcouru cette avenue, en compagnie de Paul, dans la lumière du soleil printanier, tous deux assis dans un vélo-taxi. Le reverrait-elle encore ? Une terrible pensée l'assaillit. S'ils l'avaient emmenée à Paris, c'était peut-être pour jeter à ses pieds un homme à bout de force et menacer de le torturer si elle ne parlait pas. La Gestapo s'entendait dans ce genre de chantage. Serait-elle alors capable de garder le silence ? Elle frissonna. Il valait mieux ne pas y penser.

Par la vitre de la voiture elle aperçut les façades sombres et silencieuses des immeubles de l'avenue Foch. Le chauffeur freina et franchit un portail de fer qui portait seulement une petite plaque émaillée bleu et blanc : le numéro « 82 ». Son estomac se noua. Ils étaient arrivés dans l'immeuble qui, pour tous les résistants de France, était comme la citadelle de la peur, le symbole du pire destin qu'ils pourraient connaître.

Elle s'attendait à être jetée dans une cellule noire et crasseuse. On la conduisit au sommet d'un grand escalier et on la fit entrer dans un bureau somptueux et meublé avec goût. Ses gardiens lui indiquèrent un fauteuil Louis XV en face d'un immense bureau. Tandis qu'elle s'y asseyait, un des gardes sortit et l'autre se tint à ses côtés, en silence, presque respectueusement. A la dérobée, elle examina la pièce. Elle était illuminée par un lustre de cristal et le sol était recouvert d'un tapis violet. Incontestablement, l'occupant des lieux était un homme de goût, ou avait pris la place d'un Français qui en avait. Sur un mur, elle aperçut un Chagall; sur un autre, près de la cheminée, une toile cubiste — peut-être un Picasso.

Soudain, la porte s'ouvrit. Un homme à l'élégance impeccable et à l'allure distinguée entra. Elle eut l'impression de l'avoir déjà rencontré. Hans Dieter Stroemulburg la regardait avec un air amusé. Lui, l'avait tout de suite reconnue.

— Ainsi, dit-il, en claquant légèrement les talons et en s'inclinant ironiquement, nous nous voyons de nouveau.

Il aperçut de l'incertitude dans les yeux verts qui le défiaient.

— Mais ce sont dans des circonstances moins agréables que lors de cette soirée au Chapon rouge.

A ce nom du restaurant au marché noir où elle avait dîné avec Paul lors de son arrivée à Paris, elle reconnut dans cet homme son « sauveur » qui l'avait libérée des avances de ce gros porc d'officier de la Luftwaffe, quand elle avait regagné sa table.

— Vous ne vous souvenez pas de moi, dit Stroemulburg, avec un petit rire. Moi, je me souviens du soir où je vous ai vue pour la première fois. Les rares hommes qui ont le privilège de rencontrer une femme aussi belle que vous ne peuvent pas l'oublier.

A peine avait-il dit ces mots qu'il entra dans une rage épouvantable. Non pas contre elle, mais contre les deux agents de la Gestapo qui l'avaient amenée de Lille — cette rage d'ailleurs était parfaitement feinte. En quelques phrases cinglantes — en français, pour qu'elle comprenne — il leur reprocha vertement de lui avoir passé les menottes. Comme des pantins mécaniques, les deux hommes se mirent à tourner autour d'elle, lui enlevant ses menottes, massant ses poignets et ses mains pour y rétablir la circulation.

— C'est mieux ainsi, dit Stroemulburg. Il tira un petit étui à cigarettes en argent de la poche de son veston à la coupe soignée et s'avança vers elle. Elle pouvait sentir l'eau de Cologne dont il était imprégné et, tandis qu'il lui offrait une cigarette, elle remarqua qu'il avait les ongles manucurés.

— Merci, dit-elle, je ne fume pas.

Il prit une cigarette pour lui-même, en tapota le bout sur son étui et l'alluma à la flamme d'un briquet en or. Il revint ensuite vers son bureau et, en s'y appuyant, il dit :

— Maintenant, peut-être pourriez-vous me dire comment vous êtes tombée entre les mains de mes services ?

En feignant l'innocence outragée, Catherine répéta, dans le moindre détail, l'histoire qu'elle avait apprise par cœur, celle d'Alexandra Auboyneau, la pauvre femme divorcée qui essayait de gagner sa vie à Calais et qui avait été prise, à la suite d'une erreur incompréhensible, par des agents de la Gestapo, alors qu'elle quittait la gare pour regagner son petit appartement. Tout cela sonnait faux et elle avait l'impression d'être une apprentie comédienne passant une audition pour jouer les ingénues dans quelque théâtre.

Quand elle eut fini, Stroemulburg eut un sourire.

— C'est une merveilleuse histoire, mademoiselle. Je vous félicite. Vous avez beaucoup de talent. Ce qui est dommage, c'est que ni vous ni moi ne croyons un traître mot de ce que vous venez de raconter.

Il la détaillait maintenant avec beaucoup de soin. Aucun agent ennemi n'était jamais entré dans son bureau décidé à parler. La plupart se préparaient à l'interrogatoire qui allait suivre, se tendaient de tous leurs nerfs pour résister à ses assauts. La première chose que Stroemulburg entendait obtenir d'eux, c'était que, par inadvertance, ils se trahissent. Pour cela, il essayait de les distraire, d'attirer leur esprit ailleurs. Puis il cherchait à leur faire peur.

Il tira un tiroir de son bureau, en sortit une bouteille de *Johnny Walker* et deux verres.

— Whisky ? demanda-t-il.

Elle secoua la tête.

— Non, merci. Je ne bois pas.

— Vous êtes une femme dépourvue de vices. C'est fort louable. — Il se versa un verre. — *Prosit !* dit-il en l'élevant et en buvant une gorgée. Vous voyez, ce whisky ne contient aucun philtre magique susceptible de vous enlever toute vertu. A propos, laissez-moi vous raconter une histoire plutôt amusante en ce qui concerne ce whisky !

Il s'assit dans son fauteuil et prit la pause d'un type qui essaye de charmer une jolie femme.

— C'est un cadeau de votre employeur, ce bon major Cavendish.

Au nom de Cavendish, il remarqua dans les yeux verts qui le contemplaient froidement une ombre d'inquiétude. C'était ce qu'il voulait.

— Auriez-vous, par hasard, rencontré le capitaine Harry Anton à Orchard Court ou au cours de vos promenades à Wamborough Manor ?

— Non, dit-elle, en espérant que son mensonge serait plus efficace que les précédents.

Elle se demandait comment il pouvait connaître le nom d'Orchard Court et de l'école d'entraînement ultra-secrète du SOE.

— Peu importe ! dit Stroemulburg, en faisant avec sa cigarette un signe plein d'indulgence. Il a été parachuté en mars au cours d'une opération que lui et ce pauvre major Cavendish croyaient organisée par le SOE. Elle l'était, en fait, par mes services. Il y a eu une petite bavure sur le terrain et Harry Anton a été tué... Bon ! Nous savions qu'il avait reçu des instructions lui demandant d'appeler Londres 48 heures après son atterrissage. C'est difficile à faire quand on est mort. S'il n'entrait pas en contact avec Londres, même le major Cavendish comprendrait que le circuit dans lequel il avait été introduit n'était plus sûr. Un de mes subordonnés a eu une idée que je trouve géniale. Il a suggéré que nous disions à Londres que votre agent avait été blessé à la tête par un des containers parachutés avec lui et qu'il était dans le coma.

Stroemulburg avait un air ravi en se souvenant de l'idée du docteur. Son visage était éclairé par un sourire d'autosatisfaction comme Oxford Street l'était, avant guerre, pour les fêtes de Noël.

— Cavendish a répondu par un « DD », nous informant que ce pauvre Anton avait pris froid avant de quitter l'Angleterre et que s'il avait une fracture du crâne, il pourrait attraper une méningite, ce qui, vous le savez, est généralement fatal.

Catherine approuva silencieusement de la tête. Comment pouvait-il savoir que le SOE appelait « DD » un message urgent ?

— En tout cas, ce fut fatal pour Anton. Nous avons fait venir un de nos médecins, ici, et nous nous sommes arrangés pour qu'Anton meure une deuxième fois, trois semaines après être entré dans le coma. Pendant tout ce temps, nous avons envoyé des messages à Cavendish pour le tenir au courant de l'état de santé de son agent. Finalement, nous lui avons dit que nous avions chanté *la Marseillaise* et crié « Vive de Gaulle » sur sa tombe. J'ai alors suggéré que, par courtoisie, Cavendish, lors d'un prochain parachutage, envoie du whisky et des cigares pour le docteur qui avait pris soin d'Anton. Voilà d'où vient ma réserve de whisky. Vous êtes sûre de ne pas avoir changé d'avis ?

Il jeta un regard à la bouteille. En fait, il étudiait Catherine pour voir comment elle réagissait à cette histoire. C'était un moyen de l'impressionner, en lui montrant à quel point il connaissait bien les affaires intérieures du SOE. Ce qu'il venait de lui dire était fait pour emplir Catherine d'un dramatique sentiment d'impuissance. Mais il n'y avait rien de moins certain.

— Maintenant, dit-il, avec l'air d'un commis voyageur prêt à prendre une commande, passons à ce qui vous amène parmi nous et aux raisons que vous avez d'être là ! Les raisons réelles, bien sûr, pas cette ridicule histoire que vous m'avez racontée, il y a un moment. Cavendish a dû bien rire quand il vous a fait répéter votre leçon à Orchard Court, dimanche soir, avant qu'on vous emmène à Tangmere. Vous êtes partie malgré ce temps épouvantable et avez voyagé jusqu'à Calais : si on ne vous avait pas prise, vous auriez communiqué à votre supérieur Aristide les modifications que Londres vous a demandé de lui transmettre pour le sabotage que lui et vous avez organisé, et maintenant vous entreriez en action.

Catherine se sentit pâlir. Il y avait un traître dans leur organisation, soit en France, soit, ce qui était pire, à Londres.

Stroemulburg se rassit dans son fauteuil, en pensant à ce qui allait suivre.

— Je suis sûr que ce qui vous arrive n'est pas une surprise pour vous ?

— Ce qui me surprend, c'est de penser qu'il y a un traître chez nous. — Ses yeux verts eurent un éclair de colère. — Quelqu'un d'important du SOE travaille pour vous. C'est pourquoi je me trouve aujourd'hui dans ce bureau.

— Oui, répliqua Stroemulburg. C'est la vérité. — Il se leva et fit le tour de son bureau. — Vous êtes un officier britannique. Comme tous les gens de Cavendish. Vous êtes aussi une terroriste, opérant sans uniforme, derrière les lignes ennemies. Aux termes de la Convention de Genève, vous méritez la mort.

— La Convention de Genève ! explosa Catherine avec rage. Vous autres Allemands n'êtes même pas capables d'en épeler les termes.

A l'instant où elle prononça ces paroles, elle aurait voulu se couper la langue : pourquoi ne savait-elle pas se taire ?

Stroemulburg, contrairement à ce qu'elle supposait, ne réagit pas avec colère à ses propos. Il sourit.

— Vous possédez autant de caractère que de vertus. Vous devriez vous épargner ici les rigueurs d'un interrogatoire. Je peux vous y aider. Et je le ferai. Tout ce que je désire de vous en retour, ce sont quelques réponses simples et sans détour à mes questions. Je veux ces modifications au plan de sabotage que Londres vous a demandé de transmettre. Je veux l'horaire qu'ils vous ont donné. Je veux que vous m'indiquiez en quelques mots ce que vous vous proposiez de faire. Rien de plus, rien de moins.

— Vous savez bien que je ne peux pas vous le dire.

— Comment ?

La voix de l'Allemand avait maintenant la dureté de l'acier et il n'y avait plus aucune trace de sourire sur son visage. Il avait le regard froid et impitoyable d'un chasseur, en train de viser le gibier qu'il veut abattre.

— Ma chère petite dame, il n'y a rien dans votre jolie tête que je ne sois capable de vous faire dire. Rien !

A cet instant, une sonnerie retentit sur son bureau. Il décrocha son téléphone. C'était le docteur.

— Je vois, dit-il. Je suis d'accord avec vous.

Il se tourna vers les deux hommes qui avaient escorté Catherine depuis Lille.

— Préparez cette dame pour une petite conversation, dit-il. Je reviens dans un moment.

*

Le docteur attendait dans le salon situé en face du bureau de Stroemulburg, où ce dernier passait la nuit quand il ne désirait pas rentrer à sa villa de Neuilly. Le docteur lui tendit une feuille de papier.

— Cela vient juste d'arriver du café Sporting de Lille. Le message a été transmis par le même homme qui avait apporté le précédent.

Stroemulburg s'empara du texte décodé d'Aristide. Il lut :

« D'Aristide à Cavendish. Denise arrêtée ce soir en gare de Calais. STOP. — " Maintenant nous connaissons son pseudo ", pensa l'Allemand avec un sourire. — Elle a été suivie par cinq agents français de la Gestapo appartenant certainement à la bande Bony-Laffont qui l'ont remise à deux agents allemands. STOP. Conclusion : doit avoir été donnée par quelqu'un d'ici. STOP. Son heure d'arrivée à Calais indiquerait qu'elle n'a pu avoir de contact avec personne depuis atterrissage Lysander. STOP. Officier des opérations aériennes Paul doit être en rapport avec Gestapo. STOP. Demande carte blanche en ce qui le concerne. STOP. Répondez d'urgence par même canal. STOP. »

— Qu'est-ce que ça veut dire ? demanda le docteur.

— C'est simple. Ils ont repéré Gilbert. « Carte blanche » signifie qu'ils demandent à Londres la permission de le liquider.

Le docteur pâlit.

— Est-ce que je jette ça à la poubelle ?

— Non, dit Stroemulburg. Faites suivre ! Immédiatement !

— Pourquoi ? Bon Dieu !

— Pourquoi pas ? Peut-on imaginer une meilleure façon de tester la loyauté de Gilbert ?

— Vous avez encore des doutes à son égard ? demanda le docteur.

— Un policier, mon cher, doute de tout. Il arrive que l'amour amène les hommes à trahir et notre ami Gilbert, j'en suis certain, a une histoire avec la femme qui se trouve dans mon bureau. Si elle se révèle aussi peu coopérative qu'elle semble décidée à l'être, quand il la saura dans une telle situation, ses sentiments seront mis à dure épreuve.

Stroemulburg jeta au docteur un regard inquisiteur. Ce qu'il disait semblait troubler son subordonné.

— Si Cavendish autorise cet Aristide à liquider Gilbert — ce qu'il fera certainement —, cela dissipera nos derniers doutes à l'égard de Gilbert. En outre, il deviendra au-dessus de tout soupçon aux yeux de Berlin — et cela peut être très important.

— Mais qu'arrivera-t-il à Gilbert ?

— Désormais, son boulot est terminé. Nous le récompenserons pour ses services : nous lui trouverons un travail ici ou nous le mettrons au vert quelque part. Envoyez ce message.

Quand le docteur fut sorti, Stroemulburg alla dans sa salle de bains privée. Il commença, d'un air absent, à se laver et à se relaver les mains. Un réflexe qui était le sien, quand il se préparait à une séance de torture, une sorte d'ablution rituelle destinée inconsciemment sans doute à le purifier du mal qu'il allait faire à ses victimes. Tout en se frictionnant, il cherchait à fixer ses pensées. Les longues années qu'il avait passées dans la police lui avaient appris à lire dans les yeux des gens comme un marin lit dans le ciel. Ce qu'il avait vu dans le regard de cette femme était du défi, une profonde détermination à lui résister. Comment allait-il la briser ?

Quand il eut fini de se laver les mains, elles étaient aussi propres que celles d'un chirurgien entrant dans une salle d'opération. Il alluma une cigarette et réfléchit encore un moment. Ce qu'il avait besoin de savoir d'elle était relativement simple : de quelle nature était exactement ce sabotage et, ce qui était plus important, quand et sous les ordres de qui elle devait l'accomplir ?

Chacun, il le savait, a son talon d'Achille, une part de son être particulièrement fragile sur laquelle on peut psychologiquement agir. La vanité, comme il l'avait découvert, était souvent le point faible des agents ennemis. Leur dire qu'ils étaient moins importants qu'ils ne le croyaient, déprécier leurs actes, cela pouvait vous aider à obtenir les informations dont vous aviez besoin, en blessant leur orgueil.

Qu'en était-il de cette femme ? Où était le défaut de sa cuirasse qu'il pouvait exploiter ? Le plus court chemin à prendre pour lui arracher les renseignements qu'il désirait ? Stroemulburg se dit que ce qui la caractérisait, c'est qu'elle était une très belle femme. Cela la mettait à part des autres. De même que la fortune donne aux riches leur pouvoir et leurs bonnes manières, et l'aristocratie, de l'arrogance aux nobles, la beauté donne à une femme une autorité que les autres femmes ne possèdent pas.

Déniez à une telle femme sa beauté, et la voilà soudain sans défense, sans pouvoir, sans secours, comme un chat à qui son maître a fait couper les moustaches. C'est ainsi, se disait Stroemulburg, en traversant le hall, qu'il briserait la fille qui l'attendait dans son bureau : par le biais de sa beauté.

Comme il l'avait ordonné, ses hommes avaient « préparé » Catherine pour une « petite conversation ». On lui avait remis ses menottes, ses poignets étaient liés derrière son dos, ses chevilles attachées aux pieds du fauteuil avec du fil électrique qui lui meurtrissait la chair. On l'avait aussi dévêtue... Rien ne désoriente plus un prisonnier que de se trouver nu devant son geôlier.

Sans un mot, Stroemulburg traversa la pièce et la regarda de toute sa hauteur. Elle le fixait toujours de ses yeux verts avec le même sombre défi. Il se dirigea vers une table de bridge que ses hommes avaient placée à proximité du fauteuil où elle était ligotée. Sur la nappe qui la recouvrait se trouvait le contenu de son sac. Il l'étudia. Il y avait là un poudrier, un tube de rouge à lèvres, une brosse à cheveux, une boîte d'allumettes, un peigne, deux mouchoirs et un portefeuille. Le sac lui-même avait été lacéré avec un rasoir pour être sûr qu'il ne contenait pas un double fond où des microfilms seraient cachés. Stroemulburg se dit que les modifications que Londres avait apportées au sabotage se trouvaient inscrites sur un microfilm dissimulé dans ces divers objets, ou, plus vraisemblablement, gravées dans un endroit infiniment moins accessible : la mémoire de cette femme.

Il se recula et la regarda de nouveau, les bras croisés sur sa poitrine.

— Allons, Denise ! dit-il, en se réjouissant de constater l'effet que ce nom avait provoqué chez la jeune femme, vous n'êtes plus une enfant. Vous savez où vous êtes et pourquoi vous y êtes.

Elle ne dit rien et continua de le regarder.

— Vous savez aussi ce que nous faisons aux gens qui se retrouvent ici.

Il s'arrêta, comme s'il attendait que l'écho de ces derniers mots se dissipe.

— Du moins si ces gens ne veulent pas répondre à nos questions.

Elle continuait de se taire.

— Je vous ai déjà dit ce que j'attendais de vous : les détails de l'opération de sabotage que vous préparez et l'horaire que Londres vous a donné pour l'accomplir.

Catherine passa sa langue sur ses lèvres et se mit à parler lentement, essayant d'effacer toute trace de peur. Ce n'était pas facile.

— Puisque vous connaissez aussi bien l'organisation à laquelle j'appartiens, vous devez savoir que je ne suis autorisée qu'à vous donner mon nom, mon grade et mon matricule.

— Votre nom ?

Stroemulburg aboyait comme un sergent à l'exercice.

— Catherine Pradier.

— Votre grade ?

— Lieutenant.

— Votre matricule ?

— 266712.

Catherine remarqua qu'un des hommes de Stroemulburg notait soigneusement ses réponses sur une feuille de papier.

— Maintenant, quelles sont les instructions sur ce sabotage que Cavendish vous a demandé de transmettre à Aristide ? Où doit-il avoir lieu ?

Il s'était penché en avant, lui avait craché ces mots au visage et elle pouvait sentir son souffle tandis qu'il articulait furieusement chacune de ses syllabes.

— Où ça ?

— Je ne peux pas vous le dire. — Catherine avait toutes les peines du monde pour s'empêcher de trembler. — Vous le savez bien.

Stroemulburg soupira. Son expression s'était soudain radoucie et il la regardait avec un air où se mêlaient comme des regrets et de la commisération, en raison de l'épreuve à laquelle elle semblait l'obliger à la soumettre. Il s'avança et posa ses mains, presque gentiment, sur ses épaules nues.

— Écoutez ! dit-il, comme s'il la suppliait. ne m'obligez pas à vous livrer à ces gens.

Il désigna du regard les deux Français appuyés nonchalamment contre le mur.

— Je vous le promets : coopérez avec moi et il ne vous arrivera rien.

Il se releva, le visage illuminé comme celui d'un élève qui a trouvé la bonne réponse à la question du professeur.

— Je m'arrangerai pour vous faire évader. Vous serez de nouveau libre. Il n'y aura que vous et moi qui saurons que vous avez parlé. Je vous en donne ma parole d'officier allemand.

— La parole d'un officier allemand ! — Elle eut un rire forcé et amer. — J'ai plus de foi dans celle du Diable.

Cette fois-ci, elle ne regretta pas ce qu'elle avait dit. Elle trouvait dans sa colère une sorte de réconfort.

— Espèce de folle !

Stroemulburg lui avait craché ces mots au visage comme un berger allemand se jette sur un intrus.

Quand il entreprenait un interrogatoire, il était pareil à un comédien, passant délibérément de la fureur à la gentillesse pour désorienter son prisonnier. Mais, inévitablement, sa propre tension montait et son désir de l'emporter sur l'autre l'envahissait tout entier. Le comédien disparaissait alors, il n'y avait plus de comédie du tout et ce qu'il avait feint au début devenait réel.

— Vous croyez dans la parole de ceux qui vous ont envoyée ici ? Ces merveilleux Anglais qui jouent au cricket dans leur costume blanc, prennent leur thé, puis vous envoient, vous, une femme, faire ce sale boulot à leur place ? Vous avez confiance dans ces méprisables salauds ?

Il était devenu un peu hystérique, maintenant, et il bavait presque.

— Vous allez souffrir pour eux ? Et ces Américains, ces stupides Américains qui veulent nous apprendre à gouverner le monde et bombardent des femmes et des enfants allemands innocents et en tuent

433

des milliers tous les jours ? C'est pour eux aussi que vous allez souffrir ? Où est le microfilm ?

Ces derniers mots, Stroemulburg les avait prononcés dans une espèce de rugissement.

— Je ne peux vous dire où il est, murmura-t-elle.

Puis elle ajouta mais trop tard :

— Il n'y en a pas.

Stroemulburg commença à marcher devant son fauteuil, il était plus calme, maintenant.

— Denise, ils finissent tous par parler. Tous ceux qui se sont assis dans ce fauteuil où vous êtes m'ont dit ce que je voulais savoir. Tous. La question est de savoir à quel moment. Allez-vous parler tout de suite ou attendre d'être plongée dans un véritable enfer ? Quand ils vont vous arracher les ongles un par un ? Quand ces ordures vous auront travaillée jusqu'à ce que vous deveniez une loque humaine, une carcasse pantelante ?

Il se tut et la regarda se contorsionner devant lui dans toute sa nudité.

— Ne soyez pas stupide !

Catherine secoua la tête aussi bien pour chasser les larmes qui lui emplissaient les yeux que pour répliquer à l'Allemand.

— Je ne peux pas, je ne peux pas, souffla-t-elle.

Il se jeta en avant et leva la main. Elle eut un mouvement de recul, mais il ne la frappa pas. Il saisit ses cheveux blonds fermement, mais sans brutalité.

— Quelle magnifique chevelure ! soupira-t-il.

Il passa son autre main sur ses joues.

— Quel merveilleux visage ! Un visage de Madone ! Et ces yeux ! Et ces lèvres ! Vous voulez qu'on détruise tout ça ? Pourquoi ? Pour rien, parce que vous finirez par parler.

Il se redressa et contempla la nudité de Catherine.

— Quel corps magnifique ! Quels seins adorables ! Pensez à l'homme qui les aime, qui *vous* aime ! Vous croyez qu'il vous caressera encore quand ces types auront fait de vous un sac d'os broyés ?

Tout ce que Catherine pouvait faire, c'était de baisser la tête : ainsi ne pouvait-il voir ses yeux pleins de terreur. Elle pensait à Paul, et se refusait à dire un seul mot, de peur de se trahir.

Stroemulburg se tenait droit comme un i. Elle eut un gémissement intérieur, se dit en elle-même que tout allait commencer, que ça allait être dur. L'Allemand traversa la pièce, prit un objet sur la cheminée et revint vers elle.

— Regardez !

Il tenait un vase à la main, ce même vase qu'il avait orgueilleusement montré au docteur quelques semaines auparavant.

— C'est un Sèvres du XVIIIe siècle.

Il le contemplait comme un père contemple son fils nouveau-né.

— Quelle délicate harmonie de couleurs et de formes ! Personne d'autre au monde n'a été capable de produire de tels chefs-d'œuvre.

Il passa les doigts sur le col du vase.

— Regardez cette couleur bleu sombre, si riche, le bleu royal de Sèvres, une couleur qu'on n'a jamais pu retrouver.

Catherine écoutait ce qu'il disait dans une sorte de transe. Sa voix était devenue basse, presque tendre et elle fut frappée par une idée étrange : cet homme qui, dix secondes plus tôt, la menaçait des pires tortures était profondément ému par cet objet qu'il tenait dans ses mains avec vénération.

— Ce vase est unique, murmura Stroemulburg. Absolument unique. Sa beauté est irremplaçable. Une fois détruit, on ne pourrait le refaire. Cette beauté sublime aurait disparu à tout jamais.

Il éleva le vase qui se mit à briller de tout son éclat à la lumière du lustre.

— La beauté d'une femme est comme celle de ce vase — aussi fragile que de la porcelaine.

Sa voix était si caressante qu'on aurait dit qu'il voulait la séduire, ce qui, en un sens, était vrai.

— Mais si cette beauté disparaît, alors ce caractère divin de la femme disparaît avec elle. Elle ne marchera plus jamais dans une salle, attirant l'attention de tous par sa présence. Plus jamais elle n'aura le pouvoir de nous dominer, de nous inspirer le respect.

Il se tut, regarda Catherine, puis le vase.

— S'il vous plaît, dit-il dans un souffle, ne m'obligez pas à détruire votre propre beauté ! Ne sacrifiez pas ce don unique de Dieu au nom d'un sentiment du devoir mal placé, pour cette poignée de types cyniques qui vous ont envoyée ici. Je vous en prie, Denise, ne me forcez pas à employer ces méthodes qui me dégoûtent.

Il regarda de nouveau ses hommes, toujours appuyés au mur de son bureau.

— Ne m'obligez pas à vous livrer à eux ! Où allez-vous faire ce sabotage ?

435

Elle voulut dire quelque chose, puis se retint.

— Non! souffla-t-elle, en secouant la tête.

— Parlez!

La voix de l'Allemand était de nouveau pleine de colère. Elle le regarda. Son visage était rouge, une veine battait sur son cou

— Parlez!

Elle secoua une nouvelle fois la tête

— Je ne peux pas.

L'Allemand brandissait maintenant le vase au-dessus d'elle

— Vous allez parler? Nom de Dieu! rugit-il.

Catherine ne savait que faire. Elle était prise au piège. Il n'y avait plus aucun espoir pour elle.

— Je ne peux pas. Vous le savez, murmura-t-elle.

— Parlez!

— Non!

Le visage de Stroemulburg était devenu violacé. Il abaissa son bras d'un coup sec et le vase de Sèvres s'écrasa à ses pieds, des morceaux lacérant la chair nue de Catherine.

— Prenez-la! dit-il à ses hommes. Et appelez-moi quand elle sera prête à parler.

A peine était-il sorti de la pièce qu'il entendit le premier cri que poussa Catherine.

*

Dans les environs de Paris, au château de Saint-Germain-en-Laye, où Louis XIV était né, un vieil homme fatigué étudiait une immense carte de la côte française qui ornait le mur de la salle des opérations. Pour Hitler, qui le dégoûtait, et pour Rommel, qu'il méprisait, von Rundstedt n'était qu'un maréchal usé, un vieux tableau qui préférait se promener dans son jardin planté de rosiers et dîner au Coq Hardi plutôt que d'affronter les rigueurs de la guerre. Sans doute était-il usé, mais, tandis qu'il regardait ses cartes d'un œil lugubre, il suspectait ce que les autres ne voulaient pas voir : en dépit de ses propres prédictions, selon lesquelles ils débarqueraient dans le Pas-de-Calais, les Alliés se préparaient à un assaut par mer entre la Vire et l'Orne. Serait-ce là le vrai débarquement? Les Alliés, comme Hitler l'avait dit à Berchtesgaden suivraient-ils Churchill dans sa préférence pour les attaques indirectes? Ou bien ne s'agissait-il que d'une

436

manœuvre pour l'inciter à faire la seule chose qu'il ne fallait pas faire s'il voulait les battre : disperser ses forces ?

Pour le moment, cela importait peu. L'attaque allait être de grande envergure et il fallait la stopper sur place. A 4 h 15, alors que les premiers groupes de débarquement commençaient à atteindre le rivage, von Rundstedt prit la première décision capitale de la journée. Il ordonna à la 12ᵉ division de panzers SS stationnée entre Paris et Caen et à la division Lehr stationnée entre Chartres et Caen de faire route aussitôt vers la Normandie. Elles seraient protégées des attaques aériennes, au cours de leur marche vers la mer, par les brouillards matinaux de la campagne normande. Une fois arrivées près des plages, où les pilotes alliés et les artilleurs de marine ne pourraient distinguer leurs amis de leurs adversaires, ces deux divisions, avec la 21ᵉ panzer qui était déjà sur le terrain, s'opposeraient à l'attaque alliée.

Le problème était que ces divisions n'étaient pas placées sous le commandement de von Rundstedt. Elles relevaient du Grand Quartier général d'Hitler. Néanmoins, avec l'arrogance typique des hommes de sa caste, von Rundstedt ordonna d'abord aux deux divisions de se mettre en route, puis il en avertit le Quartier général d'Hitler.

*

Le domestique affecté au service de Hans Dieter Stroemulburg par le mess des officiers de l'avenue Foch étendit méticuleusement une nappe sur la table de bridge qui se trouvait près du lit de l'*Obersturm-bannführer*. Il sortit d'un tiroir un service en argent du Second Empire. Stroemulburg, feignant de ne pas entendre les cris venant de son bureau, suivait les gestes rituels de son valet de chambre. Il mourait de faim. L'aube du mardi 6 juin avait sonné et, plongé dans l'excitation des événements, il avait oublié de manger.

Un deuxième domestique posa un plat recouvert d'un dôme en argent sur la table et déboucha une bouteille de bordeaux venant de la cave de la Gestapo. Cérémonieusement, il souleva le couvercle, révélant une côtelette de porc panée garnie de chou rouge bouilli. Stroemulburg en était à la moitié de son repas lorsque le docteur apparut sur le seuil, agitant une liasse de dépêches.

Leur lecture était réjouissante. Une opération alliée de grande envergure, presque certainement le débarquement, était en cours et, grâce au docteur et à son service-radio, les forces allemandes en avaient été averties. Mais une chose intriguait Stroemulburg. Le Haut Commandement des armées de l'Ouest parlait d'un lâcher de parachutistes sur toute une partie de la Normandie, de Deauville jusqu'aux abords de Cherbourg et d'une forte concentration de navires ennemis dans la baie de la Seine. Si la Normandie était l'objectif numéro un des Alliés, pourquoi perdre son temps avec cette Catherine Pradier et son histoire de sabotage à Calais ? Stroemulburg haussa les épaules. Elle était la seule personne à pouvoir répondre à cette question. Il rendit les papiers à son adjoint.

— Vous serez décoré pour ce que vous avez accompli cette nuit, docteur.

Tandis que Stroemulburg prononçait ces mots, un cri de femme plein de souffrance et de désespoir parvint de l'autre côté du hall. Le visage du docteur, rendu blafard par le manque de sommeil, pâlit un peu plus. Il savait que Stroemulburg accueillait les critiques de ses subordonnés avec le même enthousiasme qu'un chat que l'on arrose d'eau froide. Mais, cette nuit, le docteur, pour la première fois de sa vie, se sentait un véritable héros. Cela donne de l'audace au plus timide des hommes.

— Comment pouvez-vous rester ici à manger tranquillement, tandis que cette femme est en train de souffrir ? demanda-t-il à son chef.

Pendant un instant, Stroemulburg se demanda, en fronçant les sourcils, comment punir le docteur pour une telle insolence. Puis, avec un haussement d'épaules, il laissa tomber :

— Nous n'avons pas le choix.

— La torture a quelque chose de bestial : elle nous rabaisse au niveau des animaux, répondit le docteur.

Stroemulburg but une gorgée de vin, dont il apprécia les reflets d'un beau rouge sombre. Si le docteur avait été un buveur, il lui aurait offert un verre. Peut-être cela l'aurait-il aidé à résoudre ses problèmes de conscience.

— Ne croyez pas que ça me plaît de faire torturer les prisonniers, docteur ! Pas du tout ! Un interrogatoire intensif — c'était l'euphémisme que le RSHA employait pour désigner la chose — est très déplaisant, mais c'est un moyen très efficace pour encourager les prisonniers à parler. Je ne me soucie pas de savoir si cela est immoral ou pas — question purement bourgeoise.

Il eut un mouvement de la main comme pour chasser un moustique.

438

— En outre — il y avait une trace de colère dans sa voix — si nous considérions les choses sous leur angle moral, qu'est-ce qui serait le plus immoral ? Les Anglais qui ont envoyé cette femme en première ligne comme terroriste, en sachant très bien ce qui lui arriverait si elle était prise ? Ou nous autres qui essayons de lui tirer des renseignements qui peuvent aider l'Allemagne à gagner la guerre ? Car nous faisons la guerre, docteur, et ce qui est moral, c'est de la gagner !

Stroemulburg se tut et secoua ostensiblement quelques miettes de pain tombées sur sa veste. Il but une dernière gorgée de vin, s'essuya les lèvres à sa serviette. Le docteur comprit que c'était là une conversation qu'il ne serait pas sage de poursuivre, même s'il venait de recevoir la couronne des héros. Il s'inclina légèrement et battit en retraite.

— Informez-moi des nouvelles du front ! cria Stroemulburg, alors que le docteur disparaissait, puis il regagna son bureau.

Ses bourreaux avaient obligé Catherine à monter sur un épais bottin du téléphone. Ils avaient fixé une corde munie d'un crochet en fer à l'anneau auquel était suspendu le lustre, et y avaient attaché la jeune femme par ses menottes de façon que ses pieds effleurent la couverture du bottin. A tour de rôle, ils l'avaient frappée à coups de poing, du tranchant de la main, puis avec un fouet en cuir clouté de métal.

Stroemulburg fit claquer la porte de son bureau derrière lui, traversa le tapis violet, en direction de Catherine qui gémissait, se balançant au plafond comme une bête à l'abattoir. Malgré lui, il fut horrifié par les changements qu'en une demi-heure ses hommes avaient provoqués chez cette magnifique créature. Elle avait le nez cassé, tordu, gonflé d'une manière grotesque. Ses seins étaient lacérés. Sa bouche n'était plus qu'un morceau de chair éclatée. Ses yeux étaient presque fermés à cause de l'enflure de ses paupières et de ses pommettes. Son corps était recouvert par le sang qui avait coulé des entailles faites dans sa chair par les coups de fouet et les vomissements qu'elle avait eus pendant que ses bourreaux la frappaient.

Ceux-ci s'interrompirent respectueusement, tandis que Stroemulburg examinait son corps, lui montrant le résultat de leur travail comme des maçons l'auraient fait devant leur chef de chantier.

Catherine avait perdu à moitié conscience. Elle avait l'impression d'être enveloppée dans un rouge brouillard de souffrance, que son corps n'était plus qu'un lambeau de chair sanguinolente parcouru, au moindre toucher, par des ondes d'une douleur insupportable. Mais au fond de son être martyrisé une voix répétait avec obstination : « Non ! Non ! Non ! » Mieux valait mourir que trahir le secret qu'on lui avait confié dans une cave de Londres. A travers la brume qui brouillait ses yeux, elle distingua la silhouette de Stroemulburg qui s'approchait, puis son visage tout contre le sien, ses traits tordus par la colère et la haine — et cela lui sembla plus terrifiant encore que ce qu'elle venait d'endurer. L'Allemand recula sa tête puis la rejeta en avant comme celle d'un serpent.

— Sale putain ! Sale putain de terroriste !

Stroemulburg s'écarta d'elle, se dirigea vers un mur de son bureau, en arracha un miroir ancien qui y était accroché, et le lui tendit.

— Regarde-toi ! Regarde ce qu'ils t'ont fait ! Quel homme voudrait de toi maintenant ? Et ça ne fait que commencer !

Il se tut, puis répéta, enfonçant chacun de ses mots en elle comme avec un marteau :

— Ça-ne-fait-que-commencer.

A cet instant le téléphone sonna. C'était, une fois de plus, le docteur qui avait une communication urgente à lui faire. Stroemulburg sortit, comme à regret, de son bureau. Le docteur, se livrant à un exercice auquel il n'était guère accoutumé, montait l'escalier quatre à quatre, en agitant un télex.

— C'est de l'OB West ! cria-t-il. Le débarquement a commencé. En Normandie !

Stroemulburg lut avec avidité la dépêche qui venait d'arriver. « Si le débarquement a lieu en Normandie, se disait-il, il faut laisser tomber cette femme. On ne va pas la réduire en charpie pour en retirer un secret minable concernant un déraillement dans le Pas-de-Calais D'autant plus que, maintenant, tous les embranchements et tous les aiguillages doivent être gardés comme la loge du Führer au Sportpalast ! »

Il regarda sa montre. Il était six heures passées. D'un coup, il se sentit épuisé, trop épuisé pour s'occuper de cette femme qui se balançait au bout d'une corde dans son bureau. Il ouvrit la porte.

— Menez-la là-haut ! ordonna-t-il.

Il se recula pour laisser passer les deux hommes qui sortaient Catherine de la pièce, moitié la traînant, moitié la portant, et la montaient au dernier étage. Là se trouvaient les anciennes chambres de bonnes transformées en cellules où la Gestapo mettait ses prisonniers entre deux séances de tortures.

Le bureau de Stroemulburg sentait la sueur et les larmes, le sang et la peur. Le tapis violet, au-dessous du lustre, était taché du sang de Catherine. « Tout cela pour rien, se dit Stroemulburg. Pour un sabotage dans la région de Calais, à deux cents kilomètres de l'endroit où les Alliés étaient en train de débarquer. »

Il se dirigea vers la fenêtre et l'ouvrit toute grande pour que l'air humide de juin chasse la puanteur qui régnait dans son bureau. Puis il traversa le hall et alla vers sa chambre. Là, comme le Führer qu'il servait fidèlement, il avala un somnifère pour trouver dans le sommeil un éventuel répit.

*

A Berchtesgaden, le Führer, lui, était encore au lit. Il n'était pas 6 h 30. Cela faisait quatre heures que les parachutistes avaient sauté ; trois heures et demie que la flotte de débarquement avait jeté l'ancre dans la baie de la Seine ; une demi-heure que la première vague avait atteint les plages. C'est alors qu'un membre de l'entourage d'Hitler apprit la nouvelle : pour le IIIᵉ Reich, la guerre venait d'entrer dans une phase décisive.

Le général Alfred Jodl, chef des opérations de l'état-major du Führer, fut sorti de son sommeil pour être informé que von Rundstedt avait donné l'ordre aux deux divisions de faire route vers la Normandie. Il était furieux. Il ordonna aux divisions de faire halte. Le lieu du débarquement, le mauvais temps, comme il le dit à ses adjoints, rendaient plus que probable que cette attaque en Normandie ne fût qu'une opération de diversion. Il demanda pour le Führer un dernier rapport sur la situation au colonel Alexis von Roenne de la section étrangère des armées de l'Ouest à Zossen.

Jodl prédisait que « le principal débarquement aurait probablement lieu à un endroit tout différent ». C'était le premier signe que les doutes semés par Henry Ridley et son plan FORTITUDE avaient trouvé un terrain favorable.

*

A 9 h 17 exactement, ce mardi matin, alors qu'Hitler continuait de dormir sous l'influence de son somnifère, un caporal anglais introduisit un ruban perforé dans le *teleprinter* du Quartier général de Dwight D. Eisenhower. Quelques secondes plus tard, le communiqué n° 1 du SHAEF annonçait à Londres et au monde entier la nouvelle : l'assaut contre la « Forteresse Europe » avait commencé. Au même moment, le conseiller d'Eisenhower pour la radio, William S. Paley du *Columbia Broadcasting System* (CBS), décrocha le téléphone direct qui reliait le Quartier général du SHAEF à la BBC et ordonna que soient lancées sur les ondes les annonces du débarquement préenregistrées par Eisenhower et les leaders des nations de l'Europe occupée. Toutes ces annonces — à l'exception d'une seule — avaient été concoctées par les architectes du plan FORTITUDE. Chaque phrase, chaque mot prononcé par les Alliés relevait d'une ambiguïté calculée. L'annonce faite par Eisenhower lui-même, la première de toutes, parlait du débarquement en Normandie comme d'une « attaque » initiale. Le roi Haakon de Norvège déclarait que ce débarquement était lié à une vaste stratégie. Pour le Premier ministre belge, il s'agissait d'« opérations préliminaires pour la libération de l'Europe ». Le Premier ministre des Pays-Bas disait aux résistants de son pays d'attendre de Londres des instructions claires et précises avant d'entrer en action. Churchill, s'adressant à la Chambre des Communes, parla d'une « suite de surprises » et Roosevelt suggéra que les Allemands devaient s'attendre à « des débarquements ailleurs ».

Un seul homme ne se conforma pas aux instructions de FORTITUDE, l'homme dont le pays allait être le premier libéré : de Gaulle. Aucun Français vivant, pas même lui, n'était dans le secret du plan FORTITUDE. Il négligea le texte qu'on lui avait préparé. Personne n'avait à lui dicter ce qu'il devait dire. Il écrivit sa propre allocution, le cœur empli d'émotion — et dit la seule chose à ne pas dire, la vérité : « La bataille suprême a commencé, le coup décisif a été frappé. »

A Storey's Gate, la salle des opérations souterraine de Churchill constituait le second poste de commandement du débarquement. Le général Brooke, Churchill en personne, les ministres de son cabinet et ses chefs d'état-major entraient et sortaient toutes les cinq minutes, consultaient la carte du débarquement, les dernières dépêches concernant les plages où se déroulaient les combats, le dossier noir contenant les interceptions-radio des communications ennemies effectuées par le service ULTRA.

Ridley était épuisé et inconsolable. FORTITUDE avait mal commencé. Garbo était le maître du jeu, le cavalier sur lequel il comptait pour mettre les Allemands échec et mat, le moment venu. Et parce que Madrid n'avait pas été à l'écoute à trois heures du matin, le message destiné à faire de son Espagnol un oracle n'avait pas atteint Berlin avant que le débarquement eût commencé. Toutes leurs astuces, tout le temps que les gens de FORTITUDE avaient passé à obtenir l'accord d'Eisenhower, à l'encontre de ses propres principes, tout cela n'avait servi à rien, à cause de l'incompétence d'un petit caporal allemand inconnu.

A quelques kilomètres de là, un autre officier britannique regardait, désespéré, par la fenêtre de son bureau. La nouvelle du débarquement tant attendue n'avait pas réjoui le major Frederick Cavendish. La joie qu'il aurait dû éprouver, ce mardi 6 juin, avait été effacée par un câble qu'avait apporté sur son bureau le premier courrier du matin, venant de la station du SOE à Sevenoaks. Cavendish était malade, bouleversé à la pensée que cette jolie fille qui se trouvait là, 48 heures auparavant, assise devant lui, était tombée entre les mains de la Gestapo. Et ce qui l'avait presque anéanti était de se dire qu'il avait une lourde responsabilité dans son arrestation. Pourquoi avait-il écouté Dansey, quand celui-ci lui avait dit de garder Paul en activité ?

Cavendish revint à son bureau et relut le message d'Aristide. Il aurait pu ficher la paix à Paul, s'il s'était borné à laisser les Allemands lire le courrier qu'il faisait passer. Mais livrer délibérément, froidement un agent ami à la Gestapo était un crime pour lequel il n'y avait pas de pardon dans l'âme charitable de Cavendish. Il fit quelque chose que rien, dans son existence antérieure, ne l'avait préparé à faire : en une seule phrase concise, il condamna un homme à mort.

*

Pour le colonel baron Alexis von Roenne, le mardi 6 juin 1944 fut le point culminant de toutes les années qu'il avait passées au service de l'armée allemande. Ce matin-là, en réponse aux instructions qu'il avait reçues du général Jodl, il prépara pour la conférence que tenait le Führer à midi le rapport le plus important de sa longue et brillante carrière.

Fortuitement, se trouvait, ce matin, sur son bureau un dossier qui venait de lui être livré par le Quartier général de l'Abwehr, Tirpitz-strasse. C'étaient des renseignements de la plus haute importance comportant le résumé de tout le matériel de FORTITUDE que l'agent double, Brutus, avait envoyé, chaque nuit, à Paris depuis le 31 mai. Pour von Roenne, c'était un don du ciel. Cela donnait enfin un sens aux informations qu'il avait recueillies, pendant ces deux derniers mois, grâce aux interceptions-radio, aux photos aériennes et aux rapports d'agents secrets.

Le débarquement en Normandie, commença von Roenne dans son *Rapport sur la situation Ouest 1288,* n'avait « utilisé qu'une partie relativement faible des troupes disponibles ». Tout indiquait que « des opérations ultérieures étaient prévues ».

Ensuite, von Roenne, décrivant sa source comme un « rapport fiable de l'Abwehr en date du 2 juin », répéta presque mot à mot à destination du Führer le contenu des messages de Brutus. C'était exactement ce que Ridley souhaitait que les Allemands croient : le partage des forces alliées en deux groupes d'armée ; le 21ᵉ sous le commandement de Montgomery dans le sud-est de l'Angleterre ; le premier groupe US, purement imaginaire, de Patton en face de Calais ; le partage du 1ᵉʳ groupe d'armée US entre la 1ʳᵉ armée canadienne et la 3ᵉ armée US.

« Pas une seule unité du 1ᵉʳ groupe d'armée US qui comprend environ trente-cinq grosses formations n'a été engagée », continua von Roenne, et il ajouta que cela démontrait clairement que « l'ennemi projette une opération sur une plus grande échelle dans la Manche dont on peut attendre qu'elle soit dirigée contre le secteur côtier du Pas-de-Calais ».

C'est ainsi qu'un million de fantômes (ce 1ᵉʳ groupe d'armée US imaginaire de FORTITUDE) entra dans l'histoire, à la faveur de l'estimation la plus cruciale que les Allemands aient faite des forces alliées, au cours de la Seconde Guerre mondiale !

Quelques minutes plus tard, le rapport de von Roenne était en route pour le Quartier général d'Hitler et quinze généraux et officiers supérieurs devaient en avoir connaissance. Parmi eux se trouvait un officier de la Gestapo qui faisait partie du petit cercle de responsables du RSHA, depuis que celui-ci avait entièrement mis la main sur les services de l'Abwehr, le 1ᵉʳ juin : l'*Obersturmbannführer* Hans Dieter Stroemulburg à Paris.

*

Une brume opaque venant de la mer recouvrait le rivage. La lourde fumée d'un millier de canons emplissait l'atmosphère. On sentait partout l'odeur aigre de la poudre. Le débarquement sur les plages normandes commençait dans le chaos et la confusion. Il avait été précédé par un bombardement par air et par mer comme on n'en avait jamais vu : 10 000 tonnes d'explosifs avaient été déversées. Et pourtant, comme beaucoup de feux de barrages, celui-ci n'avait fait que surprendre les troupes de défense allemandes.

Les premiers soldats alliés avaient débarqué à *Utah beach*, là où, précisément, l'attaché naval de Rommel, l'amiral Frederick Ruge, avait prédit, deux semaines plus tôt, qu'ils le feraient. Le dieu de la guerre leur avait été favorable. Une forte houle provoquée par la tempête avait poussé leurs embarcations cinq cents mètres plus bas que l'endroit prévu qui était bien défendu, alors que celui où ils avaient atterri ne l'était pas. Ce furent les enfants gâtés du débarquement !

Les vieux « Rats du désert » de la 50e division britannique d'infanterie furent presque incapables d'atteindre le rivage. A *Juno beach*, les Canadiens virent leurs péniches prises dans les tourbillons et un grand nombre se noyèrent. C'est à *Omaha beach*, une charmante petite baie de sable de cinq à six kilomètres de long, dominée par une falaise d'une soixantaine de mètres de haut, que le désastre eut lieu. Le mauvais temps, l'obscurité, la mer démontée et des courants imprévus firent du voyage de la 1re et de la 29e division US un véritable cauchemar. Les Allemands tinrent leurs péniches de débarquement sous leur feu jusqu'à ce qu'ils aient atteint les plages. Quand ils avaient commencé à tirer, les canonniers de la marine alliée ne pouvaient les localiser à cause de la fumée et du brouillard. En proie au mal de mer, terrifiés, les hommes de la première vague pouvaient entendre le crépitement des rafales de mitrailleuses sur leurs passerelles métalliques de débarquement. Quand celles-ci s'abaissèrent, surchargées de soldats, certains sautèrent par-dessus bord pour éviter le feu et se noyèrent. Les autres, retenant leur respiration, essayaient de se cacher sous l'eau.

Avec sur le dos des sacs pesant cinquante kilos, de l'eau jusqu'à la poitrine, le reste des hommes avança, comme dans un cauchemar, enchevêtrés les uns aux autres, offrant des cibles inespérées aux mitrailleurs allemands. Le tir de ces derniers était si dévastateur que des soldats firent demi-tour et se mirent à nager contre les vagues, comme si la mer pouvait les protéger du feu de l'ennemi. D'autres essayaient de tirer à terre des camarades blessés et se noyaient avec eux. Beaucoup étaient si fatigués qu'ils se jetèrent à l'eau, pour se laisser porter par le courant jusqu'au rivage.

Quand la deuxième vague arriva, le désastre était à son comble. Des véhicules interdisaient l'accès du rivage, des corps s'empilaient devant les points de résistance allemands. Privés de commandements, des hommes s'entassaient au pied des falaises, tandis que, derrière eux, leurs camara. ¹es blessés appelaient au secours avant d'être noyés par la marée montante. Vers 11 heures du matin, *Omaha beach* n'était plus qu'une bande de sable de quelques centaines de mètres recouverte de cadavres. Le cauchemar de Winston Churchill était devenu une réalité. Les vagues s'écrasant sur les sables d'Omaha étaient rougies du sang des jeunes Américains qui étaient morts depuis l'aube.

*

La cellule de Catherine n'était guère plus large qu'une penderie. Son lit était fait d'un sommier métallique aux montants en bois sur lequel on avait jeté un matelas en coton. Elle avait dormi — elle ne savait pas combien de temps — d'un sommeil troublé par toute la douleur qui l'emplissait. Maintenant, peu à peu, comme à regret, elle s'éveillait. Sur sa tête, à travers une fenêtre sans rideaux, filtrait la lumière du jour. Il devait être midi.

Elle n'entendait qu'un seul bruit : celui des bottes d'un SS qui arpentait le couloir du dernier étage du 82 de l'avenue Foch. De temps à autre, il s'arrêtait pour lui jeter un coup d'œil par le judas aménagé dans la porte blindée de sa cellule. Au début, ses yeux qui dévoraient sa nudité mutilée d'un air cochon l'avaient humiliée et révulsée. Puis elle n'y avait plus pris garde : elle se disait que la pudeur est un état d'âme, pas un vêtement !

Quelqu'un avait entassé ses habits et ses chaussures dans un coin. Elle les regardait de temps en temps, surtout la barrette de son escarpin qui renfermait la promesse d'une éternelle délivrance. Mais elle le faisait avec un certain détachement. Elle ne voulait pas échapper à ses souffrances. Elle les avait jusque-là supportées : elle continuerait à le faire.

Il y avait une heure ou plus qu'elle était éveillée. Elle avait à tâtons fait le compte de ses blessures. De l'autre côté de la cellule, dans un angle du mur, il y avait un robinet et un lavabo. Dans un effort suprême de volonté, Catherine se leva et s'y dirigea en titubant. Si elle devait survivre, elle devait commencer le combat, ici même, dans sa cellule. Du mieux qu'elle le put, elle lava ses plaies. Cela lui était douloureux, mais le contact de l'eau froide sur sa peau lui redonnait des forces.

Elle se sécha à son matelas, puis s'habilla. Elle s'assit ensuite sur sa couche, fixant des yeux le judas, comme pour rendre à son gardien les regards qu'il lui lançait, comprenant pour la première fois à quel point la haine pouvait stimuler un être.

Soudain, elle entendit des pas venant de l'étage au-dessous. On revenait la chercher. Les pas martelèrent le plancher du couloir — et s'arrêtèrent devant la cellule voisine.

Elle entendit le crissement de la porte blindée qui s'ouvrait, un piétinement et un cri. Alors commença le terrible bruit sourd d'un objet frappant un corps humain. Un hurlement de douleur parcourut tout l'étage. Puis, tandis que le bruit des coups continuait, ce ne fut plus qu'un souffle et une voix qui disait : « Pitié ! Pitié ! »

Soudain, ce fut le silence. La porte de la cellule voisine claqua. Les mêmes pas descendirent l'escalier qu'ils avaient monté. Seule la plainte d'un être brisé emplissait le silence.

Catherine serra ses bras contre sa poitrine, se souvenant avec terreur des souffrances qu'elle-même avait subies et que lui avait rappelées les sanglots poussés par son voisin. Comment le secourir, ce résistant sans visage ? Peut-être pouvait-elle lui parler en morse ? Elle enleva une de ses chaussures et s'approcha du mur qui les séparait. Elle frappa les lettres QRK IMI, ce qui voulait dire : « Comment me recevez-vous ? »

Elle colla son oreille à la cloison, attendant une réponse. Puis, lentement, elle frappa les seuls mots de réconfort qu'elle pouvait dire à cet homme : « Courage ! Tenez bon ! Ils arrivent ! »

*

A Berchtesgaden, Hitler avait dormi jusqu'au milieu de la matinée. Il reçut le premier rapport sur le débarquement après son petit déjeuner, alors qu'il était encore en robe de chambre, de deux de ses collaborateurs qui lui apportèrent une carte de la situation. Avec quelle satisfaction il dut en contempler le tracé ! Les Alliés avaient débarqué en Normandie, comme il l'avait prédit à ses maréchaux et à ses généraux au mois de mars, à l'endroit exact sur lequel il avait attiré l'attention de Rommel et de von Rundstedt, le mois de mai suivant

— Maintenant, dit-il, ils sont là où nous pouvons les battre.

La conférence stratégique de midi eut lieu au château de Klessheim, à une heure de voiture du Berghof, où il recevait à déjeuner le Premier ministre hongrois Dome Szojay. Il était souriant, presque détendu. Comme l'avait prévu l'un des officiers de renseignements d'Eisenhower, il déclara à son entourage qu'il était trop tôt pour engager leurs forces dans une action quelconque. On ne sait pourquoi, il n'était pas disposé à obéir, ce jour-là, à sa fameuse intuition. La Normandie pouvait être une diversion, dit-il, un piège que lui tendaient les Alliés. Tout était tranquille sur la côte de la Manche. C'était peut-être là qu'aurait lieu la véritable attaque, quand le temps deviendrait meilleur. Il fallait garder un calme olympien, le détachement serein d'un chef de guerre face au bruit des combats, laisser la situation se préciser avant de prendre une décision.

Pourquoi Hitler hésita-t-il ce jour-là ? Etait-ce parce que, depuis Stalingrad, sa foi dans sa propre infaillibilité avait été ébranlée ? Etait-ce parce que le poison infiltré par FORTITUDE commençait à produire ses effets et paralysait son esprit ?

En tout cas, ce n'est qu'après le déjeuner qu'Hitler autorisa von Rundstedt à déplacer ses deux panzers-divisions. Maintenant les brouillards matinaux s'étaient dissipés. Les chasseurs alliés étaient maîtres du ciel de Normandie. Les envahisseurs, luttant pour mettre le pied sur le sol français, échapperaient à une contre-attaque qui aurait mis fin à leur tentative de débarquement : au lieu des trois divisions blindées qu'ils auraient dû affronter le jour J, ils ne trouveraient en face d'eux qu'un régiment !

*

Les responsables de l'*Intelligence Service* (une institution remontant à Sir Francis Walsingham et au règne d'Elisabeth Ire), dans leur Quartier général de Broadway Building, au numéro 52, situé en face de la station de métro Saint James, considéraient les événements qui se déroulaient en Normandie avec une calme indifférence. Les employés et les gardes de service, les pensionnés et les sergents majors des autres guerres allaient et venaient dans leurs uniformes bleus, haussant à peine la voix pour commenter ce qui se passait de l'autre côté du Channel. Les officiers se rendant à leur travail dans cet immeuble de huit étages échangeaient, dans le vieil ascenseur, quelques phrases elliptiques sur le débarquement : ils appartenaient à un service où l'on accueille une victoire avec un petit sifflement et un désastre avec un simple clin d'œil.

« C » sir Stewart Menzies avait eu, en milieu de matinée, une conférence avec Winston Churchill à Storey's Gate concernant les opérations. Ensuite, il avait pris à la va-vite un repas frugal au White's et était revenu à Broadway, à peu près au même moment où Hitler accordait, mais trop tard, ses deux divisions à von Rundstedt.

Son premier visiteur de l'après-midi fut le jeune officier qui lui servait de chef d'état-major personnel, en particulier dans les domaines que « C » désirait contrôler lui-même ou dont il ne confiait la responsabilité qu'à un cercle restreint de collaborateurs. Comme « C », D. J. Watley-Serrell était un ancien d'Eton. Il avait été *guardsman* et c'était un homme en qui on pouvait avoir toute confiance, car il descendait d'une excellente famille.

Cet après-midi-là, il avait avec lui deux dossiers secrets. Le premier concernait les contacts que le MI 6 entretenait avec la résistance allemande, la *Schwarze Kapelle*. Une fois qu'ils en eurent fini, Watley-Serrell ouvrit l'autre dossier. C'était celui de FORTITUDE.

— Nous avons eu confirmation que la femme a été arrêtée à son arrivée à Calais, Sir, dit-il. Son contact, comme nous l'espérions, a communiqué avec Sevenoaks par le radio de Lille que la Gestapo croit avoir retourné.

— Où l'ont-ils emmenée ? demanda « C ».

— Nous pensons que c'est à Paris, car l'ordre de l'arrêter est venu de Stroemulburg et ce sont ses gens qui l'ont suivie jusqu'à Calais.

Il tendit une feuille de papier à son supérieur.

— Voilà le message que Lille a envoyé la nuit dernière de la part d'Aristide, l'homme du SOE.

« C » lut le texte. Quand il fut parvenu à la dernière ligne, il haussa ses sourcils roux.

— Ainsi, ils veulent la peau de Paul, n'est-ce pas ? Etant donné les circonstances, ce n'est guère étonnant.

Watley-Serrell eut une petite toux embarrassée.

— Malheureusement, Sir, nous avons un problème à cet égard.

— Ah ?

— Dans le feu de l'action, ce matin, Cavendish a répondu au message en provenance de Sevenoaks sans qu'il soit contrôlé par nous.

— Je vois.

— Il a donné « carte blanche » à Aristide.

— Merde !

« C » avait battu plusieurs fois des paupières en apprenant la chose.

— Mais pourquoi ne l'aurait-il pas fait ? Nous aurions dû court-circuiter ce message quand il est arrivé la nuit dernière.

— Sir !

— Bon, comment allons-nous sauver Paul ?

— Le SOE ?

— Le SOE ne sait absolument rien de nos relations avec Paul. Et j'aimerais autant qu'ils demeurent dans ce doux état d'ignorance. De plus — « C » ferma les yeux pour plus de concentration — le seul lien de Cavendish avec cet Aristide passe par ce radio à Lille. Tout changement d'instructions qu'il lui destinerait devrait passer entre les mains des Allemands ce qui serait trop risqué.

— Si les gens du SOE mettent la main dessus, qu'est-ce que leur dira Paul pour sauver sa peau ? à supposer qu'ils lui laissent le temps de s'expliquer.

— Oui, grimaça « C », il est fort probable qu'ils vont juste essayer de le descendre, n'est-ce pas ? Mais je pense que, s'il le peut, il leur dira qu'il travaille pour nous.

— Le croiront-ils ?

— Bonne question. Il leur dira que nous lui avons demandé d'aller trouver Stroemulburg. C'était l'idée d'Oncle Claude. Il avait fait une étude minutieuse de notre ami allemand et en était venu à la conclusion qu'il serait plus qu'impressionné par le couplet anti-communiste de Paul. Et c'est d'ailleurs ce qui s'est passé.

— Vous pensez que Paul arrivera à convaincre quiconque d'un truc pareil ?

— Peut-être. Il est très persuasif quand il veut. Il croit que nous l'avons envoyé à Stroemulburg uniquement parce que nous étions persuadés que la réaction de Stroemulburg serait de jeter un voile sur l'opération. Après tout, un bon maître espion préfère maintenir une opération ennemie de ce type, s'il a la possibilité de la surveiller et de la contrôler. La réalité, bien évidemment, était qu'Oncle Claude s'atten-dait bien à ce que Stroemulburg couvre l'opération, afin d'avoir un accès régulier à ces sacs de courrier, ce qui était précisément ce que nous voulions qu'il vît.

Le chef de l'*Intelligence Service* adressa à son subordonné un sourire glacial.

— Et c'est exactement ainsi qu'a réagi notre Allemand. En l'occurrence, ces sacs de courrier ne remplissent pas les fonctions auxquelles on les avait destinés, mais les choses tournent rarement tout à fait comme on les prévoit. Ce qui nous laisse avec le problème de savoir comment nous allons essayer de protéger Paul. Cette fille du One Two Two, elle peut le contacter ?

— Non, Sir. Pour des raisons de sécurité, ça ne marche que dans un sens.

— Bien. Envoyez-lui un message urgent pour Paul. Dites-lui que la Résistance a tout compris et qu'on leur a donné l'ordre de l'exécuter. Dites-lui de se planquer ou d'aller trouver Stroemulburg, ce qui serait mieux pour lui.

— *Yes, Sir.*

« C » poussa un soupir. Quel dommage que cette fille ne puisse prendre contact avec Paul ! Les exigences d'un service secret peuvent parfois être cruelles

*

Un coup de téléphone de Berlin éveilla Stroemulburg du profond sommeil où l'avait plongé son somnifère, après la séance de torture qu'il avait fait subir à Catherine Pradier. C'était son chef, Ernst Kaltenbrunner, fou de rage. Il cria dans l'appareil que la Wehrmacht n'avait tenu aucun compte des renseignements sans prix qu'avait recueillis le docteur. La 7e armée occupant la côte où le débarquement avait eu lieu n'avait même pas été mise en état d'alerte.

Ce n'était pas tout. Il y avait une foule d'absents sur le front de l'Ouest : Meyer Detring, le chef des services de renseignements de von Rundstedt, était à Berlin ; le général Feuchtinger de la 21e panzer à Paris ; les officiers supérieurs de la 7e armée à Rennes ; Rommel, lui-même, était en Allemagne. Himmler se demandait si, derrière cela, il n'y avait pas une sorte de conspiration, une manière de laisser la porte ouverte aux Alliés. Kaltenbrunner ordonna à Stroemulburg de faire immédiatement une enquête à ce sujet.

L'*Oberstumbannführer* prit une douche et s'habilla en toute hâte. Quand il eut fini, son premier geste fut d'appeler son fidèle collaborateur pour l'informer de ce qui se passait.

Le docteur était désespéré. Tant de travail et d'efforts pour rien ! Accablé, il passa à Stroemulburg le texte du message que Cavendish avait envoyé à Lille. « Vous avez *carte blanche* pour traiter avec l'officier des opérations aériennes. »

451

— Est-ce que je dois demander à Lille d'arrêter l'agent qui viendra chercher la réponse de Cavendish ? demanda le docteur.

— Où est Gilbert ?

— Dans la Sarthe. En opération. Il doit revenir demain.

Stroemulburg, l'esprit encore embrumé par les effets de son somnifère, hésita un moment. Il détestait « brûler » un opérateur-radio retourné, s'il pouvait l'éviter. Il se dit que la Résistance, maintenant, allait essayer de liquider Gilbert, qu'elle reçoive ou non l'accord de Londres.

— Non, dit-il finalement. Faites parvenir le message de Cavendish à Aristide.

— Ils vont tuer Gilbert.

— Non. Nous ne les laisserons pas faire. Que Konrad surveille son appartement demain matin. C'est là qu'ils l'attendront. Dites-lui de le ramener ici.

*

Pour T. F. O'Neil deux choses caractérisaient les bureaux clandestins de la *London Controlling Station :* les gens y avaient les yeux rougis par l'insomnie et l'air épuisé. Ridley ne s'était pas couché depuis quarante heures. Le colonel vivait sur ses nerfs et ne se nourrissait que de cigarettes ! Lui-même n'avait pu dormir que quelques heures. Ils avaient passé toute la journée à suivre l'évolution de la situation en Normandie et à essayer de réparer les dommages occasionnés par le fait que l'opérateur-radio de Garbo à Madrid n'avait pas reçu le message prévu pour 3 heures du matin.

Pour le jeune officier américain, c'était une expérience révélatrice. Il était persuadé que, personne, aux Etats-Unis, ne pouvait même imaginer de faire ce genre de choses qui semblait être pour ce petit groupe de ses collègues d'une seconde nature. Cette coterie de comploteurs qu'il avait, au début, considérés comme des dingues, maintenant il en faisait partie, et ils avaient passé des heures autour d'une table à mettre sur pied, dans le moindre détail, cette opération qui, le moment venu, devait avoir une telle importance pour les services secrets allemands.

Comme les gens de FORTITUDE l'avaient décidé, Garbo travaillait au ministère de l'Information, en tant qu'adjoint au directeur de cabinet, un ami à lui, pour lequel il traduisait en espagnol les émissions de la BBC destinées à l'Espagne et à l'Amérique du Sud. Il donnait ses messages — codés — à son opérateur-radio bien avant l'heure de leur transmission et, pour des raisons de sécurité, celui-ci ne savait pas où le joindre. Garbo s'était donc rendu à son bureau du ministère, le matin du 6 juin, heureux comme tout, convaincu qu'il avait averti l'Abwehr de l'imminence du débarquement. A midi, il fut convoqué à une réunion des chefs de service. Là, on lui donna une directive secrète adressée au ministère par le *Political Warfare Executive*. Le texte était d'une telle importance qu'il en avait copié les passages principaux au dos d'une carte de visite et avait emportée celle-ci en douce, en quittant son bureau.

Arrivé chez lui, il coda les grandes lignes de cette directive destinée à tous les services du ministère :

1. L'offensive lancée, ce jour-même, par le général Eisenhower constituait une étape importante de l'attaque alliée contre la Forteresse Europe.

2. Il est de la plus grande importance que l'ennemi ignore nos intentions futures.

3. Il faut éviter toute référence à des attaques et à des opérations de diversion ultérieures.

4. Toute spéculation portant sur d'autres zones de débarquement doit être écartée.

5. L'importance de la présente offensive et son influence décisive sur le cours de la guerre doivent être clairement marquées.

Ensuite, Garbo informa Kuhlenthal que, étant donné l'importance des événements, il avait décidé, de sa propre initiative, de rappeler à Londres ses trois meilleurs agents, des agents que les Allemands connaissaient et respectaient, connus sous le nom de code de : Donny, Dick et Dorick — afin de faire le point de la situation. Son agent de Gibraltar, dit-il également à Kuhlenthal, était en route pour sa planque dans le Pays de Galles. Il termina son message par une note d'autosatisfaction, se réjouissant que « la première action des Alliés ait été sans surprise », en raison du message qu'il avait envoyé à Madrid à 3 heures.

Ensuite, épuisé, mais plus dévoué que jamais à la cause du national-socialisme, Garbo avait pris le métro pour aller porter son texte codé à Hampstead Heath afin qu'il fût envoyé à Madrid. C'est alors qu'il apprit que son fameux message n'avait été transmis qu'à 7 heures du matin. Partagé entre la fureur et le désespoir, il était allé s'asseoir sur un banc pour coder un second message à destination de

Kuhlenthal. C'était un appel au secours désespéré d'un agent trahi par l'incompétence de ses collaborateurs, d'un maître espion ayant risqué sa vie quotidiennement pour se rendre finalement compte que le plus précieux de ses renseignements avait été ignoré. Il déclara qu'il écrivait « en proie à une fatigue et à un épuisement dus au travail excessif qu'il avait fourni... ». Qu'il était « dégoûté parce que, dans un tel combat entre la vie et la mort, il ne pouvait tolérer aucune négligence ». Et il terminait par ces mots : « Si ce n'était pour ma foi et mes idéaux, j'abandonnerais tout. »

Ce tissu de mensonges, il l'avait concocté comme le scénario d'un film, et, maintenant, ce message était envoyé sur les ondes par un sergent du MI 5 à Hampstead Heath.

*

Dans la soirée du mardi 6 juin, le maréchal von Rundstedt convoqua ses principaux collaborateurs dans la salle des opérations de sa résidence de Saint-Germain-en-Laye. Le dernier des chevaliers teutoniques avait passé toute la journée, comme il pensait que devait le faire un grand chef de guerre, à l'écart du tintamarre du champ de bataille, à contempler paisiblement ses cartes et étudier les rapports des services de renseignements. Tandis que les Américains luttaient désespérément pour prendre pied à *Omaha beach*, à midi, il cueillait des roses dans son jardin.

Son chef d'état-major l'avait averti de la conviction du colonel von Roenne, conviction qui grandissait dans l'entourage d'Hitler, que la Normandie n'était qu'une diversion destinée à obliger les Allemands à une décision prématurée.

Le vieux maréchal médita un instant, puis déclara que von Roenne et l'entourage d'Hitler se trompaient. La Normandie n'était pas une diversion : c'était la véritable invasion. Les Alliés avaient attaqué sur une large bande côtière. Ils avaient jeté dans la bataille leurs trois divisions aéroportées d'élite, les « Rats du désert » de la vieille 8ᵉ armée de Montgomery et la 1ʳᵉ division américaine d'infanterie. Il ne pouvait s'agir là de forces de diversion. Le moment était venu, pour Rommel, déclara von Rundstedt, de faire ce que les Alliés ne voulaient pas qu'il fasse : réunir toutes ses forces disponibles, en particulier les panzers de la 15ᵉ armée rassemblés dans le Pas-de-

Calais. Ayant rendu sa sentence avec l'autorité d'un pape publiant une encyclique, il ordonna à ses subordonnés d'en informer Rommel et le Quartier général d'Hitler — et il alla se coucher.

*

A La Roche-Guyon, a deux heures de route de là, le jour le plus long qu'ait connu le maréchal Erwin Rommel de sa vie était prêt à s'achever. Sa voiture s'arrêta au pied de son château, et il en descendit aux accents majestueux de l'ouverture du *Hollandais volant* de Wagner qui s'échappaient des portes ouvertes.

— Les Alliés sont en train de débarquer et vous écoutez de la musique ! cria son adjoint au chef d'état-major de Rommel, le général Hans Speidel.

— Pensez-vous que cela changera quelque chose ? répondit ce dernier, en jetant à son subordonné un regard froid.

Avec l'énergie qui le caractérisait, Rommel convoqua aussitôt une conférence pour étudier la situation. Ses vues étaient entièrement différentes de celles de von Rundstedt. Le chef de ses services de renseignements l'informa que von Roenne l'avait appelé à 5 h 20 de l'après-midi pour l'avertir qu'aucune des 25 divisions du 1er groupe d'armée US, dans le sud-est de l'Angleterre, n'était entrée en action et que l'on s'attendait sous peu à une deuxième attaque dans le Pas-de-Calais. Ces propos étaient plus doux aux oreilles de Rommel que la musique de Wagner. Il s'était juré de battre les Alliés sur le rivage, mais quand ces derniers avaient débarqué, il était à des centaines de kilomètres de là, se livrant à un monologue désespéré sur le siège arrière de sa voiture. A présent, il espérait de toutes ses forces que les Alliés entreprendraient un autre débarquement sur les plages du Pas-de-Calais, où, depuis des mois, il avait prédit qu'il aurait lieu. Là, il pourrait les stopper sur le rivage. Il n'enlèverait pas un seul char, pas un seul soldat de cette zone. Il conserverait toutes ses forces sur place, pour livrer la bataille capitale dont dépendaient le destin de l'Allemagne et sa propre réputation, au moment où les divisions du 1er groupe d'armée US tenteraient de débarquer à l'endroit le plus fortifié du mur de l'Atlantique.

*

Il était près de minuit à Storey's Gate, quand le message arriva. C'est un cycliste du *Signals Intelligence Section* du MI 5 qui l'avait apporté à Ridley dans une serviette fermée à clef. T. F. regardait son supérieur tandis qu'il l'ouvrait, et remarqua qu'un sourire de satisfaction se peignait sur son visage. C'était le premier sourire que T. F. lui avait vu ces derniers jours.

Le message venait de Kuhlenthal, le représentant de l'Abwehr à Madrid, et il était destiné à consoler son cher Garbo. Ridley le lut aux membres de sa section qui étaient encore là :

« Je tiens à déclarer de la façon la plus formelle que le travail que vous avez accompli ces dernières semaines a rendu possible à notre Haut Commandement d'être pleinement informé et de prendre toutes mesures nécessaires. Je fais part à vous et à vos collaborateurs de notre profonde reconnaissance pour tout ce que vous avez fait et vous demande de bien vouloir continuer de travailler avec nous dans les heures décisives qui s'annoncent pour l'avenir de l'Europe. »

Ridley s'interrompit un moment.

— Le Führer a demandé à Kuhlenthal d'informer Garbo qu'il lui donnait la Croix de fer de première classe !

Même T. F. était euphorique. Comment, dans quarante-huit heures, les Allemands ne croiraient-ils pas un agent à qui ils venaient de remettre une des plus hautes distinctions ?

Le colonel, lui, était soulagé. Il regarda la carte des opérations en Normandie pour la centième fois peut-être de la journée et ces petites silhouettes noires qui représentaient les divisions blindées de la 15ᵉ armée. Il y avait bien peu sur cette carte pour le réconforter.

— Vous vous rappelez ce que Monty a dit à Saint-Paul School ? demanda-t-il à T. F.

— Sur la rapidité avec laquelle arriveraient les renforts ?

— Non. Que si nous ne prenions pas Caen, Bayeux et Carentan le jour du débarquement, nous serions dans un sale pétrin.

Ridley indiqua la carte.

— Nous n'en n'avons pas pris une seule aujourd'hui.

Sa cigarette pointait vaguement vers les plages du débarquement.

— Il y a un trou de 15 kilomètres entre vos plages et les nôtres. Si Rommel le découvre, Dieu seul sait ce qui peut se passer. Rien n'est joué. Tout peut encore arriver.

L'air triste, l'Anglais tourna le dos au graphique qui représentait les soucis qui le hantaient.

— En tout cas, dit-il, le message de Kuhlenthal exige une tournée au bar du mess avant que nous allions tous nous coucher.

Tous les hommes présents fermaient leurs dossiers, quand le téléphone sonna.

— Prenez la communication, voulez-vous ? dit Ridley à T. F.

Le jeune Américain reconnut la voix rauque du chef de l'*Intelligence Service*.

— C'est pour vous, Sir, dit-il respectueusement, en passant l'appareil à Ridley.

— Je vois, dit Ridley à son correspondant. Où l'ont-ils emmenée ? Avenue Foch ? Le temps nous le dira, ajouta-t-il. Bonne nuit !

Ridley se tut comme pour digérer ce que venait de lui apprendre Menzies. L'expression qu'il avait quelques instants auparavant l'avait quitté. Il avait un air distant, préoccupé.

— Quelque chose qui ne va pas ? demanda T. F.

Ridley aspira une longue bouffée de sa Players.

— Pardon ? dit-il, comme s'il sortait d'un rêve. Ah ! oui, la Gestapo, paraît-il, a arrêté la jeune femme que vous avez emmenée à Tangmere, l'autre nuit.

— Oh non ! cria T. F. C'est horrible !

— Oui, dit Ridley. C'est un sale coup. Mais c'est comme ça.

Cinquième partie

LE SANG DE LA LIBERTÉ

« Comme une énorme oaristys
Une chanson jamais chantée
Le vin nouveau de la justice
Et le sang de la liberté. »

ARAGON
Le Crève-cœur

*Paris - Londres - Berlin - Berchtesgaden
7 - 10 juin*

Paul se disait que, même si on ne savait pas que les Alliés avaient débarqué, on comprendrait que quelque chose d'extraordinaire venait d'arriver, rien qu'en regardant les Parisiens qui emplissaient la gare d'Austerlitz, ce mercredi 7 juin. Ils étaient tout souriants, marchaient d'un pas allègre, parlaient à haute voix. Surtout, ils avaient des sourires moqueurs voire éclataient carrément de rire devant les titres de la presse collaborationniste promettant une « contre-attaque allemande massive » contre la tête de pont alliée.

Et pourtant, au milieu de toute cette joie à peine retenue, Paul était à bout de forces et avait mal au cœur. On aurait dit un homme en deuil à un repas de noces. Depuis lundi, il vivait avec une seule pensée en tête : est-ce que le déraillement avait réussi ?

Il se fraya un chemin parmi la foule et se précipita vers une cabine téléphonique. A son grand soulagement, Ajax répondit.

— Est-ce que ça a marché ? cria Paul. Elle a pu s'enfuir ?

— Ah ! c'est vous, Paul ?...

Pour la première fois, il lui sembla qu'Ajax était content de l'entendre.

— ... J'attendais votre coup de fil.

– Est-ce qu'elle va bien ?

— Où êtes-vous ?

— A la gare d'Austerlitz.

— Trouvez-vous sur le trottoir en face du café du Commerce, 189 avenue du Maine, le plus vite possible. Je vous y rejoindrai.

Ajax raccrocha.

Paul regarda sa montre. Il était 12 h 30. C'était trop tôt pour appeler le One Two Two et savoir si son *courrier* avait quelque chose pour lui. En outre, une seule chose l'intéressait : de savoir Denise vivante. Il sauta dans une bouche de métro et prit la première rame en direction de la station Alésia.

*

Sur le trottoir en face du café du Commerce, il essayait en vain de calmer sa nervosité. Il regardait les passants. Il s'attendait à ce qu'Ajax arrive à pied, peut-être à bicyclette, à la limite dans un vélo-taxi. Il fut stupéfait de voir une traction-avant noire, munie d'un gazogène qui dégageait une épaisse fumée, et Ajax en sortir par la porte arrière. Deux hommes étaient à l'avant.

— Sautez là-dedans, dit Ajax.

Comme toujours, il était d'une élégance parfaite : son complet ne faisait aucun pli, ses cheveux étaient soigneusement peignés. Sa chemise qui, naguère, était blanche avait jauni au cours de lavages successifs, mais elle était impeccable. Seule une cigarette roulée avec un mauvais ersatz de tabac et plantée dans son fume-cigarette d'ébène jetait une note discordante dans son apparence parfaitement étudiée.

— Où allons-nous ? demanda Paul, tandis que la voiture remontait l'avenue du Maine vers la porte d'Orléans.

— A Fontainebleau, répondit Ajax.

— Est-ce que vos hommes l'ont recueillie après le déraillement ? demanda Paul.

Un sourire chaleureux se peignit sur le visage d'Ajax. Il tapota d'un geste rassurant le genou de Paul.

— Ne vous inquiétez pas, mon vieux. Vous êtes aussi nerveux qu'un bouledogue qui en a après une chienne en chaleur. Ayez un peu confiance dans vos amis résistants !

Il se tourna vers Paul et son sourire s'élargit.

— Comme ils ont confiance en vous.

*

Avec la ténacité qui le caractérisait, Hans Dieter Stroemulburg s'était consacré vingt-quatre heures durant à la tâche que Kaltenbrunner lui avait assignée le mardi matin : savoir pourquoi le Haut

Commandement allemand avait ignoré l'annonce du débarquement contenue dans les messages de la BBC et pourquoi autant d'officiers supérieurs étaient absents de leurs postes dans la nuit du 5 au 6 juin.

Comme cela lui était arrivé souvent quand il était inspecteur de police, aucun indice ne l'avait conduit au but recherché, mais son enquête avait eu un résultat peut-être plus important : si autant d'officiers étaient absents, cette nuit-là, cela était dû au temps, non pas à un complot, et si l'OB West n'avait pas réagi aux avertissements du docteur, c'était parce que ces gens-là étaient des cons de Prussiens, pas des traîtres.

Mais il avait aussi découvert que, cette nuit fatidique, en l'absence de Rommel, son chef d'état-major, le général Hans Speidel, avait invité à dîner à La Roche-Guyon son beau-frère, le docteur Joachim Horst et l'écrivain Ernst Junger. Les noms de ces deux hommes figuraient sur la liste établie par le RSHA des individus soupçonnés de conspirer contre le Reich.

Stroemulburg termina son rapport dans le courant de l'après-midi et retourna enfin à ses *Blitzfernschreiber,* des télex à fonctionnement ultra-rapide, qui l'attendaient. L'un d'eux attira particulièrement son attention. C'était le rapport du colonel Alexis von Roenne n° 1288 sur la situation à l'Ouest, portant sur l'évaluation puissamment raisonnée de la stratégie alliée qu'il avait établie à midi, le jour J. Pour Stroemulburg sa conclusion fut une véritable révélation.

Si le débarquement en Normandie était une feinte des Alliés pour dérouter les Allemands et les obliger à engager prématurément leurs réserves, le *vrai* débarquement devant avoir lieu dans le Pas-de-Calais, alors il détenait la clef de ce débarquement dans une des cellules se trouvant au-dessus de son bureau. En laissant cette femme tranquille pendant tout ce temps-là, il s'était montré criminellement stupide — aussi stupide que ces officiers qui avaient fait fi des avertissements du docteur. Il appuya sur un timbre posé sur son bureau. Il fallait absolument qu'il rattrape sa propre négligence.

•

En poussant une sorte de soupir, la traction avant à gazogène jeta l'ancre devant un portail en fer forgé tout rouillé ménagé dans le mur d'enceinte d'un petit château dans la forêt avoisinant Fontainebleau. Le chauffeur donna deux coups de klaxon et deux hommes, manifestement membres du réseau Ajax, ouvrirent le portail pour laisser passer la voiture. Celle-ci prit l'allée couverte de graviers menant à l'entrée principale du château — une gentilhommière du XIXᵉ siècle qu'avait sans doute fait construire un homme d'affaires parisien au temps de Napoléon III.

Paul sauta de la voiture et bondit sur les marches du perron.

— Où est-elle ? cria-t-il à Ajax qui le suivait de près.

La demeure semblait déserte. Les fenêtres étaient closes. La porte s'ouvrit devant Paul, comme si elle était tirée par une concierge fantôme.

— Entrez, lui ordonna Ajax.

Il passa devant Paul et traversa le hall plongé dans l'obscurité, où se trouvaient deux autres membres de son réseau postés devant une porte. Il l'ouvrit et poussa Paul à l'intérieur d'une pièce.

C'était un petit boudoir éclairé par une ampoule nue qui pendait du plafond. En face de Paul, se trouvaient une table à tréteaux et trois chaises. Au mur étaient accrochés un drapeau tricolore et une photo de De Gaulle. Une quatrième chaise faisait face à la table.

Paul se retourna vers Ajax.

— Qu'est-ce qu'on vient foutre ici ? cria-t-il. Où est-elle ?

C'est alors qu'il vit le colt 45 dans la main d'Ajax pointé sur son ventre.

— Asseyez-vous, Paul, dit Ajax en montrant la chaise qui était devant lui.

— Vous m'avez trahi ! rugit Paul.

— C'est moi qui vous ai trahi ?

Un masque glacé recouvrit le visage d'Ajax.

— Je vous ai dit de vous asseoir.

— Qu'est-ce que c'est, cette parodie de procès ? demanda Paul, essayant de mettre de la colère dans sa voix, alors que la peur s'emparait de lui.

— Vous avez dit « parodie » ?...

Cet homme qui avait amicalement conduit Paul de Paris jusque-là était soudain devenu étonnamment dur.

— ... Pas du tout. C'est un vrai procès. Le vôtre. Pour trahison.

Ajax se dirigea vers la table. Deux de ses hommes munis de mitraillettes Sten encadrèrent Paul.

— C'est vous qui avez monté toute cette comédie ! cria Paul à Ajax. Vous m'avez toujours détesté. Pourquoi ? Pourquoi ?

Ajax contourna la table et s'assit sur la chaise du milieu. Il contempla froidement son prisonnier.

— Je ne vous hais pas, Paul. La haine est un sentiment trop précieux pour le gaspiller avec des traîtres.

Deux autres hommes entrèrent dans la pièce et s'assirent aux côtés d'Ajax. L'un était plutôt maigre, d'âge moyen, avec une barbe à la Van Dyke ; ses yeux se vrillèrent dans ceux de Paul comme la fraise d'un dentiste dans une dent carriée. C'était Aristide.

— Où est-elle ? cria de nouveau Paul. Vous l'avez sauvée, oui ou non ?

C'est Aristide qui répondit.

— Elle est là où vous vouliez qu'elle soit   entre les mains de la Gestapo.

Paul s'effondra sur sa chaise avec un air désespéré, puis leva les yeux vers ses juges :

— Ce n'est pas de ma faute, je vous le jure. J'ai averti Londres qu'ils allaient prendre le passager arrivant avec ce Lysander. Ils l'ont quand même envoyée. — Il regarda Ajax. — Je suis bien venu vous demander de la sauver, non ?

— Vous êtes effectivement venu me demander du secours, Paul. Trop tard, malheureusement.

Le ton d'Ajax était froid, pondéré, comme celui d'un notaire, lisant les clauses d'un contrat.

— Mais dites-moi une chose, Paul. Comment saviez-vous qu'ils allaient arrêter le passager du Lysander ? dit Aristide.

La bouche ouverte, Paul regarda ses accusateurs, cloué sur place par la question, au fond pertinente, d'Aristide. Il était la proie de sentiments contradictoires, mais celui de sa propre sécurité commençait à l'emporter sur tous les autres.

— Ecoutez ! dit-il. Je ne peux répondre à cette question. Pas pour le moment. Vous devez me laisser expliquer ça à Londres. J'ai mon opérateur-radio personnel. Laissez-moi envoyer un message à Londres. Ils vous répondront par la filière que vous choisirez et tout deviendra clair.

Ajax se tourna vers l'homme qui était à sa gauche et lui souffla quelque chose à l'oreille. L'homme approuva et regarda Paul.

— Videz le contenu de vos poches sur la table ! lui ordonna-t-il

Paul fit ce qu'il lui demandait. Tandis qu'il les regardait, ils se mirent à examiner dans le plus petit détail ses affaires : sa carte d'identité, son *Ausweiss*, ses tickets d'alimentation   le contenu de son portefeuille. Soudain, Paul se figea. L'homme à la barbe tenait une carte à la main. Il y eut un éclair de haine dans ses yeux, puis, sans un mot, il passa la carte à Ajax. C'était celle que Stroemulburg avait donnée à Paul dans sa villa de Neuilly pour le protéger des patrouilles allemandes si jamais il était pris avec une arme sur lui.

— Je peux expliquer ça, grogna Paul.

Ajax laissa tomber la carte. La haine qu'il y avait dans ses yeux rivalisait avec celle qu'il y avait dans ceux d'Aristide.

— Il y a des choses qui ne demandent aucune explication.

Paul comprit que, cette fois-ci, il risquait vraiment sa peau. Il n'était plus question de protéger qui que ce soit. Révéler sans équivoque quelle était sa mission était le seul moyen de se sauver.

— Ecoutez, dit-il. Je vais vous raconter toute l'histoire. Je connais Stroemulburg depuis 1937. Je faisais passer des messages de France en Espagne et d'Espagne en France pendant la Guerre civile. Le Deuxième Bureau savait ce que je faisais. Je leur communiquais tout. En 1942 — Paul essayait d'empêcher la moindre trace d'émotion d'apparaître dans sa voix — un officier anglais est venu me voir à Marseille. Il m'a demandé si je voulais voler pour la RAF. Ils m'ont fait passer en Angleterre clandestinement.

Il regardait les hommes qui étaient devant lui. Les traits de leurs visages semblaient creusés dans la pierre. On n'y lisait aucune émotion.

— Vous pouvez contrôler ce que je dis. Prendre contact avec les gens de Marseille.

Ses yeux allaient d'un visage à l'autre, comme s'il y cherchait un signe d'approbation.

— Quand je suis arrivé en Angleterre, l'*Intelligence Service* m'a engagé. Ils savaient qui j'étais et que j'avais des rapports avec Stroemulburg par un officier du Deuxième Bureau qui travaillait avec eux ; c'est d'ailleurs pourquoi, m'ont-ils expliqué, ils sont venus me chercher à Marseille. Ils m'ont demandé de me charger des opérations de Lysanders. Mais ils m'ont dit que ça ne marcherait pas si on n'avait pas un moyen de couvrir ces opérations. C'est alors qu'ils m'ont dit d'aller trouver Stroemulburg.

— Ce sont les Anglais qui vous ont demandé de prendre contact avec Stroemulburg ?

Aristide avait posé la question sur le ton d'incrédulité qu'il réservait naguère à ses étudiants en philosophie essayant de défendre un point de vue indéfendable.

— C'est la vérité.

— Vous essayez de me faire croire que les Anglais vous ont envoyé ici pour placer leurs opérations clandestines sous le contrôle de la Gestapo, c'est bien ça ?

— Non. Les Anglais sont beaucoup plus malins. La chose a marché exactement comme ils me l'avaient dit. Ce que Stroemulburg cherchait, c'était de mettre l'opération sous sa surveillance, de la contrôler, d'arrêter de temps en temps quelqu'un loin des terrains d'atterrissage. Après tout, il a compris que s'il interrompait mon opération, un inconnu me remplacerait. Tout a marché comme les Anglais le désiraient. Nous avons organisé les opérations de Lysanders sous la protection des Allemands. Ils ont même demandé à la Luftwaffe de ne pas descendre nos appareils.

— Et ce courrier ?

Ajax pensait à son agent qui avait craqué au cours d'un interrogatoire parce qu'une information contenue dans ce courrier lui avait été lancée à la figure.

— Vous voulez me faire croire que les Anglais désiraient vraiment que la Gestapo prenne connaissance de ce matériel ?

— C'était une chose secondaire. C'est la guerre, Bon Dieu ! Vous devez calculer les profits et les pertes. Qu'est-ce qui était le plus important : qu'ils lisent ce courrier ou qu'ils laissent nos agents tranquilles ?

— Paul ? — C'était Aristide, dont le regard le fixait intensément. — Tout homme a le droit de défendre sa vie, mais, s'il vous plaît, faites-nous l'honneur de nous raconter une autre histoire que celle que vous nous débitez.

— Tout ce que je vous dis est vrai. Je le jure.

Paul sentit une sueur froide lui couler dans le dos et ne put retenir plus longtemps la supplication qui lui montait aux lèvres.

— Je vous l'ai dit : j'ai mon propre radio. Je n'ai donné à Stroemulburg que celui que j'utilise pour les atterrissages. Laissez-moi contacter Londres ! Ils vous le diront.

— Nous avons déjà parlé de vous à Londres, Paul, dit Aristide.

— Parfait ! dit Paul, avec défi. Et qu'est-ce qu'ils vous ont répondu ?

— De vous liquider.

Paul les regarda tous avec les yeux d'un animal blessé à mort.

— Je ne peux pas le croire. Qui vous l'a dit ?

— Cavendish.

— Cavendish ? Mais, Bon Dieu ! il n'a jamais su que je travaillais pour l'*Intelligence Service*.

Aristide regarda Paul fixement. « Et ma grand-mère, c'était la Sainte Vierge ? » pensait-il.

— Cavendish appartient à l'*Intelligence Service*, dit Ajax.

— Mais non ! Il est au SOE.

— C'est la même chose, dit Ajax, en se levant. Vous le savez aussi bien que moi.

Il fit un geste de la tête à ses deux camarades, puis se dirigea vers une pièce voisine où ils le suivirent. Il ferma la porte et regarda les deux hommes.

— Alors ?

— C'est un traître. Il faut s'en débarrasser, répondit Aristide. Il n'y a pas un mot de vrai dans tout ce qu'il nous a dit, sinon qu'il travaille pour la Gestapo. La carte qui était dans son portefeuille le prouve. C'est une pièce à conviction irréfutable.

— Je suis d'accord, dit Ajax calmement. Dieu sait combien d'autres personnes il leur a données.

Il se tourna vers le troisième homme, qui était le chef en second de son réseau.

— Peut-être devrions-nous le garder prisonnier en attendant que les Américains arrivent. Ils s'occuperont de lui, dit ce dernier.

— Prisonnier ? hurla Ajax. On est des résistants, pas des gardes-chiourmes !

— Laissons-le au moins contacter ce radio dont il nous a parlé.

— Si on le laisse seul une seconde, il ira se mettre sous la protection de Stroemulburg et de l'avenue Foch, répliqua Aristide. Ecoutez ! Il travaillait pour la Gestapo. Que veut dire d'autre cette carte ? Vous savez ce qui nous arriverait si nous étions pris. Pourquoi lui donner une chance que la Gestapo ne nous aurait jamais donnée dans les mêmes circonstances ?

— Bon ! je suis d'accord, soupira l'homme. Qu'on le liquide !

— On tire à la courte paille ? demanda Ajax.

— Non, dit Aristide. Laissez-moi faire. C'est mon agent qu'il a vendu.

Ajax passa son Colt à Aristide. Lui et son adjoint revinrent dans la première pièce où ils étaient et s'assirent côte à côte derrière la table.

— Paul, dit Ajax. Vous avez été jugé et convaincu de trahison. Vous savez ce que ça veut dire pour vous.

— Non ! Non ! cria Paul. Vous vous trompez !

Aristide s'était glissé derrière lui. Le Colt était à quelques centimètres de la nuque de Paul quand il appuya sur la détente. Le coup projeta Paul contre le mur comme une poupée. Un flot de sang jaillit du trou que la balle avait fait dans son front en sortant.

Ajax ramassa ses papiers. Méticuleusement, il les remit dans son portefeuille. Il plaça le portefeuille dans la poche intérieure du veston de Paul. Pour finir, il demanda un morceau de carton et y écrivit ces mots : « Livrez, s'il vous plaît, le corps de ce traître à ses employeurs de la Gestapo, avenue Foch. »

Il se tourna vers ses compagnons, en leur tendant le carton.

— Fourrez-le dans la traction et jetez-le dans la forêt. Et n'oubliez pas de lui accrocher ça autour du cou.

*

Cette fois, ils n'avaient pas emmené Catherine dans le bureau de Stroemulburg, mais dans une des salles d'interrogatoire situées au quatrième étage du 82 avenue Foch. Quand elle en franchit le seuil en titubant, elle fut terrifiée par la froide impersonnalité des lieux. Là, on pouvait comprendre qu'un prisonnier n'est pas un être humain, même pas un numéro, mais un paquet de chair que l'on traite avec le même détachement qu'un boucher découpant un quartier de bœuf.

Stroemulburg l'attendait. Quand ses hommes la poussèrent dans la pièce, il la salua presque respectueusement et se tint debout pendant qu'on la traînait vers une chaise. Elle sentit de nouveau l'odeur de son eau de Cologne, aperçut ses mains manucurées, ses longs cheveux blonds impeccablement peignés.

Stroemulburg la contemplait d'un regard impassible. Quel dommage qu'ils en aient fait ce qu'elle était devenue ! Elle était méconnaissable. Son visage était boursouflé d'ecchymoses. Ses lèvres tuméfiées par les coups qu'ils lui avaient donnés. Il remarqua qu'elle ne pouvait même plus fermer la bouche. Il ne lui restait que ses yeux : verts, pleins de défi à son égard. Elle continuait de jouer le rôle d'une courageuse patriote !

Il lui offrit une cigarette.

— Non, merci, dit-elle. Je n'ai pas changé mes habitudes depuis hier.

— Aucune ? demanda-t-il.

Elle sentit dans sa voix un sous-entendu sinistre et secoua la tête.

— On va voir ça.

Les deux gorilles qui l'avaient torturée la veille s'étaient glissés dans la pièce, incarnation silencieuse du sadisme de la Gestapo.

— J'ai perdu beaucoup de temps avec vous, hier, alors que j'avais bien d'autres choses à faire. — Il y avait comme du reproche dans la voix de Stroemulburg. — Aujourd'hui il faut que je concentre toute mon attention, toute mon énergie sur vous. — Il se racla la gorge comme pour s'excuser. — Pour être plus précis, ce sont mes hommes qui vont s'occuper de vous.

Il se mit à arpenter la pièce lentement.

— Revenons-en à vous, mademoiselle Pradier. Je vous répète les trois questions que je vous ai déjà posées. Qu'avez-vous l'intention de saboter à Calais ? Où sont les microfilms que Cavendish vous a demandé de remettre à Aristide ? Quels sont les messages que la BBC doit envoyer pour cette opération ? Ce sont des questions simples qui demandent des réponses simples. D'abord, que voulez-vous saboter ?

— Je ne peux pas répondre.

— Où sont les microfilms ?

— Je ne peux pas répondre.

— Quels sont les messages prévus à la BBC pour ordonner le sabotage ?

— Je ne peux pas répondre.

L'Allemand trépigna. On aurait dit un gosse exigeant que l'on vient de priver de dessert.

— Vous parlez comme un disque rayé. Je vous donne une minute avant que nous commencions à nous occuper de vous.

Catherine se blottit sur sa chaise. Elle sentait son cœur battre dans sa poitrine et un grand froid envahir ses os. Elle avait envie d'éclater en sanglots, mais elle ne voulait pas donner cette satisfaction à ce type. Elle pria Dieu de lui venir en aide.

Les secondes passaient. Puis Stroemulburg mit fin au sursis qu'il avait accordé à Catherine.

— Parfait ! dit-il, en faisant signe à ses hommes.

L'un d'eux lui lia les poignets derrière le dos. L'autre s'approcha d'elle avec une paire de tenailles. Stroemulburg était fou de rage. Il allait devoir rester, cette fois, et il n'avait guère de cran pour ce qui allait suivre.

— Ce *gentleman* va vous arracher les ongles un par un, dit-il. Lentement : parce que ça fait plus mal. On m'a dit que c'était terriblement douloureux. Chaque fois qu'on vous aura arraché un ongle, je répéterai mes questions. Vous pouvez mettre fin à cette sauvagerie à l'instant même où vous déciderez de répondre.

Il passa sa main sur son front comme pour chasser de son esprit l'image du spectacle dont il allait être le témoin.

— La plupart des gens s'évanouissent après qu'on leur a arraché trois ou quatre ongles. Si c'est nécessaire, nous vous ranimerons avec un peu d'eau froide et nous continuerons notre travail.

L'homme qui avait les tenailles à la main s'agenouilla aux pieds de Catherine. Elle ferma les yeux et retint sa respiration. Par la fenêtre ouverte, elle entendait les cris des enfants qui jouaient dans la rue. L'homme prit un de ses pieds et elle sentit le froid des tenailles sur sa chair. Il se mit alors à tirer. Lentement, comme l'avait dit Stroemulburg. Au début, elle ressentit une douleur aiguë, puis une brûlure qui alla croissant. Elle serra sa mâchoire pour étouffer le cri qui lui montait à la gorge, mais elle ne put le retenir. Lorsque l'ongle fut arraché, et que son bourreau le lui eut montré, comme un dentiste exhibant une molaire, elle s'effondra sur sa chaise, retenue par ses menottes, en se balançant sur elle-même.

— Qu'est-ce que vous alliez saboter ?

Elle n'avait même pas la force de répondre : « Non ! » Tout ce qu'elle pouvait faire était de secouer sa tête. Stroemulburg fit signe de lui arracher un autre ongle.

Elle n'avait aucune idée du temps que cela durerait. Elle était devenue prisonnière de sa propre souffrance. Les questions de l'Allemand lui parvenaient comme d'un autre monde, de même que les cris qu'elle poussait. Elle s'évanouit à deux reprises. Chaque fois, un verre d'eau glacée la ranima. Cela faisait une éternité que ses bourreaux avaient commencé leur travail. Ils arrachèrent l'ongle de son gros orteil, le dernier qui lui restait, et le brandirent comme un trophée.

Stroemulburg la regarda. Il était à la fois furieux et plein d'admiration pour elle.

— Vous êtes une femme d'un courage exceptionnel, dit-il.

Il tendit un verre d'eau glacée à ses lèvres. Elle l'avala, regarda ses pieds ensanglantés.

Elle se mit à vomir de la bile : cela faisait longtemps qu'elle n'avait plus mangé. Elle avait le vertige. Elle haletait. Elle avait épouvantablement souffert, mais elle n'avait pas parlé. Elle avait pu résister à cet homme et à sa sauvagerie.

Stroemulburg posa le verre sur la table.

— Je présume que vous croyez avoir connu le pire, non ?

Elle le regarda sans rien dire.

— Eh bien, ça ne fait que commencer ! Je ferai tout pour obtenir de vous les renseignements que je veux.

Catherine baissa la tête, toujours en silence. Que pouvait-elle dire ?

— Vous voulez être une héroïne ; une martyre sacrifiée à la cause de Cavendish et de tous ceux qui vous ont envoyée ici, hein ? Vous êtes folle !

Pendant une seconde, Stroemulburg imagina son père enseveli sous les ruines de sa maison.

— Je me fous de votre souffrance. D'un seul mot vous pouvez y mettre fin ; de mon côté, je peux vous faire torturer jusqu'à la mort.

Catherine se taisait toujours, effondrée sur sa chaise.

— Bon ! dit Stroemulburg après un long moment. Toujours entêtée, hein ? Nous allons vous faire prendre un bain. Un de ces bains dont nous avons le secret !

*

Comme von Rundstedt l'avait prédit, la première contre-attaque de Rommel contre les plages normandes avait échoué. Comme à son habitude, ce dernier, en tête brûlée qu'il était, avait jeté les régiments de la 12e division SS et de la division Lehr contre le gros des forces alliées, au lieu de rassembler ses forces pour une attaque en masse. Tout se passait comme s'il voulait compenser son absence de la veille, en faisant cadeau d'une rapide victoire à son Führer.

En étudiant la situation, le soir du mercredi 7 juin, von Rundstedt se disait que, maintenant, la question était de savoir qui amènerait le plus vite ses forces en Normandie : les Alliés basés à plus de 100 miles de là, ou les Allemands qui pouvaient s'appuyer sur leurs arrières ?

Les chasseurs alliés, von Rundstedt le savait, pourchasseraient ses troupes sans désemparer si elles se déplaçaient pendant le jour et la Résistance leur tendrait des embuscades. Mais il pouvait les déplacer à la faveur de l'obscurité et choisir leur itinéraire à l'avance. Il était engagé dans une course qu'il avait toutes les chances de gagner — pourvu qu'il parte à point. Hier, à cause du mauvais temps, le dieu de la guerre avait été favorable aux Alliés. A partir de ce moment, s'ils prenaient les bonnes décisions, ce dieu parlerait avec l'accent allemand. Les Allemands avaient mis sur pied un plan pour répondre à l'invasion dont le nom de code était « Cas III A ». Ce plan prévoyait la concentration des forces de la Wehrmacht en Normandie, si le débarquement y avait lieu. Von Rundstedt décida de demander qu'il fût appliqué. En fait, ses projets dépassaient le cadre de ce plan. Ce qu'il désirait, c'était dégarnir tous les autres fronts de l'Ouest pour organiser la contre-attaque en Normandie. Il avait raison. S'il en était ainsi, toutes les troupes allemandes basées en France et aux Pays-Bas, à l'exception des forces restant pour occuper le terrain devraient, le plus tôt possible, partir pour la Normandie.

Rommel continuait à être en désaccord avec cette stratégie. Le « Renard du désert » était la proie d'une étrange indécision. La veille, quand il était revenu en France, il avait déclaré au capitaine Helmut Lang que le destin de l'Allemagne — sinon sa propre réputation — dépendait de la bataille qui allait suivre. Maintenant, il semblait qu'il ne voulût pas se battre là, mais sur un autre front, à savoir celui du Pas-de-Calais. La décision de von Rundstedt était prématurée. Rommel ne voulait riposter qu'avec les forces dont il disposait déjà. Cette nuit-là, au lieu de se mettre d'accord sur le « Cas III A », Rommel et Rundstedt s'en remirent à l'OKW. C'était là un recours habituel quand il fallait faire face à de telles situations. Mais l'OKW ne fit rien.

*

Ses geôliers avaient fait monter Catherine dans leur fameuse « salle de bains », sachant très bien que chaque pas qu'elle faisait lui meurtrissait cruellement les pieds et que c'était déjà pour elle une torture épouvantable. Cette « salle de bains » était une pièce vide de mobilier, à l'exception d'une baignoire collée contre un mur et d'une rangée de fouets accrochés à un autre. La fenêtre qui donnait sur la rue était grande ouverte. Tandis qu'un des hommes emplissait la baignoire, l'autre déshabillait Catherine.

— Qu'est-ce que c'est que ce sabotage ? dit Stroemulburg à voix basse, comme s'il était ennuyé de poser une telle question.

Catherine secoua la tête. L'un des deux hommes décrocha un des fouets suspendus au mur. Il le fit claquer en l'air comme pour montrer son habileté à s'en servir. Puis il la frappa. Elle poussa un cri et regarda les traces marquées sur sa chair.

— Qu'est-ce que c'est que ce sabotage ?

Elle reçut une douzaine de coups de fouet, avant d'entendre que, derrière elle, on refermait le robinet de la baignoire. Les deux hommes s'assirent sur le rebord. L'un d'eux passa une chaîne autour de ses chevilles. Ils la jetèrent ainsi dans l'eau glacée. Stroemulburg répéta, une fois de plus :

— Qu'est-ce que c'est que ce sabotage ?

Elle continuait à se taire. Un des types la tira par les pieds, tandis que l'autre, s'appuyant sur ses épaules, la plongea dans l'eau. Catherine, les mains liées derrière le dos, ne pouvait faire aucun mouvement. Elle essaya tout de même de se redresser, en appuyant ses pieds sur le fond de la baignoire, mais le type qui la tenait par ses chevilles enchaînées la retint dans l'eau, et l'autre l'enfonça en appuyant sur ses épaules. Elle avait les yeux grands ouverts et elle voyait le visage de ses bourreaux, hilares, se penchant sur elle. Elle avait l'impression que ses poumons étaient prêts à éclater. Elle suffoquait. Finalement, elle ouvrit la bouche, dans un réflexe qu'elle ne put retenir et elle avala une gorgée d'eau glacée. Elle n'y vit plus rien. Elle ne pouvait plus respirer. Elle perdit conscience. Comme si elle était en train de se noyer

Quand elle revint à elle, il y avait dans sa poitrine une douleur insupportable. Pire que toutes celles qu'elle avait endurées jusque-là. Elle sentit à nouveau des mains appuyer sur sa poitrine. Elle vomit toute l'eau qu'elle avait ingurgitée. Elle était sur le sol de sa cellule, étendue sur le dos. Des formes blanches et noires défilaient devant ses yeux. Puis elle vit se dessiner le visage de Stroemulburg.

— Qu'est-ce que c'est que ce sabotage ?

Ces mots semblaient venir d'un autre univers, avant que l'eau n'ait envahi ses poumons. Elle hoquetait. Elle était incapable de prononcer un mot, mais elle trouva la force, une fois de plus, de secouer la tête.

— Replongez-la dans la baignoire ! entendit-elle Stroemulburg ordonner.

Une fois de plus, ils la prirent par les pieds et lui plongèrent la tête dans l'eau. Une fois de plus, elle essaya de se débattre. Une fois de plus, elle sombra dans le noir, sentit ses poumons brûler, l'eau l'envahir tout entière.

Et une fois de plus, ils la sortirent de la baignoire au dernier moment. C'était une routine de la part de ces salauds : conduire leur victime au seuil de la mort, et, *in extremis*, la « sauver ».

Après quatre ou cinq pratiques de ce genre — Catherine n'avait pu les compter —, la jeune femme désirait du fond de son être mourir, emportant avec elle le secret qu'elle détenait. Elle ne voulait plus résister. Elle voulait franchir le seuil de la mort avant que ses bourreaux ne l'en empêchent.

La même question : « Qu'est-ce que c'est que ce sabotage ? » continuait de résonner en elle. Puis elle comprit une chose : revenir à la vie, cela prenait du temps. Il commençait à faire nuit. Les heures passaient. En continuant de supporter les souffrances qu'elle endurait, elle privait ses bourreaux de son secret, mais aussi d'autre chose : le temps.

Elle avait raison. Il était presque dix heures du soir, quand Stroemulburg, fatigué de cet interrogatoire, comprit qu'il était inutile. Elle crèverait avant que les tortures l'aient brisée. Il devait trouver quelque chose d'autre.

— Ramenez-la dans sa cellule ! ordonna-t-il.

Déçu et rendu furieux par son échec, il regagna son bureau.

*

T. F. et Deirdre étaient penchés sur leurs tasses de thé, dans le petit mess des salles souterraines de la guerre de Churchill, comme si cela pouvait les délivrer de la fatigue qui les accablait. Deirdre se pencha vers T. F. comme pour lui confier un secret.

— Les bureaux d'Ismay viennent d'envoyer à l'instant la copie d'un message que Montgomery a fait parvenir à Churchill, ce matin. Savez-vous ce que dit ce message ?

T. F. fit signe que non.

— Vous autres, les Américains ne tenez à *Omaha beach* que par un fil.

— Bon Dieu ! dit T. F. Je savais que les choses allaient mal, mais pas à ce point.

D'un geste de la main, Deirdre remit en place une mèche de ses cheveux toujours si bien soignés.

— Vous n'avez aucune idée de ce qui arrivera dans ce pays, si le débarquement échoue. Pour nous, ce serait la fin de tout.

— Vous ne croyez pas, ma chérie, que vous exagérez un peu ?

— Je suis sûre de ce que je dis. Il n'y a pas de quoi rire ! Nous sommes à bout de force. Si ça échoue, nous sommes foutus.

Elle but une gorgée de thé.

— Parlons de choses plus agréables. Que faisiez-vous à 6 h 30 ?

Vous ne flirtiez pas dans mon dos avec vos petites compatriotes de l'OSS, n'est-ce pas ?

T. F. rit. Les filles qui travaillaient dans les services au Quartier général d'O'Donovan à Londres nourrissaient les cancans de la capitale britannique.

— Je jouais les garçons de courses pour le colonel. Il m'a demandé de porter à la BBC un des messages qu'elle doit transmettre à la Résistance. Il se passe quelque chose de bizarre. Ce matin, un certain major Cavendish a donné l'ordre de supprimer un message qui aurait dû passer ce soir. Ridley m'a donné l'ordre de ne pas en tenir compte et de veiller à ce que le message soit bien envoyé. C'était : « Nous avons un message pour petite Berthe », ajouta T. F. en français avec un accent épouvantable. Je me demande qui est Berthe.

Deirdre porta ses regards sur sa tasse de thé, à la fois pour cacher sa consternation et mettre un peu d'ordre dans son esprit, après ce que cette phrase venait de lui suggérer. Elle toucha machinalement le lobe de son oreille. Elle portait, comme elle le faisait presque tous les jours, les boucles que Catherine avait données à T. F., le soir où il l'avait accompagnée à Tangmere.

— C'est curieux, souffla-t-elle.

— Qu'est-ce qui est curieux ?

— Vous vous souvenez du jour où vous avez vu Catherine pour la première fois ? Ce jour-là, j'étais seule. Juste avant que vous arriviez, le colonel m'a demandé de dactylographier pour lui deux phrases en français. Elles concernaient l'organisation d'un sabotage. La phrase que vous avez dite était la première des deux.

— Vous pensez que ces messages étaient destinés à cette fille ?

— Oui.

— Mais pourquoi Ridley a-t-il fait diffuser ces messages cette nuit, alors qu'il savait que la Gestapo l'avait prise ?

— Effectivement.

T. F. se mit la tête dans les mains comme pour chasser une idée désagréable de son esprit. Quelque chose le troublait depuis la veille. Comme les soupçons que l'on éprouve à l'égard d'une maîtresse infidèle. Des doutes que l'on préférerait ne pas avoir. Pourquoi le chef de l'*Intelligence Service* avait-il appris à Ridley l'arrestation de Catherine ? En quoi son arrestation était-elle à ce point importante que Menzies, lui-même, en avait été mis au courant ? Et comment l'avait-il sue ?

Il se souvint d'une autre chose que, sans le vouloir, Catherine lui avait révélée. Elle lui avait dit, dans la voiture qui les emmenait à Tangmere, que, si elle était prise, ce serait quelqu'un d'autre qui porterait ses boucles d'oreilles à Calais. C'était donc à Calais qu'elle se rendait. Là où Ridley voulait faire croire aux Allemands que le débarquement aurait lieu !

— Bon Dieu ! dit-il. Vous ne pensez pas qu'elle a été trahie délibérément ? Le colonel n'aurait jamais fait ça. Il y a des limites !

— Vraiment ?

— Non, le colonel n'aurait pas fait ça.

Il y avait quelque chose de triste et de vague dans le regard de Deirdre.

— Vous êtes encore bien naïf, T. F. C'est peut-être pour ça que je vous aime. Croyez-moi ! Le colonel serait prêt à vendre sa propre mère à un patron de bordel turc s'il pensait que cela nous aide à gagner la guerre.

— Ça peut-être, mais pas le reste.

— Changeons de sujet. Cette histoire me rend malade. Venez-vous à l'appartement, ce soir ?

— Je ne peux pas, soupira T. F. Cette nuit, je suis de garde.

Deirdre fit la moue.

— Je savais bien que vous aviez une affaire avec une de ces pépées de l'OSS.

*

Les geôliers de Catherine avaient délibérément laissé une ampoule allumée au plafond de sa cellule, ce qui l'empêchait de dormir. Elle était couchée en chien de fusil sur son matelas, essayant de trouver le sommeil. Elle regardait ses pieds enflés et saignants. La seule idée de se mettre debout lui aurait fait pousser un cri — si elle en avait eu la force.

Respirer était pour elle un enfer. Sa poitrine était lacérée par les coups de fouet des hommes de Stroemulburg. Elle n'avait même pas le courage d'aller laver ses blessures au robinet qui se trouvait dans la pièce. Elle restait là, silencieuse. Une atroce évidence s'était emparée d'elle : elle était au bout du rouleau. Elle se sentait incapable de supporter de nouveau les tortures. Qu'on la plonge une fois de plus dans cette baignoire, et elle craquerait. Elle éclata en sanglots à cette pensée.

Soudain, elle se redressa, la bouche tordue par la terreur. Elle avait entendu des pas dans l'escalier. C'était fini! Ils venaient la prendre pour la ramener dans la salle de torture. Cette fois, elle allait parler, leur dire ce qu'ils voulaient savoir. Elle frissonna de peur, en entendant la clef tourner dans la serrure et la porte s'ouvrir avec un grincement.

Son visiteur n'était pas un des hommes de Stroemulburg. C'était une femme. Une de ces teutones mal fagotées qui faisaient le ménage dans l'immeuble. Elle avait une paire de chaussures à la main. Elle regarda Catherine qui gisait pareille à une poupée brisée, sur sa couche et elle ricana :

— Tenez! vous avez oublié ça.

La femme jeta alors un regard aux pieds mutilés de Catherine et poussa un grognement.

— Ce serait du gâchis de vous les rendre. Vous ne pourrez pas les mettre de longtemps, mon trésor!

— Je vous en prie, dit Catherine, ce sont mes chaussures.

La femme caressa avec admiration les barrettes qui ornaient les escarpins et poussa un soupir en contemplant ses pieds énormes. Jamais ils ne pourraient entrer dans les fines chaussures qu'elle tenait à la main. Avec un reniflement agressif, elle les jeta sur le sol et sortit de la cellule. Catherine, se dressa sur son lit, fixant des yeux ses chaussures, dont les barrettes étincelaient à la lumière de l'ampoule suspendue au plafond.

*

Le verrou qui fermait la porte du bureau de Ridley fut tourné si laborieusement que T. F. pensa que son supérieur devait rarement quitter son sanctuaire. L'Anglais le regarda avec l'air perplexe de quelqu'un qui tombe sur une vieille connaissance dans une circonstance imprévue.

— Vous êtes encore là?

— *Yes, Sir.* C'est moi qui pars le dernier ce soir.

— Bon, vous pouvez tout fermer maintenant. Allons faire un tour dans le parc. Mais donnons d'abord un coup d'œil à la salle des cartes.

T. F. faisait tous les contrôles imposés au dernier officier quittant, le soir, les bureaux de la *London Controlling Section*. Il suivit Ridley dans le labyrinthe de couloirs qui menait à la salle des opérations. Il se demandait combien de fois, depuis les dernières quarante-huit heures, le colonel avait fait le même chemin. Une centaine de fois ? Peut-être plus !

Il se tint à côté de Ridley, tandis que celui-ci examinait une carte de France, où étaient indiqués par de petits traits rouges le terrain tenu par les Alliés, et, en noir, la position des dix-neuf divisions de la 15e armée, ces panzers qui constituaient la réserve de von Rundstedt. L'Anglais savait mieux que T. F. combien il serait difficile de tenir longtemps ces positions précaires. Il eut un geste nerveux que le jeune officier avait déjà remarqué chez lui : il pinça ses narines entre le pouce et l'index, comme un nageur qui essaye de chasser l'eau de ses oreilles.

— Grâce à Dieu, ils ne sont pas encore arrivés ! S'ils le font dans peu de temps, ils peuvent nous submerger.

Ridley se tut et contempla les 150 miles qui séparaient le Pas-de-Calais des plages du débarquement.

— Dans quarante-huit heures, nous saurons si nous avons gagné la guerre ou non. — Il soupira. — Enfin ! Ce n'est pas en rabâchant ça que nous changerons la situation. En tout cas, c'est ce que je me garde de faire.

Il tourna les talons et T. F. le suivit. Ils passèrent devant les sentinelles de la *Royal Marine* et sortirent dans l'air humide de la nuit. Pendant un moment, ils marchèrent dans Saint James Park, en silence. Ridley fumait ses éternelles Players. Il scruta le ciel, tendit l'oreille au bourdonnement de ses oiseaux bien-aimés.

— Vous travailliez pour le gouvernement avant la guerre, n'est-ce pas, T. F. ?

— Disons pour un service du *New Deal*. Une sorte d'administration gouvernementale.

— Est-ce que vous allez continuer à occuper une fonction administrative, quand tout sera terminé ?

— Je n'y ai pas encore pensé.

— Vous devriez le faire. On va avoir besoin de types comme vous à Washington, quand vous serez devenus, vous autres Américains, les maîtres du monde.

— Et vous, colonel ? répondit T. F. Vous allez redevenir homme de loi ou... — il ne savait pas comment achever sa phrase — continuer à vous occuper de cette sorte de choses ?

Ridley serra les mains derrière son dos.

— « Cette sorte de choses », comme vous dites, c'est une pièce qui n'a qu'une entrée. Une fois que vous êtes à l'intérieur, vous ne pouvez plus en sortir. En tout cas, pas officiellement. Je crains que ma ferveur se soit éteinte, après tout ce que j'aurais fait ici, je retournerai à mes chères études, mais je continuerai de faire ce foutu boulot, quand le téléphone sonnera.

De nouveau, les deux hommes restèrent silencieux jusqu'à ce qu'ils aient atteint la passerelle qui traverse l'étang.

— Colonel, dit T. F., puis-je vous poser une question qui n'a rien d'officiel ?

— Bien entendu !

— C'est au sujet de cette Française, Catherine Pradier, que j'ai emmenée à Tangmere.

T. F eut l'impression que Ridley s'était raidi en entendant sa question.

— Celle que la Gestapo a prise ?

— Oui.

— Que voulez-vous savoir ?

Ridley s'arrêta et s'accouda au garde-fou de la passerelle. La question que lui posait T. F. n'était pas une question comme les autres.

— Elle allait à Calais pour y organiser un sabotage important, n'est-ce pas ?

Ridley fit signe que oui.

— En rapport, si je puis dire, avec ce débarquement qui n'y aura jamais lieu ?

Cette fois, Ridley ne répondit pas.

— Le message que j'ai apporté, cette nuit, à la BBC lui était destiné, non ?

Ridley se taisait toujours.

— Ce qui veut dire que, depuis qu'elle est entre les mains de la Gestapo, vous voulez que ce soient les Allemands qui reçoivent ce message, pas elle ! Ça veut dire qu'elle a été délibérément livrée à la Gestapo.

— Et si elle l'avait été ?

Ridley avait dit ça sur un ton triste, comme celui que la grand-mère de T. F. avait pour chanter son Irlande perdue, quand il était petit garçon.

— Si vous l'avez livrée délibérément... — Dans la réplique de T. F. se mêlaient la colère et l'indignation. — Alors, c'est quelque chose de sauvage, de bestial, de barbare !

— La guerre est un acte barbare, T. F. Je l'ai toujours dit : le seul devoir moral que nous ayons est de la gagner. La chevalerie est morte avec les chambres à gaz et les bombardements en piqué.

— Vous savez que si jamais nos gouvernements apprenaient ça, on nous foutrait en taule ?

— Sans doute.

— Churchill est un ami à vous. Mais il devrait vous faire pendre pour avoir fait ça !

— Il y a des choses, T. F., que Winston veut que l'on fasse, mais en même temps, il ne veut rien savoir. Ça existe dans tous les gouvernements. Et c'est pourquoi ils ont besoin de gens comme vous et moi.

« Vous et moi », se répéta T. F. Il était fou de rage. Ridley l'avait compromis dans cette affaire, avait fait de lui le complice de son crime.

— Vous souvenez-vous de ce qu'a dit Winston, il y a deux ans ? continua Ridley. « Nous avons fait un tel chemin, parce que nous ne sommes pas en sucre. »

— Ce dont je me souviens, c'est de ce que vous avez dit, il y a quelques semaines, à une réunion du *XX Committee* : « Il n'y a personne qui puisse se taire sous la torture. » Vous avez donné cette fille à la Gestapo pour qu'elle leur dise la vérité. *Votre* vérité !

T. F. haïssait cet Anglais, qui se tenait à son côté, d'une haine qui lui venait de son héritage celtique. Jamais, il n'avait à ce point haï quelqu'un. Il voulait le tuer, l'étrangler, jeter son cadavre dans l'étang de Saint James Park. Mais il eut l'idée d'une autre forme de vengeance.

— Elle peut encore vous avoir, dit-il.

— Comment ça ?

— Tout simplement avec cette pilule de cyanure que je lui ai donnée quand elle est partie. Elle peut la prendre. Je la connais : elle le fera.

Ridley tira une longue, longue bouffée de sa cigarette. Puis il regarda l'étang en dessous de lui. T. F. entendit le grésillement de sa cigarette tombant à l'eau.

— C'est vrai, dit Ridley.

Puis il se retourna et reprit tout seul sa promenade.

*

Catherine contemplait ses chaussures restées sur le sol de sa cellule, après le départ de la femme, hors de sa portée. Elle les regarda longtemps, en proie à une véritable fascination.

C'était là qu'elle pouvait trouver la délivrance, échapper à

Stroemulburg et aux pattes bestiales de ses bourreaux. En faisant de grands efforts sur elle-même, elle étendit la main vers sa chaussure droite, comme dans un rêve et la serra sur sa poitrine. Pendant un moment, elle la tint ainsi, sentant la douceur du cuir sur ses chairs blessées. Lentement, douloureusement, elle arriva à saisir la barrette où était cachée sa pilule de cyanure et la sortit de son étui.

Son esprit revenait à une époque lointaine, bien avant qu'elle ait pris cette route, où les Stukas l'avaient bombardée, où aucune personne qu'elle aimait n'était encore morte, où la vie s'étendait devant elle comme un horizon sans fin.

Cet horizon, maintenant, était réduit à cette petite chose blanche et carrée qu'elle tenait entre le pouce et l'index, dont la forme se détachait sur sa chair, cette chair qui, peut-être, allait bientôt devenir froide comme l'éternité. Elle contemplait cette pilule se souvenant de ce que lui avait dit l'officier qui, la première fois, la lui avait donnée : « C'est relativement sans douleur. Trente secondes — et c'est fini. »

Elle pensait à tous ceux qui, avant elle, avaient occupé cette cellule, avaient souhaité trouver le salut grâce à cette petite chose qu'elle tenait entre ses doigts. Elle pensait à tout ce qui se trouvait au-delà des murs de sa cellule, et qu'elle ne reverrait plus jamais : les fleurs et le soleil, Paris et l'amour, la pluie et les feuilles d'automne Elle pensait à l'enfant qu'elle n'aurait jamais. Elle pensait à Paul, perdu dans la nuit. Elle pensait à ce qu'avait été son propre corps, à présent brûlant de douleur, rongé par un secret qu'elle ne pourrait plus garder longtemps.

— Jésus, souffla-t-elle, je me recommande à Toi. A Toi ou à quelque sombre néant, qui n'a aucune signification.

Il paraît qu'à un tel moment on est envahi par un grand calme . en fait, elle se sentait prise de vertige. Elle plaça la pilule dans sa bouche, comme on lui avait dit de le faire, la serrant entre les dents. Elle s'allongea sur sa couche. Sa tête était pleine de picotements, comme si elle allait s'évanouir.

Elle pensa à sa mère, dans cette voiture, sur une route de l'Exode, juste avant que les Stukas arrivent. Elle écrasa la pilule entre ses dents, l'avala et sombra dans le noir.

*

Qu'ils aient aimé ou non les occupants, les policiers français avaient travaillé avec eux, fût-ce à contrecœur. Parfois — pas souvent, mais de temps à autre —, la tâche qu'ils accomplissaient n'était pas pour leur déplaire. C'était ce que ressentait le commissaire Jean Fraguier, du XVIᵉ arrondissement, en lisant le message accroché au cou du cadavre qui gisait à ses pieds.

La balle, en sortant de la tête de l'homme, l'avait presque totalement défiguré. Manifestement, il avait été abattu par-derrière, à bout portant, comme on le fait pour exécuter quelqu'un. Examinant ce qui restait de lui, Fraguier pensa que l'homme devait avoir la trentaine.

— Vous avez pris ses papiers ? demanda-t-il aux deux flics vêtus d'une pèlerine et coiffés d'une casquette plate qui avaient trouvé le corps à l'orée du bois de Boulogne.

— Non, monsieur, dit le plus vieux des deux. On n'a voulu toucher à rien avant que vous arriviez.

Fraguier fit rouler le corps sur lui-même et sortit le portefeuille que l'homme avait dans une de ses poches. Il en examina méthodiquement le contenu. Quand il trouva la carte de visite de Stroemulburg, il poussa un petit sifflement. C'était un nom dont, pour rien au monde, il n'aurait voulu se recommander. Un type qui se baladait avec un tel document sur lui était sûrement un agent de la Gestapo. Fraguier, en lui-même, adressa un petit salut aux gars de la Résistance.

Le commissaire se releva et remit le corps en place. Si la Résistance tenait tant à ce que la Gestapo soit mise au courant, il se ferait un plaisir de l'avertir lui-même. Il plaça les papiers dans sa serviette.

— Attendez que le fourgon vienne le chercher, ordonna-t-il aux deux flics.

Puis il sauta sur sa bicyclette et, en sifflotant, prit le chemin de l'avenue Foch.

*

Un bruit de bottes et celui de la clef tournant dans la serrure firent revenir Catherine à elle. Deux hommes se penchèrent sur elle, en lui criant de se lever. Elle se sentit envahie d'une horreur incompréhensible. Hagarde, elle clignota des yeux, puis les ouvrit tout grands, comme un paysan mexicain bourré de peyotl. Tandis qu'un des hommes la remettait sur ses pieds, elle fut traversée par un éclair de douleur. Qu'est-ce qui lui arrivait ? Elle était encore vivante ? Pourquoi ? Mais pourquoi ?

Ce n'était pas un rêve. L'homme qui la tenait entre ses mains était bien en chair et en os, la souffrance qu'elle ressentait bien réelle. Elle aperçut ses chaussures sur le sol, la barrette détachée, le petit étui qui avait contenu sa pilule de cyanure était là où elle l'avait jeté. Elle avait encore le goût de la pilule dans la bouche. Non, ce n'était pas un rêve.

Elle avait bien pris cette pilule... et elle n'était pas morte !

— Venez, *Schatz* ! ricana un de ses bourreaux dont le visage lui était maintenant familier. On va vous travailler un peu pour mieux vous réveiller.

Il lui donna un coup de fouet dans les reins tandis qu'elle sortait en chancelant de sa cellule. Elle pouvait à peine appuyer ses pieds par terre : chaque fois, c'était une douleur épouvantable. Elle poussa un cri. Un cri perçant qui n'était pas de souffrance, mais d'horreur : elle venait de comprendre l'énormité de la trahison dont elle avait été victime. Elle revoyait le visage de cet homme, dans son bureau de Londres, lui donnant le baiser de Judas. Elle l'entendait lui demander de garder le silence, lui confier cette mission pour laquelle elle s'était laissée détruire et qui n'avait jamais eu la moindre réalité.

De nouveau, elle poussa un cri, où se mêlaient la rage et la douleur, tandis qu'on lui faisait descendre l'escalier. « Mon Dieu, se disait-elle, pardonnez aux salauds qui ont fait ça — moi, je ne le pourrai jamais ! »

*

— Elle a craqué. Elle est prête à parler.

Ses bourreaux avaient annoncé la chose à Stroemulburg comme s'ils avaient dit : « Le plombier vient d'arriver. » Stroemulburg accueillit la nouvelle d'un geste de la main. Ils craquaient souvent, comme ça, pendant la nuit, seuls dans leur cellule, incapables de faire face à l'horreur du jour qui s'annonçait, d'un nouvel interrogatoire.

— Amenez-la ici.

Il se leva, tandis que ses hommes la poussaient dans son bureau. Elle était vraiment au bout du rouleau. Elle sanglotait, bégayait des mots incompréhensibles, tremblait de tout son corps comme si elle était atteinte d'un accès de malaria. Il fit signe à ses hommes de la mettre sur la chaise en face de son bureau. Alors qu'on lui repassait les menottes, Catherine comprit que tout allait recommencer. Elle se recroquevilla comme un chien sous la menace de son maître.

— Je vous en prie ! gémit-elle.

Stroemulburg contourna son bureau.

— Ainsi, la nuit porte conseil, dit-il.

Catherine laissa retomber sa tête sur sa poitrine. Stroemulburg se dit que c'était pour éviter son regard. Elle était humiliée, déchirée par l'imminence de sa défaite. Il connaissait bien ce genre de réaction. Maintenant qu'elle était prête à parler, il ne s'agissait plus que d'obtenir d'elle, gentiment, sans la faire souffrir, une première phrase. Une fois qu'elle l'aurait dite, que le bâillon serait tombé, le reste viendrait tout seul.

Comme s'il en ressentait de la peine, Stroemulburg contempla le déchet que ses hommes avaient fait de cette jolie femme. Pourquoi l'avait-elle contraint à lui faire ça ? Pourquoi ne l'avait-elle pas écouté, quand il lui avait promis de lui épargner cette horreur ? Elle n'était pas devenue une héroïne ; elle était devenue une épave.

— Bien ! dit Stroemulburg, du ton d'un homme qui est arrivé à ses fins. Qu'est-ce que vous vous proposiez de saboter à Calais ?

— La batterie Lindemann.

« La batterie Lindemann ? » Stroemulburg, qui avait mené tant d'interrogatoires dans sa vie, ne pouvait cacher son étonnement. Il avait visité cette batterie en 1943, peu de temps après qu'elle avait été dédiée à la mémoire du commandant du *Bismarck*. Elle était intouchable. Aucun Français ne pouvait s'en approcher à plusieurs kilomètres à la ronde. Il était impossible à la Résistance de saboter ces canons. A moins, se dit Stroemulburg, qu'ils aient réussi à corrompre un membre du personnel.

— Et les microfilms que Cavendish vous a demandé d'apporter ?

— Dans une des allumettes qui se trouve dans la boîte que j'avais dans mon sac.

Stroemulburg eut envie de hurler. Bien sûr ! Les allumettes ! Comment avait-il pu être aussi stupide ? Elle ne fumait pas... et elle avait des allumettes sur elle ! Le contenu de son sac se trouvait au rez-de-chaussée, dans le bureau du docteur, où les cachettes les plus évidentes pour des microfilms, comme son poudrier et son bâton de rouge à lèvres, avaient été mises à part. Personne n'avait pensé aux allumettes. Il appuya sur un bouton de son interphone pour appeler le docteur et le mettre au courant.

— Il ne reste plus que les messages de la BBC. Quels sont-ils ?

— Il y en a deux.

Catherine bégayait, d'une voix à peine audible, luttant encore contre elle-même, avant de livrer son secret.

— *Nous avons un message pour petite Berthe.* C'est le premier.

Elle regarda Stroemulburg avec un pauvre sourire.

— Vous savez ce que ça veut dire, je suppose ?

Il sourit à son tour.

— *Salomon a sauté ses grands sabots.* C'est le message action.

— Ça veut dire quoi ?

Stroemulburg se souvenait que Cavendish avait insisté auprès de son agent de Calais, sur le fait que le minutage de l'opération devait être d'une précision absolue. Il vit qu'elle hésitait, ne voulait pas aller plus loin. Il ne dit rien et attendit.

— Ça veut dire, bredouilla-t-elle, que nous devons attendre vingt-quatre heures après avoir reçu ce message. Puis exécuter le sabotage, le lendemain matin à 4 heures.

Le docteur entra dans la pièce. Il jeta un regard horrifié à Catherine effondrée sur sa chaise et tendit la boîte d'allumettes à Stroemulburg. Sans un mot, celui-ci la passa à Catherine. Elle prit une allumette : celle qui était marquée du signe U. Puis, elle courba les épaules en signe de défaite et détourna de nouveau son regard de l'Allemand, comme pour cacher la honte qu'elle avait d'elle. Elle se disait : « C'est bien comme ça que vous vouliez que je me comporte, espèces de salauds ! avec ce geste à la Sarah Bernhardt ? » Non seulement ils l'avaient envoyée ici pour être torturée par la Gestapo, mais ils voulaient qu'en outre elle éprouve des remords pour sa trahison.

— Coupez le bout de l'allumette.

Stroemulburg fit ce qu'elle avait dit, aperçut un minuscule tube de métal et en sortit le microfilm. Ingénieux ! Ils étaient malins, ces Anglais !

— Faites-moi un agrandissement de ça, dit-il au docteur. Parfait ! ajouta-t-il à l'adresse de Catherine. Vous avez fait votre sale boulot et moi le mien.

Il fit sortir ses hommes de son bureau d'un geste de la main, puis remplit deux verres du whisky qu'il avait demandé à Cavendish de lui envoyer.

— Vous pouvez boire ça, maintenant, je suppose ?

Avec reconnaissance, Catherine en avala une gorgée. Elle se dit que, d'après le soleil, on devait être au milieu de la matinée. Est-ce qu'ils avaient mis un somnifère à la place du cyanure ? Elle ne vivrait sans doute pas assez longtemps pour répondre à cette question.

— Qu'avez-vous imaginé pour saboter cette batterie ?

Stroemulburg, maintenant, ne menait plus un interrogatoire : il avait le ton amical d'un avocat parlant à son client.

— Grâce au système électrique. Je ne sais pas vraiment comment. Je me suis bornée à changer les fusibles du tableau de contrôle.

— Vous avez changé les fusibles ? Sur le tableau de contrôle de la batterie Lindemann ?

Stroemulburg était stupéfait.

— Comment êtes-vous entrée ? Un de vos amis allemands vous a donné un uniforme et vous a transportée à l'intérieur ?

— J'étais la laveuse.

— La laveuse ?

— Pour les officiers.

— Et un beau matin, vous avez changé les fusibles au lieu de laver le linge d'un *Oberleutnant* ?

— C'est plus ou moins ça.

— Ce n'était pas fermé ?

Catherine haussa les épaules et raconta à Stroemulburg son histoire avec Metz.

— Eh bien ! J'avoue que je suis stupéfait, dit l'Allemand. C'est incroyable ! — Il leva son verre.— Vous êtes mon ennemie, Mademoiselle, mais je vous salue bien bas. — Il but un peu de son whisky. Et je remercie Dieu que nous vous ayons prise à temps. Evidemment, vous avez des collègues qui travaillent avec vous.

— J'en avais deux, mais ils sont à l'abri, maintenant. Un m'attendait à la gare. Il a vu que vous m'arrêtiez.

— Sans doute, dit Stroemulburg, mais j'aimerais que vous me les décriviez.

Le téléphone sonna. C'était le docteur qui lui disait que quelqu'un l'attendait en bas : un commissaire de police français. Stroemulburg descendit dans le hall d'entrée. Le policier le salua, puis lui montra sa carte.

— Qu'est-ce que vous voulez ? glapit Stroemulburg.

Il avait les policiers français en horreur.

— Mes hommes ont trouvé un corps à Bagatelle, ce matin, dans le bois. Je suppose qu'il s'agit d'un homme qui a été tué par les terroristes.

Le commissaire ouvrit sa serviette et en montra le contenu comme un vieux cochon montre un bonbon à une petite fille.

— Nous avons fouillé le cadavre. Toute la routine, quoi ! Même avec tous les meurtres qui ont lieu en ce moment. — Il tripotait sa serviette. — C'est terrible, n'est-ce pas ? Quand tout ça se terminera-t-il ? Ah, tenez !

Il tendit à Stroemulburg la carte de visite qu'il avait donnée à Gilbert.

— On a trouvé ça sur lui.

— Bon Dieu ! « Voilà pourquoi Konrad n'avait pu l'avertir pour le mettre à l'abri », se dit Stroemulburg. Où est le corps ?

— A la morgue.

Il passa le reste des papiers de Gilbert à l'Allemand.

— Vous êtes sûr, absolument sûr que le visage de l'homme que vous avez trouvé correspond à celui qui est sur ces photos d'identité ?

— Oui. Du moins, si on en juge d'après ce qui en reste.

Le policier vit l'Allemand se crisper. Il en rajouta.

— On dirait qu'ils ont déchargé un obusier dans la nuque du type. Il doit y avoir des morceaux de sa cervelle jusque dans la Seine. Ouais. Il a la tête littéralement éclatée. Quelqu'un devait vraiment en vouloir à ce... — Le commissaire allait dire « salaud », mais il se retint à temps — pauvre diable.

— Envoyez-moi une copie de votre rapport, soupira Stroemulburg.

Puis il tourna les talons et monta dans le bureau du docteur. Un long moment, il resta là, assis, tout seul, la tête dans les mains, pleurant presque. Curieusement, il avait pour Gilbert une affection semblable à celle qu'il aurait eue pour un fils. Il le revoyait entrant dans son appartement, avant la guerre, avec son blouson d'aviateur éraflé, éclatant de santé, tout souriant. Un petit farceur, un charmant petit farceur d'aventurier. Maintenant, il était mort à cause de ce message que lui, Stroemulburg, avait demandé de transmettre à Lille. Ni lui ni les gens de Berlin ne pourraient jamais reconnaître officiellement ce qu'Henri Le Maire, ce précieux Gilbert, avait fait pour l'Allemagne.

Encore sous le choc, il revint dans son bureau. En regardant Catherine, il se souvint de cette nuit où elle avait dîné avec Gilbert au Chapon Rouge. Elle devait être amoureuse de lui, comme tant d'autres l'avaient été. Et cette chienne faisait partie du gang qui l'avait tué ! Il se mit soudain à la haïr, comme il ne l'avait jamais fait pendant que ses hommes la torturaient.

— Je viens d'apprendre une mauvaise nouvelle, lui dit-il.

Elle attendait, ses yeux verts exprimant à quel point elle était ravie de l'entendre.

— Vous vous souvenez de Paul, cet officier des opérations aériennes qui vous a accueillie ? Avec qui vous avez dîné, ce fameux soir...

Il voulait sourire, mais ne put que grimacer.

— Quand nous nous sommes rencontrés pour la première fois ?

La lueur d'appréhension qu'il aperçut dans les yeux de la jeune femme le convainquit qu'il avait dû y avoir quelque chose entre eux.

— Il est mort.

Elle poussa un cri.

— Assassiné par vos amis.

— Assassiné ? — Elle avait la bouche tordue par le chagrin. — Mais pourquoi ?

— Savez-vous pour quelle raison vous êtes ici, mademoiselle Pradier ? Parce que votre ami Paul était le meilleur agent que j'ai jamais eu.

Catherine s'effondra sur sa chaise, inconsciente. Stroemulburg la contemplait avec satisfaction. Il y avait des douleurs encore plus dures que celles que peut provoquer la torture. Il sonna ses gardes.

— Menez-la là-haut ! ordonna-t-il. Donnez-lui quelque chose à manger et rafistolez-la un peu.

— Nous devrons la garder ici ? demanda l'un des gardes.

Stroemulburg regarda de nouveau la jeune femme qui revenait à elle.

— Non. Je pense que nous en avons fini avec mademoiselle Pradier. Vous l'enverrez à Fresnes et vous la mettrez dans le prochain convoi de *Nacht und Nebel.*

*

Le capitaine de corvette Fritz Diekmann, qui commandait la batterie Lindemann était un farouche partisan de la discipline. Son officier électricien Lothar Metz tremblait presque, au garde-à-vous devant son bureau.

489

— Quel Don Juan vous êtes, Metz! ricana Diekmann. Séduire la laveuse de la batterie!

Metz ne put que bredouiller en guise de réponse. Avait-elle été prise dans une rafle? Etait-ce pour ça qu'elle avait soudain disparu?

— En fait, ce n'était pas une laveuse, Metz. C'était une terroriste anglaise.

Diekmann sauta sur ses pieds et ordonna à l'officier de le suivre, par l'escalier métallique, jusqu'à la salle souterraine de la batterie.

— Ouvrez ça! lui commanda-t-il, en montrant le tableau de contrôle.

Les mains tremblantes, Metz s'exécuta.

Diekmann indiqua du doigt le fusible de la tourelle d'Anton.

— Enlevez-le.

Metz sortit le fusible.

— Et maintenant regardez-le de près.

Metz, intrigué, regarda le fusible. Il le retourna et vit luire le morceau de cuivre qui avait remplacé le plomb. Il sentit la sueur perler sur ses tempes.

— Il y a quelque chose qui ne va pas, bredouilla-t-il. Quelqu'un est venu ici d'une façon ou d'une autre et a joué avec ces coupe-circuit.

— Pas « quelqu'un », Metz. Votre petite amie. Avec une copie de votre clef, qu'elle a dû faire, je suppose, après avoir couché avec vous.

Diekmann parcourut du regard le tableau de contrôle.

— Je veux que vous débranchiez tous les fusibles et que vous vérifiiez ensuite chaque secteur de votre installation électrique.

— *Jawohl!*

— Dites-moi, Metz, ricana Diekmann à l'adresse du jeune officier, est-ce que vous aimez la neige et la glace?

Metz fronça les sourcils, ne comprenant pas le sens d'une telle question un après-midi de juin.

— Vous risquez d'en voir beaucoup sur le front de l'Est, l'hiver prochain.

*

A peu près au même moment où Metz envisageait la perspective de passer l'hiver en Russie, deux camionnettes remplies d'agents de la Gestapo entraient dans la cour de la centrale électrique de Calais. En fouillant partout dans le bâtiment, ils trouvèrent le matériel destiné à établir une dérivation sur le transformateur et provoquer une surcharge à la batterie Lindemann, comme le microfilm de Cavendish l'avait prescrit.

Quelques minutes d'interrogatoire serré et quelques directs bien placés suffirent pour convaincre Pierre Paraud, l'ingénieur de la centrale, de parler. Le temps que leurs voitures regagnent le Quartier général de la Gestapo à Lille, l'ingénieur terrifié avait déjà dit tout ce qu'il savait du plan de sabotage de la batterie.

Hans Dieter Stroemulburg avait supervisé tous les détails de l'enquête depuis son bureau de l'avenue Foch. Aussitôt que ses hommes lui eurent rendu compte du résultat de leurs investigations, il demanda au meilleur des ingénieurs électriciens de l'organisation *Todt* qui avait construit le mur de l'Atlantique de se rendre à la centrale pour analyser l'appareillage, puis à la batterie afin de déterminer quels effets le sabotage aurait eu sur les canons, s'il avait pu être exécuté. Il conféra longuement avec Diekmann, le commandant de la batterie, au sujet de la sécurité de ses canons et de leur rôle dans la défense de la côte du Pas-de-Calais.

A la fin de la journée, il n'y avait plus aucun doute dans l'esprit de Stroemulburg : les renseignements qu'il avait arrachés à Catherine Pradier étaient d'une importance extraordinaire. C'était pour lui un triomphe qui marquerait à coup sûr l'apogée de sa carrière et influencerait d'une manière décisive le cours de la guerre.

Il restait encore un chaînon manquant, et c'est le docteur qui le fournit juste avant 7 h du soir. Il grimpa l'escalier de l'avenue Foch et, sans se faire annoncer, fit irruption dans le bureau de l'*Obersturmbann-führer*.

— Le service d'interception radio du boulevard Suchet vient d'appeler à l'instant, dit-il, en haletant. Ils ont enregistré le message concernant *petite Berthe*. La BBC l'a diffusé la nuit dernière.

Stroemulburg exultait. Ça y était ! A présent, il tenait tous les fils de l'affaire dans ses mains. Cette fois, aucun de ces cochons de Prussiens de l'OB West n'allait priver Stroemulburg et l'Allemagne de leur triomphe. Le souffle chaud de l'histoire n'allait pas, une deuxième fois, passer à côté de lui. Ce secret, il allait le confier à Ernst Kaltenbrunner, lui-même, à son bureau de la *Prinzalbrechtstrasse*.

*

Tôt dans la matinée du jeudi 8 juin, alors que la Skoda de Stroemulburg filait à toute allure vers Berlin, le 5ᵉ corps US, responsable de la moitié ouest des plages de débarquement, envoya un message au SHAEF et à ses divisions. Le débarquement allié « avait deux jours de retard sur ses objectifs initialement prévus, ce qui créait une situation d'urgence ». La tête de pont était « beaucoup moins profonde qu'il était souhaitable et toute la zone de débarquement restait encore sous le feu de l'ennemi ».

Le message ajoutait que la seconde phase des combats pour tenir le rivage allait commencer. On devait s'attendre à une contre-attaque allemande massive à tout moment et « la situation [était] si critique que si cette attaque avait lieu, on aurait de grandes difficultés à tenir la tête de pont ».

*

Dans le grenier d'une résidence de trois étages à Richmond Hill, à Londres, un opérateur-radio du *Signals Security Service* croisa deux doigts en signe de bonne chance, puis, comme un pianiste plaquant ses premiers accords, il commença à taper le signal annonçant qu'il allait émettre. L'image était appropriée parce que, pour les gens de l'Abwehr de Paris, il était connu sous le nom de « Chopin ». C'était l'opérateur de l'agent double Brutus. Le message qu'il allait envoyer était l'acte final sur lequel tomberait le rideau de l'opération FORTITUDE, cet acte dont, comme Ridley l'avait dit à T. F., quand ce dernier était arrivé à Londres, tous leurs espoirs dépendaient.

Le message de Brutus disait : « J'ai vu de mes propres yeux le groupe d'armée Patton se préparer à embarquer. » L'occasion lui avait été fournie lors de son voyage imaginaire au poste de commandement avancé de FUSAG au château de Douvres. Il avait même entendu Patton dire « le moment est venu » pour entreprendre des opérations dans la région de Calais.

Pour le petit officier d'aviation polonais, qui arpentait la pièce située à l'étage au-dessous de celle où l'opérateur émettait, c'était le moment crucial. Son rôle dans le scénario de FORTITUDE était sur le point de s'achever. Bientôt, dans une ou deux semaines, les officiers de l'Abwher de Paris qui l'avaient envoyé à Londres comprendraient qu'il les avait trompés. Qu'arriverait-il alors aux 63 Françaises et Français, ses camarades de la Résistance, encore prisonniers à Fresnes, et dont le sort dépendait de son comportement ? Est-ce que cette suite de points et de traits envoyés sur les ondes dans ce grenier n'allait pas sonner le glas de ces amis qu'il avait laissés derrière lui ?

Dans une autre partie de la capitale britannique, à Hampstead Heath, un autre opérateur-radio du *Signals Security Service* se préparait, lui aussi, à émettre. C'était le point culminant d'années d'efforts patients et pénibles qu'avait dû faire MI 5, le service britannique de contre-espionnage, en envoyant des centaines d'émissions clandestines, en passant délibérément aux Allemands de nombreux renseignements, vitaux pour les Alliés. C'était, en un certain sens, le moment pour lequel Juan Pujol Garcia, dit « Garbo », avait été fabriqué par ses supérieurs, la floraison finale de l'orchidée la plus exotique, dans les serres d'un service secret.

Ses trois meilleurs agents, tous imaginaires, bien entendu, étaient arrivés à Londres. L'opérateur informait Madrid que Garbo avait passé l'après-midi à les interroger inlassablement. Il y avait là 7 (2) connu à Madrid sous le pseudo de « Donny », un ancien matelot travaillant comme docker dans le port de Douvres, nationaliste gallois enragé ; 7 (4), appelé « Dick », un de ses amis sikhs qui vivait à Brighton, sur la côte de la Manche, au sud de Londres ; et 7 (7), dit « Dorrick », un autre nationaliste gallois forcené d'Harwich, un port d'une grande importance stratégique situé au confluent de la Stour et de l'Orwell, dans la région où les divisions blindées de FUSAG étaient rassemblées.

A la suite de cette conférence, l'opérateur informait Madrid que Garbo allait faire le rapport le plus important de sa carrière. Il fallait que Madrid soit à l'écoute à minuit pour le recevoir. Cette fois-ci, ils y seraient. Personne n'allait manquer un message en provenance du meilleur espion au service du IIIe Reich.

Juste après 9 h du soir, tandis que la Skoda de Stroemulburg fonçait dans la nuit, et que les opérateurs-radio de Brutus et de Garbo émettaient, un speaker du studio souterrain de Bush House annonça : « *Salomon a sauté ses grands sabots. Je répète : Salomon a sauté ses grands sabots.* »

FORTITUDE avait joué son rôle. C'était maintenant aux Allemands de réagir — ou non.

*

Le maréchal Gerd von Rundstedt était dans une rage froide, le soir du jeudi 8 juin. Rommel, ce « boy-scout » qu'il méprisait, n'avait pas réussi à déloger les Alliés de leur tête de pont en Normandie. Et lui non plus n'allait pas les rejeter à la mer avec les forces dont il disposait. La situation était à ce point inquiétante qu'il fit, cette nuit-là, une chose qu'il n'avait presque jamais faite de sa vie : il passa un coup de téléphone à l'homme qu'il traitait de « caporal bohémien ».

Il exhorta le Führer à appliquer le Cas III A. Même si la Normandie était une opération de diversion, elle devait être repoussée aussitôt, afin que les forces de la Wehrmacht soient prêtes à faire face à une deuxième offensive, s'il y en avait une. Finalement, avec réticence, Hitler donna son accord au vieux maréchal. Assis devant ses cartes, lors de la conférence stratégique du soir au Berghof, il donna l'ordre qui, seul, pouvait sauver le IIIe Reich : mettre à exécution le Cas III A.

*

Un grincement métallique déchira le silence de la prison de Fresnes juste avant l'aube. C'était celui des roues rouillées d'un chariot que l'on poussait dans les couloirs. Dans l'obscurité de sa cellule, Catherine entendit sa compagne de captivité s'étirer.

— Le café arrive, souffla-t-elle. Il y a un convoi qui part pour l'Allemagne.

Au loin dans le couloir, on pouvait entendre les portes des cellules que l'on ouvrait et refermait, la voix gutturale du gardien allemand qui faisait l'appel des prisonniers devant être déportés vers les camps de concentration. Parfois, un cri aigu de protestation se faisait entendre, poussé par une des femmes que le garde faisait sortir de leur cellule pour leur donner leur ration de café avant leur départ.

Lentement, le chariot s'avança dans le couloir, puis s'arrêta devant la porte de Catherine et de sa compagne. Catherine entendit un bruit de clef et, quand la porte s'ouvrit, le cri de « Pradier, *Raus !* »

Elle se mit debout sur ses pieds bandés et prit le ballot où se trouvait le peu de choses qu'elle possédait. Sa compagne, avec laquelle elle n'avait pu échanger qu'une demi-douzaine de phrases, l'embrassa.

— Bonne chance ! lui dit-elle. Et vive la France !

En clignant des yeux à la lueur des ampoules nues qui éclairaient le couloir sur lequel donnait sa cellule, Catherine se traînait derrière les femmes qu'on avait fait sortir avant elle. Dehors, dans une petite cour, en face de l'entrée principale de la prison, attendait un de ces autobus vert et jaune de la ville de Paris qu'elle avait souvent pris pour de plus heureuses destinations. Les gardiens les escortèrent dans l'aube humide jusqu'à ce que la dernière prisonnière du convoi fût sortie. Puis, une liste à la main, une gardienne les appela une à une pour les faire monter dans l'autobus.

Catherine fut l'une des dernières à être appelées. Elle se retrouva coincée sur la plate-forme arrière. En face d'elle, on refermait lentement les portes de la prison. Puis le moteur se mit à tousser.

Catherine jeta un dernier regard aux murs de Fresnes. Aux fenêtres garnies de barreaux, elle pouvait deviner le visage des prisonniers dont elle avait été, pour une seule nuit, la camarade. Quand l'autobus démarra, des mains sortirent des barreaux, faisant le V de la victoire en signe d'adieu. Des voix entonnèrent *la Marseillaise* : au début ce ne fut qu'un chœur timide, qui devint peu à peu un grondement plein de défi.

*

Aux premières heures de la matinée du vendredi 9 juin, le Quartier général du SHAEF, puis les salles souterraines de la guerre de Churchill commencèrent à enregistrer les conséquences de la décision qu'Hitler avait prise la nuit d'avant. D'abord les services d'écoute-radio qui surveillaient les communications entre les unités allemandes, puis les déchiffreurs du programme ULTRA en remarquèrent les signes : l'armée allemande s'était mise en mouvement.

Les reconnaissances aériennes des Alliés confirmèrent le fait. La 116e panzer, la 1re panzer SS, 500 chars et 35 000 des meilleurs combattants de l'armée allemande quittaient leurs quartiers et se dirigeaient vers le nord-ouest en direction de la Normandie. C'était l'avant-garde de la grande concentration prévue par le Cas III A. Le moment critique était arrivé, à l'heure précise qu'avaient prévue les officiers de renseignements alliés. Le général George C. Marshall et les chefs d'état-major US devaient arriver à Londres vers midi pour se joindre à leurs collègues britanniques et « répondre à toute éventualité qui pourrait se présenter » — un euphémisme du SHAEF désignant un événement rendu très vraisemblable par la décision d'Hitler : la défaite des Alliés sur les plages normandes.

*

Hans Dieter Stroemulburg emprunta les couloirs qui lui étaient devenus familiers de la *Prinzalbrechtstrasse* pour se rendre au bureau du *Gruppenführer* Ernst Kaltenbrunner. Il avait l'air sûr de lui. La nouvelle de son prodigieux exploit l'avait précédé. Cette fois, serait-il entré dans le bureau du *Gruppenführer* revêtu d'un uniforme de *Horse Guard*, qu'il aurait été accueilli comme un héros.

Rapidement, il fit connaître à Kaltenbrunner et à Kopkow le résultat de l'interrogatoire de Catherine Pradier et de son enquête à la batterie Lindemann et à la centrale de Calais.

— Nos experts des défenses côtières sont catégoriques, dit-il. Nous savons, par nos expériences passées, qu'aucun bombardement aérien ne peut mettre ces canons hors d'usage. Essayer de le faire à partir de la mer serait un suicide pour les Britanniques. Nelson l'a dit, « un marin qui attaque une batterie côtière avec un navire est un fou ». Le sabotage était pour eux la seule solution, parce que, aussi longtemps que ces canons seront en état de marche, aucune flotte de débarquement ne pourra opérer dans la Manche, du cap Gris-Nez jusqu'à Dunkerque, sans courir d'énormes risques.

Kaltenbrunner poussa un soupir.

— Je ne peux pas comprendre, dit-il, comment quelqu'un a pu avoir l'idée de saboter cette batterie. Etes-vous absolument certain que cela serait faisable ?

— Oui. Nous avons étudié minutieusement la chose. Une surcharge de courant pourrait provoquer un désastre dans les tourelles et les monte-charge des obus. On devrait soit les remettre entièrement en état, soit, qui sait, les remplacer.

— Combien de temps cela prendrait-il ?

— Au moins douze heures. C'était leur propre calcul. C'est pourquoi ils insistaient tant sur le minutage de l'opération. Ils devaient mettre les canons hors d'usage pendant qu'il ferait jour, afin de pouvoir débarquer et détruire les canons à partir du rivage.

— Il n'y a aucun risque que ce soit une ruse des Alliés ?

C'était cet odieux Kopkow que Stroemulburg méprisait tant.

— Je ne sais pas combien de gens nous avons soumis à des

interrogatoires intensifs, avenue Foch, mais je peux vous dire ceci : un ou deux tout au plus ont souffert autant que cette femme. Je n'ai donc aucun doute concernant ses aveux. Un dernier fait vient de les confirmer. Londres a ordonné que notre agent Gilbert soit tué parce qu'il l'avait dénoncée.

— Bon ! dit Kaltenbrunner. On ne peut pas être plus clair.

Lui aussi avait lu les rapports de von Roenne sur les 25 divisions du 1er groupe d'armée US de Patton stationnées dans le sud-est de l'Angleterre.

— C'est la clef dont nous avions besoin. Le vrai débarquement aura lieu dans le Pas-de-Calais et ils doivent à tout prix faire taire la batterie juste avant l'assaut.

La porte du bureau s'ouvrit. Il y avait un appel urgent pour l'*Obersturmbannführer*. Stroemulburg sortit.

— C'était Paris, dit-il, en revenant. La BBC a envoyé le message lançant l'opération : *Salomon a sauté ses grands sabots*, à 9 h 15, la nuit dernière.

*

Pendant quelques heures, le vendredi 9 juin, le colonel Alexis von Roenne, le hobereau de la Baltique qui dirigeait le service étranger des armées de l'Ouest, fut le pivot dont dépendit la bataille de Normandie. C'était par lui que passaient toutes les entreprises d'intoxication du plan FORTITUDE, avant d'atteindre le bureau d'Hitler, et son appréciation des événements était capitale aux yeux du Führer.

Le premier rapport lui parvint ce jeudi-là de l'Abwehr, à la *Tirpitzstrasse*. C'était le résumé du message que Brutus avait envoyé la nuit d'avant. Il confirmait ce que von Roenne avait toujours dit à Rommel, à von Rundstedt et au Quartier général d'Hitler depuis le 6 juin à midi. La Normandie était une diversion. Maintenant les troupes de Patton — ces troupes purement imaginaires ! — se mettaient en mouvement. Mais l'élément le plus décisif fut fourni par le fait que le message *Salomon a sauté ses grands sabots* avait été diffusé par la BBC. Kaltenbrunner avait donné la signification de ce message à von Roenne dès l'instant où Stroemulburg lui avait révélé qu'il avait été diffusé. Maintenant, von Roenne ne possédait pas seulement l'information selon laquelle une offensive aurait lieu dans le Pas-de-Calais, il savait avec précision *quand* elle aurait lieu.

Il passa un coup de fil à l'officier de renseignements personnel d'Hitler à Berchtesgaden, le colonel Friedrich-Adolf Krummacher. Il venait de recevoir une information capitale, dit-il à Krummacher : un second débarquement allié sur une grande échelle allait être lancé à partir de l'Angleterre de l'Est. Il lui dit ensuite qu'on avait intercepté un message-radio de l'ennemi auquel il attachait « la plus grande importance ». Il indiquait que les Alliés attaqueraient le lendemain 10 juin. Retirer l'infanterie et les blindés de la 15ᵉ armée du Pas-de-Calais « serait une folie ». Von Roenne termina en priant Krumma cher de dire au Führer d'annuler le Cas III A.

Le chef de l'état-major d'Hitler, le général Alfred Jodl, présenta lui-même la requête de von Roenne au Führer lors de la première conférence stratégique de la journée, une demi-heure à peine après l'appel de von Roenne. Hitler fut impressionné, mais pas au point de changer d'avis. Il avait hésité longtemps avant de faire mettre le Cas III A à exécution. Il n'allait pas revenir sur sa décision sans y réfléchir. Les seigneurs de la guerre ne remportent pas la victoire en changeant constamment d'opinion. Il voulait étudier la chose. On en reparlerait à la conférence du soir.

*

Le soir du samedi 10 juin, Hitler prit son dîner végétarien habituel, puis il se retira dans le silence de son bureau. Par les fenêtres du Berghof, il pouvait admirer les sommets couverts de neige qui dominaient Berchtesgaden Ces montagnes faisaient partie de sa vie depuis qu'il avait écrit *Mein Kampf* dans un chalet situé non loin de sa luxueuse résidence actuelle.

Peu avant 22 h 30, le général Jodl interrompit ses méditations. Une dépêche venait d'arriver à l'instant de von Roenne. C'était le résumé du long message de Garbo envoyé le soir précédent. Hitler chaussa ses lunettes cerclées de fer et étudia ce que l'Espagnol avait décrit comme son plus important rapport. Il passait en revue toutes les formations militaires, réelles et imaginaires, que les trois agents de Garbo avaient repérées dans le sud-est de l'Angleterre. Pour la première fois, Garbo mentionnait des unités de débarquement attendant dans les eaux de la Deben et de l'Orwell. « Il est parfaitement clair, concluait-il, que la présente attaque, bien qu'effectuée sur une grande échelle, est une opération de diversion faite dans le but d'établir

498

une forte tête de pont afin d'attirer le maximum de nos réserves, et de pouvoir frapper ailleurs avec un succès assuré. »

Une fois qu'il eut digéré le rapport, Hitler traça une marque au crayon vert en haut à gauche de la dépêche, pour indiquer qu'il en avait pris connaissance et la rendit à Jodl. Quelques minutes plus tard, l'un des téléphones posés sur son bureau sonna : celui qui le reliait directement au *Reichleiter* SS Heinrich Himmler à la *Prinzalbrechtstrasse*. C'était par cette ligne qu'Himmler avait communiqué à Hitler une grande partie de ses cancans juteux, quand il intriguait inlassablement pour devenir le grand patron des services de renseignements du Reich. Ce soir-là, il confia à Hitler le trésor le plus précieux que le RSHA avait découvert depuis qu'il en avait pris la tête, la diffusion par la BBC du message : *Salomon a sauté ses grands sabots*, avec toute sa signification.

Maintenant, pour le Führer, il n'y avait plus aucun doute. Parfaitement sûr de lui, Hitler se rendit à la conférence du soir. Il annonça que la situation était claire. Un second débarquement était imminent. Le Cas III A était annulé. Il n'enlèverait pas la 15e armée de ses réserves. Au contraire, il les renforcerait. Il donna l'ordre que la 1re panzer SS et la 116e panzer stoppent immédiatement. Elles prendraient position derrière le Pas-de-Calais. Plus tôt, ce jour-là, il avait ordonné que la 9e et la 10e panzer SS soient ramenées de Pologne en France. Elles seraient affectées à la 15e armée. La fine fleur de la Wehrmacht devrait recevoir les divisions du 1er groupe de l'armée US de Patton, quand elles viendraient s'écraser contre son mur de l'Atlantique.

Une demi-heure plus tard, le télex annonça la décision d'Hitler d'annuler le Cas III A au Quartier général de von Rundstedt à Saint-Germain-en-Laye. Le texte en fut apporté par un secrétaire au chef des opérations de von Rundstedt, le général Bodo Zimmerman.

— Doit-on réveiller le maréchal ? demanda le secrétaire, quand Zimmerman eut fini de lire le texte.

— A quoi bon, dit Zimmerman. Maintenant l'Allemagne a perdu la guerre.

*

L'opération FORTITUDE a réussi au-delà de ce que pouvait rêver de plus fou la petite bande d'Anglais qui l'avaient préparée dans leurs officines secrètes de Londres. Le 27 juillet 1944, presque huit semaines après le débarquement en Normandie, il y avait plus d'hommes, plus de chars, plus de pièces d'artillerie amassés derrière les fortifications du mur de l'Atlantique qu'il y en avait le jour J. La meilleure armée que l'Allemagne possédait, avec ses rangs intacts et ses canons muets, attendait toujours un débarquement qui n'aurait jamais lieu, figée sur place par une autre armée qui, elle, n'avait jamais existé.

ÉPILOGUE

Ravensbrück, Allemagne.

Elle entendait au loin le bruit des vagues qui s'écrasaient sur le rivage. Elle jouait aux échecs avec son père sur la terrasse d'une petite villa bâtie sur les collines qui dominent Saint-Jean-de-Luz et ces échos lui étaient apportés par le vent qui la faisait trembler de froid. « Une tempête se prépare », murmura son père.

Elle eut un frisson et s'étira. C'est alors que les brins de paille sortant de sa paillasse pleine de poux lui égratignèrent la chair, la faisant sortir de son rêve. Instinctivement, elle garda les paupières closes, essayant de prolonger encore un peu ces précieux instants. Depuis longtemps, elle avait appris à se raccrocher ainsi aux dernières secondes du seul bonheur qui lui était laissé : dormir. Peu à peu, les contours de sa cellule se dessinaient. Elle revenait à la réalité. L'univers qu'elle retrouvait n'avait rien à voir avec celui qu'avec tant de regrets elle venait de quitter : c'était celui des murs de ciment suintant l'humidité qui l'emprisonnaient. Le seul point commun entre ces deux univers était le bruit qui l'avait réveillée.

Il ne pouvait s'agir d'un raid aérien. Là où elle était, elle ne pouvait entendre le grondement caractéristique des avions qui, comme d'habitude, se dirigeaient vers Berlin. C'était une sorte de bruit sourd qui lui parvenait par intermittence. Le bruit cessa aussi mystérieusement qu'il avait commencé et, une fois de plus, elle se retrouva seule dans sa cellule. Elle se mit debout, se secouant de l'humidité qui l'avait pénétrée jusqu'aux os pendant la nuit. S'appuyant des mains contre le mur, elle s'avança en titubant vers le seul meuble qui, à l'exception de sa paillasse, garnissait sa cellule : un baquet rouillé sentant l'urine croupie

Quand elle eut terminé, elle s'accroupit à côté de sa paillasse et en tira un petit brin de paille. A quatre pattes, elle rampa jusqu'à un coin de sa cellule où était entassée une petite touffe de paille. C'était là comme les hiéroglyphes de son propre désespoir, une sorte de Pierre de Rosette personnelle dont seule elle possédait la clef. « 22 avril 1945 », calcula-t-elle, en y déposant méticuleusement son brin de paille. Cela faisait quatre-vingt-dix-sept jours qu'elle se trouvait là. Quarante-trois jours la séparaient du premier anniversaire de son arrestation. Dans cent six jours, elle aurait vingt-huit ans.

Derrière elle, elle entendit le bruit d'une porte qu'on ouvrait et refermait, puis le grincement d'une clef dans la serrure de sa cellule, accompagné d'un cri rageur :

— *Raus !*

Aveuglée, comme elle l'était chaque fois qu'elle se trouvait en proie à la lumière crue qui tombait d'une ampoule suspendue au plafond du couloir qui menait à sa cellule, elle s'efforça de lire la mention figurant sur la porte de son cachot. Il y avait son nom, « 97.123 », son matricule de Ravensbrück et deux majuscules, « NN ». Une infirme d'un mètre soixante environ, vêtue d'un uniforme vert et chaussée de bottes de cuir noires, clopinait dans le couloir. Deux *kapos* la suivaient, poussant un chariot contenant le premier des repas quotidiens que l'on offrait aux hôtes du bunker : une tasse contenant un liquide qui ressemblait à de l'ersatz de café et une tranche de pain. La vision de ces squelettes vivants, attendant leur pâture comme des animaux domestiques, amusait généralement la SS Margaret Mewes affectée à leur nourriture et faisait tressauter de plaisir ses rotondités. Ce matin-là, pourtant, elle ne semblait pas en forme. Elle avait un air distant et pensif.

Alors qu'elle s'approchait de Catherine, la jeune Française releva la tête pour lui parler. Elle ne le fit pas à la légère. Mewes était de ces femmes qui peuvent se soûler le jour de Noël, en chantant un cantique, et battre un prisonnier jusqu'à la mort, le lendemain, parce qu'elle a la gueule de bois.

« *Bitte, Frau Blockleiter* », murmura Catherine.

— *Ja !*

L'inquiétude ou le manque de sommeil rougissait les yeux de l'Allemande.

— Qu'est-ce que j'ai entendu, cette nuit ?

Le regard battu de la gardienne devint celui d'une chienne.

— Sale putain, s'écria-t-elle, en lui donnant un coup de cravache

Putain! hurla-t-elle encore, en la fouettant de nouveau, ce qui la projeta contre le linteau de fer de sa cellule.

Stupéfaite, la jeune Française s'agrippa à la porte pour se protéger. C'est alors qu'elle aperçut un incroyable spectacle : celui de son bourreau, les yeux pleins de larmes. Le bras de la gardienne, prêt encore à frapper, semblait suspendu en l'air. Puis, sans un mot ni un geste d'explication, celle-ci tourna le dos et s'en alla.

Tandis que Catherine, encore stupéfaite, regardait la silhouette de la gardienne s'éloigner, elle entendit un autre hurlement. C'était la *kapo* qui poussait son chariot dans le couloir.

— *Sie kommen,* murmura-t-elle. Ils arrivent.

*

Non loin de la cellule de Catherine Pradier, l'*Obersturmbannführer* Hans Dieter Stroemulburg traversait la Lagerstrasse pour regagner son bureau dans le bâtiment administratif du camp. Comme la gardienne SS du bunker où se trouvait Catherine, il n'avait pas dormi depuis longtemps. Ce qui le tenait éveillé, c'était l'avance de l'artillerie soviétique, qui dirigeait son tir vers le camp, et menaçait avant tout des gens de sa sorte.

A la vue de la garde ukrainienne, le saluant bras levé avec servilité, à l'entrée du bâtiment administratif, un sourire amer apparut sur son visage. Un autre que lui, inquiet de son avenir, se fût montré plus préoccupé alors qu'il se dirigeait à grands pas vers son bureau. Le caporal Muller, son gros et fidèle Muller, avait déjà posé une tasse d'ersatz de café brûlant sur sa table, avant qu'il n'eût mis ses fesses dans son fauteuil. Il l'avala goulûment. Il ne pouvait y avoir pour lui meilleur café au monde. Le service, dans la SS, méritait tous ses suffrages.

A peine Stroemulburg s'était-il plongé dans ses méditations, qu'il en fut distrait par le crépitement de son télex. L'Allemagne était à feu et à sang, le *Crépuscule des dieux* commençait, mais le télex qui le reliait au Quartier général de la Gestapo, à Berlin, Prinz Albrechtstrasse, fonctionnait encore. Il donnait des ordres, de longues listes de noms, en double exemplaire comme l'exigeait le règlement, l'un pour lui, l'autre pour le commandant adjoint du camp.

Il introduisit la liste de noms qu'il venait de recevoir dans un classeur métallique à côté de son bureau. Les lettres NN — qui se trouvaient sur la porte de Catherine Pradier —, correspondaient à chacun des trois tiroirs. Il y avait là un grand respect de l'ordre et de l'efficacité. Un exemplaire des fiches de qui dépendait le sort des prisonnières était mis dans ce classeur et nanti d'un onglet métallique. Ce procédé imaginé par Hitler en personne et contresigné par le maréchal Keitel remontait au 14 décembre 1941 et marqua l'apogée du pouvoir nazi.

Une phrase de l'opéra de Wagner, *l'Or du Rhin*, devint alors synonyme du décret d'Hitler dans la hiérarchie de la SS et servit de mot d'ordre : *Nacht und Nebel,* « Nuit et brouillard ». De même qu'Alberich, le nain, avait mystérieusement disparu dans les brumes de la forêt de Primeval, les prisonniers disparurent, avec moins de mystère, dans les camps de la mort d'Hitler.

Pourtant, ce ne fut pas sans une ultime précaution que les SS les envoyèrent à la mort. Se référant aux dossiers correspondant aux télex de Berlin qui tombaient sur son bureau, Stroemulburg enregistrait soigneusement tous les noms et les matricules des prisonnières dans le journal secret de Ravensbrück. Puis, avant de remettre le dossier au caporal Muller, il le marquait d'un signe convenu qui condamnait le prisonnier *Nacht und Nebel* à la chambre à gaz : « Ai demandé traitement spécial pour cette prisonnière. *In Namen des Reichsführers.* »

Il en avait presque fini quand il tomba sur le dossier de la prisonnière n° 97 123. Il savait bien qu'on l'avait envoyée là. Il s'assit et alluma une cigarette. Une *Lucky Strike* fauchée dans un des colis de prisonnier de guerre qui aboutissaient au mess des officiers de la SS. Il resta là, pensif, un bon moment. Au loin le bruit des canons de l'Armée rouge reprenait son rythme lancinant.

Il ouvrit le dossier de Catherine Pradier et en feuilleta les pages. Sa signature était apposée au bas de l'ordre de déportation. Il le contempla comme un vieil homme se penche sur les photos de sa jeunesse ; tout cela semblait si loin. Pour lui, bien sûr, cela avait été le déshonneur : on l'avait d'abord envoyé sur le front de l'Est dans une brigade d'infanterie d'une division de Waffen SS, puis dans cet horrible camp ; tout ca parce qu'elle et ces rusés d'Anglais qui l'avaient envoyée en France l'avaient dupé comme un bleu.

Les canons russes qui approchaient lui rappelaient brutalement que leur triomphe avait été total. Il s'assit tranquillement pendant un moment, feuilletant le dossier de Catherine, écoutant les explosions. Les choses allaient très mal, mais Hans Dieter Stroemulburg avait encore une carte dans son jeu. Cette fille était une prisonnière de prix.

Elle pouvait servir de monnaie d'échange, dans les semaines à venir, pour un homme comme lui, qui se trouvait dans une situation difficile.

*

Cette fois, le bruit des canons russes sonna comme les trompettes de Jéricho. Catherine se redress. sur sa paillasse. Elle entoura les genoux de ses bras, se balançant sous le coup d'une émotion qu'elle n'avait encore jamais ressentie : celle de l'espoir. Depuis ce matin de janvier glacial, où elle avait franchi les portes de Ravensbrück et avait été jetée dans son cachot, elle avait envisagé sa propre existence dans les termes les plus simples : supporter la fièvre et la dysenterie, survivre un jour encore à la faim qui l'étreignait ; passer la nuit suivante dans le froid et la peur. Dans ce *bunker*, survivre était impensable ; espérer était absurde.

Devenant à présent la proie de son imagination, il lui semblait que la terre tremblait sous elle chaque fois qu'un obus tombait. Etait-il possible de croire, contre toute logique et la volonté de ses bourreaux, qu'elle serait sauvée, qu'elle sortirait vivante de cet enfer où elle était entrée depuis si longtemps ? Qui pourrait lui promettre que, de nouveau, elle sentirait la caresse d'un pétale de rose sur sa joue, respirerait le parfum des feuilles qu'on brûle en automne ? Etait-il possible qu'elle puisse revoir le ciel du printemps, éprouver la douce chaleur du sable en été, la caresse d'un homme sur son corps, l'étreinte tiède d'un enfant ?

Catherine connaissait trop bien les SS qui l'avaient capturée pour imaginer que leur règne s'achèverait sans une ultime et épouvantable effusion de sang. Une pâle lueur éclairant un des murs de sa cellule le lui rappela.

Le grincement d'une clef l'arracha à ses rêves. Elle sentit monter en elle un sanglot d'angoisse. Il était bien trop tôt pour la soupe de midi. Cette fois-ci, on venait la chercher. Comme dans un nuage, elle suivit la gardienne qui l'emmenait dans le couloir vers un soldat en uniforme attendant à la sortie. « Plaise à Dieu, se dit-elle, qu'Il me donne la grâce de mourir avec dignité, avec Son nom et celui de la France sur les lèvres. »

Stupéfaite, elle se rendit compte que le caporal qui l escortait ne la menait pas devant le peloton d'exécution, mais, à travers la Lagerstrasse, dans les locaux de l'Administration.

Le caporal ouvrit la porte d'un bureau et, poliment, s'effaça devant Catherine.

Instinctivement, comme malgré lui, Stroemulburg se leva quand elle entra. Seuls ses yeux n'avaient pas changé. Ils brillaient déjà du même défi qu'il avait remarqué dès le début.

— Asseyez-vous, Fraülein Pradier.

Elle le fixa calmement, puis lui demanda .

— Que faites-vous ici ?

— Notre monde s'est quelque peu rétréci depuis que nous nous sommes vus, Fraülein. Et mes responsabilités, elles aussi, ont diminué. Cela ne devrait pas vous attrister outre mesure. Après tout, c'est en grande partie à vous que je le dois.

— A moi ? Je n'ai rien fait.

— Vraiment ? Cela m'étonne.

Stroemulburg pianotait sur son bureau.

— Je me suis souvent étonné...

Il poussa un paquet de cigarettes vers elle, puis s'arrêta.

— Je pense que vous n'avez pas changé vos habitudes ?

— Ici ? — Son cynisme était incroyable ! — Ce serait difficile.

— Non, je ne crois pas, dit l'Allemand en haussant les épaules.

Il se leva et se dirigea vers la fenêtre entrouverte qui donnait sur la Lagerstrasse.

— Vous savez, je voudrais vous dire à quel point je regrette ce qui s'est passé entre nous. Sincèrement. Mais on n'avait pas le choix : ni vous ni moi. Nous n'étions que des pions sur un échiquier, nous jouions à un jeu dangereux que d'autres, plus intelligents que nous, avaient inventé. Nous n'avions qu'une chose à faire . tenir le rôle qu'on nous avait assigné, croyez-moi !

— Vous croire ?

La question avait beau être tout à fait absurde, Catherine ne parvint pas à rire. Ce visage élégant et haïssable avait ravivé toute la douleur de l'avenue Foch. Pis encore, il avait fait resurgir toutes les pensées pleines d'angoisse des sombres nuits de Ravensbrück. Elle n'oublierait jamais ce qu'ils lui avaient fait. Et elle ne leur pardonnerait jamais. Mais ces pensées lui avaient apporté une sorte de consolation, un cadeau qu'elle ne partagerait pas avec Stroemulburg. *Elle avait compris.*

Il se détourna d'elle et se mit à marcher de long en large, serrant et desserrant ses mains derrière son dos.

— Ils seraient fiers que vous rentriez en Angleterre, n'est-ce pas,

ces parfaits gentlemen pour lesquels vous travaillez ? Ils vous donne-
raient une médaille. Ou une couronne de lauriers. Vous la méritez
bien, après tout ce que vous avez subi. Parce que c'est vous, le
vainqueur, Fraülein Pradier. Nous avons gobé votre mensonge.

Stroemulburg scrutait son visage, cherchant dans ses yeux
provocants une étincelle de réaction qui confirmerait ses soupçons.

Catherine le dévisagea.

— Regardez-moi, Herr Stroemulburg ! Ai-je l'air d'un vainqueur ?

— La victoire doit se payer. J'ai essayé de vous aider, vous savez !
Je le ferai encore si...

Il laissa sa phrase en suspens. C'était comme si, pensa Catherine,
il attendait d'elle qu'elle la termine, qu'elle prononce les mots qui
encombraient son esprit — satisfaction qu'elle ne voulait pas donner à
Hans Dieter Stroemulburg. Elle le regarda avec la même calme
indifférence qu'elle avait montrée avenue Foch.

« Espèce de chienne entêtée, pensa-t-il, elle sera toujours une
chienne entêtée. » Il retourna vers la fenêtre. Il réfléchissait dur. Ce
qu'il envisageait était si complexe, et plein d'impondérable. Pouvait-il
réellement compter sur elle ? Jusqu'où allait la haine de cette fille à son
égard ? Sans un mot d'elle, sans un signe, il avait intérêt à faire
disparaître la preuve qui pèserait lourd contre lui.

Pour Catherine, il sembla rester là d'interminables minutes à
croiser et décroiser ses mains manucurées, regardant à travers la vitre
en direction du grondement des canons. Il se retourna enfin et la fixa
intensément. Il y avait toujours du défi dans ses yeux, constata-t-il, et
son hostilité semblait plus farouche que jamais.

Mais après tout, pourquoi se laisserait-elle attendrir ? Ça n'avait
jamais été son style. Il revint vers son bureau, ouvrit le tiroir central et
en sortit une fiche orange.

— Prenez ceci, dit-il à voix basse, et partez avec le caporal
Muller.

Tandis que le bruit de leurs pas s'estompait dans le couloir,
Stroemulburg prit le dossier de Catherine et y inscrivit :

« Ai demandé un traitement spécial pour cette prisonnière. *Im
Namen des Reichsfürers* »

NOTE DE L'AUTEUR

FORTITUDE est un roman et, par conséquent, une œuvre de fiction. Ses cinq principaux personnages : Catherine Pradier, Paul, le colonel Henry Ridley, Hans Dieter Stroemulburg et T. F. O'Neill sont nés de mon imagination, encore que certains, à des degrés divers, m'aient été inspirés par des êtres qui ont existé et ont joué dans la réalité des rôles assez semblables à ceux que jouent mes personnages dans ce livre.

En revanche, ce qui n'a rien d'imaginaire dans ces pages, c'est le fond historique sur lequel se déroule le roman. Le plan FORTITUDE a réellement existé. Il était divisé en deux parties : *Fortitude nord,* qui devait simuler une opération alliée sur les côtes de Norvège et ne trompa personne au grand état-major allemand ; et *Fortitude sud,* qui, pour l'essentiel, fournit le sujet de ce livre.

Essayer de tromper l'ennemi sur les intentions que l'on nourrit est une arme aussi vieille qu'une hache de pierre, que la vocation chez l'homme de faire la guerre. Jamais, cependant, dans l'histoire une telle stratégie ne fut employée sur une aussi grande échelle, d'une façon aussi systématique et avec des conséquences historiques aussi importantes que dans le plan FORTITUDE.

Une chose ne fait aucun doute : le 6 juin 1944 Adolf Hitler possédait à l'Ouest les forces suffisantes pour repousser un débarquement en Normandie, s'il leur avait ordonné de se jeter dans la bataille aussitôt, d'une manière claire et précise — ce qu'il ne fit pas. Pendant cette période critique de dix jours, début juin 1944, son Haut Commandement resta paralysé par le doute et l'indécision : c'était là le résultat du plan FORTITUDE.

Le but essentiel de l'opération était d'influencer les décisions du Haut Commandement allemand, en *intoxiquant* les diverses sources de renseignements, dont celui-ci disposait, par de fausses informations. FORTITUDE fut conçu et exécuté par une petite coterie directement rattachée à Winston Churchill. Ces hommes étaient ses enfants chéris et il participait fréquemment et avec plaisir à leurs machinations. Qu'il ait convoqué Frances Suthill, l'un des responsables du SOE, en mai 1943, est historiquement exact, de même que le sort malheureux que connut le réseau « Prosper ».

509

FORTITUDE

L'existence d'un plan organisé sur une grande échelle pour tromper et manipuler le Haut Commandement allemand, à un moment critique des opérations sur le front de l'Ouest, fut un des secrets les plus farouchement gardés de la Seconde Guerre mondiale. Que la *London Controlling Section* ait existé ne fut connu qu'au début des années 1970. Tous les dossiers américains concernant FORTITUDE furent détruits par le *Joint Security Order* en 1946. Ceux de la *London Controlling Section* — organisme connu pour son peu de penchant pour les documents écrits — n'ont jamais été ouverts. La seule personne ayant pu y avoir accès est le professeur d'histoire Michael Howard d'Oxford. Mais le gouvernement de Sa Majesté lui a interdit de publier son histoire de la *London Controlling Section*.

Pourquoi un tel secret entoure-t-il encore le plan FORTITUDE, quarante ans après la fin de la guerre ? Les méthodes employées pour manipuler l'ennemi remontent à des temps immémoriaux et quel mot sonne plus mal aux oreilles de nos contemporains que le terme de « désinformation » ? Comme on l'aura vu dans ces pages, aucune perte humaine, en temps de guerre, n'est plus amèrement ressentie que celles qui sont occasionnées par la volonté délibérée de tromper l'adversaire. Comme me l'a dit l'un des derniers survivants de la *London Controlling Section* : « Il y a des secrets que nous désirons emporter dans la tombe, et nous le ferons ! » J'ai de bonnes raisons de croire que des faits semblables à ceux racontés dans ce roman ont eu lieu, dans leurs grandes lignes sinon dans leurs détails, dans le cadre du plan FORTITUDE. C'est un fait établi que, le matin crucial du 9 juin 1944, les Allemands ont intercepté et déchiffré un message de la BBC *Salomon a sauté ses grands sabots* destiné à un réseau de la Résistance dont les membres venaient d'être arrêtés par la Gestapo, et que l'interprétation donnée à ce message par la Gestapo d'après leur interrogatoire, a joué un rôle capital en amenant Hitler à abandonner le « Cas III A ». Les circonstances de sa diffusion, le nom des résistants auxquels il était destiné se sont perdus dans les brumes du temps. Le rôle des agents doubles, Brutus et Garbo, fut tel qu'il est décrit dans ces pages. Ces deux hommes sont récemment sortis de l'existence clandestine qu'ils menèrent par crainte des représailles nazies, pendant des dizaines d'années.

Dire que le débarquement en Europe avec tout ce qui a suivi a réussi grâce à FORTITUDE serait historiquement inexact et ce serait faire une grossière injure aux hommes qui ont ouvert les portes de l'Europe sur les plages d'Omaha, de Juno, de Sword, de Gold et d'Utah. Mais si le plan FORTITUDE n'avait pas existé, si ses machinations n'avaient pas réussi, comme elles l'ont fait, le coût de l'entreprise eût été infiniment plus élevé et le risque d'un échec, avec tout ce que cela eût impliqué, infiniment plus grand.

Larry Collins
12 novembre 1984

Achevé d'imprimer en juin 1986
sur presse CAMERON,
dans les ateliers de la S.E.P.C.
à Saint-Amand-Montrond (Cher)
pour le compte des éditions Robert Laffont
6, place Saint-Sulpice, 75279 Paris Cedex 06

Dépôt légal : février 1985.
N° d'Édition : 30070. N° d'Impression : 1051.